HEYNE <

Das Buch

Mit Schrecken bemerkt die Pharmazeutin René Ballard bei ihrer Arbeit im Altenheim, dass nichts ahnenden Alzheimerpatienten heimlich ein Medikament gegeben wird. Das Medikament, das auf einem seltenen Quallengift basiert, ist noch nicht offiziell zugelassen. Aber tatsächlich scheint es zu helfen: Die Patienten erlangen einen Teil ihres Erinnerungsvermögens zurück. Doch schon bald treten grässliche Nebenwirkungen zutage: Die Kranken scheinen in einer Art Zeitschleife festzustecken, die sie schreckliche Situationen aus der Kindheit immer wieder erleben lässt.

Da stößt René auf einen besonderen Fall: Der 32-jährige Jack Koryan hatte einen fürchterlichen Zusammenstoß mit einem Schwarm der Giftquallen, in dessen Folge er Monate lang im Koma lag. Nach seinem Erwachen stellt er verblüfft fest, dass sein Erinnerungsvermögen besser ist als je zuvor – so gut, dass ein schreckliches, längst verdrängtes Erlebnis aus seiner frühen Kindheit sich wieder Bahn bricht. Unabhängig voneinander versuchen Jack und René herauszufinden, was hinter dem mysteriösen Medikament steckt und wer es heimlich verbreitet – und stoßen auf ein Netzwerk von Lügen und Verrat, das bereits einige Menschenleben gefordert hat.

Der Autor

Gary Braver ist das Pseudonym eines amerikanischen Schriftstellers und Professors an der Northeastern University in Boston. Von ihm sind in Amerika bereits mehrere Romane und Fachbücher erschienen sowie Artikel unter anderem in der *The New York Times* und *The Boston Globe*. Er lebt mit seiner Familie in Arlington, Massachusetts. Für *Memoria* erhielt er den renommierten Massachusetts Honors Book Award.

GARY BRAVER

MEMORIA

Aus dem Englischen
von Imke Walsh-Araya

WILHELM HEYNE VERLAG
MÜNCHEN

Die Originalausgabe
FLASHBACK
erschien 2005 bei Forge Book,
Tom Doherty Associates, LLC

Vollständige deutsche Erstausgabe 03/2007

Printed in Germany 2007
Umschlagillustration und Umschlaggestaltung:
© Nele Schütz Design, München
Satz: Buch-Werkstatt GmbH, Bad Aibling
Druck und Bindung: GGP Media GmbH, Pößneck
ISBN: 978-3-453-43229-1

www.heyne.de

Dieses Buch ist dem
Andenken meiner Mutter,
Rose Goshgarian,
und meiner Tante,
Nemza »Nancy« Megrichian,
gewidmet.

So viele Träume – da fällt es schwer, den richtigen zu wählen.

E. B. White (der an Alzheimer starb)

Als ich jung war, konnte ich mich an alles erinnern, ob es sich tatsächlich ereignet hatte oder nicht. Aber nun lassen meine Fähigkeiten nach, und bald werde ich mich nur noch an Dinge erinnern können, die nie geschehen sind.

Mark Twain

ERSTER TEIL

1

Homer's Island, Massachusetts

Von seinem Platz oben auf dem Skull Rock sahen sie wie blasse Spiegeleier aus, die sich direkt unter der Wasseroberfläche bewegten. Irgendeine Quallenart. Ein halbes Dutzend muskulöse Fallschirme, die sich kraftvoll pulsierend durch die schwarze Brandung arbeiteten.

Merkwürdig. Als Kind hatte Jack Koryan häufig den Sommer hier draußen verbracht und dabei nur einige wenige Male Quallen in der Bucht gesehen. Meistens wurden sie von der nächtlichen Flut an den Strand gespült – tellergroße Schleimbomben mit Rüschenschürzen und fetten, langen Tentakeln. Aber diese Geschöpfe sahen aus wie kleine runde Klumpen, durchsichtige Geleebäuche, die nichts Sichtbares hinter sich herzogen.

Vielleicht eine tropische Art, die das warme Wasser mitgebracht hat, dachte er.

Jack sah zu, wie die ganze Formation pumpend vorüberzog, getrieben von einem primitiven Drang und der warmen Strömung. Irgendwo hatte er gelesen, dass Quallen zu fünfundneunzig Prozent aus Wasser bestanden – Wesen ohne Gehirn, Knochen oder Blut, die auf ihre Umwelt nur dank eines Netzwerks aus Nerven reagierten. Was für ein erbärmliches Schicksal, dachte Jack. Nervenenden als einzige Verbindung zur Welt: ein Leben ohne Denken, Leidenschaft oder Erinnerung.

In der kühlen, feuchten Luft war eine Brise aufgekommen, die

die Wasseroberfläche kräuselte. Die Flut kam herein. Bald würde der Felsen vom Wasser bedeckt sein.

Skull Rock.

Er sah aus wie immer – ein kuppelförmiger Granitblock, der etwa fünfzig Meter vor der Küste aus der Brandung ragte. Generationen von Seepocken hatten seine Kuppe weiß gefärbt, und um den Sockel hing eine Mähne aus Seegras. Schimmernde schwarze Muscheln schmückten die Hochwasserlinie wie eine exotische Perlenkette. Als Kinder hatten er und sein Cousin George die Weichtiere in Eimer gesammelt und seiner Tante Nancy für ihre armenischen Gerichte oder ihre Bouillabaisse gebracht.

Es war fünfzehn Jahre her, seit Jack zuletzt zum Felsen hinausgeschwommen war. Damals hatte er mit seinem Cousin und anderen Sommerkindern ganze Stunden dort draußen verbracht. Bei Ebbe drängten sich manchmal bis zu zehn zappelnde kleine Körper auf der Kuppe, deren einziger Halt die verwitternden Seepocken unter ihren Füßen waren. Fast konnte er das grölende Gelächter hören, wenn einer von ihnen das Gleichgewicht verlor oder ins Wasser geschubst wurde. *Wer zuerst reinfällt, hat verloren.*

Hinter ihm erstreckte sich das rollende Meer wie flüssiges Eisen bis zu den dunklen regenschweren Wolken, die von Norden hereindrängten. Irgendwo da draußen war Jacks Mutter gestorben – am 20. August 1975. Sie war zu ihrem kleinen Segelboot hinausgepaddelt, das direkt hinter dem Skull Rock ankerte, wahrscheinlich keine fünfzig Meter von dort entfernt, wo er jetzt stand. Sie mussten Nordostwind gehabt haben, weil das Beiboot achthundert Meter weiter unten an den Strand gespült wurde. Die Rettungswesten lagen noch im Boot, aber ihre Leiche wurde nie gefunden.

Heute war ihr dreißigster Todestag. Alle paar Jahre kam er zu einer stillen Gedenkstunde hier heraus. Als sie starb, war er nicht einmal zwei Jahre alt gewesen. Seine Tante Nancy und sein Onkel Kirk hatten ihn wie ihr eigenes Kind großgezogen.

Unter ihm schwammen weitere Quallen direkt unter der Wasseroberfläche vorbei. Eine schräge Phalanx durchscheinender Körper, in deren Mitte sich violette Ringe kreuzten.

Dies war ein ganz besonderer Ort. Das Strandhaus war ursprünglich für den Verwalter des großen Sherman-Anwesens oberhalb der Steilküste vorgesehen gewesen. Rose, seine Mutter, hatte es vor Jahrzehnten als Ferienhaus gemietet, wegen des ungewöhnlich warmen Wassers, das auf komplizierte klimatische Phänomene wie El Niño zurückzuführen war. In regelmäßigen Abständen brachten Strömungen tropische Geschöpfe vom Golfstrom in das Gebiet: Mondfische, Echte Karettschildkröten, Thunfische und kleinere Tiere, die seine Mutter faszinierten. Seiner Tante Nancy zufolge hatte Rose eine geradezu mystische Beziehung zum Meer gehabt und war oft stundenlang am Strand spazieren gegangen, um merkwürdige Lebewesen zu sammeln. Aber Jack besaß keine Erinnerung an sie, sondern war auf die bruchstückhaften Informationen seiner Tante angewiesen, die vor dreizehn Jahren verstorben war. Sein Vater war bei einem Flugzeugabsturz ums Leben gekommen, als Jack sechs Monate alt gewesen war, sodass er auch an ihn keinerlei Erinnerung hatte.

Dafür wusste er noch gut, wie er sich einmal im flachen Wasser an einer großen orange leuchtenden Feuerqualle verbrannt hatte – ein Gefühl, als hätte ihm jemand eine Peitsche über die Wade gezogen. Nur mit Mühe hatte er die Tränen unterdrücken können, als Tante Nancy in aller Ruhe mit ihm zum Haus zurückging und seine Haut mit Essig abwusch. »Auf keinen Fall reiben«, hatte sie gesagt, »das macht es nur noch schlimmer.« Dann hatte sie mit der stumpfen Seite einer Messerklinge ein kleines

Stück Tentakel abgeschabt. Ein altes armenisches Hausmittel, hatte sie erklärt, das sie von ihrer Mutter gelernt habe. Er fragte sich, ob das stimmte.

Im schwächer werdenden Licht sah Jack seine Kleider am Strand liegen, wo er sie ausgezogen hatte, um hinauszuschwimmen. Ein kleines Stück weiter oben am Strand erhob sich die dunkle Silhouette des Verwalterhäuschens. Der Sandstrand von Buck's Cove war völlig verlassen, aber in der Sherman-Villa darüber brannte Licht. Obwohl die Insel in Privatbesitz war, ankerten hier an Sommerwochenenden Boote, deren Besitzer die unberührte Schönheit der Gegend genießen wollten. Heute Abend jedoch war weit und breit kein Mensch zu sehen.

Am Horizont zuckten Blitze. Bald musste der Sturm losbrechen.

Von seinem Felsen aus wirkte das unbeleuchtete Haus am dunklen Strand düster. Dabei hatte er nur schöne Erinnerungen an diesen Ort. Nach dem Tod seiner Mutter hatten die Shermans das Haus im Sommer jeweils ein oder zwei Wochen an seine Familie vermietet. Er wusste noch genau, wie er und seine Cousins über den Sand gelaufen waren und sich ins Wasser gestürzt hatten, ohne sich von der Kälte beeindrucken zu lassen, die die Erwachsenen davon abhielt, sich weiter als bis zu den Knien ins Meer zu wagen.

Aus der Dämmerung tauchte eine Möwe auf, die sich im Sturzflug auf das Wasser stürzte, aber in letzter Sekunde mit einem enttäuschten Kreischen abdrehte. Immer noch schimpfend landete sie am Ufer in der Nähe von Jacks Kleidung.

Jack fühlte einen Stich in der Brust. Aus dem halben Dutzend Quallen war unter dem von Blitzen durchzuckten Himmel ein ganzer Schwarm geworden. Er warf einen Blick auf das Wasser hinter ihm.

»Herr im Himmel!«

Kein Schwarm. Er stand mitten in einer Quallenplage. Hunderte der Tiere schaukelten dicht an dicht an seinem Felsen vorbei. Die Bucht wimmelte nur so von Quallen.

Im schwächer werdenden Licht konnte er seine Kleider am Ufer erkennen. Seine Jeans lud ihn ein, wieder hineinzuschlüpfen, aber es sah aus, als wäre sie meilenweit entfernt.

Wo zum Teufel kommen die her?

Und wenn sie giftig sind?

Aber es gibt Hunderte verschiedene Quallenarten, und nur eine Handvoll ist giftig.

Er überlegte, ob er zum Test seinen Fuß ins Wasser halten sollte. Das war in Ordnung, wenn er keine Reaktion zeigte. Aber was, wenn er sich verbrannte? Sollte er das Gewitter abwarten, bis ihn ein Blitz zu Holzkohle verschmorte? Außerdem würde der Felsen binnen einer Stunde überschwemmt werden. Dann schwappten ihm die Quallen so oder so über die Füße. *Großer Gott!*

Prüfend betrachtete er die schwarze Wasserfläche, die ihn vom Ufer trennte. Seine beste Zeit bei auflaufender Flut war eine Minute und zwanzig Sekunden. Aber damals war er achtzehn gewesen. Jetzt war er zweiunddreißig und konnte das Ufer frühestens in zwei Minuten erreichen. *Zwei kurze Minuten ...* Aber der Gedanke, durch Wasser zu schwimmen, in dem es von Quallen nur so wimmelte, war widerlich. Und falls sie giftig waren, konnte die Sache höchst unangenehm werden.

Aber die Dinger sind nicht größer als ein Tennisball und ernähren sich wahrscheinlich von Elritzen.

Stimmt, und genau die werden von ihrem Gift gelähmt.

Du bist doch keine Elritze.

Nein, aber bei Hunderten von Quallen dürfte das keine Rolle spielen.

Verflucht!

Der Himmel erstrahlte in einem bedrohlichen Grün. Dann zerriss ein hoher, metallischer Knall die Luft. Bei auflaufender Flut und Rückenwind konnte er es, vom Adrenalin getrieben, vielleicht in hundert Sekunden schaffen.

Im Geiste sah er Tante Nancy mit einer Stoppuhr lächelnd am Strand stehen. *Drei, zwei, eins. Los!*

George war zwar zwei Jahre älter, aber Jack war der bessere Schwimmer.

Mickrige hundert Sekunden.

Das Wasser war dunkel, doch es sah so aus, als würden die Quallen dicht unter der Oberfläche treiben. Wenn er tief genug tauchte und die Hälfte der Distanz knapp über dem Grund zurücklegte, musste er nur noch etwa sechs Meter kraulen, bis er seichtes Wasser erreicht hatte und den Rest zu Fuß zurücklegen konnte.

Er versuchte, sich einzureden, dass er es mit harmlosen Schleimklumpen zu tun hatte. Vermutlich schwamm es sich in dem Schwarm wie in einer Flut silikongefüllter Plastiktüten.

Nicht nachdenken. Sieh zu, dass du zum Strand kommst. Drei ... zwei ... eins.

Der Himmel explodierte erneut. Stroboskoplicht erhellte die Bucht. Sein Herz stockte: Das Wasser war bis hin zum Ufer von Quallen durchsetzt. Er sprach ein stilles Gebet, füllte seine Lungen mit Luft und sprang.

Aber er hatte sich getäuscht. Die Quallen besaßen einen Meter lange, unsichtbare Tentakel.

Und sie waren giftig.

Jack schwamm vielleicht zehn Meter unter Wasser und schoss dann an die Oberfläche.

In den ersten Bruchteilen von Sekunden, während er nach Luft rang, hätte er nicht sagen können, wo das Epizentrum des Schmerzes lag. Die Tentakel hatten Striemen über seine Arme, seinen Rücken und die Beine gezogen und seinen Kopf mit einer widerlichen Schleimschicht bedeckt.

»Nicht reiben.«

Er wischte sich die Dinger aus dem Haar. Dabei strichen ihre Spaghettiarme über sein Gesicht und seine Ohren. Er schrie so laut, dass es ihm fast die Kehle zerriss. Sein Körper brannte, als hätte er sich in einem Geflecht aus glühendem Draht verfangen.

»Nicht reiben. Nicht reiben.«

Im Geknatter der Blitze sah er, wie ihm eine Frau, die wie Tante Nancy aussah, vom Strand aus zuwinkte.

Aber es war zu spät, seine Hand glühte bereits vom Gift. Seine Schultern und sein Rücken fühlten sich an, als hätte man sie mit der Machete bearbeitet. Jack hatte nicht gewusst, dass es solch unerträglichen Schmerz geben konnte. Er rang nach Luft, schloss die Augen und stieß sich mit den Füßen ab, um unter den Kreaturen hindurchzutauchen. Während er Arme und Beine blindlings durch das Wasser zog, spürte er, wie die Schleimklumpen an seinem Gesicht vorüberglitten und seinen Körper geißelten.

Wieder kam er an die Oberfläche. Sein Verstand empörte sich gegen das Entsetzen, während er verzweifelt versuchte, sich auf den Weg zum Ufer zu konzentrieren, bevor das Gift anfing, seine Muskeln zu lähmen. Das war alles, was zählte.

Die Frau am Strand war verschwunden. An ihrer Stelle pickte ein großer weißer Meeresvogel an seinen Kleidern.

Irgendwo krachte Donner, aber Jack nahm es nicht wahr. Er nahm gar nichts mehr wahr, außer dem Schmerz, der seinen Körper durchzuckte. Es war, wie durch Strudel geschmolzener Lava zu schwimmen.

Mit einer Bewegung des ganzen Körpers schnellte er vorwärts.

Er war halb da. Auf der Anhöhe über ihm leuchtete die Sherman-Villa vor dem schwarzen Himmel. Selbst wenn er noch eine Stimme gehabt hätte, um zu schreien, hätte sie nicht so weit getragen. Und ihm fehlte die Luft dafür. Also konzentrierte er sich darauf, seine Arme und Beine durch das Wasser zu ziehen und das Gesicht über der Oberfläche zu halten.

Deine Augen. Augen zu!, brüllte sein Verstand.

Du willst doch nicht blind werden. Die Hautverbrennungen überstehst du schon irgendwie, aber du willst doch um Gottes willen dein Augenlicht nicht verlieren.

Er kniff sie zu. Tentakel hatten sich halb um sein rechtes Ohr geschlungen und verbrannten ihm die Haut.

»Auf keinen Fall reiben.«

Aber er schlug reflexartig nach ihnen und machte dadurch alles nur noch schlimmer, weil er sich die Toxine ins Ohr, über das Kinn und auf die Lippen schmierte. *O Gott!* Das Zeug war in seinem Mund, verbrannte ihm Zunge und Kehle, als hätte er kochendes Wasser geschluckt. Er fuhr mit den Fingern über seine Badehose, um den Schleim zu entfernen.

Jetzt brannten beide Hände wie der Rest seines Körpers. Das letzte bisschen Verstand, das ihm geblieben war, sagte ihm, dass Schultern, Rücken und Beine mit einem Gitternetz von Blasen und Striemen überzogen sein mussten. Falls er überlebte, würde er übel aussehen.

Im flackernden Licht sah er das Ufer mit dem Vogel, der ihn beobachtete. Vielleicht noch dreizehn Meter. Das Wasser war nur einen Meter fünfzig tief, aber er konnte nicht an Land waten. Also kniff er die Augen zu und trat wild mit den Beinen. Die Hände, die sich in nutzlose Klumpen der Qual verwandelt hatten, zog er hinter sich her. Er bemühte sich nach Kräften, das Gesicht über Wasser zu halten, aber seine Augen fingen an zu brennen. *Lieber Gott, lass mich nicht blind werden. Bitte.*

Während er mit den Füßen trat, spürte er Quallen über seine Haut gleiten. Das glühende Gift ihrer Tentakel strömte über seinen Oberkörper.

Nach weiteren sieben Metern riss er die Augen auf. Wenige Meter vor ihm schlugen die Wellen auf den Strand. Beißende Tränen trübten seine Sicht, aber er konnte seine Kleidung noch erkennen. Er fokussierte den Blick auf sein Hemd und seine Hose, auf die der Vogel einhackte wie ein Aasgeier.

Jack Koryan bot jeden Funken Muskelkraft auf, der ihm noch blieb, um sich mit den Füßen abzustoßen.

Plötzlich ließ das Brennen nach.

Danke, lieber Gott.

Es war wie ein Wunder. Seine Arme und Beine kühlten rasch ab. Vielleicht hatten die Toxine ihr böses Werk getan und wurden nun von den natürlichen Abwehrkräften seines Körpers neutralisiert. Oder er hatte sich irgendwie angepasst.

Er versuchte aufzustehen, um an Land zu waten, aber er spürte den Grund unter seinen Füßen nicht. Nicht einmal aufrichten konnte er sich. Er versuchte weiterzuschwimmen, doch seine Füße gehorchten dem Befehl nicht.

Gott im Himmel! Sein Körper wurde taub, als würde das Blut in seinen Adern zu Wachs erstarren.

Bis zum Ufer waren es vielleicht fünf Meter, aber er konnte sich nicht bewegen. Gelähmt trieb er auf der Brandung und starrte auf seine Turnschuhe und Kleidung. Kurz vor der Ziellinie gescheitert. Ein dummer Meeresvogel glotzte ihn an. Das milchige Auge funkelte im Blitzlicht.

Da kam eine Frau aus dem Verwalterhaus und lief über den Strand. Sie winkte ihn mit ausgebreiteten Armen zu sich heran. Tante Nancy und doch nicht Tante Nancy.

Ich verliere den Verstand ... Die letzten Halluzinationen eines Sterbenden.

Er sah den Vogel an und spürte, wie zäher Nebel die Windungen seines Gehirns füllte.

Der Vogel stieß einen langen, heiseren Schrei aus.

Das ist mein Tod.

In der Brandung, nur ein paar Meter von zu Hause. Drei ... zwei ... eins.

Das waren Jack Koryans letzte Gedanken, bevor er das Bewusstsein verlor.

2

Beth Koryan schlief tief und fest, als das Telefon klingelte. Nebelhaft nahm sie wahr, dass die Uhr an der Set-Top-Box 0:22 zeigte. Da Jacks Seite des Bettes leer war, rollte sie sich zum Telefon. Wahrscheinlich hatte er einen Zwischenstopp bei Vince eingelegt, um noch einmal die Speisekarte für die Eröffnung des »Yesterdays« im nächsten Monat durchzugehen. Jack wollte sich mit dem Restaurant einen Traum erfüllen, aber sie hatten sich dafür bis über beide Ohren verschulden müssen.

Obwohl sie und Jack keine Kinder hatten, klangen Beth noch die Worte ihrer Mutter im Ohr – ein Telefonanruf nach Mitternacht könne nichts Gutes bedeuten, hatte sie immer gesagt. »Bete, dass sich jemand verwählt hat.« Vielleicht sein hatte Wagen schon wieder eine Panne, und er musste irgendwo abgeholt werden. Genau das, was sie um diese Uhrzeit am liebsten tat: Raus aus dem warmen Bett und los! Sie hatte ihn gewarnt, dass es das Auto vielleicht nicht bis nach New Bedford und zurück schaffen würde, aber er hatte nicht hören wollen. Er musste unbedingt zu seiner blöden Insel fahren, um in Erinnerungen zu schwelgen.

Jack besaß einen starken Willen und legte größten Wert auf seine Unabhängigkeit, aber manchmal gewannen seine sentimentalen Anwandlungen die Oberhand. So hatte ihn sein Urteilsvermögen offenbar im Stich gelassen, als er seine Stelle als Englischlehrer an der Carleton Prep School kündigte, um ein Restaurant zu eröffnen, das eine bunte Mischung von Gerichten aus der alten Welt anbot. Daher der Name: »Yesterdays«.

Jack unterrichtete gern und war beliebt, aber er wollte sich nicht für den Rest seines Lebens festlegen. Nach zehn Jahren hatte er die Nase voll von den Budgetkürzungen und immer größer werdenden Klassen, worunter die Bildung zunehmend litt. *Carpe diem,* sagte er sich und beschloss, einer alten Leidenschaft nachzugeben. Seine Tante Nancy hatte seine Begeisterung für das Kochen geweckt, und sein alter Freund Vince Hammond hatte sich als Partner angeboten. Das Risiko war natürlich groß. Jack hatte trotz Beths Protest ihre Konten leer geräumt. Aber so war er eben: enthusiastische Entschlossenheit, hinter der sture Zielstrebigkeit stand.

Sie war noch benommen vom Schlaf, als sie beim vierten Klingeln abhob.

»Mrs Koryan?«

»Ja?«

»Ist Jack Koryan Ihr Ehemann?« Der Mann nannte ihre Adresse.

Sie spürte einen Stich in der Brust. »Ja.«

»Hier ist Dr. Omar Rouhana. Ich bin Arzt in der Notaufnahme des Cape Cod Medical Center in Barnstable. Ihr Mann ist bei uns. Er hat einen Unfall gehabt. Sein Zustand ist ernst.«

»Was?« Beth war jetzt hellwach. *Notaufnahme? Wieso Notaufnahme?* »Was ist passiert?«

»Wir halten es für sehr wichtig, dass Sie zum Krankenhaus kommen. Ist jemand bei Ihnen? Jemand, der Sie fahren könnte?«

»Lebt er noch? Lebt er?«

»Ja, Mrs Koryan, er lebt, aber es ist wichtig, dass Sie herkommen. Die Einzelheiten erklären wir Ihnen, wenn Sie hier sind. Haben Sie Kinder?«

»Was? Nein. Würden Sie mir bitte sagen, was passiert ist? War es ein Autounfall?« Es folgte eine lange Pause, in der Beth ihren eigenen keuchenden Atem hören konnte.

»Ihr Mann wurde von einem Bergungstrupp der Küstenwache hergebracht. Er wurde an einem Strand auf Homer's Island gefunden. Bitte kommen Sie her, damit wir darüber reden können. Kann Sie jemand fahren?«

Er blockte ab, weigerte sich, Einzelheiten zu nennen. Sie rang um Beherrschung. »Ist er bei Bewusstsein? Können Sie mir bitte sagen, ob er bei Bewusstsein ist?«

»Nun, ich glaube, es ist am besten …«

»Verdammt noch mal! Ist er bei Bewusstsein?«

»Nein.« Nach einer entsetzlichen Pause sprach der Arzt weiter. »Kommen Sie aus Carleton, Massachusetts?«

»Ja.«

»Das sind fast hundertfünfzig Kilometer. Kann Sie jemand fahren, oder sollen wir die Polizei vor Ort verständigen?«

Du lieber Himmel! War es so schlimm? Sie hatte keine Lust, die nächsten zwei Stunden im Fond eines Streifenwagens mit einem Wildfremden zu verbringen. Und Vince oder andere Freunde wollte sie auch nicht belästigen. »Ich kann selbst fahren.«

Der Mann beschrieb ihr den Weg, und sie machte sich hastig Notizen.

»Was ist passiert?«

Der Arzt ignorierte auch diese Frage. »Und bringen Sie bitte alle Medikamente mit, die Ihr Mann nimmt.«

Kurz vor drei Uhr morgens fuhr Beth auf den Parkplatz des Cape Cod Medical Center. Den spärlichen Details entnahm sie, dass Jack vermutlich beim Schwimmen ohnmächtig geworden war, was bedeutete, dass er einen Sauerstoffmangel erlitten hatte. Als sie die Notaufnahme betrat, wünschte sie sich, sie hätte Vince angerufen.

Die Eingangshalle war ein Bild trostloser Helligkeit. Im Empfangsbereich hielten sich zwei Personen auf: ein Mann, der sich über zwei Stühle gelegt hatte und schlief, und eine ältere Frau, die mit leerem Blick auf einen Fernsehbildschirm ohne Ton starrte. Die Frau an der Rezeption hatte sie erwartet, denn als Beth ihren Namen nannte, gab sie auf dem Telefon eine Nummer ein. »Mrs Koryan ist hier.« Nach wenigen Sekunden kamen ein Arzt und eine Krankenschwester durch die Schwingtür. Ihre Gesichter wirkten wie versteinert. Die beiden stellten sich vor, aber Beth registrierte die Namen überhaupt nicht. Sie folgte ihnen in ein kleines Besprechungszimmer, das von der Eingangshalle abging, und schloss die Tür.

»Er ist tot, nicht wahr?«, fragte sie.

»Nein, er ist nicht tot, Mrs Koryan«, erwiderte der Arzt. »Bitte setzen Sie sich.«

Beth ließ sich den beiden gegenüber auf einen Stuhl sinken. Ihre Mienen waren finster. Auf den Namensschildern stand »Omar Rouhana, Arzt« und »Karen Chapman, Krankenschwester«.

»Mrs Koryan, bevor Sie Ihren Mann sehen können, müssen wir Sie darauf hinweisen, dass er ein schweres Trauma erlitten hat. Abgesehen davon, dass er fast ertrunken wäre, hat er akute toxische Verbrennungen erlitten.«

»Verbrennungen?«

»Er ist in einen Quallenschwarm geraten.«

Das klang wie ein schlechter Witz. »Quallen?«

»Wir kennen keine Einzelheiten, aber ein Beamter der Küstenwache hat einen großen Schwarm beobachtet. Glücklicherweise hat er ein paar der Tiere eingesammelt. Wir stehen in ständigem Kontakt mit den Meeresbiologen von den Labors der Woods Hole and Northeastern University in Nahant, die uns bei der toxikologischen Analyse unterstützen.«

»Wa-was soll das heißen?«

»Dass Ihr Mann schwere Verbrennungen erlitten hat«, sagte Schwester Chapman. »Leider sieht er nicht gut aus.«

Beth nickte benommen. Dann stand die Krankenschwester auf, nahm sie am Arm und führte sie durch die Tür zur Notfallstation. Sie gingen durch einen Gang, an dessen Ende mit Vorhängen abgetrennte Betten standen. Um sie herum piepsten und summten elektronische Geräte. Vor dem dritten Abteil blieben sie stehen, und die Krankenschwester zog den Vorhang zurück. Obwohl Arzt und Schwester ihr Bestes getan hatten, um den Schock zu mildern, wäre es unmöglich gewesen, Beth auf diesen Anblick vorzubereiten.

Ihr erster Eindruck war, dass sie nicht ihren Mann, sondern eine abscheuliche, fremdartige Karikatur von ihm vor sich hatte. Jack lag mit ausgebreiteten Gliedmaßen auf einer Liege. Seine Augen waren mit Gaze abgedeckt, über seine Genitalien hatte jemand ein weißes Tuch gelegt, und seine Füße steckten in dicken Verbänden. Von sämtlichen Körperteilen – Mund, Kopf, Armen und Genitalien – führten Schläuche zu Monitoren, Geräten und Dauertropfinfusionen. Einer davon war unter seinem Schlüsselbein implantiert und an verschiedene Dauertropfinfusionen angeschlossen worden. Wirklich mulmig wurde es Beth jedoch, als sie seinen Körper sah. Er war auf die doppelte Größe angeschwollen, und Hals, Brust, Arme, Schenkel und Waden waren mit feuerroten, Flüssigkeit absondernden Striemen überzogen. Die Haut war von Kopf bis Fuß mit einer glitzernden schmerzstillenden Salbe bedeckt. Er sah aus, als wäre er brutal ausgepeitscht und dann bis zum Platzen mit Flüssigkeit aufgepumpt worden.

Die Luft entwich in kurzen, abgehackten Stößen aus Beths Lungen, während sie benommen vor Entsetzen versuchte zu verarbeiten, was aus Jack geworden war – dem attraktiven Mann mit dem dichten schwarzen Haar und den sprühenden grünen Augen, nach denen seine Schülerinnen verrückt waren. Beths Blick fiel auf die kleine Rose, die Jack zur Erinnerung an die Mutter, die er kaum gekannt hatte, auf seinem rechten Arm eintätowiert hatte. Dann brach sie in Tränen aus.

Die Schwester nahm sie in die Arme. »Ich weiß, aber zumindest ist seine Herzfrequenz stabil, und die Vitalfunktionen sind in Ordnung.«

»W-warum ist er so *aufgeschwemmt?«*

»Das Toxin. Dadurch sickert Wasser in Gewebe und Körperhohlräume. Deswegen hydrieren wir ihn auch.«

»Die Testergebnisse werden erst in ein paar Tagen vorliegen«, erklärte der Arzt, »aber bis jetzt zeigt sein Blutbild keine größeren Anomalien.«

»Was ist ihm zugestoßen?«

Der Arzt übernahm die Beantwortung dieser Frage. »Das Meereslabor meint, es sei eine seltene tropische Art gewesen. Bis die Giftanalyse vorliegt, behandeln wir ihn mit Steroiden und Antikonvulsiva, um ihn stabil zu halten.« Der Arzt prüfte Jacks Fieberkurve. »Seine Temperatur ist schon fast wieder normal.«

Jacks Augen waren dick verbunden, und das wenige, das sie von seinem Gesicht erkennen konnte, war zu einer rotlila Maske verquollen. Seine Lippen sahen aus, als hätte jemand mit den Fäusten darauf eingedroschen: blau, aufgedunsen, blutig und mit Desinfektionsmittel bedeckt. In seinem Hals steckte ein Trachealtubus. Bis auf die Tätowierung erinnerte nichts mehr an den Mann, mit dem sie sich vor wenigen Stunden gestritten hatte. Ihr letztes Gespräch war eine Auseinandersetzung über seine Fahrt zur Insel gewesen.

»Was ist das an seinem Kopf?« Jacks Haar war bis auf die Kopfhaut abrasiert worden, um ein Gerät zu implantieren.

»Eine ICP-Sonde. Wir messen den Schädelinnendruck.« In seinem Kopf steckte eine Art Reifendruckmessgerät, das über Leitungen mit einem elektronischen Monitor verbunden war.

»Wie manche Schlangenbisse«, erklärte der Arzt, »verursachen auch die Toxine von Meeresorganismen einen rapiden Anstieg des Blutdrucks und führen zu Gehirnblutungen.«

An einer Wand hing ein Röntgenfilmbetrachter mit Bildern, die offenbar Jacks Gehirn zeigten. Die Krankenschwester war Beths Blick gefolgt. »Wir haben eine Kernspintomografie durchgeführt, um ihn auf Ödeme … Schwellungen und Blutungen zu untersuchen.«

»Glücklicherweise sieht es nicht so aus, als müssten wir operieren«, sagte der Arzt. »Die Entwicklung ist günstig. Der Hirndruck ist in den letzten beiden Stunden nicht mehr angestiegen.«

»Sie meinen, er hat eine Hirnblutung erlitten?«

Der Arzt nickte. »Aber wir können noch nicht beurteilen, welche Auswirkungen das hatte. Wir wissen nicht genau, wie lange er bewusstlos war. Im Augenblick behandeln wir ihn mit Steroiden, um eine Gehirnentzündung zu vermeiden. Außerdem bekommt er Antikonvulsiva gegen epileptische Anfälle. Wir bemühen uns, ihn zu stabilisieren.«

Beth nickte. Ein grauenhafter Gedanke schnitt wie eine Haiflosse durch ihr Bewusstsein: *Jack trägt vielleicht einen Hirnschaden davon.*

Ihr Blick wanderte über die leise piepsenden Monitore, die blinkende rote und orange Schnörkel und Kurven zeigten, die Ständer mit den Dauertropfinfusionen, das Beatmungsgerät, das Luft in seinen Hals pumpte, den Katheter-Urinbeutel, die Absauggefäße und die Sauerstofftanks neben seinem Bett. Urinschläuche führten zu irgendeinem Gerät auf dem Boden.

Ich werde ihn verlieren.

Ihr Blick blieb an dem Herzmonitor hängen. Sie arbeitete noch, die große Pumpe. Stark wie ein Pferd.

Quallen.

»Wird er durchkommen?«, fragte sie mit kaum hörbarer Stimme.

»Wir tun, was wir können«, sagte der Arzt. »Wenn sein Zustand stabil bleibt, wird er ins Massachusetts General Hospital verlegt. Dort gibt es die besten Neurologen und Geräte der Welt. Außerdem ist es für Sie nicht so weit.«

Schwester Chapman gab Beth Papiertücher, damit sie die Tränen trocknen konnte, die ihr mittlerweile über das Gesicht strömten.

»Seine Füße …« Sie waren komplett mit Verbänden umwickelt.

»Die lagen im Wasser, als er an den Strand gespült wurde.«

Sie stellte sich vor, wie Jacks Füße stundenlang in Quallengift mariniert wurden.

Eine zweite Schwester kam mit einem Medikamententablett herein.

»Mrs Koryan, wir müssen ihn umdrehen, um seinen Rücken zu verbinden. Vielleicht warten Sie besser draußen. Falls Sie Hunger haben, wir haben eine Kaffeemaschine und eine Kantine. Folgen Sie einfach dem Gang.«

Sie wollten ihr den Anblick von Jacks Rücken ersparen. Beth nickte. Hunger hatte sie keinen, aber nachdem sie den Rest der Nacht wach sein würde, konnte sie einen Kaffee brauchen. In einer halben Stunde sollte sie zurück sein. Als sie sich zur Tür wandte, fiel ihr Blick auf Jacks Hände. Seine Finger sahen aus wie lila Würste. Sein Ringfinger war bandagiert. Dann entdeckte sie das kleine Plastiktütchen mit dem verbogenen gelben Metallstreifen auf dem Nachttisch. Die Erkenntnis entwickelte sich wie ein Polaroidfoto: Jacks Ehering. Sie hatten ihn aufgeschnitten, damit er die Durchblutung nicht abschnürte.

»Sie können ihn mitnehmen«, sagte Schwester Chapman und reichte ihn ihr.

Aber Beth schüttelte den Kopf und ging aus dem Zimmer.

3

Eddie Zuchowsky hatte sich schon gedacht, dass es kein guter Tag werden würde, aber so schlimm hatte er ihn sich nicht vorgestellt.

Zuerst stand er auf der Route 3 keine dreieinhalb Kilometer vom Zentrum von Cobbsville im Stau und kam deswegen erst zehn Minuten vor der Öffnungszeit am Laden an. Dann stellte er fest, dass sich zwei der Mädchen krankgemeldet hatten, was hieß, dass sie auf dem Dave-Matthews'-Konzert an der University of New Hampshire gewesen und erst um fünf Uhr früh nach Hause gekommen waren. Weil Freitag und sicher viel los war, würde Eddie die Fototheke übernehmen und gleichzeitig seine anderen Aufgaben als stellvertretender Filialleiter wahrnehmen müssen.

Und jetzt sah er auch noch auf dem Überwachungsmonitor, wie sich eine alte Dame am Cover-Girl-Regal die Taschen mit Lippenstiften vollstopfte.

Du meine Güte, das hat mir noch gefehlt, dachte Eddie.

Er starrte ungläubig auf den Monitor. Die Frau kam ihm irgendwie bekannt vor, aber er wusste nicht recht, woher. Er stellte das Bild schärfer. Dann fiel es ihm wieder ein: Clara, eine seiner Seni-Stammkunden. So nannten einige seiner Mitarbeiter die Patienten aus dem nahe gelegenen Pflegeheim Broadview. »Seni« stand für »senil«.

Das war natürlich nicht sehr nett. Als stellvertretender Filialleiter des CVS-Drogeriemarkts von Cobbsville untersagte er seinem Personal solch unfreundliche Ausdrücke. Einmal hatte er einem Jungen aus dem Lager sogar damit gedroht, ihn zu melden, weil er den Spruch »Alzies but Goodies« geprägt hatte. Eddie musste zugeben, dass er das auch witzig fand, erinnerte den Jungen aber daran, dass jeder von ihnen dereinst mit Alzheimer enden konnte.

Sie kamen häufig auf dem Rückweg von einem Baseballspiel oder einem Restaurant vorbei, wenn die Pfleger Medikamente für die Patienten abholten. Statt die alten Leute in den Minibussen sitzen zu lassen, wo sie schnell unruhig wurden, ließen sie sie im Laden herumlaufen – natürlich nur unter Aufsicht und in Gruppen. Während der eine Pfleger die Medikamente besorgte, blieben die anderen zwei bei den Patienten, die wie Schafe durch die Gänge trotteten.

Sie machten nie Ärger und belästigten auch die anderen Kunden nicht. Manchmal wurden sie ein wenig laut. Gelegentlich stieß einer einen völlig unmotivierten Ruf aus, der keinen Sinn ergab. Wenn sie in ihrer Verwirrung Angst bekamen und anfingen zu weinen, wurden sie von den Pflegern beruhigt oder nach draußen zum Bus gebracht. Einige ganz Mutige sprachen gelegentlich Kunden an, machten harmlose Bemerkungen wie geistig zurückgebliebene Kinder. Vor ein paar Wochen hatte ein Mann Allison an der Kasse gefragt, ob sein Papa wieder nach Hause kommen könne. Offenbar dachte er, er war ein Kind und Allison seine Mutter, die seinen Vater vor die Tür gesetzt hatte. »Natürlich«, hatte Allison, die nicht auf den Kopf gefallen war, gesagt, und der alte Mann hatte vor Freude gestrahlt.

Normalerweise durften sich die alten Leute eine Kleinigkeit aussuchen – ein Bilderbuch, ein Spielzeug, eine Packung Kekse, Make-up. Wenn die Artikel nicht zu teuer oder ungeeignet waren, bezahlten die Pfleger dafür, bevor sie die Patienten einsammelten und sie nach draußen zu den Minibussen zurückbrachten. (Eddie wusste mittlerweile, dass alle Heimbewohner kleine Konten hatten.) Erstaunlich war nur, dass ein Besuch in dem Drogeriemarkt, der kaum sechs Kilometer von Broadview entfernt war, für diese Leute eine große Unternehmung war – wie eine Fahrt nach Disneyland. Einige hätten den Unterschied vermutlich überhaupt nicht bemerkt.

Aber sie schienen diese Ausflüge zu genießen, und für das Geschäft war es auch gut, weil es der Stadt zeigte, wie sozial CVS eingestellt war. Im Laufe der Monate hatte Eddie einige der Heimbewohner unterscheiden gelernt – wie Clara, die keine zierliche alte Dame, sondern eine große, stämmige Frau mit einem runden, flachen Gesicht war. Sie sprach nicht viel, sondern schlurfte an der Hand des Pflegers durch die Gänge und musterte die Regale. Was auch immer man zu ihr sagte, die Antwort lautete stets »Ja.«

»Hallo, Clara. Alles in Ordnung?«

»Ja.«

»Geht es Ihnen gut?«

»Ja.«

»Sie haben aber ein schönes Kleid.«

»Ja.«

»Hätten Sie gern eine Schüssel Würmer zum Essen?«

»Ja.«

Eddie ließ die Fototheke im Stich und machte sich unverzüglich auf den Weg zu Gang 1A. Aber als er um die Ecke bog, erstarrte er.

Clara stand noch am Cover-Girl-Regal. Für einen Augenblick dachte er, sie würde aus dem Mund bluten, aber dann begriff er, dass sie ihr Gesicht mit Lippenstift beschmiert hatte. Sie stöhnte furchterregend, und auf dem Boden lagen glänzende Lippenstifthülsen und Packungen von Scheren mit bunten Griffen – diese Woche im Sonderangebot für drei Dollar neunundneunzig. Aus

Claras Hüfttasche ragte eine große rosa Schere, die andere Tasche war zum Platzen voll mit Lippenstiften.

»Clara, was tun Sie da? Lassen Sie das!«

Und wo zum Teufel sind die Pfleger? Die Frau ist ja wahnsinnig.

Und sie stinkt. Ihre Füße und Beine sind schlammig. Hat sie die Nacht im Wald verbracht? Außerdem richtet sie hier ein totales Chaos an.

Aber Clara war vollauf damit beschäftigt, sich einzuschmieren und zu stöhnen. Ihre Augen rollten unkontrolliert. *Du lieber Himmel, das ist ja furchtbar.*

Am anderen Ende des Ganges entdeckte Eddie eine junge Mutter mit zwei kleinen Kindern.

»Schluss damit, Clara!«, rief Eddie. Er musste die Pfleger anpiepsen. Allison oder eine der älteren Verkäuferinnen sollten sich um die Frau kümmern. Die Situation war völlig außer Kontrolle, und er wollte die Frau nicht anfassen. Sie hatte eindeutig den Verstand verloren.

Plötzlich entdeckte sie ihn. Ihre Augen weiteten sich, und Eddie spürte geradezu körperlich die Aggressivität, die von ihr ausging.

»Donny Doh, tsee-tsee go.«

»Was?«

»Donny Doh, tsee-tsee go«, krächzte sie wieder und wieder, bis sie schließlich brüllte. Ihr großflächiges rotes Gesicht war verzerrt, und ihr fleischroter Mund schleuderte ihm ohne Unterlass *»Donny Doh, tsee-tsee go«* entgegen.

Verdammter Mist! Das kann ich wirklich nicht brauchen. »Clara, hören Sie auf. Es ist gut. Es kommt alles in Ordnung.«

Die Mutter am Ende des Ganges schnappte sich ihre Kinder und verschwand eilig in die andere Richtung.

Wo zum Teufel sind die Pfleger?

Audrey, eine der älteren Verkäuferinnen, hatte den Lärm gehört und eilte in den Gang. »Ach, du lieber Himmel!«

»Donny Doh, Donny Doh, tsee-tsee go, tsee-tsee go.«

Clara beachtete Audrey, die sich ihr von hinten näherte, überhaupt nicht. Ihr Kopf hatte sich in eine riesige rote Melone verwandelt, und ihre Augen traten derart hervor, dass Eddie fürchtete, sie könnten ihr aus dem Kopf springen. Sie sah aus, als wäre sie besessen.

»Clara, hören Sie auf!«

Aber Clara hörte nicht auf, im Gegenteil, sie fing jetzt an, sich zu reiben, wobei sie ihr Kleid mit Lippenstift beschmierte. Der Gang war erfüllt von ihrem entsetzlichen Stöhnen.

»Rufen Sie die Polizei«, rief Eddie Audrey zu. »Schnell!« Dann wandte er sich Clara zu. »Clara, hören Sie auf! Hören Sie auf damit!«

»Tsee-tsee go!«

In dem verzweifelten Versuch, sie zu beruhigen, streckte er die Hand nach ihr aus. Hinter sich hörte er Rufe – Kunden, weitere Angestellte, vielleicht die Pfleger, dachte er.

Als er sich umsah, nahm er aus dem Augenwinkel einen rosa Blitz wahr. Immer noch den hässlichen Babyreim kreischend, den er mit ins Grab nehmen sollte, stürzte sich Clara auf ihn und rammte ihm die spitze Scherenklinge in den Hals.

In dem allgemeinen Gebrüll und Aufruhr versuchte Eddie einen langen, gurgelnden Augenblick lang zu verstehen, dass ihm eine über siebzigjährige Alzheimerpatientin, deren Gesicht mit Cover Girl Rose Blush verschmiert war und die ihm einen unsinnigen Reim entgegenschrie, eine Schere mit rosa Griffen für drei Dollar neunundneunzig in den Hals gestoßen hatte.

Er sank auf die Knie. Gesichter drehten sich vor seinen Augen, und Gebrüll verstopfte seinen Kopf. Er drückte die Hand an seinen Hals und spürte die Schere und das klebrige warme Blut, das durch seine Finger sickerte. Das Letzte, was er bemerkte, war, dass ihn jemand auf den Boden legte. Das kühle Licht der Leuchtstoffröhren verwandelte sich in eine weiche, verschwommene Dämmerung, als das Leben aus seiner Halsschlagader entwich.

»Donny Doh, tsee-tsee go.«

4

Jack schlief die nächsten beiden Tage und Nächte durch, ohne dass sich etwas veränderte.

Beth verließ das Cape Cod Medical Center erst, als sich Jacks Zustand so weit stabilisiert hatte, dass er auf die Intensivstation des Massachusetts General Hospital in Boston verlegt werden konnte. Da sie nicht im Hubschrauber mitfliegen konnte, fuhr sie mit dem Auto. Sie legte einen Zwischenstopp zu Hause in Carleton ein, um sich umzuziehen und Vince Hammond zu informieren. Er bot ihr an, sie zu begleiten, aber sie lehnte ab. Jack hätte nicht gewollt, dass ihn jemand in diesem grässlichen Zustand sah.

Während Jack vorbereitet wurde, wartete Beth in der Lobby der Intensivstation. Seit dem furchtbaren Anruf waren vierzig Stunden vergangen, aber sie konnte es immer noch nicht glauben. Ziellos blätterte sie in Illustrierten und Zeitungen. Die Schlagzeilen des *Boston Globe* sprachen vom Krieg im Irak, einem weiteren Selbstmordattentat in Israel und einer Schießerei in Dorchester. Die üblichen Schrecken. Aber unten auf der ersten Seite stach ihr der Titel »Pflegeheimpatientin wegen Mordes verhaftet« ins Auge. Offenbar hatte eine Sechsundsiebzigjährige den Filialleiter des örtlichen CVS-Drogeriemarkts mit einer Schere angegriffen und getötet. Zeugen berichteten, die Frau habe sich merkwürdig verhalten. Als der Filialleiter nachsehen wollte, was los war, habe ihm die Frau eine Schere in die Halsschlagader gestoßen. »Es scheint völlig sinnlos«, wurde Captain Steven vom

Manchester Police Department zitiert. »Clara Devine war eine friedliche alte Dame.«

Alles ist sinnlos, dachte Beth und legte die Zeitung beiseite.

Nach fast einer Stunde kam eine Krankenschwester namens Laura Maffeo und teilte ihr mit, sie könne zu ihrem Mann.

»Wie geht es ihm?«, fragte Beth.

»Er schläft immer noch, aber sein Zustand ist stabil.« Die Krankenschwester führte Beth zu einem Zimmer weiter hinten im Gang. Jack hing in einer Vorrichtung, die aussah wie ein mittelalterliches Foltergerät in Chrom. Sein Körper steckte zwischen zwei Plattformen, die an einem großen runden Rahmen befestigt waren. Beth fühlte sich an ein riesiges Hamsterrad erinnert. Eine der beiden Schwestern drückte einen Knopf, und das Gebilde, das die Schwester später als Rotationsbett bezeichnete, drehte Jack um ein paar Grad, sodass er auf dem Rücken lag.

»So können wir Rücken und Vorderseite verbinden, ohne ihn bewegen zu müssen.«

Obwohl Beth ihn vor kaum achtzehn Stunden zuletzt gesehen hatte, war sein Aussehen an diesem Morgen ein Schock für sie. Jacks Körper war nach wie vor aufgedunsen und mit dicken roten und lila Striemen überzogen. Rumpf und Gliedmaßen waren mit einer dicken weißen Salbe bedeckt. Seine Augen waren immer noch verbunden, und er war an ein halbes Dutzend elektronische Monitore, Dauertropfinfusionen, Katheter und intravenöse Verweilkanülen angeschlossen. An seinem Kopf war mit Klebeband eine ICP-Sonde befestigt. Er wurde weiterhin beatmet. Das Gerät knackte und zischte in einem beharrlichen Rhythmus. Jacks Brust hob und senkte sich, als spielte er ein merkwürdiges Blasinstrument. Umgekehrt sah es aus, als spielte die Maschine auf ihm, als wäre Jack ein Sack, ein aufblasbares Michelin-Männchen, das von der Maschine aufgepumpt wurde.

»Die meisten seiner Vitalfunktionen sind stabil«, sagte die Krankenschwester. »Sein Herz ist stark. Leber und Nieren arbeiten gut. Wir haben ihm Medikamente gegeben, um den Blutdruck auf einem normalen Niveau zu halten.«

Eine Frau in Weiß betrat den Raum und stellte sich als Dr. Vivian Heller, Neurologin, vor. Sie war hochgewachsen und schlank, hatte dichtes rotes Haar, das sie zurückgebunden trug, und große, dunkle Augen. »Mrs Koryan, es tut mir leid, dass es Ihrem Mann so schlecht geht, aber wir überwachen ihn genau. Bisher ist sein Zustand ziemlich stabil. Die Leute von Woods Hole haben die Quallen als eine in der Karibik heimische Art identifiziert und stehen in Kontakt mit Spezialisten in Jamaika. Die Giftanalyse ist noch nicht abgeschlossen. Bis jetzt sind die Wirkstoffe nicht vollständig identifiziert, wobei das Gaschromatogramm ungewöhnliche Spitzen zeigt. Das Labor bemüht sich, die chemische Struktur zu isolieren.«

Beth sah sie hilflos an. »Ich verstehe kein Wort.«

»Das soll nur heißen, dass es sich um eine merkwürdige, neurotrope Signatur handelt, die uns bis jetzt nicht begegnet ist. Aber es ist denkbar, dass sein Körper die Substanz bereits ausgeschieden hat, bis wir sie identifiziert haben. In der Zwischenzeit überwachen wir die lebenswichtigen Organe und versuchen, das Ausmaß der Schädigung abzuschätzen.«

»Wird er … Soll das heißen, dass er bleibende Schäden davontragen wird?« Beth brachte die Frage kaum über die Lippen.

»Wir glauben, dass die Sauerstoffversorgung eine Zeit lang unterbrochen war, aber wir wissen noch nicht, wie sich das auswirkt. Es kam anfänglich zu einer Hirnblutung, doch die hat aufgehört, und der Schädelinnendruck ist wieder auf normale Werte gesunken.«

Der ganze Fachjargon verwirrte Beth. Sie blickte auf Jack herunter. »Warum wacht er nicht auf?«

»Weil sein Nervensystem schwer geschädigt wurde. Wir wissen noch nicht, was das für Folgen haben wird. Wir können nur abwarten.«

»Aber wie lange?«

»Es kann noch einige Tage dauern, bis er aufwacht. Bis jetzt hat er noch nicht auf Anweisungen oder Reize reagiert. Aber das ist angesichts der Schädigung nicht ungewöhnlich.«

»Wie lange muss er noch beatmet werden?«

»Bis wir sicher sind, dass er selbst atmen kann.«

Ein Telefonanruf unterbrach das Gespräch. Schwester Maffeo nahm ab. »Ein Vince Hammond möchte Ihren Mann besuchen.«

Beth nickte erleichtert. »Das ist ein Freund von uns.«

Eine Minute später kam er ins Zimmer. Vince Hammond war groß, etwa einen Meter fünfundachtzig, und besaß einen athletischen Körperbau, den er sich in langen Jahren des gemeinsamen Fitness-Trainings mit Jack erworben hatte. Aber als er Jack sah, schien er in sich zusammenzufallen. »Gütiger Himmel!«, flüsterte er, während ihm die Tränen in die Augen traten. »Wie ist die Prognose?«

Dr. Heller wiederholte, was sie Beth gesagt hatte. »In einigen Tagen werden die Schwellung und die Hautreizungen zurückgehen.«

Vince schüttelte ungläubig den Kopf. Er konnte es nicht fassen, dass das sein alter Freund und Partner sein sollte, der in weniger als einem Monat zur großen Eröffnung des »Yesterdays« die Champagnerkorken knallen lassen wollte. »Was glauben Sie, wie lange er bewusstlos bleibt?«

»Wie ich Mrs Koryan schon erklärt habe, lässt sich das schwer sagen. Bei Komapatienten, die fast ertrunken sind oder einen toxischen Schock erlitten haben, werden in einem Zeitfenster von zweiundsiebzig Stunden Reaktionen auf Reize beobachtet. Wir behalten ihn ständig im Auge.«

»Mhm«, sagte Vince und legte den Arm um Beths Schulter.

Beth nickte der Ärztin reflexartig zu, aber das Wort »Komapatient« zuckte wie ein Lichtbogen durch ihr Gehirn.

Die Cafeteria des Massachusetts General Hospital lag drei Stockwerke tiefer. Jetzt, am Nachmittag, saßen nur wenige Menschen an den Tischen. Vince und Beth entschieden sich für einen kleinen Tisch an der hinteren Wand.

»Ich habe Angst«, sagte Beth und streckte die Hand nach Vince aus, der sie mit beiden Händen nahm. Ihr fiel ein, wie sie sich das letzte Mal so an den Händen gehalten hatten. Damals war Vince zu ihnen nach Hause gekommen, um ihnen zu sagen, dass er und Veronica sich trennen würden. Jetzt ging es um Jack, der mit dem Tod rang.

»Natürlich hast du Angst. Ich auch. Was zum Teufel hatte er da draußen zu suchen?«

»Es war der Todestag seiner Mutter. Kannst du dir das vorstellen? Sie verschwindet vor dreißig Jahren bei einem Bootsunfall, und er fährt da raus, um ihrer zu gedenken.« Sie schüttelte den Kopf. »Wenn es um seine Mutter geht, ist er komisch. Dabei kann er sich noch nicht einmal an sie erinnern. Es war idiotisch, bei aufziehendem Sturm allein hinauszufahren. Dafür liegt er jetzt im Koma.«

»Er kann jederzeit aufwachen. Das hat die Ärztin selbst gesagt.«

»Und wenn nicht? Was soll ich dann tun? Was ist mit dir und dem Restaurant? Ich kann es einfach nicht fassen.« Sie fing erneut an zu weinen.

Er drückte ihr die Hand. »Komm, halt durch.«

»Es ist meine Schuld, dass er gefahren ist. Wir hatten einen Streit, einen dummen Streit. Seit ich das Baby verloren habe, redet er sich ein, dass wir nie Kinder haben werden, dass er nie

Vater sein wird. Das macht ihm zu schaffen, weil er sich eine große Familie wünscht. Ach, ich weiß auch nicht …«

Vince nickte und ließ sie weiterreden.

»Er wollte, dass ich mitkomme, aber ich hatte keine Lust. Da ist er wütend geworden und beleidigt weggefahren.« Sie trocknete sich die Augen. »Quallen. Kannst du dir das vorstellen?«

»Habt ihr über eine Adoption nachgedacht?«

»Das wollte er nicht. Außerdem hatten wir andere Probleme. Zwischen uns lief es nicht gut … Ich dachte daran, ihn zu verlassen.«

»Vielleicht wechseln wir besser das Thema.«

»Ich wollte dich nicht in Verlegenheit bringen. Aber wenn er nicht überlebt, kann ich ihm nie sagen, dass es mir leid tut.«

»Er kommt durch. Dann kannst du ihm alles erklären, was du auf dem Herzen hast.«

Sie sah Vince an und nickte. In ihr kämpften düstere Empfindungen, die sie nur zu gern losgeworden wäre. Aber sie konnte es nicht. Und die richtigen Worte konnte sie auch nicht finden. Wie hätte sie Vince erklären können, was sie selbst nicht verstand – dass ihre erste Reaktion Erleichterung gewesen war, als die Ärzte ihr mitgeteilt hatten, Jack würde vielleicht nicht überleben?

5

Es war kurz nach acht am Samstagmorgen, als das schrille Klingeln der Türglocke René aus dem Schlaf riss. Silky, ihre schwarzweiße Katze, strich ihr um die Beine, während sie barfuß ans Fenster ging. In ihrer Einfahrt stand ein Streifenwagen, der dem Kennzeichen nach aus Cobbsville, New Hampshire, stammte.

Sie warf sich einen Bademantel über, gurgelte kurz mit Mundwasser und ging nach unten zur Haustür. Ein großer Mann um die vierzig stellte sich lächelnd als Officer Steven Menard von der Mordkommission des Manchester Police Department vor. Er trug ein marineblaues Sportsakko, ein blaues Arbeitshemd und eine Chinohose. »René Ballard?«

»Ja.«

Er zeigte ihr seine Marke. »Tut mir leid, dass wir Sie stören müssen, aber wir ermitteln wegen der Ermordung von Edward Zuchowsky im CVS gestern. Sagt Ihnen der Name etwas?«

»Nein. Wie war das noch einmal?«

»Edward Zuchowsky.«

»Tut mir leid, aber von dem habe ich noch nie gehört.«

»In Ordnung. Kann ich trotzdem hereinkommen und Ihnen ein paar Fragen stellen?«

»Natürlich.« René öffnete die Tür. Silky flitzte nach draußen, als der Beamte das Haus betrat. René führte Menard ins Wohnzimmer, wo er auf der Couch Platz nahm.

Er entnahm einer Mappe ein vergrößertes Foto von einem Mann, der mit einem Billardstock in der Hand in einer Art

Hobbykeller stand und lächelte. »Edward Zuchowsky. Er war stellvertretender Filialleiter des CVS von Cobbsville.«

René sah sich das Bild genau an und schüttelte den Kopf. »Tut mir leid, aber den kenne ich nicht.«

Der Beamte nickte und legte das Foto wieder in die Mappe. »Gut. Sagt Ihnen der Name Clara Devine etwas?«

»Clara Devine?« Seit zwei Monaten überwachte René als beratende Apothekerin die Medikamentenversorgung von fast sechshundert Patienten in Pflegeheimen im südlichen New Hampshire und östlichen Massachusetts. Im Augenblick waren die meisten für sie nur Namen auf Aktendeckeln. Der Beamte zeigte ihr ein Bild einer älteren Frau mit ausdruckslosen dunklen Augen und einem breiten Gesicht.

Er warf einen Blick auf sein Klemmbrett. »Sie war in Broadview untergebracht.«

»Das ist eines meiner Heime.« Clara Devine. Der Name löste keine Erinnerung aus. »Ich muss in meinen Aufzeichnungen nachsehen. Ich mache das noch nicht lange.« Sie lächelte nervös. Es war ihr peinlich, dass sie den Namen einer Patientin nicht zuordnen konnte. »Gibt es ein Problem?«

»Sie wurde wegen Mordes an Mr Zuchowsky verhaftet.«

»Was?«

»Sie hat ihm im CVS in der Everett Street eine Schere in den Hals gestoßen.«

»Mein Gott, das ist furchtbar! Sind Sie sicher, dass es sich um dieselbe Frau handelt? Die meisten meiner Patienten sind alt und dement.«

»Es waren mehrere Zeugen zugegen. Außerdem wurde sie von einer Überwachungskamera gefilmt.«

»Das ist unglaublich.« René stand auf und holte ihren Laptop, auf dem sie Krankengeschichte und medikamentöse Versorgung ihrer Patienten gespeichert hatte. Sie stellte den Laptop auf einen

Tisch und begann mit der Suche. »Das mit dem jungen Mann tut mir sehr leid, aber ich kann kaum glauben, dass jemand wie Mrs Devine so etwas getan hat.« Sie scrollte durch ihre Dateien.

»Da sind Sie nicht die Einzige. In welcher Eigenschaft sind Sie für Broadview tätig?«

»Ich bin beratende Apothekerin für CommCare.«

»Was ist das?«

»CommunityCare, eine Apotheke, die Patienten in Pflegeheimen und Rehakliniken mit Medikamenten versorgt. Laut Bundesgesetz müssen sämtliche Krankenblätter jeden Monat von einem Apotheker geprüft werden. Das ist mein Job: Ich suche die Pflegeheime ein- oder zweimal pro Monat auf, um mir die Krankenblätter im Hinblick auf eventuelle Probleme mit der Verabreichung von Medikamenten anzusehen. Wenn ich solche Probleme erkenne, empfehle ich dem Arzt der Patienten eine Umstellung.«

»Interessant. Und wenn der Arzt mit Ihren Empfehlungen nicht einverstanden ist?«

»Das ist natürlich sein gutes Recht, aber laut Bundesgesetz muss er sich trotzdem daran halten.«

»Aha. Wie gut kennen Sie die Patienten?«

»Na ja, meine Informationen entnehme ich in erster Linie der Krankengeschichte und den Gesprächen mit dem Personal der Pflegeheime. Manche Patienten lerne ich aber auch persönlich kennen.«

»Wann waren Sie zuletzt in Broadview?«

»Vor etwa drei Wochen.«

»Und Sie sagen, Sie kannten die Täterin nicht?«

Täterin. Es fiel ihr schwer, sich die alte Frau auf dem Bild als Täterin vorzustellen. Ein Täter war für sie ein Gangster im T-Shirt. »Ich kenne sie nicht.«

»Aber sie ist eine Ihrer Patientinnen.« Das klang vorwurfsvoll.

»Sie steht auf meiner Liste. Sie sagten, der Mord hat sich im Drogeriemarkt ereignet. Wo waren denn die Pfleger? Patienten dürfen das Heim nur unter Aufsicht verlassen.«

Menard sah zu ihr auf. »Sie war allein.«

»Allein? Wie war das möglich?«

»Es war niemand vom Heim bei ihr.«

»Aber die Patienten dürfen ihre Station nicht ohne Begleitung verlassen. Wie ist sie aus dem Heim herausgekommen?«

»Das wüssten wir auch gern.«

René bildete mit den Lippen ein stummes »O«, um zu signalisieren, dass sie verstanden hatte. »Sie gehen davon aus, dass sie weggelaufen ist?«

»Das vermuten wir.«

»Aber … das ist unmöglich.«

»Trotzdem ist genau das passiert.« Menard schlug ein paar Seiten auf seinem Klemmbrett um. »Könnten Sie bitte Ihre Aufzeichnungen überprüfen? Laut Pflegepersonal bekam Mrs Devine keinerlei Psychosemittel. Ist das richtig?«

René scrollte durch Clara Devines Akte. Die Frau hatte leichte Herzprobleme, hohen Blutdruck, zu hohe Cholesterinwerte sowie eine Depression und mäßige Demenz. Ihre Schwester hatte sie vor einem Jahr im Alter von zweiundsiebzig Jahren in Broadview einweisen lassen. Laut Unterlagen war diese Schwester, eine gewisse Cassandra Gould aus Dudley, New Hampshire, die einzige lebende Verwandte. Clara war Mündel des Bundesstaates, was bedeutete, dass ihre Schwester keine Vollmacht für sie hatte haben wollen. »Wie Sie wissen, darf ich ohne Durchsuchungsbeschluss keine Einzelheiten weitergeben. Auch ihre Medikamente sind vertraulich.«

»Natürlich, aber darum kümmern wir uns, wenn es so weit ist.« *Reiten Sie bloß nicht auf den Vorschriften herum,* sagte sein Blick.

Sie wussten beide, dass er die Aufzeichnungen beschlagnahmen lassen konnte, aber das würde dauern. Er wollte wissen, ob Clara Devine Medikamente bekommen hatte, die Wahnvorstellungen auslösen konnten. Sie scrollte die Liste herunter: Atorvastatin, um die Cholesterinwerte zu senken, Hydrochlorthiazid, Atenolol, Captopril und schwach dosiertes Aspirin für die Herzerkrankung und den hohen Blutdruck, Paroxetin gegen die Depression, Donepezil für die Demenz. Für eine ältere Pflegeheimpatientin war eine solche Liste Standard. Manche dieser Mittel konnten zwar den Geisteszustand beeinträchtigen, aber keines davon löste explosive Mordlust aus. Laut diesem Profil bekam Clara Devine seit Monaten dieselbe Dosis, was die Wahrscheinlichkeit weiter verringerte, dass eines der Medikamente ihre plötzliche mörderische Aggressivität ausgelöst hatte. »Sieht mir wie die übliche Wäscheliste für ältere Patienten aus.«

»Nichts, was einem ins Auge springt?«

»Nichts.« Dann blätterte sie vor zum aktuellen Datum. Plötzlich stieß sie auf eine Lücke. Sie scrollte zurück und überprüfte ihre Aufzeichnungen noch einmal. »Das ist merkwürdig«, sagte sie.

»Was ist merkwürdig?«

In den vergangenen sechs Monaten erschien Clara Devine nicht mehr auf Renés Patientenliste. Die letzten Bestellungen stammten vom Februar. René fühlte, dass Menard sie nicht aus den Augen ließ. Er wartete auf eine Erklärung. Wenn sie überreagierte, würde er wissen wollen, wie es möglich war, dass in ihren Aufzeichnungen ein halbes Jahr fehlte. Dann würde er sich in Broadview beschweren, und bevor sie wusste, wie ihr geschah, würden sich ihre Vorgesetzten bei CommCare fragen, wieso sie sie eingestellt hatten. »Ein kleiner Computerirrtum«, behauptete sie. »Soweit ich sehen kann, hat sie keine Medikamente bekommen, die ein solches Verhalten auslösen könnten.«

»Gibt es Hinweise auf psychotisches Verhalten auf der Station oder vor der Einweisung?«

René überprüfte die Eintragungen des Pflegepersonals bis zu der Lücke. Sie fühlte, wie ihr die Röte ins Gesicht stieg, versuchte aber, sich nichts anmerken zu lassen. »Nein. Sie scheint sich ziemlich gut benommen zu haben.« Einige der Notizen brachten sie zum Lächeln. »Anscheinend hat sie sich ein paar merkwürdige Reime einfallen lassen.« Sie las vor: »›Rosen sind rot, Veilchen sind blau, und meine Titten sind eine Schau! Wir haben laut gelacht‹, hat eine Schwester geschrieben. Außerdem hat sie behauptet, ein Kind zu bekommen. Klingt nicht nach jemandem, der einen Wildfremden angreifen würde.«

»Nein, aber offenbar hatte sie Wahnvorstellungen.«

»Das trifft auf viele Demenzpatienten zu, aber deswegen werden sie nicht gewalttätig.«

Menard legte die Hand mit dem Stift auf das Klemmbrett. »Und was glauben Sie, ist passiert, Miss Ballard?«

»Ich habe keine Ahnung.« Auf jeden Fall würde sie sich die Original-Krankenblätter im Heim ansehen. Vielleicht war ihr etwas entgangen. Außerdem wollte sie eine Erklärung dafür, warum in ihren Daten eine Lücke von sechs Monaten klaffte. Besorgt wegen der Unstimmigkeiten, klappte sie den Laptop zu. Sie war stolz auf ihre genauen Aufzeichnungen gewesen, auf ihre Fähigkeit, sich Hunderte von unaussprechlichen Silben, aus denen das Arzneimittelbuch bestand, und die technischen Einzelheiten komplexer chemischer Strukturen sowie deren Wirkung und Nebenwirkungen zu merken. Sie hatte sich bemüht, Namen und Gesichter mit den Unmengen von Daten in Verbindung zu bringen. Trotzdem fehlten ihr die Unterlagen einer Patientin, die im Mittelpunkt einer Morduntersuchung stand. »Was passiert jetzt mit ihr?«

»Sie wird zur Begutachtung ins McLean Hospital geschickt.«

Das McLean Hospital in Belmont, Massachusetts, gehörte zur medizinischen Fakultät von Harvard und war eines der führenden psychiatrischen Krankenhäuser der Vereinigten Staaten. Gefährliche Patienten wurden dort begutachtet.

Menard stand auf und ging zur Tür. An einem Tisch mit Fotos blieb er stehen. Eines davon zeigte René mit Akademikerhut und Robe neben ihren Eltern und Nick Mavros, ihrem Lieblingsprofessor an der New England School of Pharmacy. Daneben standen Bilder ihres Vaters vor seiner Erkrankung. Eines davon zeigte ihn als kleinen Jungen in einem Schaukelstuhl – ein Foto, das sie besonders liebte. Menard griff nach einer Nahaufnahme von Silky. »Ist das die Katze, der ich vorhin begegnet bin?«

»Ja, das ist Silky.« Das Bild hätte gut als Steckbrief in einer Mäusepost hängen können, so bedrohlich blickte der langhaarige, schwarz getigerte Kater mit dem weißen Fleck auf der Nase drein. Im Moment war der kleine Gauner im Garten auf der Jagd nach Backenhörnchen.

»Nur zur Information: Leben Sie allein?«

Bei der Frage wurde ihr unbehaglich zumute. Bis vor wenigen Monaten hatte sie mit Todd in Boston gewohnt und ihre Hochzeit für den Juni geplant – für den 26. Juni, um genau zu sein. Nachdem sie fast zwei Jahre zusammengelebt, das Brautkleid gekauft, den Mietsmoking reserviert, Businessclass-Flüge mit Delta nach Maui, ein Zimmer mit Meerblick im Kapalua Bay Hotel, die Spezial-Katamaran-Kreuzfahrt für Flitterwöchner in den Sonnenuntergang einschließlich Mai-Tai-Cocktails gebucht hatten und hundertzwanzig Einladungskarten mit der Aufschrift »René und Todd« hatten drucken lassen, war der liebe Todd in letzter Minute von Panik ergriffen worden. Er war zurück nach New Jersey gezogen und hatte die Beziehung zu seiner Freundin von der Highschool wieder aufgenommen.

Wenn es nicht so wehgetan hätte, sitzen gelassen zu werden,

hätte sie es geradezu komisch gefunden. In den neunundzwanzig Jahren ihres Lebens war René noch nie jemandem begegnet, der kurz vor der Hochzeit versetzt worden war. Sie hatte Todd angebrüllt, ihm Vorwürfe gemacht, aber er war trotzdem gegangen. Nachdem sie drei Monate lang ihre Wunden geleckt hatte, hatte sie ihre Stelle in einer nahen Apotheke gekündigt. Nick Mavros hatte ihr den Job bei CommCare vermittelt, der sie nach Dover Falls geführt hatte. Hier lebte sie nun in einer umgebauten Scheune, die nur mit dem Notwendigsten ausgestattet war. Damals hatte René beschlossen, dass sie Todd nicht brauchte. Sie wollte die Trennung als Gelegenheit betrachten, ihrem Leben einen neuen Sinn zu geben und sich für eine gute Sache einzusetzen – für etwas, das größer war als sie selbst und dem Wohlergehen anderer diente. »Ja, ich lebe allein.«

Er bedankte sich und reichte ihr seine Karte. »Falls Ihnen doch noch etwas einfällt, das erklären könnte, was Claras Verhalten ausgelöst hat oder wie sie aus dem Heim entkommen konnte …«

»Sie haben das bestimmt schon überprüft, aber funktioniert die Sicherheitstür richtig?«

»Die ist völlig in Ordnung, das haben wir kontrolliert.«

»Und es hat sie auch kein Angehöriger abgeholt.«

»Nichts in der Art. Und das Fenster hat sie auch nicht eingeschlagen.«

Und ich muss erklären, wieso in meinen Aufzeichnungen sechs Monate fehlen.

6

Der Artikel erschien unten auf der Titelseite. »Seniorin aus dem Pflegeheim ersticht Drugstore-Manager in Cobbsville.« Es wollte einfach keinen Sinn ergeben.

René kaufte die Zeitung und fuhr nach Broadview. Das Pflegeheim war in einer hübschen, im Stil eines neuenglischen Dorfes gehaltenen Anlage untergebracht. Die Alzheimer-Station befand sich in einem neu renovierten Flügel im hinteren Bereich des Komplexes. Sie parkte den Honda und ging nach drinnen, wo sie der Rezeptionistin grüßend zuwinkte. Die Anspannung war schon in der Lobby spürbar. Es herrschte eine Stille wie vor einem Gewitter. Pflegepersonal und andere Mitarbeiter tauschten geflüsterte Bemerkungen aus, wenn sich ihre Wege kreuzten.

René ging zur Alzheimer-Station. Eine merkwürdige Vorahnung erfüllte sie, als sie den vierstelligen Code auf der Tastatur eingab. Die elektrisch betätigte Verriegelung öffnete sich, und René trat auf die Kreuzung zwischen zwei Gängen. In einem Korridor saßen mehrere Patienten in Rollstühlen, die mit leerem Blick vor sich hin starrten, während andere an den Wänden entlangschlurften. Im anderen Gang unterhielt sich Carter Lutz, der medizinische Leiter von Broadview, mit einem großen, schwarzhaarigen Mann, in dessen Sportsakko ein Monogramm eingestickt war. Bei Renés Anblick verschwanden die beiden in einem kleinen Büro und schlossen die Tür hinter sich.

Alice Gordon, die Stationsschwester, saß an ihrem Schreibtisch. »Hallo! Ich dachte, Samstag wäre Ihr freier Tag.«

»Normalerweise schon, aber die Polizei war gerade bei mir zu Hause.«

Das Lächeln verschwand so schnell, wie es gekommen war. »Dann haben Sie es also schon gehört«, flüsterte sie. »Gestern Abend wimmelte es hier nur so von Polizisten.«

»Wie konnte das passieren?«

Alice Gordon zuckte nur die Achseln und wandte den Blick ab. »So was kommt eben vor.«

Bonnie, eine Schwesternhelferin, schob den Arzneimittelwagen vorbei. Sie warf René einen wissenden Blick zu und schüttelte den Kopf. Eine Handvoll Patienten wanderte durch die Gänge. Ein Mann schob eine Frau im Rollstuhl, andere saßen auf Stühlen an der Wand. Manche waren eingeschlafen, andere führten Selbstgespräche. René verschwand in der Aktenkammer. Die große Ringbuchmappe von Clara Devine fehlte. »Wo ist Clara Devines Akte?«

Ein merkwürdiger Ausdruck huschte über das Gesicht der Stationsschwester. »Dr. Lutz hat sie.«

»Was wissen wir bis jetzt?«

»Worüber?«

»Darüber, wie sie aus dem Heim entkommen und im Drogeriemarkt einen Mord begehen konnte.«

Alice warf einen Blick auf die Zeitung, die René ihr reichte, und schüttelte den Kopf. »Unglaublich.« Dann wandte sie sich wieder ihrer Büroarbeit zu.

»Was ist mit diesem ›Donny Doh tsee-tsee go‹, von dem die Zeitung schreibt?«

»Muss einer ihrer Reime sein. Das war eine Marotte von ihr.«

»Haben Sie das schon einmal gehört?«

Alice überlegte einen Augenblick. »Ich weiß nicht.« Dann warf sie René einen scharfen Blick zu. »Stellen Sie hier Privatermittlungen an oder so?«

»Ich habe nur ein paar Fragen. So etwas ist keine gute Werbung für das Heim.«

»Das können Sie laut sagen.« Alice wandte sich erneut ihren Papieren zu.

»Alice, warum habe ich das Gefühl, dass hier etwas läuft, von dem ich nichts weiß?«

Alice sah auf. »Tut mir leid, René. Die Sache hat uns alle ziemlich mitgenommen.«

»Die Daten von Clara Devine für die letzten sechs Monate fehlen in meinen Aufzeichnungen.«

»Nein, wirklich?« Alice runzelte die Stirn. »Wie konnte Ihnen das passieren?«

Nicht zu fassen! Sie schob ihr die Schuld in die Schuhe. »Ich bezweifle, dass es an mir liegt.«

Plötzlich sah Alice auf die Uhr. »Ach du liebe Zeit! Mr Martinetti braucht seine Medikamente.«

»Alice, ich habe meinen Computer zweimal überprüft. Seit Februar habe ich keine Einträge mehr für Clara Devine. Gelöscht habe ich sie nicht, sonst müssten sie auf meinen Backup-Disks sein.«

»Keine Ahnung, was da passiert sein könnte.«

René wurde allmählich wütend, weil Alice so offenkundig versuchte, sie loszuwerden. »Also, ich kann mich überhaupt nicht an den Namen erinnern und frage mich allmählich, ob die Frau auf der monatlichen Patientenliste stand, die ich von Ihnen bekomme.«

Alice sah sie mit ausdrucksloser Miene an. »Was soll ich dazu sagen?«

In diesem Augenblick kam Bonnie mit dem Medikamentenwagen zurück. Sie sah Alice an, die den Blickkontakt so lange hielt, dass René aufmerksam wurde. Dann ging sie weiter. Da sie aus Alice nichts herausbekam, folgte René Bonnie. »Einen Augenblick bitte.« Als Bonnie stehen blieb, öffnete René die

Aktenschublade, die Medikamenten- und Patientenblätter enthielt. René ging die Unterlagen durch, bis sie Clara Devines Namen gefunden hatte.

»Hören Sie, ich muss los«, sagte Bonnie und versuchte weiterzugehen.

Alice kam zu ihnen. »Stimmt etwas nicht?«

René ließ Bonnie gehen, aber erst, nachdem sie den Namen von Claras Arzt gelesen hatte. »Ich weiß nicht recht, aber meinen Unterlagen nach ist Dr. Barry Colette für Mrs Devine zuständig. Die Medikamentenblätter sind jedoch von einem Dr. Jordan Carr unterzeichnet.«

Alice' Miene verfinsterte sich. »Er hat sie von Dr. Colette übernommen.« Sie wandte sich zum Gehen, aber René hielt sie auf.

»Und wo finde ich diesen Dr. Jordan Carr?«

Alice deutete mit dem Kopf zum Ausgang. »Ist gerade zur Tür hinaus.«

Das Büro von Carter Lutz lag im Erdgeschoss in der Nähe der Rezeption. Als René um die Ecke bog, sah sie ihn gerade aus dem Zimmer kommen.

»Dr. Lutz, kann ich Sie kurz sprechen?«

Er sah sie an, als könnte er sie nicht recht einordnen.

»René Ballard von CommCare.«

»Oh ja, natürlich. Die Neue.«

»Ja.« *Die Neue.* Die Botschaft war klar: *Die Neue, die es nicht besser weiß.*

Lutz wartete mit süffisantem Lächeln auf die Erklärung dafür, dass sie es wagte, ihn aufzuhalten. Er war in den Sechzigern, hatte eine birnenförmige Gestalt und trug ein schlecht sitzendes Toupet, ein schmieriges, schokoladenbraunes Etwas, das ihm in fettigen Strähnen in die Stirn hing, aber kaum den grauen Flaum um seine Ohren bedeckte. »Jetzt nicht.«

»Tut mir leid, aber es ist wichtig.«

Er blähte die Nüstern wie ein Pferd. »Ich bin mit den polizeilichen Ermittlungen beschäftigt, von denen Sie sicher gehört haben.«

»Genau darüber muss ich mit Ihnen reden. Bitte, es dauert nur eine Minute.« Mit wütendem Blick stapfte er wieder in sein Büro und schloss die Tür. Er sah auf die Uhr und setzte eine ungeduldige Miene auf. *Lass dich nicht aus dem Konzept bringen,* sagte sie sich. *Es geht um deinen Job.* »Ich glaube, Sie haben die Krankengeschichte von Clara Devine.«

»Haben Sie damit ein Problem?«

»Wie Sie wissen, ist es meine Aufgabe, die Krankengeschichte der Patienten im Heim zu überwachen. Für Clara Devine habe ich keine Einträge.«

»Klingt, als wäre das Ihr Problem, nicht unseres.«

»Vielleicht. Deswegen möchte ich gern Ihre Unterlagen sehen.«

»Ich kann Ihnen versichern, dass alles in Ordnung ist.«

»Das weiß ich erst, wenn ich ihre Akte gesehen habe.« Sie zwang sich zu einem höflichen Lächeln, wie es sich für eine Neue gehörte. Vielleicht erweichte sie ihn damit.

»Miss Ballard, Sie sind Angestellte der Apotheke, nicht des Heims oder seines Trägers. Ich lasse mich von Ihnen nicht verhören.«

»Tut mir leid, Dr. Lutz, aber ich halte mich nur an die Bundesgesetze.« Sie versuchte, höflich zu bleiben, obwohl sie sich über die Abfuhr ärgerte. Sein Verhalten war sehr unprofessionell. Ob er mit älteren Mitarbeitern oder Ärzten auch so umsprang?

»Vielleicht haben Sie die Daten nicht richtig kopiert.«

»Das ist durchaus möglich, aber sicher sein kann ich mir nur, wenn ich mir die Patientenblätter ansehe.«

Er schickte sich an, sie zur Tür zu bugsieren, aber sie rührte sich nicht von der Stelle. »Dr. Carvalho, mein Vorgesetzter bei CommCare, würde bestimmt gern Ihre Erklärung hören. Darf ich Ihr Telefon benutzen?«

»Nein, das dürfen Sie nicht. Die Patientenblätter werden fotokopiert, für den Fall, dass sie von der Polizei beschlagnahmt werden. Sie können Sie sich ansehen, wenn ich sie wiederhabe.«

»Danke. Ach, noch etwas: Die Blätter sind nicht von Clara Devines betreuendem Arzt abgezeichnet.«

Die Haut über seinem Gesicht spannte sich. »Miss Ballard, wie kommen Sie dazu, mich in dieser Situation mit Banalitäten zu belästigen?« Er drängte sie aus dem Raum und schloss die Tür. »Dr. Carr ist der betreuende Arzt. Auf Wiedersehen.«

Sie sah ihm nach, wie er aus der Eingangstür auf den Parkplatz eilte. Vielleicht war sie wirklich pedantisch. Damit hatte sie auch Todd verscheucht. *Ständig reitest du auf irgendwelchen Kleinigkeiten herum. Ich kann noch nicht einmal eine Tasse in der Spüle stehen lassen, ohne dass du mir damit in den Ohren liegst.*

Als sie sich wieder gefasst hatte, ging sie zur Rezeption zurück und ließ Dr. Carr anpiepsen. *Von wegen Banalitäten!* Sie wurde dafür bezahlt, dass sie auf Kleinigkeiten achtete. Das Telefon klingelte, aber es war nur die Sekretärin. Dr. Carr hatte das Haus bereits verlassen und wurde heute nicht mehr zurückerwartet. Die Telefonistin schrieb René seine Nummer in der Praxis auf. »Übrigens, das ist für Sie.« Damit reichte sie René eine Einladung zum feierlichen ersten Spatenstich in Morningside Manor, einem Pflegeheim in Smithfield, für Montag. Sie stopfte den Handzettel in ihre Tasche. Eine gute Gelegenheit, Kontakte zu knüpfen.

René ging zu ihrem Auto, wo sie Dr. Carrs Nummer von ihrem Mobiltelefon aus anrief. Sie nannte dem Auftragsdienst ihre Funktion und hinterließ Namen und Nummer.

Doch als sie den Motor anlassen wollte, stieg ein finsterer Verdacht in ihr auf.

Sie ging noch einmal auf die Alzheimer-Station. Bonnie saß allein am Schreibtisch und beachtete sie nicht.

René arbeitete sich vom hinteren Ende des westlichen Korridors bis zum Schwesternzimmer vor. Dann nahm sie den Nordgang in Angriff. Die meisten Türen standen offen. Wenn sie geschlossen waren, klopfte sie und trat ein. Sie ging nach oben und folgte dort derselben Route. Im Schwesternzimmer stieß sie auf Alice.

»Sie sind wieder da.« Es klang wie ein Vorwurf.

»Ja.« Sie gab keine Erklärung, aber sie spürte Alice' durchbohrenden Blick auf ihrem Hinterkopf, als sie das Gemeinschaftszimmer betrat, in dem die Patienten Puzzles legten oder Bilder aus Buntpapier klebten.

»Du bist schön«, sagte eine Frau zu ihr, die an einem Puzzle mit einem Kätzchen saß. Sie hatte die Zungenspitze zwischen die Zähne gesteckt wie ein Kind. »Wie heißt du?«

»Ich heiße René. Und Sie sind auch schön.« Das Gesicht der Frau war weich und schwammig wie aufgegangener Brotteig. Ihre Augen waren wässrig blau, und sie trug eine randlose Brille. Sie sah aus wie eine alte Nonne. Ihre Hände waren mit Leberflecken bedeckt, aber sie suchte mit methodischem Eifer nach dem passenden Teilchen.

»Ich werde für dich zur Jungfrau Maria beten.«

»Danke«, sagte René. »Und wie heißen Sie, damit ich ein Gebet für Sie sprechen kann?«

»Ma-ry Cur-ley.« Es klang wie ein Singsang. Dann verzog sie das Gesicht und streckte erneut die Zunge heraus wie ein Kind.

René war schockiert. Auf ihrer Liste stand keine Mary Curley. Diese Frau gab es offiziell nicht auf dieser Station. »Entschuldigen Sie, wie war noch einmal Ihr Name?«

»Ma-ry Cur-ley, und mein Hund heißt Jello.«

»Jello. Was für ein schöner Name.« René kam sich vor, als hätte sie ein Paralleluniversum betreten.

Mary nahm Renés Hand und gab ein merkwürdig saugendes Geräusch von sich, das sie mit der Zunge erzeugte. »Mein Hund heißt Jello«, sagte sie dann. »Er schläft draußen in seiner Hundehütte.«

»Na, dann wollen wir ihn nicht wecken.« René tätschelte Mary die Schulter.

Als sie den Gemeinschaftsraum verließ, kam sie an einem Zimmer vorbei, dessen Tür offen stand. Am Fenster saß ein Patient, der eine khakifarbene militärische Kopfbedeckung mit Rangabzeichen trug. Sie ging hinein. Der Mann sah mit leerem Blick zu ihr auf.

»Hallo, ich heiße René Ballard.«

Keine Antwort.

»Ein schönes Käppi haben Sie da.« Der Mann starrte sie nur an. »Wie heißen Sie?«

Immer noch keine Antwort. Auf dem Schreibtisch hinter ihm befanden sich mehrere gerahmte Bilder mit Namensschildern. »Marie und Christine« stand unter einer Farbaufnahme, vermutlich von seiner Frau und seiner Tochter. Ein anderes Foto zeigte Christine mit einem kleinen Jungen namens Steven, vermutlich dem Enkel des Mannes. Daneben posierten auf einer Schwarz-Weiß-Vergrößerung zwei junge Männer mit Kampfanzügen und Helmen. »Louis Martinetti und Sam Swenson, 187th Airborne Regimental Combat Team, Hill 329, Sukchon, Korea, Oktober 1950«, stand auf dem Schild darunter. Unter einem der beiden – einem schwarzhaarigen, schmalen Jungen, der dieselben Augen hatte wie der alte Mann – klebte ein goldener Stern.

»Sind Sie Louis Martinetti?«

Er sah sie erschrocken an. »Sie sind Fuzzy Swensons Schwester.«

»Wessen Schwester?«

»Die von Fuzzy Swenson.«

René warf einen Blick auf die Schwarz-Weiß-Vergrößerung. »Meinen Sie den Sam Swenson, der auf dem Foto neben Ihnen steht?«

Er kniff die Augen zusammen, um besser sehen zu können. »Sind Sie seine Schwester, äh … Rita?«

René trat näher, damit er sie besser sehen konnte. »Nein, mein Name ist René Ballard. Ich bin die für das Heim zuständige Apothekerin.« Sie war sich nicht sicher, ob er sie verstanden hatte, streckte ihm aber die Hand hin.

Er nahm sie nicht, sondern starrte sie nur an, bis er sich überzeugt hatte, dass sie nicht die Person war, für die er sie gehalten hatte. »Auch gut … Was sie ihm angetan haben.« Er zuckte zusammen, als wäre ihm ein schmerzlicher Gedanke gekommen.

Sie hätte sich gern mit ihm unterhalten, um mehr über Fuzzy Swenson zu erfahren, aber Alice stand in der Tür und starrte sie aus harten Augen an.

»War schön, Sie kennenzulernen, Mr Martinetti«, sagte René. Als sie sich abwandte, fiel ihr Blick auf eine sauber gebügelte Armeeuniform, die mitsamt Bügel auf dem Bett lag. Sie trat aus dem Zimmer und sah Alice an, die sie nur wütend anfunkelte. René lächelte. »Bis morgen.«

Alice gab keine Antwort, aber René spürte ihren Blick, als sie durch den Korridor zum Ausgang ging.

Sie lief die Treppe hinunter und ging zu ihrem Auto. Laut Straßenatlas lag Dudley, New Hampshire, etwa eine Stunde nördlich von hier. Sie hatte frei, und es war ein wunderschöner Vormittag Ende August. Vielleicht würde ihr während der Fahrt ein Licht aufgehen.

Am meisten beschäftigte sie, dass sie auf der Alzheimer-Station vier Patienten mehr gezählt hatte, als auf ihrer Patientenliste standen.

7

»Mrs Cassandra Gould? Mein Name ist René Ballard. Ich hatte von unterwegs angerufen.«

»Ja, ja, ich erinnere mich«, sagte die Frau durch die Fliegentür. »Ich bin nicht dement. Zumindest noch nicht. Bitte kommen Sie herein.«

René folgte ihr in ein Wohnzimmer, das mit Ohrenbackensesseln und einem Sofa im Queen-Anne-Stil mit geblümten Bezügen eingerichtet war.

»Und bitte nennen Sie mich Cassie. Niemand, der seinen Verstand beisammen hat, möchte nach einer Frau heißen, die tauben Ohren Unheil predigt.« Sie bot René einen der Sessel an. »Sie sind bestimmt wegen der Sache mit meiner Schwester hier. Da können Sie wohl einen Kaffee brauchen, falls Sie nicht etwas Stärkeres bevorzugen.«

»Nein, danke. Am liebsten wäre mir ein Glas Wasser.«

»Ich trinke sowieso Kaffee, sonst kommt mein Kreislauf nicht in Schwung. Bleiben Sie beim Wasser?«

»Ich habe schon drei Tassen intus. Noch mehr Koffein, und ich brauche eine Zwangsjacke.«

Cassie lächelte. »Eine Apothekerin mit Sinn für Humor. Da sind Sie aber ein seltenes Exemplar.« Damit verschwand sie, um die Getränke zu holen.

Ein seltenes Exemplar, dachte René. *Die Neue, die sich im Heim bereits gründlich unbeliebt gemacht hat.* Sie schlenderte zu der rückwärtigen Wand, die aus eingebauten Bücherregalen bestand. Mrs Gould war eindeutig eine belesene Dame. Die meisten der Bücher waren Romane mit festem Einband, unter denen sich Klassiker von Tolstoi, Steinbeck, Dickens, den Brontë-Schwestern und Iris Murdoch befanden, aber auch griechische Dramen und Theaterstücke von Shakespeare waren darunter.

Auf dem kleinen Kaminsims standen gerahmte Bilder von Kindern, vielleicht ihren Enkeln. Eines davon war ein professionelles Porträt von Cassie und einem Mann, vielleicht ihrem Ehemann. Ein anderes zeigte Cassie und eine Frau, die, der Ähnlichkeit nach zu urteilen, Clara sein musste. Beide waren vermutlich in den Zwanzigern gewesen, als die Aufnahme gemacht worden war. Cassie trug ein elegantes Kleid mit Hut, Clara einen Rock mit Polohemd. Clara hielt einen Golfschläger in der Hand. Beide waren auffällig attraktiv. Clara war ein wenig kleiner und nicht ganz so gertenschlank wie ihre Schwester, aber sie hatte ein rundes Elfengesicht, das nur so sprühte vor Lebenslust. Sie lachte, als hätte ihr jemand einen Witz erzählt.

»Da hatte sie gerade ein Klubturnier gewonnen«, sagte Cassie, die mit einem Tablett ins Zimmer gekommen war. »Zu ihrer Zeit war sie eine hervorragende Sportlerin.« Sie stellte das Tablett ab und reichte René ein hohes Glas Eiswasser mit einer Zitronenscheibe.

»Das ist Walt, mein dritter Ehemann. Clara hat nie geheiratet, aber ich habe mein Bestes getan, um das auszugleichen. Alle drei sind tot. Walt ist vor sechs Jahren gestorben, und seitdem hat sich keiner mehr getraut.« Sie lächelte und setzte sich René gegenüber. »Kurz danach ist meine Schwester zu mir gezogen. Und jetzt wird sie des Mordes beschuldigt.« Sie nahm einen Schluck Kaffee. »Wenn ich es mir genau überlege, hatten meine Eltern vielleicht gar nicht so unrecht mit meinem Namen.«

René lächelte. Sie fand diese Direktheit erfrischend. »Die Polizei war also bei Ihnen.«

»Nein, ich wurde telefonisch informiert. Bestimmt werden hier demnächst Beamte auftauchen, die mir ein Loch in den Bauch fragen. Man hat mir gesagt, sie wird im McLean Hospital in Belmont, Massachusetts, begutachtet, darf aber die nächste Zeit keinen Besuch bekommen.«

Cassie besaß einen bemerkenswert scharfen Verstand und war für eine Frau von achtzig ungewöhnlich attraktiv. Sie war immer noch groß und breitschultrig, obwohl ihre Gestalt mit den Jahren runder und fülliger geworden war. Ihr Gesicht war edel geschnitten, mit hohen Wangenknochen und geschwungenen, ein wenig arroganten dunklen Brauen, die durch die runde, dunkle Metallbrille betont wurden. Die Lider über den großen braunen Augen waren schwer und die Haut um sie herum brüchig wie Pergament, aber dahinter loderte ein feuriges Temperament. Das graue Haar hatte sie zu einem Knoten zurückgesteckt. Sie trug einen roten Pullover, Jeans und weiße Tennisschuhe. Vielleicht plante sie einen Morgenspaziergang.

»Sie haben am Telefon erwähnt, dass Sie Fragen zu dem Angriff auf den unglücklichen jungen Mann haben.«

René reichte ihr eine Fotokopie des Artikels aus dem *Manchester Union Leader.* »Ich nehme an, den kennen Sie nicht?«

Cassie las den Artikel. An einer Stelle zuckte sie sichtlich zusammen. Als sie fertig war, legte sie die Zeitung auf den Tisch und sah René wortlos an.

René war davon überzeugt, dass die Polizei den Mord in allen Einzelheiten geschildert hatte, aber sie fühlte sich unbehaglich, als hätte erst das geschriebene Wort Cassie die Ungeheuerlichkeit der Tat vor Augen geführt. »Sie kennen Ihre Schwester bestimmt besser als jeder andere. Ich weiß, dass Sie sie in Broadview besucht haben. Ist Ihnen vielleicht etwas aufgefallen, das ihr Verhalten erklären könnte?«

»Meine Schwester besaß enorme Energie und war eine Kämpferin, wie Sie sehen.« Sie deutete mit dem Kopf auf eine Vitrine mit Golftrophäen. »Sie war temperamentvoll und wehrte sich, wenn sie sich verletzt fühlte. Aber sie war weder gewalttätig noch eines Mordes fähig.«

»Soweit Sie wissen, war Edward Zuchowsky ihr völlig unbekannt?«

»Ja. Und wie hätte Sie ihn kennen können? Sie saß doch im Pflegeheim fest.«

»Mich irritiert, dass sie keine Medikamente bekommen hat, die zu einem psychotischen Verhalten dieser Art führen könnten.«

Cassie nippte an ihrem Kaffee. »Aber sie war dement.«

»Das stimmt. Demenzpatienten neigen zu Gewaltausbrüchen, aber die kündigen sich an. Den Aufzeichnungen nach hat Clara nie einen anderen Patienten oder jemanden vom Personal angegriffen.«

Cassie führte erneut die Tasse an den Mund. Ihre Augen hingen an René, und ihr Blick war so intensiv, dass René eine Sekunde lang ihre Glut zu spüren glaubte. Dann sah Cassie zu Boden, und der Augenblick war vorüber.

»Sind Ihnen an Clara während der Zeit im Heim Veränderungen aufgefallen? Hat sich ihr Verhalten von einem Besuch zum anderen verändert?«

»Ich gebe es nur ungern zu, aber ich habe meine Schwester seit Monaten nicht besucht. Meine Augen sind schlecht, daher fahre ich nur selten längere Strecken. Und ehrlich gesagt, war es extrem deprimierend, ihren Verfall mitzuerleben. Das können Sie sich ja vorstellen.«

Deprimierend ist gar kein Ausdruck, dachte René.

»Wie gesagt, nach Walters Tod zog sie zu mir. Eine Zeit lang war alles in Ordnung. Dann ließ ihr Gedächtnis nach. Es stellte sich heraus, dass sie Alzheimer hatte. Binnen einem Jahr verschlechterte sich ihr Zustand. Sie war verwirrt, desorientiert, vergaß Dinge von einem Augenblick auf den anderen. Ich musste zusehen, wie sie eine Fähigkeit nach der anderen verlor. Es ist eine grausame Krankheit.«

»Ja, das ist es.«

»Als ich es selbst mit der Unterstützung einer Krankenschwester, die zu uns kam, und der Betreuung in einem Tageszentrum nicht mehr schaffte, suchten wir ein Heim. Ich muss zugeben, die ersten Besuche in Broadview waren anstrengend. Ich liebe meine Schwester, aber es kostete mich viel Kraft, diesen Verfallsprozess mit anzusehen. Sie vergaß immer wieder, wer und was sie war, und stellte mir ständig dieselben Fragen, bis ich Angst hatte, selbst den Verstand zu verlieren. Außerdem wurde das Autofahren für mich zum Problem. Schließlich hörte ich auf, sie zu besuchen, was sie zu diesem Zeitpunkt gar nicht mehr merkte.«

»Wie waren ihre geistigen Fähigkeiten bei Ihrem letzten Besuch?«

»Mal so, mal so. Sie saß häufig im Gemeinschaftsraum und versuchte, Lückentexte zu ergänzen. Der Pfleger las bekannte Sprichwörter vor, bei denen der Schluss fehlte. ›Morgenstund hat Gold …‹ oder ›Wer nicht wagt, …‹ und so fort. Die Patienten mussten herausfinden, wie es weiterging. Clara gab sich große Mühe, schneller zu antworten als die anderen. Es war ziemlich trostlos. Sie war ein belesener Mensch, hatte einen Mastertitel in Geschichte und einen Doktortitel in Pädagogik. Eine pensionierte Highschool-Direktorin. Die meisten Bücher hier gehören ihr. Bei meinem letzten Besuch konnte sie nicht einmal mehr die Aufschrift auf der Pralinenschachtel lesen, die ich ihr mitgebracht hatte.

Ich habe ein halbes Dutzend Wehwehchen, unter anderem eine degenerative Arthritis der Lendenwirbelsäule, was auf Lateinisch viel hübscher klingt, aber so oder so sehr unangenehm ist. Mir ist jedoch völlig unklar, welcher genetische Zufall dafür verantwortlich ist, dass ihr Gedächtnis ausradiert wird, während ich mich mit nutzlosen Erinnerungen herumplagen muss. Manchmal beneide ich sie. Ab einem bestimmten Punkt im Leben kommen einem selbst tatsächliche Ereignisse vor wie erfunden. Mark Twain hatte schon recht. ›Ich kann mich nur noch an Dinge erinnern, die nie geschehen sind‹ oder so ähnlich.«

»Ich verstehe.«

Cassie trank einen Schluck Kaffee. »Nein, das tun Sie nicht.«

René war nicht sicher, wie das gemeint war, aber sie hatte das Gefühl, in ein merkwürdiges Kräftemessen verwickelt zu sein. »Ich kann verstehen, wie schmerzlich es ist, ihren Verfall zu beobachten. Es ist furchtbar, aber es gibt keinen Grund, sich schuldig zu fühlen.« Es kostete sie große Anstrengung, nicht über ihre eigenen Worte zu stolpern.

»Bei Ihnen ist das anders. Es gehört zu Ihrem Beruf.«

»Mein Vater ist an Alzheimer gestorben.« Die Worte waren heraus, bevor René es sich anders überlegen konnte.

Keinen Grund, sich schuldig zu fühlen. Falsch, dachte René. Sie hatte sich schuldig gefühlt, weil sie wütend auf ihren Vater geworden war, wenn er desorientiert war oder sie beschimpfte, schuldig, weil sie ihn nicht trösten konnte, als ihm bewusst wurde, dass er an Demenz litt, die sich weiter verschlimmern würde, und nie wieder nach Hause kommen würde, schuldig, weil sie die Geduld mit ihm verlor und nicht wusste, wie sie sich verhalten sollte, wenn sie ihn im Pflegeheim besuchte, schuldig, weil sie keine Ahnung hatte, was sie sagen sollte, wenn er nicht reagierte und sie gar nicht wahrnahm, schuldig, weil sie seinen leeren Blick und den schlaffen Mund hasste, als er immer weiter in der Dämmerung versank. Schuldig, weil sie in seiner Gegenwart zusammenbrach, als er sie mit seiner toten Frau verwechselte, als er sie anflehte, die Gurte zu lösen, mit denen er ans Bett geschnallt war, und sie vom Pflegepersonal daran gehindert wurde, als er in einem Wutanfall fluchend auf sie losging, als sich sein Zustand so verschlechterte, dass sie ihn nicht mehr besuchen wollte. Schuldig, weil sie sich damit einverstanden erklärt hatte, dass das Pflegepersonal auf lebensverlängernde Maßnahmen verzichtete, als er nicht mehr essen wollte. Schuldig, weil sie ihn hatte sterben lassen.

Die alte Frau sah sie einen Augenblick lang an, als hätte sie ihre Gedanken gelesen. »Das tut mir leid für Sie. Der einzige Trost ist wohl, dass der Kranke es nicht mehr merkt, wenn man versagt.«

»Ja.« *Der Betreuer erkrankt sozusagen mit, irgendwann verliert er den Bezug zu seinen Gefühlen und die Fähigkeit zu helfen. Am Ende muss er einsehen, dass nichts den Verfall aufhalten kann. Trotzdem hat man ironischerweise immer den Eindruck, nicht genug getan zu haben. Versagt zu haben. Ja, es ist eine grausame Krankheit.*

Cassie warf einen Blick auf den Artikel. »Wir hatten eine gute Beziehung, die bis ins hohe Alter hielt. Natürlich gab es die übliche Konkurrenz unter Geschwistern, aber der Altersabstand war so groß, dass ich eher ihre Vertraute als ihre Rivalin war. Wenn wir im Bett lagen, redeten wir oft die ganze Nacht, lachten, erzählten uns Geschichten, vertrauten uns kleine Erlebnisse und Geheimnisse an. So abgedroschen es klingt, an manches davon erinnere ich mich, als wäre es gestern gewesen.

Unsere Eltern waren in vieler Hinsicht außergewöhnlich. Sie waren klug und liebten uns. Unsere Kindheit war glücklich, aber viel zu kurz. Leider endete sie für meine Schwester schon lange vor der Zeit, zu der ein Kind unter dem Einfluss der Welt draußen hart wird und abstumpft.«

Für einen Augenblick wandte sie den Blick ab. »Clara wurde im Alter von fünf Jahren von einem Nachbarn missbraucht.«

»Das ist ja furchtbar!«

»Von einem versoffenen Dreckskerl, der auf seiner Veranda Bier aus braunen Flaschen trank und herumrotzte, weil er Probleme mit den Nebenhöhlen hatte. Eines Tages lockte er Clara ins Haus, weil er ihr angeblich etwas zeigen wollte. Sein Name war Donald Dobretsky. Mein Vater lieh ihm den Rasenmäher, meine Mutter ging mit seiner Frau zum Einkaufen. Wir feierten Weihnachten zusammen und luden uns gegenseitig zu Grillpartys ein.

Er ließ Clara alberne Reime singen, die sie im Radio oder im Fernsehen gehört hatte. ›Meister Proper putzt so sauber, dass man sich drin spiegeln kann‹ und so Zeug, obwohl es damals natürlich ganz andere Produkte gab. Oder ›Donny Doh, Donny Doh, tsee-tsee go, tsee-tsee go‹. Ich erinnere mich an ihre kleine, verängstigte Stimme in unserem warmen, dunklen Schlafzimmer, als wäre es gestern gewesen. Donny Doh war ihr Name für Mr Dobretsky. Einfach einer der Kindernamen, die sie aus ihrem ganz privaten kleinen Zauberkasten hervorholte.«

»Und was ist ›tsee-tsee go‹?«, fragte René.

Cassie sah ihr in die Augen. »Was er ihr in den Mund steckte.«

»Mein Gott …«

»Es dauerte eine Weile, aber am Ende erzählte sie mir alles. Sie war zu naiv, um zu verstehen, dass sie sexuell missbraucht worden war, aber alt genug, um zu wissen, dass das, was er mit ihr getan hatte, etwas Schlimmes gewesen war. Also erzählte sie unseren Eltern nie davon, und ich hatte zu viel Angst. Außerdem wurde damals nicht über Kindesmissbrauch gesprochen. Der Begriff gehörte einfach nicht zum Wortschatz der Öffentlichkeit. Wenn Kinder missbraucht wurden, sprach niemand darüber. Und niemand glaubte Kindern, die so etwas behaupteten. In unserer heilen Welt gab es solche Dinge nicht. Heute reicht schon ein Gerücht, um einen Mann lebenslang hinter Gitter zu bringen oder eine Kirche schließen zu lassen.«

»War es nur einmal?«

»Nein. Und der Mistkerl sagte ihr, unsere Eltern würden ihr nicht glauben, falls sie etwas erzählte. Er war klug genug, sie nicht zu vergewaltigen, weil das Verletzungen nach sich gezogen hätte. Aber sie war so traumatisiert, dass sie tagelang weder sprach noch aß und unter Albträumen litt. Unsere Eltern dachten, sie hätte Meningitis oder eine Gehirnentzündung und brachten sie zum Hausarzt, weil sie immer schwächer wurde. Alle Untersuchungen blieben natürlich ergebnislos, weil es an diesem Ungeheuer lag, das sie für seine Lust missbrauchte.«

Cassie zitterte so, dass ihre Selbstbeherrschung Risse zeigte, holte dann aber tief Atem und fasste sich wieder. »Ich erzähle Ihnen das nur, damit Sie wissen, dass es unter vielen Schichten verborgen eine Wunde gab, die nie verheilt ist. Bei der Begegnung mit dem armen Mr Zuchowsky muss etwas geschehen sein, das sie genau an dieser Stelle getroffen hat. Deswegen ist sie explodiert.«

Mrs Gould schloss für einen Augenblick die Augen. Als sie sie wieder öffnete, schien sie sich gefasst zu haben. »Clara bleibt nicht mehr viel Zeit, da ist es egal, was ich Ihnen erzähle.«

Plötzlich wirkte sie sehr müde und alt, als läge der immer enger werdende Gang ihrer eigenen letzten Tage vor ihren Augen. René erhob sich, um zu gehen. »Was ist mit diesem Donald Dobretsky passiert?«

»Er ist an Altersschwäche gestorben.«

»Tut mir leid, das zu hören.«

»Mir auch. Und ein Wildfremder hat dafür mit seinem Leben bezahlt.«

8

AN ALTERSSCHWÄCHE GESTORBEN.

Der Satz blieb ihr im Gedächtnis wie ein Stachel – auf dem ganzen Weg zum Friedhof Rose Hill.

Mein Vater ist nicht *an Altersschwäche gestorben. Ich habe ihn ausknipsen lassen.*

Rose Hill lag in Paxton, einer kleinen Stadt in der Nähe von Peterborough, New Hampshire. Die Anlage bestand aus schmalen, von Bäumen gesäumten Wegen, die René an eine Baumschule erinnerten. Seit dem Tod ihres Vaters war sie etwa einmal im Monat und zu besonderen Gelegenheiten wie Volkstrauertag, Vatertag und Weihnachten hergekommen. Heute hätte er seinen zweiundachtzigsten Geburtstag gefeiert.

Ihre Mutter war ebenfalls nicht alt geworden. Sie war drei Jahre vor Renés Vater an Krebs gestorben, zwei Jahre, nachdem bei ihm Alzheimer festgestellt worden war.

René hatte immer eine enge Beziehung zu ihrem Vater gehabt, die noch intensiver geworden war, als er erkrankte. Nach Dianes Tod lag die gesamte Verantwortung auf den Schultern seiner einzigen Tochter.

Sie hatte ihre Eltern jede Woche zu Hause besucht, hatte Krankenschwestern für die häusliche Betreuung organisiert und ein Hospiz gefunden, als sich der Zustand ihrer Mutter verschlechterte. Nach dem Tod ihrer Mutter hatte René ihren Vater in einem Heim für Langzeitpflege untergebracht, wo sich sein Zustand rapide verschlimmerte. Nachdem sie den Grabstein ihrer Mutter gereinigt und einen Topf Geranien dort abgestellt hatte, wandte sie sich dem Grab ihres Vaters zu.

»Hallo, Dad.«

Mit Papiertüchern wischte sie den Grabstein aus gesprenkeltem schwarzem Marmor ab, der in der Sonne immer noch wie Glas glitzerte. Dann entfernte sie ein paar welke Blätter und stellte den zweiten Geranientopf ab.

THOMAS S. BALLARD
GELIEBTER VATER UND EHEMANN

Sie wünschte sich, sie hätte eine weniger allgemeine Inschrift gewählt. In verschiedenen Varianten standen diese Worte auf drei Viertel aller Grabsteine. Sie hätte ein paar Zeilen aus einem seiner Lieblingslieder wählen sollen, aus »As Time Goes By«, »Let me Call You Sweetheart«, »Bridge Over Troubled Water« oder ein paar hundert anderen. Aber der Bestattungsunternehmer hatte ihr das ausgeredet. Vermutlich hatte er nicht unrecht, weil die Stücke urheberrechtlich geschützt waren. Eine Fußnote wie »Copyright 1931 Warner Bros. Music Corporation, ASCAP, Musik und Text von Herman Hupfeld« hätte bestimmt apart ausgesehen. Ihr Vater hätte das zu schätzen gewusst.

»Da habe ich meinen neuen Job erst seit acht Wochen, und schon bin ich in einen Mordfall verwickelt, weil eine meiner Patientinnen aus einer geschlossenen Abteilung ausgebüchst ist und einen Mann getötet hat. Mir fehlt die Hälfte ihrer Daten, auf der Station sind Patienten untergebracht, die es eigentlich gar nicht geben dürfte, und jeder mauert. Dabei geht es um meinen Kopf. Ansonsten war es eine tolle Woche.«

Sie polierte den Stein fertig.

Das Ende war nahe gewesen, als er aufgehört hatte zu essen, was bei Demenzpatienten nicht ungewöhnlich war. Er nahm kaum noch etwas wahr, aber ansonsten war er gesund und körperlich stark genug, um mit einem Rollator durch die Station zu schlurfen oder in einem Rollstuhl zu sitzen. Um seinen Appetit zu stimulieren, verabreichte ihm das Pflegepersonal Antidepressiva, was für eine Weile half. Schließlich jedoch verweigerte er jede Nahrung. Auch gutes Zureden half nicht mehr. Manchmal spuckte er das Essen aus oder behielt es im Mund, ohne zu kauen. Oder er kaute und ließ den Brei in den Backentaschen, ohne zu schlucken. Da Renés Universität achtzig Kilometer entfernt war, konnte sie ihn nicht so oft besuchen, wie sie es gern getan hätte, was ihr schwer zu schaffen machte. Aber wenn sie kam, hob sich seine Stimmung. Dann aß er ihr zuliebe ein wenig. Manchmal erkannte er sie, manchmal reagierte er nur auf ihr lächelndes Gesicht. Aber ohne sie konnte ihn das Pflegepersonal nicht dazu bringen, etwas zu essen.

Schließlich blieben nur noch zwei Alternativen: aggressive invasive Maßnahmen – künstliche Ernährung und Dauertropfinfusionen – oder verhungern lassen.

Da René Pharmazie studierte, hatte ihr Vater ihr eine Vollmacht erteilt. Sie hatte die Möglichkeiten zu Beginn seiner Erkrankung mit ihm besprochen. Er hatte nachdrücklich erklärt, dass er auf keinen Fall lebensverlängernde Maßnahmen wolle. Er wollte nicht mit Schläuchen im Hals an Maschinen hängen, bis ihm eine Infektion den Garaus machte. Und er wollte ihr das nicht zumuten.

»Versprich mir eines«, hatte er gesagt und ihr die Hände auf die Schultern gelegt. »Wenn es wirklich schlimm wird mit mir, dann sorgst du dafür, dass man mich in Würde sterben lässt. Versprochen? Ich will nicht als schwachsinniger Klotz in Windeln enden.«

Das Ja war ihr kaum über die Lippen gekommen.

Sie sagte dem Pflegepersonal, was ihr Vater sich gewünscht hatte, und unterzeichnete die Papiere.

Keine Wiederbelebung.

Keine Intubierung.

Keine stationäre Behandlung.

An manchen Tagen war die Erinnerung an ihren Vater so lebendig, dass sie nicht glauben konnte, dass er wirklich tot war. Sie wusste noch genau, wie sie zum ersten Mal gemerkt hatte, dass es mit ihrem Vater, dem früheren Maschinenbauingenieur, diesem außerordentlich disziplinierten Menschen, der so gern las, für Freunde und Familie Klavier spielte und sang, angelte, Witze riss, ihrem freundlichen, liebevollen, wunderbaren Vater, bergab ging.

Plötzlich fühlte sich René wieder in den Fond seines Lincoln Town Car versetzt.

»You must remember this, a kiss is just a kiss, a case of do or die. The fundamental things in life as time goes by. Dah, DAH, dah, DAH, dah, DAH …«

»Komm schon, Dad. Das ist so ein schönes Lied, verdirb es nicht. Sing wie früher.« Es war sein Geburtstag, und sie war vom College nach Hause gekommen, um mit ihren Eltern zu feiern.

»Nur, wenn du vorsingst.« Sie hielten an dem Stoppschild am Ende ihrer Straße.

»Du kennst den Text doch in- und auswendig!« Als sie klein war, hatte die ganze Familie auf langen Fahrten im Auto gesungen. Aber irgendwie schien ihr Vater nicht interessiert. Und ihre Mutter auf dem Beifahrersitz wirkte merkwürdig angespannt. »You must remember this, a kiss is just a kiss, a sigh is just a sigh …«

»Ach, die *Version meinst du«, sagte er und zwinkerte ihr im Rückspiegel zu.*

Ihr Vater riss immer Witze. »Du Kindskopf.«

»Für wann ist der Tisch reserviert?«, fragte Diane mit ausdrucksloser Stimme.

Wegen des dichten Verkehrs war René zu spät gekommen, was

vermutlich Dianes Laune erklärte. Sie sah aus dem Fenster und wühlte dabei in ihrer Handtasche nach einer Zigarette.

»Viertel nach sieben.« René versuchte, Dianes Verbissenheit zu ignorieren. Immerhin war es der Geburtstag ihres Vaters. »Okay, noch mal von vorn. ›You must remember this, a kiss is just a kiss …‹ Mom, sing doch mit. ›A sigh is just a sigh …‹«

Ihr Vater sang zögernd, als wartete er auf ihr Stichwort.

»›No matter what the future brings …‹ Dad, du drückst dich!«

»Er will nicht *singen.«*

»Will er doch, stimmt's, Dad?«

»Ich kann mich nicht richtig an den Text erinnern«, sagte er in den Spiegel.

»Was soll das heißen? Das ist dein Hochzeitslied.« Außerdem gehörte das Lied zu ihrem »Repertoire«, wie die alten Stücke von Sinatra, Bennett und Johnny Mercer.

Er antwortete nicht.

»Rechts«, sagte Diana leise.

*Er riss den Kopf herum und bog auf die nach Norden führende Spur der Route 6A ein. Sie wollten zum »Red Goose«, einem ihrer Lieblingsrestaurants, ganz in der Nähe ihres Häuschens in East Sandwich. Es war ein strahlender Sommerabend mit einer leichten, warmen Sommerbrise. Trotz ihres zunehmenden Unbehagens gab René nicht auf. »Sollen wir es mit ›*I Remember You*‹ versuchen?« Sie merkte, wie verzweifelt sie sich an die alte Tradition klammerte.*

»Tut mir leid, Kleines. Meine Stimme ist nicht mehr so gut wie früher.«

»Du hast eine tolle Stimme, Dad.«

Diana fuhr herum und zischte: »Er will nicht singen!«

René kam sich vor, als hätte sie ihr Gift ins Gesicht gespuckt. Dabei hatte sie doch nur die Stimmung ein wenig auflockern wollen. Doch bevor ihre Mutter den Kopf wieder nach vorn wandte, sah sie einen merkwürdigen Ausdruck in ihren Augen. Etwas stimmte nicht. Diana raunte ihrem Vater etwas zu.

»Was?«

»Die nächste links.«

»Das brauchst du mir doch nicht zu sagen!«

»Du bist vorbeigefahren.«

Für den Bruchteil einer Sekunde kam René der Gedanke, dass sich ihr Vater einen Witz erlaubte, dass es sich um eine der ausgeklügelten Scharaden handelte, mit denen er Diane aufzog, wenn sie schlechte Laune hatte. Es war ein wenig absurd, aber er brachte sie immer zum Lachen. Früher hatte er gelegentlich so getan, als wäre sein Bein eingeschlafen und als müsste er zum Kino oder ins Restaurant humpeln. Dann blieb er immer wieder stehen und klopfte auf seinem Oberschenkel herum, um ihn zum Leben zu erwecken, bis er plötzlich mit einem Schlag aufhörte zu humpeln und dankbar zum Himmel aufsah, als hätte er eines der Wunder von Lourdes erlebt. Dabei platzten er und René immer fast vor Lachen. Einmal hatte er einen ganzen Abend lang wie Peter Sellers als Inspector Clouseau gesprochen, weil René in der Schule französische Literatur belegt hatte. Diane hatte ihn gedrängt, damit aufzuhören, aber er hatte so getan, als verstünde er kein Englisch, bis sie sich das Lachen nicht mehr verbeißen konnte. Natürlich: Er stellte sich dumm, wie er es früher so oft getan hatte.

»Verdammt!«, zischte er und schlug mit der Hand auf das Lenkrad.

René fühlte, wie sich ihr der Magen zusammenkrampfte. Nein, es musste etwas anderes sein.

Er fuhr an den Straßenrand und hielt an, um den Verkehr vorbeizulassen. Die Ausfahrt lag hinter ihnen. Mehrere Sekunden lang starrte er durch die Windschutzscheibe, während sich das Schweigen wie Giftgas im Auto ausbreitete.

»Was ist los?« René konnte die Angst in ihrer Stimme hören. Seit ihrer Ankunft hatte sie beständig die leise Furcht hinter der nervösen Gereiztheit ihrer Mutter und der gezwungenen Fröhlichkeit ihres Vaters gespürt. Ein entsetzlicher Gedanke durchzuckte sie: Ihre Mutter hatte wieder Krebs. Bei einer Routineuntersuchung war ein Fleck auf ihrer Lunge gefunden worden. Und Dad war vor Sorge so außer sich, dass er sich auf einem Weg verfranzte, den er im Schlaf hätte fahren können.

»Es ist alles in Ordnung«, fauchte ihre Mutter.

»Ich bin nur ein wenig müde, Kleines.« Als der Verkehr nachließ, wendete er, fuhr erneut in die Kreuzung ein und bog ab.

»Die andere Richtung, Dad!«

Er trat hart auf die Bremse und wäre fast mit einem entgegenkommenden Fahrzeug zusammengestoßen. Um sie herum wurde wild gehupt, während sie mitten auf der Kreuzung stehen blieben. Ihr Vater wirkte benommen. »Fahr an den Rand. An den Rand!«, rief ihre Mutter. Er fuhr an den Straßenrand. Ihr Auto stand nun entgegen der Fahrtrichtung auf der falschen Seite der Route 6A. René spürte eine Beklemmung, die sie kaum atmen ließ, und ihre Mutter weinte. Ihr Vater starrte nur vor sich hin. »Ich weiß nicht, was ich tue.«

»Was soll das heißen?«

»Ich werde senil. Ich habe den Weg zum Restaurant vergessen.«

»Du wirst nicht senil. Das kann gar nicht sein.« Aber sie sah, wie das hässliche Monster seine Schnauze erhob. »Du bist nur ein bisschen verwirrt, weil die Leute dich so angehupt haben. Wir müssen nicht essen gehen, wenn du nicht möchtest.«

»Wir gehen«, knirschte ihre Mutter. »Du kannst jetzt wenden.«

Ihr Vater warf einen prüfenden Blick auf die Straße. »Das passiert eben, wenn man alt wird.«

»Du bist nicht alt«, protestierte René. »Zweiundsiebzig ist nicht alt.«

»Geradeaus«, sagte Diane leise. »Geradeaus.«

Ihr Vater fuhr über die Kreuzung zum Restaurant.

Auf dem Rücksitz sandte René ein stummes Gebet zum Himmel. Bitte, lieber Gott, lass es nicht zu.

Sieben Jahre später begruben sie ihren Vater unter diesem Stein. Bis dahin hatte er vergessen, dass er jemals ein vollwertiger Mensch gewesen war.

René hörte auf, den Grabstein zu reinigen. »Es geht mir besser, Dad«, sagte sie. »Ich versuche, mich zu beschäftigen. Selbst Nick sitzt mir im Nacken. ›Du hockst zu viel vor deinem Computer. Wann ist endlich Schluss mit deinem selbstgewählten Exil? Such dir einen netten jungen Mann‹, sagt er immer. Also, morgen gehe ich jedenfalls auf eine Party. Da sind bestimmt noch ein paar interessante Leute außer Nick.«

Über ihr flatterten Vögel, die mit einem Flügelschlag die Richtung änderten. Sie sah zu, wie sie über ihr kreisten und dann nach Westen abzogen.

»Kannst du dich noch erinnern, wie wir am Pier von Scusset Beach angeln waren? Damals habe ich einen Streifenbarsch gefangen, der so groß war wie mein Bein. Obwohl ich ihn eigentlich nicht hätte behalten dürfen, weil er fünf Zentimeter zu kurz dafür war, hast du mir erlaubt, ihn mit nach Hause zu nehmen und zu schuppen. Du hast behauptet, die Schuppen würden aussehen wie fliegende Silbermünzen. Immer hast du das richtige Wort gefunden.« Sie berührte den Stein.

»Ich vermisse dich, Dad.« *Ich vermisse uns.*

9

Als René am nächsten Morgen gegen neun Uhr in Broadview eintraf, teilte ihr die Rezeptionistin mit, der alte Sicherheitscode 3–2–1 sei durch die Zahlenfolge 63082 ersetzt worden. René fand das übertrieben, da die Demenzpatienten auf der Station zum Großteil das Kurzzeitgedächtnis verloren hatten. Sie gab den Code auf der Tastatur ein, und die Tür zur Alzheimer-Abteilung öffnete sich klickend. Nachdem sie hindurchgegangen war, schloss und verriegelte sich die Tür ordnungsgemäß von selbst wieder. Als sie den Gang betrat, fiel ihr etwas über ihrem Kopf auf: die Sicherheitskamera an der Decke.

Obwohl es Sonntag war, traf sie Alice in ihrem Büro an. »Ihre Unterlagen sind noch nicht zurück, falls Sie das fragen wollten. Die Polizei hat sie noch. Tut mir leid.« Alice wandte den Blick ab und fing an, in ihren Papieren zu wühlen.

»Gut. Dann können Sie mich vielleicht anrufen, wenn sie da sind.« Alice behandelte sie, als hätte sie die Pest. Warum?

»Klar doch.« Alice sah noch nicht einmal auf.

»Ach, noch etwas«, sagte René, als Alice Anstalten machte, das Büro zu verlassen. »Auf der Patientenliste, die Sie mir gegeben haben, stehen zweiundvierzig Namen. Tatsächlich habe ich auf der Station aber sechsundvierzig Patienten gezählt.«

Alice sah sie mit ausdrucksloser Miene an.

»Mary Curley, Louis Martinetti, Anthony Marsden und Gloria Breed. Meinen Unterlagen nach ist keine dieser Personen hier Patient.«

Alice sammelte ihre Habseligkeiten ein. »Die werden von Dr. Carr betreut.«

»Was heißt das?«

»Das heißt, dass Sie mit ihm sprechen müssen.«

»Aber Sie sind hier Stationsschwester.«

»Und Dr. Carr ist der leitende Arzt«, fuhr Alice sie an.

Sie versuchte, René zu entkommen, aber die hielt sie zurück. »Alice, wollen Sie mir sagen, dass es hier Patienten gibt, auf deren medizinische Unterlagen ich keinen Zugriff habe?«

Alice holte tief Luft und plusterte sich auf wie ein Vogel in Verteidigungsstellung. »Ich muss jetzt wirklich weg.«

»Vielleicht können Sie mir trotzdem etwas zu den Überwachungskameras sagen.«

»Zu welchen Überwachungskameras?« Alice' Stimme überschlug sich.

»Denen an den Stationstüren. Sind die überprüft worden?«

»Überprüft worden?«

»Um festzustellen, wer Clara aus der Station gelassen hat.«

»Herausgelassen? Niemand hat sie herausgelassen.« Alice versuchte erneut, sich von René zu lösen.

Aber die nahm sie am Arm. »Alice, ich weiß nicht, was hier läuft, aber ich kann Ihnen sagen, was die zuständigen Behörden davon halten werden, dass es Unstimmigkeiten bei den medizinischen Unterlagen einer wegen Mordes verhafteten Patientin gibt, dass auf der Station mehr Patienten untergebracht sind, als auf der Liste stehen, und dass die Medikamentenversorgung entweder nicht richtig dokumentiert ist oder dass die entsprechenden Dokumente unter Verschluss gehalten werden. Es wird untersucht werden, ob die Patienten vernachlässigt oder missbraucht wurden. Wenn wir Pech haben, schicken die uns eine Sonderkommission auf den Hals, die wissen will, was in Broadview sonst noch unter der Hand läuft. Diese Leute werden prüfen, ob die Sicherheit der Patienten gewährleistet ist, und sich fragen, ob sich das Pflegepersonal krimineller Fahrlässigkeit schuldig gemacht oder Clara Devine vielleicht sogar bewusst in verbrecherischer Absicht aus dem Heim gelassen hat. Und da es meine Aufgabe ist, Unregelmäßigkeiten bezüglich der Patienten zu melden, geht es um meinen Job. Entweder sagt mir jetzt jemand, was los ist, oder ich wende mich an die Behörden.«

Alice sah sie lange an. Ihr Gesichtsausdruck wechselte mehrfach, während sie überlegte, wie sie auf Renés wütende Drohung reagieren sollte. Schließlich seufzte sie, und ihr Körper sackte in sich zusammen wie ein Ballon, aus dem die Luft entweicht. »Bonnie, ich bin gleich wieder da«, sagte sie zu der Schwesternhelferin, die im Gang beschäftigt war. Dann winkte sie René mit dem Kopf in ein kleines Büro und schloss die Tür hinter ihnen. »Das kostet mich wahrscheinlich den Kopf, aber Sie finden es bestimmt sowieso heraus.«

»Was finde ich heraus?«

»Von mir wissen Sie das nicht«, flüsterte Alice mit flehentlichem Blick.

Die Achsen im Raum schienen sich um ein paar Grad zu verschieben. René nickte. »In Ordnung.«

Alice schloss eine Schreibtischschublade auf und entnahm ihr eine Videokassette. Auf einem Tisch hinter ihnen standen ein Bildschirm und ein Videorekorder, auf dem die Mitarbeiter sonst das Patientenverhalten studierten oder Schulungsvideos ansahen. Alice legte die Kassette ein. Nach kurzem Geflimmer erschien ein grobkörniges Schwarz-Weiß-Bild der Stationstür, das offenbar von der Decke aus etwa drei Meter Entfernung aufgenommen war. Einige Sekunden lang rührte sich nichts. Das Bild sah aus wie ein Foto. Dann erschien eine Gestalt, die sich im Zeitraffer ruckartig bewegte. Clara Devine.

Sie war allein und trug eine Einkaufstasche. René traute ihren

Augen nicht. Clara sah sich um, ging zur Wand, gab mit dem Finger etwas auf der Tastatur ein und stieß die Tür auf, die sich hinter ihr wieder schloss. Das geschah so schnell, dass René nur ein »Was?« herausbrachte.

»Ja, ich weiß. Sie hat sich selbst herausgelassen.«

René überlief es eiskalt. Was sie gesehen hatte, war so unmöglich wie sprechende Hunde und fliegende Menschen. Hunde sprechen nicht, und Alzheimerpatienten erlangen das Kurzzeitgedächtnis nicht zurück. Mit der Krankheit war es wie mit der Schwerkraft: Es ging beständig abwärts.

»Ich kann das nicht glauben.« René suchte fieberhaft nach einer rationalen Erklärung. Es war eine Fehldiagnose gewesen. Clara hatte ihre Demenz nur gespielt. Die Person war jemand anders. Nichts von dem.

»Das ist noch nicht alles«, sagte Alice mit düsterer Stimme. Sie drückte ein paar Knöpfe, und der Bildschirm wechselte zu einer anderen Kamera. Draußen vor dem Haupteingang. Wieder eine verschwommene Gestalt mit Claras Gesicht und Körper. Diesmal hatte sie sich einen Regenponcho über den Kopf gezogen.

»Wir glauben, sie hat sich im Aufzug umgezogen und ist so an der Rezeption vorbeigekommen. Draußen regnete es.«

Manchmal gelang es einem Patienten, aus einem Pflegeheim wegzulaufen, meist, weil es zu wenig Personal gab. Vor zwei Jahren hatte sich ein Mann im Winter draußen verlaufen und war erfroren. Danach war in Broadview ein kompliziertes Sicherheitssystem installiert worden. Aber kein Alzheimerpatient war in der Lage, einen Zugangscode herauszufinden oder ihn sich auch nur zu merken, selbst wenn er ihn vom Personal gehört hatte. Und keiner dieser Menschen war zu langfristiger Planung fähig und hätte sich überlegen können, welche Verkleidung für einen regnerischen Abend passte.

»Ich vermute, sie hat zugesehen, wie einer von uns die Tastatur benutzte, und sich die Kombination gemerkt.«

»Alice, sie hat Alzheimer im mittleren Stadium. Sie kann sich nichts für länger als eine Sekunde merken, und das wissen Sie.«

Alice antwortete nicht.

»Weiß die Polizei davon?«

»Nein. Keiner hat danach gefragt. Die wollen einen Mord aufklären. Die Sicherheitsvorkehrungen in Broadview gehen nur das Heim etwas an.«

»Und wenn die Beamten fragen?«

»Das System ist ausgefallen, die Kameras funktionierten nicht. Nicht mein Bereich.« Alice nahm die Kassette heraus und schloss sie wieder in der Schublade ein. Dann stand sie auf und legte die Hand auf die Klinke, um zu gehen.

Nicht mein Bereich.

»Alice, was zum Teufel ist hier los?«

»Da fragen Sie am besten Dr. Carr. Er kommt morgen.« Und schon war sie verschwunden.

10

Morningside Manor war ein roter, dreistöckiger Backsteinbau. Das Pflegeheim lag zwischen Birken und immergrünen Pflanzen auf einem an ein Naturschutzgebiet angrenzenden Gelände direkt an der Grenze zu New Hampshire. Bis zu hundertzehn Erwachsene konnten hier langfristig betreut werden. Das Niveau war einen Tick höher als in den meisten anderen Heimen und Rehakliniken, die René regelmäßig aufsuchte. Es war Montagnachmittag, aber der Parkplatz war zu ihrer Überraschung völlig überfüllt. Sogar ein paar Stretchlimousinen waren zum feierlichen ersten Spatenstich für die neue Alzheimer-Station vorgefahren.

Auf dem Rasen war ein großes weißes Zelt aufgeschlagen worden. Kellner und Kellnerinnen gingen durch die Menge und boten Champagner und raffinierte Horsd'œuvres an. Dabei reichte das Budget der Pflegeheime normalerweise nur für Wein aus Zweiliterflaschen und Käsewürfel.

René stellte ihr Auto ab und ging zum Zelt. Sie sah kein einziges bekanntes Gesicht, bis sie Nick Mavros entdeckte. Er stand bei einer kleinen Gruppe und winkte sie zu sich.

»Hier ist ja meine Musterschülerin! Hallo, meine Schöne.« Er umarmte sie und hauchte Luftküsschen auf beide Wangen – eine der wenigen Gewohnheiten, die noch davon zeugten, dass er vor über sechzig Jahren auf dem griechischen Peloponnes geboren war.

Nick besaß ein ausdrucksvolles Gesicht mit kräftigen, markanten Zügen und großen Augen, die sein Gesicht beherrschten. »Ich hoffe, die Bezeichnung ist dir nicht peinlich.«

»Ich werde es überleben«, sagte René und schüttelte einem Arzt die Hand, der sich als Peter Habib aus Plymouth vorstellte. Er war etwa in Nicks Alter.

Nicholas Konstantinos Mavros war ihr Professor an der Universität gewesen und hatte zwei Jahre lang ihre Diplomarbeit betreut. In dieser Zeit waren sie sich nähergekommen, als es bei Studentin und Professor normalerweise der Fall war. Als es Renés Vater immer schlechter ging, kümmerte Nick sich um sie, tröstete sie, nahm sie mit nach Hause und sprach ihr Mut zu, wenn sie es brauchte. In den drei Jahren seit dem Tod ihres Vaters hatte Nick ihr mit seiner Wärme und seinem scharfen Verstand geholfen, die Lücke zu füllen. Es waren die Eigenschaften, denen er seinen Ruf in der Gemeinschaft der Neurologen verdankte. Er gehörte zu den wenigen, die ihren Verstand nie über ihr Herz stellten. René war dankbar dafür, dass es auf dieser Welt Menschen wie Nick Mavros gab.

Mittlerweile lehrte er nicht mehr, weil ihm die Zeit dafür fehlte, und hatte auch seine private Praxis stark zurückgefahren. Er war Chefneurologe am Massachusetts General Hospital und leitete dessen Zentrum für Magnetresonanztomografie, wo er mit einem Team von Physikern neue Techniken für diagnostische Gehirnbildgebung entwickelt hatte.

»Das Zelt ist ja so groß wie ein Fußballfeld. Wieso versammelt sich alles, was im Nordosten in der Medizin Rang und Namen hat, zum ersten Spatenstich für eine Pflegestation?«

Nick grinste fröhlich und hob sein Glas. »Weil es kostenlosen Champagner gibt.«

Seine Augen glänzten verdächtig. Er liebte Wein und hatte eine ansehnliche Sammlung im Keller.

»Du solltest dich schämen«, tadelte René.

»So sind sie, die Griechen. Schamgefühl ist für die ein Fremdwort«, witzelte Dr. Habib.

»Dann sind hier wohl alle Griechen«, konterte Nick.

»Schmeckt's denn?«, fragte sie, eine Andeutung, dass er vermutlich schon mehr getrunken hatte, als ihm guttat.

»Ausgezeichnet. Zum Teufel mit den grauen Zellen.« Er riss die Augen auf. »Oh, oh! Da hat's schon wieder ein paar tausend erwischt.«

Sie lachte. »Du hast ja genügend davon.«

»War schön, Sie kennenzulernen«, sagte Dr. Habib und entschuldigte sich. »Ich muss höheren Mächten Rede und Antwort stehen.« Damit entschwand er.

»Der Mann gefällt mir«, sagte Nick in sein Champagnerglas. »Der versteht es zu leben. Er hat sich gerade eine brandneue Harley-Davidson gekauft, weil er schon halb in Rente ist. *Carpe diem.«* Habib hatte sich einer kleinen Gruppe angeschlossen, die sich in der Nähe des Podiums um einen großen Mann mit Glatze drängte.

»Also, was ist hier los?«, fragte René. Es waren mindestens hundertfünfzig Gäste anwesend. Der Veranstalter hatte an nichts gespart.

»Die Rechnung geht nicht an Health Corp«, erläuterte Nick. »Siehst du den Mann mit Glatze im grauen Anzug, der mit Preston Van Dyke, Carter Lutz und Peter Habib redet?«, flüsterte er ihr ins Ohr. »Das ist Gavin Moy.«

»Wer?«

In diesem Augenblick blies Carter Lutz ins Mikrofon. »Dürfte ich Sie um Ihre Aufmerksamkeit bitten?«

Als die Menge verstummt war, stellte er Preston Van Dyke, den Chef von Health Corp vor. Die Firma war die Muttergesellschaft von Morningside sowie sechsundzwanzig anderen Heimen und Rehakliniken. Van Dyke bedankte sich zunächst bei

Carter Lutz und anderen anwesenden Persönlichkeiten. »Dies ist ein großer Tag für Morningside. Heute tun wir den ersten Spatenstich für unsere neue Langzeitpflegestation, die, wie Ihnen sicher bekannt ist, auch diesmal wieder durch die großzügige Unterstützung von GEM Tech ermöglicht wurde.« Damit deutete er auf Gavin Moy. Als der Beifall verstummte, sprach er weiter. »Dank Ihrer wertvollen Hilfe ist es uns möglich, unsere bereits heute allen Ansprüchen genügenden Einrichtungen zu erweitern und so die Qualität der Pflege auf Jahre hinaus zu sichern.«

Van Dyke sagte noch ein paar Worte. Als er fertig war, gab jemand ihm und Gavin Moy eine verchromte Schaufel, mit der sie im Blitzlichtgewitter der Fotografen und von Beifall begleitet auf einem Stück lehmiger Erde posierten. Trotzdem verstand René nicht, warum so viel Prominenz vor Ort war. Einige Gesichter kannte sie noch von der für die Arzneimittelsicherheit zuständigen Food and Drug Administration, kurz FDA.

»Aufregend, was?«, fragte Nick.

»Überwältigend«, erwiderte René, während sie zu einem Tisch mit exquisiten Snacks gingen. Sie hätte ihm liebend gern von dem Video von Clara Devine erzählt. »Kennst du einen Neurologen namens Jordan Carr?«

»Ja. Der muss hier irgendwo sein. Warum?«

»Ich rede besser ein anderes Mal mit ihm.« Keine gute Gelegenheit für eine Konfrontation.

»Falls du deine Meinung änderst, kann ich gern ...« Nick wurde unterbrochen.

»René Ballard?«

Sie drehte sich um. Vor ihr stand ein großer, gut aussehender Mann mit glänzendem schwarzem Haar.

»Wenn man vom Teufel spricht«, stellte Nick fest. »René Ballard, Jordan Carr.«

Er hielt ihr die Hand hin. »Ich habe gehört, Sie suchen mich.«

»Na ja, eigentlich schon.«

»Dann habe ich Ihnen den Weg erspart.« Sein Lächeln entblößte perfekte Schneidezähne.

Nick grinste und nutzte die Gelegenheit, um sich abzusetzen. »Wenn ihr mich bitte entschuldigen würdet …«

»Nein, du musst nicht gehen«, sagte René.

Er hob sein leeres Glas und nickte einer Kellnerin zu. »Solange es genug Champagner gibt, ist die Welt noch in Ordnung«, verkündete er mit einem Augenzwinkern. »Außerdem muss ich jemanden begrüßen.« Damit verschwand er in Richtung Gavin Moy, wobei er sich unterwegs noch schnell ein volles Glas Champagner vom Tablett der Kellnerin nahm.

»So.« Dr. Carr lächelte auf sie herab.

»Wir müssen das nicht jetzt besprechen.«

»Besser jetzt als später.«

Er hatte ein schmales, jungenhaftes Gesicht, eine hohe Stirn und dunkle, mandelförmige Augen, die ihn polynesisch wirken ließen. Sein Haar war vollkommen schwarz und mit militärischer Präzision seitlich gescheitelt. René war einen Meter zweiundsechzig, mit Absätzen vielleicht einen Meter fünfundsechzig groß, und er überragte sie fast um einen ganzen Kopf.

»Von mir aus, aber dann bitte irgendwo, wo uns nicht jeder zuhören kann.« Damit führte sie ihn zu einer freien Stelle abseits der Menge.

»Du meine Güte, es muss ja wirklich wichtig sein«, sagte er, während er ihr folgte.

Sie hätte nicht sagen können, ob er es ernst meinte oder sie auf den Arm nahm. Bei seinem ausgeprägten britischen Akzent war das nicht zu erkennen.

»Ich habe ein paar Fragen zu Clara Devine«, sagte sie, als sie allein waren.

Sein Gesicht zeigte milde Verständnislosigkeit. »Was ist mit ihr?«

René war sich der beruflichen Kluft zwischen ihnen bewusst. Er war ein landesweit anerkannter Neurologe, der vermutlich im Vorstand von einem halben Dutzend wichtigen Institutionen saß, während sie nur beratende Apothekerin war und zudem erst neunundzwanzig. Außerdem wollte sie nichts Falsches sagen, damit Alice Gordon und das übrige Pflegepersonal keinen Ärger bekamen. »Ich frage mich, wie sie aus Broadview weglaufen, sich bis zum CVS durchschlagen und dort einen Wildfremden töten konnte.«

»Der Fall ist mir bekannt.« Er lächelte und nippte an seinem Wein. Dabei sah er sie unverwandt an.

Sie hatte nicht die Absicht, sich von seiner aalglatten Gewandtheit aus dem Konzept bringen zu lassen. »Wie Sie vielleicht wissen, ist es meine Aufgabe, die medikamentöse Versorgung der Patienten monatlich zu überwachen. Als ich mir ihren Ordner ansehen wollte, musste ich feststellen, dass die Medikamentenblätter für mehrere Monate fehlen. Außerdem waren die Bestellungen nicht von ihrem betreuenden Arzt unterzeichnet.«

»Weil ich sie von Dr. Colette übernommen hatte.« Sein zuckersüßer, geduldiger Ton klang, als wäre er der Lehrer und sie ein begriffsstutziges Kind.

»Ich verstehe, aber das erklärt nicht, wieso die Krankenblätter von Clara Devine und vier weiteren Ihrer Patienten fehlen.«

Falls ihn ihre Entdeckung überraschte, ließ er sich nichts anmerken. »Die sind auf den Rechnern von Broadview gespeichert.« Sein Lächeln erstarb und wich einer irritierten Miene. Er sah auf die Uhr.

»Warum hat man mir dann gesagt, ich müsste zuerst mit Ihnen sprechen, als ich mir die Dateien ansehen wollte?«

»Nur eine zusätzliche Sicherheitsmaßnahme, um die Vertraulichkeit der Patientendaten zu sichern. Nächste Frage.«

Wie sind Sie solch ein arrogantes Arschloch geworden?

»Dr. Carr, ich bin bevollmächtigt, sämtliche Patientenberichte einzusehen – alle, nicht nur eine Auswahl.«

»Dann handelt es sich um ein Versehen, das korrigiert werden muss. Ist das alles?«

Seine heuchlerische Höflichkeit trieb sie auf die Palme. *Lass dich nicht abspeisen,* hätte ihr Vater gesagt. »Nein. Auf der Patientenliste stehen zweiundvierzig Personen. Tatsächlich sind auf der Station sechsundvierzig Patienten untergebracht.«

»Wie bitte?«

»Auf der Alzheimer-Station gibt es vier Heimbewohner, die nicht auf der Liste stehen. Vier Namen, die mir bis jetzt nicht untergekommen sind. Trotzdem haben diese Personen Betten auf der Station. Ehrlich gesagt hätte ich gern eine Erklärung, Dr. Carr, weil ich meinem Chef Rechenschaft ablegen muss.«

Carr wirkte ein wenig überrascht. »Sie sind eine kluge Frau, Miss Ballard. Darf ich Sie René nennen?«

»Dr. Carr, ich bin für die Richtigkeit der Patientenberichte verantwortlich. Das gilt für diese Station ebenso wie für die anderen von mir besuchten Heime …«

Carr wedelte mit der Hand, als wären ihre Worte lästige Mücken. »Ja, natürlich.« Dann suchte er mit den Blicken die Menge ab. Er erinnerte sie an eine Gazelle in der Serengeti. Witterte er einen Gepard? Erst jetzt fiel ihr seine Kleidung auf. Er trug braune handgenähte Stiefel, die wahrscheinlich mehr kosteten als ihr Honda, und einen blauen Blazer, dessen Brusttasche ein steigender schwarzer Hengst vor goldenem Hintergrund schmückte. Irgendein Designerlogo, das sie nicht kannte.

»René, können wir das vielleicht irgendwann anders besprechen?«

»Dr. Carr, ich werde seit gestern in dieser Sache hingehalten. Vermutlich werde ich schon abgeblockt, seit ich diese Arbeit mache. Nachdem die Polizei involviert ist, habe ich wohl ein Recht darauf zu erfahren, was mit den Patienten in meinen Heimen geschieht.«

»Niemand spricht Ihnen dieses Recht ab. Das hier ist nur nicht der richtige Ort.« Er lächelte breit und winkte jemandem in der Menge zu. »Jetzt geht auch noch mein Pager los. Haben Sie eine Visitenkarte?«

Sie war entlassen. Sie wühlte in ihrer Handtasche und holte eine Karte hervor.

Er zückte einen goldenen Füllfederhalter. »Nein, ich meinte, Ihre Privatnummer und -adresse, wenn Sie nichts dagegen haben.«

Sie sah ihn fragend an.

»Morgen Abend um acht im Chateau Dominique. Oder haben Sie etwas vor?«

Verflixt, jetzt verabredet er sich auch noch mit mir. »Ich glaube nicht.« Sie hörte selbst, wie dünn ihre Stimme klang. »Das ist kein geselliger Anlass.«

»Nein, aber dort können wir in Ruhe reden.«

Tu ihm den Gefallen, sagte sie sich, als sie Telefonnummer und Adresse aufschrieb.

»Geht halb acht auch?« Bevor sie sich den Termin aufschreiben konnte, nahm Carr sie am Ellbogen.

»Ich möchte Ihnen jemanden vorstellen.« Damit führte er sie zu Gavin Moy.

Moy lächelte und schüttelte ihr die Hand. Seine Hand war weich und warm wie ein teurer Handschuh, den jemand in der Sonne hat liegen lassen. Dem gebräunten, wettergegerbten Gesicht nach zu urteilen, verbrachte er viel Zeit beim Segeln oder auf dem Golfplatz. Die grünen Augen strahlten so auffällig, dass sie sich fragte, ob er farbige Kontaktlinsen trug. Oben auf dem Kopf war er völlig kahl, während die kastanienbraunen Haare an den Seiten von weißen Strähnen durchzogen wurden. »Sehr erfreut, Miss Blanchard.«

»Ballard.«

Er nickte und musterte sie von Kopf bis Fuß. »Schöne Brosche«, meinte er mit einem Blick auf die schwarz-weiße Anstecknadel in Katzenform an ihrem Revers.

»Das soll meine Katze sein«, erklärte sie verlegen.

Moy nickte und fing an, sich in der Menge umzusehen. Wenn sie behauptet hätte, die Katze zum Frühstück verspeist zu haben, wäre ihm das vermutlich gar nicht aufgefallen. Warum also hatte Dr. Carr sie unbedingt vorstellen wollen?

»War nett, Sie kennenzulernen«, sagte Moy und verschwand mit Carr.

Offenbar hatte Nick die Szene beobachtet, denn er schlenderte mit einem frischen Glas Champagner zu ihr und nahm sie am Arm. »Amüsierst du dich?«

»Bombig.« Sie kippte ein halbes Weinglas auf einmal herunter. »Warum habe ich das Gefühl, in einen Spionagefilm geraten zu sein, in dem alle außer mir wissen, um was es geht?«

»Vielleicht, weil es so ist. Wann ist deine Verabredung?«

»Woher weißt du, dass ich eine Verabredung habe?«

»Weil ich Jordan Carr kenne. Und seine Exfrau.«

»Wenn der erste Eindruck nicht trügt, hat sie mein volles Mitgefühl.«

Nick grinste breit. »Gib ihm eine Chance. Er ist ein brillanter Arzt und hat ausgezeichnete Kontakte.«

»Aha. Willst du mir damit etwas sagen?«

»Nur, dass du dich auf ein exzellentes Essen und guten Wein freuen kannst.«

»Willst du nicht Anstandswauwau spielen? Bitte!«

Er lachte. »Das schaffst du schon allein.«

»Was ist mit meinen vielen Fragen?«

»Die wird er dir sicher beantworten.« Er sah sich nach einem Kellner um.

»Und bei dir wird es Zeit für Pellegrino.« Damit nahm sie ihm die Champagnerflöte aus der Hand und ging zur Bar. Sie kam sich vor wie Alice bei der Teegesellschaft des verrückten Hutmachers.

Als sie zurückkam, hatte Nick eine Illustriertenanzeige aus seiner Jackentasche geholt. »Nicht gerade eine neue Harley«, sagte er, während er ein Foto einer großformatigen Mamiya-Kamera entfaltete. In seiner knapp bemessenen Freizeit befasste sich Nick mit Landschaftsfotografie. Immer wieder sprach er davon, sich irgendwann für eine Fotosafari in den kanadischen Rocky Mountains oder im Grand Canyon Urlaub zu nehmen. Die Wände in seinem Büro waren mit Aufnahmen aus der Schweiz und Hawaii bedeckt. »Aber genau so möchte ich meine, ach so überschätzten, goldenen Jahre verbringen. Da wir gerade von Bildern reden, komm doch bei mir im Krankenhaus vorbei. Ich habe ein paar interessante Aufnahmen in meinem Büro, die ich dir zeigen möchte.«

»Und bis dahin verrätst du mir natürlich nichts.«

»Wenn du das nächste Mal in Boston bist.« Er sah auf die Uhr. »Thalia wartet auf mich.« Seine Frau, mit der er seit fünfunddreißig Jahren verheiratet war, litt an Parkinson.

»Okay.«

»Wenn er dich anfasst, drehe ich ihm den Kragen um«, flüsterte er.

»Das wird nicht nötig sein.«

Nach Küsschen auf beide Wangen verschwand er in Richtung Parkplatz. Sie sah ihm nach. Sie konnte sich glücklich schätzen, jemanden wie ihn zu kennen. Als Hund wäre er ein schwarzer

Labrador gewesen, der allmählich grau wurde – massig, stark, klug, treu und liebevoll.

In der Menge entdeckte sie Jordan Carr, der in einer Gruppe von Bewunderern Hof hielt. *Und du wärst ein Dobermann,* dachte sie – elegant, schlank und ein wenig gefährlich.

11

»Seine Augen bewegen sich.«

»Das ist gut, er träumt. Sehen Sie diese Spitzen? Das bedeutet Aktivität.«

»Jack! Ich bin's, Beth. Wach auf. Bitte.« Sie berührte vorsichtig seine Hüfte, eine der wenigen Stellen, an denen er keine Verbrennungen hatte.

Sie wollten ihn zur Kernspintomografie bringen, um Bilder von seinem Gehirn anzufertigen, die eventuelle Hinweise auf Infarkte und andere strukturelle Veränderungen liefern konnten. Außerdem sollte die Durchblutung von Okzipital- und Schläfenlappen kontrolliert werden, um sicherzugehen, dass kein Gefäßverschluss vorlag. So hatte es die Krankenschwester Beth erklärt.

Und Jack konnte sie hören.

Sie standen auf der anderen Seite der Tür. Beth und die anderen ... Die Tür neben dem großen Fenster.

Sieh nicht hinaus. Sieh nicht hinaus.

Böse Dinge ...

»Aber er ist so aufgeregt, er hat einen Albtraum«, sagte Beth flehentlich. »Können Sie nicht etwas dagegen unternehmen? Jack, wach auf.«

Dieses grässliche Geschöpf mit dem spitzen Kopf ...

»Er bekommt ein Betäubungsmittel, damit die Bilder nicht unscharf werden. Aber die Gehirnaktivität bleibt erhalten und wird aufgezeichnet.«

Wenn das ein Traum war, dann gefiel er ihm nicht. Kein Traum, auf gar keinen Fall. Das war zu real dafür. So real wie diese Füße. Diese furchtbaren zuckenden Füße. Und die große braune Maus.

(Das ist aber eine kluge Maus.)

Brave Maus. Große Maus.

Sie legten Jack auf eine fahrbare Krankentrage und rollten ihn durch den Gang zum Aufzug, mit dem er nach oben zum Kernspin gefahren wurde.

Und der Lärm. Erzählt mir bloß nicht, dass das ein Traum ist ... Explosionen, die das Geschirr im Schrank zum Wackeln bringen ... und dieses Geräusch ...

Dieses furchtbare, entsetzliche Geräusch ...

Sagt mir bloß nicht, ich soll aufhören zu schreien ...

»Jack, ich bin hier. Es wird alles wieder gut. Sie machen bloß ein paar Aufnahmen.«

Er konnte sie durch die Tür hören ... Beth ...

»Du wirst gar nichts davon merken.«

Sein Körper war von Kopf bis Fuß mit einem Netz von Striemen überzogen und mit einer Antibiotikasalbe eingeschmiert. Und plötzlich war wie durch Zauberhand alles wie weggeblasen ... sein Körper war sauber, gesund, schmerzfrei.

Er griff nach der Maus und stieg aus dem Käfig. Der Boden war kalt und nass. Beth, ich bin's.

»Fast geschafft.«

Ich komme.

Er tapste zu der Tür neben dem großen schwarzen Fenster ...

Nicht nach draußen sehen.

Er konnte spüren, wie ihn die Dunkelheit beobachtete, an ihm zerrte, damit er hinaufstieg und einen Blick nach draußen warf. Damit er die bösen Dinge sah.

Tu es nicht ... Die Tür. Geh zur Tür. Es ist Beth.

Er ging zur Tür. Die Augen folgten ihm, als er vorbeiging, und seine Füße wurden klebrig von dem gelatineartigen Zeug.

Er hatte Angst. Solche Angst, dass er keuchte ... merkwürdige Geräusche von sich gab. Solche Angst, dass seine Hose nass wurde.

Böse Geräusche. Böse Geräusche.

»Schluss mit dem Geschrei. Schluss mit dem Geschrei!«

Die Tür. Die Tür mit den braunen Türfeldern und den kleinen Fenstern. Er legte die Hand auf den Türknopf, der sich kühl und glatt anfühlte. Er wollte ihn drehen, um Beth hereinzulassen, aber der Knopf saß fest. Lieber Gott, bitte hilf mir.

»Jack, wir geben Ihnen nur etwas, damit Sie ruhig bleiben, ja?«

Beth! Mach die Tür auf. Bitte lass mich raus. Bevor es wieder ins Zimmer kommt. Bitte.

»Sie werden gar nichts spüren … nur ein paar Geräusche hören.«

Beth, lass mich raus. Irgendwer soll mich rauslassen. Bitte.

Er hämmerte an die Tür. Sie sollte aufgehen. So fest klopfte er, dass er meinte, seine Handknochen splittern zu hören.

Bitte, irgendwer soll aufmachen.

Lieber Gott, mach, dass die Tür aufgeht.

Seine Füße. Als er nach unten sah, waren sie voll von klebrigem Zeug, das Fußabdrücke hinterlassen hatte, wo er gegangen war. Es sickerte unter der Tür hindurch ...

Dann stieg die dicke gelatineartige Flüssigkeit um ihn in die Höhe und überflutete den Raum, verschluckte seinen Körper, verdunkelte das Licht und riss ihn mit sich. Schwarzes, zähflüssiges Wasser trug ihn davon ... und die Quallen – Hunderte pulsierender Klumpen, die in der Dunkelheit über sein Gesicht glitten. Er stellte sich auf das Brennen der Tentakel ein, spürte jedoch nichts. Vielleicht waren sie ihm wohlgesinnt. Oder er träumte.

»*You are my sunshine* ...«

Er versuchte zu schwimmen, aber sein Körper gehorchte ihm nicht. Seine Füße und Arme waren abgestorben, als wäre sein Blut zu Beton erstarrt. Sein Gehirn schrie seinem Körper Befehle zu, aber der rührte sich nicht von der Stelle. Er konnte noch nicht einmal den Kopf heben.

Und die Stimmen hinter der Tür.

Er war gelähmt.

»Wir sind fertig, Jack. Wir bringen Sie jetzt zurück.«

Die verdammten Quallen hatten ihn gelähmt.

»Jack, das haben Sie sehr schön gemacht.« Schwester Maffeo.

Bewegung. Er spürte, wie er angehoben und weggefahren wurde. Er bewegte die Finger, wackelte dann mit Zehen und Füßen. Danke, lieber Gott. Er spürte seinen Körper wieder. Er wusste nicht, wie, aber er wollte ihre Aufmerksamkeit erregen, bevor sich der Nebel wieder über ihn senkte.

»Er ist so unruhig.«

»Die Wirkung des Betäubungsmittels lässt nach.«

»Jack, ich bin's. Wach auf. Bitte.«

Er griff erneut nach dem Türknopf und spürte, wie sich dieser ein wenig drehte.

»Weiter so, Jack. Weiter.«

Ich versuche es ja, aber er rührt sich nicht. Irgendwer hat die Tür abgeschlossen ... und jetzt wird alles wieder schwarz. O nein!

»Sehen Sie die Linie? Ich drehe die Verstärkung höher. Er hat sich wieder stabilisiert. Nur ein böser Traum. Das kommt bei einem Trauma gelegentlich vor.«

Und die Stimmen verklangen wie gedämpfte Musik.

12

Am Dienstagabend Punkt halb acht fuhr Dr. Jordan Carr in einem leuchtend roten, lang gestreckten Sportwagen vor. René empfing ihn an der Tür. Sie hatte sich für ein ärmelloses schwarzes Kleid und Schuhe mit hohen Absätzen entschieden, ihr einziges elegantes Outfit. Der Rest ihrer Garderobe bestand aus Hosenanzügen, langen Röcken und Blusen mit Button-down-Kragen – passend für Pflegeheime und ihr im Augenblick nicht existentes Privatleben. Er trug ein kamelhaarfarbenes Sportsakko mit dem Logo, das sie bereits vom Vortag kannte.

Er führte sie zu seinem Auto, das im Licht der Lampe über ihrer Tür wie ein Juwel funkelte. »Ja hallo, was haben wir denn da?«

»Einen Ferrari Testarossa«, erwiderte er so selbstverständlich, als hätte sie darauf hingewiesen, dass die Sterne am Himmel standen.

Der Wagen schimmerte rubinrot. »Sehr schön«, sagte sie, während sie die geschmeidigen Linien und die auffälligen seitlichen Lufteinlässe studierte.

»Danke.«

Als er ihr ins Auto half, miaute Silky an einem der oberen Fenster. »Gute Nacht, Silky.«

Carr stieg ein und sah zu dem Kater auf. »Komisch, aber ich hätte sie eher für eine Hundebesitzerin gehalten.«

»Wieso?«

»Ich finde, Haustiere spiegeln den Charakter ihrer Besitzer

wider. Vielleicht ist das eine alberne Vorstellung, aber ich finde, Hunde sind aggressiver als Katzen.«

»Ach ja?« Sie zog die letzte Silbe in die Länge. Worauf wollte er hinaus?

»Und Sie kommen mir eben aggressiv und hartnäckig vor.«

»Hartnäckig wie ein Pitbull, der nicht loslässt, wenn er sich verbissen hat?«

»So in der Art.«

»Beruhigt es Sie, wenn ich Ihnen sage, dass Silky eigentlich ein junger Panther ist?« Er sah sie an. Offenbar wusste er nicht recht, ob sie ihn aufzog. Sie lächelte und wechselte das Thema. »Ich bin noch nie in einem Ferrari gefahren.«

»Willkommen an Bord.« Er drehte den Schlüssel um, und der Motor erwachte grollend zum Leben.

Die Innenbeleuchtung fiel auf eine Plakette auf dem Schalthebel: einen steigenden schwarzen Hengst vor goldenem Hintergrund. »Das ist das Logo von dem Blazer, den Sie gestern anhatten.«

»Ja«, sagte er, als er losfuhr. »Ich hatte noch ein paar andere Modelle, bevor der Scheidungsanwalt meiner Frau die Bühne betrat.«

Für einen Augenblick stellte sie sich eine komplette Ferrari-Garderobe mit Blazern, Polohemden, Windjacken und Hüten vor. Wahrscheinlich schmückte der schwarze Hengst sogar seine Unterhosen. »Das tut mir aber leid«, sagte sie. Ihr Mitgefühl für Menschen, die mit einem einzigen Ferrari auskommen mussten, hielt sich in Grenzen. »Ich sammle Honda Civics.«

Carr drehte sich zu ihr um. »Soll das ein Witz sein?«

»Vergessen Sie es.« Offenbar hatte der Mensch keinen Sinn für Humor. Oder war es nicht gewöhnt, von minderen Wesen wie ihr selbst aufgezogen zu werden. Auf jeden Fall versprach es, ein unterhaltsamer Abend zu werden.

Sie hielten an einer roten Ampel, und Dr. Carr drehte sich ganz zu ihr um. »Am besten sind wir von vornherein ehrlich zueinander, damit wir den Abend genießen können.«

»Da bin ich ganz Ihrer Ansicht«, sagte sie. Endlich konnte sie ihre Fragen an den Mann bringen. »Dann können Sie mir vielleicht erklären, was in Broadview vor sich geht. Deswegen sind wir schließlich hier.«

Carr starrte sie an. Wahrscheinlich war er beleidigt, dass jemand, der in der großen Welt der Medizin so weit unter ihm stand, offen zu ihm sprach. »Sie nehmen aber wirklich kein Blatt vor den Mund.«

»Dafür reden Sie um den heißen Brei herum, Dr. Carr.«

»Sagen Sie immer, was Sie denken?«

»Ich glaube schon.«

Er nickte. »Also gut, aber erst beim Wein. Und nennen Sie mich doch bitte Jordan.«

Schweigen breitete sich aus, während René überlegte, warum sie von einem Star-Neurologen, der Ferraris sammelte, ins Chateau Dominique eskortiert wurde.

Jordan warf ihr einen Blick zu. »Wie kommen Sie eigentlich an diesen Job?«, fragte er, wohl um das Eis zu brechen. »Wieso arbeitet eine attraktive junge Frau wie Sie mit Geriatrie- und Demenzpatienten?«

Die Frage kannte sie in- und auswendig, und die Antwort war immer dieselbe. Nicht besonders aufregend. »Ich mag alte Leute. Ich habe mich schon immer für Menschen interessiert, die von der Gesellschaft vergessen oder ausgestoßen werden. Vor meinem Pharmaziestudium habe ich in einem Obdachlosenheim und einer Drogenklinik gearbeitet. Dort habe ich gelernt, was es heißt, am Rande der Gesellschaft zu leben.«

»Und jetzt befassen Sie sich mit Geriatriepatienten und Pflegeheimen.«

»Ja. Es gibt genügend Ärzte, die sich um Babys und Mittelklassepatienten mit Krankenversicherung kümmern.«

»Und deswegen haben Sie sich denen zugewandt, die keine Lobby haben.«

»So wird's wohl gewesen sein. Oder ich leide an einem krankhaften Helfersyndrom … Ich bin gern mit älteren Menschen zusammen. Ich bin in einer verarmten Kleinstadt in Maine aufgewachsen, bei uns gab es nicht viele junge Menschen. Alle um mich herum waren älter: meine Großeltern, die Großtanten und Großonkel, Nachbarn, die für mich wie Großeltern waren. Die einzigen Ärzte, an die ich mich erinnern kann, waren auf ältere Menschen spezialisiert. Früher dachte ich, es gäbe nur Gerontologen. Außerdem muss sich ja irgendjemand um diese Leute kümmern.«

»Das klingt nicht krankhaft.«

Sie schwieg für einen Augenblick. »Es gibt wohl auch einen persönlichen Grund. Mein Vater ist an Alzheimer gestorben.«

»You must remember this, a kiss is just a kiss, a case of do or die …«

»Ich verstehe. Und jetzt wollen Sie anderen helfen, mit dem Übel umzugehen.«

»So ähnlich.«

Im Scheinwerferlicht der anderen Autos sah sie ein leichtes Lächeln auf seinem Gesicht spielen. Sie spürte, dass er angestrengt überlegte. »War es schlimm? Bei Ihrem Vater, meine ich?«

»No matter what the future brings …« Dad, du drückst dich!

»Haben Sie jemals einen *schönen* Alzheimer-Fall erlebt?«

»Ich meine, wie schwer die Krankheit war.«

»Am Ende ging es sehr schnell. Für uns war es schlimmer als für ihn.«

Er hat sich gedrückt.

»Wie alt war er, als die Krankheit festgestellt wurde?«

»Zweiundsiebzig.«

»Nicht besonders alt.«

Du bist erst zweiundsiebzig, Dad. Du wirst nicht senil. Das kann gar nicht sein.

»Er hat noch sieben Jahre gelebt.«

Hör zu, Kleines, was auch mit mir passiert, du musst stark sein, um deiner Mutter willen.

Und vergiss nicht zu lachen. Du bist doch meine Große.

Sie konnte die sanfte, tröstende Stimme noch hören.

Wir müssen alle irgendwann sterben. Ich hatte ein wunderbares Leben, und es ist noch nicht zu Ende.

»Ich hoffe, ich habe Sie nicht aus der Fassung gebracht, aber genau an diesem Problem arbeiten wir.«

»Das geht schon in Ordnung«, sagte sie. »Und wieso sind Sie Arzt geworden?«

»Mein Vater war Arzt in Singapur. Es liegt mir sozusagen im Blut. Außerdem lebt es sich als Mediziner nicht schlecht.«

Ferrari Testarossa. Nein, nicht schlecht. »Singapur? Kommen Sie von dort?«

»Ursprünglich ja. Meine Mutter war Chinesin, mein Vater Kanadier, stammte aber aus London.«

Das erklärte sein exotisches Äußeres und vielleicht auch sein aristokratisches Auftreten.

Jordan musterte sie. »Sie sind sehr attraktiv. Wie kommt es, dass jemand wie Sie Single ist?«

»Danke, aber wer sagt das?«

»Erwischt. Ich habe Nick Mavros ausgehorcht.«

Nick war ihr Mentor, vielleicht sogar eine Vaterfigur, aber ein unverbesserlicher Kuppler. »Verstehe. Ich bin ziemlich beschäftigt. Außerdem orientiere ich mich gerade neu.«

»Eine Neuorientierung. Ah, Sie haben eine Trennung hinter sich, die noch nicht lange zurückliegt?«

»So in der Art.«

»Ein schwerer Fehler seinerseits.«

»Danke. Und was ist mit Ihnen?«

»Geschieden, zwei Kinder. Ich zahle ein Vermögen, weil der Scheidungsanwalt meiner Frau ein Aasgeier ist.«

Sie fuhren auf den Parkplatz des Restaurants.

13

Die Hostess begrüßte Dr. Carr mit Namen und führte sie zu einem von Kerzen erhellten Tisch in einer Ecke abseits von den übrigen Gästen.

Während Carr die Weinkarte las, studierte René sein Gesicht. Im weichen Licht der Kerzen wirkte er äußerst attraktiv. Seine asiatisch angehauchten Augen wurden von langen Wimpern beschattet, seine feinen Züge waren regelmäßig und wurden nicht durch den Anflug eines Bartes beeinträchtigt. Unterstrichen wurde dieser Eindruck noch durch die seidenweiche Stimme und die geschliffenen Manieren. Obwohl er das Thema, das René am meisten auf der Seele brannte, so offenkundig vermied, fand sie Jordan Carr höchst charmant – ein weiterer Beweis dafür, dass man sich nie auf den ersten Eindruck verlassen sollte.

Er bestellte einen Merlot für sechzig Dollar. Als der Kellner gegangen war, schwiegen beide verlegen. René studierte die Speisekarte, um die Pause zu überspielen. Dann sah sie auf. »Also …«, sagte sie. »Was ist mit Clara Devine?«

Carr zündete sich eine Zigarette an. »Ah, der Wein.« Der Kellner erschien scheinbar aus dem Nichts und füllte die Gläser. Jordan hob das seine. »Auf eine bessere Zukunft durch medizinischen Fortschritt.«

»Klingt mehr wie ein Werbeslogan als wie ein Trinkspruch.«

»Vielleicht ein wenig von beidem.« Er nahm einen Schluck und lehnte sich auf seinem Stuhl zurück. »Was möchten Sie wissen?«

René beugte sich vor. »Also gut. Zunächst einmal sind Sie nicht der betreuende Arzt von Clara Devine.«

Ein verständnisloses Lächeln breitete sich wie ein Ölfleck auf Carrs Gesicht aus. »Stimmt.«

»Warum liegen mir ihre Patientenblätter immer noch nicht vor?«

»Ich glaube, die Polizei hat sie beschlagnahmt.«

Möglich.

»Nächste Frage.«

»Auf der Alzheimer-Station halten sich vier Patienten mehr auf, als auf der Liste stehen. Das verstößt gegen jede Vorschrift.«

Er nickte. »Sie unterziehen sich bei mir einer Spezialbehandlung.«

»Spezialbehandlung?«

»Ja.« Das war alles.

»Sie wissen natürlich, dass ich Zugriff auf alle Patientenunterlagen haben muss, um die Wirkung der Medikamente beurteilen zu können. Falls ein Problem auftritt, benötige ich Aufzeichnungen, die Notizen der Krankenschwestern und Ähnliches.«

»Selbstverständlich. Das ist alles dokumentiert. Nächste Frage.«

Schon wieder wurde sie abgeblockt, und das aufreizende Funkeln in seinen Augen verriet ihr, dass er ihren Ärger geradezu genoss. Ein Anruf von ihr, und die Behörden würden sich näher mit den Praktiken in Broadview befassen, aber daran wollte sie im Augenblick noch nicht denken. »Und wo ist das dokumentiert?«

»Auf den Computern des Pflegeheims.« Er trank einen Schluck Wein. »Weiter.«

»Clara Devine ist sechsundsiebzig und hat Alzheimer. Sie ist auf ungeklärte Weise aus einer geschlossenen Abteilung ausgebrochen und am nächsten Morgen in einem fünf Kilometer entfernten Drogeriemarkt aufgetaucht, wo sie einen Menschen getötet hat. Das alles hätte nie passieren dürfen.«

»Wissen Sie, wie sie aus dem Heim herausgekommen ist?«

Sie wollte Alice nicht verraten. »Wie bitte?«

Sein Blick verhärtete sich. »Wissen Sie, wie sie herausgekommen ist?«

Ja. »Nein.«

»Woher wissen Sie dann, dass sie ausgebrochen ist und nicht von jemandem herausgelassen wurde?«

Mist! »Das weiß ich nicht. Vermutlich stellt sich die Polizei genau diese Frage.«

»Mir ist bekannt, dass Sie die Bänder der Sicherheitskameras gesehen haben.«

Ihr stockte der Atem. »Sicherheitskameras?«

»Das geht schon in Ordnung. Wir wollten sie Ihnen sowieso irgendwann zeigen.« Er beugte sich vor und senkte die Stimme. »Beschreiben Sie mir genau, was Sie auf den Bändern gesehen haben.«

René fragte sich, ob das ein Trick war, um das Pflegepersonal zu überführen. »Eine ältere Dame mit Alzheimer gibt einen Sicherheitscode ein und öffnet damit die Tür der Station. Dann taucht sie verkleidet draußen vor dem Gebäude auf und verschwindet in der Nacht.«

»Genau. Und wie erklären Sie sich das? Welche Möglichkeiten gibt es?«

»Eine Fehldiagnose. Oder jemand hat ihr gezeigt, was sie tun musste. Oder es war gar nicht Clara Devine.«

»Und was ist die wahrscheinlichste Erklärung? Was sagt Ihnen Ihr Bauch?«

»Mein Bauch sagt mir überhaupt nichts.«

»Aus gutem Grund.« Er zählte die Alternativen an den Fingern ab. »Erstens wissen Sie, dass es sich nicht um eine Fehldiagnose handeln kann, weil Sie ihr Aufnahmeprofil kennen: eine Frau Mitte siebzig mit Alzheimer im mittleren Stadium. Zweitens war die Erkrankung zu weit fortgeschritten, als dass sie sich noch einen Code hätte merken oder lernen können, wie man aus dem Heim herauskommt. Und drittens handelte es sich um Clara Devine, weil ihr Gesicht auf den Bildern zu erkennen ist. Habe ich recht?«

Renés Herz schlug schneller. Dann hörte sie ihn sagen, was sie schon halb geahnt hatte. »Sie sind Zeugin eines medizinischen Wunders geworden.«

»Ein medizinisches Wunder«, wiederholte sie ungläubig.

»Ja. Seit sechs Monaten nimmt Clara Devine zusammen mit anderen Demenzpatienten an einer umfangreichen klinischen Studie zur Erprobung eines neuen Alzheimer-Präparats teil. Wie Sie sicher wissen, wurden bei MRI-Aufnahmen und Autopsien in den Gehirnen von Alzheimerpatienten Beta-Amyloid-Ablagerungen in Form von sogenannten Plaques gefunden, die bei Menschen ohne Alzheimer nicht vorhanden sind. Wir wissen daher, dass diese Plaques eine wichtige Ursache der Demenz sind, wobei weitere Faktoren ebenfalls eine Rolle zu spielen scheinen. So wird zum Beispiel der für die geistige Leistungsfähigkeit wichtige Botenstoff Acetylcholin nicht mehr in ausreichender Menge produziert.

Durch das neue Präparat werden die Plaques aufgelöst. Gleichzeitig wird das Wachstum der Nervenzellen angeregt, sodass der degenerative Verlauf der Krankheit praktisch umgekehrt wird. Kurz gesagt, die Patienten erlangen ihre Erinnerungsfähigkeit und ihre Funktionalität zurück. Was Sie auf dem Video gesehen haben, ist das Ergebnis dieser Umkehr.«

Dafür schien Renés Sprachzentrum ausgefallen zu sein.

»Der Vorfall war das unglückselige Ergebnis dieser wiedererlangten Funktionalität. Ich vermute, dass Clara Devine gehört hat, wie jemand vom Pflegepersonal einem anderen Mitarbeiter den Code nannte und diesen auswendig gelernt hat. Damit öffnete sie die Tür, verließ die Station und verkleidete sich. So gelang es ihr, aus dem Gebäude herauszukommen. Wir haben es mit einer Alzheimerpatientin auf dem Wege der Besserung zu tun.« Er strahlte über das ganze Gesicht.

Eine ganze Weile lang versuchte René, seine Worte zu verarbeiten. Immer wieder ließ sie in ihrem Kopf das grobkörnige Schwarz-Weiß-Video ablaufen, suchte nach Schwachstellen in seiner Erklärung, während sie vor ihrem geistigen Auge das Bild der Frau sah, die ihre Flucht so gründlich geplant hatte.

»Wie gesagt, es ist *ein Wunder*.«

René fühlte, wie sich eine Faust in ihren Bauch grub, und das hatte nichts damit zu tun, dass die Regeln missachtet worden waren. »Es fällt mir schwer, das zu verarbeiten. Ein Heilmittel gegen Alzheimer?«

»Genau. Vergessen Sie nicht, dass noch bis vor wenigen Jahren angenommen wurde, Nervenzellen könnten sich nicht reproduzieren. Inzwischen wissen wir, dass sie sich sogar bei Erwachsenen noch teilen, dass wir gar nicht mit allen Gehirnzellen geboren werden, über die wir im Laufe unseres Lebens verfügen. Und genau da setzt dieses Präparat an. Es stimuliert das Wachstum neuer Zellen im Hippocampus und damit die Gedächtnisfunktionen.«

»Aber das ist unmöglich.«

»Nur weil Sie an die gegenwärtig auf dem Markt verfügbaren Medikamente wie Aricept, Exelon und Reminyl denken, die den Verlauf der Krankheit bestenfalls verlangsamen. Die Wirkungsweise dieser Mittel kennen Sie bestimmt ebenso gut wie ich. Sie wissen doch sicher, warum Sie den Fortschritt der Demenz zwar verlangsamen, die Krankheit aber nicht heilen?«

Trotz der Faust in ihrem Bauch versuchte René, sich auf seine Frage zu konzentrieren. Er stellte sie auf die Probe. Sie kam sich plötzlich vor wie in der Schule. Warum sollte sie ihm den Gefallen nicht tun? »Aricept und die anderen Mittel sind Cholinesterase-Hemmer. Cholinesterase ist ein Enzym, das den Neurotransmitter Acetylcholin spaltet, der, wie Sie bereits sagten, für Lern- und Gedächtnisvorgänge unerlässlich ist. Da die Wirkung der Cholinesterase gehemmt wird, wird der Abbau von Acetylcholin verlangsamt. Die Menge des im Gehirn produzierten neuen Acetylcholins nimmt jedoch weiter ab. Die Medikamente sorgen also dafür, dass das vorhandene Acetylcholin länger erhalten bleibt, verhindern aber nicht den fortschreitenden Rückgang der Acetylcholin-Produktion. Die Demenzerkrankung schreitet daher weiter fort, wenn auch nicht so rasch wie ohne Medikamente.«

Carrs Augen leuchteten auf. »Ausgezeichnet!«

Ja, weil ich den ganzen Markt nach einem Mittel für meinen Vater durchforstet habe.

»Der andere Grund ist natürlich«, fuhr Carr fort, »dass der Acetylcholinmangel nicht die einzige Ursache der Demenz ist. Das große Problem sind die sich im gesamten Gehirn ausbreitenden Plaque-Ablagerungen, die zu Veränderungen bei den Werten anderer wichtiger Neurotransmitter führen. Das könnte erklären, warum die Krankheit bei verschiedenen Patienten unterschiedlich schnell verläuft und weshalb manche Demenzkranke schweigsam, sanftmütig und in sich gekehrt sind, während andere aggressiv, streitsüchtig und in hohem Maße erregt sind. Wir kennen noch nicht alle Gründe dafür, aber bis jetzt sind die Cholinesterase-Hemmer unser einziges Mittel im Kampf gegen die Krankheit.«

Sie holte tief Luft, um ihrer widerstreitenden Gefühle Herr zu werden. »Und Sie haben also einen neuen Ansatz entwickelt.«

»Mehr als das – ein *Heilmittel.«*

Die Faust in ihrem Inneren wütete schmerzhafter.

»Es handelt sich um ein völlig neues Medikament. Ein proteolytisches Präparat, das die Beta-Amyloid-Plaques, die die Demenz verursachen, tatsächlich abbaut. Eine faszinierende Sache, das kann ich Ihnen sagen. Bei der klinischen Prüfung konnten wir auf den MRI-Aufnahmen zusehen, wie die Plaques zurückgingen, während die Patienten ihre Funktionalität und ihr Gedächtnis zurückerlangten. Das Zeug macht die bestehende Schädigung rückgängig und verzögert nicht nur die Entwicklung. Zudem gibt es eine noch nicht völlig geklärte Nebenwirkung: die Regeneration der Nervenzellen. Auf jeden Fall arbeitet GEM Tech seit Jahren an diesem Präparat. Der Handelsname ist übrigens Memorin.«

»Memorin.« Deswegen also hatte sich die Crème de la Crème der Medizin gestern unter dem Zeltdach versammelt. »GEM Tech.«

Ein Heilmittel.

»Ja, GEM Neurobiological Technologies. GEM wie Gavin Edward Moy.«

Der Kellner kam, um die Bestellung aufzunehmen. René bestellte nur eine Vorspeise. Ihr war schlagartig der Appetit vergangen.

»Ist das alles?«

»Ich habe keinen großen Hunger.«

Carr nahm ein Steak. »Sie wirken nicht gerade beeindruckt«, sagte er, als der Kellner gegangen war.

»Ich bin noch dabei, das Ganze zu verarbeiten.«

»Verständlich.« Er lächelte. »Es *ist* ja auch wirklich kaum zu glauben. Aber vielleicht hilft Ihnen das hier.« Er holte einen Palm Pilot aus seiner Jackentasche, drückte ein paar Tasten und drehte das Gerät dann so, dass sie es sehen konnte. »Sie erkennen Clara? Die in dem blauen Sweatshirt?«

»Ja.« Der kleine Bildschirm zeigte eine Innenaufnahme. Eine Gruppe von Patienten saß an einem Tisch.

»Das wurde vor sieben Monaten gefilmt.« Die Kamera zoomte auf den *Manchester Union Leader* und zeigte das Datum auf der Zeitung. Clara saß an einem Tisch und legte ein Puzzle mit einem Welpen. Sie griff wahllos nach Teilen und versuchte, sie zusammenzusetzen, was ihr offenbar nicht leicht fiel.

»Hallo, Clara, wie fühlen Sie sich heute?«, fragte Jordan Carrs lässige Stimme aus dem Off.

»Gut«, erwiderte Clara, ohne aufzusehen.

»Clara, sehen Sie mal, was ich hier habe.«

Clara warf einen Blick in einen Schuhkarton. »Sehen Sie, wir haben hier einen Knopf, eine Haarbürste und einen Lutscher.« Sie inspizierte die Objekte. »Fassen Sie sie ruhig an. Nur zu!« Sie nahm die Bürste heraus und fuhr sich damit ungeschickt durchs Haar. Dann griff sie nach dem Knopf, studierte ihn eine Weile und legte ihn weg. Schließlich nahm sie den Lutscher und schnupperte daran. Carr legte die Gegenstände zurück in den Karton und fragte Clara nach dem Puzzle, an dem sie gearbeitet hatte. Etwa eine Minute lang hob sie Teile auf und versuchte, sie zusammenzusetzen. Erfolglos. Dann kam der Schuhkarton wieder ins Bild, diesmal mit Deckel. »Clara, erinnern Sie sich an diesen Karton?«

Clara starrte mit verständnisloser Miene auf die Schachtel.

»Wissen Sie noch, was da drin ist?«

Sie glotzte weiter mit leerem Blick auf den Karton.

»Was ist da drin?«

»Weiß nicht«, sagte sie und wandte sich erneut dem Puzzle zu.

»Erinnern Sie sich an den Lutscher?«

»Nein«, antwortete sie, wobei sie an ihrem Puzzleteilchen herumfummelte.

Carr betätigte mit einem Stift ein paar Tasten. »Hier ist Clara sechs Monate später.«

Clara saß am selben Tisch. Hinter ihr hing eine Uhr an der Wand. »Guten Morgen, Clara«, sagte Dr. Carrs körperlose Stimme.

»Guten Morgen.« Sie lächelte dem Mann neben der Kamera zu.

Ein Schuhkarton erschien im Bild. »Ich zeige Ihnen jetzt, was da drin ist, einverstanden?«

»Einverstanden.«

Eine Hand öffnete die Schachtel und entnahm ihr einen Löffel, einen Schokoriegel und einen Bleistift. Carr benannte jeden Gegenstand mit Namen, legte alles wieder in den Karton zurück und schloss den Deckel. »Wissen Sie noch, was in der Schachtel ist, Clara?«

»Ja. Ein Löffel, ein Schokoriegel und ein Bleistift.«

»Sehr gut.« Carr öffnete den Karton, entnahm ihm die Objekte und ersetzte sie durch andere. Dann ließ er Clara eine Viertelstunde lang an einem Kinderpuzzle arbeiten, wobei die Wanduhr ständig im Bild blieb. Sie machte nur langsame Fortschritte, schaffte es aber, mehrere Teile zusammenzusetzen. Als die Zeit abgelaufen war, kam der Schuhkarton wieder ins Bild. »Erinnern Sie sich an diesen Karton?«

»Ja.«

»Wissen Sie noch, was drin ist?«

Clara sah die Schachtel an und blinzelte. Für einen Augenblick wirkte sie unsicher. »Ja«, sagte sie dann. »Ein Schokoriegel, ein Löffel und ein Bleistift.«

»Sehr gut«, sagte Carr, und das Pflegepersonal hinter ihm brach in Jubelrufe aus.

Carr legte den Palm Pilot, der immer noch das angehaltene Video mit Claras stolz lächelndem Gesicht zeigte, auf den Tisch.

Als der Kellner das Essen servierte, starrte René benommen auf das Bild der Frau, die ihr entgegenlächelte. *Das hätte mein Vater sein können.*

»Also, was meinen Sie?«, fragte Carr, während er sein Steak attackierte.

»Es ist schlicht unglaublich.« Für den Bruchteil einer Sekunde fragte sich René, ob vielleicht alles nur gespielt war. Sie hoffte geradezu, eine Hochstaplerin vor sich zu haben, die sich als Clara Devine ausgab. Konnte es sich um eine ausgeklügelte Verschwörung handeln? Ihr fiel kein überzeugender Grund dafür ein, aber es war immerhin denkbar, dass es sich um eine Kontrolle der Sicherheitsvorkehrungen handelte, die aus dem Ruder gelaufen war.

»Noch bemerkenswerter ist, dass sie bei kognitiven Tests doppelt so gut abschnitt wie vor ihrer Unterbringung im Heim und zwei- bis dreimal so gut wie die Placebo-Gruppe, ganz abgesehen davon, dass die Reaktionszeit fünfmal besser und die Alltagskompetenz deutlich gesteigert war. Sechs Monate vor der Einnahme des Medikaments konnte sie sich weder selbst anziehen noch allein zur Toilette gehen. Nach vierundzwanzig Wochen bei einer Dosis von zweimal zehn Milligramm täglich ist eindeutig eine klinische Erholung festzustellen.«

»Die Ergebnisse würde ich gern sehen.«

»Natürlich.« Carrs Augen funkelten wie bei einem Kind, das seinen Freunden ein Geheimnis verrät.

»Sie vergaß Dinge von einem Augenblick auf den anderen. Ich musste zusehen, wie sie eine Fähigkeit nach der anderen verlor.« René hörte im Geiste Cassandra Goulds Stimme, in die sich die Bitte ihres Vaters mischte.

»Versprich es mir ... Ich will nicht als schwachsinniger Klotz in Windeln enden.«

Vielleicht war die Entwicklung bei Clara Devine nur extrem anomal verlaufen. »Gibt es weitere Testpersonen?«

»Selbstverständlich.«

»Warum diese Heimlichtuerei, wenn es solch ein Wundermittel ist?«

»Es handelt sich um eine Blindstudie, weil wir das Pflegepersonal nicht beeinflussen wollen.«

Blindstudien wurden durchgeführt, um zu verhindern, dass die Betreuungspersonen jede Veränderung dem zu erprobenden Medikament zuschrieben. Allerdings wusste das Pflegepersonal immer, dass die Patienten an einer klinischen Studie teilnahmen, selbst wenn nicht bekannt war, welche Patienten den Wirkstoff und welche ein Placebo erhielten. »Und warum wurden weder ich noch meine Apotheke informiert?«

»Weil das getestete Präparat technisch gesehen nicht zu den von CommCare, also Ihrer Apotheke, gelieferten Wirkstoffen gehört. Die Memorin-Tabletten stammten von GEM.«

»Aber diese Patienten erhalten andere Medikamente, die von CommCare geliefert werden.«

»Hören Sie, die Patientenblätter wurden vom Pflegepersonal mit großer Sorgfalt geführt.«

»Sie meinen einen zweiten, geheimen Datensatz.«

»Ja, aber die Verantwortlichen bei der FDA wussten Bescheid.«

»Das erklärt immer noch nicht, warum das Pflegepersonal die Studie und die angeblichen Verbesserungen hinsichtlich Verhalten und Funktionalität der Patienten in meinen Unterlagen nicht erwähnt. Warum wurde ich nicht informiert?« Da sich René bei ihrer Tätigkeit überwiegend mit Daten befasste, hatte sie nur minimalen Kontakt zu den Patienten. Sie hatte gehofft, das würde sich im Laufe der Zeit ändern, aber so wie die Dinge standen, wären ihr Verbesserungen im Verhalten der Versuchspersonen nicht aufgefallen. Allerdings sprachen Pflegepersonal und andere Mitarbeiter in den Heimen oft über Gesundheit, Benehmen und Stimmung der Patienten und erwähnten witzige Bemerkungen, die diese von sich gegeben haben mochten. Es schien ihr daher bemerkenswert, dass niemand ein Wort über die ungewöhnlichen Veränderungen bei Clara Devine und anderen Versuchspersonen verloren hatte.

»Ich informiere Sie doch gerade.«

»Aber nur, weil Clara Devine weggelaufen ist und jemanden getötet hat.«

Sein Gesicht verdüsterte sich. »Das war höchst unglücklich.«

»Dr. Carr, das ist keine Blindstudie, das ist eine *Geheimstudie.«* René blieb lieber beim Nachnamen.

Er sah sie einen Augenblick lang an und zuckte dann die Achseln. »Wenn Sie meinen.«

Mit diesem Eingeständnis wollte er sie offenbar entwaffnen. Ihm war klar, dass sie ihn melden konnte. Als Angestellte von CommCare stand sie außerhalb des Pflegeheims und war an die Vorschriften des Bundesstaates und der für die Arzneimittelsicherheit zuständigen FDA gebunden. Sie wussten beide, dass sie ihren Job verlieren konnte, wenn sie eine geheime klinische Studie verschwieg. »Doktor Carr, Sie haben meine Frage nicht beantwortet. Warum wurde ich im Dunkeln gelassen?«

»Das hatte nichts mit Ihnen zu tun. Noch nicht einmal das Pflegepersonal wusste, welche Medikamente die Testpersonen bekamen, obwohl bekannt war, dass an den Patienten ein Mittel gegen Demenz erprobt wurde.«

»Das ist keine Antwort auf meine Frage.«

Er leerte sein Weinglas. »Weil GEM Tech nicht riskieren wollte, dass die Konkurrenz Wind von unserer Neuentwicklung bekam. Das ist alles.«

Das Wort *unserer* schwebte in der Luft wie eine träge Feder.

»Die haben wirklich Angst, dass ein anderes Pharmaunternehmen ein ähnliches Präparat mixt?«

»Kurz gesagt, ja. Sie wollen die Ersten auf dem Markt sein. Sie wissen doch, wie hart der Wettbewerb in der Pharmaindustrie ist. Wenn jemand ein neues Mittel erfindet, sind ihm die anderen sofort auf den Fersen.« Er senkte die Stimme. »René«, flüsterte er verschwörerisch, »wir sprechen hier über einen absoluten Verkaufsschlager – *eine Fünfzig-Milliarden-Pille.«*

Der Kellner kam und räumte ab. »Ich will nicht voreilig sein«, sagte Carr, als er wieder gegangen war, »aber die FDA ist sehr – und ich meine *sehr* – interessiert. Es würde mich nicht wundern, wenn das Genehmigungsverfahren verkürzt würde.«

Das war noch lange kein Grund, ihr Daten vorzuenthalten. Aber je mehr er ihr von den fantastischen Ergebnissen vorschwärmte, desto mehr Hemmungen hatte sie, kleinliche Bedenken zu äußern. Sollte sie, die erst seit zwei Monaten ihren Job machte, auf den Vorschriften herumreiten, wenn dieser führende Neurologe ihr von einem medizinischen Durchbruch erzählte, wie es ihn möglicherweise seit der Entdeckung des Penicillins nicht mehr gegeben hatte? »Das kann ich mir vorstellen.«

»In vier Monaten reichen wir beim zuständigen FDA-Ausschuss die Testberichte ein – wie vorgeschrieben einschließlich aller bis jetzt vorliegenden Daten und Aufzeichnungen. Danach folgen die erforderlichen Veröffentlichungen, für die sich die Presse mit Sicherheit interessieren dürfte. Das wird eine Sensation.«

»Sie reden, als wären Sie der Forschungsleiter.«

»Ich bin einer der führenden Wissenschaftler bei dieser Studie. Ein Gesamtleiter ist noch nicht bestimmt.«

Forschungsleiter einer klinischen Studie zu sein bedeutete eine große Verantwortung, war aber enorm prestigeträchtig, vor allem, wenn das geprüfte Präparat erfolgreich zu sein versprach.

Es lag auf der Hand, dass Jordan Carr ein aussichtsreicher Kandidat war. Sein Ehrgeiz war entsprechend.

»Und wie wollen Sie erklären, dass Clara diesen Mann getötet hat?«

»Das kam natürlich unerwartet. Wir müssen das Beste daraus machen. Zu unserem Glück sind die Patientendaten vertraulich. Im Augenblick ist sie zur Beobachtung im McLean Hospital.«

Ihr fiel ein, dass Officer Menard sie nach Psychosemitteln oder anderen Medikamenten gefragt hatte, die Clara Devines Gewaltausbruch hätten erklären können. »Und was erzählen wir der Polizei?«

»Dass die Sicherheitsvorschriften inzwischen verschärft wurden, sodass ein solcher Zwischenfall nicht mehr möglich ist.«

»Ich meine den Mord.« Er vermied dieses Thema angelegentlich.

»Wir erklären eben, dass die Frau dement ist und durchgedreht hat. Das ist gar nicht so weit hergeholt, schließlich sind diese Menschen wirklich nicht bei Sinnen.«

René hörte im Geiste die Stimme ihres Vaters. *Kleines, ich kann es spüren. Ich fühle die Löcher in meinem Gehirn.*

Carrs Worte klangen ihr zu gefühllos. »Sie meinen also, dass Memoring …«

»Memorin«, verbesserte er. Er sprach das Wort aus, als besäße es magische Kräfte. *»Memorin.* Merken Sie sich den Namen. Er wird die Welt verändern.«

»Sie behaupten also, der Angriff hätte nichts mit Memorin zu tun.«

»Genau.«

»Aber woher wissen Sie das, wenn die klinische Prüfung erst seit sechs Monaten läuft?«

Ein strahlendes Lächeln erschien auf seinem Gesicht. »René, wir testen Wirksamkeit und Sicherheit seit Monaten in Broadview. Bis jetzt hat es keinerlei unerwünschte Nebenwirkungen gegeben. Der Zwischenfall mit Clara Devine hat nichts mit dem Medikament zu tun. Punkt.«

»Sie wurde als Kind sexuell missbraucht.«

»Wie bitte?«

René wollte weder Cassandra Goulds Vertrauen enttäuschen noch Clara Devines Privatsphäre verletzen, aber es handelte sich um wesentliche Informationen. »Ein Nachbar.« Sie erzählte, was sie wusste.

»Das ist sehr bedauerlich, aber was hat das mit unserem Thema zu tun?«

Sie war nicht sicher, ob er wieder den Naiven spielte oder sie hinhalten wollte. »Dr. Carr, Clara Devine hat diesen Mann angegriffen, weil sie ihn für den Nachbarn hielt, der sie missbraucht hat. Ich frage mich, ob das etwas mit diesem Memorin zu tun haben könnte.«

Carr legte seine Gabel mit einer energischen Bewegung auf den Tisch. »Auf keinen Fall.«

»Wie können Sie da so sicher sein, wenn das Zeug die Gedächtnisfunktion anregt?«

»Weil sich in Pflegeheimen die Hälfte der Patienten permanent einbildet, irgendwelche Toten zu sehen. Ihre Ehemänner halten sie für ihre kleinen Brüder, ihre Schwestern für ihre Kindergärtnerinnen. Sie sind doch oft genug auf den Stationen, da müssten Sie das eigentlich wissen. Bei Clara Devine war das auch nicht anders, nur dass sie unter posttraumatischem Stress litt. So etwas passiert ständig, die Militärkrankenhäuser sind voll von solchen Patienten.«

»Außerdem wurde keine Zustimmung eingeholt. Da ihre Schwester die Vormundschaft dem Bundesstaat übertragen hatte, kümmerte sich im Endeffekt niemand um sie.«

Carr seufzte deutlich vernehmbar. »Jetzt zitieren Sie wahrscheinlich gleich den Nürnberger Code über die Zulässigkeit ärztlicher Experimente am Menschen.«

»Ich dachte eher an die Erklärung von Helsinki.«

»Hören Sie, es handelt sich hier nicht um eine finstere Verschwörung. Wir sind nicht Josef Mengele. Die alten Menschen werden nicht mit irgendeinem Zaubermittel geimpft. Wir holen sie aus einem tödlichen Nebel zurück. Clara Devine haben Sie ja bereits gesehen. Nächstes Jahr werden Sie auch die anderen Patienten erleben. Betrachten Sie dieses Gespräch als Entschuldigung dafür, dass wir Sie im Dunkeln gelassen haben.«

Sie nickte, hatte aber das Gefühl, bestochen zu werden. »Ich wüsste gern, wer von meinen Patienten noch an dieser Studie teilnimmt.«

»Verständlich, aber Sie haben Hunderte von Patienten. Ich habe keine Ahnung, wo da die Überschneidung ist.«

»Dr. Carr, für klinische Studien gelten sehr genaue, strikte Vorschriften. Wie würde wohl der zuständige FDA-Ausschuss reagieren, wenn ich mich erkundige, ob GEM Tech im Voraus die Genehmigung dafür eingeholt hat, der beratenden Apothekerin die Krankenblätter der an der Studie teilnehmenden Patienten vorzuenthalten?«

Zum ersten Mal wirkte Jordan Carrs Gesicht wie erstarrt. Rote Flecken brannten auf seinen Wangen, als hätte er einen plötzlichen Anfall von Nesselsucht. »René, Sie sind eine kluge, verantwortungsbewusste Frau. Ich werde dafür sorgen, dass Sie so bald wie möglich Zugriff auf die Unterlagen all Ihrer teilnehmenden Patienten erhalten, aber bitte sehen Sie über gewisse Unregelmäßigkeiten hinweg. Es handelt sich um einen Durchbruch bei der Behandlung der Demenz. Wenn uns die Behörden Steine in den Weg legen, könnte das katastrophale Folgen haben. Können Sie das nicht verstehen?«

Er wollte, dass sie wegsah, und das gefiel ihr gar nicht. Dabei ging es nicht nur darum, dass sie zur Komplizin wurde, wenn sie selbst gegen die Vorschriften verstieß. Ihr gefiel die Macht nicht, die sie plötzlich besaß. Ein Wort von ihr, und sehr wichtige Leute saßen plötzlich in der Tinte. Möglicherweise würde die Erprobung des GEM-Tech-Wundermittels zunächst einmal eingestellt werden. »Dann erwarte ich eine vollständige Liste aller teilnehmenden Patienten in Broadview und den anderen Heimen.«

»Selbstverständlich.«

»Und eine vollständige Dokumentation aller Medikamente einschließlich Memorin mit Einnahmeplänen, Berichten des Pflegepersonals und so weiter.« Wenn er sein Wort hielt, würde sie sich nicht an die FDA wenden.

»Natürlich. Darauf können Sie sich verlassen.« Die Erleichterung stand ihm deutlich ins Gesicht geschrieben.

Der Kellner erschien und fragte, ob sie Dessert wollten.

René schüttelte den Kopf.

Dr. Carr sah sie prüfend an. »Abgesehen von den Unregelmäßigkeiten – sind Sie nicht beeindruckt? Ein Mittel gegen Alzheimer!«

»Wenn es wirklich funktioniert, ja.« Sie hörte die gezwungene Munterkeit in ihrer Stimme.

»Sie können mir glauben, das tut es.«

»Und seit wann läuft die Erprobung?«

»Die Abschlussphase hat vor acht Monaten begonnen, aber wir wissen schon seit Jahren von den neurologischen Vorteilen für Demenzpatienten.«

Sie nickte und spürte dabei, wie es ihr das Herz zerriss.

14

Jack stand wieder vor der Tür.

Vor derselben Tür mit der Füllung aus fleckigem braunem Holz, an der Kräuter hingen. Der Messingtürknopf war angelaufen. Er wusste nicht mehr, wie viele Male er die Maus genommen hatte und durch das klebrige Nass zur Tür getapst war. Dann war er immer wieder stehen geblieben wie erstarrt. Instinktiv wusste er, dass draußen entsetzliche Dinge vor sich gingen, aber er wusste auch, dass er zu Beth und den anderen musste.

Benommen starrte er auf den Türknopf, als müsste etwas Weltbewegendes geschehen. »Zur Hölle mit dir! Verrecken sollst du!«, sagte die heisere Stimme.

Dann hörte er das entsetzliche Geräusch, das wieder und wieder in seinem Kopf hämmerte. Jedes Mal, wenn er bis zu diesem Punkt kam, jedes Mal, wenn er die Hand auf den Türknopf legte, hörte er es: das Geräusch, das einen Schwarm Fledermäuse in seiner Brust aufflattern ließ. Das Knirschen von Eisen auf Knochen.

Bitte, bitte, es soll aufhören. Mach, dass es aufhört.

Ohne die Maus loszulassen, kauerte er sich in die Ecke und kniff die Augen zu. Sein eigenes Wimmern dröhnte in seinen Ohren.

»Er sagt etwas.«

In Sicherheit. Das Ding mit dem großen Kopf ist weg.

Jack stand auf und legte die Hand auf das kalte Metall des Türknopfes. Er drehte ihn ...

»Jack, du träumst. Du schaffst es. Komm schon, du schaffst es.«

... und drückte.

Mit einem lauten Knall riss der Wind die Tür auf. Sein Herz blieb fast stehen. Vor ihm stand das Ding mit dem spitzen Kopf. Es hatte die Arme über den Kopf erhoben, und der Schläger glitzerte im Licht.

»Mach die Scheißtür zu.«

Er schloss die Tür.

»Was hat er gesagt? Ich konnte das nicht verstehen.«

»Klang wie ›braver Mookie‹?«

»Wer ist Mookie?«

»Keine Ahnung.«

15

»Hast du von diesen Versuchen mit Memorin gewusst?«

Nick sah sie über seine Brille hinweg an. »Ja.«

»Jeder außer mir scheint eingeweiht gewesen zu sein.« Es fiel René schwer, sich ihre Gefühle nicht anmerken zu lassen.

»Du hättest natürlich informiert werden müssen.«

»Dr. Carr redet, als wäre es der medizinische Durchbruch des Jahrtausends.«

»Wenn ich richtig informiert bin, sind die Ergebnisse vielversprechend, aber es ist noch zu früh, damit an die Öffentlichkeit zu gehen.«

Sie nickte. Ihre Gefühle waren in Aufruhr.

Es war Donnerstagnachmittag, und sie saßen im Kontrollraum des Zentrums für Magnetresonanztomografie am Massachusetts General Hospital. Glasfenster trennten die Computerkonsole von dem riesigen, röhrenförmigen Scanner mit einschiebbarer Patientenliege im nächsten Raum. Hinter ihnen arbeiteten drei Techniker an ihren eigenen Bildschirmen. Nick war hier Stammgast, weil er bahnbrechende neue Bildgebungsverfahren für die Erforschung von Alzheimer entwickelt hatte – Techniken, die darauf abzielten, die Krankheit im präsymptomatischen Stadium zu entdecken und ihren Verlauf zu diagnostizieren.

»Hattest du einen schönen Abend mit ihm?«

»Es war interessant.« Sie wusste, wie ausweichend das klang.

»Er ist ein kluger und fähiger Arzt.«

»Und sehr charmant. Trotzdem bin ich nicht interessiert.«

Eine verlegene Pause folgte. Ihre Beziehung zu Nick war herzlich. Beide Seiten hatten ihre Freude daran. Er war ihr Mentor, eine Vaterfigur, und sie die hübsche frühere Studentin, bei der er sich jung und charmant fühlte. Sie hatte immer gespürt, dass seine Bewunderung über die übliche Beziehung zwischen Dozent und Studentin hinausging. Das war ihm deutlich anzusehen. Er strahlte geradezu, wenn er sie ansah oder sie am Arm berührte, um ihr etwas zu erklären. Außerdem hatte er es darauf abgesehen, einen Freund für sie zu finden.

»Also gut«, sagte er. »Hat er dir die Bilder von Clara Devines Tests auf seinem Palm Pilot gezeigt? Keine Sorge, ich kenne die Aufnahmen. Nach Jahren der Forschung scheint endlich ein Medikament Heilung zu versprechen. Das ist doch wohl bemerkenswert, findest du nicht?«

»Wenn das stimmt, kommt es für mich drei Jahre zu spät.« Tränen stiegen ihr in die Augen.

Nick sah sie einen Moment lang fragend an. Dann erkannte sie, dass er begriff. »Ah, du meinst deinen Vater.« Er nahm ihre Hand. »Mädchen, wie hättest du davon wissen können? Außerdem hätte er nicht so lange überlebt.«

»Er war immer noch kräftig.«

»Vielleicht körperlich, aber geistig war nichts mehr von ihm übrig, und das weißt du auch. Ich würde für Thalia dasselbe tun. Und für mich selbst würde ich es mir auch wünschen.« Er drückte ihr ermutigend die Hand.

»Ich habe nur an mich gedacht.«

»Nein! Du hast es für ihn getan. Er wollte es so.«

Aber wenn ich gewartet hätte ...

»Jetzt hör mir mal gut zu. Die ersten Demenzpatienten wurden vor acht bis neun Monaten in die Studie aufgenommen. Zweieinhalb Jahre nach seinem Tod. Du weißt so gut wie ich, was in der Zwischenzeit hätte passieren können. Der Verfall wäre weiter fortgeschritten, bis ihn nur noch Maschinen, Schläuche und Infusionen am Leben gehalten hätten. Wolltest du das für ihn? Natürlich nicht, und er selbst auch nicht. Und wer sagt, dass das Zeug bei ihm gewirkt hätte? Oder dass er überhaupt so lange überlebt hätte? Nein, du hast das Richtige getan. Damit musst du dich ein für alle Mal abfinden.«

Sie nickte und umarmte Nick. Er war der einzige Mensch, den sie vorbehaltlos respektierte. Außerdem mochte sie ihn sehr. Ohne ihn hätte sie ihr Pharmaziestudium an den Nagel gehängt und würde jetzt vermutlich in irgendeinem Starbucks die Theke abwischen. Als ihr Vater starb, hatte Nick ihr die Hand gehalten.

Nick stand auf und ging zu einer kleinen Kaffeemaschine, die auf einem Tisch an der hinteren Wand stand, um ihr eine Tasse zu holen. René nippte ein paarmal, während sie versuchte, seine tröstenden Worte zu verarbeiten.

»Zurück zur Realität. Du hast Probleme mit der Verwaltung, stimmt's?«

»Mir wäre wohler, wenn ich Clara Devines Unterlagen gesehen hätte.«

»Eine entsetzliche Geschichte. Ich habe in der Zeitung davon gelesen.«

»Nick, die Frau wurde als kleines Mädchen von einem perversen Nachbarn missbraucht.« Sie erzählte ihm, was sie von Cassie Gould erfahren hatte.

Nicks Gesicht verdüsterte sich. »Was willst du damit sagen?«

»Ich meine, dass Clara Devine geglaubt haben könnte, sie hätte den Mann vor sich, der ihr vor siebzig Jahren Gewalt angetan hat.«

»Ein Flashback-Anfall.«

Flashback. Die Bezeichnung klang so passend, als handelte es sich um einen anerkannten Fachbegriff. »Ganz genau. Ein Flashback.«

»Peter Habib hat den Ausdruck geprägt«, erklärte Nick. »Das wäre natürlich möglich. Schließlich handelt es sich um Axonverbindungen, die die Signalübertragung im Hippocampus wieder herstellen. Was sagt Dr. Carr dazu?«

»Er meint, das hat nichts mit einer unerwünschten Reaktion auf das Medikament zu tun, sondern kommt von der Demenz.«

»Weil Demenzkranke häufig an Halluzinationen aufgrund von posttraumatischem Stress leiden. Das müsste wohl geklärt werden. Und was willst du in der Zwischenzeit unternehmen?«

»Nick, seit fast zwei Monaten werden direkt vor meiner Nase geheime Tests durchgeführt. Offenbar habe ich es mit einer Verschwörung des Schweigens zu tun, einer Art klinischer *omertà.«*

»Du willst dich also offiziell über einen renommierten klinischen Forscher beschweren, der an einem möglichen Heilmittel für Alzheimer arbeitet, weil er seine Aufzeichnungen nicht richtig geführt hat.«

»So habe ich das nicht gemeint.«

»Dann lass die Sache auf sich beruhen. Du bekommst die Unterlagen. Geh sie durch, überprüf die Berichte der Krankenschwestern, und wenn du dabei auf Unregelmäßigkeiten stößt, schreibst du deinen Brief. In der Zwischenzeit würde ich dir raten, dir einige der Versuchspersonen anzusehen. Du wirst beeindruckt sein.«

»Tatsächlich?«

»Hier wird möglicherweise Medizingeschichte geschrieben.«

»Moment mal. Hast du mit der Sache zu tun?«

»GEM hat kürzlich mit mir Kontakt aufgenommen.«

»Wie lange weißt du schon von diesem Medikament?«

Nick musste den Unterton herausgehört haben, denn er kniff die Augen zusammen. »Ich sage dir doch, für deinen Vater gab es diese Option nicht. Damals hatte man noch nicht einmal mit den Tierversuchen begonnen. Niemand hatte eine Ahnung, ob das

Medikament bei Alzheimerpatienten wirken würde. Wenn ich davon gewusst hätte, hättest du es als Erste erfahren.«

Sie nickte. »Ich weiß.« Sie hatte Fachzeitschriften und Internet nach Medikamenten durchforstet, die sich im Stadium der klinischen Erprobung befanden. Keines davon war für ihren Vater geeignet gewesen. Memorin steckte damals noch ganz in den Anfängen.

»Falls es dich interessiert, ich habe mich zu nichts verpflichtet.«

»Vielleicht solltest du das. So wie die arbeiten, können sie jemanden mit ethischen Maßstäben gebrauchen.«

»Ein nettes Kompliment, aber was ist mit meinem Ruhestand?«

»Du bist noch jung und voller Energie.«

»Das ist ein noch größeres Kompliment, aber du weißt, dass Thalia gesundheitliche Probleme hat. Außerdem habe ich mittlerweile drei Enkelkinder.«

»Na schön. Als ich Dr. Carr gefragt habe, warum ich im Dunkeln gelassen wurde, meinte er, GEM wolle sich gegenüber der Konkurrenz absichern. Klingt für mich ziemlich paranoid.«

»Vielleicht sind sie auch nur gute Geschäftsleute. Zunächst einmal weißt du selbst, dass klinische Studien so gut wie nie an Geriatriepatienten in Altersheimen durchgeführt werden. Deswegen wollte man so lange wie möglich Stillschweigen bewahren. Zweitens ist GEM ein kleines Pharmaunternehmen, das Angst davor hat, dass ihm irgendein Goliath seine Wunderpille klaut. Hat es alles schon gegeben. Wenn sich dieses Präparat wirklich als Heilmittel gegen Alzheimer erweist, sind ein paar kleine Unregelmäßigkeiten angesichts des enormen Nutzens sicher schnell vergessen.«

Also fand er auch, sie sollte wegsehen. »Und was ist mit Dr. Carr? Ich bin mir sicher, er lässt sich von GEM gut bezahlen.«

»Es ist weder unmoralisch noch illegal, wenn ein Arzt ein Honorar dafür erhält, dass er Patienten in eine Studie aufnimmt. Das ist in der Forschung durchaus üblich, um den wissenschaftlichen Fortschritt zu sichern.«

»Ehrlich gesagt, gefällt mir diese Grauzone überhaupt nicht. Wenn Ärzte für jeden Patienten, den sie zu einer Studie anmelden, Tausende von Dollar und zusätzlich Forschungsstipendien, neue Geräte, mehr Mitarbeiter, Reisen und Aktienoptionen für das betreffende Unternehmen spendiert bekommen, dürfte es ihnen schwer fallen, einen negativen Bericht an die FDA zu schreiben.«

»Nur dass wissenschaftliche Ergebnisse nicht lügen. Nach dem, was ich gehört habe, scheint Memorin höchst vielversprechend.« Nick rückte seine Brille zurecht und rollte mit seinem Stuhl zu seinem Computer. »Sieh dir das hier einmal an.« Er legte eine CD ein und fuhr mit dem Finger über die Tastatur. Nach wenigen Augenblicken füllten vielfarbige Bilder eines Gehirns den Bildschirm. Er bewegte die Maus, klickte ein paarmal, und die Farben fingen an, in Rot- und Gelbtönen zu pulsieren. »Dank unserer genialen MRI-Physiker und Computertechniker sehen wir hier die erste quantitative, dynamische visuelle Darstellung des Nervenzellenuntergangs in der Gehirnrinde bei Demenzpatienten. Das sind sequenzielle 3-D-Aufnahmen vom Gehirn eines Fünfundsiebzigjährigen über einen Zeitraum von dreizehn Monaten. Die verklumpten Eiweiß-Ablagerungen und absterbenden Nervenzellen sind deutlich zu erkennen.«

Sie versuchte, jeden Gedanken an ihren Vater zu verdrängen. »Wofür stehen die Farben?«

»Die Grundfarbe des Gehirns ist blau. Das Rote ist Beta-Amyloid-Plaque.«

»Großer Gott, das sieht aus wie Unkraut, das das Gehirn überwuchert.«

»Von der schlimmsten Sorte. Das Besondere an dieser Technologie ist die Tatsache, dass wir sowohl das Fortschreiten der Schädigung als auch eventuelle Therapieerfolge bei einer Behandlung mit Aricept oder anderen Mitteln direkt verfolgen können.« Nick ließ die aufeinanderfolgenden Scannerbilder mehrmals durchlaufen.

»Das Zeug breitet sich direkt in Parietal- und Schläfenlappen aus.«

»Genau. Exakt in den Bereichen, die Sprache und wichtige kognitive Funktionen steuern.«

»Damit werden die Erinnerungen und die gesamte Persönlichkeit ausgelöscht«, stellte René fest.

»Das ist Louis Martinetti aus Broadview. Vielleicht kennst du ihn.«

»Ja. Der Veteran aus dem Koreakrieg.«

»Und ein früherer Kriegsgefangener. Hat eine Menge Orden bekommen, unter anderem das ›Purple Heart‹. Dabei ist er ein ganz lieber Mensch.«

René fühlte, wie ihr übel wurde, als sie die Zerstörung des Gehirns im Zeitraffer sah. Ihr Vater hatte ebenfalls im Koreakrieg gekämpft. »In welchem Stadium ist er?«

»Im mittleren, aber es scheint sich um einen besonders schlimmen Fall zu handeln.« Die roten Flecken breiteten sich von Bild zu Bild weiter aus. »Bei diesem Tempo wird das Zeug in etwa einem Jahr einen Großteil des Stirnhirns bedecken, was bedeutet, dass Martinetti nicht mehr sprechen und sich kaum noch etwas merken können wird.«

Die neue Technik vermittelte eine genaue Vorstellung von der brutalen Zerstörung, der Verstand und Gedächtnis dieses Mannes zum Opfer fielen, während die Plaque seine Gehirnrinde verklebte. Hätten sie in Mr Martinettis Gehirn sehen können, hätte sich ihnen dasselbe Bild der Zerstörung geboten, das vor hundert

Jahren in München den deutschen Arzt alarmiert hatte, der die nach ihm benannte Krankheit zum ersten Mal beschrieb. Alois Alzheimer hatte damals bei einer Einundfünfzigjährigen, bei der die Diagnose »vorzeitige Senilität« gestellt worden war, die grausame Handschrift der Krankheit entdeckt: die bräunlichen Plaques und das dichte Gewirr der Neurofibrillen, das die oberen Schichten der Gehirnrinde auffraß und einen Menschen Zelle um Zelle zerstörte. Daran war auch ihr Vater zugrunde gegangen.

Nick spielte die Sequenz noch einmal ab. »Stell dir vor, man könnte den Vorgang rückwärts laufen lassen, und das ganze Rot würde wieder blau werden.« In seinen Augen sah sie einen Funken der Verheißung glimmen.

Drei Jahre zu spät.

René versuchte, die Stimme in ihrem Ohr zu verdrängen, und wandte den Blick ab. Der Monitor einer weiteren Workstation zeigte eine andere Aufnahme eines Gehirns. »Ist das derselbe Patient?«

»Nein, das ist ein Bild von einem Patienten von Dr. Heller, einer Neurologin aus unserer Abteilung.«

René war froh über die Ablenkung.

»Aber es ähnelt dem anderen.« Nick rollte mit seinem Stuhl zum Monitor. »Das Interessante daran ist, dass es sich nicht um einen Alzheimerpatienten handelt, sondern um einen jungen Mann, der im Koma liegt. Er ist letzte Woche fast ertrunken, nachdem er in einen Quallenschwarm geraten ist – irgendeine seltene Art aus der Karibik.«

»Was wollte er denn da?«

»Tatsächlich ist es hier bei uns passiert. Gelegentlich geraten tropische Lebewesen in den Golfstrom. Wenn das Wasser dann so warm ist wie in letzter Zeit, werden sie von Strömungen bis an die Küste gespült.«

»Wo ist es passiert?«

»Bei Homer's Island, einer im Privatbesitz befindlichen Insel nordwestlich von Martha's Vineyard. Der einzige Ort, an dem diese Tiere überhaupt hier im Nordosten beobachtet wurden. Die Küstenwache hat ihn gefunden.«

»Da hat er aber Glück gehabt. Wie sind seine Aussichten?«

»Nicht gut, obwohl sein Unterbewusstsein sehr aktiv ist.« Nick bewegte die Maus und drückte ein paar Tasten. Der Bildschirm teilte sich in vier Fenster, die verschiedene Ansichten zeigten. Dann deutete er mit einem Stift auf einen Bereich im Stirnhirn. »Das hier scheint mir höchst interessant. Sieh dir an, wie sich der gelbe Bereich offenbar ausdehnt. Im Unterschied zu den anderen Aufnahmen handelt es sich um ein strukturelles MRI, das das Volumen des Gehirngewebes misst. Auf diesem Bild sieht man, dass es sich bei dem aktiven Bereich um Hippocampus und Stirnhirn handelt.«

»Und was heißt das?«

»Da bin ich mir nicht sicher, aber wenn ich es nicht besser wüsste, würde ich sagen, das Gewebe wird dichter.«

»Dichter? Du meinst, sein Gehirn wächst?«

»Wenn ich mich nicht täusche, liegt ein aktives Zellwachstum vor. Leider kann er uns in seinem Zustand nicht sagen, was er empfindet. Aber wenn er aufwacht, würde ich mich gern mit ihm unterhalten.«

»Bis dahin ist er wahrscheinlich zum Eierkopf geworden.«

Nick lachte. »Oder er hat das perfekte Gedächtnis entwickelt.«

Als Nick nicht hinsah, warf René einen Blick in den Hängeordner mit dem Namen des Patienten und sah nach, auf welcher Station er lag. »Lässt sich vorhersagen, wie lange er noch bewusstlos sein wird?«

Nick schüttelte den Kopf. »Vielleicht eine Woche, vielleicht fünf Jahre. Vielleicht wacht er nie wieder auf.«

»Das muss für seine Familie sehr hart sein.«

»Ich glaube, die besteht nur aus seiner Ehefrau. Nach dem, was ich gehört habe, geht es ihr nicht besonders. Er hat Anfälle gehabt, aber er sinkt immer tiefer ins Koma. Dem EEG zufolge liegt die Gehirnwellenaktivität bei um die drei Hertz. Das ist sehr niedrig. Bei einem Erwachsenen ist die Aktivität im normalen Schlaf fast dreimal so hoch.«

»Dann wird er vermutlich bald in eine Rehaklinik verlegt. Ich bin mir sicher, die Sozialarbeiter denken bereits darüber nach. Vielleicht kann ich infrage kommende Einrichtungen vorschlagen.«

»Da wäre dir die zuständige Sozialarbeiterin bestimmt dankbar. Außerdem wäre es sinnvoll, Kontakt zu ihm aufzunehmen, falls er doch aufwacht. Sein Gehirn hat eine einzigartige Umstrukturierung erfahren, das könnte uns wertvolle Daten liefern. Außerdem kann seine Frau bestimmt jede Unterstützung gebrauchen.«

Jack Koryan. Sie prägte sich den Namen ein.

16

Jack Koryan.

Später an jenem Abend saß René mit einem Glas Chardonnay zu Hause vor ihrem Computer. Silky lag in seinem Körbchen zu ihren Füßen. Während der vergangenen Stunden hatte sie sich damit abgefunden, dass sie für ihren Vater das Richtige getan hatte. Nicks Worte hatten ihr dabei geholfen. Damals hatte es keine andere Möglichkeit gegeben. *Versprich es mir ...*

Sie tippte den Namen in Google ein und landete sofort auf einer Website mit mehreren Zeitungen, die alle denselben Artikel gebracht hatten.

> MANN NACH QUALLENATTACKE IM KOMA
> Jack Koryan aus Carleton, Massachusetts, wurde auf Homer's Island bewusstlos an den Strand gespült, nachdem er durch einen Schwarm seltener Quallen geschwommen war.
>
> Koryan wurde mit dem Hubschrauber ins Cape Cod Medical Center geflogen.
>
> Wissenschaftlern von der Northeastern University und Woods Hole zufolge war Koryan in einen großen Schwarm von Solakandji-Quallen geraten. Diese Art ist nicht größer als ein Tennisball, besitzt aber einen Meter lange Tentakel. Dr. Jason Marchi, ein Meeresbiologe von Woods Hole, erklärte, der Anstieg der Wassertemperatur und die Anreicherung mit Nährstoffen aus ausgeschwemmtem Dünger hätten zu einer Zunahme der Quallenpopulationen geführt.

Wie andere Nesseltiere besitzt auch die Solakandji Tentakel mit Millionen von Nesselkapseln, die als Nematozysten bezeichnet werden.

Experten zufolge gibt es gegenwärtig kein Gegengift für Unfälle mit Solakandji-Quallen, die auf Jamaika bereits Todesopfer gefordert haben.

Sie las den Artikel zu Ende und streckte sich mit ihrem Weinglas in der Hand und Silky auf dem Schoß auf dem Sofa aus. Dann schaltete sie den Fernseher ein, reduzierte aber die Lautstärke. Es ging ihr nur darum, sich zu entspannen, bevor sie ins Bett ging. Die Nachrichten wurden von den üblichen Schreckensmeldungen über den Irakkrieg und Verbrechen in der Nachbarschaft beherrscht. Sie hörte nur mit halbem Ohr hin. Etwas beschäftigte sie, aber sie konnte nicht recht sagen, was. Auf jeden Fall hatte es mit diesem Jack Koryan zu tun. Es saß direkt unter der Oberfläche ihres Bewusstseins und ließ sie nicht zur Ruhe kommen.

Nachdem sie etwa fünfzehn Minuten lang versucht hatte, sich abzulenken, stand sie auf und ging wieder zu ihrem Computer, wo sie eine Google-Suche nach »Solakandji« startete, der Quallenart, der Koryan zum Opfer gefallen war. Zu ihrem Erstaunen erhielt sie mehr als dreihundert Treffer. Während der nächsten Stunde klickte sie immer wieder auf verschiedene Sites. Dabei stieß sie auf Nachrichtenmeldungen, in denen von Angriffen berichtet wurde, Ratschläge, wie Vergiftungen zu behandeln waren, allgemeine Informationen über Quallen sowie verschiedene wissenschaftliche Veröffentlichungen. Mehrere Websites zeigten Fotos eines Wesens, das wie ein durchsichtiger Pilz mit vier Innenringen und spaghettiähnlichen Tentakeln aussah.

Die Solakandji-Qualle ist mit der am Großen Barriereriff vor der Küste Australiens lebenden Irukandji verwandt und kommt in den warmen Gewässern der Karibik und des südlichen Atlantiks vor.

Harmlosere Vergiftungen lösen Schmerzen, Schwellungen und ein örtlich begrenztes Taubheitsgefühl aus. Die Symptome lassen häufig nach einigen Stunden von selbst nach. Schwere Vergiftungen können zu Hautrötungen, Lähmungen, Atemstillstand, Herzversagen und schließlich zum Tod führen.

Auf anderen Websites fand sie Informationen darüber, dass Vergiftungen mit Essig zu behandeln waren, und Nachrichtenmeldungen über Opfer auf den Bahamas und anderswo, die durch einen raschen Anstieg des Blutdrucks und die dadurch verursachte Hirnblutung zu Tode gekommen waren. Sie dachte an den in tiefem Schlaf liegenden Jack Koryan, der einem unglücklichen Zufall zum Opfer gefallen war. Sein gesamtes Universum hatte sich auf ein Bett und eine Reihe Monitore reduziert. Vermutlich würde er nie wieder die Augen öffnen.

Sie klickte auf wissenschaftlichere Sites, die für Meeresforscher bestimmt waren, und blätterte, bis sie abrupt anhielt.

Sarkisian, N. A., Mavros, N. T., et al. Neurotoxische Aktivität in sensorischen Neuronen durch das Toxin der tödlichen tropischen Solakandji-Qualle *Chiropsalmus quadrigatus Mason. Chem Pharm Bull* 17, 1086–1088, 1971.

Mavros, N.T.

Nick. Er hatte vor fünfunddreißig Jahren einen Artikel über dieses Toxin veröffentlicht. Sie las weiter.

In der Zusammenfassung wurde das Solakandji-Toxin als neuartiger proteolytischer Wirkstoff beschrieben, dessen Moleküle als NMDA-Rezeptoren-Antagonist wirkten. Die Substanz wurde als Glutamathemmer mit Einfluss auf Aspartat beschrieben – eine glutamatähnliche stimulierende Aminosäure, die im Gehirn als Botenstoff wirkte.

»Glutamathemmer mit Einfluss auf Aspartat.«

Die Worte sprangen ihr geradezu ins Gesicht.

Das war genau die neurochemische Funktion, die Jordan Carr beschrieben hatte – derselbe Neurotransmitter, der mit den Anfällen und Erregungszuständen Demenzkranker in Verbindung gebracht wurde. Durch Glutamathemmer ließen sich Verhalten und kognitive Fähigkeiten von Demenzpatienten positiv beeinflussen.

Um Himmels willen! Jack Koryan war von einer Qualle angegriffen worden, deren Toxin die chemische Grundlage von Memorin war. Und Nick hatte bei der Entwicklung des Zeugs Pionierarbeit geleistet.

ZWEITER TEIL

17

»Wer zum Teufel ist dieses CommCare-Mädchen?« Gavin Moy funkelte Nick wütend an. Er nahm einen Brief aus einem Ordner. »René Ballard, beratende Apothekerin CommunityCare.« Er gab Nick den Brief. »Ich dachte, du wärst mit ihr befreundet?«

Der Brief war höflich, aber sehr direkt. Wie eine versilberte Pistolenkugel. »Bin ich auch. Außerdem hat sie bei mir studiert.«

»Also, deine Freundin und frühere Studentin weist darauf hin, dass medizinische Unterlagen einiger Patienten fehlen – ›ein Verstoß gegen die Vorschriften‹ –, und dann zitiert sie die verschiedenen Staats- und Bundesgesetze. Sie erwartet, dass sämtliche Unterlagen sofort ›vollständig und unversehrt‹ zurückgegeben werden, ansonsten sieht sie sich gezwungen, den zuständigen FDA-Ausschuss um eine Überprüfung unserer Versuchsprotokolle zu bitten. Herr im Himmel!«

Nick konnte ein Lächeln kaum unterdrücken. »Sie macht nur ihre Arbeit, würde ich sagen.«

»Ihre Arbeit? Muss sie sich dafür eine Entdeckung von historischer Bedeutung aussuchen?«

»Vielleicht sollte jemand ihrer Aufforderung nachkommen. Ich habe gehört, es ist gegen die Vorschrift, wenn man beratenden Apothekern Unterlagen der Pflegeheime vorenthält.«

»Auf welcher Seite stehst du eigentlich?«

»Ich bin für Wahrheit und Schönheit.« Nick grinste breit.

Moy kicherte in sich hinein. »Deswegen habe ich dich ja auch angerufen. Aber ich muss sagen, die Kleine hat Mumm.«

»Schließlich hat sie von mir gelernt.«

»Jordan Carr sagt, die Unterlagen gehen komplett zurück. Du kannst ihr also ausrichten, sie soll sich wieder beruhigen.«

»Was ist mit den anderen Pflegeheimen, an denen die Studie durchgeführt wird?«

»Das gilt auch für die. Wir wollen, dass alles lupenrein ist.«

Die beiden saßen allein in Gavin Moys Büro bei GEM Tech, einem angenehmen, weitläufigen Raum mit Fenstern auf zwei Seiten, sodass man sowohl den Blick auf die Eichenwälder der Umgebung als auch auf die eindrucksvolle Bostoner Skyline in der Ferne genießen konnte.

Auf einem Tisch hinter Moy standen Bilder seiner vor fünf Jahren verstorbenen Frau. Er hatte sich schnell daran gewöhnt, Witwer zu sein. Nach ihrem Tod hatte er seine ganze Energie in die Firma investiert, für die er die besten und klügsten Köpfe angeworben hatte. Im Augenblick arbeitete er gemeinsam mit der medizinischen Leitung verschiedener Krankenhäuser und Universitäten an der Zusammenstellung eines Dreamteams klinischer Forscher. Im Verwaltungsrat seines Unternehmens saßen wichtige Risikokapitalanleger, die ihre eigene Großmutter gefressen hätten, wenn sie dafür an der künftigen Entwicklung von GEM beteiligt wurden. Verständlich – schließlich besaß Gavin Moy möglicherweise den Heiligen Gral der Pharmazie: ein Heilmittel gegen Alzheimer in einer Welt, die immer älter wurde.

An der Wand hinter seinem Schreibtisch hingen gerahmte Patente, die auf seinen Namen lauteten und verschiedene Varianten der Ausgangsverbindung schützten. Damit sollte verhindert werden, dass andere Labors Nachahmungen herstellten. Die erste Urkunde stammte vom 10. Januar 1976 und wirkte einigermaßen verblichen, die letzte war acht Jahre alt und bezog sich auf die endgültige Molekularstruktur, die nach Abschluss der Tests der

FDA zur Genehmigung vorgelegt werden sollte. Die Verbindung mit dem Handelsnamen Memorin besaß nicht nur enormes pharmazeutisches und wirtschaftliches Potenzial. Wenn alles nach Plan lief, war es durchaus denkbar, dass Gavin Moy dafür der Nobelpreis verliehen wurde.

»Wir werden das Medikament bei der Hauptversammlung in ein paar Wochen ankündigen. Offizielle Mitteilungen sind besser als undichte Stellen und Spekulationen.«

Es war ein riskanter Plan, weil sich kaum jemand mitten in der Erprobungsphase zu den Erfolgsaussichten eines Medikaments äußern wollte. Aber angesichts der frühen Erfolge wollte Moy einen Markt für Memorin schaffen, noch bevor die erste Packung in die Regale gelangte.

»Bis dahin halten wir uns bedeckt.«

Gavin Moys Vorsicht hatte gute Gründe. Er hatte Millionen aus seinem eigenen Vermögen und Hunderte von Millionen aus dem Kapital seiner Anleger in Memorin investiert, nachdem er zuvor zahlreiche Fehlschläge erlebt hatte. Dazu gehörte unter anderem ein Heilmittel für eine seltene neurologische Erkrankung. Das Medikament erwies sich in der dritten Phase der klinischen Prüfung als Desaster, kostete GEM achtzig Millionen Dollar und trieb die Firma fast in den Konkurs. Bei einem anderen Wirkstoff, einem Mittel gegen Parkinson, kam ein anderes Unternehmen zuerst mit einem nahezu identischen Präparat auf den Markt. Die Konkurrenten hatten einem unzufriedenen Wissenschaftler von GEM ein Angebot gemacht, das dieser nicht ausschlagen konnte. Ihr Medikament erwies sich als Verkaufserfolg, während sich GEM noch mit der dritten Phase der Tests herumschlug. Schließlich wurde das gesamte Projekt aufgegeben, und GEM blieb auf immensen Kosten für aussichtslose Gerichtsverfahren sitzen. Nach diesen Fiaskos hütete Gavin Moy sein Memorin, als wäre es das Manhattan-Projekt.

Das war auch der Grund, warum Nick René gegenüber nichts gesagt hatte. Erst als sie ihn anrief und fragte, ob das mit dem Quallengift stimmte, gab er zu, bei der Entwicklung des Medikaments eine kleine Rolle gespielt und es dabei mit der Ethik nicht allzu genau genommen zu haben. Seit sie von Memorin gehört hatte, wurde René von Schuldgefühlen gequält, weil sie ihren Vater hatte sterben lassen, statt die Entwicklung eines bahnbrechenden neuen Mittels abzuwarten. Nick führte ihr erneut vor Augen, dass die klinischen Studien mit Demenzpatienten erst zwei Jahre nach dem Tod ihres Vaters begonnen hatten. Selbst dann hatte Gavin Moy Nick und die anderen zur Geheimhaltung verpflichtet, um sich vor dem unerbittlichen Wettbewerb zu schützen. Wenn das Patent in ein paar Jahren ablief, würde der Markt mit Generika überschwemmt werden. Bis dahin wollte sich GEM jedoch den weltweiten Vertrieb von Memorin sichern.

»Wir haben versucht, uns bedeckt zu halten, aber wir bekommen ständig Anrufe von Ärzten und Alzheimer-Organisationen, die wissen wollen, ob wir wirklich an einem Heilmittel arbeiten, und uns Patienten für Tests anbieten. Das wird die größte Sache seit der Salk-Impfung oder gar Penicillin.«

»Hoffen wir es.«

Moy ließ seinen Blick über die Idylle draußen vor seinem Fenster schweifen. Nick fühlte sich an ein Reptil erinnert, dessen vorstehende Augen ständig nach Beute oder eventuell drohenden Gefahren Ausschau hielten. So war Moy schon vor Jahrzehnten gewesen. Vielleicht war das das Geheimnis seiner Erfolge – und seiner Misserfolge. »Das Spiel ist erst aus, wenn man gewonnen hat«, stand auf einer Messingtafel auf seinem Schreibtisch. Das war das Motto von Gavin E. Moy.

Nick war Moy im Laufe der Jahre immer wieder bei Konferenzen und Kolloquien begegnet, aber sie kannten sich bereits aus der Zeit vor GEM Neurobiological Technologies. Ende der sechziger Jahre waren sie beide Ärzte im Praktikum am Massachusetts General Hospital gewesen. Damals hatte Gavin in einem engen Keller hinter dem Massachusetts Institute of Technology einen Vorläufer von GEM Tech gegründet. Solange er am Krankenhaus war, hatte Nick ihn bei der Forschung unterstützt. Moy arbeitete schon seit Jahren an einem Vorläufer von Memorin, der immer wieder neu konfiguriert und getestet worden war, bis er schließlich seine endgültige Form erhielt. Heute war das Mittel das Flaggschiff von GEM Tech und praktisch das einzige Produkt des Unternehmens.

Es begann mit der vielversprechenden Entdeckung, dass das Toxin der Solakandji-Qualle eine außergewöhnliche neuronale Eigenschaft besaß: Es verbesserte das Langzeitgedächtnis. Nagetiere, denen das Mittel als Fötus gespritzt worden war, flitzten wie von Radar geleitet durch komplizierte Labyrinthe, in denen ihre unbehandelten Geschwister kaum vom Fleck kamen. Noch erstaunlicher war, dass erwachsene Ratten ebenfalls ein verbessertes Langzeitgedächtnis zeigten und Labyrinthe meisterten, mit denen sie zum letzten Mal als Jungtiere konfrontiert worden waren. Natürlich stellte sich sofort die Frage, ob damit Menschen geholfen werden konnte, die das Gedächtnis verloren hatten – eine Spekulation, die neue Hoffnung weckte, die Geißel Alzheimer endlich besiegen zu können.

Der erste Durchbruch kam, als sich herausstellte, dass Ablagerungen von Beta-Amyloid-Peptiden bei genetisch modifizierten Mäusen, die an einer Art Alzheimer litten, praktisch aufgelöst wurden. Noch erstaunlicher war das Wachstum neuer Gehirnzellen, das erklären mochte, warum die behandelten Mäuse eine steilere Lernkurve und bessere Funktionalität aufwiesen als die unbehandelten. Kurz gesagt, durch Memorin verwandelten sich die Nagetiere mit den Gedächtnislücken in Wunder der

Erinnerungsfähigkeit. Im Vorjahr war das Präparat an menschlichen Versuchspersonen getestet worden. Damit begann ein neues Kapitel in der Geschichte der Medizin.

»Nick, du hast die Berichte gelesen. Die Ergebnisse sind großartig. Du könntest am Erfolg beteiligt sein. Komm zu uns! Ein Nein lasse ich nicht gelten.«

»Gavin, ich bin wirklich sehr geschmeichelt.«

»Ganz im Gegenteil, *wir* wären geschmeichelt. Und ehrlich gesagt, können wir jemanden mit deinem Ruf gebrauchen.« Moy reichte Nick ein paar Papiere. »Leute, mit denen du arbeiten würdest. Ich glaube, du kennst ein paar von ihnen.«

Es handelte sich um eine lange, eindrucksvolle Liste von Ärzten, die bereits an den Versuchen beteiligt waren. Es waren Forscher und praktizierende Ärzte, die für renommierte Institutionen wie Scripps Institute, Yale, Washington University und National Institutes of Health tätig waren.

»Es kommen noch ein paar Bekannte von dir dazu: Peter Habib, Jordan Carr und andere. Wir gehen davon aus, dass die FDA das Verfahren beschleunigt. Dann können wir in achtzehn Monaten damit auf den Markt.« Aus Moys Worten klang gelassene Überzeugung. »Es heißt, der Präsident würde möglicherweise die klinische Entwicklung unterstützen, um sein Engagement für ältere Wähler unter Beweis zu stellen und sich für seine Wiederwahl deren Unterstützung zu sichern. Kurz und gut, wir haben es hier mit einer Revolution zu tun und möchten dich dabeihaben.«

»Natürlich untersucht ihr auch mögliche unerwünschte Reaktionen auf das Mittel.«

Moys Gesicht erstarrte zu einer Maske.

»Wovon redest du?«

»Von der Frau, die den Filialleiter des Drogeriemarkts getötet hat. Außerdem habe ich Gerüchte gehört, manche Patienten hätten Wahnvorstellungen gehabt, bei denen sie sich in ihre Vergangenheit zurückversetzt glaubten.«

»Wo hast du denn das gehört?«

Eigentlich von Pete Habib, der von »Flashbacks« gesprochen hatte.

»Das tut nichts zur Sache. Das mit dem Mord war in allen Zeitungen. Es wird eine Verbindung zu dem Mittel vermutet.«

Moy lief dunkelrot an. »Es *gibt* keine Verbindung und auch keine unerwünschte Wirkung. Die betreffenden Personen waren Demenzkranke mit psychotischen Zügen und Wahnvorstellungen. Das ist doch nichts Ungewöhnliches.«

»Ich wollte nur auf die Möglichkeit hinweisen.«

Moy überlegte kurz. Dann hellte sich seine Miene plötzlich auf. »Genau dafür brauchen wir dich: Du sollst sicherstellen, dass alle Eventualitäten, wie mögliche Nebenwirkungen, berücksichtigt werden. Wir brauchen jemanden, der so kompromisslos integer ist wie du. Aber glaub mir, zwischen der Frau, die den Mann in dem Laden erstochen hat, und Memorin gibt es keinen Zusammenhang. Verlass dich drauf.«

»Schön, aber was willst du mit mir, wenn du all diese Spitzenkräfte hast?«

»Du sollst die dritte Phase der klinischen Studie leiten. Ich will dich als Gesamt-Forschungsleiter, der sämtliche Testdaten für unseren FDA-Antrag koordiniert. Du wärst mein Top-Mann.«

Darauf war Nick nicht gefasst gewesen. »Warum nicht Pete Habib? Er ist Chefneurologe von South Shore und einer der Besten auf seinem Gebiet. Und was ist mit Jordan Carr?«

»Ich will dir nichts vormachen: Du bist leitender Neurologe und Chef des Bildgebungszentrums am Massachusetts General Hospital und die anderen nicht. Wenn wir dich haben, bringt uns das eine Menge Aufmerksamkeit. Außerdem zieht es Kapitalanleger an.«

»Ich fühle mich geehrt, aber das wird großen Einsatz erfordern.«

»Natürlich. Ich werde dafür sorgen, dass es sich lohnt.«

»Mir geht es nicht ums Geld, sondern um die Zeit. Ich muss es mir überlegen und mit Thalia darüber sprechen.«

»Selbstverständlich.« Moy sah auf die Uhr. »Bis morgen Mittag?« Er schien das tatsächlich ernst zu meinen.

»Nächste Woche.«

»Also gut, nächste Woche.« Moy beugte sich zu Nick. »Kommen wir zum geschäftlichen Teil: Für deine eigenen Patienten bieten wir dir das Doppelte des üblichen Versuchshonorars, nämlich dreitausend Dollar pro Visite. Wir rechnen mit zwölf bis fünfzehn Visiten. Du hast eine Menge Alzheimerpatienten, da kannst du selbst ausrechnen, was das ergibt. Außerdem bieten wir dir eine Unternehmensbeteiligung in Form eines Aktienpakets für dein Fachwissen und das Privileg, dich als klinischen Forschungsleiter zu haben, und so fort. Über konkrete Zahlen müssen wir noch reden.

Wie du weißt, sind in den Vereinigten Staaten allein etwa fünf Millionen Menschen an Alzheimer erkrankt. Diese Zahl wird sich bis 2020 verdoppeln. Gegenwärtig wird der Markt für Alzheimer-Medikamente auf zwölf Milliarden Dollar geschätzt. Wir haben eine Spezialabteilung für die Vermarktung von Memorin geschaffen, uns für den Vertrieb mit dem drittgrößten Pharmaunternehmen der USA zusammengetan und verfügen außerdem über siebenhundert Vertreter, die über ein Bonussystem am Umsatz beteiligt werden, für den Verkauf an niedergelassene Ärzte. Für das erste Jahr, in dem das Medikament im Handel ist, rechnen wir mit drei Millionen Verschreibungen. Im Jahr darauf dürfte sich dieser Wert verdoppeln und schließlich auf ein Vielfaches steigen, wenn unsere Tochtergesellschaften im Ausland aktiv werden. Nick, wir haben es hier mit einer Fünfzig-Milliarden-

Dollar-Pille zu tun. Der klinische Leiter und die beteiligten Forscher werden daraus Gewinne ziehen, die sich noch gar nicht abschätzen lassen.«

Nick lächelte. »Nur gut, dass du mich nicht unter Druck setzt.«

»Ich laufe mich gerade erst warm. Dein Bildgebungszentrum ist für uns ein wesentliches Arbeitsmittel, und der Verwaltungsrat hat soeben zehn Millionen für seinen Einsatz bei den Prüfungen bereitgestellt. Das müsste doch für die allgemeinen Unkosten und die Gehälter reichen. Was meinst du dazu?«

Nick war bewusst, wie prestigeträchtig die Mitarbeit an der Entwicklung eines potenziellen Wundermittels sein konnte. Allerdings war er über das Alter hinaus, in dem ihn Ruhm und finanzieller Gewinn interessiert hätten. Er konnte sehr wohl rechnen, aber die Aussicht, mehrfacher Millionär zu sein, bedeutete ihm nichts. Er und Thalia besaßen keine extravaganten Vorlieben. Sie hatten ein gemütliches Haus in Wellesley und fuhren einen sieben Jahre alten Saab. Ihren Urlaub verbrachten sie in Fresno, weil Thalia dort Verwandte hatte und Nick gern mit seinen Kameras in den Sierras wandern ging. Wegen ihrer gesundheitlichen Probleme arbeitete Thalia nicht mehr. Nachdem die Kinder inzwischen selbstständig waren, fehlte ihnen das zweite Einkommen nicht. Geld war nie die Triebkraft in Nicks Leben gewesen. Wie René betrachtete er Klinikärzte, die im Auftrag von Pharmaunternehmen Studien durchführten, mit einer gesunden Portion von akademischem Zynismus.

Allerdings führten die meisten Ärzte Tests keineswegs aus niederen Beweggründen durch, sondern weil sie etwas für die Menschheit tun wollten. So war es auch bei Nick. Sich finanziell zu bereichern kam ihm geradezu unanständig vor, aber an der Heilung von Alzheimer mitarbeiten zu dürfen, war eine große Versuchung. Nahezu sein gesamtes berufliches Leben lang hatte er sich mit dieser Nemesis herumgeschlagen, mit einer Krankheit, die bösartiger war als Krebs, weil sie ihren Opfern ihre Identität raubte, bevor sie ihnen das Leben nahm.

»Du weißt doch, dass ich sowohl die Arbeit in meiner Praxis als auch meine Forschungstätigkeit zurückgefahren habe.«

»Mensch, du bist doch erst zweiundsechzig. Das ist zu früh, um in Rente zu gehen. Denk an die vielen hundert oder gar tausend Menschen, bei denen du zusehen musstest, wie sie an ihrer Demenz zugrunde gingen. Wo wirst du sein, wenn in zwei oder drei Jahren die ganze Welt jubelt, weil die Geißel unserer alternden Gesellschaften besiegt ist? Willst du auf einem Berg sitzen und Gelbbauch-Saftlecker fotografieren?«

Nick lachte. »Ich soll wohl nur noch arbeiten. Wo bleibt da der Spaß?«

»Hör doch auf! Ich will dich an Bord haben, und du willst es auch.«

»Also gut, aber lass mir Zeit, Luft zu holen.« Moy regte sich leicht auf, aber so hatte ihn Nick noch nie gesehen. Sein Kopf erinnerte ihn an eine Riesentomate.

»Dann hol endlich Luft und sag mir, dass du die Leitung übernimmst.«

»Falls ich mich einverstanden erkläre, läuft in Zukunft alles nach Vorschrift.«

»Ist doch klar.«

»Gut.«

»Montag.«

Moy stand auf und schüttelte Nick die Hand. »Glaub mir, das ist der Heilige Gral, nach dem du dein Leben lang gesucht hast. Du hast es verdient, Anteil am Erfolg zu haben.«

Gavin Moys Worte klangen Nick noch im Ohr, als er mit dem Aufzug nach unten zur verglasten Lobby am Haupteingang fuhr.

Der GEM-Komplex lag auf einem weitläufigen Gelände, das genügend Platz für Erweiterungsbauten bot, wenn sich die Nachfrage nach dem Medikament wirklich den Erwartungen entsprechend entwickelte.

Nick ging durch die Eingangshalle, in der Marmor und Messing vorherrschten. Die Einrichtung mit den roten Orientteppichen und den goldenen Ledersofas und -sesseln hatte Gavin selbst in Zusammenarbeit mit Innenarchitekten gestaltet. Im Grunde war es ein Gavin-Moy-Dekor. Das galt auch für das große Aquarium in der Mitte des Raumes, in dem farbenprächtige Meerestiere wie Weihnachtsbaumschmuck im Wasser schwebten.

Nicks Absätze klapperten auf dem Marmorboden, als er zu der märchenhaft anmutenden Säule ging. Zwischen Korallen, Seeanemonen und langen, durchscheinenden Gräsern bewegte sich eine verwirrende Vielfalt vielfarbiger tropischer Fische. Es war das von Gavin Moy eigens entworfene Vorzeigestück von GEM und hatte ein kleines Vermögen gekostet. Wenn man Moy glauben durfte, gab es nur wenige solcher Kreisel-Aquarien in Privatbesitz. Sie zeichneten sich durch Ein- und Auslässe aus, die die besonderen Bewohner dieses Aquariums im Schwebezustand hielten und dafür sorgten, dass sie nicht in die Filter gesaugt wurden. Zusätzlich zu den komplizierten Filtervorgängen und Flüssigkeitsbewegungen sorgten Hightech-Steuerungsgeräte dafür, dass die Temperatur den richtigen Wert hatte und das empfindliche chemische und biologische Gleichgewicht gewahrt blieb. Neben einem Spezialfiltersystem und einer Kühlanlage gab es noch ein getrenntes Zuchtaquarium, das Salinenkrebschen als Ersatz für das Plankton lieferte, von dem sich die Tiere in der Natur ernährten. Das war kein gewöhnliches Heimaquarium.

Und die pulsierenden Schirme mit den langen Tentakeln waren auch nicht die üblichen Aquarienbewohner. Diese Geschöpfe waren die eigentlichen Stars dieses Riffs in der Flasche, die geheime Hoffnung und Ikone von GEM Neurobiological Technologies – die seltene *Solakandji.*

Die Fünfzig-Milliarden-Qualle.

18

René fand Jack Koryan auf der Intensivstation des Massachusetts General Hospital. Bei ihm saß Beth, seine Frau. Sie war schlank und attraktiv. Das dunkle, schulterlange Haar wurde von blonden Strähnen belebt, aber ihre Haut war fahl, als müsste sie sich von einer Grippe erholen. Ihre braunen Augen waren blutunterlaufen – wahrscheinlich lag das am mangelnden Schlaf – und verliehen ihr einen trüben Blick.

René stellte sich als beratende Apothekerin vor und erklärte, sie sei eine Kollegin von Dr. Nicholas Mavros. »Ich wollte nur sehen, wie es ihm geht.« *Und welches Gesicht zu den Gehirnaufnahmen gehört.*

Beth schien es völlig egal zu sein, wer sie war und was sie wollte. »Das ist Jack«, sagte sie mit ausdrucksloser Stimme.

Auf dem Fensterbrett stand ein Doppelrahmen mit zwei Farbaufnahmen von Jack. René wurde bewusst, wie attraktiv er mit dem lockigen schwarzen Haar, dem entwaffnenden Lächeln und den sprühenden exotischen Augen war. Er trug ein schwarzes T-Shirt, das einen muskulösen Oberkörper zeigte. Es fiel ihr schwer zu glauben, dass dies derselbe Mann war, der vor ihr im Bett lag. Am auffälligsten fand sie die smaragdgrünen Augen, die ihr merkwürdig bekannt vorkamen.

»Das ist ein Freund, Vince Hammond«, erklärte Beth, die gesehen hatte, wie René die Fotos betrachtete. »Sie waren Geschäftspartner. Besser gesagt, sie wollten es werden.« Dann wandte sie mit einem leisen Fluch den Blick ab.

Seit dem Unfall waren fast zwei Wochen vergangen, und der Krankenschwester zufolge verlief die Entwicklung positiv. Jack Koryan wurde nicht mehr beatmet, aber sein Anblick war immer noch ein Schock. Sein Körper war leicht aufgebläht, und die Haut hatte sich von dem Silbernitrat, das auf die offenen Wunden aufgetragen wurde, schwarz verfärbt. Die Blasen an seinem Oberkörper waren schließlich getrocknet, aber die abgestorbene Haut hatte operativ entfernt werden müssen. Dabei waren rote Flecken mit gelbem Rand zurückgeblieben. Er sah aus, als hätte ihm jemand einen Tarnanstrich verpasst. Kopfhaut und Ohren waren mit Krusten bedeckt, und seine Lippen waren grau. Die Wunden an Füßen und Händen waren frisch verbunden. An seinen Armen waren Dauertropfinfusionen angelegt, und durch die Bauchwand war eine Ernährungssonde in den Magen eingeführt worden, damit er nicht verhungerte. Das war bei bewusstlosen Patienten Standard. Geräte überwachten die vitalen Funktionen einschließlich der Gehirnwellen. Es war kaum zu glauben, dass er den Angriff überlebt hatte.

»Die Krankenschwester sagt, die Schwellung des Gehirns ist zurückgegangen, und er reagiert auf Sinnesreize. Das klingt gut.«

Beth nickte trübsinnig. »Beim EEG wurden nur vier Hertz gemessen, beim normalen Schlaf sind es sechs bis acht. Was soll daran gut sein?«

René ignorierte die Spitze. »Jede Gehirnverletzung ist einzigartig, da lässt sich der Verlauf der Genesung nicht vorhersagen. Vielleicht wacht er einfach auf.«

»Das glaube ich nicht.« Beth legte die Hand auf seinen Arm. »Jack, ich bin's, Beth. Bitte wach auf. Du hast Besuch. Wie war noch Ihr Name?«

René wiederholte ihn. Sie beobachtete Jack, während Beth mit ausdrucksloser, neutraler Stimme mit ihm sprach. Es gab keinen

Hinweis auf eine Reaktion – kein Zucken eines Lides oder Fingers, keinen unregelmäßigen Atemzug.

»Die Ärzte nennen es einen anhaltenden vegetativen Zustand.« Beth schnaubte vernehmlich. »Mir kommt er vor wie tot.«

Zum Glück war Renés Vater nie ins Koma gefallen, zumindest nicht im eigentlichen Sinne. Gegen Ende war er zwar wach, aber nicht wirklich bei Bewusstsein gewesen. Er konnte im Bett oder im Rollstuhl sitzen und Augen und Hände bewegen, aber in seinem Inneren herrschte fast völlige Leere. Und genau das war für René unerträglich gewesen: das völlige Fehlen einer Regung des Wiedererkennens in seinem Gesicht, der leere Blick, die plötzlichen Angstzustände, die Reduzierung seines Gehirns auf Stammhirnreflexe. Ihr Vater, der eine so kräftige Stimme gehabt, stets die richtigen Worte gefunden hatte, konnte nur noch grunzen. Die vor Witz sprühenden Augen waren erloschen wie durchgebrannte Sicherungen. Ein schwachsinniger Klotz in Windeln.

Gott sei Dank hatte er ihr das Versprechen abgenommen, dass sie ihn sterben lassen würde. Er wusste, was auf ihn zukam. Es war sein letztes Geschenk an sie gewesen.

»Seine Vitalfunktionen sehen gut aus«, meinte René. Sie deutete mit dem Kopf auf den regelmäßig pulsierenden Monitor.

»Ich weiß nicht«, sagte Beth. »Er hat Anfälle und Albträume gehabt, bei denen er sich furchtbar aufregt. Dann hüpft das Ding wie verrückt.«

»Das heißt aber, dass im Okzipitallappen und Stirnhirn Aktivität vorhanden ist. Gedächtnis und Sehvermögen funktionieren also. Und aus den Kernspinaufnahmen ergibt sich kein Hinweis auf einen Infarkt.«

Während René den beharrlichen Puls auf den Monitoren verfolgte, fragte sie sich, was in Jacks Gehirn vorging – falls sich dort überhaupt etwas abspielte. Träumte er, war ihm sein Zustand bewusst oder war er in einer tiefen Leere gefangen? Sein Gehirn war mit dem chemischen Wirkstoff von Memorin gesättigt. Der Himmel allein wusste, woran er sich erinnern mochte, wenn er jemals aufwachte.

»Er hätte nie da rausfahren dürfen. Die Strömung ist so stark und all diese giftigen Fische und anderen Viecher. Aber nein! Und jetzt ist er in sich selbst gefangen.« Voller Verzweiflung sah Beth René an. »Das kann ewig so weitergehen, stimmt's? O Gott!«, stöhnte sie.

René hörte die Wut und die Verbitterung in Beth Koryans Worten. Es klang, als hätte Jack ihr etwas angetan. Je länger Beth redete, desto klarer wurde, dass die Ehe der beiden keine gesunde, solide Grundlage gehabt hatte. Das erklärte, warum Beth so unterkühlt wirkte und warum es keine Bilder der beiden aus glücklichen Tagen gab.

»Wer hat ihn gefunden?«

»Die Küstenwache. Er sollte spätestens um sieben das Wassertaxi zurück nehmen. Als er um neun immer noch nicht da war und nicht an sein Handy ging, hat der Mann von der Bootsvermietung Alarm geschlagen.«

»Er hat Glück gehabt, dass sie ihn rechtzeitig gefunden haben.« Die Frau wollte sich nicht trösten lassen, aber René fiel nichts Besseres ein.

»Tatsächlich?«

Die Frage hing in der Luft. »Natürlich.«

Beth zuckte die Achseln. »Er hat das Meer geliebt. Sehen Sie, jetzt rede ich schon in der Vergangenheit von ihm. Als wäre er bereits tot. Aber es stimmt. Es liegt ihm im Blut, wie bei seiner Mutter. Geradezu ironisch, dass er sich eine Vergiftung geholt hat. Als hätte ihn der Ozean verraten. Diese Mistviecher sind in den letzten fünfzig Jahren vielleicht dreimal hier gesichtet worden. Er war einfach zur falschen Zeit am falschen Ort.«

René fiel auf, dass Beths Fingernägel völlig abgekaut waren.

»Das könnte jahrelang so weitergehen, dass er an diesen bescheuerten Schläuchen und Kabeln hängt. Bis er völlig verschrumpelt ist.«

»Aber er könnte auch jederzeit aufwachen.«

Beth schien sie nicht zu hören, so sehr war sie mit ihrer endlosen Litanei beschäftigt. »Es ist alles meine Schuld. Ich hätte ihn nicht allein fahren lassen dürfen. Wir hatten einen Streit, wie so oft, und … jetzt müssen wir beide damit leben.«

Es klang, als hätte sie Jack bereits zu einem endlosen Koma verurteilt. Offenbar sah sie sich selbst für den Rest ihres Lebens an seinem Bett sitzen. René hörte nichts als Schuldzuweisungen und Verbitterung.

Plötzlich piepste eines der Geräte zweimal. Die gezackte grüne Linie auf dem Bildschirm zeigte hässliche Spitzen.

»Nicht schon wieder! Ein Anfall«, sagte Beth und stand auf. »Jack, beruhig dich.«

Er gab ein hohes Heulen von sich und riss die Augen so weit auf, dass sie fast aus den Höhlen sprangen.

»Amaaaa!«

Der Laut drang René durch Mark und Bein. Jemand musste ihn gehört oder vom Stationszimmer aus die Monitore überwacht haben, denn zwei Krankenschwestern stürzten ins Zimmer. Jack schlug um sich und riss an den Schläuchen. Die Schwestern konnten ihn nur mit Mühe festhalten. Er wollte unbedingt aufstehen. Offenbar sah er ein Bild des Schreckens vor seinen weit aufgerissenen Augen.

»Was ist denn bloß mit ihm los?«, jammerte Beth.

Jack brabbelte unverständliche Silben vor sich hin.

»Er klingt gar nicht wie er selbst. Seine Stimme, das ist nicht seine Stimme. Er klingt wie … ein Kind.«

Das stimmte. Niemand sprach ein Wort. Die Schwestern versuchten, ihn festzuhalten, während Jack an seinen Verbänden und

Schläuchen zerrte. Seine hervortretenden Augen schienen etwas Entsetzliches zu sehen, das hinter ihnen lauerte.

»Aman ... mairik amaaa ...«, stieß Jack hervor.

»Was sagt er?«, fragte Beth.

»Mairik.«

»Klingt irgendwie nach *›mighty‹.«*

Jack brabbelte weiter. *»Ammama ...«*

»Ich glaube, er sagt ›Mama‹«, meinte René.

»Das ist nicht ungewöhnlich«, erwiderte eine der Krankenschwestern. »Patienten unter Stress rufen selbst im Koma häufig nach ihrer Mutter.«

»So etwas kommt oft vor«, bestätigte die andere Schwester. »Wir hören das ständig.«

»Nur dass Jack keine Mutter hatte.«

René sah Beth an. »Wie bitte?«

»Er war ein Baby, als sie starb. Seine Tante und sein Onkel haben ihn aufgezogen. Er hat nie jemanden Mama genannt.«

Jack schlug erneut um sich. Um ihn zu beruhigen, spritzte eine der Schwestern Valium in die Dauertropfinfusion. Nach etwa einer Minute holte Jack tief Luft und sank auf sein Kissen zurück. Seine Augen bewegten sich unruhig unter den geschlossenen Lidern, bis er mit einem einzigen Seufzer, der tief aus seiner Brust kam, wieder in Schlaf versank.

Doch kurz zuvor riss er noch einmal die Augen auf und sah René direkt an. Sein verkrusteter Mund, der mit schmerzstillender Salbe bedeckt war, formte deutlich vernehmbar zwei Silben: »Mama.«

»Mama.«

Jack Koryan stand wieder an der Tür. Er konnte den Wind draußen hören, aber das war alles. Jetzt konnte ihm nichts passieren, wenn er nach draußen ging, und der Türknopf saß auch nicht mehr fest. Also drehte er ihn, bis sich das Schloss öffnete.

Mit einem Schlag wurde die Tür aufgerissen. Im grellen Licht sah er das große spitze Geschöpf über der Maus stehen, deren Füße zuckten, als der Schläger auf sie herabsauste.

Dann schlug die Tür wieder zu, und Jack saß wieder in seinem Käfig.

Tosender Lärm und grelle Blitze erfüllten die Nacht draußen.

Dann entfernte sich das Toben wie ein abziehendes Gewitter. Gnädige Finsternis hüllte ihn ein.

19

Hartford, Connecticut

»Natürlich kenne ich den Weg noch«, sagte William Zett, der im Auto seiner Schwester auf dem Beifahrersitz Platz genommen hatte.

Greg Lainas fuhr, während Mary Ann, seine Frau, hinten saß. Es war später Sonntagmorgen, ein schöner Tag Anfang September. Weiße Schäfchenwolken zogen über den hohen blauen Himmel. Ein Tag, an dem man sich an seine Kindheit erinnerte.

»Hier musst du abbiegen«, sagte William. Dann fiel es ihm wieder ein. »South Street.«

»Mein lieber Mann«, lobte Greg. »Du hast ja ein Gedächtnis wie ein Elefant.«

»Ich hab's dir doch gesagt«, meinte William stolz. »Dann musst du … lass mich überlegen … nach links in die Campfield Avenue.« Ein Name entfaltete sich in seinem Kopf wie eine Blüte. »Goodwin Park.«

»Mensch, vielleicht kannst du mir bei Dr. Habib auch eine von diesen Zauberpillen besorgen.«

»Mir auch.« Mary Ann lachte in sich hinein. Dann wandte sie sich an Greg, sprach aber so laut, dass William sie hören konnte. »Weißt du, letztens hat er mir eine seiner Physikvorlesungen vorgetragen. Über dieses Heisenberger-Prinzip oder wie das heißt.«

»Das Unschärfeprinzip nach Heisenberg.«

»Ja, genau das. Komm schon, Greg will das auch hören.«

William zierte sich ein wenig, gab aber dem Drängen der beiden schließlich nach. »Ich weiß nicht, es geht um so etwas wie … die gleichzeitige Messung von zwei Variablen wie Position und Geschwindigkeit …« Er schloss die Augen, und dann war alles wieder da, wie beim ersten Mal, als er das Gefühl gehabt hatte, aus weiter Ferne Anweisungen zu empfangen. »Energie und Zeit können für ein in Bewegung befindliches Elementarteilchen nicht beide exakt angegeben werden. Und je genauer die Messung der Position, desto ungenauer die Messung der Geschwindigkeit und umgekehrt.« Dann kniff er die Augen fest zusammen und überlegte. »Delta *p* mal Delta *q* ist größer oder gleich der Planck'schen Konstante geteilt durch vier Pi. Und Delta *E* mal Delta *t* ist größer oder gleich der Planck'schen Konstante geteilt durch vier Pi.«

Mary Ann und Greg jubelten.

»Vor ein paar Monaten konnte er noch nicht einmal ein paar einfache Sätze bilden, und jetzt befasst er sich wieder mit Quantenphysik.«

William fühlte, wie ihm warm wurde vor Stolz. Siebenunddreißig Jahre lang hatte er an der University of Hartford Physik gelehrt, bevor er sich gezwungen sah, in den Ruhestand zu gehen. Er hätte bis weit in die Siebziger unterrichten können, aber sein Gedächtnis hatte nachgelassen.

»Übrigens gibt es dein Lieblingsdessert, das kann ich dir ohne Unschärfe sagen.«

Sie fuhren auf den Parkplatz neben der alten Wasserstelle. Hinter den Bäumen rechts von ihnen war der Spielplatz zu erkennen. Er war mittlerweile asphaltiert und mit Sicherheitslampen an hohen Pfosten ausgestattet worden, aber im Gegensatz zu anderen Spielplätzen der Stadt war dieser hier nicht um die modischen Kletteranlagen aus Holz erweitert worden, die mit ihren von Zinnen gekrönten Türmen, Brücken und Handläufen an kleine

Festungen erinnerten. Noch nicht einmal eine Röhrenrutsche gab es. Die Schaukeln waren die alten, obwohl sie bestimmt hundert Mal neu lackiert worden waren, aber das Klettergerüst und der Sandkasten waren ausgetauscht worden. Die große und die kleine Rutsche, die etwa zehn Meter voneinander entfernt standen, sahen aus wie immer.

»Ich glaube, ich war seit den Fünfzigerjahren nicht mehr hier«, meinte Mary Ann, die ein Picknick für alle drei vorbereitet hatte. Während sich William auf dem Spielplatz umsah, breitete sie mit ihrem Mann eine Tischdecke auf einem der Holztische aus und richtete Geschirr und Speisen an.

Unterdessen schlurfte William zu den Schaukeln, wobei er mit den Füßen den vertrauten gelben Sand aufwirbelte. Er konnte sich nicht vorstellen, dass die Schaukeln immer noch an denselben Ketten hingen, aber sie waren so lang und rostig, wie er sie in Erinnerung hatte. Als er danach griff und sich auf das Brett setzte, erinnerte er sich noch genau, wie sich das kalte Metall angefühlt hatte. Wenn man feuchte Hände hatte, verströmte das rostige Eisen einen merkwürdigen Geruch.

»Soll ich dich anschubsen?«, neckte ihn Mary Ann. Lachend winkte sie ihm zu.

William winkte zurück. »Ich schaffe das schon.«

Plötzlich wusste er wieder genau, wie es ging. Er drückte sich mit den Füßen ab, bis er stand. Dann nahm er die Füße vom Boden und spürte, wie er nach vorn schwang. Immer wieder holte er mit seinem Körper Schwung, bis er sich gleichmäßig wie das Pendel einer Uhr vor und zurück bewegte.

Merkwürdig. Nur eine hauchdünne Schicht schien ihn von der Vergangenheit zu trennen. Er schloss die Augen. Es musste fünfundsechzig Jahre her sein, aber es kam ihm vor, wie …

»Hallo, Billy.«

Billy öffnete die Augen. Ihm wurde heiß in der Brust. Auf der großen Rutsche dicht neben der Schaukel stand Bobby Tilden. Bobby, der ihn immer schikanierte. Hinter ihm warteten drei andere Kinder. Auch Annette war dabei, das Mädchen aus seiner Straße, in das Billy verliebt war.

»Komm schon, oder machst du dir wieder in die Hosen?«

»Nicht schlecht, William.«

»Aber brich dir nicht den Hals«, rief Mary Ann. »Er hat diesen rutschigen Jogginganzug an«, meinte sie zu ihrem Mann. »Hoffentlich fällt er nicht von der Schaukel.«

»Das schafft er schon«, meinte Greg. »Gut festhalten«, rief er seinem Schwager zu.

William nickte und sah wieder zur Rutsche.

Er hatte Angst. Sein Herz pochte, und sein Mund war wie ausgedörrt. Fast hätte er sich wieder in die Hosen gemacht.

»Hey, du Hosenpisser!«, rief Bobby Tilden. Wenn er grinste, sah man seinen abgebrochenen Zahn. Er hatte schlaue Fuchsaugen und trug die Baseballkappe schräg, wie es sich für einen echten Rebellen gehörte. »Komm rauf. Oder pinkelst du dir wieder in die Hose?«

Die anderen Kinder auf dem Spielplatz stimmten in sein Gespött ein. Die große Rutsche war für die älteren Kinder ab zehn. Billy hatte sich schon einmal hinaufgewagt, aber die Rutsche war hoch und schnell, und er traute sich einfach nicht. Er hatte die Leiter wieder hinunterklettern müssen und sich damit Hohn und Spott der anderen eingehandelt. Bobby nannte ihn einen Hosenpisser, stieß ihn zu Boden und verpasste ihm ein paar Kinnhaken, die Billy die Tränen in die Augen trieben. Die anderen brüllten vor Begeisterung.

Billy stieg von der Schaukel und schlich widerwillig zur großen Rutsche, um die sich eine ganze Gruppe von Kindern drängte. Philly, Michael Riccardi, Larry Ahearn, Francine mit den großen gelben Kaninchenzähnen und Snookie B. mit seiner drecki-

gen Matrosenmütze. Die ganze Bande winkte ihn zu sich und übergoss ihn gleichzeitig mit Spott. Alle hofften, er würde sich erneut drücken. Bobby Tilden oben auf der Rutsche rotzte kräftig und spuckte Billy seinen Schleim vor die Füße. Dann stürzte er sich mit Indianergebrüll die Rutsche hinunter. Obwohl er Hände und Füße in die Luft streckte, landete er sicher. Die anderen jubelten.

Mikey Riccardi war der Nächste. Er legte sich flach auf den Rücken, hob im letzten Augenblick die Füße an und landete auf dem Hintern. Oben auf der Rutsche schubste einer den anderen nach unten. Nach zwei weiteren Kindern war Bobby erneut an der Reihe. Im Vorbeilaufen warf er Billy eine hämische Bemerkung zu, bevor er auf dem Bauch nach unten raste. Dabei johlte er ununterbrochen. Er landete kopfüber im gelben Sand, rappelte sich jedoch gleich wieder auf und spuckte das Zeug aus. Die anderen Kinder waren außer Rand und Band.

»Du bist dran«, sagten sie zu Billy.

»William, Essen.«

Mit wild hämmerndem Herzen schlich Billy zur Leiter. Die anderen umringten ihn wie eine Mauer, damit er nicht in letzter Minute weglaufen konnte. Philly stieß ihn in den Rücken, damit er die Leiter hinaufstieg. Jetzt gab es kein Zurück mehr. Am liebsten wäre er gestorben. Eine nach der anderen stieg er die Sprossen hinauf. Von oben grinste Bobby auf ihn herab. Grüner Rotz blubberte aus seiner Nase, und auf seinem verdreckten Gesicht lag ein teuflisches Grinsen, das den abgebrochenen Zahn sehen ließ.

»William, was machst du da oben? Du brichst dir noch das Genick.«

»Komm schon, Hosenpisser.« Bobby rutschte nach unten, damit Billy Platz hatte.

Billy sah von oben auf die lange glänzende Metallfläche, die sich ins Endlose zu dehnen schien. Die Kinder unten schwenkten brüllend die Arme. Sei kein Feigling, Billy.

»William?«

»BIL-LY, BIL-LY, BIL-LY ...«

Billys Herz hämmerte schmerzhaft. Er hielt den Atem an und sprach ein stilles Gebet. Dann schloss er die Augen und rutschte. Im letzten Moment fing er sich und landete auf den Füßen. Die Kinder jubelten. Er konnte nicht glauben, dass es so einfach gewesen war. Ein tolles Gefühl!

»Super, William«, rief jemand. »Komm jetzt, wir wollen essen.«

Unter dem Gejohle der anderen Kinder kletterte er wieder auf die Rutsche und glitt nach unten. Babyleicht, wie seine Mutter gesagt hätte.

»Wetten, du traust dich nicht, auf dem Rücken zu rutschen?«, höhnte Bobby.

Billy wollte nach Hause, aber er konnte sich nicht drücken. Also kletterte er wieder die Leiter hinauf. Unter den Blicken der anderen Kinder holte er tief Atem und legte sich lang hin. Als Bobby »Los!« brüllte, schoss er in die Tiefe. Im letzten Moment richtete er sich auf und landete auf den Füßen, wobei er fast das Gleichgewicht verloren hätte.

»Das reicht, William«, rief die Frau.

»Jetzt mit dem Kopf zuerst«, sagte Bobby mit schleimigem Grinsen.

»William.« Ein Mann, der irgendwie vertraut wirkte, kam vom Picknicktisch unter den Bäumen auf Billy zu.

»Los, du Hosenpisser, oder willst du zu deiner Mami rennen?«

»Feigling, Feigling«, tönte Philly C. Er war Bobbys bester Freund und tat alles, was der ihm sagte.

»Ich habe keine Angst«, hörte Billy sich selbst sagen. Aber das

stimmte nicht. Er hatte solche Angst, dass er spürte, wie seine Unterhose feucht wurde. Doch es gab kein Zurück mehr, sonst würden sie über ihn herziehen, bis er in Tränen ausbrach, ihm Kopfnüsse verpassen und ihm in den Bauch hauen. Und Annette würde das alles sehen. Das wusste er von früher. Jedes Mal, wenn er daran dachte, spielte es sich wieder genau so in seinem Kopf ab. Aber diesmal musste er es ihnen zeigen. Er musste einfach.

»Komm schon, Hosenpisser. Augen zu, mit dem Kopf nach unten rückwärts. Oder traust du dich doch nicht? Los jetzt, sonst gehörst du der Katz.«

Sonst gehörst du der Katz. Das war Bobbys Lieblingsdrohung, unter der sich Billy nichts Rechtes vorstellen konnte.

Billy sah, wie der Mann näher kam, und stieg schnell die Leiter hinauf.

»Was soll das, William? Was machst du da?«

Aber Billy beachtete ihn gar nicht – als wäre er unsichtbar, ein Geist aus einer anderen Zeit.

Billy setzte sich oben auf die Rutsche und stellte seine Turnschuhe auf die oberste Sprosse. Unter ihm drängten sich lärmend die Kinder mit ihren Latzhosen und Baseballkappen. Auf ihren T-Shirts stand Naylor Elementary School. In der Ferne saßen seine Eltern mit den anderen Eltern an den Picknicktischen und tranken Kaffee aus großen roten Thermoskannen, während sie den Kindern beim Spielen zusahen.

»Vorsichtig, Billy«, rief Billys Mutter.

Billy schob sich rückwärts auf die abschüssige Fläche. Er hielt sich mit den Händen an den Seiten fest und legte sich mit dem Kopf nach unten rücklings auf das warme, glatte Metall. Er spürte die aufsteigende Hitze, die Sonne in seinem Gesicht. Nur seine kurzen Beine auf der anderen Seite der Plattform hielten ihn fest. Ein weißer Seevogel zog über den blauen Himmel.

»William, nicht!«, rief seine Mutter.

»Los, Billy!«, brüllten die Kinder.

Und William Zett hob die Beine und rutschte mit verkniffenem Gesicht durch die von der Sonne gewärmte Rinne. Der unbarmherzige blaue Himmel schien ihm zu folgen, während der weiße Vogel im Flug erstarrt war.

Als er mit dem Kopf in den Boden rammte, hörte er etwas in seinem Nacken brechen wie einen Lutscherstiel. Der Himmel, die Bäume, der weiße Vogel, der Mann, der auf ihn herabsah …

»Du lieber Gott, nein!«

… wurden plötzlich schwarz.

20

Noch als sie eine Stunde später auf der I-93 nach Norden zu einem ihrer Pflegeheime in Concord, New Hampshire, unterwegs war, hörte René im Geiste Jacks Stimme. Die Augen, die ihm fast aus dem Kopf traten, als er sie gelähmt vor Entsetzen anstarrte, ließen sie nicht los. *Nacktes Entsetzen.*

Es gab kein anderes Wort dafür. Sie hatte keine Ahnung, was er gesehen haben mochte. Aber die Stimme, diese bizarre Babystimme, klang ihr noch im Ohr.

Mama.

Nur dass Jack keine Mutter hatte.

Das Klingeln ihres Handys holte sie in die Gegenwart zurück. Es war die Sekretärin von Broadview: Carter Lutz wollte dringend mit ihr sprechen. René hatte keine Ahnung, worum es ging, befürchtete aber das Schlimmste.

Als sie eine halbe Stunde später das Heim betrat, spürte sie sofort, wie angespannt die Atmosphäre war. »Er erwartet sie in seinem Büro«, sagte die Rezeptionistin.

René ging zu seiner Tür und klopfte.

Carter Lutz öffnete. Er lächelte nicht. »Schön, dass Sie kommen konnten.« Er schloss die Tür und deutete auf einen Stuhl vor seinem Schreibtisch, bevor er sich auf seinem eigenen Sessel niederließ. »Ich will nicht um den heißen Brei herumreden. Die Familie von Edward Zuchowsky hat das Heim verklagt. Gegen Sie und CommCare werden in der Klageschrift schwere Vorwürfe erhoben.«

»Was? Wieso das?«

»Sie werden der groben Fahrlässigkeit beschuldigt.«

Sie bekam kaum noch Luft. »Das ist lächerlich. Ich habe weder Edward Zuchowsky noch Clara Devine je zu Gesicht bekommen.«

»Das ist irrelevant. In den nächsten Tagen werden Sie von den Anwälten der Familie Zuchowsky aufgefordert werden, eine Aussage zu machen. Was Sie dabei sagen, wird für den Ausgang des Verfahrens und die Höhe des Schadenersatzes von größter Bedeutung sein.«

René starrte ihn ungläubig an.

»Glücklicherweise können wir etwas tun, um eine Katastrophe für uns alle zu verhindern.« Seine Züge wurden schärfer. »Zunächst einmal möchte ich Sie etwas fragen. Wenn ich mich nicht irre, arbeiten Sie doch hier im Heim, um die Lebensqualität der alten Menschen zu verbessern.«

Sie nickte wie betäubt. »Ja, natürlich.«

»Dann würden Sie nichts tun, was das Wohlergehen unserer Patienten gefährden könnte?«

Auch hier lag die Antwort auf der Hand. René nickte.

»Oder das des Heims?«

Sie nickte wieder.

»Gut, denn das Wohlergehen unserer Patienten steht und fällt mit dem von Broadview. Wir sind unseren Patienten moralisch verpflichtet. Stimmen Sie mir da zu?«

Sie nickte beklommen.

»Der Vorfall mit Clara Devine war natürlich ganz furchtbar. Niemand weiß, was sie zu dieser Tat getrieben hat. Aber jeder, der mit diesem Heim zu tun hat, ist dafür verantwortlich, dass unsere Patienten nicht einfach weglaufen, ohne dass es jemand merkt. Sie sind neu. Trotzdem können Sie sich bestimmt vorstellen, dass die Haftung für uns ein großes Problem ist. Ich will nicht ins Detail gehen, aber Gerichtsverfahren sind immer schrecklich und können verheerende Folgen haben. Wenn Sie ein Teamplayer sind, können wir uns allerdings gegenseitig helfen. Ansonsten sind Sie auf sich allein gestellt.«

Teamplayer.

»Es ist von größter Bedeutung, dass Sie unsere obersten Prioritäten bei Ihrer Aussage im Auge behalten und umsichtig und plausibel argumentieren.«

Schweigen erfüllte den Raum. Das Zimmer selbst schien den Atem anzuhalten. »Was genau wollen Sie von mir, Dr. Lutz?«, fragte René schließlich.

»Ich möchte, dass Sie klarstellen, dass es sich Ihres Wissens um ein unglückliches Versagen der Sicherheitsvorkehrungen handelt. Irgendwie müssen Schließmechanismus und Überwachungskamera ausgefallen sein.«

»Ich soll so tun, als hätte ich das Video, auf dem Clara Devine selbst die Tür öffnet, nie gesehen.«

»So könnte man sagen.« Lutz' Augen bohrten sich in die ihren.

»Und ich erwähne nicht, dass Clara an den Memorin-Tests beteiligt war?«

»Nein, das ist nämlich völlig irrelevant.«

»Dr. Lutz, Sie verlangen von mir, dass ich lüge. Das gefällt mir überhaupt nicht.«

Lutz' Augen schrumpften auf Stecknadelgröße zusammen. »Wenn Sie auf zehn Millionen Dollar Schadenersatz verklagt werden, wird Ihnen das noch viel weniger gefallen.«

»Aber ich habe weder Clara Devine noch Edward Zuchowsky je gesehen.«

»Mag sein, aber Sie werden dafür bezahlt, dass Sie die Medikamentenversorgung der Patienten überwachen. Anwälte können aus einer Mücke schnell einen Elefanten machen. Mir geht es nur um Ihren Schutz.« Er kniff die Augen zu Schlitzen zusammen. Das sollte wohl bedeuten, dass sie ihm dankbar sein musste.

»Tut mir leid, aber der Verstoß gegen Gesetze und ethische Standards lässt sich wohl kaum als Schutz bezeichnen.«

»Miss Ballard, wir reden hier nicht von ethischen Standards, sondern von höherer Moral. Sie haben doch selbst gesagt, dass es Ihnen um das Wohlergehen der Patienten geht.«

»Clara Devine hat den Sicherheitscode eingegeben, der die Tür öffnet. Wir alle kennen das Video. Offenbar hat die Einnahme von Memorin sie dazu befähigt. Warum sollten wir das leugnen?«

»Weil wir einen ganzen Rattenschwanz von Prozessen am Hals hätten, wenn bekannt würde, dass sie an einer klinischen Studie teilgenommen hat, durch die ihre Flucht erst möglich wurde. Jeder, der etwas mit diesem Heim und GEM Tech zu tun hat, würde auf Jahre hinaus in Gerichtsverfahren verwickelt werden, an deren Ende Suspensionen, hohe Bußgelder, enorme Anwaltskosten und allgemeine Verbitterung stehen könnten. Mit an Sicherheit grenzender Wahrscheinlichkeit wäre das das Ende der Entwicklung eines Alzheimer-Heilmittels. Das dürfen wir nicht zulassen.«

»Aber was Sie von mir verlangen, ist falsch.«

»Hier geht es nicht um abstrakte Vorstellungen von Richtig oder Falsch. Wir müssen an unsere Patienten denken.«

»Was ist mit den anderen – dem Pflegepersonal, den Ärzten, den Verwaltungsangestellten?«

»Die stehen hinter unserer höheren Mission.«

Es ging also darum, die Neue auf Linie zu bringen. »Was ist mit Clara Devines Patientenblättern? Die Anwälte der Zuchowskys wollen doch sicher wissen, ob sie dort etwas finden, was den Angriff erklären könnte.«

»Die Krankenblätter stellen kein Problem dar.«

Sie sah ihn ungläubig an. »Die Manipulation medizinischer Unterlagen kann uns unsere Zulassung kosten.«

Lutz holte tief Atem. »Miss Ballard, unter diesen einzigartigen Umständen sind Richtig und Falsch relative Begriffe. Hier geht es um Größeres, um den erfolgreichen Abschluss der Forschung an diesem Medikament. Zweitens gibt es keinerlei Hinweise auf eine Verbindung zwischen dem Präparat und dem Tod von Mr Zuchowsky. Clara Devine ist einfach nur durchgedreht.«

»Aber werden sich die Zuchowskys nach der Zulassung des Medikaments nicht fragen, ob Clara an der Studie teilgenommen hat, und versuchen, die Verbindung herzustellen?«

»Nur wenn Sie etwas in dieser Richtung erwähnen. Ich kann Ihnen versichern, das übrige Personal wird das nicht tun.«

Himmel! Er schob ihr die gesamte Verantwortung zu. »Wissen Ihre Anwälte von den klinischen Tests?«

Das Blut stieg ihm ins Gesicht. »Nein. Und ich möchte Sie daran erinnern, dass Clara Devine auch vor Beginn der Studie dement war und unter Wahnvorstellungen litt. Anderslautende Spekulationen könnten die Versuche und die Vermarktung des Präparats gefährden.«

Er forderte sie auf zu lügen, und alle anderen würden seine Version beschwören. Weil wir Teamplayer sind.

»Natürlich können Sie selbst einen Anwalt engagieren«, fuhr Lutz fort. »Aber ich bin mir sicher, CommCare besorgt Ihnen einen.«

Sie nickte, verwirrt und wütend darüber, dass er sie manipulieren wollte. Hätte sie doch das Video nie gesehen, die Unregelmäßigkeiten nie bemerkt!

»Wie Sie vielleicht wissen, wurden Schließanlage und Kamera ausgetauscht.«

»Was ist mit dem Sicherheitsvideo von Clara Devine?«

»Ich glaube nicht, dass Sie das etwas angeht.«

»Aber ich dachte, wir wären Teamplayer.«

Carter Lutz' Auge zuckte reflexartig. »Sagen wir, das stellt kein Problem mehr dar.«

Vernichtet, hieß das im Klartext.

Lutz schloss seine Hand um die Papiere und starrte sie an. »Und, sind Sie auf unserer Seite?«

»Darüber muss ich erst nachdenken. Sie verlangen von mir, dass ich Grundregeln meiner Berufsethik missachte. Außerdem soll ich meinem Arbeitgeber Informationen vorenthalten, nämlich dass Clara Devine durch die Einnahme von Memorin befähigt wurde, aus dem Heim wegzulaufen und einen Menschen zu töten.«

»Es gibt keinerlei Hinweise darauf, dass das Medikament etwas damit zu tun hat. Wenn Sie eine Verbindung auch nur andeuten, könnte die Hoffnung auf ein Heilmittel für immer verloren sein.« Dann wurde er freundlicher. »Hören Sie, Miss Ballard, ich möchte nur, dass Sie nicht an sich selbst denken, sondern an die Alzheimerpatienten in diesem Heim und im gesamten Land, ja auf der ganzen Welt. Denken Sie an die Menschen im Heim. Denken Sie an Ihre Lieben, die vielleicht an Alzheimer erkrankt oder gestorben sind.«

Sie nickte.

»Und während Sie darüber nachdenken, besuchen Sie vielleicht einmal die Patienten, deren Erholung an ein Wunder grenzt. Tun Sie es bald, denn die Anwälte werden nicht lange auf sich warten lassen.« Er stand auf und ging zur Tür.

René folgte ihm.

»Ich muss ja wohl nicht erwähnen, dass alles, was wir hier besprochen haben, absolut vertraulich ist«, sagte er, bevor er die Tür für sie öffnete.

»Natürlich.« Als sie ging, hatte sie das Gefühl, einen Eisklumpen im Bauch zu haben.

21

Jack wurde auf eine Station in einem anderen Flügel des Krankenhauses verlegt. Sein Zustand wurde nach wie vor von Geräten überwacht, aber nicht mehr so penibel wie auf der Intensivstation. Es war immer noch nicht möglich, den Verlauf der Genesung vorherzusagen. Es war noch nicht einmal klar, ob er sich überhaupt je erholen würde.

»Mrs Koryan, ich weiß, wie schwierig das für Sie ist«, sagte Dr. Heller, »aber ich fürchte, wir müssen alle Möglichkeiten in Betracht ziehen und an eine Langzeitpflege für Ihren Mann denken. Er kann in einer Stunde oder einem Tag aufwachen, aber da sich sein Zustand bisher nicht verbessert hat, ist es auch möglich, dass er nicht mehr aus dem Koma erwacht. Ich habe eine Besprechung mit seinen anderen Ärzten, den Sozialarbeitern des Krankenhauses und einem Sachbearbeiter von der Versicherung organisiert.«

Beth wusste, was kommen würde.

»Es gibt hier in der Gegend hervorragende Einrichtungen.«

»Sie meinen Pflegeheime?«

»Das wäre eine Möglichkeit, aber es bringt nicht viel, einen Zweiunddreißigjährigen in ein Altersheim zu stecken. In der Nähe gibt es ausgezeichnete Rehakliniken. Wir finden bestimmt das Richtige für ihn. Haben Sie schon eine Vorstellung?«

»Das Greendale Rehab Center in Cabot«, sagte sie. René Ballard, die Apothekerin, hatte ihr bei ihrer Begegnung diese Klinik empfohlen.

»Ja, Greendale genießt einen ausgezeichneten Ruf. Bis Sie sich entschieden haben, verlegen wir ihn in die Spaulding-Klinik gleich nebenan.«

Im Krankenhaus wollten sie ihn so schnell wie möglich loswerden, dachte Beth. Sie hatten ihn stabilisiert, damit war ihre Arbeit erledigt. Jetzt ging es noch darum, seine Muskeln wieder aufzubauen, seine Lebensfunktionen zu überwachen und darauf zu warten, dass er aus seiner Bewusstlosigkeit auftauchte. Sie warf einen Blick auf Jack, der irgendwo gefangen war. Er atmete, von den elektronischen Signalen abgesehen das einzige Zeichen, dass er noch lebte.

»Ich sehe mir Greendale einmal an«, sagte Beth, und Dr. Heller verließ das Zimmer.

Wenige Minuten später piepste eines der Geräte zweimal. Die grüne gezackte Linie auf dem Bildschirm zeigte eine Reihe hässlicher Spitzen.

Jack zuckte zusammen und wurde unruhig. Das dauerte fast eine Minute und legte sich dann wieder. Unter normalen Umständen hätte Beth eine Schwester gerufen, aber diese Anfälle vergingen normalerweise von selbst wieder.

Während sie auf Jack herabsah, der blass und verkümmert in seinem Bett lag, konnte sie sich des Gedankens nicht erwehren, dass das kein Leben war – für keinen von ihnen. Falls er überhaupt wieder aufwachte, würde das erst in Monaten oder Jahren geschehen. Und was dann? Was sollten sie tun, während sie ihn pflegte? Selbst wenn er sich völlig erholte, sein Gedächtnis und seine körperliche Gesundheit zurückerlangte, löste das immer noch nicht ihre Eheprobleme. Sie würden sich beide wünschen, aus diesem Leben herauszukommen.

Sie hasste sich dafür, aber aus den Tiefen ihres Gehirns tauchte immer wieder ein Gedanke auf: Es wäre besser gewesen, wenn Jack ertrunken wäre.

22

»Sie erholen sich. Sie hätten diese Leute vor einem Jahr sehen sollen. Es ist einfach unglaublich.«

René folgte Alice Gordon durch den Gang zum Werkraum. Ihr war bewusst, dass Alice hoffte, René würde sich an der Vertuschungsaktion beteiligen.

»Zuerst dachte ich, ich hätte es mir eingebildet – subtile Veränderungen, die wir zunächst darauf zurückführten, dass sich die Patienten auf der Station eingewöhnt hatten und medikamentös optimal versorgt wurden. Aber dann führten wir kognitive Tests durch. Da passiert wirklich etwas, das lässt sich nicht leugnen.«

Es war Montagmorgen. René wollte sich in Broadview die Daten abholen, die Dr. Carr ihr versprochen hatte. Außerdem war es eine Gelegenheit, sich die Testpatienten anzusehen, wie Carter Lutz es vorgeschlagen hatte.

Da im Zuchowsky-Prozess Vorwürfe gegen CommCare erhoben worden waren, hatte Mike Carvalho, ihr Vorgesetzter, ihr den Namen der Firmenanwältin genannt, die sich in Kürze mit ihr in Verbindung setzen würde. Er war davon überzeugt, dass die Zuchowskys weder ihr noch CommCare Fahrlässigkeit bei der Erfüllung ihrer Pflichten gegenüber Broadview, den Patienten oder den Zuchowskys würden nachweisen können. Natürlich wusste er nichts von Memorin und dem, was sie auf dem Video gesehen hatte. In der Zwischenzeit war René mit der Übertragung der Daten auf ihren Laptop beschäftigt. Da für Clara Devine und die anderen Phantompatienten die Daten für sechs Monate fehlten, würde das Tage dauern. Aber eine flüchtige Überprüfung zeigte, dass bei den an der Studie teilnehmenden Patienten jeden Morgen ein schlichtes »T-Präparat 10 mg« verzeichnet war. Nicht einmal das Pflegepersonal kannte das große Geheimnis von GEM.

»Was soll ich sagen?«, meinte Alice, als René sie um eine Erklärung bat. »Uns haben sie erzählt, es sei Dr. Carrs Projekt und er übernehme die volle Verantwortung. Wir bekamen zwei Blisterstreifen, auf dem einen stand Test, auf dem anderen Placebo. Das ist gegen die Vorschrift, aber ich dachte, sie wollen nur nicht, dass etwas durchsickert, bevor sie genügend Daten haben.«

»Wussten die Familien von der Studie?«

»Zuerst waren es nur Patienten, für die der Bundesstaat die Vormundschaft übernommen hatte, daher war es nicht nötig, die Zustimmung der Familien einzuholen. Die Rechtsanwälte kümmerten sich um die Formalitäten, und Besuch kam sowieso keiner. Aber von diesen Patienten gibt es nicht so viele.«

»Also wusste niemand außerhalb des Heims von den Versuchen.«

»Nein. Jetzt nehmen wir natürlich nur noch Patienten auf, wenn die Familie einwilligt.«

»Und wie reagieren die Angehörigen auf die Veränderungen?«

»Das müssen Sie sie selbst fragen. Aber zuerst möchte ich Ihnen Ernestine vorstellen. Sie ist zweiundachtzig. Als sie vor zwei Jahren zu uns kam, hatte sie Alzheimer im mittleren Stadium.«

Sie gingen in den Werkraum. An einem Tisch saß eine kleine, weißhaarige Frau, die ausgeschnittene Blumenbilder auf Buntpapier klebte. Als sie näher kamen, hörte René, wie sie vor sich hin sang.

»Backe, backe Kuchen, der Bäcker hat gerufen.«

»Hallo, Ernestine«, sagte Alice. »Wie geht's denn heute?«

»Wer will schönen Kuchen backen, der muss haben sieben

Sachen.« Die Frau hob langsam den Blick und sah die Schwester und René an. Dann wandte sie sich wieder ihrer Bastelarbeit zu. »Danke, gut.«

»Das freut mich.«

»Zucker und Salz, Eier und Schmalz, Milch und Mehl, Safran macht den Kuchen gelb.«

»Ernestine, das ist René. Sie will Sie besuchen.«

»Hallo, Ernestine. Freut mich, Sie kennenzulernen. Das sind aber schöne Blumen.«

»Die sind für mein Buch.«

»Das ist nett. Sie kommen offenbar gut voran.« Neben Ernestine lag ein kleiner Stapel von Blättern mit aufgeklebten Bildern.

»Ich werde es *Mein Blumenbuch* nennen.«

»Ein hervorragender Titel.« René fühlte sich durch das Verhalten der Frau ein wenig irritiert. Die sorgfältige Aussprache erinnerte sie an ein Kind.

»Backe, backe Kuchen.«

»Ernestine, wissen Sie, wer ich bin?«, fragte Alice.

Ernestine hörte auf zu singen und sah erneut auf. »Natürlich.« Doch in ihren Augen war kein Funken des Wiedererkennens zu sehen. Dann warf sie einen Blick auf das Namensschild der Schwester. »Ich kann doch lesen! Du bist Alice«, meinte sie dann. Ganz langsam und sorgfältig sagte sie den Namen vor sich hin. »A-L-I-C-E. Alice!« Damit wandte sie sich wieder ihrer Arbeit zu. »Backe, backe Kuchen.«

»Prima, Ernestine. Ich bin stolz auf Sie.«

Die Frau lächelte, und sie gingen weiter. »Wenn ich ihr vor zwei Monaten meinen Namen sagte«, berichtete Alice, »fragte sie mich alle zwanzig Sekunden wieder danach. Sie erkannte Gesichter, konnte sie aber nicht mit Namen in Verbindung bringen.« Sie schüttelte den Kopf. »Wenn ich es nicht mit eigenen Augen gesehen hätte, würde ich es nicht glauben.«

»Das ist fantastisch.«

»Ja. Genau darum geht es.« Sie warf René einen bedeutungsvollen Blick zu, eine wortlose Bitte, keinen Alarm zu schlagen, die Verstöße gegen die Vorschriften nicht den Behörden zu melden.

»Ich habe schon verstanden.« René konnte immer noch nicht fassen, wie kompliziert ihr Leben mit einem Schlag geworden war. Ein Wort von ihr konnte alles zum Einsturz bringen. »Sie meinen, ohne das Medikament könnte sie nicht lesen?« Sie kannte die Beurteilung von Ernestines kognitiven Fähigkeiten nicht, aber im Frühstadium der Demenz hatten sich manche Patienten noch eine rudimentäre Lesefähigkeit bewahrt.

»Als sie vor zwei Jahren nach Broadview kam, konnte sie noch nicht einmal ihren eigenen Namen lesen. Der endgültige Beweis wird aber wohl ihr Befinden in sechs Monaten oder einem Jahr sein.«

»Sie meinen, ob sie in *Krieg und Frieden* schmökert.«

Alice lachte erleichtert. »So wie sich die Dinge entwickeln, ist das durchaus denkbar.«

Als sie durch den Korridor gingen, erinnerte sich René, wie sich vertraute Gegenstände für ihren Vater in »Dingsbums« verwandelt hatten. Um ihm die demütigende Frustration zu ersparen, hatte sie an die Gegenstände im Haus große Schilder mit Aufschriften wie »Telefon«, »Teller«, »Lampe« oder »Kühlschrank« gehängt. Als seine Lesefähigkeit nachließ, hatte er sich damit herausgeredet, dass er eine neue Brille brauchte. Schließlich war die Vernetzung der Synapsen so gestört gewesen, dass geschriebene Worte für ihn nur noch bedeutungslose Kleckse und Bücher Dinger waren, die auf Regalen herumstanden.

Alice führte René in ein Zimmer, in dem eine Frau mit gebrochener Hüfte im Bett lag. Sie hatte Besuch von ihrem Sohn und ihrer Schwiegertochter. Alice erklärte, Lorraine Budd, mittlerweile einundachtzig, sei ein Jahr zuvor mit mittelschwerer Demenz aufgenommen worden.

Sie stellte René vor.

Die rosafarbene Gesichtshaut der Frau war mit braunen Flecken bedeckt, aber trotz der Pigmentveränderungen und der erschlafften Haut konnte René sehen, dass sie in ihrer Jugend eine Schönheit mit strahlend blauen Augen, vollen Lippen und hoher Stirn gewesen sein musste. Das volle weiße Haar war ordentlich aus dem Gesicht gebürstet und wurde von Kämmen gehalten.

»Ich kannte in der Schule eine René.«

»Ja?«

»René St. Onge.«

»Und Sie erinnern sich noch an sie?«

»Oh, ja. Sie war meine beste Freundin.«

»Da bin ich aber beeindruckt«, meinte René. »Und wo sind Sie zur Schule gegangen?«

»North Central High in Kalamazoo, Michigan«, erwiderte die alte Dame, ohne zu zögern.

»Erstaunlich!«

Lorraine lächelte stolz.

»Weißt du noch, in welchem Jahr du mit der Schule fertig warst?«, fragte ihr Sohn.

Lorraine überlegte und runzelte ein wenig die Stirn. »Das war 1946. Ich war in Giftefeu geraten. Mein Gesicht war völlig verquollen und rosa von den Medikamenten. Es war sehr heiß, und ich musste Handschuhe tragen, damit ich das Gift nicht an die anderen weitergab.« Sie kicherte vor sich hin.

»Und wissen Sie noch, wie Ihr Gast heißt?« Alice deutete mit dem Kopf auf René.

»René, wie meine Freundin René St. Onge.«

Lang- und *Kurzzeitgedächtnis,* dachte René beeindruckt.

»Ich bin nicht besonders religiös«, sagte Lorraines Sohn, bevor sie gingen, »aber es ist wie ein Wunder.«

»Es *ist* ein Wunder. Gott hat uns erhört, das musst du schon glauben«, verkündete seine Frau.

»Auf jeden Fall haben die Erfinder des Medikaments den Nobelpreis verdient«, setzte der Sohn hinzu. »Ich kann gar nicht sagen, wie viel besser es ihr geht. Stimmt's, Mom? Dein Gedächtnis ist wieder das alte.«

Seine Mutter lächelte. »Das sagen alle.«

»Noch ein Test, Mom. Weißt du, welcher Tag heute ist?«

Die Frau starrte auf die Wand wie auf einen Teleprompter. »Sonntag.«

»Fast. Montag.«

»Aber sonst kommt ihr doch immer am Sonntag.«

»Oh, Mann, das stimmt. Heute ist Feiertag, das hatte ich ganz vergessen.« Dann sah er René an. »Verstehen Sie, was ich meine? Es ist unglaublich.« Dann drückte er die Hand seiner Mutter. »Mom, du bist ein Wunder.« Er küsste ihre Hand.

Alice führte René in den Aufenthaltsraum. René drehte sich der Kopf. Bisher hatte sie den Verdacht gehegt, dass die Wirkung übertrieben worden war, aber dieser Eindruck hatte sich nicht bestätigt.

Nur drei Jahre. Die nagende Stimme in ihrem Kopf meldete sich erneut zu Wort. *So lange hätte er durchhalten können.*

Willst du dich davon in den Wahnsinn treiben lassen?, fragte sie sich.

Versprich mir, dass du mich in Würde sterben lässt.

Er hätte ständig an Maschinen gehangen. Schläuche, Dauertropfinfusionen, Antibiotika, Wiederbelebungsmaßnahmen, überstürzte Fahrten ins Krankenhaus.

Du wusstest es nicht. Du wusstest es nicht. Sie klammerte sich an Nicks Worte wie an den sprichwörtlichen Strohhalm.

»Und das ist Louis Martinetti«, sagte Alice.

Martinetti stand in Jeans und einem Khakihemd mit Taschen und Schulterstücken vor ihnen. Um seinen Hals hing eine auffällige Kette mit Anhängern aus mattem grauem Metall.

»Mr Martinetti und ich haben uns vor ein paar Tagen bereits kennengelernt. Wie geht es Ihnen?«

»Wie es mir geht? Ich habe Alzheimer.« Sein eisiger Blick schien Renés Reaktion abschätzen zu wollen. »Ich bin die Summe dessen, was ich vergessen habe.«

»Ich habe aber gehört, Sie befinden sich auf dem Wege der Besserung«, wandte René ein.

Er sah sie an und kniff die Augen zusammen. Dann veränderte sich sein Gesichtsausdruck. »Sind Sie Rita Swenson?«

»Nein, ich heiße René Ballard. Wir sind uns vor ein paar Tagen schon mal begegnet.«

Unbewusst griff Martinetti nach den Anhängern an der Kette um seinen Hals. Es waren Metallmarken, wie Soldaten sie trugen.

»Setzen Sie doch mal Ihre Brille auf«, meinte Alice. Sie holte das Etui aus seiner Hemdentasche, nahm die Brille heraus und reichte sie ihm.

Martinetti setzte sie vorsichtig auf und sah René prüfend an. »Tut mir leid, manchmal verwechsle ich die Leute«, meinte er nach einem Augenblick verlegen. »Sie sind die Apothekerin.«

René freute sich, dass er sich an sie erinnerte. »Das stimmt. Sehr gut, Mr Martinetti. René Ballard.«

Er drückte ihr die Hand. Dann schüttelte er den Kopf, als wollte er einen lästigen Gedanken loswerden. »Aber Sie wissen nicht, wer sie ist, oder? Nein, das können Sie ja gar nicht.«

»Vielleicht können Sie mir erzählen, wer sic und Fuzzy Swenson waren.«

Martinetti überlegte. Plötzlich geschah etwas mit ihm. Er wurde erregt, seine Augen huschten hin und her, seine Miene verdüsterte sich. Er ging zu dem Fenster ganz in ihrer Nähe und starrte auf einen Punkt draußen. »Vom südöstlichen Gang aus«, murmelte er. »Vielleicht hundertfünfzig, höchstens zweihundert Mann …« Er murmelte vor sich hin, als führte er Selbstgespräche.

»Wie meinen Sie, Mr Martinetti?«

Er drehte sich nicht um, sondern redete weiter vor sich hin. »Die leicht bewaffneten Einheiten nehmen den Nordwesten … ein halbes Dutzend … Aufklärung … Siebzehntes Infanterieregiment …« Dann verzerrte sich sein Gesicht, als hätte er etwas Schreckliches gesehen. »Ich *sage* die Wahrheit. Mehr weiß ich nicht.« Dann legte er den Kopf zur Seite, und seine Züge glätteten sich erneut. »Sagen Sie ihnen, er ist nur ein Kind. Er weiß nichts. Ich weiß nichts. Niemand weiß was.«

»Mr Martinetti, ist alles in Ordnung?«

Er drehte den Kopf nach René und Alice und sah René lange an. »Er war ein guter Junge, ein prima Kerl. Kannte immer die besten Witze.« Tränen traten ihm in die Augen. »Ich habe ihn geliebt wie einen Bruder, müssen Sie wissen.« Er legte den Kopf schief und nickte, als lauschte er auf die Antwort eines für die anderen unsichtbaren Gesprächspartners. »Ich weiß, ich weiß. Aber denen zahlen wir es heim, das schwöre ich.«

Alice beugte sich zu René. »Manchmal führt er Selbstgespräche. Völlig harmlos.« Sie nickte René beruhigend zu.

»Ich habe es ihm damals versprochen, so wie ich es dir heute verspreche«, sagte er zu René. »Wir werden da sein – ich, Captain Mike und Jojo. Ich schwöre es.«

René hatte keine Ahnung, mit wem er redete oder was er schwor, aber als sie den Blick in seinen Augen sah, überlief es sie eiskalt.

Martinetti wandte sich um und ging zu seinem Zimmer zurück, wobei er immer noch vor sich hin redete. Aber er führte nicht einfach Selbstgespräche. Es war eine ausgewachsene Unterhaltung mit Menschen, die nur in seiner Einbildung existierten.

»Seinen Patientenblättern zufolge bekommt er Antipsychotika.«

»Ja, also, nur wenn … Sie wissen schon, wenn die Wahnvorstellungen zum Problem werden.«

»Und wann ist das?«

Alice wand sich geradezu. »Na ja, wenn er paranoid wird oder in Panik gerät.«

»Er bekommt hoch dosiertes Haldol.«

»Manchmal regt er sich eben sehr auf und kann sich gar nicht mehr beruhigen.« Dann hellte sich ihr Gesicht auf. »Dafür ist sein Kurzzeitgedächtnis wieder spitze. Ich zeige Ihnen seine Werte.«

Sie verließen den Raum und gingen weiter. René war irritiert, weil Alice Martinettis Wahnvorstellungen herunterspielte. Sie wurde das Gefühl nicht los, dass Martinetti halb auf der Station und halb in einer finsteren, fernen Zeit lebte. Das kam bei Demenzpatienten schon vor. Ihr Vater hatte gelegentlich unter Wahnvorstellungen gelitten, bei denen er René mit seiner Frau in jungen Jahren oder einer Fernsehmoderatorin verwechselte. Aber die tödliche Entschlossenheit, mit der Martinetti sie angesehen hatte, während er mit den Metallmarken spielte, war beängstigend.

Alice plapperte munter weiter. »Als er letztes Jahr von seiner Frau und seiner Tochter eingeliefert wurde, hatte er fast die gesamte erste Hälfte seines Lebens vergessen. Jetzt fällt ihm allmählich alles wieder ein, Teilchen für Teilchen, wie bei einem Puzzle. Einfach unglaublich.« Alice blieb stehen und nahm René bei den Armen. »Es geht nicht um diesen Teamplayer-Quatsch«, flüsterte sie. »Wir erleben hier wirklich Wunder. Echte Wunder.«

»Allmählich glaube ich das auch.«

Weiter hinten im Gang kam Carter Lutz mit Jordan Carr und

zwei Männern im Anzug, die René nicht kannte, aus einem Besprechungszimmer. Lutz löste sich von den anderen und hielt auf sie zu. Sein Gesicht wirkte wie eine Maske des personifizierten Optimismus. »Ist doch immer am besten, wenn man sich selbst überzeugt. Erstaunlich, was?«

Der Mann war unerträglich schleimig. »Ja, das ist es.«

»Dann wissen Sie ja, warum uns die Sache so wichtig ist.«

Sie wussten beide genau, was er meinte.

»Alice sagte, ihre Befragung durch die Anwälte verlief völlig problemlos.«

Alice fing an, aufgeregt zu nicken. »Wirklich. Ein Kinderspiel, ehrlich.«

»Dr. Lutz, ich weiß Ihr Interesse zu schätzen, aber soweit mir bekannt ist, wird man bei einer solchen Aussage beeidigt. Ich habe Schwierigkeiten, einen Meineid zu schwören.«

Lutz' Züge wirkten wie eingefroren. »Miss Ballard, das hatten wir doch alles schon.« Dann kam er so nah an sie heran, dass sie seinen säuerlichen Kaffeeatem riechen konnte. »Wenn Sie sagen, was Sie gesehen haben, zerstören Sie damit alles hier – alles! Dabei werden viele Menschen zu Schaden kommen, Sie selbst eingeschlossen. Verstehen Sie das? Verstehen Sie?« Seine Stimme kreischte wie eine Elektrosäge auf Metall. Jordan Carr und die anderen Männer beobachteten schweigend die Szene.

»Ja, das verstehe ich, aber …«

»Lassen Sie es sein!«, fuhr Lutz sie an, drehte sich auf dem Absatz um und stürmte davon.

»Das lief ja toll.«

Alice legte René die Hand auf den Arm. »Hören Sie, ich will Sie nicht noch mehr unter Druck setzen, aber mein Schwager war in einen Unfall verwickelt, bei dem jemand verkrüppelt wurde. Das Verfahren dauerte Jahre, und er verlor nahezu alles. Carter hat recht: Es lohnt sich nicht. Glauben Sie mir. Sagen Sie ihnen,

Sie wüssten nichts. Sollen sich doch die Anwälte damit herumschlagen. Bitte. Sonst hört das nie auf.«

Was für ein Schlamassel! Noch vor Kurzem hatte René sich gefreut, eine Arbeit zu haben, bei der sie Menschen helfen konnte, und zu einem Team zu gehören, das das hehre Ziel verfolgte, sich um das Wohlergehen der Bedürftigen zu kümmern. Die wunderbare Welt der Medizin, der Eid des Hippokrates, Wissenschaft im Dienste der Kranken und so weiter. Jetzt steckte sie bis zum Hals in einem Morast von Mord, Verschwörung und Vertuschung. Durch ihre Verweigerung stand sie plötzlich auf der falschen Seite der Front. Als sie in Alice' flehende Augen sah, hatte sie das Gefühl, in der Falle zu sitzen. Wie sollte sie das moralisch Richtige gegen ihre Berufsethik, das Gute gegen die Zwangsjacke des Gesetzes abwägen.

»Danke für den Rat«, sagte sie. Ihre Entscheidung konnte alles verändern. Die Welt würde härter werden.

23

Der Leiter der Greendale-Rehaklinik rief Beth an, um ihr zu sagen, dass er ein Bett für Jack habe. In den nächsten zwei Wochen könne er von Spaulding dorthin verlegt werden.

Und Jack schlief immer noch.

Nach ihrem Besuch fuhr Vince Beth nach Carleton. Sie wollte nicht sofort zurück in das leere Haus und schlug vor, essen zu gehen. Vince brachte sie in ein Restaurant in der Nähe der Klinik. »Er wird nie wieder wach«, sagte sie leise.

»Sag das nicht«, protestierte Vince. »Er schafft es, darauf würde ich mein Leben wetten.«

»Aber ich habe mich damit abgefunden. Ich wünschte nur, ich könnte sagen, es tut mir leid.« Sie nahm Vince' Hand. »Ihr wart so gute Freunde. Ich beneide dich darum, ehrlich. Jack und ich, wir wollten uns trennen.«

Vince riss die Augen auf. »Davon hat er nie etwas gesagt.«

Sie zuckte die Achseln. »Stolz. Aber zwischen uns lief es nicht mehr, auch wenn es so aussah. Wir hatten Probleme. Nur schade, dass wir sie nicht lösen konnten.«

Sie sah, dass Vince die Richtung, die das Gespräch nahm, nicht gefiel.

»Die MRI-Aufnahmen zeigen Aktivität im Gehirn. Er könnte also jederzeit aufwachen.«

»Schon möglich.«

Vince sah auf die Uhr. »Wir gehen jetzt besser.«

Als sie zu Beths Haus kamen, war es bereits dunkel. Vince

parkte hinter dem Haus und brachte sie zur Tür. Sie legte die Arme um ihn. »Danke, Vince.«

»Keine Ursache. Für mich gehörst du fast zur Familie.«

Sie standen an der Hintertür. Die Nacht war kühl und bewölkt. Der Wind brachte einen Hauch von Herbst mit sich. Das Haus war dunkel und abweisend. »Ich will da nicht reingehen. Es ist so leer.« Sie zog ihn an sich.

Vince sagte nichts, aber sie spürte, wie er sich sperrte.

»Du könntest auf der Couch schlafen«, flüsterte sie und drückte sich kaum merklich an ihn.

Sie spürte, dass er zurückwich. »Das ist wohl keine gute Idee.«

Sie nickte, weil sie beide wussten, dass sie ihn nicht auf der Couch haben wollte, sondern in ihrem Bett. Er sollte sie lieben, bis sie die quälenden Gedanken vergaß. Sie wollte sich an seinen durchtrainierten Körper kuscheln, wie sie es bei Jack getan hatte. Einmal wollte sie ihren Bedürfnissen nachgeben, ohne an die Folgen zu denken. »Tut mir leid«, sagte sie, »aber manchmal ist es wirklich schwer zu ertragen.«

»Ich verstehe.«

Sie wusste, dass er gar nichts verstand. Sie küsste ihn auf die Wange und schloss die Tür auf, während Vince zu seinem Auto ging und nach Hause fuhr.

Über eine Stunde lang wälzte sich Beth von einer Seite auf die andere. Der Gedanke, dass sie Vince in einem Augenblick der Schwäche hatte verführen wollen, ließ sie nicht zur Ruhe kommen. Vielleicht verstand er sie jedoch wirklich und sah ihre Einladung nicht als Verrat. Der leere Platz neben ihr quälte sie.

So kann ich nicht leben, sagte sie sich. *Ich kann nicht mehr weiter. Ja, ich bin schwach, egozentrisch, ausgehungert. Aber so bin ich. Ich kann nicht die nächsten Monate oder Jahre darauf warten, dass ich meine zerrüttete Ehe fortsetzen darf, mit einem Mann, der, selbst wenn er aus dem Koma erwacht, wahrscheinlich geistig und körperlich behindert sein wird. Was hätte ich davon?*

Ich kann es nicht.

Ich will es nicht.

24

René konnte es gar nicht erwarten, dass der Samstag endlich kam. Sie wollte nur noch ausschlafen und Anwälte, Aussagen und klinische Studien vergessen.

Aber das ging nicht, weil sie in den fünf Tagen bis dahin E-Mails von Alice, Bonnie und sogar der Pflegeleiterin von Broadview bekam. Alle schwärmten davon, wie hervorragend die Besprechungen mit den Anwälten des Pflegeheims gelaufen seien. Bonnie behauptete sogar, es habe richtig Spaß gemacht. Sie habe ja Verständnis für Renés Einstellung, aber sie finde ihre Reaktion ein bisschen übertrieben.

Natürlich waren die Formulierungen so vage gehalten, dass ihnen niemand einen Strick daraus drehen konnte. Trotz der blumenreichen Worte war die Botschaft immer dieselbe: Keine schlafenden Hunde wecken. Alles abstreiten!

Renés Vorgesetzter teilte ihr mit, CommCare habe eine Anwältin namens Brenda Flowers beauftragt, sie in der folgenden Woche zu ihrem Gespräch mit einem Anwalt der Zuchowskys zu begleiten. Miss Flowers versicherte René am Telefon, die Sache sei »so gut wie gegessen«.

Kurz nach acht stupste Silky sie immer wieder an, weil er gefüttert und nach draußen gelassen werden wollte. Sie überlegte, ob sie sich danach noch einmal hinlegen und bis Mittag schlafen sollte, wie sie es als junges Mädchen getan hatte. Aber das war unmöglich. Bei dem Gedanken an die Aussage, die sie in wenigen Tagen machen musste, rauchte ihr der Kopf. Die Worte von

Carter Lutz, Jordan Carr, Alice und den anderen gellten ihr in den Ohren.

Nach dem Stress der letzten Tage war sie geistig und körperlich erschöpft. Ihr kam der Gedanke, Silky ins Auto zu verfrachten und immer weiter zu fahren, bis sie an den Pazifischen Ozean kamen. Vielleicht fand sie irgendwo im nördlichen Kalifornien oder in Oregon einen Job als Pillendreherin in einer Kleinstadtapotheke, wo noch niemand von GEM Tech und der Anwaltskanzlei McCormick, Hadlock und Woodbury gehört hatte.

Aber das ging natürlich nicht. Also zog sie ihren Morgenmantel an und folgte dem Kater, dessen buschiger schwarzer Schwanz von einer Seite auf die andere schwang, nach unten.

Sie öffnete eine Dose Katzenfutter, füllte seinen Fressnapf damit, wechselte das Wasser und warf einen Blick in ihren Vorgarten. Die Sonne schien, und ein strahlend blauer Himmel wölbte sich über dem Haus. Unten an der Einfahrt lagen die zusammengerollten Ausgaben von *Manchester Union Leader* und *Boston Globe,* die der Zeitungsjunge gebracht hatte.

Dann merkte sie, dass das rote Fähnchen am Briefkasten nach oben zeigte. Das war merkwürdig, weil Joe, der Postbote, vor allem am Samstag immer erst nachmittags kam. Vielleicht hatte jemand anders am Wochenende seine Route übernommen.

Sie öffnete die Hintertür, und Silky schoss zwischen ihren Beinen in den Garten hinaus, wo er sofort anfing, die Vögel zu belauern.

Die Sonne war warm und die Luft feucht, obwohl sich der Herbst bereits ankündigte. Es war einer jener Morgen, an denen sie dankbar dafür war, dass sie in Neuengland lebte. Aber in einem Monat würde der Boden unter dem bleigrauen Himmel mit Raureif bedeckt sein, und die eisige Luft würde an den strafenden Gott der Puritaner erinnern.

Sie ging über die Einfahrt zur Straße und hob die in Plastik eingewickelten Zeitungen auf. In den Schlagzeilen ging es um den Krieg. Noch mehr bedrückende Nachrichten. Noch mehr tote Soldaten und Zivilisten. Ihr fiel eine Zeile aus einem Gedicht von Thomas Hardy ein, das sie im Englischunterricht gelernt hatte. *»Wird je Vernunft die Welt regieren?«*

»Offenbar nicht«, sagte sie laut, während sie zum Briefkasten ging. Sie winkte der Nachbarin auf der anderen Straßenseite zu, die ihre kleine Tochter in ihren Autokindersitz verfrachtete. Als René den Briefkasten erreichte, fuhren die beiden gerade weg.

Zuerst fiel ihr der Gestank auf. Sie öffnete die Klappe und schrie auf.

Einen entsetzlichen Augenblick lang konnte sie nur an Silky denken. Dann fiel ihr ein, dass sie ihn gerade erst zur Hintertür hinausgelassen hatte. Er lauerte im Garten den Staren auf.

Lieber Gott, bitte nicht.

In Sekundenbruchteilen verarbeitete ihr Gehirn den Anblick, der sich ihr bot: kein weißer Fleck, kein weißer Fleck … breitere Nase …

Aus ihrem Briefkasten starrte ihr der abgetrennte Kopf einer schwarzen Katze entgegen.

25

»Es war so was von widerlich«, sagte René.

»Natürlich war es das.« Nick zuckte wegwerfend die Achseln. »Aber vielleicht war es nur ein Streich, der zufällig dich getroffen hat.«

»Nick, du weißt selbst, dass das nicht stimmt. Jemand versucht, mich einzuschüchtern, damit ich lüge. Wenn das nicht aufhört, gehe ich zur Polizei.«

»Das verstehe ich, aber du kannst niemandem was nachweisen.«

Es war später am selben Tag. Nick, der wie so oft am Wochenende im Massachusetts General Hospital war, um Liegengebliebenes aufzuarbeiten, hatte sie überredet, in die Stadt zu fahren und mit ihm an der Esplanade zu joggen. Das taten sie immer, wenn René eines ihrer Pflegeheime in Boston besuchte. Diesmal wollte er sie nur von zu Hause wegholen.

Aber sie konnte den Katzenkopf nicht im Briefkasten lassen, damit ihn der Postbote fand. Also unterdrückte sie ihren Ekel und schob ihn mit einem Stock in eine Papiertüre. Dann spritzte sie den Briefkasten mit einem Schlauch aus, vergrub die Tüte im Garten hinter dem Haus und erbrach sich.

»Wenn du Carter Lutz zur Rede stellst, wird er alles abstreiten und dich bei deinem Chef anschwärzen.«

»Das hat er schon getan. Ich habe ihn zu Hause angerufen und ihm von dem Vorfall erzählt. Er tat so, als hätte er keine Ahnung. Eine halbe Stunde später hatte ich eine Nachricht von meinem

Bezirksleiter bei CommCare auf meinem Anrufbeantworter. Anscheinend hat sich der Vizepräsident von Health Net beschwert, weil ich angeblich überreagiere, wenn es um die Einhaltung der Vorschriften geht. Eine Überreaktion nennen die das! Sie stecken mir einen Katzenkopf in den Briefkasten, und ich soll so tun, als wäre nichts.«

»Hast du irgendwem von dem Video erzählt?«

»Noch nicht.«

»Und von dem Katzenkopf?«

»Nur Carter Lutz.«

»Gut.«

»*Was* soll gut sein?«

»Dass du noch keine weiteren Schritte eingeleitet hast.«

Da René nicht recht wusste, was das bedeuten sollte, und Nick überlegte, joggten sie eine Weile schweigend dahin. Nick war doppelt so alt wie René und hatte dreizehn Kilo zu viel auf den Rippen, daher war das Tempo eher lässig. An diesem warmen Septembernachmittag waren auf dem Fluss zahlreiche Segelboote unterwegs. Die prunkvollen Bauten des Massachusetts Institute of Technology erhoben sich in der Abendsonne wie vergoldete antike Tempel über die Bäume des Memorial Drive.

»Willst du meinen Rat?«

»Natürlich.«

»Vergiss die Sache. Du weißt nicht, wer dahintersteckt. Es könnte jeder sein, der irgendwie mit Broadview zu tun hat. Wilde Anschuldigungen bringen nichts. Ja, das war pervers und grausam, aber es sieht mir eher nach einer Verzweiflungstat als nach einer echten Bedrohung aus.«

Natürlich hatte er recht: Es hätte jeder sein können. Es war allgemein bekannt, dass sie eine schwarze Katze hatte. An ihrem Laptop-Koffer hing ein Anhänger mit einem Foto von Silky, und gelegentlich trug sie auch ihre Katzenbrosche. »Aber das war eine geplante Aktion. Jemand hat sich die Mühe gemacht, eine schwarze Katze in einem Tierheim aufzutreiben oder einer Familie zu stehlen. Das Tier wurde geköpft, nur damit man mir den Schädel mitten in der Nacht in den Briefkasten legen konnte. Wir reden hier von Leuten mit medizinischer Ausbildung. Das finde ich beängstigend. Wozu sind die noch fähig?«

»Ich verstehe dich schon.«

»Das war eine Warnung. Ich soll entweder den Mund halten oder freiwillig meinen Job aufgeben.«

»Es wird nicht wieder vorkommen.«

Obwohl sie sich gern auf seine Zusicherung verlassen hätte, plagten sie die Zweifel. »Hör mal, ich muss weiter mit diesen Leuten arbeiten, sie anlächeln und mich ganz normal benehmen, während ich mich insgeheim frage, wer von ihnen das getan hat und wann sie wieder zuschlagen werden.«

»Ich glaube nicht, dass es einer von denen war.«

»Woher soll ich das wissen?«

Er schüttelte den Kopf, um ihr zu zeigen, dass er ihre Sorge für unbegründet hielt. »Zurück zum Thema. Wenn du zur Polizei gehst, fliegt die Sache mit Sicherheit auf. Das bedeutet im Endeffekt, dass die Versuche eingestellt werden. Und genau darum geht es. Du weißt, wie kleinlich die FDA ist, wenn es um Vorschriften geht. Ein Hinweis darauf, dass nicht alles mit rechten Dingen zugeht, würde die Memorin-Entwicklung um Jahre zurückwerfen. Inzwischen könnte ein Konkurrent ein Nachahmerpräparat auf den Markt bringen. Das wäre das Ende von GEM.«

»Es geht also darum, GEM zu retten.«

»Wir drehen uns im Kreis.«

»Mit anderen Worten, ich soll so tun, als wüsste ich von nichts.«

»Nur weil wichtigere Dinge auf dem Spiel stehen, wie zum Beispiel unsere Patienten.«

»Ich bin bedroht worden, Nick.«

Er sah sie an. »Ich weiß. Es wird nicht wieder vorkommen.«

Sein Blick war so intensiv, dass es geradezu beunruhigend war. Sie war nicht so überzeugt wie er, sagte aber nichts. »Und dafür soll ich mich des Meineids schuldig machen?«

»Zuerst einmal kann dir niemand nachweisen, dass du das Band gesehen hast. Zweitens gehe ich davon aus, dass es zu einem außergerichtlichen Vergleich kommt. Ich weiß, du lügst nicht gern«, setzte er hinzu, als hätte er ihre Gedanken gelesen, »aber wenn es um ein größeres Ganzes geht, muss man manchmal über kleinere Regelverstöße hinwegsehen. Du kennst doch die Ergebnisse?«

»Ja, wirklich außergewöhnlich. Aber ich fühle mich den Zuchowskys gegenüber schuldig.«

»Leider kann ihnen niemand ihren Sohn zurückgeben. Ich gehe davon aus, dass ihnen nichts an einem Stellungskrieg liegt. Vermutlich werden sie sich auf einen Vergleich einlassen. Außerdem haben die Zuchowskys gar nichts davon, wenn sie wissen, dass Clara Devine nicht aus dem Heim entkommen konnte, weil das Sicherheitssystem versagt hat, sondern weil sie in der Lage war, selbst die Tür zu öffnen. Ein gefundenes Fressen für Anwälte, die daraus eine Verletzung der Sorgfaltspflicht konstruieren würden. Auf so etwas springt jedes Geschworenengericht an. Alle Beteiligten, einschließlich deiner selbst, hätten im Handumdrehen ein jahrelanges Verfahren am Hals. Am Ende wärst du wahrscheinlich deinen Job los und für den Rest deines Lebens verschuldet.«

»Aber wenn ich abstreite, dass Clara Devine Versuchsperson im Rahmen einer klinischen Studie war, verstoße ich damit gegen eine ganze Reihe von Bestimmungen, die den Schutz der Patienten gewährleisten und Rechtsstreits verhindern sollen. Und jetzt soll ich auch noch einen Meineid schwören.«

»Das ist möglicherweise das kleinere Übel. Erzähl den Anwälten genau das, was die anderen gesagt haben: Du weißt von nichts. Dann hast du es wenigstens hinter dir.«

»Aber das juristische Hin und Her kann Jahre dauern.«

»Das werde ich zu verhindern wissen.«

Sie sah ihn an. »Was soll das heißen, Nick?«

Seine Züge wurden weicher. »Dass ich eigentlich doch nicht in Rente gehen will.«

Sie blieb stehen. »Du nimmst das Angebot an?«

»Wieso eigentlich nicht? Sonst langweile ich mich doch nur. Außerdem kommen die offenbar allein nicht klar. Vielleicht kann ich für Ordnung sorgen.«

Sie hatte ihn von Anfang an gedrängt, die Stelle als Gesamt-Forschungsleiter anzunehmen, die Moy ihm angeboten hatte. »Das freut mich wirklich. Vielleicht kannst du dafür sorgen, dass sie sich anständig benehmen.«

»Mal sehen. Auf jeden Fall unterschreibe ich nichts, solange die Sache mit Clara Devine nicht geklärt ist.«

Sie joggten weiter. »Hast du eine Ahnung, wer hinter der Sache mit dem Katzenkopf steckt?«

»Ich glaube nicht, dass es jemand ist, den du kennst. Aber so etwas kommt nicht wieder vor.«

Sie warf ihm einen Seitenblick zu. Ihr lieber alter Professor schien ein paar Trümpfe mehr im Ärmel zu haben, als sie geahnt hatte.

26

Jack lag immer noch in tiefem Schlaf.

Nach zwei Wochen wurde er von Spaulding in die Rehaklinik Greendale in Cabot verlegt, ein privates Pflegeheim etwa fünfunddreißig Kilometer nördlich von Carleton. Es gab eine eigene Abteilung für Komapatienten. Gelegentlich murmelte Jack bedeutungslose Worte vor sich hin, aber seine Gehirnaktivität blieb konstant, und die Erregungszustände wurden seltener.

Greendale war in einem zweistöckigen weißen Gebäude untergebracht, das mehr wie eine renovierte Grundschule aussah, und legte größten Wert auf »Qualität und Menschlichkeit« der medizinischen Versorgung und Rehabilitation. Außerdem wurde ein »Komastimulierungsprogramm« für Patienten mit geringer kognitiver Funktionalität angeboten. Beth fand die Professionalität und den guten Willen des Personals beeindruckend.

Marcy Falco, die für Jack zuständige Schwester, war seit dreiundzwanzig Jahren im Beruf und hatte schon mehrere Patienten aus dem Koma zurückgeholt. Die anderen Schwestern und Pfleger behaupteten angeblich sogar, sie besäße Zauberkräfte, so erfolgreich war sie dabei. Sie hielt viel davon, mit den Patienten zu reden, ihnen von sich zu erzählen, zu erklären, welche Aufgaben sie wahrnahm, ihnen einen Überblick über die wichtigsten Nachrichten und Sportereignisse zu geben und die Lieblingsmusik der Patienten zu spielen. Immer wieder gab sie ihnen einfache Anweisungen: blinzeln, mit den Zehen wackeln, einen Finger drücken. »Sein Geist ist in seinem Körper gefangen«, erklärte sie Beth eines Tages. »Aber er hört Sie. Erzählen Sie ihm etwas, sagen Sie ihm, dass Sie ihn lieben. Und vor allem sagen Sie die Wahrheit. Das könnte die Blockade lösen. Aufrichtigkeit ist die beste Therapie.«

Zuerst besuchte Beth Jack jeden zweiten Tag und half mit, ihn zu wenden, seine Gliedmaßen zu bewegen und seine Bettwäsche zu wechseln. Wenn Vince zu Besuch war, beteiligte er sich ebenfalls. Beide unterstützten auch das Stimulierungsprogramm: Sie rieben Gesicht, Arme und Beine ab, bürsteten sein Haar, bewegten seine Gliedmaßen und stimulierten seinen Geruchssinn. Beth brachte ihm einen CD-Player mit, auf dem sie seine Lieblingsmusik spielte: John Lee Hooker, Stevie Ray Vaughn, Bessie Smith. Klassischen Blues. Sie kaufte auch einen Fernseher zur Geräuschstimulation, wenn sie nicht da war.

Inzwischen waren die Striemen verblasst, und die Schwellung um Jacks Augen war zurückgegangen. Sein Haar wuchs langsam nach, obwohl seine Stirn immer noch mit schmieriger Antibiotikasalbe bedeckt war.

Gelegentlich traf Beth René Ballard, die als beratende Apothekerin auch für Greendale zuständig war. Sie war sehr freundlich und sprach Beth Mut zu. Außerdem interessierte sie sich für Jacks Träume, weil seine MRI-Muster angeblich denen mancher Alzheimerpatienten ähnelten. Beth sagte das gar nichts.

Später besuchte sie Jack immer seltener. Sie fing an, mit ihren Freundinnen in Bars zu gehen. Sie traf sich mit alleinstehenden Männern, ohne Schuldgefühle zu spüren. Sie trug keinen Ehering mehr. Wenn jemand fragte, sagte sie, sie sei Witwe.

Schließlich kam sie höchstens noch einmal pro Woche und blieb auch nicht mehr so lange. Sie redete bei ihren Besuchen weiter mit ihm, meistens belangloses Geplauder. Aber sie sagte Jack nie, dass sie ihn liebe.

Und so schlief Jack in den zweiten Monat hinein.

27

Nick sah Gavin Moy herausfordernd an. »Hier ist der Deal. Wenn du mich als Forschungsleiter für die Memorin-Studie willst, habe ich ein paar Bedingungen. Zunächst einmal brauche ich Geld.«

Moy lächelte. »Warum solltest du anders sein als die anderen?«

»Nicht für mich, sondern für die Zuchowskys.« Nick hob zwei Finger. »Zweitens gibt es in Zukunft keinerlei Gewalt mehr.«

Sie saßen in Gavin Moys Eigentumswohnung an der Marina Bay in Quincy, einem Küstenort, der durch seine Zurückgezogenheit und die gleichzeitige Nähe zu Boston die örtliche Prominenz, bekannte Sportler und andere Leute anzog, die es sich leisten konnten. Die vielen Geschäfte und Restaurants direkt am Wasser ließen den Ort wie eine Kreuzung von Nantucket mit South Beach in Florida wirken. Das Apartment im sechsten Stock war Moys Stadtwohnung. Sein Hauptwohnsitz war eine Villa an der Steilküste von Manchester-by-the-Sea an der Küste nördlich von Boston.

Die sechs Zimmer waren in Cremetönen gehalten: Wände, Teppich, Vorhänge, selbst die großen geschwungenen Lederwohnlandschaften, die genau zu den dazugehörigen Sesseln passten. Blumenvasen, Porzellanlampen und Aquarelle waren die einzigen Farbtupfer. Gavins Innenarchitekt hatte sich für Understatement und monochrome Eleganz entschieden. Aber Gavins Handschrift war unverkennbar. Auf dem Kaminsims und in den

Zimmern verteilt standen Fotos von Gavin mit verschiedenen VIPs, vor allem Unternehmern und Politikern. Direkt über dem Kamin hing ein Bild, das ihn zeigte, wie er dem Präsidenten der Vereinigten Staaten die Hand schüttelte. Nick entdeckte auch Bilder von Moys verstorbener Frau und seinem Sohn Teddy.

Im Augenblick saßen beide auf einer Sonnenterrasse, die einen spektakulären Ausblick auf den Bostoner Hafen bot. Moy, der fest damit rechnete, dass Nick sein Angebot annahm, hatte eine Flasche Taittinger geöffnet. Am Telefon hatte sich Nick nicht festlegen wollen, weil er die Vertragsbedingungen persönlich besprechen wollte. Moy war bereit, alle Forderungen zu erfüllen, und hatte daher schon mal den Champagner kalt gestellt.

»Und was soll das mit den Zuchowskys?«

»Weil du davon profitierst, wenn der tatsächliche Hergang vertuscht wird. Anständige Leute werden von Anwälten gepiesackt, müssen Tag für Tag in einem Nebel von Lügen arbeiten und ein Verfahren wegen Meineids befürchten. Das ist nicht in Ordnung und gefällt mir überhaupt nicht. Wenn wir den Anwälten freie Hand lassen, kann sich die Sache über Jahre hinziehen und dabei Leben zerstören. Dein Wundermittel kannst du dann vergessen.«

Moy nippte wortlos an seinem Champagner und musterte prüfend Nicks Gesicht. Er ließ sein Gegenüber immer gern die Karten auf den Tisch legen, bevor er seinen Zug machte.

»Carter Lutz muss den Zuchowsky-Anwälten innerhalb von dreißig Tagen alle relevanten Dokumente vorlegen«, fuhr Nick fort. »Das heißt, er muss zunächst einmal seinen eigenen Anwälten die Unterlagen über das Sicherheitssystem, Versicherungspolicen und Patientenblätter von Clara Devine aushändigen. Letztere wurden praktischerweise bereits manipuliert, um zu verhindern, dass jemand von den Tests erfuhr.«

»Und was schlägst du vor?«, fragte Gavin schließlich.

»In deinem eigenen Interesse und dem aller anderen musst du so schnell wie möglich einen außergerichtlichen Vergleich schließen.«

»Und sonst?«

»Sonst suchst du dir besser einen anderen Forschungsleiter.«

Moys Augenbrauen schossen in die Höhe. »Nick, drohst du damit, die FDA zu informieren?«

»Nein. Das wird auch nicht nötig sein, weil irgendwer Verdacht schöpfen wird, wenn sich die Sache in die Länge zieht.«

»Wir werfen den Zuchowskys also eine Stange Geld hinterher, damit sie Ruhe geben.«

»Ja. Die Leute wollen sich bestimmt nicht bereichern, sondern sich nur Gerechtigkeit verschaffen. Vielleicht kannst du sogar eine Stiftung einrichten, die nach ihrem Sohn benannt ist.«

Gavin nickte. »Sonst noch etwas?«

»Ja. In den Vergleich muss eine Bestimmung aufgenommen werden, dass keine weiteren rechtlichen Schritte gegen die Pflegeheime, CommCare, deren Mitarbeiter oder andere Personen eingeleitet werden, die mit diesen Institutionen in Verbindung stehen.«

»Sonst noch was, *Herr General?«*

»Ja. Außerdem erwarte ich, dass die klinischen Berichte vollständig sind und den Vorschriften entsprechen.«

Gavin Moy war es nicht gewöhnt, sich von anderen etwas sagen zu lassen, aber Nick hatte die Oberhand. »Wie es sich gehört. Ich werde ein paar Leute anrufen.«

»Außerdem will ich meine eigenen Mitarbeiter mitbringen.«

»Von mir aus kannst du Daffy Duck engagieren.« Dann zog Moy die Brauen hoch. »Du meinst die Ballard.«

»Ja. Sie ist klug, kompetent und hat ein großes Herz. Außerdem ist sie ein anständiger Mensch. Ich respektiere ihre Intelligenz ebenso wie ihre Integrität. Und sie kann mit diesen Patienten umgehen. Ihr eigener Vater ist vor einigen Jahren an Alzheimer gestorben, daher ist sie besonders motiviert.«

»Von mir aus.« Moy hob sein Glas.

Aber Nick stieß nicht mit ihm an. Stattdessen beugte er sich vor, bis sein Gesicht Moy die Aussicht versperrte. »Jemand hat einen Katzenkopf in ihren Briefkasten gelegt.«

Moy kniff die Augen zusammen, als müsste er Kleingedrucktes lesen. »Wie bitte?«

»Ich habe gesagt, jemand hat einer Katze den Kopf abgeschnitten und ihn ihr in den Briefkasten gelegt.«

Ein Augenblick lastender Stille folgte. »Und du meinst, das war einer von unseren Leuten?«

»Sagen wir, ich weiß, wo du herkommst.«

»Was zum Teufel soll das denn heißen?«

Gavin Moy war hochintelligent, sah gut aus und besaß alle Attribute, die von Reichtum und Klasse zeugten. Aber unter der polierten Oberfläche war er immer noch der Junge aus den Straßen von Everett, wo Rechnungen mit Baseballschlägern und Fäusten beglichen wurden. Am College hatte einmal ein angesäuselter Student von irgendeiner Burschenschaft Gavin beleidigt. Da der Junge seine Freunde dabeihatte, hatte Gavin seinen Stolz heruntergeschluckt und war gegangen. Aber als er später mit Nick über den Parkplatz schlenderte, hatte sich Gavin mit dem Taschenmesser das Auto seines Kontrahenten vorgenommen, ein brandneues Modell, das eigentlich den Eltern des Jungen gehörte. Hätte Nick ihn nicht aufgehalten, dann hätte die Motorhaube am Schluss ausgesehen wie ein Bild von Jackson Pollock. Aus einem Abstand von vier Jahrzehnten mochte der Zwischenfall unbedeutend erscheinen, aber Nick erinnerte sich immer daran, wenn er davon hörte, dass Moy seinen Gegnern hart zusetzte.

»Das heißt, dass du gelegentlich mit harten Bandagen arbeitest. Ich will nur klarstellen, dass der Teufel los ist, wenn sie noch einmal irgendwie bedroht wird.«

Moy hielt ein paar Sekunden lang den Blickkontakt. »Dir liegt wirklich was an dem Mädchen.«

Nick hatte etwas gegen die Schlüsse, die Gavin offenbar zog. »Sie ist eine Kollegin und frühere Studentin.«

»Reg dich nicht auf. Ich wollte dir nichts unterstellen. Aber sie sieht wirklich gut aus.«

»Das stimmt. Und sie ist ein anständiger Mensch.«

»Glaube ich gern.«

Unter ihnen lief eine große, schnittige Yacht mit Außenbordmotor in den Hafen ein. An Bord waren zwei Männer, von denen einer nach oben sah und winkte, als er Gavin und Nick entdeckte. Moys Adoptivsohn und einziger Erbe.

»Sind wir uns einig?«

»Unter den genannten Bedingungen.«

»Geht in Ordnung.«

Nick stieß mit ihm an. »Tolle Aussicht.«

Ein paar Minuten lang sagte keiner der beiden etwas. Dann brach Moy, vom Champagner beflügelt, das Schweigen. »Kaum zu glauben, dass wir es so weit gebracht haben, was? Du der Sohn einer armen griechischen Familie aus Lowell und ich der Sohn eines Schuhmachers aus Everett, der noch mit dem Schiff nach Amerika gekommen ist. Vom Tellerwäscher zum Millionär.« Er hob sein Glas. »Geld macht nicht glücklich, aber es hilft.«

Das war einer von Moys Lieblingssprüchen, der ihn praktisch sein ganzes Leben lang begleitet hatte.

Ein paar Minuten später kam sein Sohn herein. »Du erinnerst dich doch an Teddy«, sagte Moy, als dieser auf die Terrasse kam. »Das ist Dr. Nick Mavros.«

Es war Jahre her, dass Nick Teddy zuletzt gesehen hatte. Er war ein ruhiger Mann in den Dreißigern. Abgesehen von seinem harten Gesichtsausdruck sah er gut aus. Seine Haut war gebräunt von vielen Monaten in der Sonne, die auch das Haar mit dem spitzen Ansatz gebleicht hatte. Er war nicht sehr groß, verbrachte aber offenbar viel Zeit im Fitnessstudio, denn sein muskelbepackter Oberkörper ließ das enge braune T-Shirt aussehen wie eine Gladiatorenrüstung. Mit seinen großen, dicken Händen konnte er einer Katze bestimmt problemlos den Kopf abreißen.

Teddy lächelte gequält und schüttelte Nick die Hand. »Schön, Sie wiederzusehen, Doktor.«

Soweit Nick wusste, hatte Teddy die Erwartungen seines Vaters enttäuscht, der gehofft hatte, er würde GEM übernehmen. Der Junge war kein Wissenschaftler. Er hatte das College abgebrochen und sich auf illegale Immobiliengeschäfte eingelassen, die Gavin Moy eine Stange Geld gekostet hatten. Offenbar hatte Teddy überhaupt keine feste Arbeit, sondern hielt sich mit Handwerkerarbeiten für verschiedene Auftraggeber über Wasser. Er lebte in der Eigentumswohnung und verbrachte die Tage auf dem Boot seines Vaters, den er bediente wie ein Butler. Er nahm die leere Champagnerflasche mit, fragte Moy, ob er eine neue bringen sollte, und füllte die Schale mit Mandeln nach. Nick entdeckte im Umgang der beiden ein merkwürdiges Muster, das ihm bereits vor Jahren aufgefallen war, als Ted noch ein Kind war. Teddy bemühte sich ständig um Gavins Anerkennung, mit der dieser sehr sparsam umging.

Während sie ihren Champagner tranken, musterte Nick Moys Gesicht. Die Sonnenbräune ließ seine grünen Augen noch mehr blitzen. Nick fühlte sich an den attraktiven jungen Wissenschaftler mit dem feuerroten Kraushaar erinnert, der am Massachusetts Institute of Technology wissenschaftliche Assistentinnen und Dozentinnen gleichermaßen bezaubert hatte. Big Red hatten sie ihn damals genannt. Gavin hatte immer Erfolg bei Frauen gehabt. Nick hatte ihn beneidet, weil sich die Frauen nach ihm umdrehten wie nach einem Filmstar, wenn er eine Bar betrat oder auf eine Party kam. Gavin nutzte seinen Vorteil. Gelegentlich ließ er Nick mit den anderen Jungen sitzen, während er selbst sich mit irgendeiner Prinzessin vergnügte. Obwohl er nicht mehr so schlank war wie früher und eine Glatze hatte, sah Moy immer noch gut aus. Die vielen Milliarden Gewinn, die er in Aussicht hatte, waren seiner Attraktivität bestimmt nicht abträglich.

Nick deutete mit dem Kopf auf das Wasser. »Vor ein paar Wochen sind bei den Elizabeth Islands tropische Quallen gesichtet worden.«

»Ach ja?« Moy stopfte sich eine Handvoll Mandeln in den Mund.

»Ein Mann hat sich an deiner Qualle vergiftet. Er ist auf unserer Intensivstation gelandet und liegt immer noch im Koma.«

Moy zog die Brauen hoch. »Ja?« Er kaute geräuschvoll auf den Mandeln herum. »Was wollte der denn da draußen?«

»Keine Ahnung. Ich dachte, du hättest den Artikel gelesen. Ich glaube, er hat früher seine Sommerferien da verbracht.«

»Wie heißt der Mann?«

»Jack Koryan.«

»Jack was?«

»Koryan.«

Moy spülte die Mandeln mit Champagner herunter. »Sagt mir gar nichts.«

»Mir auch nicht.«

Sie schlürften ihren Champagner, während die Schatten über dem Hafen länger wurden.

28

Jack Koryan sah durch die Gitterstäbe, wie sich die Tür öffnete und das große spitze Ding zischend den Raum betrat.

Im Dämmerlicht konnte er den Infusionsständer und die Schläuche an seinen Armen und Seiten erkennen. Auf den übereinandergestapelten Bildschirmen zuckten grüne Signale. Irgendwo stand die Vase mit den Blumen, die diese Frau gebracht hatte.

Durch die Jalousien fiel so viel Helligkeit herein, dass er das Wesen ahnen konnte, das sich seinem Bett näherte.

Seine Augen waren verklebt von dem Zeug, das sie immer auftrugen, sodass er die Gestalt nicht genau sehen konnte. Aber es war keine Schwester und kein Pfleger … O Gott, nein, dieses Geschöpf war groß und dunkel und fragte nicht, wie es ihm ging. Es erzählte ihm nichts vom Wetter oder dem Film, den es im Kino gesehen hatte, oder davon, wie die Sox in der American League standen …

Jack hatte Angst, unerträgliche, winselnde Angst …

Etwas in der Hand dieses Wesens reflektierte das Licht.

Ein Rohr.

Oder ein Schläger.

Es war egal, denn er konnte spüren, wie das unbarmherzige Knirschen seine Seele zerriss.

Dir brat ich eins über, Jacky-Boy. Du kriegst eine aufs Hirn, dass dir die grauen Zellen zu den Ohren rauskommen.

Polizei. Jemand muss die Polizei rufen.

Durch den Film über seinen Augen sah er, wie das Ding am

Fußende seines Bettes stehen blieb. Etwas Hartes schlug gegen die Stäbe.

Jetzt geht's los.

Die Polizei holen.

Mighty Mouse ... o Schreck, o Graus: die Supermaus.

Das Ding schrammte seitlich am Bett entlang auf Jacks Kopf zu. Es beugte sich über ihn. Der Geruch von Fisch und Schwimmbecken stieg ihm in die Nase.

Schnell holen ... bevor ...

(Bum! Bum!)

Dein Kopf implodiert.

Das Wesen hob den Arm. Jack spannte seinen Körper an, um den Schlag aufzufangen, und plötzlich gelang es ihm, all die Schichten zu durchdringen, die ihn daran hinderten, Widerstand zu leisten.

»Meds Gama.«

Und das Geschöpf war verschwunden.

»Jack, haben Sie gerufen? Ich bin's, Marcy, Ihre Krankenschwester. Jack, wachen Sie auf.«

»Hallo, Jack.« Eine zweite Frauenstimme. »Waren Sie das?«

»Meds Gama.«

»Nichts.«

»Falscher Alarm.«

Nein, schrie er. *Es war hier. Das Monster war hier, direkt am Bett. Seht euch doch die Spuren an ... die Nässe. Es war hier, ich schwöre es. Ich schwöre ...*

»Gute Nacht, Jack.«

Ein Loch tat sich auf und verschlang ihn.

29

»Ich sage Ihnen doch, es ist ein Kinderspiel.«

Fast eine Woche war vergangen, seit René die Katze in ihrem Briefkasten entdeckt hatte. Seitdem hatte es keine weiteren Drohungen gegeben. Nicks Strategie schien zu funktionieren. Brenda Flowers, die Anwältin von CommCare, hatte René angerufen, um sie auf die für den folgenden Montag angesetzte Aussage vorzubereiten.

»Bei einer solchen Aussage gibt es kein Kreuzverhör wie vor Gericht. Es geht nur darum, so viele Informationen wie möglich zu sammeln. Dazu werden jede Menge möglichst allgemein gefasste, offene Fragen gestellt, bei denen häufig noch einmal nachgehakt wird. Am besten beantworten Sie die Fragen so ehrlich wie möglich, ohne sich auf allgemeine Aussagen einzulassen.«

René spürte ein bohrendes Gefühl in der Magengegend, als sie das hörte. Wie hatte ihr Vater immer gesagt? *Ein gutes Gewissen ist ein sanftes Ruhekissen.*

Mrs Flowers warnte sie vor dem Anwalt der Zuchowskys, einem gewissen Cameron Beck. Sie solle sich nicht von seinem Milchgesicht täuschen lassen, er könne ziemlich aggressiv werden.

Das war eine glatte Untertreibung. Der Mann war ein als Barockengel getarnter Pitbull.

Brenda Flowers hatte sich mit René für den Montag in Becks Kanzlei im achtundzwanzigsten Stock über der State Street verabredet. Die Anwältin war in den Vierzigern und trug ein blaues

Business-Kostüm. »Kein Grund, nervös zu werden«, sagte sie beruhigend, was Renés Puls umgehend in die Höhe trieb. »Das kriegen wir schon hin.«

Nach wenigen Augenblicken erschien Cameron Beck, der sie in ein Besprechungszimmer mit einem großen, schimmernden Tisch, Gemälden an den Wänden, eleganten Designermöbeln und einem millionenschweren Ausblick auf den Bostoner Hafen führte. René musste daran denken, dass es draußen eine viel größere Welt gab, die von Rollstühlen, Bettpfannen und Pillen beherrscht wurde.

Beck war Anfang dreißig, sah aber aus wie vierzehn. Sein weiches Gesicht mit den Pausbacken wurde von dichten kastanienbraunen Löckchen eingerahmt. Er hatte eine schmale, spitze Nase und eindringlich blickende blaue Augen, die von raubtierhafter Schläue zeugten. Wie die Anwältin prophezeit hatte, fing Beck mit neutralen Fragen zu René an: zu ihrer Ausbildung, beruflichen Laufbahn, ihrer Funktion als beratende Apothekerin von Broadview. René hielt sich an die Instruktionen und sagte so wenig wie möglich.

Dann fragte Beck nach den Menschen, mit denen sie in Broadview arbeitete: ihren Aufgaben bei der Versorgung der Patienten, ihren Tätigkeiten, ihren Vorgesetzten. Langweiliges Zeug, das Beck eine Vorstellung davon vermittelte, wie CommCare funktionierte und in welcher Beziehung zum Pflegeheim die Apotheke stand. Das dauerte fast eine Stunde. Alles lief gut, bis Beck anfing, nach Clara Devine zu fragen.

»Kannten Sie sie?«

»Nicht persönlich.«

»Wenn ich mich nicht irre, ist noch nie zuvor ein Patient aus Broadview ausgebrochen. Ist das richtig?«

»Meines Wissens stimmt das.«

»Verstehe. Dann können Sie mir vielleicht sagen, wie sie Ihrer

Meinung nach aus einer geschlossenen Alzheimer-Abteilung entkommen konnte.«

»Das weiß ich nicht.«

So! Jetzt war es heraus, ganz offiziell und unter Eid. Sie hatte die Grenze überschritten. *Tut mir leid, Dad. Ich habe mir gerade selbst eine Grube gegraben.*

Offenbar besaß Beck ein geradezu telepathisches Gespür für die Veränderung, die mit ihr vorging. Er funkelte sie mehrere Augenblicke lang drohend an. Wahrscheinlich hoffte er, sie werde dem Druck nicht standhalten und mit einem Geständnis herausplatzen, um das Schweigen zu brechen. Aber René hielt sich wacker und erwiderte seinen Blick.

»Wie wäre es mit einer Vermutung, Miss Ballard? Hat sie die Station durch die Tür verlassen? Oder vielleicht durch das Fenster? Oder eventuell durch den Kamin?«

Brenda Flowers mischte sich ein. »Mr Beck, das halte ich nicht für sinnvoll. Es ist doch klar, dass Miss Ballard nicht weiß, wie Clara Devine entkommen ist.«

»Wir versuchen herauszufinden, wie ein selbsttätig blockierendes Sicherheitssystem versagen konnte, und zwar offenkundig zum ersten Mal. Als qualifizierte Fachfrau, die mit Einrichtungen der Langzeitpflege vertraut ist, hat Miss Ballard doch bestimmt eine Theorie. Die würde ich gern hören.« Seine Augen richteten sich erneut auf René und weiteten sich erwartungsvoll.

Sie kam sich vor, als befände sie sich in dem Film *Das Schweigen der Lämmer.* »Ich habe keine Theorie.«

»Dann raten Sie.«

»Mr Beck, bitte. Wir sind hier nicht vor Gericht. Es geht um die Ermittlung der Tatsachen.« Brenda Flowers versuchte, höflich zu bleiben, aber in ihre zuckersüße Stimme mischte sich ein gereizter Unterton.

»Ich könnte mir vorstellen, dass das Verriegelungssystem

ausgefallen ist, sodass sie die Tür aufstoßen konnte«, sagte René.

»Verstehe. Sie hat also selbst die Tür geöffnet. Das ist natürlich etwas anderes, als wenn sie jemand herausgelassen hätte.«

»Niemand würde sie herauslassen.«

»Woher wissen Sie das?«

»Von ›wissen‹ kann keine Rede sein.«

»Wie vertraut sind Sie mit dem Sicherheitssystem von Broadview? Wie sind die Türen Ihres Wissens gesichert?«

»Mit einem Sicherheitscode, der auf einer Tastatur eingegeben wird.«

»Verstehe. Man gibt einen bestimmten Code ein, und die Tür öffnet sich.«

»Ja.«

»Und die Tür schließt und verriegelt sich automatisch wieder.«

»Ja.«

»Und ohne den Code geht die Tür nicht auf.«

»Ja.«

»Sie behaupten also, das System habe versagt.«

»Ich kann nur raten.«

»Sie können also nur raten. Ist es möglich, dass Clara Devine den Code kannte und selbst in einem unbeobachteten Moment die Tür geöffnet hat?«

Renés Kopfhaut prickelte. Vor ihrem geistigen Auge sah sie das Video von Claras Flucht. »Clara Devine war dement. Solche Patienten verfügen nicht über die notwendigen kognitiven Fähigkeiten, um sich einen Code zu merken und auf einer Tastatur einzugeben.«

Und jetzt versteckst du dich hinter Halbwahrheiten.

»Aber sie hat die Station verlassen, ist über die Treppe oder mit dem Aufzug ins Erdgeschoss gelangt und hat das Gebäude durch den Haupteingang verlassen. Dabei musste sie an der Rezeption vorbei, die rund um die Uhr besetzt ist. Ist das richtig, Miss Ballard?«

»Ja.«

»Wie erklären Sie das?«

»Die Sicherheitstür war defekt.«

»Haben Sie schon einmal von einer solchen Fehlfunktion gehört?«

»Nein.«

»Ist das Sicherheitssystem auf der Alzheimer-Station Ihres Wissens jemals ausgefallen?«

»Nein.«

»Wie erklären Sie es sich dann, dass es in diesem Fall versagt hat?«

»Das kann ich mir nicht erklären.«

»Was ist mit der Rezeption? Ist Clara Devine plötzlich unsichtbar geworden, oder hat sie sich in ein Vögelchen verwandelt und ist davongeflogen?«

»Mr Beck, Sie schikanieren meine Mandantin. Das kann ich nicht dulden.«

Er ignorierte die Anwältin. »Also?« Wieder starrte er René an, als wollte er sie mit seinen Blicken durchbohren. Aber je feindseliger Beck wurde, desto mehr wuchs Renés Widerstand. Das Lügen fiel ihr überraschend leicht. Es war eine Art Orwell'sches Doppeldenken: Sie schien fähig, zwei sich widersprechende Aussagen gleichzeitig zu glauben. Mit jeder Frage entfernte sie sich weiter von ihrem eigentlichen Ich, wie ein Doppelgänger, der sich immer mehr von seinem Alter Ego löst. Um die zunehmende Spaltung zu rechtfertigen, erinnerte sie sich selbst an das »höhere Gut«: Lorraine Budd, die den Namen ihrer Highschool-Freundin aus den Vierzigerjahren noch wusste, Ernestine, die den Namen der Krankenschwester buchstabierte, und Louis

Martinetti, der sich an seine Militärzeit erinnerte. »Ich weiß es nicht.«

»Sie wissen es nicht. Ist es möglich, dass sich die Rezeptionistin kurz einen Kaffee holte oder zur Toilette ging, und Clara Devine die Gelegenheit nutzte?«

»Das ist möglich, aber ich weiß es wirklich nicht.«

»Wo waren Sie, als sie das Heim verließ?«

»Zu Hause.«

»Ihre Aufgabe ist es doch, die medikamentöse Versorgung der Patienten zu überwachen.«

»Das stimmt.«

»Und Sie haben ein abgeschlossenes Pharmaziestudium.«

»Ja.«

»Also kennen Sie die Medikamente, die den Patienten verschrieben werden.«

»Ja.«

»Gut. Sie würden also merken, wenn ein Patient etwas nimmt, das für ihn selbst oder andere schädlich sein könnte.«

»Ja.«

Er öffnete einen Ordner und entnahm ihm ein Blatt. »Erhielt Clara Devine Medikamente, die gewalttätiges Verhalten auslösen können?«

»Nein.«

Er entnahm einer Hängemappe ein weiteres Dokument. »Auf den im Pflegeheim archivierten Medikamentenblättern wird Atenolol erwähnt. Was ist das?«

»Ein Betablocker gegen Herzrhythmusstörungen und hohen Blutdruck.«

»Was ist mit Aricept?«

»Das ist wegen ihrer Demenz.«

»Keine möglichen Nebenwirkungen?«

»Nein.«

»Was ist mit Paxil?«

»Das wird bei Depressionen und allgemeinen Angststörungen eingesetzt.«

»Wie wirkt es?«

Brenda Flowers versuchte, Einwände gegen Richtung und Art der Fragestellung zu erheben, aber Beck ließ sich nicht aufhalten, sondern setzte seinen Kurs unbeirrt fort. Es war klar, dass er seine Rolle als Großinquisitor mit Oberlehrercharakter genoss, aber so leicht ließ sich René nicht einschüchtern.

»Paxil ist der Markenname für Paroxetin«, erwiderte sie wie aus der Pistole geschossen, als müsste sie noch einmal die mündliche Abschlussprüfung ablegen. »Das ist ein Arzneistoff der Gruppe der selektiven Serotonin-Wiederaufnahmehemmer. Paroxetin beeinflusst die Aktivität von Neurotransmittern, insbesondere von Serotonin und Norepinephrin, im Gehirn und trägt so dazu bei, Stimmungsschwankungen auszugleichen.«

»Ich sehe, Sie haben Ihre Hausaufgaben gemacht. Ich aber auch!« Er zog eine Karteikarte aus dem Ordner. »Wussten Sie, dass Paxil zu Delirium, Verwirrtheit, Halluzinationen, Gereiztheit, Feindseligkeit und sogar zu manischen Reaktionen wie ›großer Erregung und psychotischen Wutausbrüchen, gefolgt von Depressionen‹ führen kann? Dabei soll das Medikament eigentlich genau das verhindern! Ist das nicht so, Miss Ballard?«

»Diese Medikamente haben alle Nebenwirkungen, von denen ein kleiner Prozentsatz schädlich sein kann.«

»Aber hätten diese Nebenwirkungen nicht Mrs Devines Angriff auf Edward Zuchowsky auslösen können?«

»Das ist eine entfernte Möglichkeit.«

»Entfernte Möglichkeit? Wussten Sie, dass der Einsatz von Paxil bei Kindern und Jugendlichen unter achtzehn kürzlich verboten wurde, weil das Mittel mit Selbstmord, selbstmörderischem

Verhalten und gewalttätigen Ausbrüchen in Verbindung gebracht wird? Wussten Sie das?«

»Ja, ich habe davon gehört.«

»Und trotzdem hat Ihr Heim das Medikament verordnet.«

»Clara Devine war sechsundsiebzig.«

Er riss die Augen auf. »Dann gelten die unerwünschten Nebenwirkungen also nur für Menschen unter achtzehn? Wie ist das möglich? Ein Gehirn ist wie das andere!«

»Nein. Depressionen bei Kindern unterscheiden sich von denen Erwachsener, wahrscheinlich weil sich die Gehirne von Kindern noch in der Entwicklung befinden. Antidepressiva haben daher unter Umständen nicht dieselben – erwünschten oder unerwünschten – Wirkungen wie bei Erwachsenen oder Geriatriepatienten. Es ist selbstverständlich immer schwierig, Risiken und Nutzen von Medikamenten gegeneinander abzuwägen. Clara Devine bekam Paxil und die anderen Mittel seit Monaten in derselben Dosierung. Es ist daher höchst unwahrscheinlich, dass eines davon diesen gefährlichen Drang ausgelöst hat.«

»Sie meinen also, keines ihrer Mittel hätte dieses gewalttätige Verhalten verursachen können.«

»Nicht nach dem, was mir bekannt ist.«

»Aber woher wollen Sie das wissen? Sie machen diesen Job erst seit acht Wochen.«

»Weil ich ihre Patientenblätter gesehen habe. Es gibt keine Hinweise auf psychotische Wutanfälle, Feindseligkeit oder Streitsüchtigkeit. Der Mord an Mr Zuchowsky war nicht vorherzusehen.«

Beck lehnte sich zurück und warf einen Blick auf seine Liste. »Noch einmal: Sie sind also sicher, dass Clara Devine keinerlei Medikamente bekam, die zu dem Mord an Mr Zuchowsky hätten führen können, wie zum Beispiel ein Stimulantium oder Antidepressivum, das eine unerwünschte Reaktion auslöste?«

René sah die Vermerke des Pflegepersonals vor sich. »Aufgeweckter.« »Sprachlich gewandter.« »Konnte sich an den Namen seiner Enkelin erinnern.« Sie hörte Louis Martinetti fluchen. *Aber wir zahlen es ihnen heim, das schwöre ich.* Und zugleich wusste sie noch genau, wie verzweifelt ihr Vater gewesen war, als sein Gedächtnis immer mehr nachließ.

Außerdem hatte sie wirklich keine Ahnung, ob Memorin etwas mit dem Mord zu tun hatte. Das war die reine Wahrheit. Und darum ging es schließlich bei ihrer Aussage. »Nicht soweit mir bekannt ist.«

Beck klappte seinen Aktenordner zu. »Danke, Miss Ballard. Das ist alles.« Er stand auf und schüttelte ihr die Hand. »Schönen Tag noch.«

»Tut mir leid«, sagte Brenda Flowers, als sie die Kanzlei verließen. »Manchmal lässt er sich ein wenig hinreißen. Sie sollten ihn vor Gericht sehen. Wie geht es Ihnen?«

»Ausgezeichnet«, erwiderte René. *Ein Kinderspiel?* René kam sich vor, als hätte man sie durch die Mangel gedreht.

30

Den Großteil der nächsten Woche verbrachte René damit, die Berichte des Pflegepersonals über die an der Memorin-Studie teilnehmenden Patienten zu studieren. Dabei hörte sie im Geiste ständig Cameron Becks nasale Stimme … *irgendwelche unerwünschten Nebenwirkungen?* Sie fand nur eine Verbesserung der kognitiven Testergebnisse um fast fünfzig Prozent sowie eine deutliche Steigerung der Alltagstauglichkeit. Beim Mini-Mental-Status hatte sich Louis Martinetti um zwanzig Prozent verbessert. Das freute René besonders, als bestünde ein direkter Zusammenhang zwischen Mr Martinetti und ihrem Vater.

Allerdings wurden in etwa einem Viertel der Berichte regressives Verhalten und merkwürdige Anfälle erwähnt, bei denen die Patienten jede Verbindung zur Gegenwart verloren und sich in die Vergangenheit versetzt fühlten – wie Louis Martinetti, der glaubte, wieder beim Militär zu sein. Manche hatten sogar Wahnvorstellungen, die sie bis in ihre Kindheit zurückführten.

Flashbacks.

Nach dem ihr vorliegenden Zeitplan gehörten diese Patienten zur ersten Versuchsgruppe.

»Ihre Stimmung konnte von einem Augenblick auf den anderen wechseln«, sagte Alice, als sich René nach Clara Devine erkundigte. »Plötzlich fing sie an, in Reimen zu reden. Oder sie unterhielt sich mit Menschen, die gar nicht da waren. Das ist bei Demenzpatienten nicht ungewöhnlich, aber diese Anfälle dauerten manchmal ziemlich lange und schienen ein bestimmtes Schema zu haben. Das war schon merkwürdig.«

Den Unterlagen zufolge waren solche Anfälle auch bei Mary Curley beobachtet worden, die wie Clara Devine und Louis Martinetti Antipsychotika und Beruhigungsmittel bekam.

»Nur wenn sie zu ausfällig wurden oder wenn die Familie zu Besuch kam.«

Die Verabreichung der Medikamente war von Jordan Carr abgezeichnet.

Unterdessen war Clara Devine zur Begutachtung im McLean Hospital und würde frühestens in einigen Wochen oder Monaten zurückkommen – falls überhaupt.

Als René Jordan Carr bei einer seiner Nachmittagsvisiten auf die Verschreibungen ansprach, ging er sofort in die Defensive. »Womit sonst sollen wir Wahnvorstellungen behandeln? Haben Sie ein Problem damit?« Hektische rote Flecken brannten auf seinem Gesicht. Wie damals im Restaurant.

Es war klar, dass ihm die Unterstellung nicht gefiel, dass potenzielle Nebenwirkungen von Memorin vertuscht werden sollten. Offenkundig wollte er sie in ihre Schranken weisen. »Nein«, erwiderte sie.

»Gut.« Dann schien er selbst genug von der angespannten Atmosphäre zu haben. »Ich habe gehört, mit Ihrer Aussage lief alles glatt.«

»Noch einmal möchte ich so etwas nicht erleben.«

»Das müssen Sie bestimmt nicht.« Er holte zwei Konzertkarten aus seiner Hemdentasche. »Ich habe übrigens zwei Karten für die Symphonie, für nächsten Freitag. Das Hilliard Ensemble mit *Mnemosyne.*«

Sie dankte ihm, sagte aber, sie habe etwas vor. Das war gelogen. Zum zweiten Mal hatte sie ein Rendezvous mit ihm ausgeschlagen. Jordan Carr sah gut aus, war charmant, brillant, reich und gebildet – für die meisten Frauen ein richtig guter Fang. Sein Interesse an ihr war nicht unbemerkt geblieben. Das Pflegepersonal fragte sich schon, ob die Beziehung zwischen ihnen über das rein Berufliche hinausging. Das tat sie nicht, und René war es lieber, wenn es so blieb. Sie wollte keine Affäre mit einem Kollegen und fühlte sich noch nicht bereit für eine neue Beziehung. Im Augenblick konzentrierte sie sich lieber auf ihre Arbeit, da konnte sie keine Komplikationen gebrauchen.

Aus dem Fenster im ersten Stock sah sie, wie Carr das Gebäude verließ. Vor ein paar Wochen hatte er sich einen zweiten Ferrari gekauft, einen silbernen Maranello, Baujahr 1999. Aus reiner Neugier hatte sie sich das Auto vor ein paar Tagen im Internet angesehen. In Atlanta bot jemand einen Maranello mit derselben Innenausstattung in Rot und Beige an. Verhandlungsbasis waren zweihundertvierzigtausend Dollar.

Als er aus der Parklücke fuhr, fiel ihr Blick auf ihren kleinen blauen Honda Civic mit dem verbeulten Stoßstange. Sie kam sich vor, als gehörte sie zu einer anderen Spezies.

»Ist Dr. Carr weg?«, fragte Alice, als René ins Stationszimmer kam.

»Ja.«

»Zu dumm. Gerade ist ein Fax für ihn gekommen.«

In diesem Augenblick rief eine der Schwesternhelferinnen nach ihr, weil sie Unterstützung bei einem Patienten brauchte. »Seien Sie ein Schatz, und legen Sie das in Dr. Carrs Postfach, ja?« Damit drückte sie René die Blätter in die Hand und eilte davon. Selbst Alice tat so, als wäre René mit Jordan Carr befreundet.

Auf dem Weg zu den Postfächern fiel Renés Blick zufällig auf das Fax. Es war ein Auszug aus den Archiven der Notaufnahme des Massachusetts General Hospital. Die Ergebnisse einer im August durchgeführten Blutuntersuchung.

Sie warf einen Blick auf die chemischen Analysen, aber interessant war in erster Linie der Name des Patienten. Höchst merkwürdig, denn Jordan Carr war bestimmt nicht sein Arzt. Als sie vor einigen Wochen ihren Besuch bei Jack Koryan erwähnte, hatte Carr behauptet, nichts von seinem Fall zu wissen. Angeblich hatte er noch nie davon gehört.

31

René fand Mary Curley in einem der Werkräume. Am großen Tisch saßen drei Frauen mit einer Helferin und schnitten Formen aus, die sie auf Papier klebten. Aber Mary saß allein in einer Ecke vor einem Haufen Puzzleteilen.

Als sie auf sie zuging, fiel René ihre Kleidung auf: ein rosaweißer Trägerrock mit weißer Rüschenbluse. Manche Patienten konnten sich nicht allein anziehen, aber den Unterlagen zufolge gehörte Mary aufgrund ihrer verbesserten Funktionalität nicht dazu. Merkwürdig war nur, dass sie aussah wie ein geriatrisches Schulmädchen. »Hallo, Mrs Curley. Können Sie sich noch an mich erinnern? Ich bin René Ballard.«

Mary sah auf. »Ich erinnere mich.«

René konnte sich das kaum vorstellen, weil seitdem mehrere Wochen vergangen waren. »Bei unserer letzten Begegnung haben Sie an einem Puzzle mit einem Kätzchen gearbeitet.«

»Das war Daisy. Die ist da drüben.« Sie deutete auf ein Regal, auf dem sich Schachteln mit Puzzlespielen stapelten.

René war verblüfft. *Genau darum geht es,* hatte Alice gesagt.

»Das stimmt!« Kaum hatte sie das gesagt, fiel ihr Blick auf das Bild auf dem Puzzle: ein kleines Mädchen mit einem Hund. Das kleine Mädchen trug einen rosaweißen Trägerrock. »Mrs Curley, Sie sind aber schön angezogen. Woher haben Sie den Rock?«

»Von meinem Daddy«, erwiderte Mary, ohne zu zögern. Sie legte ein weiteres Teil an. »Heute geht er mit mir ins Museum.«

Dabei sah sie auf ihr nacktes Handgelenk, als wollte sie die Zeit ablesen.

»Wirklich? Das ist aber schön. In welches Museum denn?«

»Ins Museum der schönen Künste in Boston.« Sie betonte jedes einzelne Wort.

René überlief es eiskalt, als sie die veränderte Stimme hörte. Es war, als hätte jemand einen Schalter umgelegt: Mary Curley klang plötzlich wie ein kleines Mädchen. Selbst ihr Verhalten hatte sich verändert. Bei jeder Silbe schaukelte sie mit dem Kopf hin und her und befeuchtete mit ihrer rosa Zungenspitze ihre Lippen.

»Daddy zeigt mir die Mumien. Magst du Mumien?«

»Ja, ich mag Mumien.« René fühlte sich plötzlich wie in einem Eiskeller.

»Nein, tust du nicht. Gestern hast du gesagt, du magst keine Mumien. Du hast gesagt, die sind verschrumpelt und sehen hässlich aus, und du willst nicht ins Museum gehen.«

»Aber gestern haben wir uns gar nicht gesehen.«

»Haben wir doch.«

»Mrs Curley, wie heiße ich? Wissen Sie das noch?«

Mary sah fragend zu ihr auf. »Barbara Chin, du Dummkopf.«

»Ich bin nicht Barbara Chin. Ich heiße René.«

Mary setzte ein weiteres Puzzleteil ein. »Ich hab keine Angst vor Mumien, und du brauchst auch keine haben. Die sind tot.«

Während Mary ihren bizarren Monolog fortsetzte, fiel René auf, dass sie sich die Oberlippe leckte wie ein Kind, mit dem Kleiderstoff spielte oder sich Haarsträhnen um den Finger wickelte, wenn sie die ausgebreiteten Puzzleteile studierte. Manchmal steckte sie die Teilchen sogar in den Mund, während sie nach dem passenden Anschluss suchte.

Am unheimlichsten waren jedoch nicht die unschuldigen blauen Augen, die nicht verstehen wollten, wieso René Angst vor

Mumien hatte. Es war die Stimme: Das war nicht das Timbre einer alten Frau, sondern die Piepsstimme eines kleinen Mädchens.

»Ich glaube, Sie haben auch einen Hund«, sagte René, als Mary den Kopf des Spaniels auf dem Bild legte.

Mary fuhr sich über die Lippen und strahlte über das ganze Gesicht. »Er heißt Jello.«

»Ja, Jello. Das ist ein schöner Name. Was für ein Hund ist er?«

»Ein Golden Retrieber.«

»Retriever.«

»Sag ich doch. *Retrieber.*«

René fragte immer weiter. Marys Erinnerungsvermögen faszinierte sie. Gleichzeitig hatte sie das merkwürdige Gefühl, einen doppelt belichteten Film vor sich zu haben. Sie sprach mit einer Achtundsiebzigjährigen, aber Kleidung, Gestik und Stimme waren die eines Kindes. Von Zeit zu Zeit sah Mary auf. Dann blickten René aus dem faltigen, teigigen, von Leberflecken bedeckten Gesicht die unschuldigen Augen eines kleinen Mädchens entgegen. Das waren nicht die verängstigten Augen einer verwirrten Demenzpatientin, die auf ein bedeutungsloses Kaleidoskop von Formen und Farben starrte, und auch nicht die Augen einer Frau, die innerlich leer war. Es waren die Augen eines Kindes im Gesicht einer alten Frau.

»Mrs Curley, kann ich Sie etwas fragen?«

Mary sah auf und blickte sie aus ihren runden Kinderaugen verständnislos an.

»Wo sind Sie?«

Sie hielt den Atem an, während Mary sie einfach nur anblickte.

»In der Henry C. Dwight-Grundschule.«

»Und wie alt sind Sie?«

»Sieben.«

»Nein«, fing René an, wurde aber unterbrochen, als Mary ihre Hand packte. Für einen Augenblick dachte René, sie bräuchte Hilfe beim Aufstehen, aber sie zog die Hand zum Mund. René konnte sie gerade noch wegreißen, bevor Mary zubiss.

»Ich mag dich nicht«, zischte Mary. Dann schob sie ihren Stuhl zurück und stand auf. Nach einem erneuten Blick auf ihr Handgelenk schlurfte sie davon.

»Mrs Curley, wo gehen Sie hin?«

»Jello muss Gassi gehen«, sagte Mary mit ihrer Kleinmädchenstimme und verließ den Raum.

32

»Es war unheimlich. Sie war plötzlich siebzig Jahre in die Vergangenheit gereist.«

»Das ist bei diesen Patienten nichts Ungewöhnliches«, sagte Nick.

»Aber das war anders. Das waren keine einzelnen Fragmente, sondern ein in sich logisches Erlebnis. Sie glaubte, wieder ein Kind zu sein, und genoss es offensichtlich, bis auf den Augenblick, wo sie mich beißen wollte.«

Sie joggten wieder am Fluss entlang. Es war kühl und bewölkt. Jetzt im Oktober wagten sich nur wenige Segler auf den Fluss hinaus.

»Dann müssen wir uns damit befassen«, sagte Nick. »Damit wären wir beim Grund meines Anrufs. Hast du Lust auf ein paar Nachtschichten? Ich brauche Hilfe bei der Analyse der Testdaten. Wir haben jede Menge positive Ergebnisse, aber diese Flashbacks machen mir Sorgen.«

Sie war erleichtert, das zu hören. Allmählich hatte sie sich schon gefragt, ob sie die Einzige war, die darin ein potenzielles Problem sah.

»Dagegen müssen wir etwas unternehmen. Das heißt, dass wir diese Zwischenfälle mit Bevölkerungsdemografie, genetischen Profilen und so abgleichen müssen.«

»Und was soll ich dabei tun?«

»Du wärst Verhaltensdatenanalystin.«

»Das klingt, als hättest du die Bezeichnung gerade erfunden.«

»Stimmt, aber als beratende Apothekerin wärst du die Idealbesetzung.«

»Ich fühle mich geschmeichelt, aber wäre das kein Interessenkonflikt?«

»Im Gegenteil. Ich habe mir schon gedacht, dass du diesbezüglich Bedenken haben würdest. Du bist bei CommunityCare angestellt, was bedeutet, dass du weder für die Heime noch für GEM Tech arbeitest. Und da du für mich tätig wärst, hättest du auch mit GEM nichts zu tun.«

Sie überlegte einen Augenblick. Irgendwie war ihr nicht recht wohl dabei.

»Außer du hast ein Problem damit, von mir Geld anzunehmen.«

»Nein, aber ich vermute, die Gelder stammen von GEM Tech.«

»Ja, aber du unterstützt mich bei meiner klinischen Forschung. Ich kann deine Hilfe weiß Gott brauchen. Und du brauchst das Geld.«

Wohl wahr. Von ihrem Studienkredit musste sie noch fast vierzigtausend Dollar zurückzahlen. Bei einem Jahresgehalt von siebzigtausend Dollar würde das ewig dauern. Außerdem fiel ihr Auto allmählich auseinander, in ihrer Garderobe klafften gewaltige Löcher, und ihr Kreditkartenlimit war bald ausgeschöpft.

»Und du siehst bestimmt nicht über irgendwelche Probleme hinweg.«

»Was soll ich genau tun?«

»Beim Pflegepersonal in den Kliniken Daten zu medikamentöser Versorgung und Verhalten erheben, vielleicht sogar selbst Veränderungen im Verhalten der Patienten festhalten.«

»Bis wann kann ich es mir überlegen?«

Er deutete mit dem Kopf auf den Weg vor ihnen. »Bis zu dem Baum da. Ich zahle fünfzig Dollar die Stunde.«

»Das ist Irrsinn.«

»Wie die Gewinne, die sich GEM erhofft.«

»Dafür würde ich denen meine Seele verkaufen.«

Nick lachte. »Ist das ein Ja?«

Zum Teufel damit. »Ja.«

»Gut.«

Sie joggten ein paar Meter schweigend dahin. »Übrigens«, sagte sie, »arbeitet Jordan Carr mit dir an dem Jack-Koryan-Fall?«

»Nein.«

»Oh.«

»Warum fragst du?«

»Weil er eine Blutuntersuchung von Koryan angefordert hat.«

»Was?« Nick wirkte ehrlich überrascht.

»Die hat er dann später von Alice an eine andere Nummer faxen lassen. Ich habe das überprüft«, sagte sie. »Es war das Büro von Gavin Moy.«

»Gavin Moy?« Nick blieb fast stehen, fing sich aber wieder und joggte weiter.

Einige Augenblicke lang trabten sie so dahin, ohne dass er etwas sagte. Aber René spürte, dass es in ihm gärte. Er starrte auf das Wasser, als könnte dort jeden Augenblick ein Monster auftauchen.

33

Es war Mitte Oktober, und Beth besuchte Jack mittlerweile nur noch einmal pro Woche. Trotz der intensiven sensorischen und motorischen Stimulation war es den Therapeuten in Greendale nicht gelungen, Jack zu einer gezielten Reaktion zu bewegen. Er konnte allein atmen, husten und gelegentlich sinnlose Laute von sich geben. Ansonsten war Jack so gut wie tot.

Inzwischen hatte das »Yesterdays« eröffnet. Die Kritiken im *Boston Phoenix* und im *Boston Globe* waren begeistert. Da Beth kein Interesse an dem Restaurant hatte, hatte sie Jacks Anteil an einen Cousin von Vince verkauft.

Und Jack schlief.

Eines Abends lernte Beth in der Bristol Lounge des Bostoner Four Seasons Hotels einen Investmentmanager aus McAllen, Texas, kennen. George King war ein freundlicher, gut aussehender Mann, der die ganze Woche geschäftlich in Boston zu tun hatte. Sie gingen den gesamten Abend im Boston Garden spazieren. Seine Frau war ein Jahr zuvor an Brustkrebs gestorben. Beth fühlte sich, als hätte sie ebenfalls ihren Ehepartner verloren. Die Nacht vor seiner Abreise verbrachten sie gemeinsam in seinem Hotelzimmer.

Und Jack schlief.

Als sie Jack danach wieder besuchte, fühlte sich Beth nicht mehr so zerrissen. Sie wusste, dass sie leicht neurotisch war, weil sie vor allem an sich selbst dachte. Sie hatte Angst davor, jahrzehntelang darauf zu warten, dass Jack aufwachte. Aber sie musste ehrlich mit sich selbst sein. Ein Leben voller Aufopferung war nicht ihre Sache. Sie konnte nicht ergeben am Krankenbett sitzen. Außerdem hatte sie ihn schon verlassen wollen, bevor das alles geschah. Wenn er wach gewesen wäre, hätte er bestimmt Verständnis dafür gehabt.

Als die Schwestern aus dem Zimmer waren, legte Beth ihre Hand auf die von Jack. Tränen traten ihr in die Augen, als sie ihn auf die Stirn küsste. »Es tut mir leid, Jack«, flüsterte sie.

Am nächsten Tag reichte sie die Scheidung ein.

34

»Wer ist Fuzzy Swenson?«, fragte René Christine Martinetti.

Die wirkte ein wenig verblüfft. »Woher wissen Sie von Fuzzy Swenson?«

»Von Ihrem Vater. Bei unseren letzten Begegnungen war er ein wenig verwirrt und wollte wissen, ob ich Fuzzy Swensons Schwester bin.«

»Von ihr weiß ich nichts, aber Fuzzy Swenson war ein Freund von Dad. Sie waren zusammen in Korea. In Dads Zimmer steht ein Bild von ihm.«

»Das habe ich gesehen.«

»Was hat er über ihn gesagt?«

»Nichts. Nur dass er mich für seine Schwester hielt. Er hat sich ziemlich aufgeregt.«

Christine nickte und seufzte. »Ich glaube, er hieß in Wirklichkeit Samuel. Er war zusammen mit Dad Kriegsgefangener in einem Lager in Nordkorea. Swenson ist dort drüben gestorben. Es muss ziemlich schlimm gewesen sein, weil Dad nie darüber spricht. Merkwürdigerweise erzählt er jetzt mehr von den schönen Zeiten in Korea. Vielleicht liegt das am Memorin.«

»Schon möglich. Seine kognitiven Testergebnisse zeigen eine beginnende Besserung.«

Sie saßen im Besprechungszimmer der geschlossenen Station bei einem Kaffee, während sie darauf warteten, dass Louis Martinetti fertig geduscht hatte. Christine, die ungefähr in Renés Alter war, lebte in Connecticut und besuchte ihren Vater jede Woche.

»Er ist sonst so gesund. Er hätte leicht noch fünfzehn Jahre vor sich.«

»Absolut.«

Christine schwieg. »Nach dem, was ich gelesen habe, stirbt niemand an Alzheimer«, meinte sie nach ein paar Augenblicken. »Die Patienten sterben an Krebs oder einem Herzanfall, aber nicht an der Krankheit selbst.«

»Ja, normalerweise ist eine frühere Erkrankung die Todesursache. Aber im fortgeschrittenen Stadium, wenn die Kranken ans Bett oder an den Rollstuhl gefesselt sind, nimmt die Neigung zu Infektionen der inneren Organe und Lungenentzündungen zu.«

»Und weil sie nicht mehr wissen, wie man isst, verhungern sie irgendwann.«

René nickte angesichts dieser primitiven Realität. »Aber bis dahin liegen sie normalerweise im Koma, und die Familie hat entschieden, die künstliche Ernährung und weitere Wiederbelebungsmaßnahmen einzustellen.«

»Ich will nicht, dass er so endet.«

»Natürlich nicht.«

»Ich glaube nicht, dass ich das ertragen könnte.«

Keine Wiederbelebung. Genau dem hatte René schließlich zugestimmt, um ihrem Vater Schmerzen und weitere Demütigungen zu ersparen. Sie wollte nicht, dass er weiter dahinvegetierte, bis sein Gehirn so verklebt war, dass er nicht einmal mehr wusste, wie man atmete. Diese furchtbare Aussicht hatte sie schließlich überzeugt. Am Ende hatte sie akzeptieren müssen, dass ihr Vater nie wieder gesund werden würde. Egal, was sie und die Ärzte taten, es würde unaufhaltsam mit ihm bergab gehen. Und so unterzeichnete sie die Verfügung. Der Tag, an dem er starb, war für sie beide eine Erlösung. Sie hatte unbedingt im Augenblick seines Todes bei ihm sein wollen. Als es so weit war, hielt sie ihn in den Armen und sagte ihm immer wieder, wie lieb sie ihn hatte, wie dankbar sie ihm und Mom für das Leben war, das sie ihr ermöglicht hatten, dass er bald bei Mom sein würde. Natürlich hörte er nichts von dem, was sie sagte. Die Worte waren für sie selbst bestimmt.

Sein Atem ging unregelmäßig, in kurzen Stößen, zwischen denen lange Pausen lagen. Mit einem langen, dünnen Seufzer der Ergebenheit, die allen Lebewesen eigen zu sein schien, starb er. Mit einem Wimpernschlag waren sein gesamtes Leben und alles, was ihn zu dem gemacht hatte, was er war, ausgelöscht worden. Sie legte ihr Gesicht an das seine und schluchzte, bis sie dachte, ihr Herz würde brechen. Dann kamen die Schwestern und setzten sich zu ihr. Schließlich ließen sie sie allein, damit sie sich noch einmal verabschieden konnte.

Sie küsste ihn zum letzten Mal auf die Stirn. »Ich werde dich nie vergessen«, flüsterte sie.

Angesichts dieser Erinnerung fiel es René schwer, eine optimistische Miene aufzusetzen. »Wenn er sich weiter so erholt, wird es vielleicht nicht so weit kommen«, sagte sie mit erzwungener Munterkeit.

»Sie glauben also wirklich, dass das Medikament wirkt? Meinen Sie tatsächlich, dass sich sein Zustand noch einmal bessert?«

»Es ist zu früh, um das mit Sicherheit zu sagen. Aber nach meinen bisherigen Beobachtungen besteht durchaus Hoffnung.«

»Ich kann nur beten, dass das stimmt.«

René spürte erneut das Engegefühl in der Brust. »Ich auch.«

Eine Schwesternhelferin steckte den Kopf zur Tür herein. »Er ist so weit.«

René folgte der Schwesternhelferin und Christine in den Aufenthaltsraum, wo Mrs Martinetti mit ihrem Mann am Tisch saß und Schwarz-Weiß-Fotos der Familie aus vergangenen Tagen besah.

»Guten Morgen, Dad.« Christine strahlte und gab ihrem Vater einen Kuss auf die Stirn. »Das Hemd steht dir wirklich gut.«

Sein weißes Haar war noch feucht von der Dusche, und sein Gesicht hatte eine frische Farbe. Doch obwohl das hellrote Polohemd seinem Gesicht einen jugendlichen Glanz verlieh, war seine Verwirrung unübersehbar. Immer wieder sah er von Christine zu René.

Christine holte sich einen Stuhl und setzte sich neben ihn. »Dann erzähl mal. Was gibt's Neues?«

Louis Martinetti starrte sie verwirrt an. »Wo ist denn … meine andere Tochter?«, fragte er schließlich.

»Welche andere Tochter? Du hast nur eine Tochter. Das bin ich, Christine.«

Martinetti sah René Hilfe suchend an. »Ich habe eine andere Tochter. Nicht sie.«

Christine sank in sich zusammen. »Nein, Dad, du hast nur mich. Du hast es wohl vergessen.«

»Das ist nicht meine Tochter«, sagte er stur. Er sah René an und senkte die Stimme. »Das ist jemand anders.«

»Dad, wie kannst du mich vergessen? Ich bin's, Christine. Du musst dich doch an mich erinnern.«

Die Fotos zeigten Louis und Marie Martinetti mit Christine als Kind. Louis lief rot an vor Wut. »Sie sind jemand anders. Sie sind eine … Hochstaplerin.« Er wandte das Gesicht ab und heftete den Blick auf René, die ihm offenbar als sicherer Hort erschien.

»Ich bin keine Hochstaplerin. Du bist nur ein wenig verwirrt.«

René hörte, wie brüchig ihre Stimme klang. Christine war erst wenige Tage zuvor zu Besuch gewesen. Erstaunlicherweise hatten sich Martinettis Testergebnisse seit seiner Aufnahme um zwanzig Prozent verbessert.

René kniete sich vor ihn und nahm seine Hand. »Mr Martinetti, Sie erinnern sich doch an mich?«

Er sah sie missmutig an, aber dann glätteten sich seine Züge. »Ja, Sie sind die Apothekerin.«

»Das stimmt. Wir sind Freunde. Sie können mir glauben. Das hier ist Christine. Sehen Sie sie an, Mr Martinetti. Das ist Ihre Tochter Christine.«

Martinetti blickte nicht auf, sondern schüttelte nur den Kopf. René wiederholte ihre Bitte, aber er weigerte sich standhaft.

René stand auf und bedeutete Christine mit einer Kopfbewegung, ihr zu folgen. »Wir sind gleich wieder da.« Mit diesen Worten führte sie Christine in den Gang, wo Martinetti sie nicht sehen konnte.

»Wieso erkennt er mich nicht? Als ich vor drei Tagen hier war, war alles in Ordnung. Ich dachte, es geht ihm besser.« Tränen standen in ihren Augen.

»Vielleicht hat er sie so in Erinnerung, wie sie vor Jahren ausgesehen haben – wie auf alten Fotos. Das kommt häufig vor. Capgras-Syndrom nennt man das, wenn die Kranken ihre Angehörigen für Doppelgänger oder Schwindler halten.«

»Können Sie ihm nichts geben? Er muss doch irgendein Medikament bekommen.«

»Er wird mit Antipsychotika behandelt.«

»Können Sie nicht dafür sorgen, dass die Dosis erhöht wird?«

Bei Erregungszuständen verabreichte das Pflegepersonal Ativan oder Haldol, aber es war unmöglich, mit Medikamenten dafür zu sorgen, dass Martinetti sich immer an seine Tochter erinnerte. Dafür bekam er eigentlich Memorin.

Christine wirkte am Boden zerstört. René nahm ihre Hand. »Versuchen wir es noch einmal.« Sie führte sie zurück in den Aufenthaltsraum. »Hallo, Mr Martinetti. Sie haben Besuch! Christine ist da.«

Louis Martinetti sah sie eindringlich an. Schließlich hellte sich sein Gesicht auf. »Wo warst du denn?«

»Ich habe im Stau gesteckt.« Christine ging zu ihrem Vater und schloss ihn in die Arme. »Was gibt's Neues? Wie geht es dir?«

Sie unterhielten sich eine Weile. Dann merkte Louis Martinetti, dass René gehen wollte. »Ich konnte sie nicht aufhalten«, flüsterte er. »Ich habe es versucht, aber es ging nicht. Es tut mir leid.«

»Wen konnten Sie nicht aufhalten, Mr Martinetti?«

»Es tut mir leid.« Seine Augen füllten sich mit Tränen.

»Dad, wovon redest du?«

Aber er ignorierte Christine. »Mr Martinetti, Sie verwechseln mich«, sagte René. »Bitte sagen Sie uns, weshalb Sie so aufgebracht sind.«

Er sah Christine an. Dann wandte er sich wieder an René. »Das mit Ihrem Bruder tut mir leid.«

»Mr Martinetti, ich habe gar keinen Bruder.«

Er nickte. Dann spannten sich seine Züge an. »Aber ich zahle es ihnen irgendwann heim, den Dreckskerlen.«

»Wem zahlen Sie es heim?«

Er nickte vor sich hin, als hätte er soeben etwas geklärt. »Das werden sie schon merken.«

35

»Dein außergerichtlicher Vergleich hat mich ein Vermögen gekostet«, sagte Gavin Moy.

»In zwei Jahren sind das nur noch Peanuts.« Die Aktien von GEM Tech hatten am Vormittag im Vergleich zur Vorwoche um zwanzig Prozent zugelegt, weil von einem neuen Alzheimer-Medikament die Rede war. In einem Jahr würde Nicks Anteil seinen Wert mehrfach verdoppelt haben. Und Jordan Carr würde vermutlich eine ganze Ferrari-Flotte im Stall haben.

Es war ein warmer Tag Ende Oktober. Nick und Gavin Moy rauschten mit dreißig Knoten auf Moys Boot nach Süden, um den Vergleich und Nicks neuen Job als Forschungsleiter zu feiern. Gavin hatte gefragt, wohin die Reise gehen solle, und Nick hatte sich den Cape-Cod-Kanal gewünscht. Es würde die letzte Fahrt sein, bevor das Boot ins Trockendock kam.

Die dreizehn Meter lange Sea Ray war ein Sportboot, das von einem Mercruiser-Doppelmotor mit 350 PS angetrieben wurde. Die Yacht war lang, schmal und enorm schnell. Sie trug den Namen *Pillman Express,* eine scherzhafte Anspielung auf den Eisenbahnbauer George Pullman, der eine ganze Industriellendynastie begründet hatte. Teddy stand am Steuer, während sich Nick und Gavin Moy am Heck niedergelassen hatten.

Moy berichtete. Das Pflegeheim hatte die volle Verantwortung für seine Fahrlässigkeit im Falle Edward Zuchowsky übernommen, während GEM Tech hinter den Kulissen Anwaltshonorare und Schadenersatz zahlte. Die Familie Zuchowsky akzeptierte einen Vergleich über 1,5 Millionen Dollar. Außerdem hatte sich Broadview entschuldigt und versprochen, das Sicherheitssystem dort und in den anderen angeschlossenen Heimen zu verbessern.

»Um mit Nick Mavros zu sprechen: ›Gott ist im Himmel, in Frieden die Welt‹.«

»Das stammt gar nicht von mir, sondern von Robert Browning.«

»Auch egal. Wie geht es übrigens deiner Kollegin und früheren Studentin?«

Nick ging nicht auf den Sarkasmus in Moys Stimme ein. »Sie wird erleichtert sein, dass sie alles hinter sich hat.«

»Manche Dinge vergisst man besser«, sagte Moy.

»Da könntest du recht haben.«

»Übrigens wird es in ein paar Wochen eine offizielle Verlautbarung geben – Pressemitteilung, Video, die ganze Palette.«

Moy strahlte Nick an, als wäre er Moses, der das verheißene Land erblickt. Nick nickte. Er wollte die Stimmung nicht verderben, indem er ihn daran erinnerte, dass sie die Probleme mit den sogenannten Flashbacks noch nicht gelöst hatten. Diese Wahnvorstellungen hatten Eddie Zuchowsky das Leben gekostet, und ein Patient von Peter Habib, ein gewisser William Zett, war bei einer solchen Episode auf einem Spielplatz tödlich verunglückt.

In der Pharmazie gibt es nichts geschenkt. Es gibt kein Wundermittel. Alles hat seinen Preis.

Sie hatten Marina Bay um neun Uhr am Samstagmorgen verlassen. Das Meer war glatt wie polierter Marmor, als sie an der Küste entlang nach Süden brausten. Kurz vor Mittag passierten sie den Kanal und fuhren in die Buzzard Bay hinaus. Sie aßen in Woods Hole zu Mittag. Gegen zwei Uhr fuhren sie weiter in die Bucht hinein, weil Nick sich das wünschte.

Rechts von ihnen lagen Naushon und Pasque Island sowie einige andere Inseln der Elizabeth-Kette. Kurz vor Cuttyhunk ließ

Moy Teddy wenden, weil er die Flut und die günstigen Winde nutzen wollte.

Während das Boot drehte, deutete Nick mit dem Kopf auf einen niedrigen bläulichen Buckel am westlichen Horizont. »Ist das nicht Homer's Island?«

»Ja«, sagte Moy, ohne hinzusehen.

»Warst du kürzlich da?«

»Nein.« Damit gab Moy Teddy ein Zeichen, sich auf den Rückweg zu machen.

Teddy gab Gas, und sie rasten durch die Fährrinne auf den Kanal zu, der sie nach Hause führen würde.

»Kannst du dich an den Mann erinnern, von dem ich dir erzählt habe? Den, der da draußen in einen Quallenschwarm geraten ist?«

»Ja, Jordan Carr hat mir von ihm erzählt. Ich habe mir sogar seine Blutuntersuchung angesehen.«

»So ein Zufall.«

»Ja. Wie hieß der Mann noch?«

»Koryan. Jack Koryan.«

Moy zuckte die Achseln. »Klingt wie eine Möbelmarke. Wie geht es ihm?«

»Liegt immer noch im Koma. Sieht nicht gut aus für ihn.«

Moy nickte und hielt das Gesicht in die Sonne. Er holte tief Atem, als wollte er die Atmosphäre in sich aufsaugen. »Mann, viel besser geht es nicht.«

»Nein, bestimmt nicht«, meinte Nick. Mehr war dazu wohl nicht zu sagen.

Aber da täuschte er sich.

36

Drei Wochen später war die Story in den Schlagzeilen. René stellte ihren Fernseher lauter, als die Nachrichten verlesen wurden.

»Gute Neuigkeiten im Kampf gegen Alzheimer. GEM Neurobiological Technologies gibt bei der Jahreshauptversammlung Erfolge bei ersten Versuchen mit Memorin bekannt. Das revolutionäre Medikament, das sich gegenwärtig noch in der Erprobungsphase befindet, soll zur Behandlung verschiedener Demenzerkrankungen, wie zum Beispiel Alzheimer, eingesetzt werden.«

Auf dem Bildschirm erschien eine Reporterin, die vor dem Massachusetts General Hospital stand. »Die Patienten, die an der dritten Phase der klinischen Prüfung von Memorin teilnehmen, befinden sich im Frühstadium von Alzheimer oder leiden an einer milden Form der Erkrankung. Erste Berichte zeigen vielversprechende Ergebnisse. Leiter des Teams klinischer Ärzte und Forscher ist Dr. Nicholas Mavros, ein Neurologe vom Massachusetts General Hospital.«

Das Bild wechselte zu Nick, der an seinem Schreibtisch saß. »Es ist schon eine aufregende Sache, an solch einem historischen Projekt mitarbeiten zu dürfen, wie es die Entwicklung eines Medikaments gegen Alzheimer ist. Bis jetzt war es noch nicht einmal möglich, den Verfall der geistigen Leistungsfähigkeit aufzuhalten, geschweige denn eine bereits eingetretene Schädigung rückgängig zu machen. Die Versuche befinden sich noch im Anfangsstadium, aber fast vierzig Prozent unserer Testpersonen zeigen eine Verbesserung der kognitiven Fähigkeiten.«

René spürte deutlich, wie reserviert Nick war. Testerfolge wurden normalerweise erst bekannt gegeben, wenn eine Studie abgeschlossen und die Ergebnisse in einer renommierten Fachzeitschrift veröffentlicht waren. Aber das war natürlich Gavin Moys Strategie, um die Nachfrage nach Memorin anzukurbeln.

Es wurden Testpersonen, deren Gesichter unkenntlich gemacht worden waren, gezeigt, wie sie Puzzles legten, auf Papier schrieben, mit Schwestern und Pflegern sprachen. Viele lächelten und wirkten voll konzentriert. Eine tränenreiche Christine Martinetti schilderte, wie ihr Vater sein Gedächtnis zurückerlangte und wieder er selbst wurde. »Als er ins Pflegeheim kam, war er verwirrt und verängstigt. Ständig verwechselte er Menschen. Nicht einmal seine Familienmitglieder erkannte er. Einfache Aufgaben, wie zum Beispiel seine Schuhe zu binden, fielen ihm schwer. Jetzt gewinnt er allmählich seine Fähigkeiten zurück.«

Die Kamera wechselte zu Louis Martinetti, der auf einem Stuhl saß und einen Fuß auf einen Hocker gestellt hatte. Während er mit einem Pfleger plauderte, band er sich die Schuhe. Er blickte in die Kamera und winkte mit einem strahlenden Lächeln. René fühlte, wie ihr warm ums Herz wurde.

»Es ist noch ein weiter Weg, aber was mit ihm geschieht, ist ein Wunder. Ein echtes Wunder.«

»Und das scheint es tatsächlich zu sein«, fuhr die Reporterin fort. »Wir haben kurz mit Mr Martinetti über sein wiedererlangtes Gedächtnis gesprochen.«

Die Kamera zoomte auf Louis Martinetti. Er sah wunderbar aus, wie er in seinem blauen Polohemd mit gefalteten Händen am Tisch saß. Sein Gesicht war voller Zuversicht. »Ja, ich merke selbst, wie ich mich an immer mehr erinnere, vor allem an Ereignisse, die schon lange zurückliegen.«

Renés Augen füllten sich bei seinem Anblick mit Tränen. Unwillkürlich dachte sie an ihren Vater.

»Ihnen fallen also Dinge wieder ein, die Sie vergessen hatten.«

»Ja, und ich fühle mich …«

Eine mühsame Pause folgte, während er nach dem Wort suchte. Die Interviewerin konnte das Schweigen nicht mehr ertragen und redete einfach los. »Das ist wirklich wunderbar …«

»… klar im Kopf. Manchmal dauert es eine Weile, bis mir ein Wort einfällt, aber es kommt. Ganz anders als früher.« Martinetti lächelte und machte mit zwei Fingern das Victory-Zeichen, bevor er ausgeblendet wurde.

Die Szene wechselte zurück zu der Reporterin. »GEM Tech mit Sitz hier in Walden, Massachusetts, will Memorin als orales Medikament anbieten.«

Die Kamera schwenkte über den GEM-Komplex mit Haupt- und Nebengebäuden. »Präsident und Geschäftsführer von GEM Tech ist Dr. Gavin Moy.« Moys breites, fleischiges Gesicht füllte den Bildschirm. »Dr. Moy, was sehen Sie als Ziel dieser klinischen Studie?«

Moy rückte seine Brille zurecht. »Alzheimer ist die häufigste und schwerste Demenzerkrankung bei Menschen über fünfundsechzig. Etwa fünf Millionen Amerikaner sind betroffen. Diese Krankheit ist in den Vereinigten Staaten der Hauptgrund für eine Unterbringung im Pflegeheim. Falls nichts dagegen unternommen wird, wird sich die Zahl der Erkrankungen bis 2025 auf fünfzehn Millionen erhöhen. Genau das wollen wir von GEM Tech verhindern. Und alles deutet darauf hin, dass wir uns auf dem richtigen Weg befinden.«

»Und wann wird Memorin auf dem Markt erhältlich sein?«

»Aufgrund unserer bisherigen Erfolge rechnen wir damit, die Tests in neun Monaten abschließen zu können, vielleicht schon eher. Wir sind diesbezüglich sehr optimistisch.«

Die Kamera wechselte zu Nicks Videosequenz eines blauen

Gehirns, das zahlreiche rote Plaque-Flecken zeigte. »Hier sehen Sie MRI-Bilder im Zeitraffer, die die Umkehr der Schädigung im Gehirn eines Alzheimerpatienten zeigen ...«

René sah sich das Ganze an. Gavin Moy war brillant und gleichzeitig aalglatt. Es war ihm gelungen, eine Nachrichtensendung in unbezahlbare Werbung für Memorin zu verwandeln. Was scherte ihn ein Verhaltenscodex für Unternehmen! So verfrüht die Ankündigung auch war, jede renommierte Fachzeitschrift der Welt würde sich um die Veröffentlichung der Ergebnisse reißen, so wie jeder Neurologe seine linke Hand dafür geben würde, dass man seinen Namen mit der Studie in Verbindung brachte. Potenzielle Kapitalanleger würden sich auf das Unternehmen stürzen. Bis morgen Abend hatte sich der Wert der GEM Aktien vermutlich noch einmal verdoppelt.

Die Kamera zoomte auf das Originalpatent, das eingerahmt an der Wand seines Büros hing. »Übrigens«, sagte die Reporterin, »wie haben Sie herausgefunden, dass sich Memorin so gut für die Behandlung von Alzheimer eignet?«

Moy lächelte. »Geschäftsgeheimnis.«

Nick erschien erneut auf dem Bildschirm. »Was ist das Revolutionäre an Memorin?«, fragte die Reporterin.

»Wir glauben, dass Memorin eine Reaktion des Immunsystems auslöst, durch die die Amyloid-Plaques zerstört werden – eines der typischen Alzheimer-Symptome, das zur Degeneration der Zellen beiträgt. Durch das Medikament wird zudem die Regeneration neuer Zellen in den geschädigten Bereichen angeregt.«

Zurück zur Reporterin. »Den Forschern von GEM zufolge erzielten mit Memorin behandelte Patienten in den Bereichen Denken und Überlegung, Alltagstauglichkeit und Verhalten deutlich bessere Ergebnisse als die Placebo-Gruppe. Aber das Medikament hilft nicht bei allen Personen, zumindest bis jetzt nicht.«

Zurück zu Nick. »Bei manchen Patienten kann es länger dauern, je nachdem, in welchem Krankheitsstadium sie sich befinden. Vielleicht liegt das an genetischen oder demografischen Faktoren. Das gehört zu den Punkten, die wir bei den Tests klären wollen. Außerdem müssen wir unter anderem natürlich herausfinden, für wen das Präparat am besten geeignet ist.«

»Wie sieht es mit Nebenwirkungen aus?«

»Das wird im Rahmen der Studie geklärt werden. Jedes Medikament hat Nebenwirkungen, sogar Aspirin. Manche sind messbarer und gravierender als andere. Gegenwärtig liegen diesbezüglich noch keine schlüssigen Ergebnisse vor.«

Der Bericht endete mit einer Aufnahme vor den Gebäuden von GEM Tech. »Falls Memorin von der FDA zugelassen wird, deutet alles auf einen einmaligen Verkaufserfolg hin. Bereits im ersten Jahr soll allein in den Vereinigten Staaten ein Umsatz von fünf Milliarden Dollar erreicht werden. Damit gebe ich zurück ins Studio.«

Genau darum geht es, dachte René. *Ja, genau darum.*

Und Jack Koryan schlief noch einmal hundertsiebenundzwanzig Tage.

DRITTER TEIL

37

Vier Monate später

»Meds Gama.«

Schwester Marcy Falco sah von ihrer Fieberkurve auf und blickte Constance Stone an, die gerade das Laken am Fußende feststeckte. »Hast du was gesagt?«

»N-nein«, keuchte Schwester Constance, der fast die Augen aus dem Kopf traten. »Das war er.«

»Um Himmels willen!«

Jack Koryan starrte Marcy an. Seine Augen rollten weder in den Höhlen, noch starrten sie in verschiedene Richtungen, sondern waren eindeutig auf sie gerichtet. Und sein Mund bewegte sich.

Er wiederholte die Silben.

Während der letzten sechs Monate hatte Jack Koryan eine Menge Unsinn vor sich hin gebrabbelt, aber zum ersten Mal sah Marcy Anzeichen für einen Durchbruch. »Hallo, Jack. Mein Name ist Marcy.« Dann wandte sie sich über die Schulter an Constance. »Hol die anderen. Die müssen das sehen.«

Aber Constance stand wie erstarrt und glotzte auf den Mann, der seit fast einem halben Jahr nur ein Körper gewesen war, der an Dauertropfinfusionen und Blasenkathetern hing.

»Constance! Reiß dich zusammen! Er will etwas sagen. Hol den Arzt.«

»Äh.« Constance rührte sich immer noch nicht.

»Meds Gama.«

»Jack! Jack. Was haben Sie gesagt?«

»Er wacht auf«, keuchte Constance, als hätte sie das eben erst gemerkt.

»Jack, sagen Sie das noch einmal«, drängte Marcy.

Krächzend wiederholte er dieselben Silben.

»Irgendwas mit … mit ›Karma‹?«, fragte Constance.

»Kannst du jetzt *bitte* Hilfe holen? Und zwar sofort!« Constance schoss zur Tür hinaus, und Marcy nahm Jacks Hand. »Jack? Jack, können Sie mich hören?«

Er sah sie an, und seine Augen weiteten sich vor Angst.

»Gut. Jack, mein Name ist Marcy. Ich bin Ihre Krankenschwester und bleibe jetzt bei Ihnen«, fuhr sie fort. Wenn er in einer fremden Umgebung ohne jeden Bezugspunkt aufwachte, geriet er womöglich in Panik, was zu einem Rückfall ins Koma oder gar zu einem Herzstillstand führen konnte. »Ich gehe nicht weg. Ich weiß, das ist verwirrend für Sie, aber es kommt alles in Ordnung. Aber Sie müssen mit mir reden, Jack. Verstehen Sie das? Ich will, dass Sie mit mir reden.«

Seine Augen schlossen sich erneut. Nichts.

Verdammt! Sie drückte seine Hand. »Jack, machen Sie die Augen wieder auf. Erzählen Sie mir, was Sie gesagt haben. Jack, antworten Sie mir.«

Jack rollte mit dem Kopf und holte tief Luft, aber die Augen öffnete er nicht.

»Jack, drücken Sie meine Hand.« Sie wurde lauter. »Jack, drücken Sie meine Hand.« Ein kaum merklicher Druck seiner Hand. »Sehr gut, Jack. Und jetzt machen Sie die Augen auf. Ich weiß, dass Sie mich hören.«

Jacks Augen öffneten sich einen Spaltbreit.

»Hallo. Können Sie mich sehen?« Noch nach sechs Monaten hoffte sie, ihre »Zauberkräfte« könnten ihre Wirkung getan haben. Sorgfältig suchte sie nach neurologischen Reaktionen. »Sehen Sie mich an, Jack.«

In diesem Augenblick stürzten mehrere Personen ins Zimmer – zwei weitere Krankenschwestern, eine Assistentin, die Pflegeleiterin und Dr. Clive Preston, der Leiter der Klinik.

»Seine Füße bewegen sich«, sagte eine der Schwestern. Sie zog die Bettdecke zurück, unter der Tennisschuhe sichtbar wurden.

In Greendale erhielten Komapatienten intensive Physiotherapie. Gliedmaßen, Hände und Zehen wurden regelmäßig trainiert. Schienen sorgten dafür, dass die Füße nicht schlaff herunterhingen und die Hände nicht zu Klauen erstarrten. Die Schuhe sollten gewährleisten, dass Jacks Zehen nach oben zeigten. Trotz allem hatten die Patienten nach zwei Wochen im Bett die Muskelmasse verloren, die sie sich in einem Jahr erworben hatten. Nach sechs Monaten ohne jede Bewegung hatte sich Jack in eine Vogelscheuche verwandelt.

Marcy nahm ihm die Schuhe ab. »Jack, können Sie für mich mit den Zehen wackeln?«

Nichts. Seine Augen schlossen sich erneut.

»Dann bewegen Sie Ihre Füße ein bisschen.«

Immer noch nichts.

»Jack. *Jack!* Hören Sie zu: Ich will, dass Sie für mich die Augen öffnen. Bitte. Machen Sie die Augen auf.«

Jacks Augenlider flatterten ein wenig und öffneten sich teilweise. Er drehte den Kopf zu Marcy.

»Gut. Können Sie mich hören?« Sie beugte sich zu ihm. Er blinzelte sie aus halb geschlossenen Augen an. Die Zunge hinter den Zähnen bewegte sich.

»Mhm.«

»Was meinen Sie?« Sie musste dafür sorgen, dass er ihr mit den Augen folgte. Nur so konnte sie sicher sein, dass es sich nicht um einen falschen Alarm handelte.

Jack öffnete die Augen weiter und sah Marcy an. »Sie haben aber große Zähne«, sagte er mit kaum hörbarer Stimme, die in dem seit Monaten nicht mehr benutzten Kehlkopf kratzte.

»Stimmt.« Marcys weiße Schneidezähne standen ein wenig vor.

Die papierdünne Haut um Jacks Augen zeigte winzige Fältchen, und die Muskeln um seinen Mund verzogen sich zu einem schwachen Lächeln. Offenbar war er in der Lage, frühere Erinnerungen zu verarbeiten und daraus amüsante Schlüsse zu ziehen. Das war kaum zu glauben. Zudem war seine Artikulation der Worte hervorragend. »Großartig, Jack. Und jetzt sehen Sie mich an.«

Jack öffnete mühsam die verklebten Augen. Seine Pupillen waren geweitet, und er hatte sie parallel zueinander auf ihr Gesicht gerichtet.

»Gut. Mein Name ist Marcy. Sagen Sie mir bitte, wie Sie heißen. Verstehen Sie?«

Er sah auf seinen Arm mit der Dauerkanüle, an der die Tropfinfusionen angelegt waren, den Katheter, der zu dem Urinbeutel an seinem Bett führte, und den Kabeln, mit denen er an die Monitore angeschlossen war. »Wo bin ich?«, krächzte er.

»In der Rehaklinik Greendale in Cabot, Massachusetts.«

Jack drehte den Kopf zu ihr und blinzelte geblendet in den Kreis der Gesichter, die auf ihn herabsahen. »Verschwommen …«

Marcys Herz tat einen Satz. Er verarbeitete tatsächlich neue Eindrücke! »Das kommt von der Salbe in Ihren Augen. Aber können Sie mich richtig sehen?«

»Mhm.«

»Können Sie mir Ihren Namen sagen?«

»Jack Koryan.«

»Sehr gut. Fantastisch.« Da Jack Marcys Patient war, hielten sich die anderen zurück. Marcy redete ununterbrochen, um Jack wach zu halten und auf neurologische Fehlfunktionen zu untersuchen. Sie strahlte geradezu vor Stolz, als sie ihn mit Zehen und Fingern wackeln, erst mit einem, dann mit dem anderen Auge blinzeln, ihr seinen vollen Namen sagen und Worte nachsprechen ließ. Aber ihr graute davor, ihm zu sagen, dass er ein halbes Jahr seines Lebens verloren hatte.

»Hallo, Mr Koryan, mein Name ist Clive Preston. Ich bin der Leiter der Klinik.«

Marcy nickte Dr. Preston zu, damit er übernahm.

»Sie hatten einen Badeunfall und waren eine Weile bewusstlos. Mittlerweile befinden Sie sich auf dem Wege der Besserung, aber Sie müssen wach bleiben und weiter mit uns reden. Einverstanden?«

»Wie lange?«

Marcy spürte, wie sich ihr Inneres verkrampfte. Der Schock konnte traumatisch sein und sogar einen Rückfall auslösen.

»Wie lange?«, wiederholte Preston.

Bevor er antworten konnte, mischte sich Marcy ein. »Jack, Sie müssen unbedingt weiter mit uns reden.« Sie nahm seine Hand. Eigentlich durfte so etwas gar nicht passieren. Wenn ein Patient aus einem tiefen Koma erwachte, geschah das nicht plötzlich, sondern zog sich tagelang hin – Zeit genug, um Verwandte und Freunde zu benachrichtigen, damit sie dabei waren, wenn es so weit war.

Seine Augen blickten prüfend in die Gesichter um ihn herum. »Wie lange?«

Marcy wünschte sich Beth oder Vince herbei. Der Schock konnte eine Panik auslösen. »Jack, ich möchte gern ein paar Tests mit Ihnen machen. Bitte zählen Sie bis zehn.«

Für einen langen Augenblick schloss er die Augen. »Aufrichtigkeit ist die beste Therapie«, sagte er dann, statt zu zählen.

Marcy überlief es eiskalt. Ihr eigenes Motto. Genau das hatte sie zu Beth gesagt! Aber das war Monate her! »Sie haben wohl gut zugehört.«

»Welches … Datum haben wir heute?«

Dr. Preston trat vor. »Mr Koryan, ich weiß, wie verwirrend das alles für Sie ist, aber wir möchten gern, dass Sie ein paar einfache Fragen beantworten.«

Jack schloss erneut die Augen und drehte den Kopf langsam von einer Seite auf die andere.

»Jack, bitte schlafen Sie nicht wieder ein«, sagte Marcy. »Bitte machen Sie die Augen auf.«

»Ein Traum«, flüsterte er.

»Was?«

»Traum.«

»Nein, Sie träumen nicht, Jack.«

»Jack, sagen Sie mir noch einmal Ihren Namen.«

»Jack Koryan.« Seine Augen weiteten sich erneut, als käme ihm ein Gedanke. »Welches Datum?«

Marcy sah die anderen an, die wie Wachsfiguren über das Bett gebeugt standen.

Ein Stöhnen entrang sich Jacks Kehle. »Welches Datum?«

Dr. Preston warf Marcy einen eindringlichen Blick zu und nickte – ein Hinweis auf ihr Motto. Es war unmöglich, ihn hinzuhalten, bis Beth und Vince eintrafen. Eine weitere Verzögerung konnte sogar ein Trauma auslösen.

»Jack«, sagte Marcy schließlich, »Sie hatten einen Badeunfall und haben lange im Koma gelegen. Sie haben geschlafen. Verstehen Sie das?«

»Wie … lange?«, fragte er mühsam, aber deutlich.

»Jack, können Sie mir sagen, wo Sie wohnen? In welcher Stadt?«

»Wie lange?«

Wenn sie die Frage abwehrte, würde er sich weiter aufregen.

Aber die Wahrheit konnte noch vernichtender sein. *Lieber Gott, lass mich das Richtige tun,* betete Marcy. »Sechs Monate.«

Jack sah sie verständnislos an, während er ihre Worte verarbeitete.

»Sie hatten einen Badeunfall vor einem Strand auf Homer's Island. Wissen Sie, wo das ist?«

Jack nickte.

»Gut. Also, Sie sind im Wasser ohnmächtig geworden.« Sie erzählte ihm, wie er zunächst in ein Krankenhaus auf Cape Cod, dann ins Massachusetts General Hospital und schließlich nach Greendale gekommen war. Sie sprach langsam und deutlich und ließ keine Einzelheiten aus, damit er alles aufnehmen konnte. Von Zeit zu Zeit wiederholte sie das Gesagte und fragte, ob er ihr folgen könne. Dabei tat sie alles, damit er sich nicht aufregte. Die Quallen erwähnte sie nicht. Der Schock war ohnehin groß genug. Als sie fertig war, blickte er auf seine linke Hand. Einen Augenblick lang dachte Marcy, er wüsste nicht, wofür die Dauerkanüle gedacht war, aber er inspizierte seine Finger.

»Beth?«

»Beth ist unterwegs. Wir haben sie angerufen. Aber jetzt tun Sie mir bitte einen Gefallen. Wackeln Sie mit den Zehen.«

»Beth.« Er wiederholte den Namen, als wollte er sein Gedächtnis testen.

»Ja, wir haben mit ihr gesprochen. Sie kommt her.«

»Sind wir noch verheiratet?«

»Hören Sie, Jack, bitte wackeln Sie mit den Zehen.«

»Noch verheiratet?«

Marcy war klar, was er wissen wollte. Sie schüttelte den Kopf. »Es tut mir leid, Jack.« Sie streichelte sanft seine Hand. Beth war zwei Monate zuvor nach McAllen, Texas, gezogen, wo sie wieder geheiratet hatte.

Jack schloss die Augen. Seine Augäpfel begannen zu flattern.

»Jack!« Sie musste dafür sorgen, dass er weitersprach. »Jack.« Plötzlich veränderte sich sein Gesicht. Seine Stirn glättete sich, die Mimikfältchen um seine Augen verschwanden, und seine Lippen bewegten sich, als führte er Selbstgespräche. Dann lächelte er glücklich und öffnete völlig unverhofft den Mund.

»Er sagt etwas.«

Marcy legte das Ohr an seine Lippen. »Ich glaube, er singt.«

»You are my sunshine, my only sunshine«, sang er mit flatterndem Atem.

Der Klang traf sie wie ein Blitzschlag: Jack sang in hohen, süßen Tönen. Es war die dünne Stimme einer Frau.

Im nächsten Augenblick stieß er einen rauen Seufzer aus und war eingeschlafen, während sich die anderen fragten, was um alles in der Welt gerade mit ihrem Patienten geschehen war.

38

Der Präsident der Vereinigten Staaten schüttelte René die Hand. »Ausgezeichnete Arbeit. Wir sind sehr stolz auf Sie alle«, sagte er. »Sie schreiben Medizingeschichte.«

»Danke«, sagte René, die noch gar nicht recht wusste, wie ihr geschah.

Der Präsident ging von Carter Lutz geführt an der Reihe der Pflegekräfte und anderen Mitarbeiter von Broadview entlang. Eine Reihe von VIPs begleitete ihn, zu denen unter anderem Gavin Moy und andere Führungskräfte von GEM Tech, Vertreter der Alzheimer-Gesellschaft und anderer Gesundheitsverbände gehörten. Mit von der Partie waren neben den Leibwächtern auch Nick Mavros, Jordan Carr und andere Klinikärzte.

Der Präsident ging in den Aufenthaltsraum, wo er mit den Patienten plauderte, die dort auf Stühlen saßen und sich fotografieren ließen. Manche kannten ihn aus dem Fernsehen und waren begeistert. Andere – Patienten, die nicht mit Memorin behandelt wurden – wussten nichts Rechtes mit ihm anzufangen. Eine Frau erklärte, sie hätte Dwight Eisenhower einmal gesehen. Der Präsident beglückwünschte sie zu ihrem guten Gedächtnis.

Als der Präsident in seine Nähe kam, stand Louis Martinetti auf und salutierte zackig. Er trug seine Uniform, die ihm mittlerweile zwei Größen zu klein war, was einiges Gekicher auslöste. Verlegen sah René zu, wie er vor dem Präsidenten strammstand. Er trug seine Orden – »Purple Heart«, »Combat Infantryman Badge«, das Fallschirmjäger-Abzeichen und andere – mit strengem Stolz zur Schau und sah stur geradeaus, als der Präsident vor ihm stehen blieb, ebenfalls salutierte und dann lächelnd und nickend weiterging. Martinetti schien die Angelegenheit sehr ernst zu nehmen.

Carter Lutz bat um Ruhe und dankte dem Präsidenten für seinen Besuch. Dann pries er dessen Engagement für die ältere Bevölkerung und seine Unterstützung einer Gesetzgebung, die auf die frühzeitige Erkennung von Alzheimer ausgerichtet war. Besondere Erwähnung fand natürlich die Tatsache, dass der Präsident sein Wahlversprechen gehalten hatte und sich für die »Memorin-Lösung« einsetzte.

Der Präsident dankte Dr. Lutz und allen, die an der Memorin-Studie beteiligt waren. »Man braucht sich nur in diesem Raum umzusehen, um an Wunder zu glauben. Ich gratuliere Ihnen allen, den Menschen an den anderen klinischen Einrichtungen, den Forschern und Wissenschaftlern, die diese Entwicklung ermöglicht haben. Memorin hat den Durchbruch bei der Behandlung von Alzheimer gebracht. Ich wünsche Ihnen weiterhin viel Erfolg bei Ihrer Arbeit, die Alzheimerkranken und ihren Betreuern auf der ganzen Welt neue Hoffnung gebracht hat.«

Begeisterter Applaus erfüllte den Raum.

Der Präsident hatte natürlich recht. Die Alzheimer-Station von Broadview hatte sich vollkommen verändert. In den Monaten seit Renés erstem Besuch dort hatte sich der Lärmpegel deutlich erhöht. Das lag an den Gesprächen, die nicht mehr nur aus unverständlichem Gebrabbel und wirrem Wortsalat bestanden, sondern sich in echte, zusammenhängende Unterhaltungen verwandelt hatten. Die Patienten redeten mit dem Personal, anderen Patienten, Besuchern und sogar sich selbst. Die kollektive Bewegungsenergie hatte in vergleichbarer Weise zugenommen. Vor einem Jahr hätte ein Zeitraffervideo der Station als Stillleben durchgehen können, auf dem höchstens einmal eine Schwester oder ein Pfleger an der Kamera vorüberhuschte oder ein paar Patienten zu Fuß oder mit ihrem Rollator durch den Aufenthaltsraum schlichen. Jetzt dagegen hätte man die Station für ein Zentrum für aktive Senioren halten können. Patienten, die noch vor Monaten stundenlang herumsaßen und ins Leere starrten, mischten sich nun unter die anderen oder folgten dem Personal und wollten mithelfen.

»Ich muss Sie nicht daran erinnern«, schloss der Präsident, »dass ein Heilmittel für Alzheimer eine jährliche Ersparnis von fünfzig Milliarden Dollar für das amerikanische Gesundheitswesen und damit den Steuerzahler bedeuten würde.«

Mehr Applaus.

Für GEM Tech war die Unterstützung des Präsidenten natürlich die beste Werbung. Die Aktienkurse der Firma hatten schwindelnde Höhen erklommen, da mit der baldigen Markteinführung des Medikaments gerechnet wurde. Das war jedem bewusst – auch Jordan Carr, der auf der anderen Seite des Raumes stand und René anstrahlte.

Als sich das Publikum wieder beruhigt hatte, hielt Nick eine Rede, in der er sich beim Präsidenten für seine Unterstützung bedankte. »Wir erleben hier außergewöhnliche Erfolge. Den lebenden Beweis dafür haben Sie ja selbst in diesem Raum gesehen, Mr President. Aber unsere Arbeit ist noch nicht beendet. Wir forschen weiter und können dabei auf die Wissenschaftler von GEM Tech zählen.«

Einige der Schwestern und Pfleger nickten zustimmend. Jordan Carr, der bei den Managern von GEM Tech stand, sah Gavin Moy und die anderen Führungskräfte an. Dann wandte er sich wieder Nick zu, dem die gesamte Aufmerksamkeit galt.

Nick pries die bei den Tests erzielten Fortschritte, ohne sich allzu weit aus dem Fenster zu lehnen. Dann mahnte er zur Vorsicht. »Vergessen Sie nicht, dass der Weg zum Erfolg lang und steinig ist und unerwartete Wendungen bringen kann. Ich bin jedoch davon überzeugt, dass uns dieser Erfolg letztendlich beschieden sein wird, wenn wir uns auch weiterhin Schritt für Schritt vorarbeiten.«

Noch mehr Applaus.

Als der Präsident und sein Gefolge den Raum verließen, stand Louis Martinetti stramm und salutierte.

Hinter Nicks vorsichtigen Worten steckte eine Entwicklung, die dem Präsidenten vorenthalten blieb: die zunehmende Anzahl von Patienten, deren Genesung durch regressive Flashbacks unterbrochen wurde. Die merkwürdige Infantilisierung ihrer Persönlichkeit. Die plötzliche Verwandlung in ein früheres Ich, das mit Menschen sprach, die gar nicht da waren, während es die wirklich vorhandenen nicht erkannte. Das manchmal erschreckende Abgleiten in traumatische Erfahrungen, bei denen die Patienten mit Beruhigungsmitteln vollgepumpt werden mussten, bis ihre Empfindungen ebenso ausgeschaltet waren wie im Nebel der Demenz.

Das blieb dem Präsidenten und den Kameras verborgen.

39

Genauso wie ihnen der Louis Martinetti hinter der mit Orden geschmückten Brust verborgen blieb.

Jeder, der im Gesundheitswesen tätig ist, schließt gelegentlich Patienten besonders ins Herz, während man gegen andere eine Abneigung entwickelt. Manche sind einfach unangenehme Zeitgenossen: schlecht gelaunt, bösartig oder streitsüchtig. Am anderen Ende der Skala stehen Menschen, an deren Wohlergehen man ein besonderes emotionales Interesse entwickelt. Für René gehörte Louis Martinetti in diese besondere Kategorie ihrer Lieblinge.

Ja, Louis erinnerte sie an ihren Vater. Beide waren Veteranen des Koreakriegs, geistig aktiv, ihrer Familie ergeben und schlicht und ergreifend »nette Kerle«. Im Laufe der Monate zeigten sich bei Louis Martinetti zunehmend diese Eigenschaften eines ganz gewöhnlichen »netten Kerls«. Genau deswegen gewann René ihn besonders lieb.

Eine Stunde nach der Abreise des Präsidenten saß sie mit ihm in einem kleinen Raum mit Aussicht auf die Wälder. »Na, was halten Sie vom Besuch des Präsidenten?«

»Nicht schlecht.«

»Ich glaube, es hat ihm gefallen, dass Sie vor ihm salutiert haben.«

Louis lächelte stolz. Er trug immer noch sein Armeehemd mit den Auszeichnungen. Um seinen Hals hing die Kette mit den alten Militärmarken. Selbst sein Gesichtsausdruck erinnerte René an ihren Vater. In diesen stillen Augenblicken fühlte sie sich an das innige Verhältnis erinnert, das sie als Kind zu ihm gehabt hatte. Vielleicht waren ihr Martinettis Fortschritte deswegen besonders wichtig, als könnte sie so den Sieg über den Dämon miterleben, der von ihrem Vater nichts als eine leere Hülle übrig gelassen hatte.

Martinettis Entwicklung war in jeder Hinsicht bemerkenswert. Die von Nick erstellte Bildsequenz der letzten Monate zeigte einen Rückgang der Proteinablagerungen und des Gewirrs von Neurofibrillen im vorderen Schläfenlappen, also dem Bereich des Gehirns, der für Sprache und Logik zuständig war, sowie im Hippocampus, in dem wesentliche Gedächtnisfunktionen angesiedelt waren. Außerdem hatte sich die Dichte der grauen Zellen erhöht. Seine Alltagsfähigkeiten lagen wieder im unteren Normalbereich, was bedeutete, dass er sich allein anziehen, für seine persönliche Hygiene sorgen und essen konnte. Zugleich war er selbstständiger geworden und schottete sich aufgrund seiner verbesserten sozialen Kompetenz nicht mehr von den anderen Patienten ab. Er achtete mehr auf sein Äußeres. Die Zeiten der wild zusammengewürfelten Hosen und Hemden waren vorbei. René sagte ihm immer, wie nett er aussah, was ihn sehr freute.

Mit einiger Mühe konnte er die Schlagzeilen lesen. Er kannte die Wochentage und wusste, wann seine Lieblingssendungen im Fernsehen liefen. Die Menschen und Gesichter auf den Fotos in seinem Zimmer erkannte er jetzt auch ohne Namensschildchen. Manchmal sprach er die Männer auf den Schnappschüssen aus Korea mit Namen an und salutierte.

Louis Martinetti waren seine Erinnerungen aus dem Koreakrieg wichtig. Wie seine Tochter einmal gesagt hatte, waren die Jahre beim Militär die beste Zeit in seinem Leben gewesen – obwohl er in einem Kriegsgefangenenlager interniert gewesen war.

Darüber allerdings sprach er nie. Damals war er jung gewesen. Er hatte sich unsterblich gefühlt, gute Freunde gewonnen und für eine Sache gekämpft, von der er zutiefst überzeugt war. Ironischerweise hatte Korea auch etwas damit zu tun, dass er seit zwei Jahren in Broadview war. Er hatte einen Wutanfall bekommen, weil er glaubte, seine Frau hätte seinen »Purple Heart« versteckt. Als er sich beruhigt hatte, zeigte sie ihm, dass der Orden in der Kiste mit seinen Kriegsandenken in ihrem Schlafzimmer lag, wo er immer gewesen war. Eine Stunde später behauptete er wieder, sie hätte ihn weggenommen. Als sie ihm den Orden noch einmal zeigte, behauptete er, das wäre ein Trick, was sie natürlich abstritt. Daraufhin warf er die Kiste um und zerbrach einen Spiegel. Einige Tage später stieß er Mrs Martinetti zu Boden. Daraufhin kam er nach Broadview. Zum Glück erinnerte er sich überhaupt nicht an den Vorfall.

Den eindeutigen Beweis für seine Fortschritte stellte der Mini-Mental-Status dar. Dabei wurde das Gedächtnis auf verschiedene Weise geprüft. So musste die Testperson zum Beispiel Listen von Lebensmitteln oder Haushaltsgegenständen in beliebiger Reihenfolge wiederholen, Wörter mit einander in Verbindung bringen und Ähnliches. Gesunde Menschen im Alter von achtzehn bis vierundzwanzig Jahren mit einer mindestens neunjährigen Schulbildung erreichten im Durchschnitt neunundzwanzig von dreißig Punkten. Bei gesunden Personen ab siebzig – in diese Alterskategorie fiel Louis Martinetti – lag der Mittelwert bei achtundzwanzig. Bei seinem ersten Test im Vorjahr hatte er einen Wert von sechzehn erreicht, was auf eine mittelschwere Behinderung im kognitiven Bereich hindeutete. Am Morgen der Visite des Präsidenten hatte er ein Testergebnis von vierundzwanzig Punkten. Eindrucksvoll waren auch die Lernstrategien, die er sich angeeignet hatte. So ordnete er Gegenstände nach semantischen Kategorien wie Lebensmittel,

Werkzeug und Kleidung, was deutlich komplexer war, als nur ihre Reihenfolge auswendig zu lernen. Die Tests machten ihm Spaß, weil er daran messen konnte, wie er sich unter der täglichen Einnahme von Memorin wieder erholte.

»Sie machen das großartig, Mr Martinetti. Wir sind alle sehr stolz auf Sie.«

Er lächelte erfreut. »Allmählich wird es wieder.«

»Ich habe Ihnen das nie erzählt, aber mein Vater war in Korea.«

Martinettis Augen weiteten sich interessiert. »Bei welcher Einheit? Ich war bei der 187th Airborne.«

»Ja, ich habe die Fotos aus Korea in Ihrem Zimmer gesehen. Mein Vater war bei der Marine und die meiste Zeit über auf einem Schiff stationiert, der USS *Maddox.«*

»Der *Maddox.* Das war die Seventh Fleet.«

René war verblüfft. Viel mehr wusste sie selbst nicht über die *Maddox.* »Ja, das stimmt. Wieso erinnern Sie sich daran?«

»Ich weiß viele Dinge aus dem Krieg noch.« Er blickte einen Moment lang in die Ferne, wie um seine Erinnerungen zu sammeln. »Der Mann auf dem Bild war mein bester Freund, Fuzzy Swenson. Sie sehen aus wie seine Schwester.«

René wurde mulmig zumute. Es war wohl besser, das Thema zu wechseln. »Vielleicht können Sie mir erzählen, wo Sie aufgewachsen sind.«

Aber er beachtete sie nicht. »Er war unser Platoon Sergeant. In Wirklichkeit hieß er Sam, aber die Jungs nannten ihn Fuzzy. Er hatte blondes, ganz kurz geschnittenes Haar.« Er zeigte mit Daumen und Zeigefinger, wie kurz. »Richtiger Flaum – deswegen ›Fuzzy‹. Er war unser Richtschütze. Ein netter Kerl. Aus Racine, Wisconsin. Wir haben ihn immer aufgezogen, weil er aus dem Land von Milch und Bier kam.«

»Schön, dass Sie sich noch an ihn erinnern.«

»Ja, ich erinnere mich.« Martinetti nickte und sah aus dem Fenster.

Für einen Augenblick sah er sie verwirrt an. René bereitete sich innerlich auf das, was kommen würde, vor. Seine Augen weiteten sich und fingen an zu funkeln. Sie hätte schwören können, dass sich dahinter etwas abspielte. »Mr Martinetti?«

Er fuhr herum und sah aus dem Fenster. »Die haben gesagt, es würde eine chirurgische Aktion werden.«

»Wovon reden Sie?«

Als er sich zu ihr umdrehte, schienen seine Augen sie gar nicht mehr zu sehen.

»Mr Martinetti, ist alles in Ordnung?«

»Captain Vigna. Er hat gesagt, wir würden einen Spezialeinsatz fliegen. Die Bedingungen waren ideal in jener Nacht.«

»Mr Martinetti, ich weiß nicht, wovon Sie reden.«

Er lächelte verstohlen und legte den Kopf zur Seite. »Ich weiß nicht, wann es so weit ist, aber ihr müsst hinter den feindlichen Linien abspringen. Den Dreckskerlen werden wir es zeigen.«

»Mr Martinetti, können wir bitte das Thema wechseln?«

Aber er reagierte nicht, sondern starrte nur in die Ferne und wurde extrem unruhig.

Sie nahm seine Hand. »Kommen Sie, gehen wir ins Aufenthaltszimmer.« Sie fing an zu ziehen, aber er entriss ihr seine Hand.

Plötzlich zuckten Krämpfe durch sein Gesicht. Mit verzerrter Miene sah er durch das offene Fenster auf die Bäume, als hätte er dort etwas Entsetzliches entdeckt. Er duckte sich und schoss dann wieder in die Höhe. Eine Sekunde lang dachte René, er würde sie angreifen. Instinktiv schob sie ihren Stuhl zurück und sah sich nach Hilfe um. Aber im nächsten Augenblick rang Martinetti nach Atem und presste die Handballen gegen die Stirn, als wollte er einen entsetzlichen Anblick verdrängen.

»Die Schweine haben ihn umgebracht. Umgebracht.«

»Mr Martinetti, reden wir von etwas anderem. Sie regen sich zu sehr auf.« Sie überlegte, ob sie einen Pfleger rufen sollte.

Er starrte sie aus irren Augen an. »Sie haben ihn fertiggemacht. Und wie. Im roten Zelt, die Dreckskerle. Das rote Zelt, da haben sie's gemacht. Colonel Chop-Chop und Blackhawk, der Russe.« Martinetti fuhr sich mit der Zunge über die Lippen und schluckte mühsam. Die Erinnerung war zu viel für ihn. Plötzlich verzerrten sich seine Züge. »Er hat mir direkt gegenübergesessen.« Seine Stimme veränderte sich. »Zwischen meine Knie«, schrie er verzweifelt. »Sie haben mir alles zwischen die Knie gelegt. In meinem eigenen Helm. Gott, hilf mir!« Seine Stimme wurde flehend. *»Bitte nicht. Bitte nicht. Ich sage alles!«* Im nächsten Augenblick verzerrte sich sein Gesicht erneut. Er richtete sich auf seinem Stuhl gerade auf, seine Stimme war hart. Eine furchtbare Erinnerung suchte ihn heim. »Ja, ich war da. Keine zwei Meter von ihm entfernt. Und dieser Mistkerl mit dem Milchgesicht hat mit seinem Messer Hackfleisch aus ihm gemacht.«

Martinettis Augen hatten sich geweitet und blickten auf einen Punkt hinter René, während er zu ihr sprach. »Sie wollten einfach nicht aufhören. Ich konnte nichts tun. Und die beiden Schweine in der Ecke haben gesagt, er soll weitermachen, immer weiterschneiden, obwohl ich alles gesagt hatte. Ich habe sie angefleht.« Martinettis Gesicht verfiel. Er senkte den Blick und starrte in seinen Schoß und auf seinen Hemdsärmel. »Ich war voll von seinem Blut.«

René nahm ihn am Arm. »Mr Martinetti, kommen Sie zu sich. Es ist alles in Ordnung.«

Eine Schwester und zwei Pfleger, die zufällig vorbeigekommen waren, sahen, dass etwas nicht stimmte, und stürzten ins Zimmer. René war aufgestanden und versuchte, Martinetti zu beruhigen. Er wollte sich losreißen. Sein Gesicht war verzerrt vor Angst. Als er Malcolm, einen der Pfleger, sah, fing er an zu schreien und mit den Armen zu fuchteln.

»Was ist los, Mr Martinetti?« Malcolm versuchte, seine Arme festzuhalten.

»Mr Martinetti, beruhigen Sie sich«, sagte die Schwester. »Es ist alles in Ordnung.«

Aber es war klar, dass Martinetti vernünftigen Argumenten nicht mehr zugänglich war. Sein Geist war in weite Fernen abgedriftet. Malcolm gelang es, von hinten seine Arme zu greifen und ihn auf einen Stuhl zu setzen.

Martinetti warf immer wieder Blicke über die Schulter. »Da drüben«, sagte er zum Pfleger.

»Was ist da drüben?« Der Pfleger sah sich nach den Bäumen vor dem Fenster um.

Martinetti schüttelte den Kopf. Seine Züge waren angespannt, und er hatte die Augen zusammengekniffen, als wollte er sich ein genaueres Bild verschaffen.

»Kommen Sie, Mr Martinetti«, sagte die Schwester. »Sie regen die anderen auf.«

Aber Martinetti musterte nur seine Umgebung, als wäre er ganz woanders. »Mr Martinetti, öffnen Sie den Mund.« Die Schwester hielt ihm eine Tablette an die Lippen.

»Erst haben sie die eine Seite aufgeschlitzt, dann die andere«, sagte er zu dem Pfleger. Von imaginären Schreckensbildern geplagt, starrte er in seinen Schoß.

»Machen Sie schon den Mund auf.«

Martinetti sah die Tablette und die Wasserflasche an, die die Schwester in der Hand hielt, und schob beides beiseite. Aber sie gab nicht auf. »Sie müssen das nehmen, Mr Martinetti. Danach wird es Ihnen viel besser gehen.«

Er warf René einen Blick zu. »Die wollen mir das Gehirn waschen«, flüsterte er. »Gehirnwäsche, so machen die das.«

»Seien Sie nicht albern, Mr Martinetti«, sagte der Pfleger. »Niemand will Ihnen das Gehirn waschen. Mund auf.«

René erkannte die kleine gelbe Pille. Haldol. Ein Antipsychotikum, das Patienten mit Flashbacks bekamen. Aber Martinetti sah etwas anderes. »Wer, Mr Martinetti?«, fragte René, ohne sich um die anderen zu kümmern. »Wer will Ihnen das Gehirn waschen?«

»Die NKPA«, flüsterte er ihr zu. »Die Scheißkommunisten. Wenn ich das nehme, bin ich erledigt, fertig, kaputt.«

Er versuchte, sich zu befreien. Offenbar sah er immer noch seinen sterbenden Kameraden vor sich, das Blut an seinen Händen und die feindlichen Schützen auf den Bergkämmen. René nahm seine Hand. »Mr Martinetti, ich bin es, René Ballard. Sehen Sie mich an. Bitte sehen Sie mich an.« Martinetti wandte ihr das Gesicht zu. In seinen Augen standen Tränen. »Niemand wäscht Ihnen das Gehirn. Bitte glauben Sie mir. Bitte nehmen Sie die Tablette.«

Er funkelte sie einen Augenblick lang an. Dann öffnete er den Mund, um etwas zu sagen, und die Schwester nutzte die Gelegenheit. Sie schob die Tablette hinein, hielt die Flasche an seinen Mund und spritzte Wasser hinein. Martinetti schluckte instinktiv, als würde er aus einer Feldflasche trinken. »Er hat eine kleine Schwester. Was sollen wir der sagen? Dass sie Gulasch aus ihm gemacht haben?«

Dann klickte etwas in ihm, und sein Gesichtsausdruck veränderte sich. »Denen zahlen wir es heim«, flüsterte er René verschwörerisch zu. »Das hab ich ihm versprochen.« Die Pfleger zogen ihn auf die Füße, um ihn zu seinem Zimmer zu führen. »Ich habe ihm mein Wort gegeben.« Er versuchte, sich zu befreien.

René fühlte, wie ihr eng ums Herz wurde. Sie nahm seine Hand und kam sich dabei vor, als hätte sie ihn verraten. In wenigen Minuten würde er wieder auf der Station sein, wo er auf keinen Fall sein wollte.

»Gehirnwäsche, so machen die das.«

Er wollte zu seinen Kameraden von der 187th Airborne, zu seinem Sonderkommando, um sich für das zu rächen, was sie Fuzzy Swenson im roten Zelt angetan hatten.

Als sie sich der Tür näherten, sah Martinetti René an. Dann warf er erneut einen Blick über die Schulter. »Ich hab ihn und seinen Kumpel gesehen. Ich hab die Schweine gesehen.« Seine Augen waren riesig und funkelten.

»Wen, Mr Martinetti? Wen haben Sie gesehen?«

»Den Colonel.«

»Welchen Colonel?«

»Chop-Chop.«

»Wer ist Chop-Chop? Sagen Sie mir das.«

»Sie waren hier.«

»Wer war hier?«

Aber Martinetti antwortete nicht. Er nickte nur vor sich hin, während sie ihn zu seinem Zimmer schleiften.

40

René saß noch lange in dem Zimmer und sah auf die raschelnden Blätter der Bäume vor dem Fenster. Alles war wieder ruhig, und draußen tanzten die Strahlen der niedrig stehenden Sonne in den Wäldern. Immer wieder hörte sie Martinettis gequälte Stimme und sah seine verzerrten Züge, in denen die Augen brannten wie glühende Kohlen.

Plötzlich stand sie wieder in der Küche ihrer Eltern an der Spüle und wusch das Geschirr vom Abendessen ab.

Ihre Mutter war ein Jahr zuvor gestorben, aber er kam ganz gut allein zurecht. Die Schwester vom Pflegedienst war schon weg. Ihr Vater war unten im Keller in seiner Werkstatt, aus der René alle gefährlichen Utensilien entfernt hatte. Er hatte im Laufe der Jahre so viele Modellautos gebaut, dass er geradezu ein Experte geworden war. Fast jeden Abend ging er nach dem Essen nach unten und schaltete seinen Kassettenrekorder ein. Zur Oldie-Musik saß er dann auf seinem Hocker und werkelte wie besessen vor sich hin. Als Kind hatte sie ihm bei mehreren Autos geholfen.

Für besonders knifflige Arbeiten wie Chromleisten und winzige Aufkleber benutzte er manchmal eine Juwelierlupe. Er hatte sogar aus Plastikplanen eine Lackkabine gebaut, die er eigens mit Handschuhöffnungen versehen hatte. Seine Arbeiten waren fantastisch, und er genoss die Bastelei. Im Laufe von fünfundzwanzig Jahren hatte sich eine bemerkenswerte Sammlung von Oldtimern angesammelt, von denen einige nur Matchbox-

Größe besaßen, während andere bis zu dreißig Zentimeter lang waren. Die Modelle standen nach Größe und Modelljahr geordnet auf Regalen. Mit ihren glänzenden Farben erinnerten sie René immer an die Schätze, die man in den Gräbern der Pharaonen gefunden hatte. Ihr Lieblingsauto war ein Packard von 1938, der aussah, als hätte er Clark Gable gefallen können. Ihr Vater mochte den Studebaker Commander von 1952 am liebsten, den ihre Eltern nach seiner Rückkehr aus Korea besessen hatten.

»Irgendwann gehört das alles dir«, hatte er einmal gesagt. »Damit kannst du einen ganzen Flohmarkt veranstalten.«

Es war kurz nach sieben, und das Licht der schräg stehenden Sonne fiel auf die Westwand des Hauses. Plötzlich hörte René unten ein Poltern. Sie stürzte zur Kellertür. »Alles in Ordnung, Dad?«, rief sie nach unten.

Keine Antwort.

»Dad, ist alles in Ordnung?« Von oben konnte sie sehen, wie das durch die Lichtschächte fallende Sonnenlicht orangefarbene Flecken auf die Werkbank malte, die sich mit dem Licht der Leuchtstoffröhre mischten.

»Dad?«

Stille. Dann folgte ein schrilles metallisches Krachen.

René raste die Treppe hinunter. Sie hatte halb damit gerechnet, dass ihr Vater unter einen Tisch oder eine Maschine gestürzt war, aber er stand mitten im Raum und schleuderte seine Modellautos gegen die Wände. Überall flogen die Bruchstücke herum.

»Dad, was tust du da?«

Er beachtete sie nicht. Mit irrem Blick riss er ein Auto nach dem anderen vom Regal und schleuderte es gegen die am weitesten entfernte Wand.

»Dad, hör auf. Hör auf!«

Aber er hörte nicht auf. Er warf ihr einen wilden Blick zu, nahm ein Feuerwehrauto und warf es zu Boden. Als es nicht zerbrach, fiel er auf die Knie und drosch mit einem Hammer darauf ein.

»Dad, bitte tu das nicht«, flehte sie ihn an.

Ohne sie zu beachten, griff er zum nächsten Auto und zerschmetterte es.

»Dad, die haben wir doch zusammen gebaut. Wir beide. Bitte, hör auf. Bitte.« Sie war den Tränen nahe.

Er erstarrte, den erhobenen Hammer noch in der Hand. Sein Gesicht war so wütend, dass sie einen entsetzlichen Augenblick lang fürchtete, er würde sich auf sie stürzen.

»Dad, ich bin's. René, deine Tochter.«

»Sie sind nicht meine Tochter. Wo ist meine Tochter? Sie sind eine ... Schwindlerin.«

Sie trat ins Licht der Deckenlampe. »Dad, ich bin's, René. Ich bin hier.«

Einen quälenden Augenblick lang sah sie, wie die Erinnerung sein armes, gemartertes Gehirn erreichte. Dann stöhnte er leise auf, als er das Trümmerfeld um sich herum sah. Der Hammer entfiel seiner Hand, und er fing an zu weinen.

»Ich hasse das«, sagte er, als sie ihn umarmte.

»Ich weiß, ich weiß«, flüsterte sie. »Ich hab dich lieb ...«

»Ich hasse es so sehr. Diese verdammten Löcher in meinem Kopf. Sie fressen mein ganzes Gehirn auf.« Seine Stimme erstarb.

»Bitte nicht«, bat sie. Seine Verzweiflung zerriss ihr das Herz. »Ich liebe dich, Dad. Ich hab dich doch so lieb.«

Lange standen sie so im ersterbenden Sonnenlicht inmitten der Zerstörung und hielten einander schweigend im Arm.

René konnte ihren Vater nicht wieder zum Leben erwecken, und sie hätte ihm auch den langsamen, unausweichlichen Verfall nicht ersparen können – das hatte sie letztendlich akzeptieren müssen. Aber sie würde alles tun, damit Louis Martinetti nach Hause zurückkehren und ein normales Leben führen konnte. Das ging nur, wenn er eine intakte Erinnerung zurückerlangte, die nicht von den traumatischen Erlebnissen im roten Zelt geprägt war.

41

Sechs Monate.

Im Dämmerlicht seines Krankenzimmers erwachte Jack erneut. Die Schwestern hatten regelmäßig nach ihm gesehen. Sein Kopf war an Monitore angeschlossen, weil man sichergehen wollte, dass er nicht wieder ins Koma gefallen war. Das war er nicht. Er hatte es auf die andere Seite geschafft. Sein Gehirn und seine Sinne nahmen die Eindrücke aus seiner Umgebung wahr. Grün und orange blinkende, piepsende Anzeigen, Infusionen und schadhafte Jalousien, durch die das graue Licht unmittelbar vor der Morgendämmerung hereinsickerte wie Nebel.

Sechs Monate.

Alle waren erstaunt und erfreut, dass er so klar, so logisch denken und sich so gut mitteilen konnte. Ein Wunder, hatten sie gesagt.

Ihm war das egal. Eben noch war er ein verheirateter Mann gewesen, der aus dem Schuldienst ausscheiden wollte, um gemeinsam mit Vince Hammond ein erstklassiges Restaurant zu eröffnen, das dem Stadtzentrum von Carleton gastronomische Klasse verleihen sollte. Und plötzlich war ein neues Jahr angebrochen, er war geschieden, ans Bett gefesselt und hatte höchstens noch den Speiseplan, an den er sich halten konnte. Er hatte das Gefühl, unter einen Lkw geraten zu sein.

Das Koma hatte ein Loch im vierten Jahrzehnt seines Lebens hinterlassen.

Beth.

Er vermisste Beth, die Beth von früher. Er vermisste die guten Zeiten, die sie erlebt hatten. Er sehnte sich danach, die Kluft zu überwinden und wieder von vorn anfangen zu können. Während die Monitore piepsten wie Vögel, starrte er auf die perforierten Deckenplatten.

Löcher. So viele Löcher.

Und so viele unbestimmbare Gefühle – grausige, geisterhafte Bilder. Schattenwesen, die furchtbare Dinge taten. Und Löcher ...

Dann schloss er die Augen und schlief wieder ein.

42

Nick und René saßen in der kleinen Snackbar, die von der Empfangshalle in Morningside abging. Draußen vor dem Fenster hörte René das vertraute Grollen eines hochverdichtenden Motors. Jordan Carr, den Nick ebenfalls für elf Uhr zu einer Besprechung eingeladen hatte, fuhr mit dem brandneuen silbernen Ferrari Maranello auf den Parkplatz.

»Ist der andere dreckig?«, fragte Nick grinsend, als Carr hereinkam.

»Sehr witzig.« Carrs Lächeln wirkte gezwungen.

Den roten Flecken auf seinen Wangen nach zu urteilen, ließ er sich nicht gern aufziehen. Außerdem wollte er nicht daran erinnert werden, dass er seine wachsende Sammlung italienischer Sportwagen nicht mit den Einnahmen aus seiner Praxis finanzierte, die er stark eingeschränkt hatte, sondern durch die Tests. Gavin Moy hatte ihn zur Nummer zwei des Projekts ernannt.

Nick ging voran ins Besprechungszimmer. Obwohl es sich um eine Routinesitzung für die an der klinischen Studie beteiligten Ärzte und Forscher handelte, hatte Nick Peter Habib sowie Kevin Maloney und Hassan Vadali, zwei Forscher von GEM Tech, eingeladen, um die neuesten Daten durchzugehen.

Nach dem Austausch einiger höflicher Floskeln kam Nick zum Thema. »Die gute Nachricht ist, dass sich die Ergebnisse der Testpatienten deutlich verbessern.« Er nannte mehrere Patienten, unter anderem auch Louis Martinetti, die beim Mini-Mental-Status bessere Ergebnisse erreicht hatten als die Vergleichsgruppe, die Placebos bekam. »In den anderen Heimen sind die Resultate ähnlich. Damit sind wir natürlich sehr zufrieden, weil diese positive Entwicklung die Wirksamkeit von Memorin belegt.«

Alle Anwesenden hatten eine Zusammenfassung des Berichts erhalten, an dem René mitgearbeitet hatte.

»Allerdings beunruhigt mich das zunehmende Auftreten von Flashbacks«, fuhr Nick fort. »Bei mehreren Patienten hier und in anderen Heimen wurde regressives Verhalten beobachtet.« Nick nannte mehrere Namen.

»Ich hatte auch ein paar dieser Fälle«, ergänzte Peter Habib. »Wie Sie wissen, ging der von William Zett vor einigen Wochen tragisch aus. Seine Schwester und sein Schwager waren dabei. Er war völlig in einem Kindheitserlebnis gefangen und redete mit Spielkameraden von damals. Schließlich rutschte er rückwärts eine Rutsche herunter und brach sich dabei das Genick. Niemand weiß, was in ihm vorging, aber seine Angehörigen sagen, er hätte vor dem Unfall verängstigt und verstört gewirkt. Es muss sich um ein traumatisches Erlebnis gehandelt haben, das er gezwungenermaßen noch einmal durchmachte. Ich finde das höchst beunruhigend.«

Nick stimmte zu. »Problematisch ist vor allem, dass vor Beginn der Studie praktisch keiner der Patienten unter solchen Anfällen litt.«

»Bei wie vielen Patienten sind diese sogenannten Flashbacks bisher aufgetreten?«, wollte Vadali wissen.

Das war eine Fangfrage, denn René wusste, dass die Zahl im Bericht aufgeführt war. »Etwa dreißig Prozent. Das könnte eine beschleunigte Zulassung durch die FDA gefährden.«

Es war das erste Mal, dass Nick eine solche Warnung aussprach. Vielleicht hatten die Vertreter von GEM Tech damit gerechnet, denn sie wirkten nicht gerade erschüttert.

»Und was zeichnet die Flashbacks aus?«, fragte Maloney. »Sie scheinen diese Anfälle für ein eigenständiges neurologisches Phänomen zu halten.«

Nick gab die Frage an René weiter, die an Maloneys Gesichtsausdruck sah, dass ihm ihre Antwort nicht gefallen würde. »Das Pflegepersonal beschreibt sie in den Berichten als komplexe Wahnvorstellungen, die sich durch regressives Verhalten der Patienten auszeichnen.«

»Wie soll ich mir das vorstellen?«

»Sie sprechen wie Kinder, singen Kinder- und Weihnachtslieder, spielen stundenlang mit Spielzeug oder lesen Bilderbücher. Es sieht aus, als wären sie in irgendwelchen früheren Erlebnissen gefangen.«

Maloney nickte. »Und Sie meinen, diese Wahnvorstellungen wären auf Memorin zurückzuführen.«

Entweder stellte er sich dumm, oder er hatte die Berichte nicht gelesen, die René regelmäßig an die Entwicklungsabteilung von GEM Tech schickte. Oder sie nahmen sie einfach nicht ernst. »Ich würde sagen, es gibt Hinweise auf eine Wechselbeziehung, die einem bestimmten Muster folgt«, erwiderte sie.

»Außerdem scheint ein Zusammenhang zwischen der Häufigkeit dieser Flashbacks und einem im MRI festgestellten Rückgang der neurologischen Veränderungen zu bestehen«, ergänzte Habib. »Das ist nicht sehr fundiert, aber es könnte etwas dran sein. Wir sollten bei unseren Screenings gezielt darauf achten.«

»Das klingt wie ein Ja«, meinte Vadali.

»Dann eben ja – sie werden durch Memorin ausgelöst«, sagte Habib.

»Und was meinen Sie, Dr. Mavros?«, fragte Vadali.

»Ich bin da relativ ergebnisoffen, obwohl die Wechselbeziehung beunruhigend ist.«

»Mehr als beunruhigend«, stellte Habib fest. »Ich halte das Medikament für fehlerhaft. Damit müssen wir uns befassen.«

Fehlerhaft. Das Wort flatterte in der Luft wie eine Fledermaus.

»Das glaube ich nicht eine Sekunde lang«, sagte Maloney. »Aber selbst wenn es stimmen würde, werden diese Schwächen durch die enormen Fortschritte bei den kognitiven Fähigkeiten und der Alltagstauglichkeit mehr als ausgeglichen.«

René spürte, dass die Front wie ein seismischer Graben quer über den Tisch verlief: Auf der einen Seite standen die GEM-Tech-Leute und die Heimverwaltungen, auf der anderen sie selbst, Peter Habib, eine Krankenschwester und Nick. Jordan Carr hatte bis jetzt nicht reagiert.

»Das Problem ist, dass sich die Patienten nicht mehr aus diesen traumatischen Erlebnissen lösen können und außer Kontrolle geraten. Deswegen werden sie mit Antiepileptika, Antipsychotika und Beruhigungsmitteln behandelt, die ihre geistige Erholung verhindern.« René sah die Stationsschwester an, die das bestätigte.

»Wieso das?«

»Sie werden ruhig gestellt.«

»Wir bemühen uns, hier und in den anderen Heimen, die an der Studie teilnehmen, die richtige Dosierung und Kombination von Wirkstoffen zu finden«, erklärte Nick.

Maloney wandte den Blick nicht von René, aber sie ließ sich nicht beirren. »Ich schlage vor, diese Zwischenfälle nicht nur mit Antipsychotika zu behandeln, sondern die Art der Verbindung zu untersuchen. Ich halte diese Flashbacks für eine Nebenwirkung von Memorin.«

Jordan Carr räusperte sich. »Bei allem Respekt, Peter, aber ich muss darauf hinweisen, dass Wahnvorstellungen aufgrund von posttraumatischem Stress bei Patienten mit mittelschwerer bis schwerer Demenz nicht ungewöhnlich sind. Ich denke, damit haben wir es hier zu tun. Schließlich gehören alle Betroffenen zu dieser Gruppe. Außerdem hat Mr Martinetti laut Bericht des Pflegepersonals keine längeren Flashbacks mehr erlebt, seit er mit Antipsychotika behandelt wird.«

»Das stimmt nicht ganz«, wandte René ein. »Er hatte einen Anfall, bei dem er sich in ein schreckliches Erlebnis aus seiner Zeit als Kriegsgefangener zurückversetzt fühlte, ohne sich daraus befreien zu können.«

Unbehagliches Schweigen erfüllte den Raum, als sie den Zwischenfall beschrieb.

»Besonders beunruhigend scheint mir, dass er nach Aussage seiner Frau und seiner Tochter vorher nie solche Flashbacks hatte«, fuhr René fort. Sie brauchte nicht zu erwähnen, was dies für die öffentliche Wahrnehmung bedeutete. Immerhin galt Memorin als Wundermittel, und Louis Martinetti war die Galionsfigur einer Marketingkampagne, die eine halbe Milliarde Dollar kosten sollte.

»Ich sehe das genauso«, erklärte Peter Habib. »Die Patienten fühlen sich in irgendwelchen traumatischen Erlebnissen aus ihrer Vergangenheit gefangen. Und nichts in ihrer Krankengeschichte weist darauf hin, dass sie schon früher unter einem posttraumatischen Stresssyndrom gelitten hätten.«

»Aber in den Berichten aus der Frühphase der Tests deutet nichts auf eine solche Wirkung hin«, hielt Maloney dagegen. »Ich meine daher, Dr. Carr hat recht. Selbstverständlich sollten wir das Verhalten der Patienten weiter genau beobachten.« Er setzte ein versöhnliches Lächeln auf.

»Genau das haben wir vor.« Nick erklärte, wie sie in Zukunft die Steigerung der kognitiven Fähigkeiten messen wollten, während gleichzeitig medizinische, demografische oder gar genetische Ursachen der Flashbacks untersucht werden sollten.

Während er und die anderen weiter diskutierten, hielt sich René zurück und machte sich Notizen. Sie hatte sich ohnehin den Ruf erworben, ein selbst ernannter Wachhund im Stile eines Ralph Nader zu sein. Außerdem hatte Nick die Leitung und eine vernünftige Strategie entwickelt.

Sie versuchte, sich ins Gedächtnis zu rufen, dass alle im Raum – GEM-Tech-Leute, Schwestern und Ärzte – ehrenhafte Menschen waren, die ihre beruflichen Fähigkeiten zum Wohle von Demenzpatienten einsetzten. Leider wurde sie das Gefühl nicht los, dass das Wohl der Firma mindestens so wichtig war wie der medizinische Aspekt. Es sah ganz so aus, als hätten die in diesem Raum getroffenen Entscheidungen ebenso viel mit Shareholder Value wie mit Wissenschaft zu tun.

Nach dem Ende der Besprechung zog Jordan Carr sie zur Seite. »Ich glaube, wir haben eine gute Strategie erarbeitet. Aber vielleicht haben Sie nicht ganz unrecht.«

»Das wäre doch einleuchtend.«

»Falls an diesen Anfällen etwas dran ist, werden wir für Abhilfe sorgen.« Er klopfte ihr auf die Schulter.

Sie nickte.

Er sah sie über die Brille hinweg an. »Und warum sind Sie dann so unzufrieden?«

»Weil ich das Gefühl habe, man will mich unter Druck setzen, damit ich über gewisse Probleme hinwegsehe.«

»Von welchem Druck reden Sie? Was meinen Sie damit?«

Sie öffnete ihre Aktentasche und holte ein Paar Perlenohrringe, zwei Karten für ein Celtics-Spiel, Karten für das Bostoner Symphonieorchester und das Boston Pops Orchestra sowie eine Jahresmitgliedschaft im Kingsbury Klub, einem teuren Fitnesscenter im Bostoner Süden, hervor. »Ich bin übrigens nicht die Einzige. Schwestern, Pfleger und andere Mitarbeiter des Heims werden von GEM mit Geschenken überschüttet. Sogar Reisen auf die Bermudas und nach Jamaika waren dabei.«

»Eine Anerkennung dafür, dass sie an der Studie mitarbeiten.«

»Sie meinen, das ist in der Branche so üblich.«

»In jeder Branche, und das ist völlig in Ordnung.« Er griff nach den Karten für das Bostoner Symphonieorchester. »Das große Geld ist das ja nicht gerade.«

»Nein, aber das hier.« Sie hielt einen Brief in die Höhe. »Von Tanner Walker, dem Finanzvorstand von GEM. Er bietet mir Aktienoptionen an.« Sie nannte keine Zahlen, aber in dem Brief, den sie eben erst erhalten hatte, wurden ihr zum Dank für ihre Leistungen im Dienste der Firma und der Alzheimerkranken Kaufoptionen für fünftausend GEM-Tech-Aktien zum Preis von fünf Dollar pro Aktie angeboten. Sie hatte drei Jahre, ihre Option auszuüben.

»Herzlichen Glückwunsch.«

»Glückwunsch?«

»Ja, René. In ein paar Jahren könnten Sie eine reiche Frau sein.«

Er hatte recht. Falls Memorin von der FDA zugelassen wurde, könnte sie mit ihren Aktien in einem Jahr ihre gesamten Kredite zurückzahlen und hätte danach immer noch mehr Geld übrig, als sie sich je hätte träumen lassen. Aber genau das gefiel ihr nicht. René hatte Menschen, die im Gesundheitswesen tätig waren, und besonders Ärzte, immer als von Natur aus gut und vertrauenswürdig gesehen. Doch bei dieser Studie war ihr nackte Habgier begegnet – was der neue Ferrari in Carrs Sammlung anschaulich belegte.

Carr schien ihre Gedanken zu lesen. »Verstehen Sie mich nicht falsch«, sagte er. »Ich bin nicht wie Michael Douglas in *Wall Street* – ›Gier ist gut‹, Sie wissen schon. Aber wer sagt, Geld ist ihm egal, der lügt. Und außerdem ist es ja nicht schädlich, wenn man gleichzeitig Gutes tut und Geld damit verdient.«

»Dr. Carr, das ist kein Bonus, das ist Bestechung.«

»Bestechung? Das ist ja lächerlich.«

»Dann klären Sie mich bitte auf. Erst werden wir eingeschüchtert, damit wir nicht über den Zuchowsky-Mord reden. Jetzt wollen sie uns kaufen, damit wir über die Flashbacks hinwegsehen.«

»Niemand will irgendwen kaufen. Leistung soll nur belohnt werden, damit jeder sein Bestes gibt. Mitarbeiterbonus nennt man das.«

»Aber ich bin keine Mitarbeiterin von GEM.« Am liebsten hätte sie erwähnt, dass das auch für ihn galt und dass Pharmaunternehmen Ärzte gern mit sogenannten Bonusleistungen überschütteten. Teure Geschenke für die Ehepartner, kostenlose Reisen in exklusive Skiorte und in die Tropen, damit die Mediziner Produkte der spendablen Firma verschrieben. Und niemand protestierte dagegen. Niemand sprach von einem Interessenkonflikt. Der Grund dafür war, dass die Pharmaunternehmen über nahezu unbegrenzte Mittel verfügten und sich die besten Anwälte der Welt leisten konnten.

»Sie wollen sicherstellen, dass wir alle im selben Boot sitzen, damit wir die Studie im bestmöglichen Licht darstellen. Natürlich ohne uns über ethische Bedenken hinwegzusetzen, zumindest nach außen hin.«

»Niemand verlangt von Ihnen, dass Sie sich über ethische Bedenken hinwegsetzen. Und vergessen Sie nicht, dass Sie arbeitslos wären, wenn es keine Pharmaunternehmen gäbe.« Er überlegte. »Und ich auch.«

»Stimmt, aber ich habe trotzdem ein ungutes Gefühl dabei.«

»Wissen Sie, René, wenn Ihnen das mit den Aktienoptionen nicht gefällt, dann üben Sie sie einfach nicht aus.« Schon im

Gehen holte er zu einem letzten Seitenhieb aus. »Das hier ist ein Zug in voller Fahrt. Den halten Sie nicht auf, wenn Sie sich auf die Gleise werfen.«

Sie sah ihm nach, als er davonging. Offenkundig interessierte er sich mehr für seinen silbernen Schlitten vor der Tür als für Louis Martinettis Privatkrieg mit Colonel Chop-Chop.

43

Drei Tage nachdem er aus dem Koma aufgewacht war, wurde Jack in die Pflegeeinrichtung der Rehaklinik verlegt.

Dort legte ihm Marcy gemeinsam mit einem Physiotherapeuten einen Kompressionsverband an, um zu verhindern, dass sich das Blut in den Beinen staute. Dann wurde er auf einem Kipptisch festgeschnallt, der ihn auf das aufrechte Sitzen vorbereiten sollte. Sie erzählten ihm etwas von orthostatischer Hypotension und dass sich sein autonomes Nervensystem erst wieder an die aufrechte Haltung gewöhnen müsse. Er hörte die Worte, machte sich aber nicht die Mühe, die Erklärungen zu verarbeiten.

Alle fünf Minuten wurde er um jeweils zehn Grad bis auf eine Neigung von fünfundsechzig Grad angehoben, wobei Blutdruck und Herzfrequenz ständig kontrolliert wurden. Das nahm eine Stunde in Anspruch, und am Ende war ihm schwindlig.

»Was nicht benutzt wird, rostet ein«, erklärte der Physiotherapeut. »Durch die aufrechte Stellung erhöht sich der periphere Widerstand. Wir wollen nicht, dass Ihr Blutdruck plötzlich absinkt.«

Jack nickte. Auf jeden Fall freute er sich, nicht mehr auf dem Rücken liegen zu müssen, wie er es offenbar eine Ewigkeit lang getan hatte.

Trotz der langen Zeit, die vergangen war, spürte er unter der dünnen Membran seines Bewusstseins nagende und doch nicht recht zu fassende Erinnerungen, die von Zeit zu Zeit in unzusammenhängenden Bruchstücken an die Oberfläche traten.

Seit er aufgewacht war, animierten ihn Schwestern und Pfleger ständig zum Reden. Allmählich wurde seine Stimme kräftiger und er musste nicht mehr so mühsam nach Worten suchen, aber er hatte trotzdem das Gefühl, wieder ganz am Anfang zu stehen. Er musste Dinge neu lernen, die er früher fast instinktiv getan hatte.

Trotz der ständigen intensiven Physiotherapie während seines Komas hatte er fünfundsiebzig Prozent seiner Muskelkraft verloren. Mit dem für ihn erstellten intensiven Rehabilitationsplan bestanden jedoch nach Auskunft des Physiotherapeuten gute Aussichten, dass er in einem Monat zumindest am Stock gehen konnte.

Da Jack so lange über eine Magensonde ernährt worden war, erhielt er noch keine feste Nahrung. Es bestand die Gefahr, dass er sie einatmete und wieder im Krankenhaus landete. Also wurde er zwei Tage lang mit eingedickten Flüssigkeiten gefüttert, bevor er sich an pürierten Speisen versuchen durfte. Er komme sich vor wie ein Baby, erzählte er Marcy.

Am Nachmittag des dritten Tages, nachdem er aus dem Koma erwacht war, setzten Marcy und der Physiotherapeut Jack in einen Rollstuhl und fuhren ihn zum Büro der Neurologin, die sich als Dr. Vivian Heller vorstellte. Dr. Heller war groß und dünn. Ihr scharf geschnittenes Gesicht hatte vogelähnliche Züge, und das rotbraune Haar trug sie zu einem Knoten aufgesteckt.

»Herzlich willkommen«, begrüßte sie ihn. »Wie fühlen Sie sich?«

Jacks linker Fuß schmerzte, er sah immer noch nicht ganz scharf und wurde das Gefühl nicht los, in seinem Gehirn krabble ein Käfer. »Gut.«

»Ich weiß, dass die Situation für Sie schwierig und verwirrend ist, aber Sie erholen sich in Rekordzeit.«

»Da kann ich mich ja glücklich schätzen.«

»Das können Sie allerdings. Nur ein Bruchteil aller Patienten erwacht wieder aus einem Langzeitkoma. Es ist ein Wunder, dass Sie schon so fit sind.«

Er nickte.

Dann öffnete sie ihren Ordner. »Wenn Sie nichts dagegen haben, würde ich gern Ihre neurologischen Fortschritte prüfen – Gedächtnis und so. Einverstanden?«

»Einverstanden.«

»Gut. Ich stelle Ihnen Fragen und Sie beantworten diese, so gut Sie können. Wissen Sie, in welchem Bundesstaat wir uns befinden?«

»Massachusetts.«

»Und in welchem Land?«

»In den Vereinigten Staaten von Amerika.«

»Gut. Und wie heißt der Präsident der Vereinigten Staaten?«

»George W. Bush.«

»Und sein Vorgänger?«

»Bill Clinton.«

»Sehr gut. Wo wurden Sie geboren?«

»Worcester, Massachusetts.«

»Wie heißt die Hauptstadt von England?«

»Fisch.«

»Fisch?«

Er schloss die Augen. »Ich rieche Fisch … Die Luft riecht nach Fisch.«

»Sie meinen das Meer.« Die Ärztin schnupperte. Das Fenster stand offen, sodass die Brise draußen zu spüren war. »Ich rieche nichts, obwohl wir nur ein paar Kilometer von der Küste entfernt sind. Sie meinen also, Sie riechen den Ozean.«

»Wohl nur in meiner Vorstellung.« Er schloss die Augen. »Und noch etwas … wie ein Schwimmbecken … Chlor.«

Die Ärztin machte sich weitere Notizen. »Dem Polizeibericht

zufolge wurden Sie auf Homer's Island gefunden. Erinnern Sie sich, was Sie getan haben, als Sie in den Quallenschwarm gerieten? Was wollten Sie da draußen?«

»Meine Familie hat dort immer ein Ferienhaus gemietet.«

»Als Sie klein waren?«

»Mhm.« Der Käfer in seinem Gehirn verdoppelte sich und fing an, parallele Gänge in die grauen Zellen zu fressen.

»Verstehe. Aber wenn ich mich nicht irre, waren Sie allein da draußen.«

»Todestag …«

Die Ärztin wartete. »Wessen Todestag?«

»Der meiner Mutter. Sie ist vor langer Zeit bei einem Sturm ums Leben gekommen.«

»Aha. Darf ich Sie fragen, wie lange das her ist? Wie alt waren Sie bei ihrem Tod?«

»Zwei.«

»Zwei? Aber Sie haben doch gesagt, Ihre Eltern hätten das Haus jeden Sommer gemietet, als Sie klein waren.«

»Mein Vater ist kurz nach meiner Geburt bei einem Flugzeugabsturz ums Leben gekommen. Nach dem Tod meiner Mutter haben mich mein Onkel und meine Tante aufgezogen.« Er wusste nicht recht, ob sich die Ärztin wirklich für diese Informationen interessierte oder nur seiner Erinnerung auf die Sprünge helfen wollte.

»Und wie hießen die beiden?«

»Nancy und Kirk.«

»Und Ihre Eltern?«

»Rose und Leo.«

»Welchen Beruf hatte Ihr Vater?«

»Er war Stahlarbeiter.«

»War Ihre Mutter berufstätig?«

»Ja, sie war Biochemikerin.«

Heller zog die Brauen hoch. »Tatsächlich. Sehr ungewöhnlich für eine Frau damals.«

Wahrscheinlich fragte sie sich in Wirklichkeit eher, wie eine Wissenschaftlerin an einen Stahlarbeiter geraten konnte.

»Es war eine arrangierte Ehe«, erklärte er. »Das war unter Einwanderern damals so üblich.«

»Ihr Langzeitgedächtnis scheint mir exzellent. Jetzt würde ich gern Ihr visuelles Gedächtnis testen. Wenn Sie müde werden, sich verwirrt fühlen oder aufhören wollen, sagen Sie mir das bitte.«

»Okay.« Die Käfer hatten sich inzwischen mehrfach verdoppelt und summten in ganzen Schwärmen hinter seinen Augen.

Sie holte einen kleinen Stapel von Karten im Format zwanzig mal dreißig hervor und legte sie auf den Tisch. »Zunächst werde ich Ihnen nacheinander verschiedene Zeichnungen zeigen. Sie können sich jede davon fünf Sekunden ansehen. Dann drehe ich die Bilder wieder um und stelle Ihnen Fragen zu dem, was Sie gesehen haben. Alles klar?«

»Alles klar.«

»Gut.« Sie drehte die erste Karte um und hielt sie in die Höhe – eine farbenfrohe Zeichnung von einem Haus, vor dem Kinder spielten. Auf dem Rasen lag Spielzeug, unter einem Busch lauerte eine Katze, und auf dem Dach saßen Vögel. Nach fünf Sekunden drehte sie die Karte wieder um. »Wie viele Kinder spielen im Garten?«

»Zwei.«

»Wie viele Vögel sitzen auf dem Haus?«

»Fünf.«

»Ist der Kamin rechts oder links am Haus?«

»Rechts.«

»Welche Farbe hat das Haus?«

»Blau.«

»Wie viele Fenster sind vorn am Haus?«

»Fünf.«

»Welche Nummer hat das Haus?«

»Dreihundertneunundsiebzig.«

»Wie viele Büsche stehen vor dem Haus?«

»Zwei.«

»Richtig oder falsch: Vor dem Haus steht ein Hydrant.«

»Falsch.«

Die Ärztin las insgesamt zehn Fragen vor und notierte Jacks Antworten. Danach sah sie ihn über ihre Lesebrille hinweg an. »Sehr gut. Alles richtig. Versuchen wir das nächste Bild.«

Die nächste Zeichnung war komplexer und enthielt mehr Details. Auf einer Wiese weideten Kühe, Pferde und Schafe, während im Hintergrund ein Bauernhaus mit Scheune zu sehen war. Die Ärztin legte die Karte wieder ab und stellte noch einmal zehn Fragen, die Jack beantwortete.

»Gut gemacht«, sagte Dr. Heller, als er fertig war. Sie öffnete eine andere Mappe. »Okay, jetzt zeige ich Ihnen fünf Sekunden lang eine Buchstabenfolge, die Sie dann bitte aus dem Gedächtnis wiederholen.«

Jack nickte. Das Summen der Käfer in seinem Kopf wurde lauter, als hätte jemand am Ton gedreht. Sie hielt die erste Karte fünf Sekunden lang in die Höhe und legte sie wieder weg.

»GU.«

Das wiederholte er mit allen folgenden Sequenzen innerhalb der vorgegebenen Zeit.

»RXW.«

»XIURZ.«

»APXOZNT.«

»QMENRBTJH.«

»EIDYTAWXIZBJM.«

Als er mit der letzten Sequenz fertig war, huschte ein seltsamer Ausdruck über Dr. Hellers sonst so ausdrucksloses Gesicht.

»Wie habe ich mich geschlagen?«, fragte Jack.

Die Ärztin sah ihn mit einem merkwürdigen Ausdruck an und schüttelte den Kopf zum Zeichen, dass sie sich noch nicht dazu äußern wollte. »Okay, diesmal zeige ich Ihnen fünf Sekunden lang Wortreihen. Merken Sie sich bitte so viele wie möglich davon. Die Reihenfolge ist unwichtig. Nur so viele Wörter wie möglich.«

Die erste Karte war kurz: KAKAO, SCHOKOLADE, KUCHEN, GESCHMACK, SÜSS.

Nach fünf Sekunden wiederholte Jack die Wörter.

Dann folgte die nächste Sequenz: NICKERCHEN, SCHLUMMER, KISSEN, MÜDE, RUHE, AUFWACHEN, DÖSEN, BETT.

Und die nächste: HUND, FELL, BELLEN, FLAUSCHIG, SCHWANZ, LECKEN, SPRINGEN, PFOTEN, LEINE.

Und noch eine: STRAND, SAND, OZEAN, KRABBE, WELLEN, MUSCHELN, SONNE, SALZ, BOOT, FISCH.

Jack antwortete, aber das Summen in seinem Kopf war so stark, dass seine Zähne schmerzten.

MESSER, SCHNEIDEN, SPITZE, HAMMER, STAHL.

Die Ärztin unterbrach sich. »Ist alles in Ordnung, Mr Koryan?«

Er schüttelte den Kopf.

»Vielleicht können wir später weitermachen.«

Wirre Bilder schwammen in seinem Kopf wie Abfall in einem schlammigen Strudel. Sein Kopf dröhnte vom Summen der Käfer. »Tut mir leid«, flüsterte er.

»Das braucht Ihnen nicht leidzutun. Ist Ihnen schlecht oder schwindlig? Fühlen Sie sich desorientiert?«

Er schüttelte vorsichtig den Kopf. »Müde.«

»Gut. Wir können morgen weitermachen, aber ich kann Ihnen sagen, dass Sie ausgezeichnet abgeschnitten haben. Ein durchschnittlicher Erwachsener kann sich sieben Buchstaben merken, mit einer Abweichung von plus oder minus zwei. Bei Ihnen waren es elf. Ich weiß nicht, was ich dazu sagen soll, aber Ihr Kurzzeitgedächtnis ist überragend.«

Die Käfer hatten sich nun von dem Tunnel hinter seiner Stirn in seinen Hinterkopf durchgefressen. Die Ärztin sollte gehen. Er wollte allein sein. Er wollte die Augen schließen und in einen langen, tiefen Schlaf fallen.

»Dann lasse ich Sie jetzt in Ruhe«, sagte Dr. Heller. Sie stand auf und fing an, ihre Papiere in ihrer Aktentasche zu verstauen. »Wenn Sie nichts dagegen haben, würde ich Sie gern noch etwas fragen. Das ist aber kein Test.«

Jack kam sich vor, als würde er durch pulsierende Schlitze sehen. »Gern, aber kann ich danach bitte etwas gegen meine Kopfschmerzen haben?«

»Das können Sie sofort«, sagte sie und nahm ein Zweierpack aus ihrer Kitteltasche. Sie steckte ihm die Tabletten in den Mund und hielt ihm einen Becher Wasser an die Lippen. »Darf ich Sie fragen, woher der Name Koryan kommt?«

»Er ist armenisch.«

Doch eine Testfrage. Bis er wieder völlig gesund war, würde ihn das Pflegepersonal wahrscheinlich immer wieder mit kleinen Fragen zu seinem Lebenslauf überraschen, um sicherzugehen, dass seine Festplatte nicht defekt war.

»Sprechen Sie Armenisch?«

»Nein.«

»Und früher?«

Seine Tante und sein Onkel hatten mit ihm nur Englisch gesprochen, obwohl sie sich gelegentlich auf Armenisch miteinander unterhielten. »Nein.«

»Würden Sie die Sprache erkennen, wenn Sie sie hören?«

»Ich denke schon.« Er kannte Armenisch nur aus den Lebensmittelgeschäften in Watertown, dem Little Armenia der Ostküste.

Sie warf ihm einen merkwürdigen Blick zu und holte ein kleines Tonbandgerät aus ihrer Aktentasche. »Bitte hören Sie sich das an.« Damit hielt sie ihm das Gerät vor die Nase und schaltete ein.

Zuerst war ein elektronisches Rauschen zu hören, wie von einer offenen Telefonleitung, während im Hintergrund nicht zu definierende Geräusche zu vernehmen waren. Irgendwo unterhielten sich gedämpfte Stimmen, in der Ferne startete ein Jet. Jemand atmete. Die Monitore piepsten leise. Dann kam eine Stimme, die eine Sekunde lang ins Innerste seines Herzens zu dringen schien. *»Aman sirem anushig.«* Eine hohe, flatternde Frauenstimme, die klang, als wäre sie durch einen Ventilator gesprochen.

Im nächsten Augenblick traf ihn die Erkenntnis wie ein Blitz. Das war seine eigene Stimme.

Die Aufnahme lief weiter, während er Dr. Heller nur hilflos ansehen konnte. Ihr Gesicht löste sich von dem weißen Kittel und verschwamm in der Suppe der Empfindungen in seinem Gehirn. Sein Gesichtsfeld verengte sich, und alles um ihn herum zersprang in glitzernde Scherben. Er kam sich vor, als sähe er den Raum durch eine zersprungene Windschutzscheibe.

Plötzlich lösten die Käfer einen Alarm aus, der ein rasendes Blinklicht aktivierte. Jack wurde herumgewirbelt, als hätte sich sein Rollstuhl in ein Karussell verwandelt. Die Geräusche drangen nur noch leise und abgehackt an sein Ohr … sein Name … jemand rief seinen Namen … eine Frauenstimme, die Ärztin … Dr. Heller, aber er konnte sie nicht finden.

»Zimmer drei neunzehn … hat einen Anfall … Diazepam und Dilantin … schnell …«

Sein Körper schüttelte sich wie von einem Elektroschocker gepeinigt. Kalte, schmerzhafte Wellen schossen durch seinen Schädel.

»Legen Sie ihn hin, bevor er sich verletzt.«

Er wurde aus dem Rollstuhl gehoben.

Von irgendwo außerhalb seines Körpers, von einem Ort über der Zimmerdecke, sah er, wie sie ihn auf die glatten Laken legten. Die Sehnen in seinen flach ausgestreckten Beinen schmerzten. Er kam sich vor wie ein überlanges, missgestaltetes Kind. Seine eigene Stimme machte keuchende Laute. Er riss die Augen weit auf und starrte Marcy in namenlosem Entsetzen an. Dann wurde sein Körper von einem Krampf geschüttelt, und ein Schrei entrang sich seiner Brust.

»Mr Koryan, beruhigen Sie sich. Es ist alles in Ordnung. Entspannen Sie sich.«

Er hörte sich selbst wimmern, als sich sein Bewusstsein von der Außenwelt abschottete. Warme Hände nahmen seine kleine Faust und rieben die traurigen kleinen Finger, bis sie sich öffneten.

Aman sirem.

In dem Augenblick, in dem die Welt zu einem Stecknadelkopf zusammenschrumpfte und implodierte, spürte Jack ein schwaches Kitzeln in seiner Kehle.

»Mairik.«

44

»Er hatte schon wieder einen Flashback.«

René war kurz vor Mittag in Broadview eingetroffen und hatte sich in der Eingangshalle mit Nick getroffen. Während er mit ihr zur geschlossenen Abteilung ging, erklärte er ihr, was mit Louis bei einem Besuch seiner Frau und seiner Tochter passierte. »Alles lief prima, bis Louis anfing, von einem roten Zelt und Fuzzy Dingsbums zu schwafeln und durchdrehte. Für seine Frau muss es besonders schlimm gewesen sein.«

»Was haben die Schwestern getan?«

»Ihm Diazepam gespritzt.«

Im Heim war es so gut wie nie nötig, Beruhigungsmittel zu injizieren.

»Seine Tochter meint, ihr sind die Halluzinationen lieber, als wenn er vor sich hin vegetiert«, fuhr Nick fort. »Mit ein paar Flashbacks kann sie leben, sagt sie.«

»Was ist mit Mrs Martinetti?«

»Sie wird sich wohl daran gewöhnen müssen. Besser, als ihn ganz zu verlieren.«

»Nur dass er sich weigert, die anderen Medikamente zu nehmen, die Zahl und Intensität der Flashbacks reduzieren sollen.«

Sie waren an der geschlossenen Abteilung angekommen, wo Nick den Code eingab, der die Tür öffnete.

»Ich frage mich nur, was passiert, wenn er aus einem dieser Flashbacks nicht mehr zurückkehren kann oder will«, sagte René.

Er nickte grimmig. »Das wäre allerdings ein Problem. Aber deswegen habe ich dich nicht angerufen. Hast du die neueste Patientenliste gesehen?«

»Nein.«

Nick ging mit ihr zu einem kleinen Aufenthaltsraum im Gang mit den Werk- und Therapieräumen. »Das hat der Präsident bei seinem Besuch auch nicht zu Gesicht bekommen.« Er öffnete die Tür.

Drei Patientinnen saßen in ihren Rollstühlen vor einem mit reduzierter Lautstärke laufenden Fernseher. Zwei davon kannte René: Frauen in den Achtzigern, die an fortgeschrittener Demenz litten. Die dritte konnte sie nicht sofort einordnen. Sie trat näher heran und sah sich das Gesicht genau an. Dann traf sie die Erkenntnis wie ein Faustschlag.

Clara Devine.

Während der sechs Monate im McLean Hospital war ihr Körper so verkümmert, dass sie an den Rollstuhl gefesselt war. Im Gegensatz zu den anderen Frauen sah sie nicht auf, als René und Nick hereinkamen, sondern starrte nur ausdruckslos mit trüben Augen auf den Bildschirm.

»Sie ist seit zwei Tagen wieder hier«, erklärte Nick. »Im McLean sind sie zu dem Schluss gekommen, dass sie keine Gefahr für sich und andere mehr darstellt.«

Das war offensichtlich. Clara wirkte wie ein jämmerliches Zerrbild der einst so energischen Frau, die das Pflegepersonal belauscht hatte, um aus der Abteilung entkommen zu können.

»Mein Gott«, flüsterte René.

»Sie hat natürlich nach dem Mord kein Memorin mehr bekommen. Etwa zwei Monate später waren die Plaques wieder da.«

Der Pfleger hielt Clara ein Glas Wasser mit einem Trinkhalm an die Lippen und sprach leise mit ihr. Aber Clara reagierte nicht. Offenkundig war sie nicht mehr in der Lage, zu sprechen und selbstständig Nahrung zu sich zu nehmen. Ihre Haut schlabberte um die Knochen wie ein übergroßer Sitzbezug. Ihrem Aussehen nach zu urteilen, konnte es nicht mehr lange dauern, bevor sie bettlägerig wurde. Dann war es nur noch eine Frage von Wochen, bis sie vergaß, wie man aß. Vielleicht starb sie auch an Herz- oder Nierenversagen, oder ihre Lungen füllten sich mit Flüssigkeit.

»Ihre Schwester hat darum gebeten, keine zusätzlichen Maßnahmen einzuleiten.«

Über Clara Devines Rückfall wurde Stillschweigen bewahrt, aber er würde keine rechtlichen Folgen haben. Das Kleingedruckte der Zustimmungserklärung enthielt eine Klausel, die Klinikpersonal, Forscher, Heim, Pharmaunternehmen und andere im Falle eines erneuten Auftretens der Krankheit von jeglicher Haftung entband. Clara Devine war die einzige Patientin, bei der das Medikament abgesetzt worden war. Angesichts der extremen Umstände hatte ihre Schwester keine Einwände erhoben. Ohne Memorin lief der Countdown bis zu ihrem Tod.

Sie verließen den Raum, und Nick br chte René zur Tür. »Bevor sie zurückgeschickt wurde, wurde ein Kernspin gemacht«, erklärte Nick. »Die Plaque ist wieder da. Sieht nicht gut aus für sie.«

»O nein!«

»Das ist das Teuflische daran: Wenn das Medikament abgesetzt wird, führt das unweigerlich zu einem Rückfall.«

»Was bedeutet, dass Memorin nicht abgesetzt werden kann, falls die Flashbacks zum Problem werden.«

»Nicht ohne erneute Verschlechterung.«

»Aber mit den Medikamenten, die wir bisher bei diesen Anfällen eingesetzt haben, werden sie nur ruhig gestellt.«

»Das kleinere Übel. Aber ich habe auch eine gute Nachricht«, meinte Nick. »Jack Koryan ist aufgewacht.«

Jack Koryan.

Als René gegangen war, blieb Nick allein in seinem Büro sitzen und sah zu, wie sie den Parkplatz überquerte. Sie sah so hübsch aus. Eine schöne und intelligente junge Frau. Er konnte ihren entzückten Ausruf noch hören. Freudentränen waren ihr in die Augen gestiegen, als er ihr die Nachricht überbrachte.

Sein Blick fiel auf eine Kopie des Berichts von Dr. Hellers Interview mit Jack Koryan. Er blätterte durch die Seiten, die Jacks Antworten auf Standardfragen enthielten, mit denen seine kognitive Basisfunktionalität ermittelt werden sollte. Wo sind Sie geboren? Wo sind Sie zur Schule gegangen? Wie heißt der Präsident der Vereinigten Staaten? In welchem Bundesstaat befinden wir uns? Wie lautet der Mädchenname Ihrer Mutter?

Es war die letzte Frage, die seine Aufmerksamkeit erregt hatte.

Wie lautet der Mädchenname Ihrer Mutter?

Aus den undurchsichtigen, stillen Wassern der Vergangenheit stieg eine phosphoreszierende Blase auf, immer weiter, bis sie schließlich durch die Oberfläche brach.

Wie war die Chance: vielleicht eins zu einer Million?

Oder vielleicht nicht.

Er sah zu, wie René vom Parkplatz fuhr. In ein paar Tagen würde sie Jack Koryan besuchen. Sie hatte nur die besten Absichten – ganz wie er selbst.

45

»Dich kenne ich doch«, sagte Jack. »Waren wir nicht mal verheiratet?«

Beth nickte. »Es tut mir leid, Jack«, sagte sie mit erstickter Stimme. »Ich habe gewartet und gewartet, aber du bist nicht aufgewacht und …«

»Es braucht dir nicht leidzutun. Du konntest es ja schließlich nicht wissen.« Er tätschelte ihr die Hand. »Ich bin nur froh, dass du ihnen nicht gesagt hast, sie sollen die Geräte abschalten.« Er hörte selbst, wie falsch die Fröhlichkeit in seiner Stimme klang.

»Die haben gesagt, du würdest wahrscheinlich nicht mehr gesund werden.«

»Vergiss es. Ich hätte genauso gehandelt.« Das stimmte nicht, aber was machte das schon? Er wusste noch, dass ihre Ehe ohnehin kurz vor dem Ende gestanden hatte. Das Koma hatte ihm den ganzen Kummer erspart.

Beth fuhr sich mit einem Papiertuch über die Augen.

»Auf jeden Fall bist du die schönste Frau, die ich in den letzten sechs Monaten zu Gesicht bekommen habe.«

»Sehr witzig«, meinte sie, halb lachend, halb weinend.

Jack strich ihr leicht über das Haar. Die Erinnerungen strömten auf ihn ein. Obwohl er wusste, wie viel Zeit vergangen war, kam es ihm vor wie gestern, dass er Beth zuletzt gesehen hatte. Über Nacht hatte sie sich scheiden lassen und wieder geheiratet.

Aber Beth wirkte älter. Ihr Gesicht war voller als in seiner Erinnerung. Sie sah immer noch gut aus in ihrer eleganten grauen Hose, zu der sie einen schwarzen Blazer trug. Um ihren Hals lag eine Perlenkette. Er konnte sich nicht an dieses Outfit erinnern und versuchte, den Gedanken daran zu verdrängen, wie sie in der Anprobe von Saks oder Potpourri oder ihrem Schlafzimmer für ihren neuen Mann posierte, wie sie es früher für ihn getan hatte. Der Diamant an ihrem Finger war so groß wie eine kleine Olive, aber an der anderen Hand trug sie einen Smaragdring, den er ihr zum Valentinstag 1998 geschenkt hatte. Er hatte dafür gesorgt, dass ihn der Maître im »Aujourd'hui«, dem Restaurant des Four Seasons, zum Dessert unter einem Silberdeckel servierte. Damals hatte er sich überlegt, wie er reagieren sollte, falls der Mann den Ring gegen ein Stück Käsekuchen austauschte.

Vor fünf Tagen hatte Schwester Marcy Falco Beth in Texas angerufen, um ihr die gute Nachricht zu übermitteln. Am Vorabend war sie dann eingetroffen. Für ihre Begegnung hatten Schwester Marcy und der Physiotherapeut Jack mit einem neuen Paar New-Balance-Laufschuhe in einen Rollstuhl gesetzt.

»Wie geht's den Füßen?«

»Ganz gut, aber ich fange praktisch wieder von null an.«

Jack war froh über die intensive Physiotherapie. Er konnte es nicht fassen, dass er so schwach war. Marcy hatte behauptet, er würde nur noch achtundfünfzig Kilo wiegen. Das hieß, dass er ein Viertel seines Körpergewichts eingebüßt hatte. Dabei hatte er doch erst letzte Woche mit Vince im Fitnessstudio achtzig Kilo gestemmt und es dabei auf zehn Wiederholungen gebracht. Erst letzte Woche – vor sechs Monaten.

»Und wer ist der Glückliche?«

»Er heißt George King. Ein richtig netter Kerl. Du würdest ihn bestimmt mögen.«

»Bestimmt.« Das Wort schmeckte bitter auf seiner Zunge. Es gelang ihm einfach nicht zu verdrängen, dass seine Ehe mit Beth, die sieben Jahre lang Grundlage seiner Existenz gewesen war, mit chirurgischer Präzision beendet worden war. Er kam sich vor wie in einem Science-Fiction-Film, wo der Held nach einem Kurzbesuch im nächsten Sonnensystem bei seiner Rückkehr feststellen muss, dass auf der Erde inzwischen fünfzig Jahre vergangen sind. Plötzlich war er in die Zukunft katapultiert worden.

»Ich hätte dich nicht allein fahren lassen dürfen«, sagte sie weinerlich. Plötzlich konnte sie sich nicht mehr beherrschen. »Was ist dir eigentlich eingefallen, in der Dunkelheit schwimmen zu gehen, noch dazu, wo das Wasser voller Quallen war? Hä? Was sollte das?«

»Es war nicht dunkel, und die Quallen habe ich erst gesehen, als ich schon draußen am Felsen war. Und mein Handy war in meiner Hose.« Er lächelte, aber sie lächelte nicht zurück. Ihre Gereiztheit war auch ohne Worte deutlich spürbar. Für ihn war es wichtig gewesen, allein zu sein, um die Verbindung zu einem verlorenen Teil seiner selbst wieder herzustellen. Das konnte Beth nicht verstehen. »Ich kann mich kaum daran erinnern, was passiert ist.« Dunkles Wasser, in dem er um sein Leben schwamm. Blitze, die wie Stroboskoplicht über den Himmel zuckten. Tante Nancy.

Nicht reiben. Nicht reiben.

Erst stand sie am Strand und winkte mich zu sich. Dann war sie weg. Dann wieder da. Oder war es jemand anders? Letzte Halluzinationen, bevor der Vorhang fiel.

»Ich kann mich nur erinnern, dass ich zum Ufer geschwommen bin. Und dann lag ich auf einmal hier im Bett.« Er zog mit den Fingern seine Ärmel hoch. Seine Arme waren von feinen weißen Narben überzogen.

»Die sind ja kaum zu sehen. Außerdem werden sie bestimmt noch heller.«

»Das meine ich nicht.« Er hob die Arme. »Die sind völlig verschrumpelt.«

»In sechs Monaten siehst du wieder aus wie Popeye.«

»Im Moment wohl eher wie Olive.«

Sie lächelte. »Zumindest hast du deinen Sinn für Humor nicht verloren.«

»Da wir gerade dabei sind, wer bezahlt das hier eigentlich?«

»Das ist alles geregelt.« Beth erklärte ihm, dass sie, als er ins Koma fiel, einen Antrag auf gerichtliche Vormundschaft gestellt hatte. Ein Anwalt von Medicaid, der Krankenversicherung, die bei Bedürftigkeit einsprang, hatte ihr geholfen, eine komplizierte Strategie zu entwickeln. Es war ihm gelungen, einen Teil ihrer Vermögenswerte zu erhalten und den Rest so zu investieren, dass für die Kosten der Krankenhausunterbringung und Pflege gesorgt war. Als Beth das Haus verkaufte, legte sie die Hälfte des Erlöses in einem Treuhandfonds an, der gemeinsam mit Medicaid die Kosten für die Dauerpflege übernehmen sollte. Falls Jack aus dem Koma erwachte, sollte er über den verbleibenden Betrag verfügen können.

»Vince sagt, er hilft dir, eine Wohnung zu finden. Wenn du entlassen wirst, komme ich wieder und helfe dir beim Umzug. Mach dir also keine Gedanken. Du bekommst jede Menge Unterstützung.«

Jack nickte. Aber sie hatte ihr eigenes Leben, und er rechnete nicht damit, sie je wiederzusehen.

Beth sah auf die Uhr. »Ich muss los.« Die Schwestern hatten ihnen nur ein paar Minuten gegeben, bevor seine nächste Physiotherapie-Sitzung begann.

»Besuch uns doch mal. Ehrlich. Wir haben jede Menge Platz. Ich würde mich wirklich freuen … du weißt schon … wenn du so weit bist. Mit dem Flieger sind es nur fünf Stunden … ehrlich.« Sie machte mit den Händen eine hilflose Geste, um sich dafür zu entschuldigen, dass ihr die Tränen kamen. »Es tut mir leid.«

Jack nickte. Seine Kehle war wie zugeschnürt. »Ich wünsche dir alles Gutes«, flüsterte er.

»Sei nicht so dramatisch«, fuhr sie ihn an. »Das ist kein Abschied für immer.«

»Natürlich nicht.« Aber er kannte den Blick in ihren Augen. Beth war bereits zu dem Schluss gekommen, dass alles nur noch schlimmer wurde, wenn sie sich wiedersahen. Und sie hatte recht.

Sie stand auf und umarmte ihn vorsichtig. Er hob die Arme, so gut es eben ging, und legte sie um ihre Schultern. Eine lange Weile hielt er die Augen geschlossen. Der Duft von White Linen stieg ihm in die Nase, und Hunderte von Bildern tanzten in seinem Kopf.

»Gute Besserung.« Damit löste sie sich aus der Umarmung. »Vince kommt morgen vorbei.«

Sie wandte sich zum Gehen, blieb aber noch einmal stehen. »Sagt dir der Name Mookie was?«

»Wie war das?«

»Mookie.«

»Haben sie dich beauftragt, mein Gedächtnis zu testen?« Er hatte bereits drei solche Tests hinter sich, ein vierter war für den Nachmittag oder den folgenden Tag angesetzt. *Mookie.* Der Name kam ihm vor wie ein kleiner Knoten, der Mikrowellen der Erinnerung aussandte, die für ihn unfassbar blieben. »Ich weiß es nicht.«

»Ist nicht wichtig.«

Sie wandte sich erneut zur Tür. »Oh, fast hätte ich es vergessen: Du bist berühmt.« Sie holte einen Zeitungsausschnitt aus ihrer Tasche und legte ihn Jack auf die Brust. Dann zögerte sie erneut.

»Geh schon! Du verpasst noch dein Flugzeug.«

Sie nickte und ging.

Jack sah ihr nach, als sie durch die Tür ging, und lauschte auf das leiser werdende Klappern ihrer Absätze im Gang. Lange noch sah er auf die Stelle, an der sie gesessen hatte – einen leeren, negativen Raum, der seine Seele einzusaugen drohte. Sein altes Leben war vorüber, und er trauerte darum.

Der Zeitungsausschnitt stammte aus dem *Boston Globe* vom Vortag.

QUALLENOPFER ERWACHT NACH SECHS MONATEN AUS KOMA

Ein Dreiunddreißigjähriger aus Carleton kommt nach fast zweihundert Tagen in »persistierendem vegetativem Zustand« im Greendale Rehabilitation Center in Cabot, Massachusetts, wieder zu Bewusstsein.

Der Fall wird als »extrem ungewöhnlich« beschrieben. Jack Koryan, ein früherer Englischlehrer an der Carleton Preparatory Academy, fiel vor sechs Monaten ins Koma, nachdem er in Buck's Cove auf Homer's Island vor der Küste von Massachusetts in einen Schwarm seltener Quallen geraten und fast ertrunken war. Experten zufolge waren die giftigen Tropentiere offenbar durch das zu jener Zeit ungewöhnlich warme Wasser an der Küste angelockt worden … Wie durch ein Wunder überlebte Koryan den Angriff. Monatelang lag er in der Rehaklinik Greendale, wo er trotz der ständigen Stimulierung durch das Pflegepersonal keinerlei Reaktion auf äußere Reize zeigte.

Experten weisen darauf hin, dass die meisten Patienten nur zwei bis vier Wochen in einem echten Koma liegen. Entgegen jeder Erwartung sind Koryans kognitive Fähigkeiten nicht eingeschränkt. Seinen Ärzten zufolge sind seine geistigen Fähigkeiten sogar »außergewöhnlich« …

Mookie. Das Wort verfolgte ihn den ganzen Nachmittag lang.

46

Er nannte ihnen nur seinen Namen, seinen Rang und seine Kennnummer. Genau, wie er es gelernt hatte. Name, Rang und Kennnummer … Louis Martinetti. Corporal. US41349538.

Und schneller, als er hätte salutieren können, fand er sich wieder ins rote Zelt zurückversetzt. So nannten es die älteren Kriegsgefangenen, weil das die Farbe war, die man hatte, wenn sie mit einem fertig waren. Rot. Blutig rot.

Das rote Zelt. Und wieder ging alles von vorn los.

Er wusste nicht, wie ihm geschah. Dabei wollte er doch auf den Sondereinsatz, den Captain Mike Vigna ihm versprochen hatte. Operation Buster. Stattdessen landete er wieder im roten Zelt. Mittlerweile hatte er den Überblick darüber verloren, wie oft er schon hier gewesen war. Nicht dass es eine Rolle gespielt hätte. Er war in einem endlosen Kreislauf gefangen, in einer Möbiusschleife des Schreckens.

Louis hatte Angst – solche Angst, dass sich sein Darm entleerte. Solche Angst, dass er sich wünschte, sie würden ihm eine Kugel in den Kopf jagen, damit es endlich vorbei war. Er wusste gar nichts, aber das war diesen gottlosen Kommunisten egal. Sie würden trotzdem ihre blutigen Spiele mit ihm treiben.

Er erinnerte sich noch vom letzten Mal, von all den letzten Malen: keine Nadeln, keine Zangen, keine Elektroschocker. Und er war nicht allein.

Es war ein großes Zelt mit Lehmboden. Auf einem hölzernen Lehnstuhl in seiner Mitte saß Fuzzy Swenson, der bis zur Taille nackt war. Sein Gesicht war von Blutergüssen entstellt, und das Blut rann ihm aus Mund und Nase in den Schoß. Seine Hände zuckten unter dem Strick, als wollte er sich abwischen. Als er Louis erkannte, stöhnte Fuzzy und nickte in die Gegend. Er wollte etwas sagen, aber einer der Soldaten brüllte ihn nieder.

Sie waren zu fünft. Zwei uniformierte Soldaten der regulären nordkoreanischen Armee, ein älterer Offizier und Colonel Chop-Chop, der in einer Ecke im Schatten stand und zusah, wie die Soldaten Louis Fuzzy gegenüber auf einen Stuhl setzten. Neben dem Colonel stand ein Mann in Zivilkleidung mit rasiertem Schädel und getönten Brillengläsern: Gregor Lysenko, den der Geheimdienst als russischen Berater identifiziert und auf den Spitznamen Blackhawk getauft hatte. Chop-Chop und Blackhawk, wie im Comic. War das lustig.

Die Soldaten fesselten Louis mit den Armen an den zweiten Holzstuhl. Dann legten sie den Helm zwischen seine Beine und banden diese an den Knien zusammen, damit er nicht loslassen konnte. Bestimmt, um sein Erbrochenes aufzufangen, wenn es losging.

Während der Vorbereitungen sagte Blackhawk etwas zu Chop-Chop, das wie Russisch klang. Der Colonel nickte und gab seinen Soldaten mit gelassener, geschmeidiger Stimme einen Befehl auf Koreanisch, ohne Louis aus den Augen zu lassen. Ein älterer Soldat übersetzte in gebrochenes Englisch.

Sie wollten Informationen über den Truppeneinsatz. Louis sagte, er wisse nichts über den Truppeneinsatz.

Er war vier Tage zuvor mit seinem ganzen Zug in Gefangenschaft geraten, als sie bei einem Feuergefecht mit Einheiten der nordkoreanischen Volksarmee in Zentralkorea von der King Company getrennt wurden. Louis wusste nur, dass sie zu einer Kampfeinheit gehörten, die einen Sektor nördlich von Wonju verteidigen sollte. Aber er hatte keine Ahnung, wohin seine Kompanie vorgerückt war oder wie die Einsatzpläne aussahen. Genauso wenig wusste er, welche anderen Kampf-, Artillerie- oder Panzereinheiten sich ihnen anschließen sollten. Solche Informationen gab das Oberkommando nicht an einfache Soldaten weiter.

Der Colonel hörte sich mit ausdrucksloser Miene die Übersetzung von Louis' Antwort an. Dann gab er mit leiser Stimme einen knappen Befehl, und der Soldat mit dem Milchgesicht schlug Louis mit dem Handrücken so heftig ins Gesicht, dass Blut und Rotz in seinen Helm tropften. War der Helm dafür? Wohl kaum. Das hier war ein Folterzelt.

Das Verhör ging weiter. Die Fragen prasselten auf ihn ein wie Steine. Welches schwere Gerät hatten sie dabei? Mit welchen anderen Einheiten des Bataillons sollten sie sich zusammenschließen? Wie viel Mann? Wann war der nächste Absprung des 187th Airborne?

»Ich weiß nichts«, murmelte Louis. »Ich schwöre es.« Mehr konnte er nicht sagen. Es war die reine Wahrheit. Er wusste nichts, und Fuzzy und die anderen Männer in seinem Zug auch nicht. Ihr Auftrag war es, auf einen Bergrücken östlich von Wonju vorzurücken. Es gab keine andere Kompanie, der sie sich anschließen sollten, um gemeinsame Aufklärungsarbeit zu leisten. Sie rückten einfach nur vor und versuchten dabei, am Leben zu bleiben.

Aber der Soldat redete immer weiter und fragte nach Schlachtplänen. Louis sagte, dass er nichts wusste, dass er wie Fuzzy und die anderen einfach seinem Offizier gefolgt war, aber damit wollte sich der Soldat nicht zufriedengeben.

Wenn er nicht zufrieden war, zog er einen Handschuh an und schlug Louis erneut ins Gesicht. Aber die Schläge waren nicht sehr fest, und Louis fürchtete, dass sie noch ganz anderes mit ihm vorhatten. Er hatte sich nicht geirrt.

Diese Befragung ging ein paar Minuten so weiter, bis Colonel

Chop-Chop offenbar genug von Louis' Beharrlichkeit hatte. Er flüsterte dem Russen etwas zu. Der antwortete mit einer ganzen Wortsalve. Chop-Chop gab die Botschaft sofort an den Gefreiten mit dem Milchgesicht weiter. Der warf Louis einen Blick zu, bei dem ihm heiß und kalt wurde. Dann trat er zwischen Louis und Fuzzy und holte aus einer Scheide an seiner Hüfte ein Messer, eine lange, bösartig aussehende Klinge, die so dicht vor Louis' Gesicht aufblitzte, dass ihm fast das Herz stehen blieb. Der Soldat sah ihn mit einem ausdruckslosen, unergründlichen Blick an und schnitt Fuzzy Swenson mit einer blitzschnellen Bewegung, die er – wie Louis später dachte – hundertfach geübt haben musste, das Ohr ab.

Fuzzy schrie auf, als das Blut spritzte. Ohne jede Regung ließ der Soldat das abgetrennte Ohr in Louis' Helm fallen. Es schlug mit einem obszönen Klatschen auf.

Instinktiv versuchte Louis, den Helm abzuschütteln, aber der Soldat schlug ihm ins Gesicht, damit er sich ruhig verhielt.

Louis starrte auf die blutige Muschel. Sie sah furchtbar aus. Der Mann hatte nur den Rand um die klaffende Gehörgangöffnung abgetrennt, die noch an Fuzzys Kopf hing. »Bitte«, flehte Louis. »Ich weiß nichts. Bitte. Bitte.«

Fuzzy wimmerte und schaukelte mit dem Kopf. Seine Hände zuckten unter dem Strick, als er instinktiv nach der schmerzenden Stelle greifen, die Blutung stoppen wollte. Aber die Fesseln saßen eng, und seine Hände flatterten wie verwundete Tiere.

Sein Peiniger brüllte ihn an und wollte wissen, wie seine Kompanie bewaffnet war.

Louis starrte auf das grässliche abgetrennte Ohr. *Lass dir was einfallen,* sagte er zu sich selbst. *Lass dir was einfallen. Irgendwas, sonst schneiden sie Fuzzy in kleine Stücke, bis der Helm voll ist.*

Er sah Chop-Chop an, der mit dem Russen in der Ecke stand

und Louis anstarrte. Seine schwarzen Schlitzaugen glänzten befriedigt. Der glatzköpfige Russe neben ihm sah aus wie ein Gefechtskopf.

Louis fing an zu brabbeln. Er versuchte, sich etwas einfallen zu lassen, das wie ein militärischer Plan klang. Der Colonel sagte etwas. Der Übersetzer brüllte Louis an, damit er lauter sprach. Aber der stammelte nur zusammenhangloses Zeug. *Südostkorridor leichte Bewaffnung Nordwest Howitzer Aufklärung ... 17th Infantry Regiment ...*

Bevor er etwas herausbrachte, das Sinn ergab, zog der Kerl mit dem Messer Fuzzys Kopf am anderen Ohr in die Höhe und schnitt die Muschel ab.

Louis schrie, aber Fuzzy keuchte nur auf, weil er von den Schlägen und dem Blutverlust schon halb bewusstlos war. Sein Kopf wackelte von Seite zu Seite, als wollte er den Schmerz abschütteln. Seine Hände zuckten krampfhaft. Der Soldat warf das zweite Ohr in Louis' Helm.

Louis sah den Offizier an. »Ich flehe Sie an, bitte hören Sie auf! Lassen Sie ihn in Ruhe. Er hat nichts getan. Er weiß nichts. Ich weiß nichts.«

Lieber Gott, hilf mir. Gib, dass mir was einfällt, damit sie aufhören, die Dreckskerle.

Louis murmelte etwas über ein Bataillon von zweihundert Mann mit gepanzerten Personentransportern und Howitzern, die von Osten her auf Wonju vorrückten. Manches erfand er, anderes hatte er irgendwo gehört und verarbeitete es jetzt. Hauptsache, er redete.

Der Übersetzer gab alles an Chop-Chop weiter, der etwas antwortete. Daraufhin brüllte der Übersetzer Louis direkt ins Gesicht. »Nix gut. Du lügen. *Du lügen!*«

»Nein, es ist die Wahrheit. Ich schwöre es!«

Der Russe grunzte etwas, und der Colonel gab dem Soldaten

mit dem Kopf ein Zeichen. Der riss Fuzzys Gesicht in die Höhe und stieß ihm die Messerspitze in das linke Auge. Mit einer schwungvollen Bewegung hebelte er die blutige Masse heraus und ließ sie in den Helm fallen.

Louis spürte, wie ihm übel wurde, aber er hielt durch, obwohl er Fuzzys Wimmern und seinen bemitleidenswerten Versuch, mit den gefesselten Händen den Strom von Blut und Augenflüssigkeit aufzuhalten, kaum ertragen konnte. Louis schloss die Augen und schrie, sie sollten aufhören. Er schrie so laut, dass er hoffte, sein Gehirn würde sich ausschalten, damit er ohnmächtig wurde. Wenn der Schock nur groß genug war, erwachte er vielleicht aus diesem furchtbaren Albtraum und fand sich auf der anderen Seite des Globus wieder, wo er hingehörte.

Aber er hoffte vergeblich.

Er saß immer noch an seinen Stuhl gefesselt im roten Zelt und hatte Fuzzys blutigen Kopf vor Augen, während seine Ohren und der widerliche Augapfel im Helm zwischen Louis' Beinen lag. Der Russe flüsterte wieder mit Chop-Chop. Louis wollte um Gnade flehen, aber Chop-Chop grunzte etwas, und der Mann mit dem Messer schnitt Fuzzys anderes Auge heraus und warf den blutigen Klumpen auf den Haufen.

Louis schloss die Augen, damit er Fuzzys furchtbar zugerichteten Kopf nicht mehr sehen musste. Aber er hörte immer noch das rasselnde Stöhnen, das aus Fuzzys Kehle drang.

Sie ließen ihm keine Ruhe. Der Soldat schnitt vier von Fuzzys Fingern ab, einen nach dem anderen, und warf sie in den Helm. Dann kam der Daumen. Dann die andere Hand.

Als Fuzzy offenbar das Bewusstsein verloren hatte, gab Chop-Chop den letzten Befehl. Der Soldat bohrte Louis die Messerspitze ins Kinn, und in der Sekunde, als dieser die Augen öffnete, riss der Mistkerl Fuzzys Kopf nach hinten und schnitt ihm die Kehle durch.

Mehr wusste Louis nicht vom roten Zelt, weil sie seine Fesseln lösten und ihn zurück zu den anderen Gefangenen in den Pferch brachten.

Als später die Sonne über den Bergen unterging, brachten sie ihn und neun andere Männer von seinem Zug zu einer niedrigen Brücke über irgendeinen Fluss. Ein Kommando von Soldaten zerrte sie aus den Lkws und stellte sie Schulter an Schulter vor dem niedrigen Geländer der Brücke vielleicht drei Meter über dem Wasser auf. In der Ferne sah Louis sanfte dunkle Hügel. Er konzentrierte sich auf einen Stern direkt über den Hügeln – vielleicht Venus oder Mars, aber es war ihm egal – und dachte an Marie Carbone am anderen Ende der Welt. An seine Liebste, die er schon von der Schule kannte und die er hatte heiraten wollen, wenn er nach Hause kam, und daran, wie sie in diesem Augenblick im Haus ihrer Eltern in Wethersfield, Connecticut, erwachte, ohne zu wissen, dass er auf einer Brücke vor einem Erschießungskommando stand.

Louis hörte das metallische Schnappen, als die Maschinengewehrschützen den Gurt mit den Patronen vom Kaliber .50 ins Magazin luden.

Er hörte das Gewimmer der Männer neben ihm, die vor Entsetzen ins Taumeln gerieten, weil sie wussten, dass sie sterben würden.

Er hörte, wie Chop-Chop in fremdartigen Silben den Feuerbefehl gab.

Den letzten Atemzug noch in der Kehle, erlebte er, wie die Luft um ihn her in einem ratschenden Kugelhagel explodierte, der ihn rückwärts über das Geländer ins Wasser katapultierte.

Instinktiv hielt er die Luft an und wartete auf den Tod.

Aber er starb nicht. Als er tief in das eisige schwarze Wasser eintauchte, merkte er zu seiner Überraschung, dass er gar nicht getroffen war. Es war ein Wunder, aber er lebte.

Er hielt weiter den Atem an und ließ sich von der Strömung forttragen. Da seine Füße nur lose gefesselt waren, konnte er sich abstoßen wie ein Delfin. Und als er es nicht mehr aushielt, tauchte er auf, holte tief Luft und tauchte wieder unter, den Rücken der Brücke zugewandt. Falls ihn einer der Soldaten sah, musste er ihn für eine der Leichen halten, die auf der Wasseroberfläche trieben.

Drei Tage später wurde Louis halb verhungert von einem amerikanischen Aufklärungsflugzeug entdeckt und nach wenigen Stunden von GIs der Baker Company aufgespürt. Fast zwei volle Tage schlief er im Lazarettzelt. In den nächsten fünfzig Jahren seines Lebens hatte er alles getan, um die Bilder aus dem roten Zelt zu vergessen.

Aber jetzt waren sie wieder da, in all ihrer Grausamkeit.

47

Jack schüttelte sich, um endgültig aufzuwachen. Schon wieder ein Albtraum.

Er wusste nicht mehr, um was es genau gegangen war, und war dankbar dafür. Nur vage Bilder missgestalteter Kreaturen und Schreie und andere hässliche Laute, die er nicht identifizieren konnte.

Nur allmählich löste er sich aus dem Traum. Blinzelnd sah er sich um und versuchte, in dem schwachen Nachtlicht seine Umgebung zu erkennen.

Greendale. Sein Zimmer in der Rehaklinik.

Das Fenster mit der beschädigten Jalousie. Die Digitaluhr auf dem Fernseher. 5:17. Trübes, graues Licht sickerte durch die Lamellen. Morgendämmerung. Er hatte seit dem gestrigen Nachmittag, als die Ärztin ihm ihre Testfragen gestellt und damit einen weiteren Anfall ausgelöst hatte, geschlafen.

Offenbar hast du das große Los gezogen, Jackie-Boy. Horrorträume, Wahnsinnsausbrüche. Dagegen war das Koma doch richtig gemütlich.

Der Wandspiegel über der Kommode. Der Ständer für den Dauertropf. Die Herzmonitore auf der fahrbaren Konsole neben dem Bett. Sein Bett mit der babyblauen Decke und den Gitterstangen, die verhindern sollten, dass er bei einem Anfall aus dem Bett stürzte. Die Wiege seiner Wiedergeburt.

Er sah aus dem Fenster auf die graue Welt draußen, die auf den Sonnenaufgang wartete. Wie sich das Leben verändert hatte! Wie sehr hatte er selbst sich verändert, nur weil ein Quallenschwarm offenbar seinen Chip beschädigt hatte.

Nach wenigen Minuten wurde das Licht draußen heller. Die Jalousie hing merkwürdig schief, wie eine Möwe mit einer gebrochenen Schwinge.

Er konnte die See riechen. Das erklärte wahrscheinlich, warum er im Traum geglaubt hatte, am Meer zu sein. Der kaum wahrnehmbare Fischgeruch, der durch das Fenster hereindrang, hatte sich mit der vagen Erinnerung an den Quallenangriff vermischt. Wenn man diese Mischung durch den Fleischwolf drehte, fand sich wahrscheinlich eine Erklärung dafür, warum er immer noch die schwachen Umrisse eines toten, blutüberströmten Tieres am Wasser liegen sah. Vielleicht ein gestrandeter Tümmler oder ein Seehund, der von irgendeinem Blödmann auf seinem Jetski überfahren worden war.

(Blut. So viel Blut. Und zerschlagenes Fleisch. So vage.)

So etwas kam in Buck's Cove manchmal vor.

Auf jeden Fall war der Albtraum so schlimm gewesen, dass er eingenässt hatte und zu keiner klaren Überlegung mehr fähig war. Den ganzen Vormittag über verfolgte ihn der Gedanke, wie *real* sich das Ganze angefühlt hatte. Er konnte zwar keinen roten Faden entdecken, der die einzelnen Fragmente miteinander verbunden hätte, aber die Bilder standen ihm so lebhaft vor Augen, dass er sich fühlte, als wäre er nicht aus einem Traum erwacht, sondern von einem Schauplatz schrecklicher Ereignisse zurückgekehrt.

Am meisten beschäftigte ihn die Tatsache, dass er mit dem Daumen im Mund aufgewacht war.

Später am Morgen brachte ihn Schwester Marcy wieder ins Physiotherapiezimmer, wo ihn der Therapeut mehrere Minuten lang zwischen parallelen Stangen stehen ließ. Dann musste er sich auf den Boden legen und Arme und Beine in verschiedene Stellungen bewegen. Nach einigen Minuten setzten sie ihn in den Rollstuhl, wo er Übungen für Handgelenke, Arme und Hals machte.

Seinen Oberkörper trainierte er mit Hanteln. Bei seinem letzten Besuch im Fitnesscenter hatte er dreimal zehn Wiederholungen mit fünfzehn Kilo geschafft und Oberarme wie Schinken gehabt. Jetzt arbeitete er mit zwei Kilo, und sein Bizeps hatte kaum Walnussgröße.

Diese Prozedur absolvierte er zweimal täglich. Gegen Ende der ersten Woche war er in der Lage, drei Meter an den Parallelstangen zu gehen – eine enorme Leistung, die er mit einigen Schritten am Rollator krönte. Zur Feier des Tages ließ sich Jack *Das Erwachen* aus der Videothek holen.

Während sein Körper immer kräftiger wurde, las er Zeitungen und Illustrierten, um herauszufinden, was er verpasst hatte.

Die Welt war bestimmt nicht besser geworden, während er schlief. Amerika kämpfte im Irak immer noch gegen die Aufständischen, und Selbstmordattentate waren an der Tagesordnung. Der Nahe Osten war immer noch ein Pulverfass, Israelis und Palästinenser überzogen sich gegenseitig mit blutigen Vergeltungsmaßnahmen. Immer noch standen US-Truppen in Afghanistan. In Afrika kam es zu Massakern. Großer Gott! Hatte sich denn gar nichts verändert? Sechs Monate, und die internationale Lage war immer noch so schlecht wie damals, bevor er ins Koma fiel.

Erfreulich war allerdings, dass die Red-Sox-Fans meinten, ihr Team würde erneut Meister werden. Mit dieser angenehmen Aussicht vor Augen döste Jack erneut ein.

48

»Hallo, Kumpel! Wie geht's unserem Rip van Winkle?«

Jack öffnete die Augen. »Wo zum Teufel hast du gesteckt?«

»Und du?« Vince lachte und griff nach Jacks Hand.

Vince Hammond stand in einem langärmligen schwarzen Polohemd an Jacks Bett und strahlte über das runde, jungenhafte Gesicht. Sein Haar war kürzer als in Jacks Erinnerung und nach oben gegelt. Mit dieser Frisur wirkte er besonders jung. Vermutlich wurde er in Nachtlokalen immer noch nach dem Ausweis gefragt. Aber vor allem sein Körperbau hatte sich verändert. Im Licht, das durch das Fenster hereinströmte, wirkte Vince, als hätte er in den vergangenen Monaten rund um die Uhr trainiert. Sein Hals sah aus wie ein Hydrant, und die Arme unter dem Hemd waren mit Muskeln bepackt. Der ständige Kontakt mit der Haute Cuisine hatte ihm offenbar nicht geschadet. Dagegen kam Jack sich vor wie Dörrfleisch.

»Wieso bist du nicht dick und hast eine Glatze?«

»Ich arbeite daran.« Vince drückte mit zwei Fingern einen Rettungsring zusammen. »Du siehst aber deutlich besser aus als vor sechs Monaten.«

»Schlimmer geht wohl kaum, nach dem, was man mir erzählt hat.«

»War ziemlich übel.«

Jack blickte in den Handspiegel, den ihm die Schwestern gegeben hatten. »Dafür sehe ich jetzt aus wie das Leichentuch von Turin.«

Vince lachte und zog einen Stuhl heran. »Wichtig ist nur, wie du dich fühlst.«

»Wie ein Pupskissen, solche Blähungen habe ich.«

»Was geben Sie dir denn zu essen?«

»Weißen Brei.« Jack deutete auf das Tablett, auf dem noch die Reste von Kartoffelpüree und Tapiokapudding standen.

»Hier ist Rot und Grün«, sagte Vince und hielt eine leuchtend rote Tüte mit dem »Yesterdays«-Logo in die Höhe. »Aber erst, wenn du wieder kauen kannst. Ich tue das Zeug in den Gefrierschrank im Gang.«

Jack musterte die Tüte, die fast wie Lackleder aussah, auf der in goldenen Art-Déco-Lettern der Name »Yesterdays« prangte. »Auffälliger ging's wohl nicht.«

Vince betrachtete stirnrunzelnd die überdimensionale Tüte. »Hmm, vielleicht sind unsere Portionen zu groß.«

»Ich habe gehört, das Restaurant läuft gut.«

Vince holte eine Speisekarte aus der Tüte. »Läuft ausgezeichnet.«

Er reichte Jack die Karte, die nur aus zwei gekonnt gestalteten Seiten bestand, nicht aus einem ganzen Band, der nur die Sinne verwirrte. Auf der Rückseite standen die Desserts neben einer Liste exklusiver Biere.

»Ich hätte gern die Calamari mit Polenta und das Meeresfrüchte-Risotto.«

»Wenn du rauskommst, päppeln wir dich schon wieder auf. Du wirst essen wie ein König, dafür sorge ich. Außerdem kenne ich einige Makler, die dir eine Wohnung suchen werden. Und wenn du wieder fit bist, kannst du jederzeit im Restaurant anfangen. Wann wirst du entlassen?«

»Dank deiner Unterstützung in sechs Wochen.« Die Schwestern hatten ihm erzählt, dass Vince mehrmals pro Woche gekommen war, um Jacks Arme und Beine zu trainieren. Er hatte nie daran gezweifelt, dass sein Freund wieder aufwachen würde, und wollte dafür sorgen, dass er »sofort wieder joggen« gehen konnte. Der Physiotherapeut hatte gemeint, in zwei Wochen würde Jack mit einem Rollator gehen können. Später sollte ein Gehstock genügen, aber es war ungewiss, ob er dauerhaft hinken würde.

»Du könntest als Maître d'Hôtel arbeiten, da müsstest du nicht viel laufen.«

Jack lächelte. »Klingt gut.«

Vince und Jack waren schon seit der sechsten Klasse befreundet. Zwanzig Jahre lang hatten sie Hoffnungen und Ängste geteilt, herumgeblödelt, miteinander gelacht, manche Niederlage eingesteckt und schmerzhafte Erfahrungen gesammelt. Sie standen sich näher als Brüder. Beide gingen auf die Northeastern University, wo Jack Englisch studierte und Vince Strafrecht, weil er zur Polizei gehen wollte. Vor vier Jahren war Vince bei einer Festnahme von einem Verdächtigen angeschossen worden und hatte zwei Monate lang im Krankenhaus gelegen. Danach hatte er seiner Frau versprochen, den Polizeidienst zu quittieren. Nach ein paar Gelegenheitsjobs hatte er dank seiner Berufsunfähigkeitsrente genug gespart, um mit Jack das Restaurant zu planen.

»Beth war hier.«

»Ich weiß.«

»Sie hat wieder geheiratet.« Ihm war klar, dass Vince das wusste, aber er musste es einfach aussprechen.

»Es tut mir wirklich leid.«

»Ja.« Das Wort blieb ihm fast im Hals stecken.

»Sieh es so: Du schlägst eine neue Seite in deinem Leben auf.«

»Kommt mir eher vor wie ein neues Buch.«

»Trotzdem ist es eine Chance. Die Schwestern sagen, dein Gedächtnis ist erstaunlich.«

»Das haben sie mir auch erzählt.«

»Und du fühlst dich gut?«

»Bis auf diese merkwürdigen Anfälle.«

»Was für Anfälle?«

»Das ist … Ich weiß auch nicht. Es kommt mir vor, als würde ich Episoden aus meiner Vergangenheit noch einmal erleben. Verrücktes Zeug, aber auch schöne Erlebnisse – aus meiner Kindheit, mit meiner Tante und meinem Onkel, am Strand, im Garten, mit Lehrern, mit meinen ersten Freundinnen.«

»Solche Anfälle hätte ich auch gern.«

»Aber es ist so real. Ich weiß nicht, wie ich es erklären soll. Mir kommt es vor, als würde ich alles noch einmal erleben.«

»Ich kann mich an ein paar Nächte erinnern, die ich gern noch einmal erleben würde.«

Jack nickte, aber das hatte er nicht gemeint. Sein Gehirn war benebelt von den Schmerzmitteln, und es fiel ihm schwer, die richtigen Worte zu finden. »Manchmal sind sie so *lebendig,* dass ich nicht mehr weiß, ob es sich um eine Erinnerung handelt, oder ob das Ganze tatsächlich noch einmal geschieht.«

»Ist das gut oder schlecht?«

»Ich fühle mich wie dieser Typ in *Dead Zone,* der in die Zukunft sehen kann, nur dass es bei mir die Vergangenheit ist. Unwichtiges Zeug wie ein Ponyritt auf dem Mohawk Trail, ein Kickballspiel, als ich in der dritten Klasse war, das Weihnachten, an dem ich mein erstes Fahrrad bekommen habe. Aber es kommt mir nicht vor wie ein Traum.«

»Das ist doch kein Problem. Du hast eben eine lebhafte Erinnerung.«

»Ich sage dir doch, das ist keine Erinnerung. Es ist, als wäre ich wirklich da. Ich fühle, höre, rieche alles. Mein Herz rast.« Frustriert, weil es ihm nicht gelang, sich richtig auszudrücken, wandte er den Blick ab. »Vince, das sind Episoden aus meiner Vergangenheit, die ich noch einmal erlebe.«

Vince nickte nachdenklich.

»Gott, jetzt denkst du, ich bin völlig durchgeknallt.«

»Nein, ich verstehe schon.«

Aber das tat er nicht. Wie sollte er auch?

»Wenn ich aus einem Traum aufwache, könnte ich oft schwören, ich wäre wirklich woanders gewesen. Passiert mir ständig. So was kennt doch jeder.«

»Nur dass es bei mir nicht im Schlaf passiert.«

»Nicht?«

»Ich kann draußen in der Sonne sitzen, und wenn ich mich umsehe, bin ich woanders, an einem Strand oder mitten in einem Gewitter. Um mich herum zucken Blitze, obwohl der Himmel wolkenlos ist und ich die Sonne auf meinem Gesicht spüre. In meinem Inneren tobt ein Sturm.«

Vince nickte, um seine Besorgnis zu überspielen. »Tagträume. Die habe ich auch.«

Nein, hast du nicht, dachte Jack. Niemand, der nicht den Verstand verloren hat oder psychedelische Drogen nimmt, hat so etwas. Selbst als er am College halluzinogene Pilze probiert hatte, hatte er immer gewusst, dass er auf einem Trip war. Sein eigentliches Ich hatte immer an der Seitenlinie gestanden oder direkt über dem knallbunten Feuerwerk geschwebt, das seine Synapsen abschossen. Ein Teil von ihm war immer Zuschauer gewesen. Aber jetzt war es anders, und Vince hatte keine Ahnung. Genauso wenig wie Jack.

»Was sagen die Ärzte? Vielleicht müssen deine Medikamente richtig eingestellt werden.«

»Die geben mir nur Antiepileptika, von denen ich müde werde. Und geschlafen habe ich wirklich genug.«

»Verlang was anderes.«

»Mhm.«

Sie unterhielten sich noch ein wenig, bis Jack schläfrig wurde.

Vince sagte, er würde in ein paar Tagen wieder vorbeikommen, und Jack bedankte sich für seinen Besuch. Bevor er ging, gab Vince Jack einen MP3-Player, auf den er verschiedene seiner Lieblingsstücke geladen hatte. »Mit dem kannst du auch aufnehmen.«

Jack bedankte sich. Vielleicht half ihm die Musik beim Einschlafen.

Er sagte Vince nicht, welche Angst er davor hatte, allein zu schlafen – ohne Lorazepam, Clonazepam, Naprosyn, Tegretol oder was auch immer nötig war, um seine Träume unschädlich zu machen. Nein, nicht die Ponyritte oder die Prügeleien auf dem Schulhof oder die aufregenden Augenblicke mit Latitia Cole in Erica Hughes Hobbykeller, sondern die dunklen, verzerrten Bilder, die nie ganz scharf waren und sich seinem Bewusstsein entzogen, wenn er aufwachte, und deren Nachwirkungen ihn trotzdem mit Panik erfüllten. So sehr er sich auch bemühte, er konnte sich nie an Einzelheiten erinnern.

Er hatte schon überlegt, ob diese verfluchten Quallen einzelne Punkte in seinem Gehirn zerstört hatten, kleine Verletzungen, die verhinderten, dass er wieder völlig normal wurde. Und wenn sich diese Stellen nun weiter ausbreiteten? Sollten all die neuropsychologischen Tests nicht genau das herausfinden, nämlich ob er wirklich keine bleibende Schädigung davongetragen hatte?

Die wie im Blitzlicht auftauchenden Bilder, die Stimmen in seinem Kopf, die Panikattacken. Zu den Ärzten sagte er nichts davon, weil er wusste, dass sie ihn nur umso länger im Krankenhaus behalten würden. Und trotz der hervorragenden Behandlung hatte er schon nach einer Woche die Nase voll. Er wollte nicht mehr in diesem Krankenzimmer sein, nicht in diesem Pflegeheim mit den Tropfinfusionen und Stethoskopen, den piepsenden Monitoren und krankenhausgrün gestrichenen Wänden. Aber vor allem wollte er nicht mehr in seinem eigenen Kopf sein, in dem überall Gespenster herumspukten.

Das ist aber eine komische Maus.

Er sah aus dem Fenster. Irgendwo hinter dem wolkenlosen Blau des Himmels grollte der Donner.

Mist! Es entwickelte sich allmählich zu einem immer wiederkehrenden Tick. Donner und Blitz bei wolkenlosem Himmel.

Er klingelte nach der Schwester, um sich ein Schlafmittel geben zu lassen. Marcy kam und gab ihm eine weiße Pille, die er schluckte. Als er wieder allein war, drehte er sich weg von der Sonne und dem Gewitter, das in seinem Kissen tobte. Er zwang sich, die Augen zu schließen, und dachte daran, wie er vor Jahren mit Beth im Mondlicht am Strand gelegen hatte. In der schwülen Brise hatte sie ihn an sich gezogen, bis er ihre warme Brust an seinem Herzen spürte.

So wartete er mit geschlossenen Augen darauf, dass das Xanax wie klebriger Saft sein Gehirn durchdrang und die Lichter löschte.

49

Darien, Connecticut

»Hast du es schon mal gemacht?«

»Habe ich was schon mal gemacht?« Rodney Blake wurde ganz mulmig, denn er spürte dunkel, wovon seine Cousine Nora sprach.

»Komm schon, Rod, du weißt doch, was ich meine. Ein gut aussehender Junge wie du. Hast du schon mal mit einem Mädchen gevögelt?«

Die Worte trafen ihn wie elektrische Funken. Obwohl man das Jahr 1946 schrieb, hatte er noch nie ein Mädchen von solchen Dingen reden oder solche Ausdrücke benutzen hören. Aber die meisten Mädchen waren auch nicht wie seine Cousine Nora, die in Pennsylvania auf dem Land aufgewachsen war und die Tiere auf der Farm beobachtet hatte. Außerdem war sie vierzehn und frühreif, und er erst dreizehn.

»Nicht richtig.«

»Du musst es doch schon mit Mädchen getrieben haben.«

»Ja, klar doch«, log er, obwohl er noch nie eine Freundin gehabt hatte. Nur beim Flaschendrehen hatte er einmal ein Mädchen geküsst, und das war ein harmloses Küsschen in Gegenwart anderer Kinder gewesen.

Ein paar Minuten lang waren sie still. Sie lagen in seinem Garten und sahen zu den Sternen hinauf. Ihre Eltern hatten ihnen erlaubt, draußen im Zelt zu schlafen, jeder in seinem eigenen, obwohl die Zelte groß genug für zwei Personen waren. Aber ihre Eltern fanden, es gehörte sich nicht, dass ein Junge und ein Mädchen in ihrem Alter in einem Zelt schliefen, selbst wenn sie Cousins waren. Also lagen sie auf der Decke zwischen den Zelten. Aus dem Haus seiner Familie fiel Licht durch die Büsche, sodass er sehen konnte, wie Nora ihn musterte.

»Das glaub ich nicht.«

»Und wieso nicht?«

»Darum«, sagte Nora. »Du holst dir bestimmt einen runter.«

(Redeten Mädchen wirklich so? Oder nur Nora?)

Verwirrt suchte er nach der richtigen Antwort. Wenn er schockiert klang, hielt sie ihn für einen Weichling. Aber zuzugeben, dass er so etwas tat, war ihm so peinlich, dass er lieber gestorben wäre. Vor allem einem Mädchen gegenüber, das auch noch seine Cousine ersten Grades war. Pater Cardarelli, der Rodney Katechismusunterricht gegeben und ihm das Messbuch mit dem roten Ledereinband und der frommen Inschrift geschenkt hatte, hatte ihn davor gewarnt, »sich selbst zu missbrauchen«. Das war in Gottes Augen eine Sünde, aber nicht so schlimm wie »es«, das war nämlich eine Todsünde und wurde mit ewiger Verdammnis bestraft. Rodney stellte sich das ungefähr so vor wie die alten Bilder, auf denen Menschen von Dämonen mit langen, bösartig aussehenden Messern aufgeschlitzt wurden.

Ehrlich gesagt, hatte Rodney schon ein wenig an sich herumgespielt, aber er war nicht zum Orgasmus gekommen. Seine Empfindungen hatten ihm Angst eingejagt, obwohl sie eigentlich angenehm waren. Es war eines Abends passiert, als er im Bett lag und schon halb eingeschlafen war. Seine Hand hatte sich sozusagen verselbstständigt. Aber er hörte auf, als er merkte, dass etwas Besonderes passierte, etwas, von dem er nur eine vage Vorstellung hatte – eine Grenze, die er nicht überschreiten durfte. Nur dass so eine Flüssigkeit kam, wahrscheinlich das, was die anderen

Jungen Wichse nannten – ein klebriges Zeug wie Eiweiß, das an seinen Fingern trocknete und das er im Bad mit Seife wegwaschen musste.

»Klar doch.«

»Dann hast du wohl keine Angst, dass du blind wirst. Jerry sagt nämlich, das wird man, aber ich glaube, das ist Quatsch. Die Jungen, die ich kenne, haben alle Adleraugen.«

Rodney wusste nicht, was er sagen sollte, aber das war auch egal, weil sich Nora schon neben ihn gerollt hatte. Bevor er etwas sagen konnte, glitt ihre Hand über seinen Bauch und legte sich auf sein Geschlechtsteil.

»W-was machst du denn da?« Er wurde hart, obwohl er das gar nicht wollte.

»Psst.«

Sie fing an, ihre Hand rhythmisch an seinem Glied, das sie flach gegen seinen Bauch geschoben hatte, auf und ab zu reiben. Dann griff sie in seine Hose, als hätte sie es schon tausend Mal getan. Er war schockiert. Sie war erst vierzehn. Das war bei den Mädchen aus Pennsylvania wahrscheinlich normal, weil sie bei den Tieren zuguckten.

Aber sein Gewissen ließ ihm keine Ruhe. Pater Cardarelli hatte schlimme Dinge über Sex mit Familienmitgliedern gesagt. Der Teufel holte die, die so was taten.

Er keuchte auf, als Nora sein Ding aus der Hose holte und anfing, ihn ganz sanft zu streicheln. Er wollte sie aufhalten, aber er konnte nicht, und er stöhnte in teuflischer Lust, bis er fast explodierte. Doch sie wusste, was sie tat, und hörte gerade noch rechtzeitig auf.

Dann nahm sie seine Hand und legte sie zwischen ihre Beine. Er hatte noch nie ein Mädchen angefasst. Er wusste nicht einmal, wie Mädchen da unten aussahen. Manche Jungen malten primitive Bleistiftzeichnungen von riesigen Löchern, um die sie dunkle Haarkränze kritzelten, aber das sagte ihm gar nichts. Die Kunstbücher in der Bibliothek zeigten nur große, dicke Frauen, bei denen gar nichts zu erkennen war, und die Medizinbücher waren voll von ekligen Zeichnungen der inneren Organe.

Nora zog ihren Reißverschluss herunter und führte seine Hand in ihre Hose.

Rodney fiel fast in Ohnmacht. So viel Haare! Und sie war nass und glitschig wie eine tiefe Wunde – genau wie Buddy Peterson gesagt hatte.

Sie rieb sich an ihm, und bevor er wusste, was er tat, hatte er ihr die Hose heruntergezogen. Und sie ließ ihn. Aber als er sich auf sie rollen wollte, stieß sie ihn weg. »Nicht. Nur so«, flüsterte sie und streichelte ihn immer weiter.

Aber vielleicht überkam ihn ein tiefer, animalischer Instinkt, oder es waren all die Dinge, die Buddy und Wade und die anderen älteren Jungen ihm erzählt hatten, denn er stieß Noras Hände weg und rollte sich auf sie. Er spreizte mit seinen Knien ihre Beine und stieß mit seinem Glied gegen ihr Geschlecht. Wie von allen Kräften der Evolution geleitet, glitt er in sie hinein. Und dann brach ein Damm in seinem Kopf.

Das war es. DAS WAR ES. Das Epizentrum aller zweideutigen Witze, des Gekichers, der primitiven Bleistiftzeichnungen, der Filme, der Witze, der schmutzigen Worte. In einem wunderbaren Augenblick der Erleuchtung stellte Rodney die Verbindung her zu jedem anderen Menschen, der je auf diesem Planeten gelebt hatte, bis zurück zu Adam und Eva.

Während seine Cousine Nora versuchte, ihn noch rechtzeitig aufzuhalten, ihn wegzuschieben, ohne dass ihre Eltern ihren Protest hörten, explodierte Rodney in ihr.

Als es vorbei war, sammelte sie ihre Kleider ein und versuchte leise fluchend, seine Wichse abzuwischen. Du lieber Himmel, wenn sie bloß nicht schwanger wurde …

An die nächsten Minuten hatte er keine klare Erinnerung. Nora verschwand in ihrem Zelt, und er lag in der kalten Luft und spürte, wie das Sperma auf seiner Haut trocknete.

Dann ging er über den Rasen zum Haus, angelockt vom Licht und dem Radio, das alte Lieder spielte.

Unten am Fluss ... wie süß ist dein Kuss ...
Im Mondenschein zu träumen ...

Aber jetzt war er nicht mehr nackt, und ihm war auch nicht kalt. Er trug eine Hose und den gestreiften Pulli, den Edna ihm vor ein paar Jahren zu seinem siebzigsten Geburtstag geschenkt hatte. Bevor er in die Küche ging, nahm er im Wohnzimmer das Buch mit dem roten Ledereinband vom Regal, dessen Seiten mit den Jahren brüchig geworden waren. Pater Cardarellis Unterschrift sah immer noch frisch aus.

»Onkel Rod, bist du das?«, fragte Edna.

Edna.

Er antwortete nicht und ging zur Kellertür.

»Ich bin im Bad. Ich komme gleich runter. Vergiss nicht deine Medizin zu nehmen. Die weißen Pillen.«

Rodney öffnete die Kellertür. Er hörte das vertraute Knarren der Treppenstufen, als er nach unten ging.

Er ging zu der Werkbank, hinter der die Werkzeuge fein säuberlich der Größe nach geordnet an der Stecktafel hingen: Schraubenschlüssel – von den ganz kleinen bis zu den großen für Installationsarbeiten –, Schraubenzieher, Zangen und Laubsägen. Sogar die Messer, vom kleinen Schnitzmesser bis zu dem stählernen Jagdmesser, das Nora ihm vor langer Zeit zu Weihnachten geschenkt hatte. Nora, die von ihrer Familie verstoßen worden war und sich mit nicht mal zwanzig Jahren das Leben genommen hatte.

Nora, die Mutter seiner Tochter Edna. Edna, sein Geheimnis. Edna, die weit weg geboren worden war und deren Vater niemand kannte. Niemand außer Rodney.

»Onkel Rod«, rief Edna von oben. »Du bist im Garten eingeschlafen. Hat dich das Radio geweckt? Du hast auf der Decke neben dem Zelt richtig süß ausgesehen.«

Er legte das Messbuch auf die Werkbank. Vergib mir, lieber Gott. Er löste seinen Gürtel.

»Ich hole dir deine Pillen.«

Er zog seine Hosen herunter.

»Aber heut Nacht bist du mein, mein ganz allein ...«

»Die weißen.«

Er holte seinen Penis hervor.

Oben in der Küche lief Wasser aus dem Hahn in ein Glas.

Rodney griff nach seinem alten Jagdmesser, das noch so glänzend und rasiermesserscharf geschliffen war, wie er es letztens weggepackt hatte.

»Du hast da draußen Selbstgespräche geführt.« Schritte gingen durch die Küche zur Kellertür oben an der Treppe.

»Im Morgengrauen musst du fort, das weiß ich wohl ...«

Rodney packte fest zu.

»Aber heut Nacht, da bist du mein, mein ganz allein!«

Mit der rechten Hand führte er das Messer und schnitt.

50

Jack saß im Picknickbereich in seinem Rollstuhl und hörte auf seinem MP3-Player Stevie Ray Vaughn, als René Ballard durch den Garten auf ihn zusteuerte.

Sie war jung – in den Zwanzigern – und sehr attraktiv. Statt eines weißen oder grünen Kittels trug sie einen beigen Hosenanzug mit weißer Bluse, in dem sie adrett und frisch wirkte. Bestimmt war sie eine angenehmere Gesellschaft als Joe McNamara, der vor wenigen Minuten weggebracht worden war, weil er einen Anfall gehabt hatte.

Außerdem kam sie ihm vage vertraut vor – wie ein Gesicht unter mehreren Schichten Film.

Da es ein warmer Tag war, hatte Jack seinen Rollstuhl nach draußen gefahren. Es war an der Zeit, dass sein Gesicht ein wenig Farbe bekam. Im Augenblick sah er aus wie Mayonnaise. Er nahm ein paar Magazine mit, schließlich musste er sich auf den aktuellen Stand bringen. Nach vielleicht zwanzig Minuten erschien Joe McNamara und fragte, ob er wisse, wo Pater O'Connor war. Jack nahm an, dass Joe einen Besuch seines Pfarrers erwartete, und riet ihm, die Schwestern zu fragen. Offenbar kam die Botschaft nicht an, denn Joe legte den Kopf schräg und starrte Jack an wie ein Beagle. Seine Augen weiteten sich. Plötzlich fiel er auf die Knie, bekreuzigte sich und sprudelte eine Beichte hervor. »Pater, vergeben Sie mir, vergeben Sie mir, ich … ich … oooh … Ich habe ihm das Auge ausgeschlagen. Lenny Schmidt. Jetzt ist er auf einem Auge blind, dabei hat er gar nichts gemacht, stand nur so vor dem Leone's rum. Aber ich wollte ihn nur erschrecken, das war alles, nur erschrecken, und ich hab echt nicht gedacht, dass es ihn ins Gesicht trifft, Pater, ehrlich, ich wollte ihn nur erschrecken, ihn an der Schulter treffen oder so, aber nicht ins Auge, das schwöre ich.« Einer der Pfleger hatte die Szene beobachtet und versuchte, Joe wieder zu sich zu bringen. Aber er war nicht mehr zugänglich und fing an, zu fluchen und wild um sich zu schlagen. Bevor die zu Hilfe gerufenen anderen Pfleger eintrafen, bat Joe Jack um Vergebung. Als die Pfleger erschienen, um Joe wegzubringen, schlug Jack ein Kreuz und sagte, er vergebe ihm, worauf Joe in dankbares Schluchzen ausbrach. Die Pfleger trugen ihn zurück in sein Zimmer und spritzten ihm etwas, damit er einschlief und seine Schuldgefühle vergaß.

Jack hatte keine Ahnung, was der Auslöser gewesen sein mochte – vielleicht Jacks schwarzes T-Shirt oder sein Gesicht, das ausgemergelt war wie bei einem Heiligen. Auf jeden Fall hatte Joe ihn für Pater O'Connor gehalten. Und das war nicht der einzige eigenartige Zwischenfall. In der Klinik waren sowohl jüngere Rehapatienten als auch ältere Demenzkranke untergebracht, die sich die Gemeinschaftsbereiche teilten. Das Pflegepersonal förderte Kontakte zwischen beiden Gruppen, die für Alzheimerpatienten im Frühstadium förderlich sein konnten. Jack genoss die Gespräche, bei denen immer wieder ein Rest der früheren Persönlichkeit zu ahnen war. Allerdings gingen die Senioren gelegentlich mit einem Schlag auf eine bizarre Reise in die Vergangenheit. So hatte Mr Monks, der nun an einem Tisch in der Nähe Puzzles legte und mit Kopfhörern eine CD hörte, am Vortag auf der Station stundenlang Gene Vincent – einem Siebzehnjährigen, der aussah wie ein alter Mann – Ständchen gebracht. Oder Marty Lubeck. »Haltet ein, haltet ein, ich bin der Henker Ihrer Majestät«, hatte er den Aquariumfischen zwei Stunden lang voller Inbrunst verkündet, wie er es offenbar in seiner Schulzeit in der Theatergruppe gelernt hatte. Dagegen unterhielt sich Noreen Hoolihan, die nun friedlich in einem Schaukelstuhl saß, immer wieder ausführlich mit einem Topf Geranien über ihre Großmutter.

»Guten Morgen, Mr Koryan. Ich bin René Ballard, die beratende Apothekerin des Heims, und würde mich gern mit Ihnen unterhalten. Ist das in Ordnung?«

Ihre Hand war kühl und glatt wie Toffee. Jack gab vor, in einen Terminkalender zu sehen. »Ich bin sehr beschäftigt, aber ich denke, ich kann Sie einschieben.«

»Danke.« Sie lachte und nahm sich einen Plastikstuhl.

Ihre lebhaften blaugrauen Augen wirkten besonders anziehend, wenn sie lächelte. Das kastanienbraune Haar wurde von einer Spange gehalten, die mit einer Rosette aus Spitzenstoff bezogen war. Sie trug goldene Kreolen und eine dünne goldene Halskette. In der Hand hielt sie einen goldenen Stift und ein Notizbuch. Auf Jack wirkte sie intelligent und sehr beherrscht. Er fragte sich, wie sie in einem Abendkleid aussah. Oder im Bikini. Und wieso interessierte ihn das überhaupt?

»Die Schwestern sagen, Sie erholen sich erstaunlich schnell.«

»Das liegt am Essen.«

»Ist es so gut?«

»Nein, es ist so schlecht, dass man so schnell wie möglich gesund werden und hier raus will.«

Ihr Lachen klang wie ein Glockenspiel im Wind, aber er wurde das unbehagliche Gefühl, das in ihm aufstieg, nicht los. »Das kann ich gut verstehen. Den Berichten zufolge wird es nicht mehr lange dauern, wenn es weiter so gut läuft. Ich erinnere mich noch, wie Sie eingeliefert wurden.«

»Ich leider nicht.«

Sie lächelte. »Ihre Frau und Ihre Freunde haben mir viel von Ihnen erzählt.«

»Meine Exfrau.«

Sie nickte. »Ja, ich habe davon gehört. Tut mir sehr leid.«

Jacks Unbehagen verstärkte sich. Das hatte nichts mit dem Essen in der Klinik zu tun oder damit, dass er in seinem Rollstuhl festsaß und von geriatrischen Demenzpatienten umgeben war. Es lag an dieser Frau – dieser hübschen, strahlenden jungen Frau mit den ernsthaften großen Augen, den vollkommenen Zähnen und dem einladenden Mund. In ihrer Gegenwart wurden ihm seine weißen Streichholzbeine, die aus der Hose stachen, und seine Hühnerbrust schmerzhaft bewusst. Vor ihm lag ein langer, öder Weg. Gestern noch war er mit seinem Leben zufrieden gewesen und hatte Pläne geschmiedet. Vor allem aber hatte er ein Leben gehabt.

»Dr. Heller hat mir Ihre Gedächtnistests gezeigt. So etwas hat sie noch nie erlebt. Ihre Erinnerung ist absolut außergewöhnlich.«

»Das ist vermutlich der gerechte Ausgleich.«

Sie ließ sich mit der Antwort einige Sekunden Zeit. »Die Physiotherapeuten hier sind hervorragend«, meinte sie dann vorsichtig. »In ein paar Monaten sind Sie bestimmt wieder völlig gesund und können ein normales Leben führen.«

Er lächelte. »Wenn es einen Gott gibt.«

Sie öffnete ihr Notizbuch, das offenbar eine Liste von Fragen enthielt, die sie vorbereitet hatte.

»Ich habe den Verdacht, dass Sie nicht wegen meiner Medikamente hier sind.«

»Eigentlich würde ich Ihnen gern ein paar Fragen zu Ihrem Gedächtnis stellen, wenn Sie damit einverstanden sind.«

»Sie sind schon die Vierte diese Woche.«

Ihre Pupillen weiteten sich, während sie auf seine Antwort wartete. Er hätte sich in diesen Augen verlieren können.

»Sie meinen, Sie sind ausgetestet.«

»Labyrinthe, Bildertests, Zahlenreihen, Wortreihen, Karten. Ich kann mich kaum umdrehen, ohne dass jemand will, dass ich wiederhole, was er gerade gesagt hat. Allmählich fühle ich mich wie eine Echomaschine.«

Sie lachte. »Nichts davon, ich verspreche es. Aber Sie haben recht: Ich bin nicht wegen Ihrer Medikamente hier. Sollten Sie allerdings Fragen oder Probleme haben, sagen Sie es mir bitte.«

»Da Sie es erwähnen, ich kann nicht richtig schlafen, auch wenn es wie ein schlechter Witz klingt.«

»Sie schlafen nicht genug?«

»Nicht tief genug. Ich will nicht mehr träumen. Einfach nur weg sein.«

»Sie haben Albträume?«

»Ja.« Mehr wollte er dazu nicht sagen.

Sie schrieb etwas für die Schwestern auf. Er nickte diesem schönen, für ihn unerreichbaren Geschöpf zu. Von ihr würde er bestimmt träumen. Dann zückte sie ihr Notizbuch, um ihm zu bedeuten, dass es nun zum geschäftlichen Teil ging.

»Lassen Sie mich das erklären. Neben meiner Tätigkeit als beratender Apothekerin arbeite ich für ein Pharmaunternehmen hier in der Gegend an einem Forschungsprojekt mit. Die Firma führt klinische Tests zur Erprobung eines Alzheimer-Medikaments durch. Vielleicht haben Sie in den Nachrichten davon gehört oder darüber gelesen.«

Hatte er. »Ein ganz neues Mittel. Ein echter Durchbruch.«

»Ja, das Medikament nennt sich Memorin. Mehrere Patienten hier nehmen an der Studie teil.«

»Soll das heißen, ich habe auch Alzheimer?«

»Wohl kaum.« Sie lachte. »Aber die Quallen, von denen Sie angegriffen wurden, produzieren zufälligerweise ein Gift, das sich auf die Erinnerung auswirkt.«

»Davon habe ich mehr als genug.«

»Das habe ich gehört, aber das meine ich nicht.«

Ich auch nicht.

»Ich würde Ihnen gern ein paar Fragen zu Ihrem Gedächtnis stellen.«

»Warum?«

»Weil wir eine Ähnlichkeit zwischen Ihrer neurologischen Aktivität und der der Patienten, die mit dem Mittel behandelt werden, entdeckt haben. Während Sie im Koma lagen, wurden mehrere Kernspin-Aufnahmen Ihres Gehirns gemacht, um festzustellen, ob Anomalien wie Tumore oder andere Schädigungen vorlagen. Glücklicherweise war das nicht der Fall. Aber die Bilder der für das Gedächtnis zuständigen Bereiche zeigten verstärkte Aktivität. Ich würde Sie gern fragen, welcher Art die Dinge sind, an die Sie sich erinnern.«

»Was hat das mit Ihrer Studie zu tun?«

»Nur dass einige Testpersonen ungewöhnlich intensive Erinnerungen haben. Ich wüsste gern, ob das bei Ihnen auch der Fall ist, ob Sie sich an lange zurückliegende Erlebnisse erinnern.« Sie zögerte einen Augenblick, während er sie ausdruckslos ansah. »Flashbacks.«

Flashbacks. Sie hatte es beim Namen genannt. Jack fühlte, wie sein Puls zu jagen begann. *Ja,* dachte er. »Nein«, sagte er.

Ihre Augenbrauen schossen in die Höhe wie die Nadel an einem Lügendetektor. »Wirklich nicht?«

»Keine Flashbacks.«

Er hätte nicht sagen können, ob sie enttäuscht oder nur ungläubig wirkte. Vielleicht verriet ihn etwas in seinem Gesicht, denn sie lehnte sich auf ihrem Stuhl zurück und musterte ihn prüfend.

»Darf ich fragen, warum Sie ein Mittel möchten, mit dem Sie schlafen können, ohne zu träumen?«, fragte sie nach einem Augenblick.

»Das ist doch wohl nicht dasselbe.«

»Die neurologische Aktivität passt dazu.«

Wenn er Ja sagte, würde sie ihn mit Fragen löchern, bis er sich fühlte wie ein Schweizer Käse. Dann kam er nie aus diesem Heim heraus, sondern wurde in die Studie für das Medikament integriert, das irgendwer auf den Markt bringen wollte. »Was soll ich Ihnen sagen? Keine Flashbacks.«

Brave Maus. Große Maus.

Stirb, verdammt noch mal.

Ihre Augen wurden hart. Sie glaubte ihm nicht. »Ich verstehe. Es ist also nur ein Zufall. Das mit den Aufnahmen und die Tatsache, dass Sie mehrfach nach Ihrer Mutter gerufen haben und tatsächlich so klangen, als würden Sie sich mit ihr unterhalten.«

»Mit meiner Mutter?«

»Eine der Schwestern hat es aufgenommen.«

Die ursprünglich so herzliche Stimmung kühlte deutlich ab. Guter Plan: Die schickten ihm eine kluge Frau, die ihn mit ihrer strahlenden Schönheit und ihrem überwältigenden Charme auf die Knie zwang, und kassierten dafür Fördermittel und einen fetten Bonus.

Aber das war wohl nicht die ganze Wahrheit, auch wenn er sich das einreden wollte. *Verbittert. Du bist ein verbitterter, vor der Zeit gealterter Mann, der sich in Selbstmitleid ergeht. Deswegen gehörst du auch in dieses geriatrische Terrarium.*

»Haben Sie denn noch nie im Schlaf geredet?«, fragte er. »Mit einem toten Verwandten oder Freund, meine ich?«

»Doch, natürlich.«

Er hörte die Vorsicht in ihrer Stimme. »So wie die mich mit Medikamenten vollgepumpt haben, würde es mich nicht wundern, wenn ich mit Kleopatra geredet hätte.«

»Das mag schon sein, aber das Ungewöhnliche an diesen Episoden war Ihre Stimme. Sie klangen wie ein Kind, was darauf hindeutet, dass Sie eine lange zurückliegende Erfahrung noch einmal durchlebten. Ich frage mich, ob Ihnen diese Flashbacks bewusst sind. Falls sie bei Ihnen im wachen Zustand auftreten, könnten Sie uns vielleicht eine Beschreibung liefern.«

Ihre großen Augen flehten ihn an, ihr die Wahrheit zu sagen, die sie beide kannten: dass er Flashbacks hatte, dass er mit Toten sprach, dass er an Orten gewesen war, an die er seit Jahren nicht mehr gedacht hatte, dass er Augenblicke noch einmal erlebte, aus denen er gar nicht mehr zurückkehren wollte – geniale kleine Comic-Strips ungetrübten Vergnügens. Und dann die düsteren Bilder, die grauenhaften Blitzlichtaufnahmen, die ihn zitternd vor Entsetzen zurückließen.

»Wir würden gern herausfinden, welche Aktivitäten sich bei bestimmten Erinnerungsabläufen in Ihrem Gehirn abspielen. Das heißt funktionelle Kernspintomografie.«

»Ich fürchte, ich kann Ihnen nicht helfen, Miss Ballard«, sagte er, als sie ihm die Einzelheiten erklären wollte.

Sie sank in sich zusammen, nickte aber höflich-resigniert. »Tut mir leid, dass ich Sie damit behelligt habe.« Sie erhob sich, wobei sie das ledergebundene Notizbuch mit all den Fragen vor der Brust hielt. »Ich werde mit Dr. Heller reden, damit Sie etwas gegen Ihre Schlafstörungen bekommen.«

Und wenn Sie schon dabei sind, können Sie und Ihre Neurologenfreunde sich vielleicht mal meinen Kopf von innen besehen und mir sagen, was für ein Monster mich da aus dem dunklen Wandschrank heraus belauert. Das Ding mit dem großen, spitzen Kopf. Wäre Ihnen echt dankbar, wenn Sie mir was verschreiben könnten, das diese verdammte Tür ein für alle Mal verbarrikadiert.

»Danke.«

Sie holte eine Visitenkarte aus ihrer Schultertasche und legte sie auf den Tisch. »Falls sich irgendwelche Veränderungen ergeben«, sagte sie und bedankte sich noch einmal.

Er sah ihr nach, als sie ging, sah, wie sich die Luft im Garten vor ihr teilte wie Wasser. Er bewunderte den festen kleinen Hintern in der Gabardinehose, die langen Beine und das wippende kastanienbraune Haar und hasste sie gleichzeitig dafür. Nun ging sie ins Gebäude und von dort zu ihrem netten kleinen BMW, mit dem sie zu ihrer netten kleinen Eigentumswohnung fuhr, wo sie später mit ihrem netten kleinen Wissenschaftlerfreund einen netten kleinen Pinot Noir öffnen würde …

Zum Teufel mit dir, René Ballard.

Zum Teufel mit dir, Beth King.

Plötzlich merkte er, dass er weinte.

Zum Teufel mit dir, Jack Koryan.

Verdammt noch mal! Er schloss die Augen und wünschte sich, er müsste sie nie wieder öffnen.

51

Boston, Massachusetts

»Mr Reynolds, wenn Sie sich nicht gleich wieder anziehen, sag ich's meinem Vater!«

Die kleine alte Frau drohte dem großen nackten Mann, der mit ausgebreiteten Armen vor dem Bostoner Museum der schönen Künste stand.

Ein paar Meter weiter drehten sich zwei Studentinnen, die die Bronzeskulptur bewundert hatten, nach ihr um. Das schwarze Mädchen mit der Baseballkappe der Northeastern University sah seine weiße Freundin an und fing an zu kichern.

Aber die alte Dame mit dem Blumenkleid und der großen Einkaufstasche scherzte nicht. Sie fuhr herum und sah die junge Afroamerikanerin mit zusammengekniffenen Augen an. Dann hellte sich ihre Miene auf. »Da bist du ja, Lucy Goosey! Wo ist mein Jello?«

»Wie bitte?«

»Du solltest auf ihn aufpassen und nicht einfach rüber zu Patty laufen.« Ihr Mund begann zu zittern. »Jetzt ist er weg.«

»Gute Frau, ich habe keine Ahnung, wovon Sie reden.«

Mary warf ihr einen scharfen Blick zu und stampfte mit dem Fuß auf. Dann wandte sie sich an die weiße Studentin. »Meine Mutter dreht ihr den Hals um, wenn sie es herausfindet. Jello hätte gar nicht ohne Leine rausdürfen. Jetzt ist er weg, und bald wird es dunkel.«

Die schwarze Studentin musterte die kleine alte Dame in dem blau geblümten Hauskleid und dem Schlapphut eingehend. Ihre geschwollenen Beine quollen wie Würste aus den schmutzigen weißen Wanderschuhen. »Tut mir leid, aber ich fürchte, Sie verwechseln uns.«

»Ich weiß, was du zu Barbara Chin gesagt hast. Miss DuPont hat es mir erzählt. Ist mir doch egal, ob du mich zu deiner Party einlädst.« Sie streckte ihr die Zunge heraus.

»Zu welcher Party?«, fragte das andere Mädchen. »Wovon redet die?«

Die alte Dame fuhr herum, sah ihr ins Gesicht und richtete dann den Blick auf den kleinen Granitsockel mit der Bronzetafel: *»Appeal to the Great Spirit,* Cyrus Edwin Dallin, 1909.«

»Wovon redest du? Das ist nicht Jello. Das ist Boris, der gehört den Murphys. Jello ist gelb und süß – nicht wie der da.« Sie versetzte dem Stein einen Tritt.

»Oh, Mann!«, sagte die weiße Studentin. »Sie trägt ein Armband von irgendeinem Krankenhaus«, flüsterte sie ihrer Freundin zu.

Mary wandte sich wieder an das schwarze Mädchen. »Du machst immer zehn Sachen auf einmal.« Dann drehte sie sich abrupt nach der Statue um. »Und was will Mr Reynolds hier? Das ist nicht sein Garten. Und er soll sich wieder anziehen.«

Das schwarze Mädchen versuchte, das Armband zu lesen, aber die alte Frau riss ihre Hand weg und sah auf das Armband, als wäre es eine Uhr. »Fast fünf. Bald kommt mein Daddy heim, und dann ruft er deine Eltern an und sagt ihnen, was du angestellt hast.« Ihre Stimme brach. »Er ist doch noch ein Welpe«, sagte sie mit leerem Blick. »Mommy und Daddy haben ihn mir zum Geburtstag geschenkt.«

Die schwarze Studentin verdrehte die Augen, um ihrer Freundin zu verstehen zu geben, dass die Frau völlig unzurechnungsfähig war. »Sie finden Jello bestimmt wieder. Aber können Sie uns sagen, wie Sie heißen?«

Eine Tram rumpelte mit quietschenden Rädern vorbei. Die alte Dame sah mit zusammengekniffenen Augen zur Straße.

»Können Sie uns sagen, wie Sie heißen?«, fragte das weiße Mädchen ein wenig lauter.

Aber die alte Frau beachtete sie gar nicht, sondern betrachtete wie gebannt die Straßenbahn, die auf der Huntington Avenue zur Haltestelle Northeastern fuhr.

»Können Sie mir sagen, wo Sie wohnen?«

»Sieben.«

»Sieben was?«

»Ich hab Jello gekriegt, als ich sieben geworden bin, du Dummkopf.« Sie schüttelte den Kopf. »Du warst doch da, Lucy, und Patty auch. Mir egal, wenn ich nicht eingeladen bin. Ich wär sowieso nicht hingegangen. Ha!« Ihr Blick wurde schärfer. »Und seit wann bist du schwarz?«

Die Studentin zog die Brauen hoch. »Schon ziemlich lange.« Sie holte ein Mobiltelefon aus ihrer Tasche. Die alte Dame starrte auf das Gerät und rang nach Luft.

»Das ist doch nur ein Handy.«

Verwirrt blickte die alte Frau auf das Telefon. Während die schwarze Studentin eine Nummer eingab, beugte sich ihre Freundin zu der alten Dame. »Können Sie mir Ihren Namen sagen?«

»Jello, das weißt du doch.«

»Nein, *Ihren* Namen, nicht den von Ihrem Welpen.«

Die alte Frau drehte sich um und starrte auf den dichten Verkehr, der sich durch die Huntington Avenue wälzte. Sie standen am Überweg zur Straßenbahnhaltestelle an der nächsten Ecke. Während sie abgelenkt war, beugte sich die weiße Studentin vor und las das Armband. »Mary Curley.«

Die Afroamerikanerin nickte. »Ich möchte gern eine vermisste

Person melden«, sagte sie in ihr Mobiltelefon. »Ich meine, wir haben jemanden gefunden. Wir stehen vor dem Museum der schönen Künste in der Huntington Avenue. Ja. Eine alte Dame, die völlig verwirrt ist. Sie trägt eine Art Patientenarmband, auf dem steht ›Ich habe Alzheimer‹. Ihr Name ist Mary Curley.«

Bevor die junge Frau die Adresse auf der Rückseite des Armbands lesen konnte, riss sich Mary los. »Jello?« Sie griff in ihre riesige Tasche mit dem Aufdruck »Gap« und holte einen abgekauten roten Pantoffel heraus. »Hier ist Mister Slippy. Sei ein braver Hund.«

Die beiden Frauen sahen sich um, aber es war kein Hund in Sicht.

»Die steht völlig neben sich«, erklärte die Studentin der Zentrale. »Sie redet mit Statuen und Bäumen wie Mr Magoo.«

»Mrs Curley, wo wohnen Sie?«

Aber Mary starrte nur auf die Straße.

»Jello«, sagte das weiße Mädchen, um ihre Aufmerksamkeit zu erregen.

Mary fuhr herum. »Wo?«

Das Mädchen nahm Mary an den Schultern und sprach ihr direkt ins Gesicht. *»Wo wohnen Sie?«,* fragte sie, wobei sie jede einzelne Silbe betonte.

Mary warf einen Blick auf das Museum, dessen riesige Bronzetüren von einem massigen Granitportikus mit vier dorischen Säulen beschirmt wurden. »Four fifty-two Franklin Avenue«, sang sie, als wäre es ein Kinderreim.

Die schwarze Studentin nickte. »Ich weiß es nicht«, sagte sie ins Telefon. »Vielleicht ist sie aus einem Pflegeheim weggelaufen. Nein, keine Ahnung, wie sie hergekommen ist. Wahrscheinlich weiß sie es selbst nicht. Sie glaubt, sie hat ihren Hund verloren. Ja. Kommen Sie bitte schnell … Ja, sie hat ein Kleid an und Turnschuhe. Und eine Tasche von Gap.«

Mary starrte wieder auf den Punkt, der sie schon vorher fasziniert hatte – irgendwo hinter den Autos, Bussen und Lkws, die sich über die Huntington Avenue schoben.

»Wie sind Sie hierher gekommen, Mrs Curley?«, fragte das weiße Mädchen.

Plötzlich erwachte Mary aus ihrer Trance. »Da ist ja mein Kleiner«, sagte sie mit Kinderstimme. »Jellooo? Er ist in seiner Hütte. Da war er die ganze Zeit.«

Das weiße Mädchen nahm sie am Arm, als sie auf die Straße laufen wollte, aber Mary ging plötzlich auf sie los und biss sie ins Handgelenk.

»Verdammt noch mal!«, schimpfte die Studentin. »Du meine Güte, es blutet!« Das galt ihrer Freundin, die immer noch am Telefon war.

Mary rannte auf die Straße. Bremsen kreischten, aber sie schaffte es bis zur nächsten Fahrspur. Da die Autos Stoßstange an Stoßstange standen, gelang es den beiden Studentinnen nicht, Mary einzufangen. Die schien den Verkehr gar nicht zu bemerken, noch nicht einmal, als ein Lieferwagen nur Zentimeter vor ihr schleudernd anhielt. Sie folgte offenbar einem Radarstrahl, der nichts mit der äußeren Welt zu tun hatte.

»Ich seh dich«, quiekte sie entzückt, während sie durch den Verkehr hastete. »Da bist du ja, mein Kleiner.«

»Jenny, halt sie auf!«, schrie die schwarze Studentin.

Jenny lief auf die Straße, aber weder sie noch ihre Freundin, noch die Menschen auf dem Gehweg konnten Mary Curley aufhalten, weil die Autos jetzt auf der gesamten Straße dicht an dicht standen. Unbeirrt hielt sie wie von einer unsichtbaren Kraft getrieben auf die haltende Straßenbahn zu. Auf der anderen Straßenseite rief Jenny, die sich immer noch das blutende Handgelenk hielt, nach ihr. »Mrs Curley, bleiben Sie stehen!«

Aber Mary blieb nicht stehen, und sie hörte weder Jenny noch ihre Freundin mit dem Handy, noch die Leute in den Autos, noch die letzte Münze, die in den Automaten fiel, noch die Türen der Straßenbahn, die sich hinter den letzten Fahrgästen schlossen. Mary war auf alle viere gegangen, damit sie in die Hundehütte sehen konnte.

»Nein, Mrs Curley! Neiiin!«

Jenny und ihre Freundin kletterten über die Motorhauben der stehenden Autos, um Mary aufzuhalten.

Aber Mary kroch schon unter die massive Kupplung, die die beiden Waggons der Straßenbahn verband. »Da ist ja mein braves Hundilein.«

52

Eine alte Dame aus Brookline wurde gestern getötet, als sie unter die Räder einer Straßenbahn in Boston kroch …

Den Behörden ist immer noch unklar, wie die achtundsiebzigjährige Demenzkranke von ihrem Heim zum Bostoner Museum der schönen Künste gelangt ist.

Nach Auskunft ihrer Tochter war Mary Curley vom Pflegeheim Broadview in Cobbsville beurlaubt worden. Irgendwie gelangte sie von ihrem Haus in Brookline zum Museum.

Augenzeugenberichten zufolge litt Mrs Curley unter Wahnvorstellungen und merkte gar nicht, dass sie unter eine Straßenbahn gekrochen war.

Der vierte Todesfall in Verbindung mit einem Flashback. Damit muss Schluss sein, dachte Nick und schaltete das Radio aus.

Als er auf den Parkplatz von Broadview fuhr, überlegte er, ob Peter Habib recht hatte. Vielleicht war das Medikament wirklich fehlerhaft und musste zurückgezogen werden.

Er stellte den Wagen ab und ging ins Haus, wo er in der Lobby auf die anderen Teilnehmer der Besprechung wartete. Der Bericht über Jack Koryan brannte ihm ebenfalls auf der Seele. Der Mann war praktisch von den Toten auferstanden – mit einem Hippocampus, der so gut arbeitete, dass er vielleicht alles auf den Kopf stellte. Wer wusste schon, was für Zeug sich dort verbarg.

Mein Gott!

Nick schüttelte die finsteren Gedanken ab, während er beobachtete, wie sich die GEM-Delegation pünktlich für die um vierzehn Uhr angesetzte Besprechung vom Parkplatz näherte. *Das würde keine angenehme Begegnung werden.*

Ganz vorn ging Gavin Moy, der sein Bulldoggengesicht wie den Kühler eines Mack-Trucks vor sich herschob. Mit der olivgrünen Sportjacke und der dunklen Brille sah er aus wie ein Heereskommandeur auf dem Weg zur Front. Flankiert wurde er von Jordan Carr, der seinen Schritt dem von Moy so perfekt angepasst hatte, dass er in der Nachmittagssonne wie dessen Schatten wirkte. Hinter ihnen marschierten Mark Thompson, der medizinische Leiter von GEM Tech, und Mort Coleman, der Leiter der Rechtsabteilung.

Nick empfing sie an der Tür und führte sie durch die Lobby, eine geräumige Halle mit viel Licht, die kürzlich mit Sesseln und Sofas in fröhlichen Blumenmustern ausgestattet worden war. Die Sitzgruppen waren um niedrige Tische herum angeordnet und durch große Topfpflanzen voneinander abgegrenzt. Das sah nicht nur schön aus, sondern schuf auch eine gewisse Privatsphäre. Der ganze Raum erinnerte an ein Landhotel der Spitzenklasse. Einer Tafel am Eingang zufolge war die Einrichtung hier wie im gesamten Flügel der großzügigen Unterstützung durch GEM Tech zu verdanken.

Sie fuhren mit dem Aufzug in den ersten Stock und passierten die Sicherheitstüren zur Alzheimer-Station. Obwohl Jordan Carr in der Anfangsphase der Tests auf der Station tätig gewesen war, hatte er der Abteilung nur noch wenige Besuche abgestattet, seit Nick die Arbeit hier übernommen hatte. Diesmal war er dabei, weil Gavin, der großen Wert auf Firmenhierarchie legte, Carr zum stellvertretenden Forschungsleiter der Studie ernannt hatte.

Es war Gavins zweiter Besuch im Heim seit der von GEM gesponserten Renovierung. Aber deswegen waren er und seine Entourage nicht da. Der anderen wegen führte Nick sie kurz durch die Station, bevor sie zum eigentlichen Teil kamen.

Der neue Aufenthaltsraum war fast doppelt so groß wie der alte. Oberlichter schufen eine freundliche Atmosphäre. Tische und Stühle standen verteilt im Raum, der mit einem Breitwandfernseher und Regalen ausgestattet war. Ein Surround-Sound-System spielte unaufdringliche Instrumentalmusik von einer CD, was die Patienten beruhigen sollte. Eine ganze Kollektion harmloser Oldies füllte die Regale, von *Das Beste aus den Fünfzigerjahren* und *Die schönsten irischen Balladen* bis hin zu Perry Como, Johnny Mathis, Nat King Cole und den Bigbands. Sichere, sanfte Nostalgie.

Die Abteilung war jetzt klimatisiert und mit einem raffinierten Beleuchtungssystem ausgestattet. Die Sicherheitsmaßnahmen waren optimiert worden, an allen Aufzügen und Ausgängen waren Deckenkameras montiert. Einen zweiten Fall Clara Devine würde es nicht geben.

Obwohl Nick spürte, wie Moy unruhig wurde, setzte er seine Tour fort. Nicht um Gavin zu ärgern, sondern weil er wollte, dass Moy und sein Gefolge die menschliche Seite der Geschichte kennenlernten. Außerdem wollte er ihnen zeigen, was mit den Geldern von GEM passiert war.

Nick betätigte zweimal einen Wandschalter, woraufhin sich nacheinander zwei Reihen Leuchtstoffröhren einschalteten. »Doppelte Beleuchtung für die anstrengenden Abende«, erklärte er. »Wenn die Sonne untergeht, werden die Patienten unruhig. Es funktioniert nicht immer, aber es hilft.«

Auf den Stühlen saßen ein paar ältere Frauen, die sich unterhielten – miteinander und mit sich selbst. Eine Frau in grüner Trainingshose und weißen Turnschuhen saß in ihrem Rollstuhl und hielt eine Puppe. Ein Mann tigerte an den Fenstern hinten im Raum auf und ab und murmelte etwas vor sich hin. Ein paar andere Patienten schoben mit ihrem Rollator durch das Zimmer.

Von den achtundvierzig Patienten auf der Station nahm über die Hälfte Memorin. Da es sich um eine Einfach-Blindstudie handelte, wussten die Patienten nicht, ob sie das Medikament mit dem Wirkstoff oder ein Placebo erhielten. Es war sorgfältig darauf geachtet worden, dass beide Tabletten gleich aussahen. Damit sollte verhindert werden, dass sich Patienten anders verhielten, weil sie wussten, dass sie ein im Versuchsstadium befindliches Medikament bekamen. Obwohl dem Pflegepersonal teilweise bekannt war, wer zur Kontrollgruppe gehörte, wurden die Versuchspersonen nach dem Zufallsprinzip ermittelt. Positive und negative Wirkungen wurden beobachtet, festgehalten und dann anhand harter statistischer Zahlen analysiert. Selbst für die Mitarbeiter, die keine Ahnung hatten, welche Patienten Memorin bekamen und welche nicht, wurde der Unterschied im Laufe der Monate immer deutlicher. Vor allem da sich die Patienten, deren Befinden sich gebessert hatte, fragten, warum sie immer noch im Pflegeheim waren. Das galt natürlich erst recht, wenn keine weiteren Erkrankungen oder körperlichen Einschränkungen vorlagen.

Nick zeigte der Gruppe einige der Patientenzimmer. Die Räume waren sauber und in beruhigenden Pastelltönen eingerichtet. In den meisten standen drei Betten, obwohl es auch Zweibettzimmer und einige wenige Einzelzimmer gab. Manche der Frauen hatten ihre Plüschtiere auf ihre Kissen gesetzt. Wände und Kommoden waren mit persönlichen Objekten geschmückt: Kosmetika, religiösen Figürchen, Bowling-Pokalen, Orden sowie Fotos der Patienten und ihrer Familien aus früheren Tagen. Ein Mann hatte Wimpel der Red Sox und ein signiertes Foto von Ted Williams aufgehängt. Die meisten Fotos waren mit Aufklebern versehen, auf denen die Namen der abgebildeten Personen standen, auch wenn es sich um die Patienten selbst handelte. Heimbewohner, die kein Memorin bekamen, wussten häufig nicht mehr, wer sie waren.

In einem Zimmer waren die Wände um die Betten mit Wachsmalzeichnungen geschmückt. Auf manchen stand »Ich hab dich lieb, Oma«. Daneben hing ein Blatt Papier mit einem Gedicht: »Für Tante Wanda«. Ein ausgeblichenes Schwarz-Weiß-Foto an der Wand neben einem der Betten zeigte die Patientin als kleines Mädchen, wie sie in Hosen und mit einem Schlapphut auf dem Kopf neben einem Pony posierte. »Margaret, neun Jahre«, stand auf dem Aufkleber. Das war die Frau, die draußen im Aufenthaltsraum ihre Gummipuppe im Arm hielt.

»Die redet wie ein Buch«, erzählte Nick. »Sie ist in Irland geboren und kann stundenlang Geschichten aus ihrer Kindheit erzählen.«

»Gehört sie zu unseren Leuten?«, fragte Moy.

»Ja«, sagte Nick. »Vor drei Jahren konnte sie sich an nichts mehr erinnern, was in den letzten vier Jahrzehnten ihres Lebens passiert war, noch nicht einmal an den Tod ihres Ehemannes und ihrer Tochter. Es wird dich freuen zu hören, dass sie sich allmählich erholt.«

Moy nickte erfreut, seine finstere Miene hellte sich ein wenig auf.

»Besonders interessant ist, dass ihre Erinnerung an ihre Jugend so lebhaft ist, als wäre das alles gestern gewesen«, fügte Nick hinzu.

Sie verließen das Zimmer. Wie in den meisten Heimen gab sich das Pflegepersonal große Mühe, jeden Patienten individuell zu behandeln. Daher hing vor jedem Zimmer ein Computerausdruck mit der Biografie der Bewohner.

> Margaret O'Bannion, geboren am 30.01.1921 in Irland. Früher Geschichtslehrerin an der Arlington Highschool. Liebt ihre Familie und ist sehr aktiv. Drei Kinder und sieben Enkel. Hat viel Humor, mag Rock and Roll und spielt gern Karten.

Sie gingen weiter zum nächsten Zimmer.

> Herbert Quinn, geboren in Lawrence, Massachusetts. War als junger Mann Textilarbeiter. Stolzer Großvater, der gern singt und mit anderen zusammen ist.

Die Tür des nächsten Zimmers war geschlossen, offenbar hielt der Patient ein Nickerchen. Auch hier warfen sie einen Blick auf die Biografie.

> Louis Martinetti, geboren in Portland, Maine, hat jedoch einen Großteil seines Lebens in Woburn, Massachusetts, verbracht. Hochdekorierter Veteran des Koreakriegs. Ehefrau Marie, Tochter Christine, Enkel Steven. Mag Oldies, interessiert sich für Geschichte und Baseball, spielt gern Karten und liebt Filme.

Nick führte sie in einen der großen Werkräume, wo acht Patienten an einem Tisch saßen und unter Anleitung einer Ergotherapeutin Bilder ausschnitten und auf Tonpapier klebten.

»Hallo, die Damen«, begrüßte Nick sie, als sie hereinkamen. »Ich hoffe, wir stören nicht. Ich wollte meinen Freunden nur zeigen, wie schön Sie es hier haben.«

»Wie geht's den Damen denn heute?«, fragte Moy. Mit einem Lächeln ging er zum Tisch, um sich die Bastelarbeit anzusehen.

»Gut«, erwiderten zwei der Frauen im Chor.

Die meisten anderen nickten nur. Eine Frau sah Moy mit zusammengekniffenen Augen an und murmelte etwas vor sich hin. Nick betätigte den Schalter, um die Beleuchtung zu verstärken.

»Ach, ist der süß«, sagte sie, wobei sie mit dem Kopf auf Gavin Moy deutete. »Der sieht genau aus wie mein Jimmy, nur ohne Haare.«

»Meine Katze heißt Jimmy«, piepste eine andere Frau.

»Jimmy ist doch kein Name für eine Katze.« Die erste Frau schnitt eine Grimasse und wandte sich an Gavin Moy. »Wie heißen Sie?«

Bevor Moy antworten konnte, mischte sich die andere wieder ein. »Yul Brunner. Das ist Yul Brunner…«

»Yul Brunner?« Die andere kniff die Augen zusammen. »Ach was! Das ist nicht Yul Brunner.« Sie sah ihn mit finsterer Miene an. Plötzlich riss sie die Augen auf. »Oh, oh. Du lieber Himmel, das ist Yul Brunner!« Sie kicherte.

»Nein, ist es nicht.«

»Ist es doch …«

»Vielen Dank, meine Damen«, begann Moy. »Ich bin geschmeichelt, aber …«

Plötzlich brach auf dem Gang hinter ihnen Geschrei aus. Nick lief nach draußen.

Margaret, die Frau im Rollstuhl, schluchzte unkontrollierbar. Eine Schwester und zwei Helferinnen versuchten, sie zu trösten. »Er atmet nicht«, jammerte sie. *»Er atmet nicht.«*

»Wer atmet nicht?«, fragte Moy. »Von wem redet sie?«

»Er ist tot!«, heulte Margaret. »Er ist tot.« Sie fing an, klagende Laute von sich zu geben.

»Die Puppe«, erwiderte Nick.

Lucille, die Krankenschwester, ging zu Margaret. »Er ist nicht tot, Margaret«, sagte sie und streckte die Hände nach der Puppe aus. »Ich glaube, er schläft nur besonders tief.« Unter den aufmerksamen Blicken der anderen nahm sie die Puppe, die Margaret fest umklammert hielt, legte sie auf den Boden und fing an, deren Brustkorb zu massieren, als wollte sie sie wiederbeleben.

»Sehen Sie doch, er atmet wieder«, meinte einer der Pfleger. Die anderen stimmten ein wie ein griechischer Chor. »O ja. Er atmet wieder.«

Lucille massierte die Puppe noch ein paar Sekunden und gab sie dann an Margaret zurück. »Hier ist er, der kleine Bursche. Er hat nur tief geschlafen, aber jetzt ist alles wieder in Ordnung.«

Die anderen verliehen leise ihrer Freude Ausdruck, während Margaret die Puppe mit großen Augen untersuchte. Dann küsste sie sie auf den Kopf und drückte sie an sich, als wäre nichts geschehen.

»Sehr gut«, sagte Moy. Er hielt den Daumen nach oben, um der Schwester zu zeigen, wie beeindruckt er war.

»Den Brand mit Feuer bekämpfen«, flüsterte Nick.

»Wir haben das schon mehrfach geübt«, meinte Lucille.

Nick wollte Moy gerade erzählen, dass Margaret vor Jahrzehnten ein Kind im Säuglingsalter verloren hatte, als jemand losbrüllte.

»Das ist doch nur eine Scheißpuppe!«

Louis Martinetti.

Er war in Bademantel und Pyjama aus seinem Zimmer gekommen. »Nur eine blöde Puppe, das sieht doch ein Blinder. Die ist verrückt. Fünfmal am Tag macht sie das. Hier kann man noch nicht mal schlafen. *Ich will hier raus!«* Jetzt schrie er wieder.

Eine der Pflegerinnen ging zu ihm und versuchte, ihn zu trösten. »Ach, Sie Ärmster! Haben Sie geschlafen?«, fragte Yolanda. »Das tut uns wirklich leid.«

»Ein gottverdammtes Irrenhaus ist das«, schimpfte Martinetti. »Nehmen Sie ihr das Ding ab, sonst geht's gleich wieder los.«

Margaret sah ihn finster an und drückte die Puppe an ihre Brust. Dabei versuchte sie, ihr die Augen zuzuhalten, damit sie den bösen Mann nicht sah.

»Aber damit fühlt sie sich besser«, erklärte Lucille.

»Das Ding ist aus Gummi«, sagte Martinetti. »Gummi!«, brüllte er Margaret an. »Die kann gar nicht tot sein.«

Margaret fing an zu wimmern und mit der Puppe an der Brust hin und her zu schaukeln.

»Ach, vergessen Sie's«, brummte Martinetti. »Aber beim nächsten Mal bitte etwas leiser!« Er rieb sich frustriert das Gesicht. »Ich will hier raus!« Wütend funkelte er Nick an. »Ich gehöre hier nicht hin, und das wissen Sie auch. Mir geht es wieder gut.«

Er wollte in sein Zimmer gehen, als sein Blick auf die Männer bei Nick fiel. Wie erstarrt blieb er stehen. Die Augen hinter der Brille traten ihm fast aus dem Kopf. »Oh, oh, oh!« Er hämmerte mit der rechten Hand gegen seine Stirn.

»Was tut der da?«, fragte Moy.

Martinetti sah aus wie besessen. Leicht geduckt, mit hervortretenden Augen stieß er sinnlose Silben hervor, die wie »koppy choppy tu san indschi jop jop« klangen. Dabei schlug er sich die ganze Zeit gegen die Stirn.

»Mr Martinetti, beruhigen Sie sich«, sagte Nick. Er versuchte, seine Hand zu nehmen, aber Martinetti schüttelte den Kopf, stieß einen Heulton aus und raste in sein Zimmer, wo er die Tür zuschlug.

»Mr Martinetti! Mr Martinetti!«, rief Lucille durch die Tür. »Was ist los? Es ist doch alles in Ordnung.« Sie öffnete die Tür, aber Martinetti brüllte sie nur an, sie solle das Zimmer verlassen.

»Was ist denn in den gefahren?«, fragte Moy.

Nick schüttelte den Kopf. »Irgendwas hat ihn verschreckt.«

»Wir? Er hat uns angesehen«, sagte Jordan Carr.

»Weiß der Kuckuck, was er da gesehen hat.« Nick ging zu Martinettis Tür und klopfte. »Mr Martinetti, hier ist Dr. Nick Mavros. Kann ich reinkommen?«

Keine Antwort.

»Mr Martinetti, ich glaube, Mrs O'Bannion hat sich wieder beruhigt. Sie können in aller Ruhe weiterschlafen. Aber Sie haben so verstört ausgesehen, dass ich Ihnen gern helfen würde. Wollen Sie mir nicht sagen, was das Problem ist?« Die Patientenzimmer hatten kein Schloss, aber Nick wollte Martinetti die Möglichkeit geben, selbst zu öffnen und sein Verhalten zu erklären. Er klopfte erneut. »Mr Martinetti, kann ich hereinkommen?«

Nichts.

Nick bat Lucille im Flüsterton, ihm Medikamente zu holen. Dann klopfte er erneut. »Mr Martinetti, wenn Sie nichts dagegen haben, komme ich jetzt herein. Dann können wir darüber sprechen.« Er öffnete die Tür.

Das Einzelzimmer war leer, aber die Fenster waren geschlossen und unversehrt. Das Bett zeigte keine verräterische Wölbung. Nick öffnete die Tür zum Bad und zog den Duschvorhang zurück. Kein Martinetti.

Auf der kleinen Kommode standen die vertrauten Fotos des jungen Louis, wie er mit anderen GIs in Korea posierte. Auf dem Boden lagen zwei CD-Hüllen, die Martinetti vermutlich beim Aufstehen heruntergeworfen hatte: *The Real Johnny Ray – Greatest Hits* und *Is That All There Is?* von Peggy Lee. Aber alles schien an seinem Platz zu sein.

»Mr Martinetti, ich weiß, dass Sie hier sind«, sagte Nick zu dem geschlossenen Wandschrank. »Kein Grund zur Aufregung. Die Herren sind Freunde von mir.« Er klopfte gegen die Tür. »Mr Martinetti, hier ist Dr. Nick Mavros. Es wäre schön, wenn Sie herauskommen würden, damit wir darüber reden können, wovor Sie solche Angst haben.«

Nichts.

»Dann mache ich jetzt die Tür auf.«

Nick öffnete die Tür. Martinetti war unversehrt, aber er kauerte zwischen Pantoffeln, Schuhen und einem Koffer.

»Hallo, Mr Martinetti. Kommen Sie doch raus, hier im Zimmer ist es viel bequemer.«

Martinetti wirkte völlig verängstigt. Er murmelte unzusammenhängende Worte, aber nach ein paar Augenblicken hatte Nick ihn dazu gebracht, dass er aufstand.

Aber dann entdeckte Martinetti Jordan Carr, Moy und die anderen hinter Nick. Seine Pupillen weiteten sich, und er stammelte erneut unsinnige Silben, bis sich seine Stimme zu einem sirenenartigen Heulen gesteigert hatte. »Ich schwöre, ich weiß nichts. Bitte.«

»Ich glaube, Sie warten am besten draußen«, sagte Nick zu den anderen. »Mr Martinetti, es ist alles in Ordnung. Niemand tut Ihnen etwas. Sie können jetzt herauskommen.«

Carr, Moy und die anderen zogen sich in Richtung Aufenthaltsraum zurück, aber Carr drehte sich noch einmal um, bevor sie das Zimmer verließen.

Louis Martinetti stand im kompletten Kampfanzug einschließlich Stiefeln und Käppi in seinem Wandschrank. Das zu klein gewordene Hemd war mit verschiedenen Auszeichnungen bedeckt, unter denen auch ein Bronze Star und ein Purple Heart waren. Um seinen Hals hingen Erkennungsmarken aus Metall. In der linken Hand hielt er einen zusammengeklappten Regenschirm.

Er stammelte etwas, das offenbar für Nick bestimmt war.

»Was hat er gesagt?«, fragte Moy.

»Namen, Rang und Kennnummer.«

53

»Er hatte einen Flashback.«

»Einen was?«

Nick hatte den Wissenschaftlern von GEM Tech mehrere Berichte über diese Anfälle geschickt und Gavin Moy auf Kopie gesetzt. Aber Coleman war offenbar nicht informiert worden.

»Einen Flashback«, sagte er, als sie sich im Besprechungszimmer niedergelassen hatten. »Deswegen habe ich dieses Treffen einberufen. Wir haben ein Problem.«

Die Schwestern hatten Louis Martinetti Haldol gespritzt und ihn wieder ins Bett gesteckt. Nick legte seine Hände auf einen Stapel Notizbücher, die kumulative Daten der Tests enthielten. »Wie wir alle wissen, konnte der Krankheitsverlauf bei den meisten Testpersonen umgekehrt werden. Funktionalität und geistige Klarheit haben sich bei diesen Patienten deutlich verbessert. Die Erfolge entsprechen den Zielvorgaben des Unternehmens. Allerdings wirkt diese Umkehr bei manchen Patienten zu gut.«

Moy sah ihn verblüfft an. »Zu gut? Was soll das heißen?«

»Die Stimulierung der Neubildung von Nervenzellen im Hippocampus führt zu einer Wiedererlangung der Gedächtnisfunktionen.«

»Wir wissen, wie das Mittel wirkt«, fuhr Moy ihn an.

»Selbstverständlich, aber im Laufe der letzten Wochen sind beunruhigende Nebenwirkungen aufgetreten, mit denen wir uns befassen müssen. Bei einigen Patienten führt das Präparat zu einer Loslösung von der objektiven Gegenwart. Sie erleben

Flashbacks, bei denen sie längst vergessene Erfahrungen wiederholen.«

»Das ist unmöglich«, knurrte Moy. »Ein Gehirn ist keine Videothek!«

»Das stimmt, aber Mr Martinetti hier fühlt sich in seine Militärzeit versetzt. Er glaubt, er ist zwanzig und mit seinen Kameraden im Koreakrieg.«

»Das ist lächerlich«, verkündete Moy. Sein medizinischer Leiter nickte zustimmend.

»Aber genau das haben wir alle eben mit angesehen«, fuhr Nick fort. »Ich gehe davon aus, dass der Fall Mary Curley ähnlich gelagert ist. Den Polizeiberichten zufolge litt sie eindeutig unter Wahnvorstellungen. Sie hielt sich für ein Kind. Unter die Straßenbahn ist sie nur gekrochen, um einen Welpen zu suchen, den sie vor sechs Jahrzehnten besaß. Wie Louis Martinetti war sie in einem anhaltenden dissoziativen Erlebnis gefangen.«

Nick sah Jordan Carr an, dessen Gesicht von roten Flecken übersät war. Der Zwischenfall mit Louis Martinetti hatte ihn offenbar ziemlich mitgenommen. Oder es lag an dem finsteren Blick, mit dem Moy ihn bedachte. Carr wusste natürlich von den Problemen, schließlich hatte es bei den von ihm durchgeführten Tests ähnliche Zwischenfälle gegeben. Die übrigen Forscher hatten vergleichbare Erfahrungen gemacht.

»Zum Glück hat bisher niemand die Frage nach einer Verbindung zwischen Memorin und dem Tod von Mary Curley gestellt.«

»Weil es keine gibt«, verkündete Moy.

Die offizielle Linie. Nick öffnete eine Hängemappe. »Diese Anomalitäten sind nicht nur hier aufgetreten. Maurico Rucci, der die Tests in Providence leitet, berichtet von ähnlichen Problemen. Und Peter Habib in Plymouth auch. Er hat eine Patientin, die sich weigert, ein Abendkleid auszuziehen, das sie nunmehr seit mehreren Tagen rund um die Uhr trägt. Wenn die Helferinnen es ihr abnehmen wollen, wird sie gewalttätig. Offenbar hat sie das Kleid zum Abschlussball ihrer Highschool getragen. Sobald sie es anzieht, fängt sie an, sich ausführlich mit ihren alten Klassenkameraden zu unterhalten. Wirklich bizarr.«

»Das glaube ich nicht«, erklärte Moy. Und die anderen nickten.

»Ein Patient, der an der Studie in Schenectady teilnimmt, konnte nur in letzter Minute daran gehindert werden, seinen dreijährigen Enkel im Waschbecken zu ertränken.«

»Was?«

»Die Mutter hat ihn gerade noch rechtzeitig aufgehalten. Später sagte er, er hätte den kleinen Jungen für einen Fuchs gehalten. Es stellte sich heraus, dass er auf einer Hühnerfarm aufgewachsen war. Eigenen Aussagen zufolge hatte er seinen toten Vater beruhigen wollen, damit der ihn nicht misshandelte. Der Mann war noch nie gewalttätig geworden. Genauso wenig wie Mary Curley Selbstmordneigungen gezeigt hatte.«

»Dr. Mavros, woher wissen Sie, dass dieses Verhalten nicht auf neuropsychiatrische Probleme zurückzuführen ist?«

»Weil es bei keinem der Placebo-Patienten aufgetreten ist. Ich sage Ihnen, es handelt sich hier um gravierende Nebenwirkungen, mit denen wir uns befassen müssen.«

»Irgendeine Vorstellung, wodurch diese Flashbacks ausgelöst werden?«, fragte Thompson.

»Nein, aber ich tippe auf eine anomale Plastizität des Gehirns. Vielleicht handelt es sich um eine genetisch bedingte Neigung zu psychomotorischen Anfällen. Die Ursachen könnten auch demografischer Natur sein. Auf jeden Fall brauchen wir wegen des hohen Anteils von Betroffenen ein detailliertes Dosis-Wirkungs-Profil.«

»Wie viel Prozent sind es denn?«

»Dreißig, vielleicht mehr.«

Jordan Carr hatte sich bis dahin zurückgehalten, doch jetzt machte er Anstalten aufzustehen. »Ich bin da anderer Meinung«, erklärte er. »Ich habe mehrere Berichte gesehen. Bei diesen Flashbacks handelt es sich eindeutig um Einzelfälle, die auf die bestehende Demenzerkrankung und nicht auf die Behandlung mit Memorin zurückzuführen sind.«

Mavros nickte. »Den Verdacht hatte ich auch, aber wenn die Patienten das Medikament absetzten, traten die Anfälle nicht mehr auf. Das stellt uns natürlich vor ein noch gravierenderes Problem. Wie Sie wissen, bilden sich erneut Plaques, wenn das Mittel über einen längeren Zeitraum abgesetzt wird.«

»Was schlägst du vor?«, fragte Moy.

»Wir müssen versuchen, ein demografisches Profil zu erstellen, während wir die richtige Dosierung und Behandlung festlegen. Aber wir brauchen mehr Zeit – vielleicht ein bis zwei Jahre.«

Moys Züge wirkten wie versteinert. »Wir haben keine ein bis zwei Jahre. Für das erste Juniwochenende ist eine Klausur am Bryce Canyon in Utah angesetzt, bei der du, ich und alle anderen klinischen Forscher und Ärzte von GEM Tech die letzten Details für den Antrag bei der FDA erarbeiten wollen. Wenn das Medikament bis zum Jahresende auf den Markt kommen soll, muss der Antrag bis Mitte Juni eingereicht werden, das weißt du so gut wie ich.«

Carr mischte sich ein. »Dr. Mavros, diese Menschen haben eine jahrelange schleichende Zerstörung ihres Gehirns hinter sich. Wir alle wissen, dass die Verbindungen zwischen den verschiedenen Bereichen außer Kontrolle geraten und neu geordnet werden, was zu verschiedenen Verhaltensauffälligkeiten führt. Bei allem Respekt, solche Anfälle – Flashbacks, wenn sie es so nennen wollen – treten bei Demenzkranken auf, aber sie sind durch die ursprüngliche Schädigung verursacht. Kurz gesagt, Ursache ist die Krankheit, nicht das Medikament.«

»Das sollten wir besser klären, bevor wir zur FDA rennen.«

»Irgendeine Vorstellung, was diese Flashbacks auslöst?«, fragte Thompson.

»Meinen Beobachtungen zufolge sind es äußere Reize wie Gerüche, laute Geräusche, blinkende Lichter oder etwas, das jemand sagt. Tatsächlich kann fast alles zum Auslöser werden. Je nach Art des Flashbacks kann es sich um eine traumatische oder eine höchst angenehme Erfahrung handeln. Mr Martinetti hat eindeutig ein Trauma erlitten, ebenso wie Clara Devine und andere. Rodney Blake, einer von Peter Habibs Patienten, ist zum Beispiel verblutet, nachdem er sich aus unerfindlichen Gründen selbst kastriert hat. Mary Curleys Fall war völlig anders gelagert, aber sie ist trotzdem auf furchtbare Weise ums Leben gekommen.«

»Und was unternehmen Sie gegen diese Anfälle?«

»Wir geben Dilantin und andere Antiepileptika. In manchen Fällen mussten hohe Dosen von Antidepressiva und Antipsychotika verabreicht werden.«

»Und wie würden Sie die Flashbacks generell beschreiben?«

»Als überwiegend angenehm.«

»Ist das ein Problem?«

»Die Patienten werden süchtig danach.«

Thompson verzog das Gesicht. »Wie bitte?«

»Viele von ihnen *wollen* in ihre Vergangenheit zurückkehren«, fuhr Nick fort. »Die Gegenwart ist für sie trübselige Realität – wie ein Schwarz-Weiß-Film im Gegensatz zu Technicolor. Sie wissen, dass sie das Erlebnis wiederholen können, wenn sie Memorin nehmen.«

»Sie reden von Abhängigkeit.«

»Im großen Stil. Wenn sie ihren Flashback-Kick nicht bekommen, versuchen manche von ihnen, auf eigene Faust auf die Reise zu gehen.«

»Wie das?«

»Mary Curley zum Beispiel kehrte an einen Ort zurück, den sie mit ihren Eltern besucht hatte – das Museum der schönen Künste. Irgendwie gelang es ihr, vom Haus ihrer Tochter dorthin zu gelangen. Das war nicht das ziellose Herumirren einer Demenzkranken, sondern eine zielgerichtete Aktion. Andere lösen ihre Flashbacks durch merkwürdige kleine Rituale aus. Ich nehme an, Ihnen sind Mr Martinettis Handbewegungen aufgefallen.«

»Sie meinen die Schläge gegen den Kopf?«

»Das waren keine Schläge. Er salutierte.«

»Salutierte?«

»Ja, aber in einer Art Zeitraffer. So löst er einen Flashback aus.«

»Soll das ein Witz sein?«, fragte Moy.

»Keineswegs. Manche Testpersonen lösen die Episoden durch bestimmte Sinnesreize aus. Sie reiben zum Beispiel gewisse Körperteile, gehen auf und ab, hüpfen auf einem Fuß. Oder sie spielen CDs mit Kinder- oder Weihnachtsliedern. Was auch immer ihnen die Reise in die Vergangenheit ermöglicht.«

»Aber Mr Moy hat recht«, wandte Thompson ein. »Erlebnisse werden nicht intakt abgespeichert.«

»Das stimmt. Das Gedächtnis besteht aus blitzlichtartig beleuchteten Erinnerungen. Bei diesen Patienten gibt es nur mehr Blitzlichter und eine starke autosuggestive Komponente, die es ihnen erlaubt, sich in die Vergangenheit versetzt zu fühlen.«

»Dieser Martinetti wirkte völlig normal, bis er auf einen Schlag durchdrehte.«

»Ja. Irgendwas hat das ausgelöst.«

»Mir gefällt das nicht«, knurrte Moy. »Wir geben Millionen Dollar für jahrelange Studien aus und erproben die Wirksamkeit und Verträglichkeit von Memorin an zwei Dutzend Testgruppen und Hunderten von Patienten. In allen Bereichen zeigt sich mit dem Mittel eine Verbesserung der kognitiven Fähigkeiten ohne Beeinträchtigung der allgemeinen Funktionalität und des Verhaltens. Und auf einmal haben wir diese verdammten Flashbacks, was immer das sein mag.«

Nick wusste, dass GEM einen Marketingplan entwickelt hatte, der vorsah, Dutzende von Handelsvertretern zu Ärzten und medizinischen Mitarbeitern im ganzen Land zu schicken, um für den Einsatz von Memorin zu werben, sobald das Mittel auf den Markt kam. Gavin Moy zufolge kostete das Programm allein die Firma vierzig Millionen Dollar. Besondere Eile war geboten, weil George Orman-Witt, der Leiter der FDA, Ende des Jahres in Rente ging, und niemand wusste, wie sein Nachfolger auf Berichte über Flashbacks reagieren würde. Möglicherweise würde er eine komplette Überprüfung verlangen. Es war also ein Rennen gegen die Uhr.

Mort Coleman, der Leiter der Rechtsabteilung von GEM, wandte sich an Nick. »Was schlagen Sie also vor?«

»Ich schlage vor, dass wir alle klinischen Daten intern überprüfen und auf eine Korrelation zwischen diesen Flashbacks und den Patientenprofilen hin untersuchen – auf demografische und ethnische Zugehörigkeit, genetische Marker, medizinisches Profil und alle anderen denkbaren Parameter. Wenn sich dabei etwas ergibt, können wir vielleicht feststellen, ob das Medikament für bestimmte Patienten nicht infrage kommt.«

»Das könnte Monate oder gar Jahre dauern.«

Nick hörte den Unterton von Panik in Colemans Stimme. »Aber es kann auch Leben retten und uns Gerichtsverfahren ersparen. Wenn wir das Mittel verfrüht auf den Markt bringen, könnten wir uns den größten medizinischen Flop seit Contergan einhandeln.«

»Und wenn nicht, begehen wir vielleicht das größte medizinische Verbrechen an der Menschheit«, verkündete Thompson.

»Vielleicht sollten Sie mit den Angehörigen sprechen«, sagte Nick.

»Was soll das heißen?«, fragte Moy.

»In der Webster-Smith-Klinik in Maine liegt ein Zweiundachtzigjähriger in seinem Bett und redet die ganze Nacht lang mit Kindern, mit denen er als Junge in einem Ferienlager war. Ich meine damit komplette, zusammenhängende Gespräche über Kanufahrten, Klettern und anderes mit Menschen, die überhaupt nicht da sind. Er hat sich von seiner Frau ein Moskitonetz bringen lassen, das er über seinem Bett drapiert hat, als wäre er beim Camping. Meistens nimmt er sie gar nicht zur Kenntnis. Die Situation treibt sie zum Wahnsinn. Statt ihres Ehemannes hat ihr Memorin einen Sohn beschert.«

»Das hat andere Ursachen.«

»Alle haben gesehen, was mit Louis Martinetti passiert ist.«

»Ich habe einen Demenzkranken gesehen, der sich gegen den Kopf gehauen hat.«

»Selbst wenn es sich um Flashbacks handelt«, gab Thompson zu bedenken, »ist doch nichts dagegen einzuwenden, wenn Patienten hin und wieder Episoden aus ihrer Kindheit noch einmal erleben. Besser als dumpf vor der Glotze zu hocken.«

»Dann sehen Sie sich mal das hier an.« Nick führte die anderen durch den Korridor zu einem Patientenzimmer. »Die Familie hat ihren Besitz noch nicht abgeholt, daher ist der Raum unverändert geblieben. Das hier ist das Einzelzimmer, in dem Mary Curley das letzte Jahr gewohnt hat.« Nick öffnete die Tür.

Vor ihnen lag ein Mausoleum der Kleinmädchenzeit. An den Wänden hingen Poster von Kätzchen und Welpen neben Aufklebern mit Comicfiguren. Die Bettdecke war mit Blumenapplikationen in Gelb und Rosa versehen, auf dem Kissen türmten sich

Plüschtiere und Stoffpuppen. »Mary« stand in großen rosa Buchstaben am Kopfteil des Bettes. Der Schirm der rosa Lampe auf dem Nachttisch war mit Cartoonzeichnungen von Bienen und Vögeln geschmückt. Daneben stand ein Schwarz-Weiß-Foto eines Welpen. »Jello« hieß es auf dem Aufkleber. Auf der Kommode drängten sich Keramikballerinas und -welpen und Figuren aus dem *Zauberer von Oz*. In den rosa Schaukelstuhl neben dem Bett war ein Herz mit der handgemalten Inschrift »Eine Auszeit ist zum Überlegen da!« geschnitzt. Ein Plastikregal in Kürbisform in der Ecke enthielt ganze Reihen von Püppchen.

»Großer Gott!«, murmelte Moy.

»Sie wollte wieder ein kleines Mädchen sein«, erklärte Nick. »Und in ihrer Vorstellung war sie es auch.«

»Wo kommt das ganze Zeug her?«, fragte Coleman.

»Familienmitglieder. Als sich ihre Funktionalität verbesserte, fing sie an, nach Erinnerungsstücken aus ihrer Kindheit zu fragen. Das meiste davon existierte schon längst nicht mehr. Daher brachte ihre Familie das Zeug hier, aber sie wollte immer noch mehr. Das Problem war, dass sie stundenlang in ihrem Zimmer saß und spielte.«

Nick nahm ein kleines Schwarz-Weiß-Foto aus einer Schublade, das ein kleines Mädchen neben einem Mann im Anzug zeigte. Die beiden standen vor der Statue eines Indianers, der mit ausgebreiteten Armen auf einem ungesattelten Pferd saß. »Ihre Angehörigen sagen, als Kind sei sie oft und gern mit ihren Eltern im Museum der schönen Künste gewesen. Besonders die Mumien hatten es ihr angetan.«

Dann hob er einen Läufer in Form eines gelben Welpen hoch. Auf dem Boden waren noch die sich kreuzenden Spuren von Klebeband zu erkennen. »Das war ihr Neffe.«

»Was ist das?«, wollte Jordan Carr wissen.

»Ein Hüpfspiel«, sagte Moy.

»Genau«, bestätigte Nick. »Und für ihr Alter war sie ganz schön fit. Wir hörten sie häufig singen und hüpfen. Nachdem sie einmal gestürzt war, mussten wir das Klebeband entfernen.«

Carr wirkte ziemlich erschüttert. »Aber was ist das Problem? Offenbar war sie doch glücklich.«

»Stellen Sie sich vor, Ihre Mutter würde gern mit Puppen spielen und auf einem Bein hüpfen. Vielleicht hätten Sie kein Problem damit. Aber wenn sie gar nichts anderes mehr tut, würden Sie Alzheimer vielleicht irgendwann vorziehen.

Außerdem wurde sie aggressiv, wenn sie ihre Antiepileptika nehmen sollte, weil sie wusste, wofür die Mittel waren. Sie wollte lieber die kleine blaue Pille, die sie wieder in ihre Kindheit versetzte.«

Nick hielt eine Mappe in die Höhe, die einen kleinen Stapel Briefe von Angehörigen enthielt. »Das sind Aufforderungen der Familien, Memorin abzusetzen. Mary Curleys Tochter hatte mit rechtlichen Schritten gedroht, falls wir uns weigerten. Wir kamen der Aufforderung nach, aber es war zu spät.«

»Du rätst uns also, um eine Verlängerung zu ersuchen, bis wir diese Probleme gelöst haben.«

»Ja.«

»Wir haben im Juni eine Strategiebesprechung. Wir finden eine Lösung.« Damit verließ Moy das Zimmer. Die anderen folgten ihm. Draußen im Gang blieb Moy zurück, bis er mit Nick allein war. »Du glaubst wirklich, dass ihre Erinnerung so weit zurückreicht?«

»Ja. Wir verkabeln Bereiche im Hippocampus neu, die diese Zeitreisen ermöglichen.«

»Wie weit zurück geht das?«

»Mary Curleys Tochter sagte, sie konnte sich an Ereignisse in dem Haus in Ohio erinnern, in dem sie geboren wurde. Sie lebte dort mit ihren Eltern, bevor die Familie an die Ostküste zog.«

»Und wie lange ist das her?«

»Fünfundsiebzig Jahre.«

Moys Züge verschoben sich kaum merklich.

»Da war sie noch nicht einmal drei.«

Er sah Nick einen Augenblick eindringlich an. Nick spürte, wie etwas zwischen ihnen beiden vorging. Dann machte Moy auf dem Absatz kehrt und ging davon.

54

Noch einmal fünf, sechs, sieben Tage vergingen, an denen Jack noch einmal neun, zwölf und schließlich vierzehn Minuten länger ohne Hilfe ging. Jeden Tag hatte er neue winzige Fortschritte zu verzeichnen.

Den Ärzten zufolge war seine Denkfähigkeit nicht beeinträchtigt, und Sprachtherapie würde er auch nicht brauchen. Daher konzentrierte sich das Rehateam auf seine körperliche Kräftigung. Vor allem aber sollte er wieder laufen lernen. Sein ganzer Tag war verplant: Whirlpool, Fuß-Hydrotherapie, Krankengymnastik. Außerdem beschäftigte ihn der Physiotherapeut mindestens vier Stunden pro Tag.

Das Personal fand seine Fortschritte bemerkenswert, die er vor allem seiner Entschlossenheit verdankte, wieder auf die Beine zu kommen und unabhängig zu werden. Seine Willenskraft trug ihm immer wieder Pfiffe der Bewunderung und Lobreden ein. Seine Erholung war rekordverdächtig.

Aber es war mehr als Willenskraft und Muskeltraining. Jack wollte Greendale unbedingt verlassen. Schlechtes Karma, Aberglaube oder Überbleibsel telepathischer Wellen. Auf jeden Fall spukte es: Albträume und üble Flashbacks verfolgten ihn. Es war so schlimm, dass er schon nicht mehr schlafen wollte, weil er sich vor den Bildern fürchtete, die aus einem zweitklassigen Horrorfilm hätten stammen können. Die Schwestern gaben ihm verschiedene Medikamente, die manchmal halfen.

Zum Glück hatte Vince ein Haus gefunden, das er mieten

konnte, ein kleines Cottage im Cape-Cod-Stil. In Carleton, Jacks Heimatstadt.

Das hatte allerdings den Nachteil, dass das Viertel, in dem er mit Beth gelebt hatte, ganz in der Nähe war.

»Hallo, Jack. Das ist Dr. Nicholas Mavros.«

Neben Marcy stand ein breiter Mann mittleren Alters mit dichtem grauem Haar. In dem schwarzen Sporthemd und der Chinohose sah er nicht aus wie ein Arzt. Vielleicht lag das daran, dass Samstag war, oder dass die Ärzte hier kein Weiß trugen. Sein breites Lächeln zeigte viel Zähne. Die Augen waren hinter dicken Brillengläsern verborgen.

»Dr. Mavros hat in Ihrer Anfangsphase im Massachusetts General Hospital mit Dr. Heller zusammengearbeitet.«

Mavros' fleischige Hand war kühl. »Schön, Sie endlich im wachen Zustand kennenzulernen. Wie geht es Ihnen?«

»Besser.«

»Gut, gut. Sie sind ein richtiges Stehaufmännchen.« Mavros lächelte breit. »Der Physiotherapeut schreibt in seinen Berichten, Sie würden enorme Fortschritte machen. Es gibt keinerlei Hinweise auf eine neurologische Schädigung, ganz im Gegenteil. Die Gedächtniszentren sind höchst aktiv. Das ist die Hauptsache, stimmt's?«

Jack nickte. Die großen, unergründlichen Augen des Arztes ließen ihn nicht los. Jack hatte plötzlich ein mulmiges Gefühl im Bauch.

»Sie sind ein medizinisches Wunder. Wenn Sie nichts dagegen haben, würde ich irgendwann gern ein funktionelles MRI von Ihnen machen.«

Jack hatte kein Interesse an weiteren Tests und nickte vage.

»Können Sie sich an den Unfallhergang erinnern? Daran, wie Sie im Wasser von den Quallen angegriffen wurden, meine ich?«

»Nicht wirklich. Ich weiß nur, dass ich ins Wasser gesprungen bin. An die Quallen habe ich nur eine sehr nebelhafte Erinnerung. Dann war ich auf einmal im Krankenhaus.«

Mavros nickte bedauernd. »Die haben sie ordentlich erwischt.«

»Empfehlen kann ich so etwas nicht.«

»Kann ich mir vorstellen.« Mavros lächelte strahlend. Fast zu strahlend, als wollte er den Übergang zu seiner nächsten Frage überspielen. »Nur aus Neugier: Was wollten Sie da draußen auf Homer's Island? Ziemlich abgelegener Ort.«

»Wir haben da früher ein Haus gemietet.«

»Wir?«

»Meine Familie.«

»Ihre Familie …«, wiederholte Mavros, wobei er bewusst eine Lücke ließ, die Jack füllen musste.

»Ein Ferienhaus.«

»Verstehe. Waren Sie dort in Urlaub, als Sie von den Quallen angegriffen wurden?«

Draußen krachte der Donner. Jack hatte bereits genug von dieser Art Fragen. »Ich wollte nur noch einmal dahin, wo ich als Kind meine Ferien verbracht habe.«

»Verstehe.«

Aber es war klar, dass der gute Mann gar nichts verstand.

»Wissen Sie noch, wie alt Sie bei Ihrem ersten Besuch auf der Insel waren?«

Jack schüttelte den Kopf. »Da war ich noch ein Baby.«

»Können Sie sich an den Namen Ihrer Lehrerin in der ersten Klasse erinnern?«

»In der ersten Klasse? Mein Gedächtnis wurde bereits getestet.«

»Ich würde es gern von Ihnen hören.« Mavros strahlte wie eine Tausend-Watt-Birne.

»Miss Van Zandt.«

Der Arzt notierte das auf seinem Block. Jack fragte sich, wie er die Richtigkeit dieser Auskunft prüfen wollte.

»Wie hießen Ihre Adoptiveltern?«

Jack sagte es ihm.

»Können Sie sich an Ihre leiblichen Eltern erinnern?«

»Nein. Mein Vater starb, als ich sechs Monate alt war. Beim Tod meiner Mutter war ich zwei.«

»Sie können sich also nicht an sie erinnern.«

Jack fühlte sich, als hätte man die Luft aus ihm herausgelassen. »Nein.«

Der Arzt warf einen erneuten Blick auf seinen Block. »Die Schwestern sagen, Sie klagen über Albträume. Den Berichten zufolge litten Sie offenbar bereits darunter, während Sie im Koma lagen. Können Sie sich an irgendetwas Konkretes bezüglich dieser Träume erinnern?«

»Nichts Eindeutiges.«

»Können Sie sie irgendwie beschreiben?«

»Beunruhigend.«

»Beunruhigend?«

»Gewalttätig. Bilder von einem Menschen, der misshandelt wird.« Jack spürte, wie sein Herz zu rasen begann.

»Können Sie sehen, um wen es sich handelt? Wer beteiligt ist oder wie …«

Jack unterbrach ihn. »Nein. Wenn Sie nichts dagegen haben, würde ich die Befragung gern abbrechen. Ich bin sehr müde.«

»Natürlich. Ich habe volles Verständnis dafür. Tut mir leid.« Dann hellte sich seine Miene erneut auf. »Aber auf jeden Fall vielen Dank. Ich möchte Ihnen noch einmal sagen, wie sehr wir uns über Ihre Fortschritte freuen.«

Jack nickte. Er fühlte sich auf einmal schläfrig, als hätte er Drogen genommen.

»Ich hoffe, meine Fragen haben Sie nicht zu sehr aufgewühlt«, sagte der Arzt, bevor er ging. »Reine Routine, wissen Sie.«

»Kein Problem.« Jack schloss die Augen.

»Nur noch eine Frage, wenn es Ihnen nichts ausmacht. Reine Routine.«

Jack öffnete die Augen.

»Ihre leibliche Mutter. Wie war ihr Mädchenname?«

»Sarkisian.«

Mavros sah ihn lange an. Dann nickte er.

Aber er bat ihn nicht, den Namen zu buchstabieren, und schrieb ihn sich auch nicht auf. Er starrte Jack nur ausdruckslos an. Dann bedankte er sich und verließ den Raum. Jack fragte sich, wieso sich alle für den Mädchennamen seiner Mutter interessierten. Mavros war bereits der Dritte in dieser Woche.

55

»Wir haben ein Problem«, verkündete Mark Thompson.

Von den dreizehn Stühlen an dem riesigen Konferenztisch aus schimmerndem Kirschbaumholz im Vorstandszimmer von GEM Tech waren sechs besetzt. Fünf Männer und eine Frau: Gavin Moy, Mortimer Coleman, der Leiter der Rechtsabteilung, Marilyn Pierce, die Marketingchefin, Mark Thompson, der medizinische Leiter, Zachary Mello, der Forschungsleiter für die Klinikstandorte in Connecticut, und Jordan Carr. Unübersehbar war die Abwesenheit von Dr. Nicholas Mavros.

»Peter Habib hat Mavros eingeredet, dass es einen ursächlichen Zusammenhang zwischen diesen sogenannten Flashbacks und Memorin gibt. Seit einer seiner Patienten zu Tode gekommen ist, pocht er auf eine sofortige Überprüfung des klinischen Protokolls.«

»Noch vor Utah?«, fragte Moy.

»Noch vor Utah.«

»Was ist mit Nick Mavros?«

»Der ist da aufgeschlossener, aber er lässt sich beeinflussen. Offenbar hat Habib Daten an ihn weitergeleitet.«

»Hat nicht Habib überhaupt erst Alarm geschlagen?« wollte Moy wissen.

»Ja. Und jetzt will er die FDA informieren.«

»Was ist mit Nick?«

»Ich glaube, er ist bereit, bis Utah zu warten. Das Problem ist, dass er dieses Projekt nicht mehr im richtigen Licht sieht«, fuhr Thompson fort. »Ehrlich gesagt, wird er allmählich zur Belastung für die Studie und das ganze Unternehmen.«

»Falls Sie meinen, wir sollten uns einen anderen Forschungsleiter suchen, vergessen Sie es«, erklärte Gavin Moy. »Das würde nur die Presse auf den Plan rufen. Die Frage nach dem Warum seiner Ablösung würde laut werden und nur zu unerwünschten Spekulationen führen.«

Mort Coleman stimmte zu. »Mavros kaltzustellen, weil uns seine Ansichten bezüglich der Wirksamkeit des Medikaments nicht gefallen, ist keine Lösung. Er ist eine Ikone der medizinischen Welt und wird mit der Studie und GEM Tech identifiziert. Das wäre nur kontraproduktiv.«

Marilyn Pierce schaltete sich ein. »Ganz zu schweigen von der Reaktion der FDA, wenn Mavros anfängt, sich in der Presse zu seiner Entlassung zu äußern. Keine gangbare Alternative.«

»Aber es gibt eine Alternative«, stellte Moy fest. »Wir können eine unabhängige klinische Forschungsorganisation engagieren. Das ist nicht nur völlig legitim, sondern wird vermutlich auch Nick überzeugen.«

»Wovon überzeugen?«

»Dass wir bei der FDA keine zwei Jahre Verlängerung beantragen müssen.«

»Du lieber Himmel, schlägt er das vor?«

»Ja.« Moy goss sich Kaffee ein. »Also wenden wir uns an eine auf solche Projekte spezialisierte klinische Forschungsorganisation. Wir legen denen alle klinischen Daten vor, lassen sie jeden einzelnen Fallbericht prüfen und tabellarisch aufbereiten und so fort. Die sollen sie dann auf eventuelle Probleme und deren Relevanz für die vorgesehene Zielgruppe hin untersuchen und so weiter.«

»Aber auch das könnte Monate dauern«, gab Carr zu bedenken.

»Nicht, wenn wir gut genug zahlen«, sagte Moy. »Aber Nick hat recht. Wir gehen besser auf Nummer sicher.«

Coleman stimmte ihm zu. »Wir wollen das Mittel nicht überstürzt auf den Markt bringen, wenn wir nachher auf Schadenersatz in Milliardenhöhe verklagt werden. Denken Sie nur an Fen-Phen, Vioxx oder die Rotavirus-Impfstoffe, die vom Markt genommen werden mussten.«

»Und was, wenn die klinische Forschungsorganisation zu dem Schluss kommt, dass eine … Korrelation besteht?« Carr brachte das Wort kaum über die Lippen.

»Wenn das der Fall ist, müssen wir herausfinden, für welches Bevölkerungssegment diese Nebenwirkungen ausgeschlossen werden können. Zumindest kann das Medikament dann gezielt bei Menschen eingesetzt werden, die bestimmte Kriterien erfüllen oder bei denen der Nutzen schwerer wiegt als die Risiken. Dafür gibt es schließlich Beipackzettel mit Warnhinweisen. Selbst im schlimmsten Fall, sagen wir bei dreißig Prozent Risikofällen, bleiben uns immer noch siebzig Prozent des Marktes. Das ist ein ungeheures Potenzial.«

»Die Option mit der klinischen Forschungsorganisation scheint mir sinnvoll«, meinte Jordan Carr, und die anderen stimmten zu.

Moy schlug die Klander Group vor, ein New Yorker Institut, mit dem GEM in der Vergangenheit zusammengearbeitet hatte. Außerdem war Allen Klander ein persönlicher Freund von Moy. »Gut, das wäre also geregelt«, sagte er.

Bevor sie zum Essen gingen, holte Carr etwas aus seiner Aktentasche.

»Wahrscheinlich kennen Sie das hier.« Er reichte Moy und den anderen Fotokopien des Artikels aus dem *Boston Globe.* »QUALLENOPFER ERWACHT NACH SECHS MONATEN AUS KOMA«, lautete die Überschrift.

Ein Dreiunddreißigjähriger aus Carleton kommt nach fast zweihundert Tagen in »persistierendem vegetativem Zustand« im Greendale Rehabilitation Center in Cabot, Mass…

»Ist das ein Problem?«, fragte Marilyn Pierce.

»Ist was ein Problem?«

»In dem Artikel heißt es, der Mann sei mit einem Erinnerungsvermögen aus dem Koma erwacht, das seine Ärzte vor ein Rätsel stellt. Was, wenn irgendein scharfsinniger Neuropharmakologe von einem anderen Labor auf die Verbindung zu den Solakandji-Quallen stößt und in aller Eile ein Konkurrenzprodukt zur Behandlung von Demenz entwickelt? Eine kleine Veränderung an den Molekülen, und schon hat man sein eigenes Patent.«

»Wohl kaum«, meinte Coleman. »Wir haben das Patent auf die Ausgangsverbindung sowie Patente auf sechzehn ›einsatzfähige‹ molekulare Varianten. Da kommt niemand ran – außer jemand hat sich eine Synthese ausgedacht, die uns nicht eingefallen ist.«

Das stimmte. Mit diesen Patenten hatte sich GEM Tech sämtliche Rechte gesichert. Wenn eine andere Firma eine konkurrierende Verbindung entwickeln wollte, musste es sich um eine geniale, unvorhergesehene molekulare Variante handeln, die sich ebenfalls bei der Bekämpfung von Alzheimer oder anderen Formen der Demenz als nützlich erwies. Der Prozess der biochemischen Identifizierung, die gründliche Erprobung an Tieren und Menschen in drei Phasen sowie die Implementierung und Organisation von Forschung und Entwicklung nahmen leicht zehn Jahre bis zur Markteinführung in Anspruch. Selbst wenn es einem wenig bekannten Labor gelang, insgeheim ein konkurrierendes Mittel zu entwickeln, würde das irgendwie durchsickern. Irgendjemand bei der FDA, einem der vielen Alzheimer-Verbände oder aus der Pharmaindustrie mit ihren geradezu inzestuös engen Verflechtungen würde nicht dichthalten.

»Dazu müsste erst mal jemand die Verbindung zwischen der Qualle und dem erstaunlichen Gedächtnis des Kerls herstellen«, meinte Thompson. »Das wird nicht passieren. Es ist eine wundersame Genesung, nicht mehr. So etwas kommt vor.«

»Ich sehe da kein Problem.« Damit ließ Moy den Artikel in seinem Ordner verschwinden.

Aber Carr meinte, eine gewisse Nachdenklichkeit in seinem Gesicht zu entdecken.

Auf jeden Fall würden sie die klinische Forschungsorganisation hinzuziehen. Wenn alles gut lief, würden sie das Produkt vor allen Wettbewerbern auf den Markt bringen. Dank seiner Marketingstrategie war Memorin nicht nur bereits allgemein ein Begriff, sondern geradezu eine Beschwörungsformel für die geworden, die auf das Medikament angewiesen waren.

Nachdem die anderen gegangen waren, saß Gavin Moy allein am Tisch. Von draußen hörte er den Lärm der Jets, die über dem Bostoner Hafen Logan Airport anflogen.

Sein Blick fiel erneut auf den Zeitungsartikel.

Jack Koryan.

Das klang französisch oder vielleicht irisch – wie bei Kevin Lorian, Moys Nachbarn in Bayside, dessen Gesicht aussah wie eine Landkarte von County Cork. Möglicherweise auch israelisch à la Mosche Dayan. Oder arabisch, eine Variation von *Koran.* Wie auch immer, der Mann hatte fast sieben Monate im Koma gelegen.

Wie hoch war die Wahrscheinlichkeit, dass ein zufällig vorbeikommender Ausflügler auf Homer's Island eine Quallenvergiftung erlitt? Die Tiere kamen dort eigentlich nicht vor und wurden nur alle paar Jahrzehnte in der Gegend gesichtet. Eine absolute Rarität.

Aber wer war dieser Jack Koryan? Und was fiel ihm ein, bei heraufziehendem Sturm schwimmen zu gehen?

Ein simpler statistischer Zufall? Nicht mehr, nicht weniger.

Vielleicht hatte Mark Thompson recht. Vielleicht war in Wirklichkeit Nick Mavros das Problem.

56

Es war dumm von ihm, aber Jack ging trotzdem hin.

Noch einmal drei Wochen bis zu seiner Entlassung aus Greendale. Er hatte den Tag in seinem Kalender rot eingekreist. Bis dahin begleitete ihn ein Pfleger gelegentlich auf einen Ausflug in einen Park oder ein Einkaufszentrum in der Nähe, wo er seine Beine trainieren konnte. Natürlich war immer der Pfleger mit seiner medizinischen Ausrüstung – dem Fußball, wie Jack es nannte – dabei.

Aber an diesem Morgen hatte Jack den Pfleger, einen gewissen Andre Leval, überredet, an dem Haus in Carleton vorbeizufahren, wo er mit Beth gelebt hatte. Dann überzeugte er ihn davon, dass es kein Problem war, wenn er allein durch die Hutchinson Road schlenderte, während Andre ihn vom geparkten Auto aus im Auge behielt.

Es war lange her.

Jack ging am Stock und bewegte sich wie in einem Minenfeld, mit kleinen vorsichtigen Schritten. Das hatte nichts mit seinen Beinen zu tun, sondern damit, dass er sich der plötzlichen Konfrontation mit dem Haus nicht gewachsen fühlte. Also blieb er auf der anderen Straßenseite unter dem Ahorn vor dem Haus der Helms stehen. Tom und Marilyn waren beide berufstätig. Es bestand also keine Gefahr, dass sie ihn entdeckten und auf einen Kaffee und eine tränenreiche Wiedervereinigung einluden.

Er sah das Haus an und wartete auf eine Reaktion, aber es kam keine. Wahrscheinlich wirkte die Erwartung wie eine Narkose.

Das Anwesen schien unverändert – weißer neuenglischer Kolonialstil, grüne Fensterläden, abfallender Rasen, niedrige Steinmauer, Azaleen und Buchsbaumbüsche, die er selbst gepflanzt hatte. Das Blumenbeet mit den Unmengen blühender Osterglocken war noch da. In einem Jahr hatte Beth Hunderte von Blumenzwiebeln bestellt, die sie stundenlang eingesetzt hatten, bis sie beide völlig verdreckt und verschwitzt waren.

Er überlegte, ob er auf die andere Straßenseite wechseln sollte, aber da gab es keinen Gehweg. An einen gemütlichen Spaziergang war daher nicht zu denken, vor allem, weil er auf seinen Stock angewiesen war. Also blieb er unter dem Baum stehen und hoffte, dass kein Autofahrer vorbeikam, der ihn für einen Stalker hielt.

Du wohnst hier nicht mehr, Jackie-Boy. Das war dein Prä-Koma-Ich.

Er ging weiter.

Warum tust du das, du Vollidiot? Auf einen Nostalgietrip kannst du doch echt verzichten. Danach geht's dir nur noch dreckiger.

Kleinliche Nörgelei. Er schüttelte die hartnäckigen Gedanken ab. *Nur dieses eine Mal.*

Blödsinn.

In seinem Inneren herrschte Aufruhr. Er war seit Monaten nicht hier gewesen. Nun musste er der Situation ins Auge sehen. Realitätstest, Wendepunkt, *Sayonara* – dies war der Abschied.

Der Rasen war leuchtend grün und sah besser aus, als er ihn in Erinnerung hatte. Aber im April war er immer besonders grün, bevor ihn der neuenglische Sommer braun färbte. Das Haus wirkte wie immer, aber der Garten hatte sich verändert. Am Ende des Rasens stand der Hartriegel, den er in dem Frühjahr gepflanzt hatte, in dem sie eingezogen waren. Er war zurückgeschnitten worden, und die Sträucher wirkten höher. Aber vielleicht bildete er sich das nur ein. Neben dem Haus entdeckte er ein Kinderfahrzeug, das wie eine Lok aussah. Also wohnte jetzt mindestens ein Kind hier. Er und Beth hatten viele Kinder haben wollen – drei oder vier. Vorbei. Nicht sein Baum, nicht seine Sträucher. Nicht seine Kinder.

Jack fühlte sich desorientiert durch die sich überlagernden Bilder. Einerseits war sein Gehirn davon überzeugt, dass dies sein Haus war, in dem er noch vor wenigen Wochen mit Beth gelebt hatte. Andererseits füllten jetzt Menschen, deren Namen er nicht kannte, die Räume mit ihren Stimmen, ihren Möbeln, ihren Kindern, ihren eigenen Wünschen und Sehnsüchten. Andere Stimmen schwirrten zwischen den Wänden, wärmten das Bett. Dieselbe Bühne, andere Besetzung.

Plötzlich überkam ihn eine überwältigende Traurigkeit, die ihn traf wie ein Sichelhieb. Er trauerte um all das, was er verloren hatte: um seine Beth, seine Welt, den alten Jack. Natürlich war er am Leben, aber war das wirklich die bessere Alternative?

Verdammt! Auf gar keinen Fall wollte er sich in Sehnsucht nach dem verlieren, was einmal war. Er musste sich aus diesem Sumpf von Wut und Selbstmitleid befreien. Es ging nicht darum weiterzuleben, weil er kein Leben mehr hatte. Er musste ganz von vorn anfangen. Erneuerung. Wiedergeburt: Jack Koryan II.

Er wollte die Vergangenheit und das Haus auf der anderen Straßenseite vergessen. Aber das war nicht so einfach. Manchmal beneidete er die alten Leute in Greendale, denen jede Erinnerung abhanden gekommen war. Er hätte alles dafür gegeben, wieder ein unbeschriebenes Blatt zu sein, ganz neu anfangen zu können.

Während er weiterging, warf er noch einmal einen Blick auf das Haus …

Ein Riesenfehler, Junge! Geh zurück zu Andre und sieh zu, dass du wegkommst.

Und auf einmal kam die Erinnerung – so lebendig, dass er für einen Augenblick fast das Gleichgewicht verlor.

Es war November. Er stand hoch oben auf einer Leiter und säuberte die Dachrinne, als Beth neben der Stelle, wo er die matschigen Blätter entfernte, am Schlafzimmerfenster erschien. Sie kam gerade aus der Dusche und war dabei, sich abzutrocknen, als sie ihn entdeckte und an das Fenster klopfte. Als er den Kopf zu ihr drehte, präsentierte sie ihm mit breitem Grinsen ihren splitternackten Körper. »He, Sie da auf der Leiter, wie wär's denn mit uns?« Er stellte sich dumm. »Äh, was wär mit uns?« Sie schloss das Handtuch vor ihrem Körper, riss es dann mit großer Geste wieder auf und wackelte mit den Brüsten. »Das hier, Schwachkopf.« »Äh, ich mache nur Dachrinnen sauber.« Sie verdrehte die Augen. »Da sind Sie bei mir genau richtig!«, sagte sie mit einem eindeutigen Schwung ihres Beckens in seine Richtung. »Ah, dann ist's ja gut!« Er setzte eine dümmliche Miene auf und warf ihr einen komplizenhaften Blick zu. Beth platzte laut heraus, und Jack war so schnell von der Leiter herunter und im Schlafzimmer, dass sie es noch nicht einmal bis ins Bett schaffte. »Zuerst duschen«, sagte sie. Und das tat er. Mit ihr. Und es war wunderschön.

Er ging zu Andres Toyota zurück, wobei er sich immer wieder sagte, was für eine schlechte Idee dieser Ausflug gewesen war. Er hätte stattdessen zur North Shore Mall fahren sollen.

Andre las Zeitung. Jack stieg ein. »Okay, fahren wir.«

»Niemand zu Hause?«

»Niemand zu Hause.«

Als Andre losfuhr, konnte Jack der Versuchung nicht widerstehen. Er warf durch das Fenster einen letzten Blick auf Nummer zwölf – um der alten Zeiten willen. Wie durch einen Nebel sah er das Haus, zu gefangen von den verblassenden Visionen, als dass er den schwarzen Geländewagen bemerkt hätte, der ihnen folgte.

57

Peter Habib fuhr mit seiner knallroten Harley auf den Ocean Drive und gab Gas. Um ein Uhr morgens waren keine anderen Fahrzeuge auf der Straße unterwegs.

Das tat er immer, wenn er nicht schlafen konnte. Statt sich von einer Seite auf die andere zu wälzen, fuhr er mit seiner feuerwehrroten, chromblitzenden Maschine spazieren.

Es war eine perfekte Frühlingsnacht: In der vom Meer her wehenden Brise kündigte sich bereits die schwüle Sommerhitze an, aber die feuchte Luft war noch so kühl, dass er eine Lederjacke brauchte.

Er liebte diese Route, weil es mehrere Stellen gab, an denen Häuser und Bäume den Blick auf den Strand freigaben. Besonders genoss er die Fahrt über die etwa anderthalb Kilometer lange, gerade Strecke, an der ihn nur ein Wellenbrecher aus Beton, der vor einigen Jahren zum Schutz gegen die Nordoststürme errichtet worden war, vom Strand trennte.

Zwischen den Wolkenfetzen ging ein orangefarbener Dreiviertelmond auf, der sein Licht über die schwarze Wasserfläche ergoss und den Himmel in Bewegung versetzte.

In einer solchen Nacht empfand Peter das Leben immer als Geschenk.

Er folgte dem gewundenen Ocean Drive. Am liebsten wäre er die ganze Nacht so weitergefahren, aber in Massachusetts gab es keine Strecke direkt am Meer, die lang genug dafür gewesen wäre. Vielleicht würde er sich nach Abschluss der Studie eine Tour durch Kalifornien gönnen, auf dem Pacific Coast Highway von Los Angeles nach Norden und durch den Big Sur. Warum nicht? Er konnte es sich leisten, vorzeitig in Ruhestand zu gehen.

Seine Frau hatte bestimmt nichts dagegen, wenn er mit einem seiner Motorradfreunde auf Männerurlaub ging. Vielleicht konnten sie sogar mit den Maschinen quer über den Kontinent brettern. Oder sie flogen nach L.A. und mieteten sich dort Motorräder. Denkbar war auch, dass sie sich in Kalifornien Maschinen kauften und sie sich nach Ende der Reise an die Ostküste schicken ließen. Wie auch immer. Schließlich verdiente er genug.

Vor ihm öffnete sich die Gerade. Sein Puls beschleunigte sich.

Unglaublich. Er war ganz allein auf der Straße, neben sich den endlosen Atlantik und diesen herrlichen Mond, der zum Greifen nah schien.

Peter beschleunigte auf fünfundsechzig. Er genoss das Echo des Motorengeräuschs, das von der Betonbarriere zurückgeworfen wurde, als er durch die nächtliche Landschaft brauste. Rechts von ihm hing der Mond direkt über dem Wasser. Er gab Gas.

Dabei sah er aus dem linken Augenwinkel ein Leuchten im Spiegel. Der Mond. Aber da war etwas, das dessen Licht reflektierte.

Er warf einen Blick in den rechten Spiegel, doch dann geschah alles so schnell, dass er das große schwarze Fahrzeug direkt hinter sich nicht mehr registrierte. Die Scheinwerfer waren ausgeschaltet. Der Wagen hielt mit voller Geschwindigkeit auf ihn zu. Einzig der Widerschein des Mondes auf der Windschutzscheibe verriet ihn.

Peter blieb keine Zeit zu überlegen, wie der Fahrer die hellen

Rücklichter der Harley hatte übersehen können. Er begriff nur, dass ihn die dunkle Masse plötzlich von links an die Betonbarriere drängte.

Instinktiv bremste er. Und die Welt explodierte und verlosch im Nichts.

58

»Er war sofort tot«, sagte Nick.

»Das ist furchtbar.« Obwohl René Peter Habib nur wenige Male begegnet war, hatte sie das Gefühl, einen Verbündeten verloren zu haben. Nick war am Boden zerstört.

»Die Polizei sagt, er hat die Kontrolle über sein Motorrad verloren und ist gegen einen Wellenbrecher aus Beton geknallt.«

»Er war so ein netter Mensch.«

»Und ein ausgezeichneter Mediziner. Ein echter Verlust.« Außerdem war er der Einzige, der Nick offen dabei unterstützt hatte, den Antrag auf Zulassung von Memorin zu verschieben.

Peter Habib war eingeäschert worden; in einigen Wochen sollte eine Trauerfeier für ihn stattfinden.

Sie befanden sich in einem Naturschutzgebiet, das gut drei Kilometer südlich der Ausfahrt South Border Road an der Route 93 lag. Hier ging Nick wandern, um sich für die Reise nach Utah im Juni vorzubereiten. Die meisten Pfade führten durch hohe Eichenwälder, aber hin und wieder wurde die Landschaft von riesigen eiszeitlichen Felsnasen durchbrochen, von deren Gipfel die Bostoner Skyline zu sehen war.

Ein paar Minuten lang gingen sie schweigend dahin. Die kühle Brise war angenehm, nach der Enge der Pflegeheime eine willkommene Abwechslung und eine Gelegenheit, sich ihrer Trauer zu stellen. In wenigen Stunden mussten sie sich in Broadview mit der Familie von Louis Martinetti treffen. Louis wollte unbedingt nach Hause.

»Übrigens hat sich GEM entschlossen, eine unabhängige klinische Forschungsorganisation zu engagieren, die nach Überprüfung sämtlicher Daten eine Empfehlung aussprechen soll.«

»Wozu?«

»GEM muss gegenüber der FDA sämtliche während der Tests aufgetretenen Probleme erläutern. Daher wollen sie wissen, ob die Flashbacks durch das Mittel oder durch die Krankheit verursacht werden. Genau darauf hatte Peter gedrängt.«

»Aber das können wir ihnen auch sagen.«

»Nur dass sie es nicht hören wollen.«

»Ich dachte, wenn die Zuchowsky-Affäre geregelt wäre, würden sie aufhören, den Kopf in den Sand zu stecken.«

»Die Zuchowsky-Affäre hat sie eine Million Dollar gekostet. Das hier könnte fünfhundertmal so teuer werden.«

Da Nick im Gelände und zu Hause auf dem Laufband trainiert hatte, war er flink wie eine Gämse. René hielt mit ihm Schritt. »Weißt du, welche Organisation es ist?«

»Nein. Irgendwelche Gerontologie-Spezialisten.«

»Und was ist mit den Flashback-Fällen?«

»Wir verfeinern die Dosierung weiter und achten auf Verhaltensänderungen. Eventuelle Probleme werden wie bisher mit Antiepileptika, Antipsychotika und Beruhigungsmitteln behandelt.«

Zwei weitere Forscher waren ausgeschieden, weil sie sich nicht von GEM Tech unter Druck setzen lassen wollten. Die beiden waren durch GEM genehmere Mediziner ersetzt worden. Und nun war Peter Habib tot. »Sind wir die Einzigen, die glauben, dass hier die Zulassung eines fehlerhaften Medikaments durchgepeitscht werden soll?«

»Ich glaube, Brian Rich und Paul Nadeau sind unserer Meinung, und möglicherweise Jordan Carr. Vielleicht überlegt er es sich noch und stellt sich auf unsere Seite. Leider drängen zahlreiche Alzheimer-Verbände darauf, dass das Mittel vor Weihnachten auf den Markt kommt, egal wie.«

»Aber eine Prüfung durch eine klinische Forschungsorganisation kann Monate dauern.«

»Wenn der Druck groß genug ist, können sie die Daten in einer Woche durchgehen. Außerdem muss bis zu dem Treffen in Utah alles fertig sein. Das ist in sieben Wochen.«

»Es gibt also einen festen Termin.«

»Allerdings. Inzwischen stellen wir sämtliche Fallberichte und Aufzeichnungen, einschließlich aller Daten auf CD, zusammen und setzen die Tests fort.«

Sie kamen an eine Lichtung und erklommen die Granitfelsen, von denen aus sich eine Rundumsicht über die Umgebung bot. Nick setzte sich auf einen Stein und holte tief Atem.

»Alles in Ordnung?«

Er lächelte und stieß die Luft aus. »Nur ein wenig schwindlig.«

René gab ihm eine Wasserflasche aus ihrem Rucksack. »Seit wann hast du das?«

»Seit ich dreizehn Kilo zu viel auf den Rippen habe.« Er trank und stand auf. »Alles okay.«

Im Osten schimmerte die Bostoner Skyline im blauen Dunst. Nick holte seine Kamera aus seinem Rucksack und machte ein paar Schnappschüsse – von den Felsen, der Bostoner Skyline und René.

»Vom Tagungsort in Utah ist es nur eine Stunde zum Bryce Canyon. Kannst du dir vorstellen, was das für Fotos gibt?«

»Ich nehme an, die FDA weiß nichts von den Flashbacks.«

»Nicht offiziell. Peter hat darauf gedrängt, die Behörde zu informieren.« Nick machte zwei weitere Aufnahmen. »Aber wenn die Forschungsorganisation sie in ihrem Bericht nicht erwähnt, wird die FDA nie davon erfahren.«

»Und wenn die Forschungsorganisation zu dem Schluss kommt, dass das Problem was mit dem Medikament zu tun hat?«

Nick zuckte die Achseln. »Dann gehen wir zurück ins Labor. Finden heraus, wo das Problem liegt: Dosis, Interaktion mit anderen Mitteln oder Erkrankungen, demografische Faktoren – was immer notwendig ist. Bis jetzt wurde nichts zur Ermittlung einer Korrelation unternommen. Vielleicht neigen Italoamerikaner oder osteuropäische Juden zu solchen Anfällen. Oder Menschen mit einer bestimmten genetischen Signatur. Oder mit hohem Blutdruck. Wir wissen nicht, warum manche Patienten Flashbacks haben und andere nicht, aber wir finden es besser heraus, bevor das Zeug auf den Markt kommt.«

»Und wenn die Forschungsorganisation zu dem Schluss kommt, dass die Flashbacks nichts mit dem Medikament zu tun haben?«

»Dann wird das Mittel auf den Markt gebracht.«

René fand es beunruhigend, dass die Leute von GEM Tech jede Verbindung zwischen Medikament und Flashbacks kategorisch von der Hand wiesen. Selbst Mary Curleys Tod wurde als unbeabsichtigter Selbstmord aufgrund ihrer fortgeschrittenen Demenz bezeichnet – ebenso wie der eines gewissen Rodney Blake aus Connecticut, der sich selbst entmannt hatte.

»Und inzwischen hoffen Kranke und Betreuer weiter.«

»Ist das so schlimm?«

59

»Ich will nicht, dass er so, wie er ist, nach Hause kommt. Er ist noch nicht gesund, das sage ich Ihnen. Er ist nicht gesund.«

René und Nick hatten sich in Broadview mit Marie Martinetti und ihrer Tochter Christine getroffen. Louis bestand darauf, aus dem Pflegeheim entlassen zu werden, und hatte einen Anwalt eingeschaltet.

»Die Testergebnisse haben sich um fast fünfzig Prozent verbessert«, wandte Christine ein.

»Das ist mir egal. Es geht ihm schlechter.«

Mrs Martinetti war in den Siebzigern und litt unter Arthritis, während ihr Mann immer noch kräftig war und aktiver denn je zuvor. Angesichts der Verbesserung seiner kognitiven Fähigkeiten war er im Pflegeheim tatsächlich fehl am Platz. Es war eine Situation, mit der sich die Heime bisher nicht hatten auseinandersetzen müssen. René spürte, wie Nick mit dem Dilemma rang.

»Sie können jederzeit seine Entlassung unterschreiben, wenn Sie ihn mit nach Hause nehmen möchten«, sagte er.

»Davon rede ich doch. Ich werde so mit ihm nicht fertig.« Marie Martinetti sah René flehentlich an. »Es ist dieses Memorin. Sie müssen es absetzen. Er wird verrückt davon.«

Christine sah höchst unglücklich drein. »Mom«, begann sie.

»Nichts *Mom.* Du hast doch keine Ahnung. Sie müssen es absetzen.«

»Mrs Martinetti, das können wir nicht«, sagte Nick bedauernd.

»Was soll das heißen? Natürlich können Sie.«

»Wenn wir das Medikament absetzen, erleidet er einen Rückfall.«

Mrs Martinetti funkelte Nick an, als hätte er ihr auf die Füße gespuckt. »Was?«

»Das ist das Problem mit dem Präparat.«

»Was für ein Problem? Was wollen Sie damit sagen?« Sie warf René einen verzweifelten Blick zu. Offenbar hoffte sie auf eine Erklärung, mit der sie leben konnte.

Aber Christine mischte sich ein. »Mom, damit meint er, dass die Plaques nachwachsen würden. Dass er wieder Alzheimer bekommt, wenn das Mittel abgesetzt wird.«

»Was?« Mrs Martinetti sah Nick an. »Wussten Sie das nicht?«

»In den Tierversuchen der Anfangsphase der Studie ist so etwas nie passiert. Keinerlei Rückfälle. Selbst bei den Versuchen mit Menschen in der zweiten Phase hat es keine Hinweise darauf gegeben.«

Nick hatte recht. René hatte sich Berichte von GEM und Testprotokolle externer Labors angesehen. Nichts an den Daten deutete darauf hin, dass ein Absetzen von Memorin in irgendeiner Dosis zur Entwicklung von Amyloid-Plaques bei Tieren oder gesunden, nicht dementen Menschen führte. Nicht bis Clara Devine aus dem McLean Hospital zurückkehrte.

»Damit hatte niemand gerechnet«, sagte Nick. »Ich habe das Ihrer Tochter bei Ihrem letzten Besuch bereits erklärt. Es tut mir sehr leid.«

»Leid? Es hat doch geheißen, das wäre ein Wundermittel.« Dann wurde ihr bewusst, was das bedeutete. Das Entsetzen stand ihr ins Gesicht geschrieben. »Oh, mein Gott!«

»Aber Mom, er kann das Mittel doch nehmen«, wandte Christine ein. »Es geht ihm wirklich immer besser.«

Aber Mrs Martinetti ignorierte sie. »Was soll das heißen? Wird Louis für den Rest seines Lebens unter diesen Flashbacks leiden? Wollen Sie mir erzählen, dass ich mich damit abfinden muss, wenn er glaubt, wieder in der Schule oder beim Militär zu sein?«

»Mom, bitte. Es ist doch besser, als wenn er vor sich hin vegetiert.«

Sie fuhr herum. »Nein, das ist es *nicht!* Es jagt mir Angst ein, wenn er plötzlich abdriftet und anfängt, mit Toten zu reden. Du hast nicht gesehen, wie er sich davor fürchtete, zusehen zu müssen, wie dieser Colonel Chop-Chop Fuzzy Swenson die Augen herausschneidet.«

»Colonel Chop-Chop?«

»Irgendein nordkoreanischer Offizier«, erklärte Christine. »Chop Yon Jin oder so. Ich glaube, er hat meinen Vater im Kriegsgefangenenlager verhört. Sein Spitzname war Colonel Chop-Chop.« Sie erläuterte, dass es sich um einen hohen koreanischen Offizier handelte, der sich bei militärischen Einsätzen von einem russischen Berater begleiten ließ. Den Russen hatten sie nach einer Figur in einem alten Militär-Comic Blackhawk getauft. Im Buch war Chop-Chop sein treuer Gefährte. »Dad ist entkommen, aber er hat Dinge erlebt, über die er nie gesprochen hat.«

»Nein, er ist nicht entkommen.« Marie Martinetti weinte jetzt. »Sie haben ihn letztendlich doch erwischt. Er erlebt das alles immer wieder. Und er redet sehr wohl darüber. Wieder und wieder macht er das durch, wenn du nicht da bist. Aber ich schon. *Ich* schon.«

»Es ist mir egal, wenn er ein paar Flashbacks hat«, fuhr Christine fort. »Das war die beste Zeit seines Lebens. Damals war er jung und strotzte nur so vor Selbstvertrauen. Zwischen den Anfällen geht es ihm gut, und er tut weder sich selbst noch anderen etwas. Vielleicht fällt Ihnen ja etwas ein, um diese Episoden unter Kontrolle zu halten.«

»Du hast doch keine Ahnung, was er durchmacht!«, protestierte Marie. »Ich habe ihn gesehen. Ich bin praktisch jeden Tag hier, und du nicht. Es ist entsetzlich. *Entsetzlich,* wie er die Hände vor die Augen presst, damit er nicht sieht, was sie seinem Freund antun. Wir unterhalten uns nett, und auf einmal ist er wieder im roten Zelt – da, wo die Kommunisten ihre Gefangenen gefoltert haben. Du hast keine Ahnung, was er da gesehen hat. Er weint und schreit …« Sie konnte nicht weiter. »Es ist furchtbar …«

Christine legte ihrer Mutter die Hand aufs Knie. »Aber ich will nicht, dass das Medikament abgesetzt wird, Mom. Ich will nicht, dass er wieder so dahinsiecht. Ich will es einfach nicht.«

»Aber ich kann das nicht ertragen. Ich kann es nicht. Ich weiß, wie schlimm es für ihn ist, wie er sich aufregt. In seinem Kopf ist alles real, was er da sieht. Da ist es mir lieber, wenn er … vergesslich ist.«

»Vergesslich? Dir ist es lieber, wenn er vor sich hin vegetiert und einfach nur mit toten Augen und einem Urinbeutel dasitzt? Mir nicht! Ich lasse es nicht zu, dass das wieder passiert.«

»Du hast nicht gesehen, wie er leidet. Das ist ein Teufelszeug, ein verdammtes Teufelszeug. Ich wünschte zu Gott, wir hätten nie erlaubt, dass er an der Studie teilnimmt.« Ihre Stimme brach. »Heilige Mutter Gottes, gib mir Kraft«, wimmerte sie.

René sprach ein stummes Dankgebet, weil ihr eigener Vater nie unter solchen Wahnvorstellungen gelitten hatte. Er hatte nur selten über den Krieg gesprochen, daher wusste nur der Himmel, welche Erfahrungen er mit Memorin hätte wiederholen müssen.

»Mrs Martinetti«, sagte Nick, »unser Labor arbeitet an der Feinabstimmung der Dosierung und entwickelt eine Kombination mit anderen Medikamenten, um diese Episoden unter Kontrolle zu bekommen. Glauben Sie mir, eine Menge hoch qualifizierter Menschen befasst sich mit diesem Problem.«

»Dann beeilen Sie sich besser. Ich will, dass er wieder so wird, wie er war.«

»In der Zwischenzeit geben wir ihm Antiepileptika, um ihn stabil zu halten«, sagte René.

»Aber davon wird er so benebelt«, protestierte Christine.

»Mir egal«, sagte Mrs Martinetti. »Von mir aus soll er benebelt sein. Besser als das rote Zelt.«

»Wir können ihn bestimmt für ein paar Tage beurlauben«, sagte Nick zu Christine. »Das ist bei Patienten mit Alzheimer nicht üblich, das können Sie sich ja denken. Aber vielleicht an einem der nächsten Wochenenden.«

»Das wäre super.« Christines Augen strahlten.

»Dann legen wir am besten einen Termin fest.«

»Aber nur, wenn er seine Antiepileptika hat«, beharrte Mrs Martinetti. »Sonst bleibt er hier. Ich halte das mit der Folter nicht aus. Mit Alzheimer war er besser dran.«

60

»Tut mir leid, dass ich Sie stören muss, Jack.« Das war Marcy.

Jack öffnete die Augen. Er lag immer noch in Jeans und Turnschuhen auf dem Bett. Nach seinem Morgenspaziergang – er hatte den vierzig Meter langen Gang in der Rekordgeschwindigkeit von sieben Minuten zurückgelegt – hatte er sich auf dem Bett ausgestreckt und den Fernseher auf Bildunterschriften ohne Ton gestellt. Dann war er mit dem *U.S. News and World Report* auf der Brust eingedöst.

»Das ist Theo Rogers.« Neben Marcy stand ein Mann in einem T-Shirt mit der Aufschrift »Wir reparieren alles«. »Mr Rogers bringt Ihre Jalousie in Ordnung.«

»Sagen Sie ruhig Theo zu mir.« Der Mann hielt ihm eine raue Pranke hin, die sich anfühlte, als könnte sie Jacks Finger wie Zweige zerbrechen. »Wie geht es Ihnen?«

Meine Beine tun weh, ich sehe aus wie eine Stimmgabel, wache mitten in der Nacht mit Bildern von grässlichen Gemetzeln vor Augen auf, und zwischen meinen Ohren tobt ein Erdbeben der Stärke 6,2 auf der Richterskala. »Prima.«

Theo nickte. Er sah aus wie Anfang dreißig, war vielleicht einen Meter siebzig groß und gebaut wie ein Turner. Das dunkle Haar hatte er mit einem Gummiband zu einem kurzen Pferdeschwanz gebunden, und sein Gesicht war glatt und offen. Entweder war er nicht rein weißer Abstammung, oder er hatte viel Zeit in den Tropen oder im Sonnenstudio verbracht, denn seine Haut war dunkel wie Milchkaffee. Um seine Taille hing ein Werkzeuggürtel mit Hammer, Zange und anderen Utensilien. Er öffnete eine kleine Trittleiter.

»Wird nicht lange dauern.«

Draußen vor dem Fenster grollte der Donner, und Blitze zuckten über den Himmel. Geblendet kniff Jack die Augen zusammen. Durch das offene Fenster konnte er den Ozean riechen.

»Hab in der Zeitung über Sie gelesen.«

Als Jack die Augen öffnete, sah der Mann von der Leiter auf ihn herab.

»Nach fast sieben Monaten wieder aufwachen. Das ist schon was.«

»Mhm.« Jack schloss wieder die Augen. Er war müde und hatte keine Lust, sich zu unterhalten.

»Hab noch nie gehört, dass Quallen Menschen angreifen. Muss ja aufregend sein.«

»Empfehlen kann ich es nicht.«

»Kann ich mir vorstellen. Können Sie sich an irgendwas erinnern?«

»Nicht viel.« Am liebsten hätte er Theo gebeten, ihn schlafen zu lassen, aber der Mann meinte es bestimmt nur gut. Außerdem schepperten Werkzeug und Jalousien so laut, dass an ein Nickerchen ohnehin nicht zu denken war. Jack schloss erneut die Augen.

»In den Zeitungen steht, Ihr Gedächtnis ist wieder voll da. Das ist super. Ich hab gehört, manche Komapatienten haben riesige Lücken.«

Jack öffnete ein Auge. Auf dem Bildschirm redeten Ärzte über das Alzheimer-Mittel, das René Ballard erwähnt hatte. »Alzheimer-Medikament im Versuchsstadium«, lautete die Bildunterschrift.

Theo holte den Hammer aus seinem Gürtel und schlug damit gegen das Ende eines Schraubenziehers, um eine Halterung zu lösen. Jack spürte, wie ihn ein kaum merklicher Schauer überlief.

»Sie erinnern sich also an das ganze Zeug vor dem Unfall, was?«

»Mehr oder weniger.«

»Na, das ist die Hauptsache, wenn Sie mich fragen. ›Man ist die Summe seiner Erinnerungen‹, wie man so sagt. Hab ich recht? Wie, wenn das Haus abbrennt.«

»Wie bitte?«

»Na, wenn das Haus abbrennt. Da gab's doch so eine Umfrage, wo die Leute gefragt wurden, was sie mitnehmen würden, wenn ihr Haus abbrennt. Man musste sich für eins entscheiden, natürlich außer Familienmitgliedern und Haustieren. Und was war das?«

Im Fernsehen wurden Ärzte in Weiß interviewt. Massachusetts General Hospital stand unter dem Bild.

Jack wurde mulmig zumute. Vielleicht, weil sie ihn nach dem Unfall dorthin gebracht hatten.

»Das Album mit den Familienfotos.« Theo gestikulierte mit dem Hammer. »Neun von zehn Leuten haben das gesagt. Würd ich auch machen. Wissen Sie, mit den Erinnerungen ist es genauso.«

Jack schloss die Augen. »Dann habe ich wohl Glück gehabt.«

Nach ein paar Augenblicken fing Theo wieder an. »Nur aus Neugier, was wollten Sie eigentlich da draußen auf Homer's Island? Ziemlich abgelegen, wenn Sie mich fragen.«

Jack hatte allmählich genug von dem Verhör. »Vögel beobachten.«

»Vögel beobachten«, wiederholte der Mann. Dann folgte langes Schweigen. »In den Zeitungen steht, Sie wären schwimmen gewesen. Obwohl Sturm war«, sagte er nach einer Weile.

Warum bedrängt der mich so? Warum habe ich das Gefühl, dass mehr hinter diesem belanglosen Geplauder steckt? »Der

Sturm zog schnell auf, und ich hatte mir den Wetterbericht nicht angesehen.«

»Haben Sie ein eigenes Boot?«

»Ich hab das Wassertaxi genommen.«

»Dann können Sie sich also gut an Sachen vor dem Unfall erinnern, was?«

Was ist denn mit dem los? Warum hält er nicht die Klappe? Warum quetscht er mich so aus? »An manches.«

»Das meine ich ja. Das Wichtigste ist noch da.« Damit tippte Theo sich seitlich gegen den Kopf. Eine weitere lange Pause folgte. »Wie lange reichen Ihre Erinnerungen zurück?«

»Wie bitte?«

»An was können Sie sich noch erinnern? An Ihre Kindheit?«

»Eigentlich nicht.«

»Mhm. Manche Leute sagen, sie wissen noch, was sie als Babys erlebt haben. Soll ein Zeichen für Intelligenz sein.«

Jack antwortete nicht.

»Ich kann mich an nichts erinnern, bevor ich zehn war«, schnaubte Theo. »Bin wohl ziemlich dumm. Und Sie?«

Jack beäugte den Mann. »Nein, nein. An nichts.«

Plötzlich veränderte sich alles. Der Mann erstarrte oben auf der Leiter mit erhobenem Hammer zum Stillleben. Sein Mund bewegte sich wie in Zeitlupe und gab merkwürdige Laute von sich, die sich zu fremdartigen Silben dehnten. Unter seinem durchbohrenden Blick überlief Jack ein eisiger Schauer.

Was ist das bloß für ein Gefühl?

»Können Sie sich nicht erinnern, wie Sie noch klein waren? Ich auch nicht, aber das würde mir schon gefallen.«

Jack konnte nicht sprechen. Es war, als hätte das merkwürdige Gefühl sein Gehirn befallen und ein Loch in sein Sprachzentrum gebohrt, sodass er nach Worten rang und vor irrationaler Furcht bebte.

»He, alles in Ordnung mit Ihnen?«

»Mhm.« Mehr brachte Jack nicht heraus.

»Sie sehen ein bisschen …«

Lieber Gott, was ist das? Was ist mit mir los?

Ein wenig Luft drang in seine Lungen, und er saugte sie bis in seinen Kehlkopf. »Schon in Ordnung«, krächzte er. »Nur ein wenig schwindlig.«

»Ah.« Der Mann wandte sich wieder der Jalousie zu.

Jacks Gehirn war so vernebelt, dass er die Augen schloss, während der Mann weiter vor sich hin hämmerte. Draußen grollte über dem Meer der Donner, und die Blitze flackerten durch Jacks Lider. Jeder Hammerschlag traf ihn wie ein kleines Erdbeben.

Er öffnete die Augen. Etwas an dem Anblick des Mannes auf der Leiter nagte an seinem Unterbewusstsein. Etwas stimmte nicht, aber er konnte es nicht fassen. Was auch immer es war, es flitzte durch sein Gehirn wie ein Vogel, der sich auf eine Stange setzen will, und im letzten Augenblick durchstartet.

Er war davon überzeugt, dass er diesen Theo noch nie gesehen hatte, weil er in keine Schablone in seinem Gedächtnis passte. Allerdings hatte er in letzter Zeit nicht viele Gesichter gesehen. Vielleicht hatten all die Giftstoffe Teile seines Gehirns in Schweizer Käse verwandelt. Eine plausible Erklärung. Doch falls sie sich kannten, hätte der Mann doch bestimmt etwas gesagt.

Warum also diese düstere Vorahnung? Vielleicht rührte das Gefühl von einem Traum her. Davon hatte er in letzter Zeit mehr als genug gehabt.

»Wollen Sie ein Glas Wasser?«

»Mir geht es gut.« Jack konnte die Angst in seiner keuchenden Stimme hören.

Theo beäugte ihn misstrauisch, nickte dann und hämmerte weiter, wobei sich sein Mund immer noch bewegte.

Großer Gott, was ist mit mir los?, fragte sich Jack. *Was zum Teufel ist mit meinem Kopf los?*

Harte Augen starrten ihn aus dem ausdruckslosen Gesicht des Mannes an. »Ich habe Sie was gefragt.«

Jack erinnerte sich an keine Frage. Vielleicht war er für einen Augenblick eingenickt oder hatte das geträumt. Er sah auf und wollte Theo antworten, aber da war das Gefühl wieder und schlimmer als zuvor. Er hatte den Eindruck, die ganze Szene schon einmal erlebt zu haben. Ein grässliches Déjà-vu-Erlebnis.

In einem Augenblick unerklärlicher Furcht verkrampfte sich sein Zwerchfell. Seine Kehle fühlte sich an, als würde sie von einer Schlange abgeschnürt. Auf seiner Stirn stand der kalte Schweiß, und Tausende von Nadeln stachen auf seine Brust und seinen Hals ein.

Ein Herzanfall. Ich habe einen Herzanfall.

»He, soll ich die Schwester rufen?«

Jack konnte nicht antworten.

Verdammt noch mal. Herzstillstand. Das hast du dir selbst zuzuschreiben. Du hast dich so in deine Panik hineingesteigert, dass die Pumpe den Geist aufgibt.

Aber ein anderer Gedanke war stärker: *Nein. Kein Herzanfall.* Sein Herz war stark, hatten sie gesagt, und im Augenblick hämmerte es so, dass er das Pulsieren unter seinem Hemd sehen konnte. Nein, etwas anderes. Ihn hatte das nackte Entsetzen gepackt.

Etwas ist an diesem Handwerker.

Er will dir schaden.

Der Mann starrte auf ihn herab. In Jacks Vorstellung sprang er von der Leiter und schlug ihm mit dem schimmernden Hammer den Schädel ein.

»Haben Sie einen Anfall?«

Eine dünne Schicht Panik legte sich über Jack wie Eis. *Anfall. Was wusste dieser Handwerker von Anfällen?*

Aber die andere Stimme meldete sich wieder zu Wort. *Du bist ein Idiot. Der Kerl im Blaumann will nur freundlich sein und ein wenig mit dir plaudern. Außerdem tut er da oben seine Arbeit. Nicht jeder Handwerker hat einen beschränkten Wortschatz. Du bist das Problem, Junge, nicht er.*

Der Handwerker starrte ihn immer noch an. Durch die Lamellen fielen Licht und Schatten rasiermesserscharf über sein Gesicht. Er wirkte dämonisch, sein Mund eine schwarze klaffende Wunde in dem braunen Gesicht, seine Züge zerklüftet. Und die schwarzen, wütenden Augen wollten Jack durchbohren.

Plötzlich stieg der Mann mit dem Hammer in der Hand von der Leiter.

O nein! Lieber Gott, nein!, schrie Jacks Gehirn. Aus dem gepressten Kehlkopf drang nur ein schwaches Quietschen.

Der Mann beachtete es gar nicht und trat, den Hammer noch in der Hand, an sein Bett. Jack keuchte auf. Im Bruchteil einer Sekunde sah er, wie der Hammer mit einem widerlichen Krachen auf seinen Scheitel niedersauste, dass Blut und Gehirnmasse über das Bett spritzten.

Unter dem Kissen tastete er hektisch nach dem Klingelknopf.

»Das haben wir gleich«, sagte der Mann.

Jack drückte den Knopf und schloss die Augen, während er darauf wartete, dass der Hammer niedersauste. Nichts.

»Hier«, sagte Theo und reichte Jack ein Glas Wasser.

»Alles in Ordnung?«, fragte Marcy.

Jack öffnete die Augen. Theo und Marcy standen an seinem Bett. Theo hielt ein Glas Wasser in der Hand. »Alles in Ordnung?«

»Kann nicht schlafen«, knurrte er. Theo ging zu der Jalousie zurück.

»Das ist doch nicht so schlimm.« Marcy holte eine Packung Tabletten hervor. »Theo ist sowieso fast fertig, oder?«

»Gleich.« Er ließ den Hammer in seinem Gürtel verschwinden, hängte die Jalousie richtig ein und zog an der Schnur. Repariert. Er schloss die Lamellen, um den Raum abzudunkeln.

»Großartig.« Marcy gab Jack sein Lorazepam.

Theo sammelte seine Habseligkeiten ein. »Halten Sie die Ohren steif!« Damit verschwand er.

Binnen Sekunden war das Entsetzen aus Jacks Gehirn verschwunden.

Da, du Idiot. Weg ist er, dein Psychopath im Blaumann.

Jack trank noch einen Schluck Wasser. Mit geschlossenen Augen konzentrierte er sich auf die Flüssigkeit, die durch seine ausgetrocknete Kehle rann. *Nur gut, dass du keinen Ton herausgebracht hast, sonst müsstest du dir jetzt eine gute Erklärung einfallen lassen.*

Also was war *das?,* fragte er sich. *Nur deine überhitzte Fantasie – wie diese Träume von missgestalteten Kreaturen, die Menschen töten.*

Aber damit war er nicht zufrieden. Da war etwas, das er nicht benennen konnte. Vielleicht sah der Typ aus wie jemand anders. Jemand in einem Film. Oder in einem Traum.

Ein Traum. Immer wieder kehrten seine Gedanken dazu zurück.

Wie der Traum, dass sich jemand eines Nachts in dein Zimmer schleicht und dir eine Giftspritze verpasst.

Aber schon meldete sich die andere Stimme zu Wort. *Das war ein harmloser, freundlicher Mensch, an dem du deine Wahnvorstellungen festmachen wolltest. Punkt. Die Medikamente. Es liegt an all dem Schrott, den sie dich schlucken lassen. Wenn du schläfst, hast du Albträume, wenn du wach bist, Panikattacken. Oder du wirst einfach nur wahnsinnig. Sechs Monate im Limbo, und jetzt fehlen dir ein paar Tassen im Schrank. Könnte schlimmer sein. Du könntest dir die Quallen von unten besehen.*

Es ergab alles keinen Sinn, aber nach dem Zwischenfall fühlte er sich müde und wollte nur noch vergessen. Marcy dimmte das Licht, und Jack schloss die Augen. Warum konnte er nicht eine Woche lang schlafen und gesund und fit aufwachen, sodass er endlich hier raus kam?

»Schlafen Sie gut«, sagte sie.

Außerdem – wer will schon einen umbringen, der sechs Monate im Koma gelegen hat?

VIERTER TEIL

61

Am 24. April fuhr Vince Jack zu dem Haus, das er gemietet hatte – kaum drei Kilometer von dort entfernt, wo er mit Beth gewohnt hatte.

Trotz der vielen Erinnerungen, die ihn mit der Stadt verbanden, hatte Jack nach Carleton zurückkehren wollen, weil er den Ort mochte. Außerdem war die Lahey Clinic, wo er seine Physiotherapie erhielt, ganz in der Nähe. Und es war nicht weit zum »Yesterdays«, wo er auf Drängen von Vince Maître d'Hôtel werden sollte. Vor zwei Wochen hatte er seinen Führerschein verlängert. Bis er sich ein eigenes Auto leisten konnte, würde er sich mit Mietwagen behelfen. »Vielleicht kann ich mir auch irgendwo eine Frau mieten«, sagte er zu Vince. »Werde mal in den Gelben Seiten nachsehen.«

Vince hatte ein komfortables Haus im Cape-Cod-Stil für ihn gefunden. Es hatte sechs Zimmer und wirkte mit dem dunkelgrünen Anstrich wie ein überdimensionales Monopoly-Teil. Niedrig geschnittene Büsche begrenzten den Vorgarten, der auf die Old Mystic Road hinausging. Die Mystic Lakes und die Stadtgrenze von Medford waren ganz in der Nähe. Das fand Jack höchst praktisch, weil er dort sein Bier kaufen konnte. Carleton hielt nämlich unerschütterlich an der puritanischen Tradition seiner Väter fest und hatte jeglichen Alkohol aus der Stadt verbannt. Das Haus war möbliert, was ihm sehr entgegenkam, da er nicht an den Dingen hing, die ihm und Beth gemeinsam gehört hatten. Außerdem wollte er nicht an sie erinnert werden.

Gemeinsam mit Vince packte er ein paar Stunden lang die Kartons aus, die in den verschiedenen Zimmern standen. Als sie weitgehend fertig waren, brachte er Vince zu dessen Auto. »Ich weiß gar nicht, wie ich dir danken soll, Vince.«

»Das geht schon in Ordnung.« Vince umarmte ihn. »Ruf mich an, wenn du etwas brauchst.« Er stieg in sein Auto, einen grünen Mitsubishi 3000 VR4 mit Doppelturbo.

Jack tippte gegen den Heckspoiler. »Ist das Ding zu irgendwas gut?«

»Sorgt dafür, dass ich nicht in den Bäumen hängen bleibe.« Vince ließ den Motor an. »Geh es langsam an! Du kannst ja schon mal an deiner rauen, aber herzlichen Art arbeiten.«

Jack sollte in drei Tagen im Restaurant anfangen. »Nicht reserviert? Vergessen Sie's. Der Nächste.«

»Perfekt«, sagte Vince und fuhr davon.

Als er sich auf seinen Stock gestützt zum Gehen wandte, fiel Jack ein schwarzer Geländewagen auf. Vermutlich hätte er das Fahrzeug gar nicht bemerkt, aber es rollte langsam durch die Straße und beschleunigte plötzlich, als Jack aufsah.

Einen Augenblick später hatte er das Auto vergessen. Ein fahrbarer Untersatz wäre ein guter Anfang, um sein Leben insgesamt wieder in Schwung zu bringen.

Vor ihrem Umzug nach Texas hatte Beth Jacks gesamten Besitz in einem Lagerhaus deponiert. Dort hätten seine Habseligkeiten fünf Jahre lang aufbewahrt werden sollen. Falls Jack dann immer noch im Koma gelegen hätte, wäre alles an eine Wohltätigkeitsorganisation gegangen. Die nächsten beiden Tage verbrachte Jack damit, seine Sachen in Kommoden, Schränken und Regalen zu verstauen. Allerdings standen im Keller immer noch einige Kartons mit altem Zeug, von denen er gar nicht wusste, was eigentlich drin war.

Von der Küche aus führte eine durch eine Tür abgetrennte Treppe in den Keller. Über eine Stunde lang ging er die Kartons durch, die Vince ordentlich auf Wandregalen gestapelt hatte. Sie waren mit schwarzem Filzstift beschriftet: »Jacks Sachen. Collegehefte. Bücher. Fotos.« Beths Schrift. Er fuhr mit dem Finger über die sauberen Druckbuchstaben. Als die Tinte nass gewesen war, war Beth noch seine Frau, und er war noch Jack.

Und eure Ehe war am Ende.

Er schnitt einen Karton auf. Fotoalben. Beth hatte ganze Tage damit verbracht, die Bilder chronologisch geordnet in die Plastikhüllen zu stecken. Er blätterte durch die Seiten: Aufnahmen von ihm und Beth, von Vince und anderen Studienfreunden. Ein Album enthielt Bilder von ihren Reisen, den Flitterwochen auf Jamaika, dem Besuch im Yosemite Park und bei Freunden in Chattanooga und Kalifornien ein paar Jahre später. Auch ihr Hochzeitsalbum war dabei. Auf dem dicken weißen Kunstledereinband prangte in kalligrafischen Lettern die Aufschrift »Unsere Hochzeit«. Er öffnete es nicht.

Ein anderes Album enthielt unscharfe, brüchige Bilder seiner Tante Nancy und seines Onkels Kirk vor ihrer Heirat. Ganz am Ende kamen Schwarz-Weiß-Fotos seiner leiblichen Eltern, unter denen auch ein Hochzeitsfoto von 1966 war. Rose war eine schlanke, attraktive Frau mit sympathischen Zügen. Leo sah mit den schwarzen Augen, der langen, scharfen Nase und dem Gutsherrenschnurrbart aus wie ein ausländischer Würdenträger. Jacks Tante hatte ihm erzählt, dass Leo im armenischen Viertel von Beirut geboren war. Dort hatte er mehrere Sprachen gelernt, die er fließend sprach. In der alten Welt war eine arrangierte Ehe nichts Ungewöhnliches, und so heiratete er Rose und erwarb damit die amerikanische Staatsangehörigkeit. Jack wusste nichts über ihre Ehe – ob sie gut oder schlecht gewesen war – und wenig über Leo. Nur dass seine Maschine kurz vor der Landung abgestürzt war, als er Verwandte in Chicago besuchen wollte.

Beim Tod seines Vaters war Jack sechs Monate alt gewesen, als seine Mutter verschwand, etwa zwei. Daher erinnerte er sich nicht an seine Eltern. Nur diese wenigen Fotos waren ihm geblieben. Aber seine Fantasie hatte sich aus der Erinnerung ihre eigene Realität geschaffen – eine Synthese der Geschichten, die ihm seine Tante erzählt hatte, mit diesen alten Fotos zu einem Film nebelhafter Bilder.

Ein anderes Bild zeigte eine strahlende Rose mit einem Baby auf dem Arm. Ihm selbst. Sie stand in der Küche ihrer Fünf-Zimmer-Wohnung im armenischen Viertel von Worcester, ganz in der Nähe der Chandler Street, und trug einen Pullover mit Buchstaben, die er nicht erkennen konnte. Wahrscheinlich hatte Leo das Foto aufgenommen. Merkwürdigerweise hatte Jack sich eingeredet, dass er sich an die Wohnung und an seine Mutter erinnerte. Dabei war das völlig unmöglich. Die menschliche Erinnerung reichte nicht so weit zurück, davon war er überzeugt, egal was der Handwerker gesagt hatte.

Er studierte die Fotos. *Wer waren diese Menschen, deren genetische Information in seinen Zellen steckte? Wie hatten sie ausgesehen? Wie hatten sie sich angehört? Wie hatten sie gerochen? Hatten sie mit Akzent gesprochen? Welche Geschichten hatten sie erzählt? Welche Träume geträumt?*

Aus unerfindlichen Gründen fühlte er sich seiner Mutter näher, deren dunkle Mandelaugen zu ihm zu sprechen schienen. Verwandte hatten behauptet, er hätte seine Willenskraft ebenso wie die Fehlstellung der großen Zehen von ihr geerbt. Sie war klug und mutig, ein kleines Energiebündel, dem nichts in der Natur entging. Seine Tante hatte ihm von ihrer fast religiösen Beziehung zum Meer berichtet. Offenbar war sie oft stundenlang am Strand spazieren gegangen und hatte nach Krebsen, Würmern und Weichtieren Ausschau gehalten. Sie besaß eine Kollektion von Muschelschalen aus aller Welt, die sie teils selbst gesammelt, teils von Freunden geschenkt bekommen hatte. Es war daher nicht verwunderlich, dass sie mit einem Stipendium an der Tufts University Meeresbiologie studierte und schließlich in Harvard ihren Doktor machte. Hier war sie, diese bemerkenswerte Frau, deren Blut in seinen Adern floss, die ihm das Leben geschenkt und ihn auf ihren Knien gewiegt hatte – und er hatte sie nicht wirklich gekannt.

Das einzige andere Foto zeigte sie mit weiteren Personen vor einem Autoteilegeschäft. Da alle eine Art Laborkittel trugen, nahm er an, dass es sich um Kollegen handelte.

Das Album noch in der Hand, wollte Jack an das Kellerfenster treten, wo das Licht besser war, aber ein stechender Schmerz in seinem linken Bein brachte ihn ins Taumeln. Er verlor das Gleichgewicht und stolperte gegen ein Regal mit Putzmitteln. Eine Flasche Chlorbleiche fiel auf den Boden und lief aus. Zum Glück war die Flasche nicht ganz voll gewesen, sodass er die Flüssigkeit mit einem Schwamm aufwischen und diesen im Ausguss ausdrücken konnte. Trotzdem stiegen ihm die giftigen Dämpfe zu Kopf, und er musste sich gegen den Tisch lehnen, während er versuchte, seine Lungen von dem ätzenden Gestank zu befreien.

Ein merkwürdiges Gefühl überkam ihn. Es war nicht unangenehm und schien ihn bis auf ein kurzes Schwindelgefühl auch nicht zu beeinträchtigen. Vielleicht lag es an der schnellen Drehung. Aber als er sich bewegen wollte, spürte er, wie es eine Sekunde lang schwarz um ihn wurde – ein Mini-Blackout. Er stützte sich gegen einen Träger und sah sich um. Funktionierte sein Bewusstsein noch?

Zumindest wusste er, wo er war – im Keller des gemieteten Hauses in der Mystic Street, zwischen einem Arbeitstisch und Waschmaschine und Trockner. Er spürte die kühle Kellerluft, den

Rücken des Albums in seiner Hand, das schwache Pulsieren in seinem linken Bein, den leichten Schmerz in seiner Schulter und anderen Gelenken – all die üblichen orthopädischen Beschwerden. Er legte das Fotoalbum auf einen Tisch und ging ein paar Schritte.

Wieder ein merkwürdiger Aussetzer, als wäre er in eine Lücke im Zeit-Raum-Kontinuum geraten. Er lehnte sich gegen den Tisch und schloss die Augen. Er konnte seinen eigenen Atem hören. Den Verkehrslärm in der Ferne. Aber da war noch etwas: eine Frauenstimme. Eine schwache, kaum vernehmbare, hohe Frauenstimme, die dennoch so deutlich an sein Ohr drang, dass er den Gesang hörte.

»You are my sunshine, my only sunshine …«

Ein Eissplitter durchbohrte sein Herz. Er fuhr herum, erwartete halb, in einer dunklen Ecke eine bizarre Frauengestalt zu entdecken.

Nichts.

Kartons, Lagerboxen, Lampen, ein alter Schrank, Heizkessel, Öltank, eine kleine Werkbank, Weihnachtsbaumschmuck, Waschmaschine und Trockner. Keine Dämonin. Er war allein im Raum.

Himmel, jetzt höre ich schon am helllichten Tag Geisterstimmen.

Das kommt von dem ganzen Zeug, das ich schlucke. Das vernebelt mir das Gehirn.

Er schlurfte mit dem Fotoalbum zu einem Stapel Kisten und setzte sich. Sein Kopf arbeitete langsam, alle Impulse schienen verzögert. Er schloss die Augen und holte tief Luft, um sich zu beruhigen. *Nur eine kleine Fehlfunktion. Das geht vorbei,* sagte er sich. Er öffnete die Augen und blätterte weiter im Album.

Und dann hörte er es wieder, hinter seinem Rücken. *»You are my sunshine, my only sunshine …«*

Er fuhr so abrupt hoch, dass das Album zu Boden fiel. Einen Augenblick lang rührte er sich nicht. Sein ganzer Körper zitterte vor Angst. Dann holte er tief Luft und versuchte, die Stimme zu orten. Sie musste aus der dunklen Ecke beim Heizkessel kommen. Er ging zur Werkbank. Was wollte sie in seinem Keller? Wieso versteckte sich diese Person in einer dunklen Ecke und sang?

Ich werde wahnsinnig. Ich weiß schon nicht mehr, ob ein Geräusch von außen kommt oder ob ich es mir einbilde.

Er nahm einen Hammer von der Stecktafel. Sein Herz pochte, als er zur Treppe ging und nach oben zur Küche sah.

»You are my sunshine, my only sunshine …«

Jack keuchte auf. »W-wer ist da?«

Diesmal war er sich ganz sicher. Da war eine Frauenstimme, und zwar nicht nur in seinem Kopf. Er hatte sie wirklich gehört. Echter Ton, der die Luft in Schwingung versetzte. Echter Ton: eine klare, dünne Frauenstimme. Aber der Gesang kam nicht aus der Küche.

Hier unten ist jemand.

Er wagte sich tiefer in den Keller hinein, wobei er den Hammer fest umklammert hielt. Er kannte die Hausbesitzer nicht, wusste gar nichts über sie. Vince hatte alles organisiert und ihm erzählt, das Paar hätte aus persönlichen Gründen mit seiner Tochter Massachusetts verlassen müssen. Vielleicht war einer dieser persönlichen Gründe, dass die Dame des Hauses eine Psychopathin war, die sich heimlich in den Keller geschlichen hatte.

Jack schob sich auf ein hohes Möbelstück an der hinteren Wand zu. »Okay, das Spiel ist aus.«

»You are my sunshine, my only sunshine …«

Unwillkürlich schrie er auf. Die Frauenstimme war jetzt ganz nah. Den Hammer fest umklammernd, wirbelte er herum, konnte sich aber nicht orientieren. Er spähte in den dunklen

Spalt zwischen Heizkessel und Schrank. Eine Taschenlampe! Er brauchte eine Taschenlampe. »Ich weiß, dass Sie da sind. Ich kann Sie atmen hören.«

Nichts.

Er klopfte mit dem Hammer gegen die Schranktür. »Kommen Sic raus!«

Nichts.

Er hob den Hammer und riss die Tür auf. Der Schrank war voller Schuhkartons – aber das war alles. Er ging tiefer in den Keller hinein. »Also gut, dann rufe ich die Polizei.«

Nichts.

Er schlug einen Kreis, bis er wieder vor dem Wäschetisch stand.

»You are my sunshine, my only sunshine ...«

Jack erstarrte. Bewegung. Er hatte eine Bewegung entdeckt. Er stand vor der Öffnung zu einer kleinen Nische, in der vor Jahrzehnten Kohlen gelagert hatten.

»You are my sunshine, my only sunshine ...«

»Verdammt, ich kann Sie sehen!«, sagte er in die Dunkelheit hinein und hielt den Hammer bereit, falls sich irgendeine Wahnsinnige auf ihn stürzte. »Raus da!« Sein Herz pochte so, dass er kaum sprechen konnte.

Im Kohlenkeller hing ein alter Spiegel mit Holzrahmen. Der Winkel war völlig schief, und das Glas war gesprungen und trüb. Trotzdem konnte er sich selbst deutlich erkennen, das blasse Gesicht, die Augen, die wie Löcher in seinem Schädel lagen, den massiven Hammer in seiner Hand.

Während er sein Spiegelbild betrachtete, hörte er wieder die dünne Stimme. Aber diesmal sang sie nicht. *»Aman sirem anushig ...«*

Jack erschauerte. *Die Stimme kam aus ihm selbst.*

Im Spiegel sah er, wie sein Mund Silben bildete, Laute, die

sich in seine Ohren bohrten wie Glassplitter. Seine Stimme. Seine eigene Stimme. Er spürte noch, wie sich die Muskeln an seinem Hals bewegt hatten. Er fühlte die Schwingung in seinen Ohren.

Um Gottes willen!

Schwarzes Entsetzen packte ihn. Er hatte gesprochen – oder vielmehr ein fremdes Gehirn hatte durch ihn gesprochen. Schlimmer noch: Er verlor wirklich den Verstand.

Am furchtbarsten war die Erkenntnis, dass er die Worte gar nicht verstand. Es war eine fremde Sprache. Aber er war sicher, dass es die Worte seiner längst verstorbenen Verwandten und Vorfahren waren. Er hatte Armenisch gesprochen.

Das war gar nicht möglich, weil Armenisch eine Sprache war, die er nicht beherrschte, nie gelernt, nie gesprochen hatte. Und dennoch erkannte er Phoneme und Klangmuster wieder, die er als Kind von Freunden seiner Tante und seines Onkels gehört hatte. Dabei sprach er Armenisch genauso wenig wie Dänisch und Inuit. Aber er hätte sein Leben darauf verwettet, dass die Worte, die aus seinem Mund gekommen waren, Armenisch waren.

Jack ging Stufe für Stufe die Treppe hinauf. Das alles hatte nichts mit seinen Medikamenten, seinem Blutdruck oder gar der Beleuchtung zu tun. Nun wäre es ihm lieber gewesen, wenn wirklich eine Verrückte im Keller gelauert hätte. Besser, als den Verstand zu verlieren.

62

Jack saß neben dem Telefon, starrte auf Dr. Hellers Nummer und ging im Geiste noch einmal durch, was er ihr sagen wollte. Dass er am Vortag einen Anfall mit auditiven Halluzinationen erlitten hatte – dass er im Keller gewesen war und plötzlich eine Frauenstimme singen hörte, die aus seinem eigenen Kopf zu kommen schien. So etwas hatte René Ballard, die Apothekerin, wohl gemeint mit den Anfällen, die bei Demenzpatienten auftraten, an denen das neue Alzheimer-Medikament getestet wurde. Vielleicht war es nur ein Zufall, vielleicht bestand tatsächlich ein Zusammenhang. Sie hatte das Flashbacks genannt.

Vielleicht ist es das, nur dass es immer schlimmer wird, Frau Doktor. O ja, viel schlimmer, weil ich plötzlich in einer Sprache rede, die ich noch nie gesprochen habe, und mit einer Stimme, die nicht meine ist. Was ich davon halte, Frau Doktor? Dass es in meinem Kopf spukt. Danach habe ich übrigens drei Xanax genommen und war für acht Stunden außer Gefecht.

Fast eine Viertelstunde saß er neben dem Telefon. Wenn er ihr erzählte, was passiert war, würde sie ihn sofort ins Krankenhaus kommen lassen und Neuropsychologen, Psychiater, Demenzspezialisten, Flashback-Experten und so weiter auf ihn ansetzen, ihn erneut einer ganzen Serie von Tests unterziehen, seinen Kopf wieder in die MRI-Röhre stecken und verkabeln, um nach Fehlfunktionen zu suchen. Ehrlich gesagt, hatte er keine Lust darauf. Außerdem hatte er für die nächste Woche ohnehin einen Termin. Dabei würde er es belassen.

In der Zwischenzeit hielt er sich vom Keller fern. Er wagte sich nicht einmal für längere Zeit in die Küche, weil er den Sog der Kellertür nicht aushielt. Außerdem verdoppelte er seine Dilantin-Dosis, damit die Geister im Sarg blieben. Natürlich hätte er Dr. Heller konsultieren sollen. Es war immer ein Fehler, eigenmächtig Medikamente zu nehmen. Bestimmt konnte das üble Nebenwirkungen auslösen, obwohl er keine festgestellt hatte. Ganz im Gegenteil, die Extra-Dosis unterdrückte alles. Achtzehn Stunden lang hatte er weder Träume noch Flashbacks, noch nicht einmal ein klitzekleines Standfoto eines Blutbads.

Unangenehm war nur, dass er zwar keine Albträume mehr hatte, dafür aber unter Schlaflosigkeit litt, weil er die Schlafmittel nicht mehr nahm. In den folgenden fünf Nächten brachte er es auf nicht mehr als insgesamt zwanzig Stunden. Manchmal waren es nur zwei, wobei er sich die restlichen Stunden bis zum Morgen von einer Seite auf die andere wälzte. Er ging sogar online und fand eine Website für Menschen mit Schlafstörungen, auf der ein Dutzend hilfreiche Strategien empfohlen wurde: ein warmes Bad, leise Musik, ein Glas warme Milch vor dem Schlafengehen, an etwas Langweiliges denken … Er versuchte alles, aber ohne Erfolg. In seiner Verzweiflung wurde er immer wacher.

Außerdem fürchtete er sich vor dem Dunkelwerden. Das nahm solche Ausmaße an, dass sein Herz raste und sein Mund trocken wurde, wenn die Abendnachrichten anfingen. Gegen halb zehn am fünften Abend fühlte er, wie ihm die Augen zufielen. Er ging ins Schlafzimmer und tat so, als wäre alles in Ordnung. Nachdem er seine Medizin genommen hatte – er widerstand der Versuchung, ein paar Xanax einzuwerfen –, schaltete er das Licht aus und ging ins Bett.

Er schloss die Augen und versuchte, seiner Müdigkeit nachzugeben, als wäre er ein normaler, stabiler Mensch, der nach einem langen, anstrengenden Tag im Büro entspannt zu Bett geht. Um 22:18 Uhr war er immer noch wach und munterer denn je zuvor. Er starrte an die dunkle Decke und gab vor, sich gegen den Schlaf zu wehren, die Augen bis zum letzten Moment offen zu halten, bevor er in die warmen Wasser des Vergessens eintauchte.

Aber es funktionierte nicht.

Seine Gedanken kreisten um die beleuchtete Anzeige des Radioweckers, die Set-Top-Box, das Straßenlicht, das in schmalen Streifen rund um das Rollo ins Zimmer drang, die Geräusche, die das sich setzende Haus von sich gab, den Kompressor des Kühlschranks, die Flugzeuge am Logan Airport … Schmetterlingsflügel in Peru.

Er stand auf und legte ein Handtuch über das Radio. Dann holte er eine Rolle Isolierband und klebte das Rollo an den Fensterrahmen. Nun war es völlig dunkel, aber sein frustriertes Gehirn raste. Er schloss die Augen und versuchte, nicht daran zu denken, wie sein Herz in seinen Ohren hämmerte. Vielleicht wirkte das Rauschen ja einschläfernd, wie bei jedem normalen Menschen. Nur dass er kein normaler Mensch war, sondern dazu verflucht, wach zu liegen und sich vom leisesten Geräusch aus dem Gleichgewicht bringen zu lassen.

Um 1:46 Uhr war er immer noch wach.

Um 2:11 Uhr rasten seine Gedanken. *Wenn es einen Gott gibt, hat er bestimmt keine Schlafprobleme,* dachte er. Die Uhr an der Set-Top-Box. Das Licht störte ihn nicht, aber jedes Mal, wenn er die Augen öffnete, lief der Countdown in leuchtend roten Ziffern. Solange die Anzeige sichtbar war, würde er immer wieder nachsehen, wie viel Zeit verstrichen war.

Verdammter Mist!

Er stand auf und deckte die Box ab.

Eine Stunde später ging er nach unten in die Küche und holte sich ein Glas warme Milch. Er überlegte, ob er ein langweiliges

Buch lesen oder einen schwachsinnigen Film im Fernsehen anschauen sollte, aber er wollte sein Gehirn nicht noch mehr anregen. So saß er im grellen Licht der Leuchtstoffröhre am Küchentisch und trank warme Milch aus einem blauen Glas. Er schloss die Augen, legte den Kopf auf den Ellbogen und dachte daran, wie sich die warme Milch in seinem Magen verteilte und auf magische Weise Schlafsignale an sein Gehirn schickte. Aber das funktionierte nicht.

Jack öffnete ein Auge. Es fiel auf die Kellertür.

Der Keller.

Nicht dran denken, sagte er sich. Eine zweite Stimme meldete sich zu Wort. *Gute Idee! Das ist, wie nicht an Elefanten zu denken. Kaum hat man sich das vorgenommen, schon flattert Dumbo an einem vorbei.*

Sein Blick fiel auf den sechseckigen Türknopf aus Glas.

Dreh mich.

Klick.

Zieh an der Tür.

Er schloss das Auge wieder und trank noch einen Schluck Milch.

Komm schon, Junge. Kuckuck, wo bist du.

Sein Auge öffnete sich.

Braver Junge. Ich seh dich ...

Die Tür. Der schwarze Schacht direkt dahinter, zwölf kleine Stufen, und der Lichtschalter war oben an der Treppe. Er schloss erneut die Augen.

Er stand auf, wobei der Stuhl kreischend über den Boden schrammte, kippte den Rest Milch herunter und spülte das Glas aus. Dann drehte er sich um, lehnte sich mit dem Rücken gegen die Spüle und starrte auf die Tür. *Was jetzt, Jacko? Willst du die Wäsche in der Maschine lassen, bis sie verrottet ist? Fünf Tage liegt sie jetzt in einem feuchten Knäuel in der Trommel, weil du es nicht mehr bis zum Trockner geschafft hast. Die kannst du noch mal waschen. Wahrscheinlich alles verschimmelt.*

Er ging durch die Küche und öffnete die Tür.

Was ist das Problem?

Dass beim letzten Mal dieser Poltergeist in mich gefahren ist.

Wovor hast du Angst? Da unten steht nur ein Haufen Kisten mit altem Zeug. Vielleicht kriegst du ein paar nostalgische Anwandlungen, aber damit kennst du dich doch inzwischen aus.

Er schaltete das Licht ein.

Eine leere Treppe. Kein Zombie glotzte ihn an, keine bösen Schwingungen in der Luft. Von seiner Übermüdung abgesehen, war sein Kopf zur Abwechslung völlig klar.

Stufe für Stufe ging er die Treppe hinunter, wobei er sich am Geländer festhielt. Irgendwo in der Diele hatte er seinen Stock stehen lassen, der jetzt bestimmt tröstlich gewesen wäre. Aber er beschloss, nicht noch einmal nach oben zu gehen.

Unten angekommen, drehte er sich langsam um, bis er auf die Wand mit dem Schrank blickte. Nichts.

Er ging zur Waschmaschine und legte die Hand auf die Klappe, wobei er fast damit rechnete, dass ein Monster im Ku-Klux-Klan-Gewand heraussprang und ihm den Schädel einschlug. Seine Wäsche lag in einem verknäulten Ring unten in der Trommel. Da sie zwar feucht war, aber nicht nach Schimmel roch, beförderte er sie in den Trockner.

Er humpelte über den alten Teppich, blieb aber plötzlich wie angewurzelt stehen. Auf den Metallregalen standen Kartons. Er wusste nicht, warum er angehalten hatte, aber wie von einem Radarstrahl geleitet, fiel sein Blick auf einen einzelnen Karton. Bis auf diesen, der noch zugeklebt war, hatte er alle Kisten durchgesehen. »Jacks Sachen« stand in kleinen schwarzen Lettern auf der Seite.

Wie ferngesteuert, ging er zum Regal. Seine gesamte Aufmerksamkeit konzentrierte sich auf dieses Päckchen, diesen schlichten braunen Karton ohne jeden Aufdruck. Er war vielleicht fünfundvierzig Zentimeter hoch, aber überraschend leicht. Er stellte ihn auf einen Tisch und klappte ihn auf.

Zusammengeknüllte Zeitungen – Verpackungsmaterial. Er faltete eine Doppelseite auseinander. Sie stammte vom Oktober 1979 und war im Laufe der Zeit völlig verblichen. Er tastete unter den oberen Schichten, bis er auf etwas Schwereres stieß. Runde Formen – weich, Stoff, biegsam. Seine Finger fingen an zu summen, grobe Bilder erreichten sein Gehirn wie ein Sonogramm. Er zog.

Eine große braune Stoffmaus mit Gliedmaßen, die rund waren wie Würste, runden rosa Hängeohren, einer roten Knubbelnase, großen runden Augen mit weißem Rand und schwarzer Pupille, einem dicken braunen Schwanz. Augenblicklich konzentrierten sich all seine inneren Sensoren auf diese Stoffmaus.

»Mookie.«

63

»Das ist doch ein Witz. Klander hat ihnen genau das geliefert, was sie hören wollten: Liegt alles an der Demenz.«

René hatte Nick noch nie so aufgebracht gesehen. Sein Gesicht war rot angelaufen, als hätte er zu viel Blut in den Adern. Der Bericht der Klander Clinical Research Group lag in einer schwarzen Mappe vor ihm auf dem Schreibtisch.

»Die engagieren einen Haufen Neurologen mit wohlklingenden Namen, schmeißen ihnen eine Menge Geld nach und bekommen die Bestätigung, die sie brauchen.«

»Aber wir haben ihnen doch stapelweise Daten und Unterlagen zu der Problematik geliefert.«

»Ja. Trotzdem sind sie zu dem Schluss gekommen, dass die Zwischenfälle nichts mit Memorin zu tun haben, sondern durch die Schädigung des Gehirns aufgrund der Erkrankung bedingt sind. Diese Behauptung untermauern sie damit, dass die Flashbacks mit üblichen Antipsychotika behandelt werden können. Das heißt für sie, dass es sich um Wahnvorstellungen aufgrund der Demenz handelt. Quod erat demonstrandum – was zu beweisen war.« Er schob ihr ein Exemplar hin. »Da, lies selbst.«

René blätterte durch den Bericht. Er enthielt seitenweise Auszüge aus externer Literatur, in denen Halluzinationen bei Alzheimerpatienten beschrieben wurden. »Aber alles weist auf einen Zusammenhang hin.«

»Nicht, wenn von vornherein feststeht, wie das Ergebnis lauten soll. Anstatt das Beweismaterial verschwinden zu lassen, heuert

GEM Tech sogenannte neutrale Experten an, die erklären, das Problem habe nichts mit dem Medikament zu tun. Ganz schön clever.«

»Aber die FDA muss das Manöver doch durchschauen.«

»Nein, weil die FDA selbst daran interessiert ist, dass das Mittel auf den Markt kommt. Genau wie der Präsident. Er hofft, damit sechzig Milliarden Dollar an Steuergeldern sparen zu können. Wir stehen also vor vollendeten Tatsachen.«

»Was ist mit den Forschern an den anderen Kliniken? Ich dachte, die würden uns unterstützen.«

»Tun sie auch. Paul Nadeau drängt auf eine Verlängerung, genau wie Brian Rich. Einer von Nadeaus Patienten findet immer wieder seinen toten Vater, der sich im Wandschrank erhängt hatte, als der Patient acht war. Dr. Rich hat eine Patientin, die ihre Kindheit in Dachau wieder und wieder erlebt. Das einzige Mittel dagegen ist, sie völlig ruhigzustellen.«

»Da ist die Medizin schlimmer als die Krankheit.«

»Völlig richtig, aber GEM wird das abstreiten.«

»Also behandeln wir die Flashbacks mit dem üblichen Zeug.«

Er nickte. »Und wer in die Vergangenheit abdriftet, soll ruhig da bleiben. Falls die Leute außer Kontrolle geraten, werden sie mit Beruhigungsmitteln vollgepumpt. Was für eine Belastung das für die Familie ist, interessiert keinen.«

»Ich kann das nicht glauben.« René sah Louis Martinetti vor sich, seine geisterhafte Blässe, wenn er sich plötzlich im roten Zelt wiederfand, wo er zusehen musste, wie Folterknechte seinem Freund Unaussprechliches antaten, während er selbst mit seinen wenigen koreanischen Brocken um Gnade flehte.

»Das wirst du wohl müssen. Wir haben hier ein Fünfzig-Milliarden-Produkt, das um jeden Preis auf den Markt gebracht werden soll – zum Teufel mit Ethik und anständiger Geschäftspraxis.

Es ist, als hätten die Leute Scheuklappen auf, wie bei Enron und Tyco. Nur nichts Schlechtes sehen! Wer da nach Ethik fragt, gehört nicht zum Team – und wird natürlich auch nicht am Erfolg beteiligt.«

»Aber so etwas passiert nicht von selbst. Irgendwann muss jemand beschlossen haben, es mit der Wahrheit nicht so genau zu nehmen.«

Er nickte. »Der Fisch stinkt vom Kopfe her, wie die alten Griechen sagten.«

René kannte Nick seit vielen Jahren, aber sie hatte ihn noch nie so aufgebracht gesehen. Sein Gesicht war rot angelaufen, und die Augen traten ihm aus dem Kopf. Unter dem inneren Druck schien er sich in einen völlig anderen Menschen zu verwandeln. In seinen Vorlesungen hatte er stets betont, wie wichtig strenge ethische Maßstäbe waren, besonders in der Grauzone der Beziehungen zwischen Pharmaunternehmen und Ärzten. Aber seine Vorlesungen waren immer ruhig und rational. Nie hatte sie ihn Kollegen oder Mitarbeiter hinter deren Rücken kritisieren hören. Wenn es ein Problem gab, blieb er stets diplomatisch und respektvoll. Differenzen erläuterte er in objektiver, versöhnlicher Weise. Wenn jemand einen Fehler beging, gab er dem Betreffenden stets eine zweite Chance. »Jeder von uns hat das Recht auf einen Fehler«, hatte er einmal gesagt. »Wenn wir daraus lernen, werden wir stärkere, bessere Menschen.«

»Und was wird deiner Meinung nach in Utah passieren?«

»Ich werde meinen Protest zu Protokoll geben, aber das wird nicht viel ändern. Wie gesagt, es ist der Versuch, einen fahrenden Zug aufzuhalten.«

Er nahm einen großen Karton vom Boden, der bis zum Rand mit Memorin-Marketingprodukten gefüllt war: Sporttaschen, Regenschirme, Kappen, Aufkleber, Briefpapier, Regenponchos. Sogar ein Schmucketui mit einer Perlenkette war dabei. Er griff sich eine CD. »Ihren eigenen Soundtrack haben sie auch schon: ›Zurück ins Leben‹.« Der Karton enthielt Broschüren von den Bermudas, Gstaad und Italien – Vergnügungsreisen für die verantwortlichen Forscher.

»Dagegen ist schwer anzukommen«, meinte René.

»Ein Wundermittel mit Schwächen, aber angeblich übersteigt der Nutzen jedes Risiko.«

64

Nach seinem Erwachen aus dem Koma war Jack nicht mehr im Massachusetts General Hospital gewesen, sodass er sich an nichts erinnerte. Er ging durch die Eingangshalle des Lane Building zu den Aufzügen und fuhr in den siebten Stock, wo sich Dr. Hellers Büro befand. Er wurde praktisch sofort vorgelassen.

»Jedes Mal, wenn ich in den Keller gehe, habe ich Schreckensvisionen. Vielleicht werde ich wahnsinnig.«

»Sie werden nicht wahnsinnig, Mr Koryan. Das sind irgendwelche Anfälle.«

»Und wieso sage ich mit einer Frauenstimme armenische Worte? Ich beherrsche die Sprache überhaupt nicht.«

»Haben Sie die Wörter erkannt?«

»Übersetzen könnte ich sie nicht, aber ich weiß, dass es Kosewörter sind, die man zu Kindern sagt.«

»Vielleicht hat Ihre Familie Armenisch mit Ihnen gesprochen, und Sie hatten es nur vergessen.«

»Und nach dreißig Jahren fällt es mir wieder ein?«

»Möglich ist es. Vielleicht haben Sie die Laute irgendwann von Ihrer Tante oder anderen Angehörigen gehört und sie über eine mechanische Gedächtnisleistung auswendig gelernt.«

»Und wie erklären Sie sich die missgestaltete Kreatur mit dem Zaubererhut und das große Tier mit dem eingeschlagenen Schädel? Für mich waren die so real wie Sie jetzt.«

»Ich bin keine Psychologin, aber vielleicht handelt es sich um eine Assoziation. Beschreiben Sie mir Ihre Visionen.«

Jack fühlte, wie er sich angesichts von Dr. Hellers gelassener Freundlichkeit ein wenig entspannte. Er beschrieb seine Visionen, die völlig unerwartet auftraten, auch wenn er nicht im Bett lag: Albträume am helllichten Tag, die zuschlugen, wenn er duschte, spazieren ging oder auf der Veranda ein Bier trank. Diese Horrorerlebnisse folgten stets demselben Schema: Eine dunkle Gestalt mit spitzem Kopf wollte sich auf ihn stürzen, attackierte jedoch plötzlich eine andere Gestalt mit einer Art Knüppel. Immer wieder hörte er das furchtbare Geräusch brechender Schädelknochen. Die Perspektive war stets dieselbe – aus einem etwa brusthohen Fenster, das vergittert war wie ein Käfig. Lichter flackerten, hämmernde Geräusche dröhnten ihm in den Ohren. Das Beunruhigende daran war, dass ihm der Ort zwar vertraut war, er ihn aber, selbst wenn er die wie bei anderen Träumen verzerrte Perspektive berücksichtigte, nicht wiedererkannte.

»Ganz gewöhnliche Albträume.«

Eine saubere, rationale Erklärung für Dinge, die sich nicht sauber und rational, sondern bizarr und beklemmend anfühlten. »Aber ich habe immer den Eindruck, dass die Erlebnisse real sind, dass ich die Erfahrung tatsächlich noch einmal wiederhole.«

Sie nickte und schrieb etwas auf ihren Block. »Aber es ist nicht das erste Mal, dass Sie eine sehr lebendige Erinnerung haben.«

»Nein, aber es ist anders.«

»Wie anders?«

Er erklärte, dass es sich nicht um angenehme Reminiszenzen an seine Kindheit und Jugend handelte, erfreuliche Episoden mit anderen Kindern im Schulhof oder im Park oder Erlebnisse mit Mädchen, die ihm gefallen hatten. Im Unterschied zu gewöhnlichen Tagträumen oder Erinnerungen waren diese hier gewalttätig und extrem lebensecht.

»Träume sind häufig sehr real.«

»Könnte das Quallengift etwas damit zu tun haben?«

»Möglich wäre es.« Sie schlug einen Ordner mit seinen medizinischen Unterlagen auf. »Ihren letzten Blutuntersuchungen zufolge sind noch winzige Spuren des Gifts nachweisbar, die bei dem Angriff in Ihren Körper gelangt sind.« Sie sah ihn an. »Wahrscheinlicher ist jedoch, dass die großen Mengen Toxine, denen Sie ausgesetzt waren, die Physiologie der Gedächtniszentren Ihres Gehirns dauerhaft verändert haben. Möglicherweise haben Sie aus diesem Grund Albträume, die mit Ihren Erinnerungen in Verbindung stehen. Um das zu überprüfen, wären jedoch Tests erforderlich, die Sie abgelehnt haben.«

Er hatte seine diesbezügliche Einstellung nicht geändert, aber bei ihren Worten überkam ihn ein unbehagliches Gefühl. »Ich verstehe nur nicht, wieso es immer dieselbe Szene ist.«

Dr. Heller sah ihn einen Augenblick lang prüfend an, während sie darüber nachdachte. »Erkennen Sie die Person?«

»Nein, aber ich kann ihre Gestalt sehen.«

»Erkennen Sie das Opfer?«

»Nein.«

»Und seit wann haben Sie diese Anfälle?«

»Richtig schlimm ist es seit meiner Entlassung aus Greendale – seit ich in das Haus gezogen bin.«

»Können Sie erkennen, wo diese Gewalttaten stattfinden?«

»Ich habe das Gefühl, dass das Meer in der Nähe ist. Gleichzeitig riecht es nach Schwimmbecken.«

»Nach Schwimmbecken?«

»Ja, nach Chemikalien – nach Chlor, nehme ich an.«

Dr. Heller faltete die Hände. »Mr Koryan, ich bin Neurologin, keine Psychologin, aber ich kenne einen hervorragenden Spezialisten, an den ich Sie gern überweisen würde.« Sie holte ihren Block hervor, kritzelte einen Namen darauf und hielt Jack das Blatt hin. »Ein sehr guter Mann.«

Jack nahm das Papier und legte es auf den Schreibtisch. »Davon bin ich überzeugt. Aber ich habe keine Lust auf eine Psychoanalyse, die mich in meine frühe Kindheit zurückführt. Sie können mir doch bestimmt etwas verschreiben.«

Dr. Heller sah ihn lange an, während sie seine Reaktion analysierte und überlegte, wie sie selbst sich dazu verhalten sollte. »Vielleicht ist es klüger, die Ursache des Problems anzugehen.«

Und wenn ich das nicht will? Er wusste selbst nicht, woher der Gedanke kam und sagte nichts.

»Sind Sie jemals körperlich angegriffen worden?«

Er hatte sich auf der Highschool und am College ein paarmal geprügelt, aber das hatte bestimmt nichts mit diesen Erinnerungen zu tun. »Nicht dass ich wüsste.«

»Hatten Sie je einen schweren Unfall?«

»Nein.«

»Waren Sie beim Militär, oder haben Sie eine Katastrophe wie ein Feuer oder ein Erdbeben erlebt?«

»Nein.«

»Traumatische Kindheitserlebnisse? Irgendwelche beängstigenden Erfahrungen?«

Jack hörte ein leises Summen im hintersten Winkel seines Gehirns, aber er verdrängte es. Sein Onkel Kirk war an Krebs gestorben, als er zwölf war, seine Tante Nancy in seinem ersten Jahr am College. Ihr Tod war natürlich traurig gewesen, aber nicht traumatisch. »Nein.«

»Für mich klingt das, als wären das Erinnerungen, die Sie nicht steuern können, oder dissoziative Episoden, die bei Ihnen den Eindruck hinterlassen, eine verstörende Erfahrung zu wiederholen. Allerdings können Sie sich Ihren eigenen Worten zufolge nicht an ein solches Erlebnis erinnern.«

Jack wollte nur noch weg.

»Stehen diese Episoden im Zusammenhang mit Alkohol?«

»Nein.«

»Trinken Sie viel?«

»Höchstens einmal ein Bier.« Er sah auf die Uhr. Das Summen hatte nun seine Arme und Beine erreicht. Er wollte hier raus.

»Vermeiden Sie bestimmte Gedanken, Gefühle, Menschen oder Orte?«

»Nein.« Wann war endlich Schluss?

»Fühlen Sie im Zusammensein mit anderen Menschen manchmal ein Gefühl der Distanziertheit oder Entfremdung?«

»Manchmal.«

»Ein extremes Gefühl, meine ich.«

»Nein.«

»Irgendwelche düsteren Vorahnungen?«

Er schüttelte den Kopf. Sein Bein zitterte unkontrollierbar.

»Fällt Ihnen irgendetwas ein, das diese Flashbacks oder Illusionen konkret auslöst? Interne oder externe Schlüsselreize, die Aspekte der Erlebnisse symbolisieren oder ihnen ähneln könnten?«

Ja. »Nein.«

»Denken Sie an Selbstmord?«

»Selbstmord? Ja, manchmal. Aber ich will mich eigentlich nicht umbringen, sondern einfach nur weg, auch wenn das unsinnig klingt.«

»Was ist der Unterschied?«

Jack überlegte einen Augenblick. »Ich will mich nicht selbst bestrafen. Ich fühle mich nur wie ein Puzzle aus zu vielen Teilen – und ein paar davon fehlen.«

»Ich verstehe.«

»Das ist nicht immer so, nur wenn ich mir selbst besonders leidtue. Aber ich bin nicht dabei, die Schlinge zu knüpfen oder so.«

Dr. Heller lächelte. Ihr Gesicht wurde ausdruckslos, während sie ihn prüfend ansah, als wollte sie die Gedanken hinter seiner Stirn lesen.

»Können Sie mir etwas geben?«

Sie reichte ihm den Zettel mit dem Namen des Neuropsychologen. »Rufen Sie ihn an. Sie verdrängen eindeutig etwas. Falls Sie sich wirklich dagegen entscheiden, holen Sie sich das hier aus der Apotheke.« Sie schrieb etwas auf ihren Rezeptblock und gab ihm das Blatt. »Das Mittel nennt sich Zyprexa und kann Albträume in Verbindung mit PTSD reduzieren.«

»PTSD?«

»Posttraumatisches Stresssyndrom. Aber wenn Sie wirklich etwas gegen diese Episoden unternehmen wollen, sollten Sie sich an einen Spezialisten wenden. Sie verdrängen etwas, und das erscheint mir höchst beunruhigend.«

65

Dr. Heller hatte recht: Er verdrängte etwas. Und wie.

Natürlich vermied er bestimmte Orte – zum Beispiel den Keller. Die Albtraumzentrale. Er und seine Wäsche hatten Zuflucht zum Waschsalon in der Stadt nehmen müssen, um dem Spukkeller aus dem Weg zu gehen.

Vielleicht hatte Dr. Heller recht, und er brauchte, abgesehen von seinen neuen Pillen, wirklich einen guten Seelenklempner, wenn er herausfinden wollte, was hinter seinen plötzlich aufblitzenden Erinnerungen, den bruchstückhaften Albträumen und Mini-Horrorshows steckte. Seit seiner Entlassung aus Greendale waren sie immer schlimmer geworden. Vielleicht sollte er die Nummer auf dem Zettel wirklich anrufen und sich den ganzen Schrott von der Seele reden, bis er auf den Grund des Übels stieß.

Und genau da lag der Hase im Pfeffer. Er brauchte keinen Psychologen, weil er ganz genau wusste, was er am Fuß der Treppe sah.

Die große Stoffmaus mit eingeschlagenem Schädel.

Mairik Mookie. Er hatte die armenischen Wörter nachgeschlagen. Mama-Maus.

Da die Archive mit den dreißig Jahre alten Lokalzeitungen nicht online zugänglich waren, mietete Jack am nächsten Tag ein Auto und fuhr zur Bostoner Bibliothek. In deren Keller spürte er den Mikrofilm mit dem *Boston Globe,* der *New Bedforder Standard-*

Times und der *Cape Cod Times* vom 22. August 1975 auf. »Nordoststurm fegt über die Küste von Massachusetts hinweg. Millionenschäden«, verkündete eine der Schlagzeilen.

Das Blatt aus New Bedford berichtete am detailliertesten über die Such- und Rettungsaktionen der folgenden Tage. Verschiedene Artikel befassten sich mit einzelnen Aspekten des Sturms und berichteten unter anderem über die Schäden an Häusern und Booten an der Küste.

In einem davon wurde die vermisste Rose Najarian erwähnt.

KÜSTENWACHE SUCHT NACH VERMISSTER SEGLERIN AUS MASSACHUSETTS

Seit Freitag wird eine Seglerin aus Massachusetts vermisst, deren Boot offenbar bei stürmischem Wind und rauer See vor Homer's Island, einer Insel der Elizabeth Islands vor der Küste von Massachusetts, gekentert war.

Die Küstenwache wurde bei Tagesanbruch von der Polizei von Falmouth alarmiert, nachdem Bewohner der Insel die an den Strand gespülten Überreste einer Oday 17 gefunden hatten, die Rose Najarian aus Watertown gehörte.

Den Namen seiner Mutter gedruckt zu sehen war, wie den Finger in die Steckdose zu stecken. So lange er denken konnte, war sie nur die biologische Ursache seiner Existenz und eine Unterschrift unter alten Fotos gewesen. Ihr Name in der Zeitung stellte die Verbindung zu einem Leben her, über das er so gut wie nichts wusste. Aber eines fiel ihm auf einmal mit absoluter Gewissheit wieder ein: Die Stoffmaus hatte sie selbst gemacht.

Er las weiter:

Den Beamten zufolge versuchte Mrs Najarian offenbar, ihr Boot für den bevorstehenden Sturm zu sichern, bei dem

Windgeschwindigkeiten von vierzig bis fünfundsechzig Kilometer pro Stunde erreicht wurden. Laut Polizeibericht wurde ihr zweijähriges Kind gut anderthalb Kilometer vom Fundort des Bootes in einem Strandhaus entdeckt.

Es ist nicht bekannt, ob Mrs Najarian eine Rettungsweste trug, da im Boot und in dessen Nähe vier Westen gefunden wurden. Diese Tatsache scheint die Hypothese der Polizei zu bestätigen. Wie ein Sprecher der Küstenwache erklärte, wäre es selbst mit Rettungsweste schon nach wenigen Stunden zu einer Unterkühlung gekommen – auch in warmem Wasser. Bisher konnte keine Spur von Mrs Najarian gefunden werden.

Rose Najarian war verwitwet und für das Massachusetts Institute of Technology tätig. Ihr zweijähriger Sohn Jack wurde am nächsten Morgen in ihrem Strandhaus gefunden. Das Kind ist wohlauf …

Der rasch vorüberziehende Sturm führte an der Küste zu Überschwemmungen und beschädigte Häuser auf den Inseln und im südlichen Massachusetts.

Jack kopierte sich den Artikel. Dann suchte er in den Zeitungen der folgenden Tage. Zwei Tage später war im Boston Globe ein zweiter Artikel erschienen.

KÜSTENWACHE GIBT SUCHE NACH VERMISSTER SEGLERIN AUF

Die Küstenwache stellt die am Samstagmorgen eingeleitete Suche nach der Frau aus Massachusetts ein, deren Segelboot vor Homer's Island gekentert war …

Offenbar versuchte Rose Najarian, ihr Boot vor dem Sturm von letzter Woche zu sichern. An der Suche beteiligt waren ein Jayhawk-Rettungshubschrauber der Küstenwache Cape Cod sowie zwei Rettungsboote der Station Port Judith auf Rhode Island. »Es ist immer eine schwierige Entscheidung, eine solche Suche einzustellen«, sagte Petty Officer James Fagan vom zuständigen Büro der Küstenwache.

»Aber wir suchen mittlerweile seit achtundzwanzig Stunden ein Gebiet von zweihundert Quadratkilometern mit Booten und dem Hubschrauber ab. Eine an der Oberfläche treibende Person hätten wir sehen müssen …«

Jack schrieb sich den Namen des Beamten auf, obwohl das gar nicht nötig war. Der Artikel hatte sich ihm in allen Einzelheiten eingebrannt.

Später am Tag rief er von zu Hause aus die Küstenwachenstation in Woods Hole an und erklärte, er brauche Informationen zum Fall seiner Mutter, die vor Jahren verschwunden sei. Zwei Mal wurde er weiterverbunden, bis er schließlich bei einem Pressebeamten landete. Der fragte ihn, ob er Polizist sei und einen alten Fall wieder aufrollen wolle. Jack war in Versuchung, Ja zu sagen, nur um die offenkundigen Fragen zu vermeiden: »Warum wollen Sie das wissen? Und warum jetzt?«

»Es tut mir leid, aber so lange werden die Unterlagen nicht aufbewahrt.«

Also rief er Vince an und fragte ihn, ob er jemanden bei der Küstenwache kenne. Er erklärte ihm vage, er wolle Einzelheiten über den Tod seiner Mutter in Erfahrung bringen. Bisher habe ihm immer die Zeit gefehlt, sich damit zu beschäftigen. Vince wusste nicht recht, was er davon halten sollte, rief aber nach einer halben Stunde zurück und nannte ihm einen Namen: Fred Barboza.

Zwei Stunden später erreichte Jack Lieutenant Fred Barboza,

der telefonisch keine Auskunft geben wollte. Jack sollte persönlich ins Büro der Küstenwache Falmouth kommen. Morgen hatte Barboza allerdings keine Zeit.

Am Freitag fuhr Jack mit seinem Mietwagen nach Falmouth, wo er um elf Uhr einen Termin hatte.

Die Station der Küstenwache befand sich am Südwestufer von Little Harbor in Woods Hole. Das Verwaltungsgebäude war ein langes, schmales zweistöckiges Bauwerk aus Schlackenbetonblöcken in der Mitte eines langen Kais, an dem mehrere Boote der Küstenwache lagen. Jack meldete sich an der Pforte und wurde nach kurzem Warten von einem Mann in Uniform abgeholt, der sich als Fred Barboza vorstellte. Er führte Jack in ein kleines Büro.

»Eine ungewöhnliche Anfrage. Wir kennen das nur von der Polizei, wenn vermutet wird, dass bei einem eigentlich abgeschlossenen Fall etwas nicht mit rechten Dingen zugegangen ist.«

Nicht mit rechten Dingen.

»Darf ich fragen, warum Sie das tun?«

Kennen Sie die Geschichte von der Prinzessin auf der Erbse?, hätte Jack am liebsten gefragt. *Mich pikst etwas, das ich durch alle Schichten hindurch spüren kann.* »Weil sie nie gefunden wurde. Ich frage mich, ob ich etwas über die Umstände ihres Verschwindens in Erfahrung bringen kann.« Er zeigte Barboza die Fotokopien der Zeitungsartikel.

»Offenbar hatte es eine Unwetterwarnung gegeben.«

»Ja.«

Barboza sah ihn mit ausdruckslosem, verständnislosem Blick an. »Mr Koryan, das ist dreißig Jahre her. Unsere Unterlagen werden nicht so lange aufbewahrt. Außerdem klingt der Artikel eindeutig. Sie ist in ein Unwetter geraten, als sie versuchte, ihr Boot zu sichern.«

Natürlich hatte der Mann recht. Das hätte er ihm allerdings auch am Telefon sagen und ihm damit die anderthalbstündige Fahrt in jede Richtung ersparen können. »Vielleicht können Sie mir sagen, was unternommen wurde, um sie zu finden.«

»Ich bin sicher, die Küstenwache hat ihr Möglichstes getan. In dem Artikel ist von zwei Rettungsbooten und einem Hubschrauber die Rede. Vielleicht ist es besser, die Toten in Frieden ruhen zu lassen«, setzte er hinzu.

Jack ging es nicht um den Frieden der Toten. »Wissen Sie, wo ich James Fagan finden kann? Er war damals Bootsmann.«

»Nein.«

»Sie haben gar nicht nachgesehen.«

»Er ist vor zehn Jahren in Rente gegangen.«

»Und Sie haben keine Unterlagen darüber, wo er wohnt? Niemand hier hat Kontakt zu ihm? Keine alten Freunde, keine Kollegen, die mit ihm in Verbindung geblieben sind, keine Treffen pensionierter Beamter?«

Barboza war seine Gereiztheit deutlich anzusehen. Er warf einen Blick auf die Wanduhr, stemmte sich hoch und ging zu einem Aktenschrank. Dort wühlte er sich durch einen dicken Stapel Aktenordner, bis er den gesuchten fand. Er ließ sich hinter seinen Schreibtisch fallen, riss das oberste Blatt von seinem Notizblock ab, kritzelte etwas darauf und gab es Jack.

Eine Telefonnummer mit der Vorwahl eines Bezirks in Massachusetts.

Jack hatte keine Ahnung, ob er einem Phantom nachjagte, aber er rief Fagan an und bat ihn um ein Treffen. Fagan war entweder ein netter Mensch, oder er langweilte sich. Auf jeden Fall erklärte er sich bereit, sich am folgenden Tag auf dem Parkplatz von »Grasso's«, einem italienischen Restaurant in der Nähe der Ausfahrt Rockland auf der Route 3 South, mit Jack zu treffen.

Jack sagte, er werde Jeans und ein schwarzes Hemd tragen und gehe am Stock. Fagan traf ihn an der Tür. Er war ein kräftiger Mann um die sechzig mit einem breiten, roten Gesicht und trug eine Red-Sox-Kappe.

Die Hostess führte sie zu einem Tisch mit Sicht auf den Parkplatz. Nachdem sie sich ein wenig über Baseball unterhalten hatten, zeigte ihm Jack den Zeitungsartikel mit dem Bericht über die erfolglose Suchaktion.

»Entschuldigen Sie, wenn ich frage, aber wieso befassen Sie sich nach all diesen Jahren damit?«, fragte Fagan, nachdem er den Artikel gelesen hatte.

Jack war von vornherein klar gewesen, wie schwach seine Begründung klang. »Weil sie nie gefunden wurde. Ich frage mich, was zu ihrer Rettung unternommen wurde.«

Fagan nickte und nippte an seinem Bier.

»In dem Artikel steht nichts von Tauchern.«

»Das war vor dreißig Jahren. Ich weiß gar nicht, ob die Küstenwache damals überhaupt Rettungstaucher hatte. Selbst wenn, wo hätten die suchen sollen? Der Ozean ist groß. Es dauerte zehn oder zwölf Stunden, bis sie Sonnenlicht hatten, und bei dem vom Sturm aufgewühlten Wasser muss die Sicht tagelang so gut wie null gewesen sein.«

»Natürlich. Erinnern Sie sich an die Suche?«

»Ja, vage, aber nur, weil es ein neuer Kutter war und eine meiner ersten Suchaktionen. Wir sind tagelang die Küste abgefahren – wahrscheinlich waren noch zwei andere Boote und ein Flugzeug beteiligt. Merkwürdig war nur, dass es ein Nordoststurm war. Das ergab überhaupt keinen Sinn.«

»Da kann ich Ihnen nicht folgen.«

»Der Sturm kam von Nordosten, wehte also zum Land hin und war sehr böig, wie es in dem Artikel heißt. Bei diesen Bedingungen werden Ertrunkene fast immer an Land gespült. Bei ablandigem Wind oder starker Strömung ist das anders, aber das war damals nicht der Fall. Ich will Sie nicht schockieren, aber Ertrunkene schwimmen auf dem Wasser – irgendwann kommen sie an die Oberfläche.«

»Eine Leiche wäre also mit großer Wahrscheinlichkeit an den Strand gespült worden.«

Fagan nickte. »Natürlich gibt es da draußen das Problem mit dem Kanal. Selbst bei Sturm gibt es dort Querströmungen, die eine Geschwindigkeit von bis zu sieben Knoten erreichen.«

»Was heißt das?«

»Das heißt, dass sie aufs offene Meer hinausgetrieben worden sein könnte, nachdem sich der Sturm gelegt hatte. Da es August war, war das Wasser ziemlich warm.«

Fagan schien zu merken, was er da gesagt hatte. Er schluckte seine Erklärung herunter und nahm einen Schluck Saft.

»Was hat es mit dem warmen Wasser auf sich?«, hakte Jack nach.

Fagan holte tief Luft. Offenbar hatte er gehofft, Jack würde nicht nachfragen. »Ich weiß nicht, ob Sie die Gewässer da draußen kennen, aber die Insel liegt am äußeren Rand der Elizabeth Islands, an einem Kanal, in den gelegentlich höchst ungewöhnliche Meeresbewohner aus dem Golfstrom gelangen. Dazu gehören auch Hochseefische wie … na ja … Haie und so. Ich meine … tut mir leid.« Er nahm einen Bissen von seinem Kabeljau.

»Schon in Ordnung.«

Einige Minuten lang aßen sie wortlos. Als sie fertig waren, bezahlte Jack die Rechnung und ging mit Fagan nach draußen.

»Schade, dass ich Ihnen nicht mehr helfen konnte.«

»Oh, Sie waren mir eine große Hilfe«, sagte Jack mit einem hohlen Gefühl in der Magengegend. In erster Linie hatte er in Erfahrung gebracht, dass seine Mutter vielleicht von Haien gefressen worden war. Er konnte nur beten, dass sie vorher ertrunken war. »Vielen Dank, dass Sie sich Zeit für mich genommen haben, Mr Fagan.«

»Keine Ursache.« Aber das war noch nicht alles. »Wissen Sie, jetzt fällt mir wieder ein, was mich damals an der Sache gestört hat.«

»Und was war das?«

»Komisch, dass ich vorhin nicht daran gedacht habe, aber ich war so mit den meteorologischen Daten beschäftigt«, sagte Fagan. »Dem Artikel zufolge war das Boot eine Oday 17, was bedeuten würde, dass sie draußen in der Bucht war, um es zu sichern. Sie waren natürlich noch zu klein, um sich daran zu erinnern, aber wissen Sie, ob noch jemand anders mit ihr in dem Strandhaus war? Ihr Vater oder sonst jemand?«

»Nein, nur meine Mutter.«

Fagan verdaute das, schnaubte kurz und zuckte die Achseln.

»Was wollen Sie damit sagen, Mr Fagan?«

»Zu zweit wäre es natürlich schneller gewesen, aber allein geht es auch. Das Boot ankerte vermutlich in der Bucht. Je nachdem, wie stark der Wind war, muss es eine Weile gedauert haben, bis sie vom Ufer mit dem Beiboot hinausgerudert war. Bei einem solchen Sturm nimmt es einige Zeit in Anspruch, das Großsegel einzuholen, wegzupacken, in der Kajüte zu verstauen und das Boot vielleicht mit einer zweiten Leine zu sichern. Bei all dem Hin und Her geht das nicht so schnell. Außerdem ist es bei diesem Seegang gefährlich, weil man leicht das Gleichgewicht verliert. Es ist wie auf einer Wippe zu stehen – eine falsche Bewegung, und man geht über Bord.« Fagan schüttelte den Kopf. »Verzeihen Sie, schließlich war sie Ihre Mutter, aber ich verstehe immer noch nicht, wieso sie dieses Risiko eingegangen ist, wenn ihr zweijähriger Sohn allein in seinem Bettchen lag.«

Jack fühlte einen eiskalten Schauer, aber er konnte nur reflexartig nicken.

Fagan schüttelte den Kopf. »Das konnte ich nie nachvollziehen, wo doch über dem Meer keine dreißig Meter vom Haus entfernt ein Sturm tobte. Ich habe einen Enkel, der etwa in dem Alter ist. Der klettert aus seinem Gitterbettchen wie ein Affe. Meine Frau und ich würden nie ein solches Risiko eingehen. Mir persönlich wäre das Boot in einer solchen Situation schnurzpiepegal.«

»Danke, Mr Fagan.«

»Keine Ursache. Viel Glück.«

Jack sah ihm nach, während er über den Parkplatz zu seinem Auto ging. Fagans Worte ließen ihn nicht los.

66

René hörte das vertraute Grollen des hochverdichtenden Motors vor ihrem Fenster. Als sie hinaussah, hielt Jordan Carr in einem neuen Ferrari vor ihrem Haus. Diesmal war es ein hochglanzlackiertes Ungetüm mit riesigen Chromfelgen.

In den vergangenen Monaten hatte sie Jordan Carr bei Besprechungen mit anderen Ärzten, die an der Memorin-Studie arbeiteten, gesehen, aber privat hatte sich ihr Kontakt auf ein paar eilige Mittagessen in einer Pflegeheim-Cafeteria beschränkt. Er fühlte sich unverkennbar zu ihr hingezogen. Mehrfach hatte er sie zum Essen, ins Kino oder zu einem Konzert eingeladen, was sie jedes Mal höflich abgelehnt hatte, weil sie, wie sie sagte, arbeiten musste oder andere Verpflichtungen hatte. Er hatte die Abfuhr immer geschluckt und tapfer genickt, auch wenn er dabei einen roten Kopf bekam. »Vielleicht ein anderes Mal«, hatte er stets hoffnungsvoll gesagt. Schließlich hörte er auf, sie einzuladen.

René wusste, dass er sie wahrscheinlich für reserviert und altmodisch, vielleicht sogar für prüde oder männerfeindlich hielt. Aber das war sie nicht. Ganz im Gegenteil, sie hatte beschlossen, dass sie neue Männer kennenlernen und ausgehen wollte. Sobald sie nicht mehr so von den Tests in Anspruch genommen wurde, wollte sie sich in der Single-Szene umsehen. Aber im Augenblick erstickte sie in Arbeit. Und Jordan Carr interessierte sie einfach nicht. Auf die heutige Verabredung hatte sie sich nur eingelassen, weil Carr darauf bestanden hatte, dass sie sich von ein paar alten Bekannten von ihm bei ihrer Finanzplanung und Anlagestrategie beraten ließ. Da ihre finanzielle Situation durch ihre Studiendarlehen, die Fördermittel für die Tests und ihre ständig im Wert steigenden GEM-Aktienoptionen einigermaßen kompliziert geworden war, nahm sie seine Einladung zum Abendessen an.

»Was halten Sie von meinem Auto?«, fragte Carr, als sie aus dem Haus kam.

Sie warf einen Blick auf die schnittige, niedrige Rennmaschine mit dem mitternachtschwarzen Lackglanz. »Haben Sie mit Batman getauscht?«

»Sehr witzig«, antwortete er mit ausdrucksloser Miene.

Als sie einstieg, kam sie zu dem Schluss, dass das eines der Probleme mit Jordan Carr war: Er fand kaum etwas lustig. Ihm fehlte es an Ungezwungenheit. Sie konnte sich überhaupt nicht vorstellen, dass er von Herzen lachen konnte. Vielleicht konnte er gute Laune ebenso wenig zeigen wie Ärger. Wenn er wütend oder aufgebracht war, unterdrückte er jede Reaktion. Vielleicht folgte er dabei irgendwelchen überzogenen Verhaltensregeln – als sei die Kontrolle seiner Gefühle eine höhere Tugend. Ironischerweise verrieten ihn häufig die hektischen Flecken in seinem Gesicht. Das irritierte René am meisten an ihm: Sie war sich nie ganz sicher, was er wirklich empfand. Diese Unsicherheit verlieh Jordan Carr eine gewisse Überlegenheit.

Carr ließ das Auto an, und sie setzten sich in Bewegung.

Es war Freitagnachmittag, und sie fuhren nach Manomet, einer kleinen Stadt an der Steilküste ein paar Kilometer nördlich vom Cape Cod Canal. Dort besaßen Grady und Luanne Vickers ein Sommerhaus. Grady arbeitete für eine Investmentgesellschaft und war Carrs Anlageberater, während Luanne eine Führungsposition bei einer Bostoner Bank innehatte.

»Aber eigentlich muss sie gar nicht arbeiten«, sagte Carr. »Ihre Familie hat Geld.«

Geld.

Das war das nächste Problem. Für Carr schien Geld alles zu sein. Vielleicht hatte es etwas damit zu tun, dass ihn die Scheidungsanwälte so ausgenommen hatten, aber als sie sich einmal darüber beklagte, dass bei den Tests der finanzielle Aspekt wichtiger zu sein schien als der medizinische, und zwar vor allem für die Kliniker, hatte er ihr einen Vortrag gehalten.

»Hören Sie, die Ausbildung dauert acht bis zehn Jahre. Studium, Praktikum, Assistenzarztzeit. Die Berufsunkosten sind hoch und die Kosten für die Berufshaftpflichtversicherung geradezu astronomisch. Sie mögen da anderer Ansicht sein, aber es ist ja wohl nur gerecht, wenn Ärzte einen finanziellen Ausgleich dafür haben wollen.« Sie hielt es für sinnlos, ihm zu widersprechen, und sagte nichts.

Während er über den Highway bretterte, musterte sie seine Ferrarikappe und die Lederhandschuhe. Dr. Jordan Carr war wirklich genau die Persönlichkeit, die Michael Douglas im Film verkörpert hatte – und er war stolz darauf.

Kurz nach fünf fuhren sie am Exit 2 ab und bogen auf die Route 3A ein. Von dort aus gelangten sie auf eine von Bäumen gesäumte Seitenstraße, die zu einem Haus oben an der Steilküste führte – einem auf zwei Ebenen angelegten, mit grauen Schindeln verkleideten Gebäude mit einer Terrasse, die eine spektakuläre Aussicht über die Bucht von Cape Cod bot.

Als sie vor dem Haus hielten, kam ihnen Grady Vickers bereits entgegen. Er war ein stämmiger Mann, dem das braune Haar ins Gesicht fiel, und hatte ein offenes, angenehmes Gesicht. Carr stellte ihn vor, und er schüttelte René die Hand.

»Es tut mir wirklich leid, aber ich muss weg.« Mit bedauernder Miene erklärte er, dass ihre vierjährige Tochter Leah, die bei Luannes Eltern in Wayland war, plötzlich hohes Fieber bekommen hatte und in die Notaufnahme des örtlichen Krankenhauses gebracht worden war. Luanne war schon unterwegs und hatte Grady telefonisch gebeten nachzukommen, weil das Kind einen Fieberkrampf hatte.

»Wie hoch ist ihre Temperatur?«, fragte René.

»Über vierzig Grad. Meine Schwiegereltern haben sie kalt gebadet, aber sie zur Sicherheit doch lieber ins Krankenhaus gebracht.«

»Sehr vernünftig.«

Grady sah auf die Uhr. »Als Luanne vor zwanzig Minuten anrief, war die Temperatur auf knapp unter vierzig Grad gefallen. Es geht Leah bestimmt bald besser, aber sie fragt nach mir. Ihr könnt natürlich gern hierbleiben. Wenn alles gut läuft, kommen wir später wieder, dann können wir in aller Ruhe über Finanzplanung sprechen.«

»Natürlich«, sagte René.

Grady führte sie ins Haus und zeigte ihnen das Zimmer, in dem sie übernachten konnten, falls sie nicht zurückfahren wollten. René fiel das französische Bett auf. Das Elternschlafzimmer und das kleinere Kinderzimmer gingen vom selben Gang ab. Zumindest hatte sie unten im Wohnzimmer eine Couch gesehen. Sie hatte keine Ahnung, wie Carr ihre Beziehung beschrieben hatte, aber sie hatte keine Lust, mit ihm das Bett zu teilen. Carr stellte seine Tasche im Gästezimmer ab. Offenbar hatte er Kleidung zum Wechseln dabei – im Gegensatz zu René, die nicht vorgehabt hatte, die Nacht auswärts zu verbringen.

René folgte den beiden Männern nach unten, wo Grady seine Schlüssel nahm und nach draußen ging. Kopfschüttelnd betrachtete er den Ferrari. »Der Mann hat es wirklich schwer«, sagte er zu René. »Landhaus, Classic-Ferraris, Ausflüge nach Park City und Aruba.« Er zwinkerte ihr zu. »Die Pharmaunternehmen haben ein Herz für ihre Leute.«

Augenblicklich erschienen die hektischen Flecken auf Carrs

Wangen. Die Bemerkung gefiel ihm überhaupt nicht, aber er überspielte sein Unbehagen geschickt. »Und wie laufen die Insider-Geschäfte?«

»Touché.« Grady lächelte. »Aber offenbar nicht gut genug, sonst würde ich nicht immer noch einen Toyota fahren, während du in einem Tarnjet durch die Gegend rast.« Er spielte mit seinem Schlüsselbund. »Im Ofen steht ein Topf mit geschmorten Shrimps und Jakobsmuscheln. Der Reis ist auf dem Herd, und im Kühlschrank findet ihr einen köstlichen Salat, den Luanne vorbereitet hatte. Die Kühlbox ist voll mit Bier, Wein findet ihr auf dem Regal in der Küche. Lasst es euch schmecken. Tut mir echt leid. Vielleicht sehen wir uns später noch.«

René dankte ihm. »Ich bin mir sicher, Leah ist bald wieder gesund«, setzte sie hinzu.

Er nickte. Sein Lächeln erstarb. »Luanne macht sich Sorgen wegen diesem Fieberkrampf … ihr wisst schon, mögliche Folgen …«

»Das ist höchst unwahrscheinlich«, beruhigte Carr ihn. »Fieberkrämpfe vergehen sehr schnell wieder und hinterlassen keine bleibenden Schäden. Außerdem war ihre Temperatur nicht hoch genug für so etwas. Erst wenn das Fieber längere Zeit über 41,7 Grad bleibt, könnte das zu Problemen führen.«

»Da geht es mir gleich wieder besser.«

Carr tat so, als würde er etwas auf seine Handfläche kritzeln. »Macht zweihundertfünfzig Dollar.«

»Das reichte gerade für Unterkunft und Verpflegung für eine Nacht.« Grady lachte und stieg in sein Auto. »Wartet nicht auf uns. Schön, dass wir uns kennengelernt haben«, sagte er zu René. »Bis demnächst.«

Unterkunft und Verpflegung? War die Sache geplant?

René folgte Jordan Carr ins Haus, das um die Aussicht herum angelegt war. Der Wohn-Essbereich mit der offenen Küche war bis unter das Dach offen. Eine Seite wurde von einer riesigen Glaswand eingenommen, in der sich Schiebetüren auf eine Sonnenterrasse öffneten. Die Sonne war hinter ihnen untergegangen, sodass das blaugraue Meer im Dämmerlicht übergangslos mit dem Himmel zu verschmelzen schien. Von hier aus war Cape Cod vom Kanal, der ein paar Meilen rechts von ihnen lag, bis nach Provincetown zu sehen. An einem klaren Abend konnte man den Leuchtturm in Provincetown erkennen, sagte Carr.

»Machen wir das Beste daraus«, meinte Carr, als er den Schmortopf auf Teller füllte. René öffnete eine Flasche Rotwein und schalt sich selbst, dass sie so misstrauisch gewesen war. Sie würden das Beste daraus machen, zu Abend essen und nach Hause fahren. Kein Problem.

Zum Essen tranken sie von dem Wein, den sie selbst mitgebracht hatten. Dann setzten sie sich auf eine Weidencouch auf der Sonnenterrasse, um die Aussicht zu genießen. Es war eine vollkommene Frühlingsnacht, warm, mit einer sanften Brise und einem dunklen Himmel, an dem die Sterne funkelten. Rechts von ihnen ging ein kristallklarer Mond auf, der eine schimmernde Bahn auf das Wasser malte, die bis zum Horizont reichte. In der Ferne blinkte der Leuchtturm von Provincetown.

Carr goss sich sein viertes Glas Wein ein und brachte einen Toast aus. »Auf uns und unseren weiteren Erfolg! Ich hoffe, wir verdienen uns alle dumm und dämlich.« Offenbar wurde seine Zunge allmählich schwer.

»Ja, auf unseren weiteren Erfolg!« René stieß mit ihm an.

»Wo wir gerade davon sprechen«, sagte Carr. »Haben Sie den Klander-Bericht gesehen?«

»Ja, habe ich.«

»Und was halten Sie davon?«

Das wollte sie lieber nicht beim Wein besprechen. »Für mich ist das Schönfärberei.«

»Schönfärberei?«

»Die Flashbacks werden als rein zufällige Ereignisse abgetan.«

Vielleicht lag es am Wein, aber Carrs Gesicht verdüsterte sich. »Das ist eben der Schluss, zu dem die Forschungsorganisation gekommen ist – es handelt sich um einfache Anomalien, die nichts mit dem Medikament zu tun haben.«

Vermutlich war es eher der Schluss, zu dem die Führungsspitze von GEM Tech gekommen war, die nichts von Nebenwirkungen hören wollte. Schlimm genug, dass derartige Gerüchte kapitalkräftige Investoren schlaflose Nächte gekostet hatten. *Von der Behandlung unabhängige Wahnvorstellungen.* Deren Ängste wurden allerdings durch die allgemeine Hysterie besänftigt, die die Entscheidung der FDA ausgelöst hatte. Die Arzneimittelbehörde hatte beschlossen, das Zulassungsverfahren für Memorin zu verkürzen, was eine wahre Flut von Anrufen und E-Mails ausgelöst hatte. Alzheimerkranke, ihre Familien, Pflegemitarbeiter und Vertreter der Regierung wollten von den Klinikern und der Verwaltung der an der Studie beteiligten Institutionen wissen, wann das Medikament erhältlich sein würde. Kommende Weihnachten, lautete die inoffizielle Antwort.

Allerdings waren sich nicht alle Kliniker darüber einig. Eine Handvoll von ihnen hatte Bedenken geäußert. Obwohl es bisher nicht gelungen war, schlüssig zu beweisen, dass Memorin Flashbacks verursachte, deuteten alle Beobachtungen auf eine Verbindung hin.

»Dr. Habibs MRI-Untersuchungen befanden sich zwar noch im Anfangsstadium«, stellte René fest, »aber die Beziehung zwischen den Flashbacks und der neurologischen Reparatur kristallisierte sich allmählich heraus. Die Unterlagen wurden doch bestimmt nach seinem Tod an Sie weitergeleitet.«

Außerdem waren die MRI-Konfigurationen von Jack Koryans

Flashbacks identisch mit denen von Alzheimerpatienten während ihrer Anfälle. Auch die EEG-Werte waren ähnlich. Peter Habibs unabhängige Studie hatte die Ähnlichkeiten bestätigt. Das Problem dabei war nur, dass sich Jack Koryan weigerte, weitere MRI-Untersuchungen oder Tests über sich ergehen zu lassen, mit denen die Wirkung des Quallengifts weiter bestimmt werden konnte. Verständlicherweise hatte er genug von seiner Rolle als Versuchskaninchen. Außerdem war er mittlerweile wieder »Zivilist« und versuchte, ein neues Leben anzufangen.

Carr sah sie einen Augenblick an, während er nach den richtigen Worten suchte. »Einige von uns halten das für eine Übertreibung.« Er stand auf und holte eine weitere Flasche Wein aus der Küche.

Als er zurückkam, schenkte er sich noch einmal nach. Renés Glas war halb voll. Er trank einen Schluck. »Ich weiß nicht genau, was ich von Peter Habibs Ergebnissen halten soll, aber nehmen wir einmal an, es gäbe tatsächlich eine Verbindung. Wir behandeln das Problem mit den üblichen Medikamenten und erzielen dabei gute Ergebnisse, oder?«

Er legte seine Hand auf die ihre. »Fragen Sie sich doch einmal, was Ihnen lieber wäre, wenn Ihr eigener Vater noch am Leben wäre: dass er immer weiter verfällt, bis nur noch eine leere Hülle von ihm übrig ist, oder dass er geistig fit bleibt und gelegentlich in die guten alten Zeiten abtaucht?«

Sie fand die Frage unfair. »Wenn diese Menschen in erfreulichen Erinnerungen schwelgen würden, wäre das nicht so schlimm«, sagte sie. »Aber viele von ihnen finden sich in traumatischen Erlebnissen gefangen, wie Louis Martinetti. Immer wieder muss er mit ansehen, wie sein Kamerad gefoltert wird. Andere verlieren sich in entsetzlichen Erfahrungen ihrer Kindheit. Aus irgendeinem Grund überlagern diese Traumata alle anderen Erinnerungen und lassen die Patienten nicht los.«

Carr machte eine wegwerfende Geste mit seinem Weinglas.

»Dr. Carr, diese Flashbacks sind schlimmer als die Krankheit. Schlimmer als der völlige Verfall. Dieses Zeug macht einige Probanden zu Gefangenen ihrer schlimmsten Erlebnisse. Und die Medikamente, mit denen wir die Flashbacks behandeln, verlieren nicht nur an Wirkung, sondern betäuben sie derart, dass sie kaum noch funktionieren können.«

Carr nahm einen Schluck Wein und lächelte überlegen. »Das ist doch gleichgültig. In Utah werden alle Fragen geklärt werden. Falls jemand – ich, Nick Mavros oder sonst wer – eine abweichende Meinung vertritt, kann diese Person bei der FDA einen eigenen Bericht einreichen.«

In diesem Augenblick klingelte das Telefon. Carr ging ins Haus, um den Anruf entgegenzunehmen. Das war allerdings ganz und gar überflüssig, weil auf dem Beistelltisch ein schnurloses Telefon lag. Sie hörte eine gedämpfte Stimme, und dann Carrs Kichern. Das musste wohl am Wein liegen, denn Carr kicherte nie. Er setzte nur ein höfliches, unverbindliches Lächeln auf, wenn er dachte, dass etwas witzig sein sollte.

Wenige Minuten später kehrte er aus der Küche zurück. »Das war Grady. Leah geht es gut, und sie schläft fest. Die beiden kommen morgen zum Brunch zurück.«

René fühlte, wie sich ihr Körper anspannte.

»So«, sagte Carr. Er setzte sich wieder auf die Couch und legte den Arm um ihre Schultern. »Ich würde Sie gern etwas fragen«, fing er an. »Ich habe Sie viermal eingeladen, und Sie haben mir jedes Mal einen Korb gegeben. Was stört Sie eigentlich an mir? Mein Aussehen? Etwas, das ich gesagt habe? Habe ich Mundgeruch? Immer behaupten Sie, Sie hätten zu tun.«

»Das hatte ich auch. Das ist die reine Wahrheit.«

»Aber jetzt nicht.« Er neigte sich zu ihr und ließ dabei seine Hand über ihre Schulter in Richtung Brust wandern.

»Bitte lassen Sie das«, sagte sie.

»Was soll ich lassen?«

»Das.« Sie entfernte seine Hand.

Carr fuhr zurück. »Was ist denn mit Ihnen los?«

»Ich lasse mich nicht gern antatschen.«

Sein Gesicht war fast so rot wie der Wein. »Antatschen? Müssen Sie sich denn immer so zieren?«

Sie stand auf, um sich auf den Stuhl zu setzen, aber er packte sie am Arm. »Wo wollen Sie hin?« Er glotzte sie gierig an.

»Hören Sie auf!«

»Womit soll ich aufhören? Ich habe nur versucht, Sie zu küssen.«

»Sie tun mir weh.«

»Sie tun mir weh«, äffte er sie nach. Sein Gesicht verzerrte sich zu einer hässlichen Grimasse, und er spuckte die Worte geradezu aus. Als er sprach, zuckte seine freie Hand. Wein schwappte auf seinen weißen Pullover und hinterließ einen großen roten Fleck. Aber er ließ nicht los.

Sein Gesicht war dunkelrot, und seine glasigen Augen blickten irr. Plötzlich hatte René Angst vor ihm. Er hatte sich in einen völlig anderen Menschen verwandelt, der offenbar bisher unter der Oberfläche gelauert hatte. »Dr. Carr, bitte lassen Sie mich los.«

Er starrte sie lange an, ohne sie loszulassen, studierte ihr Gesicht. Sein eigenes war erhitzt und sah aus, als würde er gleich explodieren. Er lockerte seinen Griff nicht.

»Bitte lassen Sie mich los«, sagte sie beharrlich.

Aber er sah sie nur ausdruckslos an. Also grub sie die andere Hand mit den Nägeln in sein Handgelenk und riss ihren Arm los. Dann rannte sie ins Haus.

»Dreckiges kleines Miststück«, schimpfte Carr und stolperte hinter ihr her. »Wo willst du hin?«

Im Bruchteil einer Sekunde beschloss René, nicht nach oben

zu laufen, weil sie Angst hatte, in einem Schlafzimmer festzusitzen. Stattdessen stürzte sie zum Kamin, griff sich einen Schürhaken vom Gestell und hob ihn wie einen Schläger.

Dreckiges kleines Miststück.

Solche Ausdrücke hatte sie noch nie von ihm gehört, und diese Leidenschaft hätte sie auch nicht von ihm erwartet. Vielleicht vertrug er keinen Alkohol. Hoffentlich fühlte er sich in seinem Verhalten nicht bestätigt, wenn sie durch ihre Reaktion zeigte, dass sie sich bedroht fühlte.

Carr blieb wie angewurzelt stehen, als sie den Schürhaken hob. Für einen Augenblick starrte er sie nur ausdruckslos an. Im Geiste ging sie jede einzelne Bewegung für den Fall eines Angriffs durch. Er war betrunken, taumelte, bewegte sich unsicher und sah unscharf – und sie nicht. Vielleicht lag es an dem Adrenalin, das durch ihre Adern rauschte, aber sie fühlte sich doppelt so groß wie sonst. Eine aggressive Bewegung seinerseits, und sie würde ihm den Schädel spalten.

Er musste ihre Entschlossenheit gespürt haben, denn seine Züge wurden schlaff, und er grinste dümmlich. »Was soll das? Ich tu Ihnen doch nichts.«

»Darauf können Sie Gift nehmen.«

»Legen Sie das Ding weg.« Er schwankte und musste sich an der Couch festhalten. »Was ist bloß mit Ihnen los? Ich wollte nur romantisch sein.« Er ließ sich auf die Couch fallen, wobei er noch mehr Wein auf seinen Pullover schüttete. »Verdammt noch mal«, sagte er, als er den großen roten Fleck bemerkte.

»Wer war das am Telefon?«

»Was?«

»Wer am Telefon war!«

»Grady. Was haben Sie denn gedacht?«

»Und was hat er gesagt?«

Carr musste einen Augenblick überlegen, weil ihm der Wein

die Sinne vernebelte. »Was meinen Sie damit? Na, dass Leah will … dass sie auch bei den Großeltern bleiben … Warum?«

Sein feuerrotes Gesicht verriet ihn. Er log. Er hätte den Anruf am Mobilteil entgegennehmen können, war aber stattdessen ins Haus gegangen. Es war tatsächlich alles geplant gewesen, damit sie mit ihm allein blieb. Und jetzt war die Situation außer Kontrolle geraten, und Carr war zu betrunken, um sie nach Hause zu fahren.

Mit dem Schürhaken in der Hand ging René nach oben, um ihre Tasche zu holen. Sie wusste, dass er nicht in der Lage war, ihr zu folgen, aber falls er es doch versuchen wollte, würde sie ihm eins überbraten. Wenn sie zum Äußersten getrieben wurde, war sie zu allem fähig. Todd hatte sie einmal in einem Augenblick besinnungsloser Wut geschlagen. Dafür hatte sie ihm fast die Augen ausgekratzt.

Aber Carr folgte ihr nicht. Vom Schlafzimmer aus rief sie ein Taxi und sagte, es sei dringend. »Fünf Minuten. Einer unserer Wagen ist ganz in der Nähe.« Sie wartete mehrere Minuten, bevor sie wieder nach unten ging.

Als sie ins Wohnzimmer kam, lag Carr ausgestreckt auf dem Sofa und hielt sich stöhnend den Kopf. »Wo wollen Sie hin?« Sein Hemd und seine Hose waren voller Weinflecken.

»Nach Hause.«

Plötzlich war er hellwach. Die glasigen Augen traten ihm aus dem Kopf. »Nicht mit meinem Auto!«

»Ich habe ein Taxi gerufen.«

»Ein Taxi? Ist das nicht etwas übertrieben?«

Vielleicht, dachte sie. Dann fiel ihr ein, wie er sie angesehen hatte, ohne ihre Hand loszulassen. Dieser hungrige Blick.

Dreckiges kleines Miststück.

Er versuchte aufzustehen, scheiterte aber auf halbem Weg. »O Gott, mein Kopf.« Dann sah er sie an. »Sie sind wirklich …

Sie sind hysterisch, wissen Sie das? Verdammt noch mal, ich bin schließlich Arzt. Ich würde Ihnen doch nichts tun.«

Draußen ertönte eine Hupe, und sie ging zur Tür.

»Das ist lächerlich«, sagte er.

Sie trat vor das Haus.

»Verdammte Schlampe!«

Sie lief mit ihrer Tasche zum Taxi. Als sie sich beim Einsteigen umdrehte, sah sie, wie Carr hinter ihr herstolperte. Er fluchte immer noch.

Das Taxi fuhr los und wendete am Ende der Straße. Als sie das Haus passierten, lehnte Carr an seinem Ferrari und erbrach Wein und Schmortopf in die Einfahrt.

67

Du bist bescheuert! Total durchgeknallt!

Das war es, was Jack sich sagte, als er seinen Mietwagen auf dem Parkplatz der Harbor Line in New Bedford abstellte, um seine Hin- und Rückfahrkarte zu erstehen.

Homer's Island.

Die Insel lag am Südwestende der Elizabeth-Kette, etwa dreißig Kilometer südlich des alten Walfängerhafens New Bedford und gut sechs Kilometer südwestlich von Cuttyhunk. Da sich die Insel im Privatbesitz befand, musste man hier auf Läden, Muschelrestaurants, Tankstellen mit Minimärkten und andere Segnungen des Kommerzes verzichten. Stattdessen gab es zweihundertachtzig Hektar unberührten Landes und vielleicht ein Dutzend Ehrfurcht gebietender Herrenhäuser, die von der Steilküste hochmütig auf Millionen-Dollar-Yachten herabblickten, damit Eindringlinge nicht vergaßen, dass sie selbst nicht mit dem silbernen Löffel im Mund geboren waren. Trotz dieser Exklusivität zogen die stillen Buchten und die reiche Tierwelt in den Sommermonaten gelegentlich ein paar Segler an. Die Fähre fuhr dreimal wöchentlich um zehn Uhr morgens.

Jack traf ein paar Minuten davor ein. Ihm war zunehmend unbehaglicher zumute. Er wusste wirklich nicht, warum er das hier tat. Auf jeden Fall war es keine harmlose Reise auf der Suche nach verlorenen Erinnerungen. Ja, da draußen war etwas passiert, als er noch ganz klein war. Vielleicht in der Nacht, in der seine Mutter verschwunden war. Möglicherweise spielten ihm die Jungs in seinem Hippocampus eine Wiederholung vor. Vielleicht auch nicht. Einen Versuch war es jedenfalls wert.

Vom Oberdeck aus sah er das Wassertaxi, das er im letzten August genommen hatte. Der Kapitän hieß Jeff Doughty. Ein paar Tage, nachdem er aus dem Koma erwacht war, hatte er Doughty angerufen, um ihm zu sagen, dass er von den Toten auferstanden war, und sich dafür zu bedanken, dass Doughty damals die Küstenwache alarmiert hatte. Der Kapitän hatte sich sehr gefreut.

Es war ein kühler, bewölkter Samstag, daher waren nur wenige Passagiere an Bord. Die Fahrt dauerte wenig mehr als eine Stunde. Einziger Stopp war Cuttyhunk. Die meisten Inseln der Kette erhoben sich kaum über den Horizont. Als sie den Hafen verließen, wurde Homer's Island wie ein sanftes Kräuseln am Horizont sichtbar.

Während sie sich von Osten her näherten, konnte Jack ein paar Villen auf dem südlichen Bergrücken erkennen, an dessen Ende Vita Nova, das Anwesen der Shermans, lag. Auf der Insel gab es nur wenige Autos und ein paar Taxis. Jack nahm eines davon und ließ sich einen halben Kilometer vom Haus absetzen. Er wollte sich ein wenig Bewegung verschaffen und sich dem Ort der Geschehnisse lieber allmählich nähern. Der Weg führte durch offenes Gelände mit freiem Blick auf den Ozean, das gelegentlich durch Waldstücke und ein paar Häuser oben auf dem Kamm unterbrochen wurde.

Vita Nova hatte zwölf Zimmer und war mit verwitterten Schindeln verkleidet. Insgesamt standen an der Steilküste oberhalb von Buck's Cove nur vier Häuser. Der Strand unten an der hufeisenförmigen Bucht bestand aus weißem Sand und Dünengras, aus denen immer wieder Felsnasen hervorragten. Von der Straße aus waren weder die Blumengärten noch die Plattenwege noch das braune Verwalterhäuschen sichtbar. Jack war nur ein-

oder zweimal als Kind am Haus gewesen, wenn seine Tante die Shermans begrüßte oder ein undichtes Fenster meldete. Alle Fragen bezüglich der Miete wurden per Post oder Telefon erledigt. Die Shermans luden die Koryans nicht ein und kamen auch nicht nach unten an den Strand. Jack hatte nie verstanden, wieso Menschen, denen einer der schönsten Flecken an der Küste von Neuengland gehörte, nie an ihrem eigenen Strand schwimmen oder Boot fahren gingen. Tatsächlich sah er fast nie Leben auf Vita Nova.

Er hatte auch nie erfahren, wieso seine Familie das Strandhäuschen mieten durfte. Das Geld brauchten die Shermans mit Sicherheit nicht, und Jack konnte sich nicht vorstellen, warum sie sich für zwei Wochen im Jahr Fremde mit einem Haufen lärmender Kinder auf den Hals luden. Seiner Tante zufolge hatte sich Jacks Mutter mit Thaddeus Sherman, dem Patriarchen der Familie, angefreundet, der ihr das Strandhaus vor Jacks Geburt angeboten hatte. Diese Vereinbarung hatte offenbar auch in den ersten zehn Jahren nach ihrem Tod gegolten. Danach war Jack erst wieder als Student zurückgekehrt – einer seiner Freunde hatte ein Außenborderboot, mit dem sie ein paarmal nach Buck's Cove hinausfuhren. Sie warfen in der Bucht Anker, sahen sich den Sonnenuntergang an und philosophierten inspiriert vom Bier unter dem spektakulären Sternenhimmel.

Vita Nova wirkte verlassen. Die Fenster waren dunkel, die Garagentüren geschlossen, kein Gärtner zupfte Unkraut. Hier ans Westende der Insel verirrten sich kaum jemals Spaziergänger mit Hunden oder Jogger, ganz zu schweigen von Autos. Es herrschte eine unheimliche Stille. Hätte nicht der Wind an einer Fahne gezerrt, er wäre sich vorgekommen wie in einem Stillleben. Als er am Haus vorüberging, fühlte er sich so fehl am Platz wie ein Känguru.

Der Zugang zum Strand, unmarkierte Holzstufen, die von

Gestrüpp und Dünengras halb verdeckt wurden, lag etwa fünfzig Meter westlich von Vita Nova.

Seit er am Morgen aufgewacht war, stellte Jack sich vor, wie er diese Treppe hinunterging und wie links von ihm das Strandhaus sichtbar wurde, während in der Bucht der Skull Rock erschien. Er hatte keine Ahnung, wie er reagieren würde. Vielleicht wurde er von Flashback-Bildern überwältigt und drehte durch. Allerdings bezweifelte er das. Schließlich nahm er seit einer Woche das neue PTSD-Mittel. Es war ein ziemlicher Hammer, aber es half. Keine Anfälle, keine Flashbacks. Nichts. Aber die Erwartung ließ sein Herz rasen, als er zum Strand hinabstieg. Er hielt die Augen unverwandt auf das Wasser gerichtet, das unter dem hellen grauen Himmel wie Chrom funkelte. Nach ein paar Stufen erschien das Strandhaus hinter den Felsen. Halb und halb erwartete er ein telepathisches Sperrfeuer, das ihn wieder nach oben jagte. Stattdessen spürte er nichts als emotionale Leere. Nichts.

Beim Anblick des Skull Rock blieb er jedoch wie angewurzelt stehen.

Jetzt, um halb zwölf, war der Scheitelpunkt der Flut eben erst vorüber, sodass nur die schwarze Kuppe aus dem Wasser ragte wie ein kryptozoologisches Seeungeheuer, das aus dem Schlaf erwachte. Jack wandte den Blick ab und setzte den Abstieg zum Strand fort. Er fühlte den Sog des Felsens, als er über den Sand zu dem Grasstreifen um das Strandhaus ging. Das Gebäude schien sich seit Jahrzehnten nicht verändert zu haben: ein Cape-Cod-Cottage mit vier Zimmern. Die verwitterten Schindeln nahmen den Stil des Herrenhauses wieder auf. Das Dach war mehrfach geflickt worden, und die Blumenkästen an den Fenstern schienen frisch gestrichen, aber im Garten stand derselbe Korb-Schaukelstuhl wie in der Quallennacht.

Drinnen war es dunkel. Während er sich das Haus ansah, spürte er ein nagendes Gefühl im Rücken – als würde ihn jemand beobachten. Skull Rock. Er wandte sich um und ging mit gesenkten Augen zum Wasser. Ein toter Rochen war angetrieben worden. Seemöwen hatten den weißen Bauch aufgeschlitzt. Jack holte tief Luft und sah auf.

Vor dem Horizont erhob sich der schwarze Fels in einem etwa drei Meter hohen Bogen über die Wasseroberfläche. Sein Gesichtsfeld verengte sich. Alles in der Bucht verschwamm vor seinen Augen – bis auf die Felskuppe. Mit stereoskopischer Klarheit sah er die drohenden schwarzen Wolken, das bleierne Wasser, die kreischenden Möwen, die am Horizont zuckenden Blitze vor sich. Tiefer Donner grollte. Er spürte die kalten, rauen Seepocken unter seinen Füßen, fühlte die Wellen, die um seine Knöchel spülten, und erinnerte sich plötzlich genau an seine Beklommenheit, als er in seiner Zwangslage versucht hatte, die Entfernung zum Strand abzuschätzen, bevor er sich in die Fünfzig-Meter-Reise ins Koma stürzte.

Aus der Schule wusste er, dass die alten Griechen glaubten, zwei Flüsse führten in den Hades. Einer davon hieß Lethe. Auf dem Weg in die elysischen Gefilde tranken die Seelen der Verstorbenen davon und wuschen damit alle Erinnerungen und allen Kummer ab, damit sie neugeboren in die Oberwelt hinaufsteigen konnten. Offenbar hielten die Griechen der Antike fiel von Recycling, denn wer aus dem anderen Fluss – Mnemosyne genannt – trank, erinnerte sich wieder an alles. Während Jack am Rand des Wassers stand, überlegte er, welcher Fluch wohl schlimmer war.

Auf dem Weg zurück zum Strandhaus fragte er sich, ob das gemütliche Wohnzimmer mit den honigfarbenen, mit Kiefernholz verkleideten Wänden, dem gemauerten Kamin und den roten Möbeln unverändert geblieben war. Er überlegte, wie es wohl wäre, am Fenster zu stehen und nach draußen zu sehen.

Würde ihn plötzlich die Erkenntnis treffen oder zumindest ein kleiner Brocken der Erinnerung aus dem dunklen Pfuhl aufsteigen?

Natürlich war es am besten, wenn er zurück zum Herrenhaus ging, erklärte, dass seine Familie früher das Strandhaus gemietet hatte, und fragte, ob er sich ein wenig umsehen konnte – vielleicht erinnerte sich sogar jemand an ihn. Immerhin war er schon lange nicht mehr da gewesen. Das hieß allerdings, die fünfzig Stufen wieder hinaufzusteigen. Falls wirklich jemand zu Hause war, musste er erklären, wieso er an einem kalten, trüben Dienstagmorgen zwei Stunden mit dem Auto und eine Stunde auf der Fähre auf sich genommen hatte, nur um in Erinnerungen zu schwelgen. Wer's glaubt, wird selig.

Natürlich konnte er auch die Wahrheit sagen. *Wissen Sie, ich war noch nicht einmal zwei Jahre alt, als meine Mutter ... ich will nur sehen, ob mir etwas einfällt. Sie haben doch nichts dagegen, wenn ich mich unter die Fensterbank hocke. Haben Sie zufällig irgendwo ein altes Gitterbett?*

Selbstverständlich, Mr Koryan. Ich muss nur kurz telefonieren.

Und bevor er sich's versah, hatte ihn ein Polizeihubschrauber abgeholt und in die nächste Gummizelle verfrachtet.

Mit zitternden Beinen erklomm er die Stufen. Immer wieder musste er stehen bleiben, damit er wieder zu Atem kam und sich sein Herzschlag beruhigte. Als er oben angelangt war, pulsierte sein gesamter Körper. Vor einem Jahr hätte er die Treppe zehn Mal hinauf- und hinunterlaufen können. *»Alles zu seiner Zeit«,* hörte er Marcy Falco sagen.

Jack klingelte. Von drinnen war ein gedämpftes Schrillen zu hören. Er wartete eine Minute und versuchte es erneut, aber niemand kam. Schritte hörte er auch keine. Für einen Augenblick fühlte er sich erleichtert, aber dann wurde ihm unbehaglich bei dem Gedanken, dass es nun keine Ausrede mehr gab, nicht einzubrechen.

Er kehrte zum Strandhaus zurück. Sein Kopf schmerzte von dem Blut, das durch seine Adern rauschte. Er rüttelte an der Tür, stellte aber erleichtert fest, dass sie abgeschlossen war.

Gut, ab nach Hause. Hier gibt's nichts. War sowieso ein dummer Einfall.

Doch gerade, als er das dachte, wandte sich sein Kopf wie von selbst nach rechts. An den Schindeln unter dem Blumenkasten mit den hellroten, zerzausten Geranien war früher ein verdeckter Schlüsselbehälter aus Plastik angebracht gewesen. Das Haus musste immer abgeschlossen sein, wenn niemand da war, weil gelegentlich Segler in die Bucht kamen und sich an Land umsahen.

Jack ging zu dem Blumenkasten und fasste darunter. Die Berührung mit dem kleinen Plastikkästchen traf ihn wie ein elektrischer Schlag. Er klappte den Deckel auf, und ein angelaufener Messingschlüssel fiel heraus: dasselbe, leicht verbogene Exemplar wie vor zwanzig Jahren oder mehr. Es lag in seiner Hand wie ein Talisman, der nach ihm rief. Mühelos glitt der Schlüssel ins Schloss, und dann öffnete sich die Tür mit einem leichten Knarren.

Aber er ging nicht sofort hinein. Der Blutandrang in seinem Kopf war so massiv, dass ihm fast der Schädel platzte.

Lass es sein! Entweder passiert gar nichts, oder du landest wieder in irgendeinem Horrorfilm, aus dem du vielleicht nicht mehr rauskommst.

Auch egal! Jetzt bin ich schon mal hier.

Er ging hinein … nichts.

Die abgestandene Seeluft im Haus stieg ihm zu Kopf. Auf den ersten Blick zumindest hatten sich die Shermans nicht gerade in Unkosten gestürzt, um die Einrichtung zu erneuern. Der Raum sah noch genauso aus wie vor fünfundzwanzig Jahren: die Vertäfelung aus astreichem, goldenem Kiefernholz, das rote Schottenmuster der Sitzgruppe, der rechteckige Couchtisch mit der Glasplatte, unter der Muschelschalen und Seesterne wie in einer Vitrine arrangiert lagen, der Kamin mit dem getrockneten Kranz, die Holzscheite in dem schmiedeeisernen Eimer. Die Kiefernmöbel in den Schlafzimmern waren noch die alten, und auch die Küche hatte sich kaum verändert. Der alte Gasherd und die weiße Doppelspüle waren noch da, nur der Kühlschrank schien neu. Er kam sich vor wie in der Dekoration zu einem alten Film.

Während er sich umsah, überlegte er im Geiste, wie er das Haus renovieren würde, wenn es ihm gehörte. Merkwürdig, dass die Shermans mit all ihrem Geld nichts dergleichen getan hatten. Vielleicht trennten sich Bostoner Patrizier nicht so gern von ihren Millionen.

Halb hatte er erwartet, von irgendwelchen Dämonen angefallen zu werden, aber nichts dergleichen geschah. Im dunklen Kineskop seines Gehirns war eine Sicherung durchgebrannt. Noch nicht einmal der Hauch einer Erinnerung. Nichts. Er sah das Zimmer an, und das Zimmer sah ihn an. Das war alles. Vielleicht war das nur gut so. Vielleicht schüttelte der bedrängte Held an diesem Punkt der Geschichte endlich den Dämon ab und ersetzte ihn durch seinen neuen Freund Zyprexa, zehn Milligramm pro Tag. Am besten verabschiedete er sich, nahm das nächste Boot nach Hause und wühlte sich weiter durch sein zähes graues Leben.

»Wer sind Sie?«

Jack erstarrte. Eine Frauenstimme hinter ihm. Für einen Augenblick dachte er, er hätte wieder einen Anfall – zurück zu den armenischen Wiegenliedern.

Aber es war eine ganz reale Frau aus Fleisch und Blut, und sie trug einen lavendelfarbenen Pullover. »Das hier ist Privatbesitz.«

Bevor er antworten konnte, zerriss wütendes Bellen die Luft. Hinter der Frau tauchte ein großer Schäferhund auf, der Unmengen von Zähnen fletschte.

»Brandy, aus!« Die Frau zerrte an der Leine. Der Hund folgte sofort und verstummte. »Was tun Sie hier?«

»Ich habe es bei Ihnen am Haus versucht, aber es war keiner da.«

»Das ist keine Entschuldigung dafür, dass Sie hier eingebrochen sind.«

Er hielt den Schlüssel in die Höhe. »Das bin ich nicht. Ich wusste noch, wo der Schlüssel aufbewahrt wurde. Meine Familie kam früher im Sommer hierher. Ich weiß nicht, ob Ihnen der Name etwas sagt, aber ich bin Jack Koryan.« Er widerstand der Versuchung, die Hand auszustrecken. Zum einen war er nicht sicher, dass die Frau sie nehmen würde, zum anderen wollte er Brandy kein Ziel bieten.

»Der Name sagt mir nichts«, erwiderte die Frau. »Und das erklärt noch nicht, warum Sie hier sind.«

Das wüsste ich selbst gern.

»Vielleicht erinnern Sie sich, dass hier letzten August jemand fast ertrunken wäre. Die Küstenwache hat den Mann gefunden. Er lag lange im Koma. Es stand in der Zeitung.«

»Ja.«

»Das war ich.«

»Oh. Freut mich, dass Sie überlebt haben.«

Aber er sah, dass sie sich immer noch fragte, was er in ihrem Strandhaus wollte. »Ich suche nach Erklärungen«, begann er. »Ich weiß nicht, ob Sie sich daran erinnern, aber vor dreißig Jahren verschwand in einer Augustnacht eine Frau aus diesem Haus. Sie wurde nie gefunden. Das war meine Mutter. Sie war oft hier draußen.«

Jack erklärte, wie er am nächsten Tag von einem Verwalter

gefunden wurde, der den durch den Sturm verursachten Schaden begutachten wollte und Jack entdeckte, der in schmutzigen Windeln mit seiner Stoffmaus im Arm auf dem Boden saß. Er wurde in aller Eile nach New Bedford ins Krankenhaus gebracht, weil er dehydriert war und unter Schock stand. Zwei Tage später wurde er seinem Onkel und seiner Tante übergeben. Da er noch nicht einmal in der primitivsten Babysprache irgendetwas zu den Ereignissen sagen konnte, ging man davon aus, dass er sich an nichts erinnerte – weder daran, ob noch jemand im Haus gewesen war, noch an die Umstände des Verschwindens seiner Mutter.

»Das ist sehr traurig, aber ich verstehe immer noch nicht, warum Sie hier sind.«

»Es ist verrückt, aber ich hatte gehofft, dass ich mich an etwas erinnern würde. Ich träume ständig von meiner Mutter.«

Die Frau sah ihn verwirrt an. »Mein Vater ließ manchmal merkwürdige Gestalten hier wohnen.«

»Merkwürdige Gestalten?«

»So habe ich das nicht gemeint.« Sie war ins Zimmer gekommen und hatte einen Fuß auf die gemauerte Einfassung des Kamins gesetzt. Brandy legte sich neben sie. Er keuchte und wirkte gelangweilt. »Er interessierte sich für besondere Menschen. Künstler, Schriftsteller, Naturwissenschaftler … War Ihre Mutter Malerin?«

»Nein, Biochemikerin.«

Ihr Gesicht veränderte sich mit einem Schlag. Plötzlich wirkte sie viel offener. »Ach, du lieber Himmel. Die Frau mit den Meerestieren.«

Die Frau mit den Meerestieren?

»Aus Harvard.«

»Ja.«

»Nicht zu fassen! Sie hatte irgendwas mit einem Labor am Massachusetts Institute of Technology zu tun.«

»Ja.«

Ihre Augen hatten sich geweitet. Als hätte sich ein Ventil geöffnet, wurde sie plötzlich gesprächig.

»Ja, ja, ja. Wissen Sie, mein Vater saß im Kuratorium des Instituts, daher kannte er Ihre Mutter. Sie muss eine wissenschaftliche Abhandlung geschrieben oder einen Vortrag zu einem Thema gehalten haben, das ihn interessierte. Ich war damals vielleicht zehn oder zwölf, aber ich erinnere mich an sie – eine zierliche Frau voller Energie. Natürlich. Sie kam her und watete mit einer Gesichtsmaske und einem Netz im Wasser herum, um Proben zu entnehmen.«

Jack folgte ihren Worten so gebannt, dass er kaum atmen konnte.

»Ich weiß nicht, ob Sie das wissen«, fuhr sie fort, »aber das Wasser hier draußen ist etwas ganz Besonderes. Alle zwanzig Jahre oder so bringt der Golfstrom merkwürdige Geschöpfe aus den Tropen mit – Belugawale, Mondfische, Portugiesische Galeeren und kleinere Tiere. Natürlich auch Haie. Ganz in der Nähe der Küste wurde ein Hammerhai gefangen … Ja, ich kann mich an sie erinnern.«

»Rose.«

»Rose. Ja, natürlich, Rosie.« Ihre Stimme war voller Wärme. »Eine sehr nette Frau. Das Haar trug sie immer aufgesteckt. Auf den Regalen da drüben stand eine ganze Sammlung von Gläsern. Sie hatte sogar ein kleines Labor mit Mikroskop und anderen Geräten hier. Sie hat mir ihre Sammlung oft gezeigt, kleine Seesterne und Krebse … und Quallen. So ein netter Mensch! Und so voller Leben!«

»Quallen?«

»Ja. Wahrscheinlich war sie Meeresökologin – Sie wissen schon, Aktionen zur Rettung der Wale oder so. Mein Vater setzte sich nämlich sehr für den Schutz der Meere ein und war Gründungsmitglied der Cousteau-Gesellschaft. Aber das war natürlich vor Ihrer Zeit …« Sie redete immer weiter.

Dann sah sie sich im Zimmer um und deutete mit dem Kopf auf eine der Ecken. »Sie hatte sogar Mäuse, einen Käfig mit einem halben Dutzend Tiere. Und einen kleinen Irrgarten, den sie selbst gebaut hatte. Ich durfte mit ihnen spielen.«

»Mäuse?«

»Ich weiß nicht mehr, was die Verbindung war …«

In diesem Augenblick klingelte ihr Funktelefon, und Brandy bellte instinktiv. Sie nahm das Telefon aus ihrer Tasche und erklärte, dass sie sich unten im Strandhaus mit einem Besucher unterhielt. Als sie aufgelegt hatte, reichte sie Jack die Hand. »Übrigens, ich bin Olivia Sherman Flanders.« Sie sah auf die Uhr. Zeit, sich zu verabschieden.

Als sie nach draußen gingen, reichte Jack ihr den Schlüssel. Sie sperrte ab und ließ den Schlüssel in ihrer Tasche verschwinden. Vermutlich überlegte sie, ob sie das Schloss austauschen lassen sollte. Gemeinsam stiegen sie die Stufen hinauf. Brandy lief an der Leine vor ihnen her.

»Sie haben gesagt, Sie träumen von ihr«, sagte Olivia, als sie oben angekommen waren.

»Ja, wirre Bilder, die keinen Sinn ergeben.«

»Aber Sie müssen noch sehr klein gewesen sein, als sie ums Leben kam.«

Er nickte. »Ich kann es auch nicht erklären. Aber entschuldigen Sie, dass ich einfach ins Haus gegangen bin. Ich hatte nur gehofft, es würde meiner Erinnerung auf die Sprünge helfen.«

»Hm.« Sie zuckte die Achseln und erbot sich, ihn mit dem Auto zur Fähre zu bringen.

Er lehnte ab. Trotz der Schmerzen wollte er seine Muskeln trainieren.

»Das verstehe ich«, sagte sie.

Er schluckte ohne Wasser ein Motrin und humpelte davon.

Die Sonne, die durch die Wolken gebrochen war, wärmte seine Schultern und verwandelte die Bucht in eine offene Schale grünlichen Quecksilbers. Sein Blick fiel auf den Skull Rock, der in trockenem Zustand staubig grau wirkte.

Ausgerechnet Quallen.

68

Damit es für René nicht ganz so teuer wurde, hatte sie der Taxifahrer direkt zum Logan Airport gefahren. Dort nahm sie den Shuttle-Bus nach Dover Falls, New Hampshire, wo ein vom Busfahrer bestelltes Taxi auf sie wartete. Es war weit nach zwei Uhr, als sie schließlich völlig erledigt ins Bett fiel. Dabei fragte sie sich, ob sie überreagiert hatte. Was er wohl getan hätte, wenn sie sich anders verhalten hätte? Nein, ihr Instinkt sagte ihr, dass sie richtig gehandelt hatte.

Am Sonntagmorgen arbeitete René an ihrem Esstisch an den Testdaten für Nick, um die Konferenz in Utah vorzubereiten. Kurz nach elf riss die Türklingel Silky, der auf dem Stuhl neben ihr geschlummert hatte, aus dem Schlaf. Draußen stand der schwarze Ferrari. Bei diesem Anblick stieg ihr Adrenalinspiegel schlagartig. Jordan Carr wartete mit einem riesigen Blumenstrauß vor ihrer Haustür.

Sie konnte nicht so tun, als wäre sie nicht zu Hause, weil ihr Auto in der Einfahrt parkte und Carr sie am Fenster gesehen hatte.

Sie öffnete die Innentür, aber nicht die Sturmtür mit dem Fliegengitter.

»Ich wollte mich nur entschuldigen.« Er trug eine Chinohose und ein ärmelloses Polohemd und sah bis auf die Bootsschuhe aus, als wollte er zum Golfplatz. »Ich kann mich nur dunkel an alles erinnern, aber ich glaube, ich habe mich danebenbenommen. Es tut mir wirklich leid. Ehrlich.«

Sie spürte immer noch den gierigen Blick, mit dem er sie am Arm gepackt hatte. Seine Beschimpfungen hatten jedenfalls sehr authentisch geklungen. Vielleicht vertrug er nur keinen Alkohol. »Angenommen.« Möglicherweise hatte sie überreagiert. Sie sah sich noch mit erhobenem Schürhaken im Wohnzimmer stehen wie Uma Thurman in *Kill Bill* ...

Unsinn! Carr war groß und sportlich, und er war vollkommen betrunken gewesen. Wer wusste schon, wozu er fähig gewesen wäre? Außerdem hatte sie sich bedroht gefühlt.

Carr sah sie durch das Fliegengitter flehentlich an. Es war klar, dass er ins Haus kommen wollte. Sie öffnete die Tür und nahm die Blumen. »Danke«, sagte sie und schloss die Tür wieder.

»Ich wollte nur, dass Sie wissen, dass ich sonst nicht so bin.«

»Da bin ich aber erleichtert.«

Hektische Flecken zeigten, dass er nicht recht wusste, was er von ihrer Antwort halten sollte. Dann lächelte er resigniert. »Ich habe wohl einfach zu viel getrunken.«

»Wahrscheinlich.«

»Auf jeden Fall würde ich es gern wiedergutmachen, neu anfangen. Ich habe Karten für die Automobilausstellung im Exhibition Center.«

»Im Augenblick halte ich das für keine gute Idee. Außerdem ersticke ich in Arbeit.«

Carrs Gesichtsmuskeln spannten sich an, und sein linkes Auge zuckte leicht. Für einen Moment sah es so aus, als wollte er sich ins Haus drängen. Stattdessen nickte er. »Okay. Zumindest habe ich gesagt, was ich sagen wollte.«

René sah ihm nach, wie er über die Einfahrt zu seinem Auto ging. Als er die Tür öffnete, um einzusteigen, merkte sie, dass jemand auf dem Beifahrersitz saß. Ein Mann. Sie erkannte ihn nicht auf Anhieb, aber der große, fleischige Kopf und die Sonnenbrille fielen ihr auf.

Carr setzte sich hinter das Lenkrad und ließ den Motor an. Als er an Renés Briefkasten vorbeifuhr, warf er ihr noch einen letzten Blick zu. Im nächsten Moment brauste der Ferrari davon.

Als wäre ihr Gehirn ein alter Fernseher, auf dem das Bild noch nach dem Ausschalten sichtbar bleibt, sah sie plötzlich den Mann auf dem Beifahrersitz vor sich: Gavin Moy.

69

Der erste Sonntag im Mai war Muttertag. Da es ein strahlend schöner Tag war, war das »Yesterdays« brechend voll mit Familien, die diesen Tag begehen wollten.

Es war Jacks zweite Woche als Maître d'Hôtel, und er genoss die Arbeit. Er war beschäftigt und fühlte sich nützlich. Unter den Gästen waren frühere Nachbarn, ehemalige Schüler und Bekannte, die Jacks Geschichte kannten und sich freuten, ihn auf dem Wege der Besserung zu sehen. Wenn gerade einmal keine Kunden kamen, gönnte er sich auf einem Barhocker hinter dem Rezeptionstisch ein wenig Erholung. In einem ruhigen Augenblick kam Vince mit einer Limonade in der Hand zu Jack, um zu fragen, wie es ihm ging.

Jack nickte, zum Zeichen, dass alles in Ordnung war. »Übrigens – kennst du jemanden mit einem Ford Explorer?«

»Welche Farbe?«

»Schwarz.«

»Ja, etwa dreißig Leute. Warum?«

Vielleicht war es nur ein ungewöhnlicher Zufall, aber der Wagen war ihm nun schon das vierte oder fünfte Mal aufgefallen – das letzte Mal bei seiner Rückkehr aus New Bedford. »Nicht so wichtig.«

Alles lief gut, bis er von einem der Kellner abgelöst wurde und in die Küche ging, um eine Kleinigkeit zu essen. Er blieb am Herd – einem gewerblichen Ungeheuer mit acht Brennern, die alle auf voller Flamme brannten – stehen, um zuzusehen, wie der

Küchenchef und seine drei Assistenten mit choreografischer Präzision von einem Brenner zum anderen wechselten und immer wieder rührten und schüttelten. Auf dem Metzgerblock zerteilte Rico, der zweite Koch, eine Rinderhälfte. Mit chirurgischer Präzision schnitt er um die Knochen herum, entfernte das Fett und legte das hellrote Muskelfleisch frei. Jack beobachtete fasziniert die geschickt geführte Klinge, die das Fleisch unter den eleganten Bewegungen von Ricos Händen in saubere rote Scheiben zerteilte. Das Weiß der Knochen schimmerte im Licht. Oliver, sein Assistent, legte die Stücke flach auf das Brett und fing an, sie mit einem schweren gusseisernen Fleischklopfer zu bearbeiten.

Vom anderen Ende der Küche kam Vince mit einer Schale hausgemachtem Mangosorbet auf ihn zu. »Hey, Jacko, ich brauche einen Vorkoster.«

Plötzlich geschah etwas mit ihm.

»Jack?«

Jack antwortete nicht. Er stand wie gelähmt da und starrte mit weit aufgerissenen Augen Oliver an, der das rote Fleisch weich klopfte.

»Hallo?«

Aber Jack war von Oliver hypnotisiert. Sein Mund fing an zu zucken, und ein leises Stöhnen entrang sich seiner Brust.

Vince eilte zu ihm. »Jack, ist alles in Ordnung?«

Jack krümmte sich zusammen. Seine Knie gaben unter ihm nach, und sein Gesicht war verzerrt vor Entsetzen.

»Was ist denn mit dem los?«, fragte Rico.

»Ein Anfall«, sagte Vince. Die anderen drängten sich um ihn. Irgendwer reichte ihm ein feuchtes Tuch. »Jack, beruhig dich. Alles ist in Ordnung.« Er tupfte ihm das Gesicht ab.

Rico holte einen Stuhl, auf den sie Jack setzten. Immer noch gab er merkwürdige leise Laute von sich.

»Was ist los, Jack? Was sagst du?«

Jack war auf den Stuhl gesunken, aber Vince musste ihn festhalten, während er unverwandt auf den Metzgerblock, das blutig rote Fleisch und den glänzenden Metallklopfer starrte.

»*Jack!* Komm zu dir!« Vince schlug ihm ins Gesicht. Das half. Jack seufzte, sein Mund wurde schlaff, und er schloss die Augen. »Komm schon, Jack. Es ist alles in Ordnung.«

Jack öffnete die Augen und sah Vince und die anderen an, die um ihn herumstanden und ihn angafften. »Was ist passiert?«

»Ist schon in Ordnung. Du hattest nur einen kleinen Anfall.« Vince reichte ihm ein Glas Wasser. Jacks Gesicht war angespannt und kreidebleich. Seine Lippen waren grau, seine Pupillen riesig. Sein Gesicht war von kaltem Schweiß bedeckt. »Ruft einen Krankenwagen«, sagte Vince.

»Nein, nein«, wehrte Jack ab. »Mir geht … es gut. Nach draußen. Ich brauche nur ein wenig Luft.«

Sie halfen ihm auf die Füße. Die anderen wichen zurück, als Vince ihn durch die Hintertür nach draußen führte. Rico folgte ihnen mit einem Stuhl und einer Flasche Wasser.

Die Nacht war warm und klar. Die Sterne schimmerten wie harte weiße Punkte am schwarzen Himmel. In den Bäumen zirpten die Zikaden. »Du hast uns zu Tode erschreckt, Junge.«

»Tut mir leid.«

»Von wegen leid! Ich will, dass du morgen deine Ärztin anrufst und ihr sagst, dass deine verdammten Medikamente nichts helfen. Da muss es doch was Besseres geben.«

»Ich war gerade erst bei ihr.«

»Dann gehst du eben wieder hin. Was sie dir da gegeben hat, hilft ja offensichtlich nicht.«

Jack sagte nichts, sondern starrte nur weiter zum Himmel hinauf.

»Hast du das gehört?«

»Ja, habe ich.«

»Ich sage dir, das war ganz schön unheimlich. Erst dachte ich, du hättest einen Schlaganfall, aber dann warst du … ich weiß auch nicht … wie ein verängstigtes Kind oder so.«

Jack sagte nichts.

»Versprich mir auf jeden Fall, dass du deine Ärztin anrufst und ihr sagst, was passiert ist.«

Jack nickte.

»Versprich es mir. Ich will es von dir hören.«

»Ich rufe sie an.« Jack verriet Vince nicht, dass er sein Medikament abgesetzt hatte. Er nahm Zyprexa nicht mehr, weil es ihn betäubte – und die Flashbacks verhinderte.

Und genau die wollte er haben.

Als er nach Hause kam, fühlte er sich immer noch völlig erledigt.

Er zog sich um und ging ins Bett. Vielleicht sollte er eine dreifache Dosis Lorazepam einwerfen, bis er sich an gar nichts mehr erinnerte. Oder seine Zelte abbrechen und in eine andere Stadt ziehen, vielleicht sogar in einen anderen Bundesstaat oder nach Kanada – nur um von Carleton, dem Restaurant, Massachusetts und all den anderen Orten, die ihre Widerhaken in seine Psyche geschlagen hatten, wegzukommen. Irgendwo, wo er ein neues Leben anfangen konnte.

Vergiss es. Selbst wenn du es dir leisten könntest, wäre die Gummizelle in deinem Kopf immer dabei. Und aus der gibt es nur einen einzigen Ausweg.

In der Dunkelheit tastete er nach dem kleinen braunen Gläschen und schüttelte es. Selbst ohne Licht konnte er schon am Rasseln hören, welche Pillen es waren, von den winzigen, nur ein Milligramm leichten Lorazepam-Tabletten über sämtliche Zwischengrößen bis zu den Zyprexa-Bombern. Wenn er fleißig genug schüttelte, konnte er damit eine ganze Salsa-Band begleiten. Er schraubte den Deckel ab und nahm zwei Tabletten heraus.

Zehn wären genug. Okay, vielleicht zwanzig, schließlich war er daran gewöhnt. Höchstens dreißig. Ein paar Schluck Wasser, und aus war es mit den Horrorstorys.

Er starrte an die Decke. Durch die Fenster fiel gerade so viel Licht herein, dass es nicht vollständig dunkel war. Wenn er die Pillen einwarf, war er in weniger als fünf Minuten völlig weggetreten und wachte erst vier Stunden später auf. Falls ihm seine Beine dann Ärger machten, nahm er einfach noch eine Tablette und ein Schmerzmittel. Damit versank er bis zum Morgengrauen in tiefer Dunkelheit. So lief es jede Nacht.

Erst dachte ich, du hättest einen Schlaganfall.

Ein Schlaganfall war gar nichts dagegen.

Wie ein verängstigtes Kind oder so.

Das »oder so« war das Problem.

Oder er wurde einfach verrückt. Wäre nur logisch, schließlich hatte er auch sonst alles verloren. Warum nicht gleich den Verstand?

Sie verdrängen etwas. Dr. Hellers Worte stiegen wie große gelbe Ballons vor seinen Augen auf.

Er ließ die Tabletten zurück ins Gläschen fallen, stand auf und ging nach unten. Die Küche war klein und bot nur wenig Arbeitsfläche, die zum größten Teil von Keramikbehältern für Zucker, Kaffee, Mehl, einem Drahtregal mit verschiedenen Gewürzen und Kräutern, einer Mikrowelle, einer kleinen Kaffeemaschine und Teekannen eingenommen wurde. Sämtliche Utensilien waren in zwei Schubladen verstaut.

Er räumte einen Platz auf der Arbeitsfläche frei, öffnete eine der Schubladen und leerte den Inhalt auf die Arbeitsfläche. Messer in allen Größen und Formen, Gabeln, Tortenheber und andere Dinge fielen heraus wie Mikado-Stäbchen.

Er griff nach einem Tranchiermesser mit schwarzem Griff und einer fünfundzwanzig Zentimeter langen Klinge aus blau schimmerndem geschliffenem Stahl, die in einer beängstigenden Spitze auslief. Als er das Messer drehte, sprühte die Deckenbeleuchtung auf der gebogenen, geschliffenen Schneide wie Neonlicht.

Nichts.

Er griff nach einem anderen, schwereren Messer mit einer dickeren Klinge. Wahrscheinlich zum Tranchieren oder Hacken härterer Lebensmittel. Er hielt es in der rechten Handfläche, betastete den Griff.

Er legte es wieder weg. Nichts.

Er durchkämmte den Haufen mit den Fingern, suchte nach irgendeiner Verbindung, nach einem Blitz der Erleuchtung.

Nichts.

Er fegte die Messer und die übrigen Utensilien zurück in die Schublade und schloss sie. Dann riss er die zweite Schublade auf. Unter Topflappen und -handschuhen sah er die Griffe von Nudelhölzern, Servierlöffeln, Grillgabeln, Schneebesen, Spateln und kleinen Steakmessern. Er nahm Topflappen und -handschuhe heraus, um den gesamten Inhalt freizulegen.

Wie betäubt starrte er auf ein einziges Objekt: den schweren Fleischklopfer aus Edelstahl mit dem Holzgriff. Die flache Seite war für dünne Koteletts gedacht, die genoppte brach Fleischfasern und Knochen.

Jack nahm ihn in die Hand und fühlte, wie ihm der Atem stockte.

Es war kein Wiedererkennen. Er fing nicht an zu zittern, brach nicht in Schweiß aus und fühlte auch keinen plötzlichen Blutandrang im Kopf. Nur dieser einzige Aussetzer, als ob etwas direkt unter der Oberfläche ein Sonarbild aussandte, das zu verschwommen war, um Einzelheiten zu erkennen.

Ein Fleischklopfer.

Ein Fleischklopfer.

Halb drei, er lag in seinem Bett und starrte in die Dunkelheit. Das tat er bereits seit zwei Stunden. Sein Geist war hellwach, als wäre ein Bungeeseil zwischen ihm und der Schublade unten gespannt, an der diese alle paar Minuten riss.

Ein verdammter Fleischklopfer.

Das widerliche Knirschen der Knochen.

Herr im Himmel!

Er strampelte die Decke weg, zog Jeans und Schuhe an und ging noch einmal nach unten in die Küche, wo er die Schublade aufriss und den Fleischklopfer herausholte. Wie ferngesteuert ging er durch die Dunkelheit in die Garage, griff sich eine Schaufel und marschierte über den Rasen zum hinteren Ende des Gartens. Unter ein paar Eiben in der Nähe des Metallzauns grub er ein Loch und verscharrte den Klopfer darin. Dann stellte er die Schaufel zurück in die Garage und ging wieder nach drinnen. Nachdem er aufgeräumt hatte, legte er sich wieder ins Bett.

Noch einmal vierzig Minuten lag er mit klopfendem Herzen in der Dunkelheit und versuchte, alle Gedanken auszuschalten. Er wälzte sich von einer Seite auf die andere, atmete bewusst regelmäßig, konzentrierte sich darauf, seinen Herzschlag zu verlangsamen und einzuschlafen. Mehrfach griff er nach dem Lorazepam-Gläschen, aber er wusste, dass die Pillen wenig gegen die Anziehungskraft des Fleischklopfers ausrichten konnten. Obwohl er draußen unter einem halben Meter Erde vergraben lag, hätte er genauso gut an Jacks Kopf befestigt sein können, so unablässig war das Hämmern.

Stirb, verdammt noch mal.

Es war ein krankhafter, verrückter, zwanghafter Drang reinsten Wassers, aber er konnte ihn nicht abschütteln. Wenn er sich betäubte, schob er die nächste Attacke nur hinaus. Und bei Tageslicht würde alles nur noch schlimmer werden. Die frisch aufgeworfene Erde würde ihn verhöhnen, bis er es nicht mehr aushielt.

»Verdammter Mist!«

Er warf erneut die Decke zurück, zog sich an, holte die Schaufel und grub den Klopfer wieder aus. Dann steckte er ihn in eine Papiertüte, sodass er ihn nicht berühren musste, und tapste in der Dunkelheit über die Einfahrt hinaus auf den Mystic Valley Parkway. Dieser führte zu einer kleinen Brücke über den Mystic River an der Einmündung zum unteren Mystic Lake. Um diese Uhrzeit waren keine Autos auf der Straße unterwegs. Er nahm den Hammer heraus und schleuderte ihn mit aller Kraft ins Wasser.

Lange sah er zu, wie sich das Wasser im Mondlicht kräuselte und allmählich wieder glättete.

Obwohl er schwitzte, war ihm eiskalt, als er wieder nach Hause kam. Da sein Gehirn immer noch auf Hochtouren lief, holte er sich ein Bier und saß in der Dunkelheit auf der Veranda. Innerlich zitterte er, als hätte er nasse Kleidung an. Er trank den ersten Schluck – das war immer der beste –, aber es war nicht wie sonst. Er versuchte sich mit dem hellen Zirpen der Zikaden, dem Ruf einer Eule, dem weißen Mondlicht auf dem Gras im Garten abzulenken. Nichts half.

Als er in die dunkle Ecke im Garten sah, wo er das Loch gegraben hatte, fügten sich die Teile mit solcher Klarheit zu einem Bild des Schreckens zusammen, dass er mit einem Schrei aus drei Jahrzehnten barmherzigen Schlafs erwachte.

Ein Mann.

Er konnte sein Gesicht nicht sehen, und der Körper war nur skizzenhaft zu erkennen, aber es war ein Mann. Etwas war geschehen, und er hatte sie gestoßen oder sie war gestürzt. Nun lag sie neben dem Kamin auf dem Boden … dann beugte er sich über sie, murmelte etwas … *Nein! O nein!*

Ein Handtuch über ihrem Kopf, um das Geräusch zu dämpfen.

Stirb, verdammt noch mal.

Und Blut …

Dunkle Kleidung, eine vorgebeugte Gestalt, die mit gespreizten Beinen über ihr steht, während sie stöhnend und entsetzlich zuckend neben dem gemauerten Kamin liegt.

Ihre Füße bewegen sich, als suchte sie in der Luft nach Halt. Stöhnen. Der erhobene Arm, der Klopfer holt aus, saust herab, und dann knirscht der Knochen.

Stirb ... stirb ... stirb ...

Der hellrote Fleck breitet sich auf dem Handtuch aus und bildet auf dem Boden eine Pfütze.

Er sieht in Jacks Richtung, überlegt: das Kind auch, das Kind im Gitterbett?

Schluss mit dem Gebrüll.

Mit einem Satz ist er heran … das große Schattengesicht.

Und dann wird alles schwarz.

70

»Erzählen Sie mir von dem Quallen-Medikament.«

»Was ist damit?«

»Sie sagten, es würde die Gedächtnisfunktion verbessern.«

Es war am folgenden Tag. Jack saß mit René Ballard in einer Nische im »Grafton Street Pub and Grille« am Harvard Square. Die Mittagsgäste waren schon wieder weg, und die Abendkarte galt erst in drei Stunden. Jack hatte sie überraschend angerufen und war auf ihr Angebot zurückgekommen, ihm zu helfen, wenn er Probleme hatte.

René sah in Jeans und einem schwarzen Seidentop, zu dem sie einen roten Paisley-Schal trug, sehr elegant aus. Das fransig geschnittene, schokoladenbraune Haar rahmte ihr Gesicht ein wie ein Kranz. Ihre Züge waren regelmäßig und gut geschnitten. Sie besaß eine schmale Nase, hohe Wangenknochen und einen vollen, ausdrucksstarken Mund. Ihre Augen erinnerten ihn an tiefblaues Wasser. Es war ein schönes, intelligentes Gesicht, das Jack gern betrachtete.

»Das Mittel macht die zerstörerische Wirkung der Plaques, die sich im Gehirn von Alzheimerkranken bilden, rückgängig.«

»Und stellt das Gedächtnis wieder her.«

»Bei Patienten mit dieser Krankheit ja.«

»Lang- und Kurzzeitgedächtnis?«

»Ja. Darf ich fragen, warum Sie das wissen wollen?«

»Gleich. Sagen Sie mir nur, wie weit die Erinnerung ungefähr zurückreicht.« Er konnte spüren, wie sie die Frage beschäftigte.

»In manchen Fällen sehr weit.«

»Bis in die frühe Kindheit?«

Renés Augen waren ruhig, aber auf der Hut. »Ja. Aber warum wollen Sie das wissen?«

Er ignorierte ihre Frage. »Und was passiert, wenn das Mittel abgesetzt wird?«

»Dann wird der Prozess wieder umgekehrt. Die Plaques bilden sich neu. Aber …«

»Und was ist mit gesunden Menschen? Irgendwelche Anhaltspunkte dafür, dass sich Plaques bilden oder dass sie dement werden, wenn sie das Zeug nehmen?«

»Nein. Sagen Sie mir jetzt, warum Sie mich all das fragen?«

»Weil ich glaube, dass ich den Mord an meiner Mutter mit angesehen habe.«

»Was?«

»Ich war damals noch sehr klein, aber ich bin mir fast sicher, dass sie jemand in meiner Gegenwart getötet hat. Diese Erinnerung löst Albträume und Flashbacks aus.«

»Flashbacks?«

»Ja. Manchmal habe ich solche Zustände, wenn ich wach bin. Es sind nur einzelne Fetzen, wie ein Film, bei dem zahlreiche Bilder fehlen.« Er beschrieb einige der Episoden. So beunruhigend sie auch waren, er war froh, darüber sprechen, ihr davon erzählen zu können. Nicht nur, weil er sich selbst damit Erleichterung verschaffte. Aus irgendeinem Grund wollte er, dass sie davon wusste. Er wollte, dass René Ballard über ihn Bescheid wusste.

Im Augenblick lauschte sie fasziniert. »Erzählen Sie weiter.«

»Ich glaube, es war in dem Strandhaus auf Homer's Island, in der Nacht, in der sie verschwand«, fuhr er fort. »Und ich glaube, sie wusste, wer der Mann war, weil ich keine direkte Feindseligkeit spüre wie bei einem Fremden. Ich glaube, es kam zu einem Streit, weil ich mich an Geschrei und Aufregung erinnere. Dann sehe ich plötzlich, wie der Mann ihr mit einem Hammer den Schädel einschlägt – genauer gesagt, mit einem Fleischklopfer.«

Stirb, verdammt noch mal.

»Ich habe das Gefühl, dass der Mörder verzweifelt versucht, sie ein für alle Mal zum Schweigen zu bringen, weil er immer wieder auf ihren Kopf eindrischt.«

René sah ihn misstrauisch an. »Haben Sie irgendeine Ahnung, wer das war?«

»Ich konnte sein Gesicht nicht sehen, nur eine verschwommene dunkle Gestalt mit einem spitzen Hut oder einer anderen Kopfbedeckung. Vielleicht eine Regenjacke. Ich konnte es nicht erkennen. Aber ich habe das starke Gefühl, dass es jemand war, den sie kannte. Außerdem braute sich ein Sturm zusammen, sodass ein Fremder wohl kaum mit dem Boot zur Insel hinausgefahren wäre. Der einzige andere Mann in der Gegend war der gebrechliche alte Herr in der Villa oben, für den die Treppe zum Strand ein unüberwindliches Hindernis gewesen wäre.«

»Und Sie sind sicher, dass es sich um eine Erinnerung handelt und nicht um einen Traum, der sich immer wiederholt.«

»Ich kenne den Unterschied zwischen einem Traum und diesen Anfällen. Es ist, als würde ein furchtbares Ereignis immer wieder blitzlichtartig erleuchtet, ohne dass ich den ganzen Film sehen könnte.«

Sie schwiegen beide. Die Geräusche im Restaurant füllten die Lücke. René trank einen Schluck. »Was ist Ihre Verbindung zu Homer's Island?«

»Einzelheiten kenne ich nicht, aber Thaddeus Sherman ließ meine Mutter im Verwalterhäuschen wohnen.« Er erklärte, was er von Olivia Sherman Flanders erfahren hatte. »Die offizielle Version ist, dass sie von ihrem Boot ins Meer gespült wurde, als sie es sichern wollte.«

»Und Sie glauben das nicht.«

»Nein.«

»Jemand, den sie kannte, kam in jener Nacht ins Haus und tötete sie im Streit … mit einem Fleischklopfer – sagen Sie.«

»Das ist meine private Verschwörungstheorie.«

Er wusste, wie absurd das alles klang: Der Versuch, in einem dreißig Jahre alten Mordfall Indizien zu sammeln, in dem es keine physischen Beweise und keine Leiche gab. Noch dazu war der einzige Zeuge ein Zweijähriger, dessen Verdacht auf Horrorerlebnissen nach seinem Erwachen aus dem Koma beruhte. Nicht gerade ein wasserdichter Fall.

Selbst wenn seine Mutter tatsächlich ermordet worden war, hatte Jack keine Ahnung, wie entsprechende Ermittlungen aussehen sollten. Die meisten Menschen, die damals auf der Insel gelebt hatten, waren vermutlich tot, oder ihr Aufenthaltsort war unbekannt. Auch wenn er das Geld gehabt hätte, den besten Privatdetektiv der Stadt zu engagieren, hätte er ihm kaum Anhaltspunkte liefern können. Und er selbst hatte weder die Zeit noch die Energie, Sam Spade zu spielen.

»Ich habe Probleme damit, dass Sie noch so klein waren. Das Gedächtnis festigt sich erst im Alter von drei oder vier Jahren.«

»Können Sie sich nicht an Dinge aus Ihrer frühen Kindheit erinnern?«

»Nicht so früh. Und das wenige, an das ich mich erinnere, beruht überwiegend auf Erzählungen.«

»Erzählungen?«

»Ja. Ich weiß, dass mein Vater mit mir auf der Freiheitsstatue war, als ich fünf war, und ich bilde mir ein, mich daran zu erinnern. Tatsächlich handelt es sich nur um eine Erinnerung an die Erinnerung – an das, was mein Vater mir erzählt hat. Ich habe nur Einzelheiten zusammengesetzt und daraus das Szenario nachgestellt, aber ich erinnere mich nicht an das Erlebnis selbst.«

»Aber machen die Demenzpatienten, die Sie in Greendale testen, nicht ähnliche Erfahrungen wie ich?«

»Die Erlebnisse sind interaktiver und autokreativer als bei Ihnen.«

»Sie meinen also, dass es sich um bedeutungslose Comic-Strips handelt, die ich aus alten Horrorfilmen zusammengesetzt habe.«

»Ich weiß nicht, woher die Bilder stammen.«

Er überlegte einen Augenblick. »Vielleicht *bin* ich ja verrückt.«

»Unwahrscheinlich, aber ich kann Ihnen etwas empfehlen, das gegen diese Erlebnisse hilft.«

»Ich habe genügend Medikamente. Das ist das Problem. Sie wirken zu gut.«

»Zu gut? Was soll das heißen?«

»Das heißt, dass ich die Erinnerungen nicht begraben will. Ich will sie fassen. Ich will zurück.«

Lastendes Schweigen füllte den Raum zwischen ihnen.

Ihre Augen verengten sich. »Was wollen Sie damit sagen?«

»Memorin. Ich habe gesehen, wie es bei Demenzkranken wirkt. Es schickt sie auf einen Trip in die Vergangenheit. Ich weiß, was das Zeug kann.«

René funkelte ihn empört an. »Mr Koryan, das ist ein lächerlicher Vorschlag. Ausgeschlossen.«

»Vielleicht, aber einen Versuch wäre es mir wert.«

»Mir nicht. Zum einen befindet sich das Medikament noch in der Erprobungsphase und ist nicht für die Allgemeinheit bestimmt. Zweitens lässt sich die Wirkung nicht kontrollieren. Sie können nicht einfach ein Datum auswählen und dann eine Tablette einwerfen, um genau zu diesem Zeitpunkt zurückzukehren. Drittens würde ich meinen Job verlieren, wenn ich Ihnen Muster aushändigen würde. Und das wird nicht passieren.«

Er beugte sich vor und senkte die Stimme. »Aber es würde doch keiner merken, wenn ein paar Pillen fehlen.«

»Mr Koryan, jede Pille, jede Kapsel, jedes noch so harmlose Medikament wird registriert, auf Formularen festgehalten und von Ärzten, Schwestern und Apothekern abgezeichnet.«

»Sie wollen mir doch nicht erzählen, dass Sie nicht ein paar Tabletten stibitzen können? Sie brauchen doch nur irgendeinen Namen einzusetzen.«

René sah ihn ungläubig an. »Nein, das kann ich nicht.«

»Oder Sie wollen es nicht.«

»Und ich will es nicht. Außerdem wissen wir nicht, welche Wirkung das Mittel auf Sie hätte.«

»Aber Sie haben doch gesagt, bei Patienten, die nicht an Alzheimer leiden, hätte es keine Nebenwirkungen gegeben. Außerdem könnten die auch nicht schlimmer sein als das, was ich bisher erlebt habe. Leider hat Zyprexa damit Schluss gemacht.«

»Wie bitte?«

Er tippte sich mit dem Finger an den Kopf. »Mein Videorekorder ist kaputt. Nicht einmal die Lämpchen brennen mehr. Das Zeug hat mit den Flashbacks aufgeräumt. Ich habe schon seit Tagen keine mehr.«

»Seien Sie froh.«

So viel dazu, dachte Jack und ließ das Thema fallen. »Übrigens, kommt es Ihnen nicht komisch vor, dass das Quallengift, an dem ich fast gestorben wäre, zufällig Ihr Alzheimer-Mittel ist?«, fragte er, als sie gehen wollten.

Sie überlegte einen Augenblick. »Reiner Zufall. Das ist so ähnlich, wie wenn man von einer Biene gestochen wird. Haben Sie je von Apitherapie gehört?«

»Nein.«

»Bienenstiche können für manche Menschen tödlich sein, weil sie einen allergischen Schock auslösen können, der zum Tode führt. Es handelt sich dabei um eine entzündliche Reaktion. In kleinen Dosen wird das Gift jedoch manchmal zur Behandlung anderer entzündlicher Reaktionen wie rheumatischer Arthritis und Neuralgien eingesetzt. Alles eine Frage der richtigen Dosierung.« Damit erhob sie sich.

»Vielleicht können Sie mir zumindest sagen, welche Qualle es war. Es hieß, es wäre eine seltene Art, aber man hat mir nicht gesagt, welche.«

»Solakandji.«

71

Die Frau mit dem Kind erstarrte, als sie ihn sah.

Louis hatte soeben seinen Fallschirm in einem Blumenbeet vergraben und kroch auf dem Bauch zum Wasser. Die Waffe hielt er in der rechten Hand, zwei Munitionsmagazine und ein Handgranatengurt hingen über seiner linken Schulter. Ein feindlicher Kampfhubschrauber flog um die Biegung des Flusses. Er konnte die Männer an den Maschinengewehren ausmachen. Ein Schrei von ihr, und es würde nur so wimmeln von kommunistischen Soldaten. Wenn sie ihn nicht sofort töteten, würden sie ihn in ein anderes Gefangenenlager verschleppen und dort endgültig erledigen. Oder – noch schlimmer – ihn ins rote Zelt zurückbringen, bis er Chop-Chop und Blackhawk anflehte, ihn zu töten.

Louis legte den Karabiner mit dem schwarzen Schalldämpfer, den das Militär verwendete, auf die Frau und das Kind an.

Wwwumm, wwwumm.

Wenn er kurzen Prozess mit den beiden machte, war die Gefahr ein für alle Mal beseitigt, und er konnte sich wieder auf seine Mission konzentrieren.

Zum Teufel mit den beiden!

Vor noch nicht einmal vierundzwanzig Stunden war Louis mit anderen ausgewählten Fallschirmjägern zu einem Briefing im Hauptquartier des Bataillons einbestellt worden. Dort zeigten ihnen Geheimdienstoffiziere große Fotos eines kleinen Dorfes. Die Häuser drängten sich um ein Gebäude, in dem hohe nordkoreanische Offiziere, die aus Pjöngjang geflohen waren, ihr

Hauptquartier eingerichtet hatten. Da dort auch amerikanische Kriegsgefangene vermutet wurden, war eine Bombardierung ausgeschlossen. Ihr Auftrag war daher ein Präzisions-Absprung. Landen sollten sie auf einer Lichtung in den Bergen nordwestlich von Jinan. Ausgewiesenes Ziel war das Gebäude in dem Dorf.

Auf dem Flugplatz von Kimbo gingen Louis und die anderen an Bord der *Dixie Dame,* eines C-119 Transportflugzeugs, das von Captain Mike Vigna geflogen wurde. Sie würden aus zweihundert Meter Höhe abspringen, was bedeutete, dass sie der sichere Tod erwartete, falls irgendetwas falsch lief. Jeder der Männer hatte Munition, ein Gewehr, Handgranaten, eine Pistole, Zusatzmunition, Kampfrationen für drei Tage und einen T-7-Fallschirm erhalten. Mit der ganzen Ausrüstung, die er umgeschnallt hatte, wog Louis bestimmt hundertfünfzehn Kilo. Aber das war ihm egal. Laut Geheimdienstinformationen hielten sich nämlich der Kommandeur der 23. Brigade der nordkoreanischen Armee, ein gewisser Oberstleutnant Chop Yong Jin, sowie der russische Militärberater Gregor Lysenko in dem Gebäude auf. Seit Monaten wartete Louis auf diese Gelegenheit.

Chop-Chop war der meistgehasste Mann im nordkoreanischen Oberkommando – ein Mensch, der seinen Soldaten befohlen hatte, südkoreanische Dörfer zu plündern und unbewaffnete Zivilisten niederzumetzeln. Ein Mann, der alle internationalen Abkommen über die Behandlung von Kriegsgefangenen missachtete. Der Mistkerl, der fünf GIs von der King Company gefangen genommen und ihre Leichen in einem Eisenbahntunnel deponiert hatte. Und der Verbrecher, der die Verstümmelung und Ermordung von Fuzzy Swenson und die Hinrichtung von Louis' Kameraden vom First Platoon angeordnet hatte.

Das war vier Monate her. Seitdem führte Louis einen Privatkrieg gegen Oberstleutnant Chop Yong Jin und General Gregor Lysenko. Die Fotos, die er vom Oberkommando erhalten hatte, brauchte er nicht. In jener Nacht im roten Zelt hatten sich ihm die Gesichter jener Männer unauslöschlich eingebrannt.

Er sah auf die Uhr. Marie lag jetzt in ihrem Bett in Wethersfield, Connecticut, und er steckte mitten in einem Schlitzaugen-Dorf am Yesong. Der Absprung war denkbar schlecht gelaufen.

Jinan wurde mit automatischen Waffen verteidigt, zu denen auch 40-Millimeter-Flakgeschütze gehörten. Damit hatte niemand gerechnet. Um 20 Uhr 15, vor nur fünfzehn Stunden, war die *Dixie Dame* in einer klaren, vom Mondlicht erhellten Frühlingsnacht gestartet. Der Plan war, auf der üblichen Route der C-119 nach Norden zu fliegen, über dem Meer abzubrechen und auf zweitausenddreihundert Meter herunterzugehen. Dort sollte die Maschine eine Linkskorrektur vornehmen, über dem Wasser bis auf zweihundertsiebzig Meter heruntergehen und in rechter Schräglage die Küste anfliegen.

Bis dahin lief alles nach Plan. Vigna folgte über dem Festland der Küstenlinie. Etwa fünf Minuten vor Erreichen des Ziels gab ihnen der Jumpmaster den Befehl, sich mit dem Gesicht zur Tür an dem Seil einzuhängen, das durch den Gang der Maschine lief. Aber während jeder noch die Ausrüstung des Vordermanns prüfte, eröffneten Flugabwehrbatterien das Feuer auf sie. Schon nach wenigen Sekunden spürte Louis, wie die Maschine getroffen wurde. Sie bockte wie ein wildes Pferd.

Die Absprungtür flog auf, und Louis fühlte, wie der Wind mit einer Geschwindigkeit von fast zweihundert Kilometer pro Stunde an ihnen riss. Kaum dass er den Kugelhagel, der die rechte Tragfläche durchsiebte, das Ächzen der Maschine und die anderen Körper, die ihn zur Tür drängten, wahrgenommen hätte. Er erinnerte sich nur noch an das grüne Licht und den Befehl. *»Go!«*

Stunden später wachte er im Licht des Morgens auf. Er fühlte sich steif, war aber unverletzt. Er war unter einer Weide in Ohnmacht gefallen, deren dichte Äste wie ein Vorhang bis zum

Boden reichten – die perfekte Tarnung. Kaum hatte er seinen Fallschirm in einem Tulpenbeet vergraben, als eine Dorfbewohnerin mit ihrem Sohn vorbeikam. Das Kind musste zwischen acht und zehn sein. Bei Asiaten war das schwer zu sagen.

Die Frau wich langsam zurück, wobei sie ihren Sohn mit ihrem Körper schützte.

Der Junge sagte etwas zu seiner Mutter. Louis hatte keine Ahnung, was, aber er senkte das Gewehr, weil das Kind so verängstigt wirkte. Er brachte es nicht über sich, die beiden zu erschießen. Aber er legte den Finger auf die Lippen, um ihnen Stillschweigen zu bedeuten. Die Frau nickte und verschwand mit dem Jungen.

Ein kurzer Blick auf die Umgebung zeigte Louis, dass er im Volkspark gelandet war. Grüne Rasenflächen, Blumenbeete, Brunnen, Wege, sogar ein Fußgängersteg – direkt am Ufer des Yesong. Obwohl er keine feindlichen Truppen sah, hörte er den Lärm der gepanzerten Fahrzeuge, die auf dem Highway 1 nach Kaesong unterwegs waren. Ihm sank das Herz, weil das bedeutete, dass Chop-Chop und Konsorten bereits meilenweit entfernt waren. Sie waren ihm entkommen.

Louis kroch unter seinem Baum hervor. Er hatte keine Ahnung, wo seine Kameraden waren und wo das Flugzeug abgestürzt war. Hoffentlich hatten sie es bis zum Meer geschafft, wo sie von alliierten Patrouillenbooten aus dem Wasser gefischt werden würden.

Er robbte auf dem Bauch ans Ufer. Um ihn herum gingen Dörfler spazieren, aber Louis interessierte sich mehr für eine kleine Flotte von Booten. Sie waren eindeutig chinesisch, denn sie waren grün gestrichen und rot abgesetzt. Die Fahrerkanzel war als großer weißer Wasservogel getarnt. Der Steuermann schien in die Pedale zu treten.

Verdammter Mist! Die Dreckskerle hatten am Heck eine US-

Flagge gesetzt, und die Soldaten waren allesamt als amerikanische Zivilisten verkleidet. Das hieß, sie wollten flussabwärts, um im Schutze der Dunkelheit die alliierten Kriegsschiffe zu überfallen.

Großer Gott! Er musste sie aufhalten.

Er ging am Fuß einer großen Bronzelaterne in Position. Hinter seiner Schulter erhob sich die Statue eines Reiters, der in die andere Richtung sah. Vielleicht Chop-Chop. Es war seine Gegend, seine Stadt, sein Volk. Louis zielte auf das Patrouillenboot, das unter der niedrigen Brücke erschien. Es glitt an ihm vorüber. Die Soldaten taten so, als wären sie auf einem Ausflug im Park. Er hatte den Kurs des vorherigen Bootes verfolgt, daher wusste er, dass es die Insel umrunden und dann Kurs flussabwärts nehmen würde. In diesem Augenblick würde er es mit seiner ganzen Feuerkraft unter Beschuss nehmen.

Nach wenigen Sekunden hatte das Patrouillenboot die Insel umrundet. Louis hatte den Steuermann im Fadenkreuz. Erst würde er den erledigen und dann die Backbordseite des Bootes durchlöchern, bis es sank. Das nächste Boot würde dasselbe Schicksal ereilen. Es würde ihn das Leben kosten, aber er würde eine Menge Roter mitnehmen. Langsam krümmte er den Finger.

»He, was tun Sie da?«

Louis erstarrte.

Hinter ihm waren zwei berittene Soldaten der regulären nordkoreanischen Armee aufgetaucht. Das Gewehr im Anschlag, rollte er sich auf den Rücken.

»Das ist ein Hockey-Schläger.«

Einer der Kommunisten saß ab und packte den Lauf von Louis' Gewehr.

Zwei Schüsse knallten, aber der Soldat zuckte nicht einmal zusammen. Wahrscheinlich trug er eine kugelsichere Weste.

»Was zum Teufel treiben Sie da?«

»Ich glaube, der war zu lange in der Sonne«, sagte der andere Soldat und nahm Louis das Gewehr ab.

In den zwei Jahren im Krieg hatte sich Louis ein paar Brocken Koreanisch angeeignet. *»Kop she-da mama-san!«* Eine wenig schmeichelhafte Bemerkung über die Mutter des Schlitzauges.

»Was hat er gesagt?«

Der Soldat auf dem Pferd zuckte die Achseln. »Alles in Ordnung, Leute«, sagte er zu der kleinen Gruppe Dörfler, die sich um sie versammelt hatte. »Gehen Sie bitte weiter.«

»Der arme Mann«, sagte ein Bauer und fotografierte Louis.

Louis hob die Hände. »Erschießt mich doch, ihr roten Schweine. Bringen wir es hinter uns.« Er überlegte, ob er zum Fluss fliehen sollte, aber wenn sie ihn nicht von hinten erschossen, würden ihn die Soldaten in den Schwanen-Booten erwischen. Das Schlitzauge auf dem Pferd forderte per Funk Verstärkung an, während der andere Mann ihn weiter verhörte.

»Können Sie mir sagen, wie Sie heißen?« Der Soldat nahm Louis' Arm und inspizierte sein Handgelenk.

Die wollten seine Uhr klauen. »Louis Martinetti. Corporal US41349538.« Wenn sie seine Kompanie und seinen Standort wissen wollten, mussten sie ihn schon erschießen.

»Das ist eine Art Uniform«, sagte der erste Soldat. »Ziemlich alt, das Ding.«

»Fahrt zur Hölle!«, sagte Louis.

»Mr Martinetti, können Sie uns sagen, wo Sie wohnen?«

Louis sah die kleine Menge herausfordernd an. Manche fotografierten ihn. Wahrscheinlich wollten sie ihren Familien einen echten amerikanischen Kriegsgefangenen zeigen. In der Ferne hörte er Sirenen. Sein Herz tat einen Satz. Ein Luftangriff. US-Flieger. Die würden Hackfleisch aus diesen Schweinen machen. Aber niemand schien sich darum zu scheren. Die murmelten nur vor sich hin und machten Fotos.

»Ein Patientenarmband. Alzheimer«, sagte der erste Kommunist, der immer noch versuchte, seine Uhr zu stehlen.

Louis leistete keinen Widerstand. Er hatte nichts mehr zu verlieren. Aber er würde dichthalten, wenn sie ihn ins rote Zelt brachten. Lieber würde er sterben, als etwas über die Mission zu verraten. Falls er lebend davonkam, würde er den Auftrag zu Ende bringen. *Und wie!* Er warf einen Blick auf die Statue des Reiters. *Irgendwann kriege ich dich!*

Die Soldaten wollten Louis eben wegführen, als sich eine Frau aus der Menge der Bauern löste.

»Dad!« Sie lief zu den Soldaten und nahm Louis an der Hand. »Tut mir leid. Wir standen bei den Schwanen-Booten an, und er ist einfach weggegangen. Ich nehme ihn mit. Es ist alles in Ordnung.« Dann wandte sie sich an Louis. »Dad, du hast überall Grasflecken. Was hast du denn gemacht?«

Louis sah die Frau an. Für einen langen Moment wusste er nicht, wen er vor sich hatte.

72

Um das Ende der Tests zu feiern, kamen das Klinikteam und Führungskräfte von GEM Tech im Red Canyon Resort Hotel zusammen, einem rustikalen, aber eindrucksvollen Landhaus an der Route 12 in der Nähe von Bryce Caynon und Capital Reef. Der Tagungsort war wegen seiner Abgeschiedenheit ausgewählt worden und weil die spektakuläre Landschaft der Rocky Mountains und des Canyons mit ihren endlosen Wanderwegen und den Stromschnellen mit dem Auto von dort leicht zu erreichen war. Außerdem war der Wintersportort, in dem Gavin Moy eine Eigentumswohnung besaß, nicht weit.

Obwohl die Gäste bereits am Freitag eingetroffen waren, wurde die Konferenz erst Samstagmittag beim Essen mit einer offiziellen Rede eröffnet. Danach sollten die klinischen Forscher die Strategie gegenüber der FDA erörtern.

Nick hatte vor allem das Gefühl, dass Unmengen von Geld ausgegeben worden waren. Es war an nichts gespart worden. GEM hatte sechzig Teilnehmer aus verschiedenen Teilen des Landes eingeflogen: Führungskräfte, Betriebsärzte, Marketingleiter, Firmen-Rechtsanwälte, externe Kliniker sowie die dreiundzwanzig Klinikärzte, die seit fast zwei Jahren die Tests an den verschiedenen Standorten leiteten. Sie hatten das halbe Hotel sowie den angrenzenden Mountain Lion Room gemietet, in dem die Forschungsleiter später über die endgültige Fassung des Zulassungsantrags bei der FDA beraten würden. In der Waagschale lagen die Hoffnungen und das Schicksal von Millionen von Alzheimerpatienten, deren Familien und Betreuer. Und Milliarden Dollar.

Der Nachmittag begann mit einem fünfgängigen Menü, das in dem eleganten Ponderosa Room serviert wurde, wo sich ein ganzes Heer von Kellnern versammelt hatte. Gereicht wurden Kartoffelsuppe mit Lauch, Thunfisch-Carpaccio, grüner Salat, wahlweise Filet Mignon, Lachs oder Hummerschwänze in edelster Präsentation, gemischtes Frühlingsgemüse und raffinierte italienische Desserts. Dazu wurden die besten Weine des Napa Valley und nicht enden wollende Flaschen Taittinger Champagner serviert.

Die Tischgespräche drehten sich um Skifahren in Utah, Gstaad oder Chamonix, Tauchen am Großen Barriereriff, Trekking zum neuseeländischen Milford Sound und die unterschiedlichen Vorteile von Mercedes und BMW.

Es war ein Nachmittag der gepflegten Egos, die zusammengekommen waren, um den wissenschaftlichen Erfolg und seine historische Chance zu feiern – und natürlich die finanziellen Möglichkeiten, die sich für jeden persönlich daraus ergaben. Trotz der spektakulären Umgebung konnte Nick geradezu hören, wie sich jeder ausrechnete, wie viele Millionen er selbst in den nächsten Jahren angesichts dieser vielversprechenden Aussichten einstreichen würde. Wenn man den Prognosen der Erbsenzähler von GEM glauben wollte, würden Nicks eigene Aktien in zwei Jahren zehn Millionen Dollar wert sein – falls sich die europäischen Märkte öffneten, möglicherweise sogar doppelt so viel. Und schließlich gab es auch noch Asien, den Nahen Osten und den Rest der Welt.

Ihn beschäftigte jedoch die Frage, wie die anderen reagieren würden, wenn er mit Unterstützung von Brian Rich, Paul Nadeau und Jordan Carr die Bombe hochgehen ließ.

Nach dem Mittagessen stellte Mark Thompson, der medizinische Leiter von GEM Tech, Gavin Moy vor und erinnerte die Anwesenden an dessen bescheidene Anfänge als Assistenzarzt, der in einem engen Keller hinter dem Massachusetts Institute of Technology sein eigenes Labor gegründet hatte.

»Was Gavin Moy von uns gewöhnlichen Sterblichen unterscheidet, ist seine Fähigkeit, eine Chance zu erkennen. Was für andere nur ein glücklicher Zufall gewesen wäre, stellte für Gavin Moy eine Entdeckung mit enormem neuropharmakologischem Potenzial dar. Und er war so vorausschauend, sich die Patente auf eine ganze Familie von auf dem Quallengift basierenden Ausgangsverbindungen zu sichern. Er glaubte nicht nur an sich selbst, sondern hatte auch den Mut und das Durchhaltevermögen, seinen Traum zu verwirklichen. Nur deswegen sind wir heute hier. Jahre der Isolierung und Synthese, der Forschung und Entwicklung liegen hinter uns. Doch in diesen Jahren ist es Gavin Moy gelungen, das Kapital für die Erweiterung seiner Labors aufzubringen und einen gewissen Korpsgeist zu schaffen, eine gemeinsame Begeisterung, die bei solch wissenschaftlichen Unternehmungen nicht selbstverständlich ist. Diese Energie und dieser Stolz auf unsere Arbeit wären ohne diesen Mann an der Spitze nicht denkbar.«

Applaus und Beifallsrufe wurden laut.

»Es ist fast vier Jahrzehnte her, dass der junge Gavin Moy und ein paar wissenschaftliche Assistenten zum ersten Mal die Bunsenbrenner in dem kleinen Keller unter Junior Dees Autoteilehandel anzündeten. Heute erleben wir die Krönung dieser Entschlossenheit und genialen Weitsicht. Wir stehen kurz davor, der Welt die Früchte dieser überragenden wissenschaftlichen Arbeit zu präsentieren: das weltweit erste Heilmittel für Alzheimer, die Geißel, die unsere alternde Menschheit seit Generationen heimsucht. Meine Damen und Herren, ich freue mich, Ihnen Gavin Moy vorstellen zu dürfen.«

Unter donnernden stehenden Ovationen erklomm Gavin Moy das Podium. In seinem schwarzen Nadelstreifenanzug wirkte er mit dem gebräunten Schädel sehr elegant. Nick sah sich im Saal um. Brian Rich und Paul Nadeau saßen mit Jordan Carr am Tisch, der sich nach erneuter Prüfung der Daten entschlossen hatte, Nicks Empfehlung, die Erprobungsphase zu verlängern, zu unterstützen. Zumindest hatte er das zu Nick gesagt.

Ihre Blicke begegneten sich. Carr nickte, und Nick fühlte, wie ihm warm ums Herz wurde vor Dankbarkeit.

»Zum ersten Mal in der Geschichte der Menschheit«, begann Moy, »konnte nachgewiesen werden, dass ein Medikament bei Patienten mit mittlerer bis schwerer Alzheimer-Demenz zum Abbau von Plaques führt. Es handelt sich um die weltweit erste Behandlung …«

Er zitierte eindrucksvolle statistische Zahlen, die die Besserung des Zustands der Kranken belegten. Die vom Wein geröteten Gesichter im Saal glühten vor Erwartung. »In einer Studie allein zeigten hundertsechzig Patienten mit mittlerer bis schwerer Demenz in Mini-Mental-Tests und Tests höherer kognitiver Funktionen eine Besserung des kognitiven Verhaltens um siebzig Prozent …«

Veranschaulicht wurden Moys Behauptungen durch ein Video von aufgeweckt und munter wirkenden Alzheimerpatienten auf den Stationen verschiedener Pflegeheime. Befragte Patienten gaben manchmal zögernd, aber im Allgemeinen klar und konzentriert Antwort. In einer Sequenz erklärten Testpersonen, zu denen auch Louis Martinetti gehörte, wie wunderbar es war, das Gedächtnis zurückzuerlangen. Nicht zu sehen war allerdings, dass Martinetti, der auf Urlaub zu Hause war, ständig traumatische Erlebnisse aus seiner Kriegsgefangenenzeit wiederholte, sich jedoch aus unerfindlichen Gründen weigerte, Medikamente zur Unterdrückung dieser Flashbacks zu nehmen.

Immer wieder wurden Angehörige der Alzheimer-Gesellschaft eingeblendet, die eine wundersame Genesung miterlebt hatten. Schwestern und Pfleger beschrieben die Besserung in bewegenden Worten. Angehörige verliehen unter Tränen ihrer tiefen Dankbarkeit für die Gesundung ihrer Lieben Ausdruck. Die Berichte wurden mit begeistertem Applaus empfangen.

Die Videopräsentation endete mit einer cleveren Werbebotschaft. Es wurden ältere Patienten gezeigt, die offenkundig ihr Leben im Kreis ihrer Familie genossen. »Memorin – die Lösung«, verkündete eine Stimme aus dem Off.

Gavin Moy schloss seine Rede mit dem Hinweis, dass sie an einem Wendepunkt der medizinischen und gesellschaftlichen Geschichte standen. »Die Welt wartet auf dieses Mittel. Es ist unsere moralische Verpflichtung, angemessen und rechtzeitig auf diese Erwartung zu reagieren.«

Stehende Ovationen folgten. Die Motivationsveranstaltung war zu Ende.

73

Es folgte eine halbstündige Pause, während der sich alle die Füße vertraten und ein wenig plauderten. Einige Manager und geladene Gäste verschwanden in einer der Bars. Dann wechselten die dreiundzwanzig Forschungsleiter in den Mountain Lion Room, wo unter Ausschluss der Öffentlichkeit die Strategiebesprechung stattfinden sollte.

In der Mitte des Raumes stand ein großer ovaler Tisch mit dreiundzwanzig Stühlen. Platzkarten zeigten an, wo die neunzehn Männer und vier Frauen zu sitzen hatten. Jeder Kliniker war zur Geheimhaltung verpflichtet worden und hatte ein entsprechendes Dokument unterzeichnen müssen, das von der Rechtsabteilung von GEM entworfen worden war. Nick fand das leicht übertrieben.

Als er sich setzte, warf er Paul Nadeau und Brian Rich einen Blick zu. Die beiden nickten. Jordan Carr, der Nick gegenübersaß, hob den Daumen. Seine Unterstützung – »die Abtrünnigen«, wie René sie nannte. Wenn die Besprechung vorbei war, würde er sie – und natürlich Thalia – telefonisch informieren.

Nachdem er um Ruhe gebeten hatte, verlieh er seiner Wertschätzung für die engagierte Arbeit der Forscher und ihrer Mitarbeiter Ausdruck. »Ich teile die Begeisterung meiner Kollegen für die mit Memorin erzielten Erfolge und hoffe wie sie, dass das Medikament irgendwann die in das Mittel gesetzten Erwartungen erfüllen kann. Welche globalen Auswirkungen diese Besprechung und unsere Entscheidungen haben werden, muss ich Ihnen nicht sagen. Aber ich möchte Sie darauf hinweisen, dass wir hier sind, um die Richtigkeit und Legitimität unseres Zulassungsantrags bei der FDA zu prüfen, und nicht, um Strategien zu entwickeln, die einen möglichst reibungslosen Ablauf des Zulassungsverfahrens gewährleisten.«

Am Tisch kam Unruhe auf.

Dann bat Nick jeden der Ärzte einzeln, sich zu den Ergebnissen zu äußern. Wie erwartet, hatten die Forscher nur Lob für das Mittel. Manche sprachen davon, wie aufregend die Arbeit mit diesem wunderbaren Präparat gewesen sei, andere erwähnten die persönliche Befriedigung, die die hervorragenden Ergebnisse für sie darstellten. Diese Berichte wurden immer wieder mit einem leisen »Hört, hört!« quittiert.

Als Jordan Carr an der Reihe war, warf er Nick einen nervösen Blick zu und sagte, er habe dem nichts hinzuzufügen. Auch er setze höchste Erwartungen in das Medikament. Nick war verwirrt. Sie hatten vereinbart, dass Carr auf die Flashbacks hinweisen und einige der beunruhigenden Daten zitieren sollte. Aber er wandte nur den Blick ab.

Paul Nadeau und Brian Rich stimmten ebenfalls in das allgemeine Lob ein und äußerten große Erwartungen. Nadeau erwähnte allerdings einige Fälle regressiver Wahnvorstellungen, die mit den üblichen Antipsychotika behandelt werden konnten.

Allmählich ahnte Nick, was da gespielt wurde. »Danke für Ihre Meinung«, sagte er. »Ich weiß Ihre Begeisterung zu schätzen. Allerdings vermisse ich Hinweise auf die meines Erachtens gravierenden Nebenwirkungen, die bei mehr als dreißig Prozent der Versuchspersonen aufgetreten sind. Ich rede von den sogenannten Flashbacks. Wenn wir einen ausgewogenen Bericht vorlegen wollen, müssen wir auf dieses Problem hinweisen, das eine Reihe von Todesfällen verursacht hat – einen Mord und drei Selbstmorde. Mehrere Personen wurden verletzt, einige verhaftet, ganz zu schweigen von den Auswirkungen auf Angehörige und Pflegepersonal.«

»Da bin ich anderer Ansicht«, erklärte Harvey Schultz, ein Forschungsleiter aus Trenton. »Ich weiß nicht, woher Sie Ihre Zahlen haben, aber ich habe keine derartigen Nebenwirkungen beobachtet. Ehrlich gesagt dachte ich, wir hätten das Problem geklärt. Diese angeblichen Flashbacks sind Wahnvorstellungen, die durch die strukturellen Veränderungen aufgrund der Erkrankung ausgelöst werden, nicht durch Memorin.«

Darauf war Nick vorbereitet. »Wir haben das Problem nicht geklärt, sondern verdrängt.«

Unzufriedenes Murren wurde laut. Carr, dem das Blut ins Gesicht stieg, sah Nick an.

»Eine beträchtliche Zahl von Patienten leidet unter derartigen Halluzinationen. Es handelt sich um Wahnvorstellungen, bei denen diese Personen Erlebnisse aus der Vergangenheit – teilweise aus der frühen Kindheit – wiederholen. Viele davon sind traumatisch und führen dazu, dass sich die Patienten nicht mehr aus diesen Flashbacks lösen können. Es sind mehrere Fälle dokumentiert, bei denen die Patienten in höchste Erregung gerieten. Dazu gehört übrigens auch Louis Martinetti, den wir vorhin auf dem Video gesehen haben und der sich aus heiterem Himmel in ein koreanisches Kriegsgefangenenlager versetzt sieht. Eine Patientin erlebt immer wieder, wie ihr Haus abbrennt. Damals war sie zehn Jahre alt. Ein anderer Patient findet wieder und wieder seinen Vater, der sich erhängt hat. Es handelt sich um traumatische Episoden, aus denen sich die Betroffenen offenbar nicht lösen können. Diese Vorfälle stellen nicht nur das Pflegepersonal in den Heimen vor große Probleme, sondern haben – wie Sie sich vorstellen können – eine verheerende Wirkung auf die Angehörigen.«

Er las ein paar ausgewählte Briefe von Betreuungspersonen

vor. »›Sie haben meinen Ehemann als Versuchskaninchen missbraucht. Er hat sich in jemanden verwandelt, den ich nicht kenne. Sein Verhalten ist völlig unvorhersehbar. Einmal ist er er selbst, im nächsten Augenblick redet er wirres Zeug und spricht mit Menschen, die seit Jahren tot sind. Als er dement war, wusste ich wenigstens, was ich zu erwarten hatte. Jetzt ist er wie ein verirrtes Kind, das sich nicht aus diesen Trancezuständen befreien kann.‹

Hier ist ein anderer Brief: ›Ich finde es furchtbar, was mit meinem Vater passiert ist. Für unsere Familie ist es erschreckend und schmerzlich mit anzusehen, wie er qualvolle Erlebnisse wiederholt, die längst vergessen waren. Wir können ihn nur mit Beruhigungsmitteln und anderen Medikamenten vollstopfen, die ihn völlig betäuben. Sie haben uns auf eine unerträgliche emotionale Achterbahnfahrt geschickt. Solange wir es mit Alzheimer zu tun hatten, wussten wir zumindest, was wir zu erwarten hatten. Damit hatten wir umzugehen gelernt, aber das hier ist furchtbar.‹

Ein Mann sagt von seiner zweiundachtzigjährigen Frau, die den ganzen Tag mit Plüschtieren spielt: ›Vierundfünfzig Jahre lang bin ich mit Helen alt geworden, aber ich glaube nicht, dass ich mit ihr wieder zum Kind werden kann.‹«

Schweigen senkte sich über den Raum.

Dann meldete sich Brian Rich zu Wort. »Dr. Mavros, wie Sie wissen, habe ich mir in den letzten Wochen die Daten genau angesehen und mich eingehend mit dem Problem befasst. Aber bei allem Respekt, ich bin zu dem Schluss gekommen, dass es unsere Aufgabe ist, Krankheiten zu heilen. Um die sozialen Folgen müssen sich andere kümmern. Wir sollten uns damit befassen, wie wir den Termin für den Antrag einhalten können. Die Welt wartet auf uns.«

Zustimmendes Murmeln erhob sich.

»Können Sie nachweisen, dass die Flashbacks aufhören, wenn das Medikament abgesetzt wird?«, fragte ein anderer Arzt.

Jeder kannte die Antwort. »Nein. Wenn wir das Mittel absetzen, bilden sich die Plaques neu. Das ist in zweifacher Hinsicht unerwünscht, weil auch die Möglichkeiten zur Behandlung der Flashbacks eingeschränkt werden.«

»Und wie können Sie behaupten, dass Memorin Flashbacks auslöst, wenn Sie den Gegenbeweis nicht antreten können?«, fragte Josh Rubell aus Pittsburgh.

»Weil die Versuchspersonen in den meisten Fällen vor den Tests *nicht* unter wiederkehrenden Wahnvorstellungen litten.«

Rubell deutete mit einem langen gelben Bleistift auf Nick. »Diese Beschwerden der Angehörigen hätte es gar nicht gegeben, wenn Sie nicht behauptet hätten, die Flashbacks würden durch Memorin verursacht. Sie und Sie allein haben den Brunnen vergiftet, Mavros. Das nehme ich Ihnen übel.«

Es wurde still im Raum. Nick spürte, dass sein Gesicht brannte.

»Ehrlich gesagt, habe ich die Nase voll von diesem Gerede von Flashbacks und Nebenwirkungen«, mischte sich ein anderer ein. »Wir haben alle Daten von einer unabhängigen klinischen Forschungsorganisation prüfen lassen, die zu einer Entscheidung gekommen ist. Wir haben den Klander-Bericht. Für mich gilt der.«

Wieder wurde zustimmendes Gemurmel laut. Nick sah zu Paul Nadeau und Brian Rich, die wie er der Meinung gewesen waren, dass eine Verlängerung beantragt werden sollte. Beide nickten und murmelten Zustimmung. Nick gegenüber saß Jordan Carr, der ebenfalls nickte, wobei er Nicks Blick geflissentlich auswich.

Et tu, Dreckskerl!, dachte Nick.

Innerhalb von drei Wochen hatte die Klander Group alle klinischen Daten durchgearbeitet, die René Ballard und andere zusammengetragen hatten – Medikamentenpläne, Verhaltensberichte, Kurvenblätter, Fortschrittsberichte, Testergebnisse sowie alle Auffälligkeiten, die Nick oder andere gemeldet hatten. Aber es stand von vornherein fest, dass der Klander-Bericht die Flashbacks als Folge der Erkrankung abtun würde.

Fest stand ebenfalls, dass Nicks Weigerung, den Klander-Bericht zu akzeptieren, das Ende seiner Mitarbeit an der Studie bedeuten konnte und damit das Ende der Mittel für sein Bildgebungszentrum. Für das Krankenhaus bedeutete das nicht nur einen finanziellen Verlust, sondern auch eine Imageeinbuße. Aber hier ging es nicht um institutionelle Politik und das Wohlbefinden der Treuhänder. »Mit Verlaub, der Klander-Bericht ist das Papier nicht wert, auf dem er gedruckt ist.«

»Mit dieser Ansicht stehen Sie allein«, sagte Dr. Rubell.

Zum ersten Mal an diesem Abend hob Jordan Carr die Hand. »Dr. Mavros, wir arbeiten schon lange gemeinsam an diesem Projekt. Bisher waren wir uns hinsichtlich der Analyse und Auslegung der Daten weitgehend einig. Aber ich habe mir den Klander-Bericht angesehen und halte ihn für schlüssig. Wir haben Hunderte von Demenzkranken behandelt. Bei den meisten ist es uns gelungen, sie vor dem vollständigen Verlust der Erinnerung zu bewahren. Für mich ist das Bestätigung genug.«

Zustimmung von allen Seiten.

»Mehr noch, bei einer solchen Bandbreite von Versuchspersonen ist mit Verhaltensauffälligkeiten zu rechnen.« Carr blätterte durch den Bericht, bis er das Hauptargument gefunden hatte. »Es ist erwiesen, dass die Verbindungen im Gehirn im Laufe der Erkrankung neu geordnet werden. Noch funktionierende Verbindungen werden dominant. Daher erinnern sich Alzheimerpatienten plötzlich an Dinge und zeigen längst vergessene Fähigkeiten. So ist es denkbar, dass sich jemand, der völlig dement wirkt, plötzlich ans Klavier setzt und die ›Mondscheinsonate‹ spielt. Genau das geschieht bei diesen Flashbacks.«

In diesem aalglatten wissenschaftlichen Ton ging er dazu über, die Statistik zu zitieren. Als er fertig war, applaudierten die anderen. Carr warf Nick einen Blick zu, der seinen Triumph kaum verbergen konnte. René hatte recht: Der Mann war ein Opportunist reinsten Wassers. Wenn es ihm selbst nützte, sagte der alles.

»Vielleicht darf ich an dieser Stelle Mark Twain zitieren«, sagte Nick, als wieder Stille eingekehrt war. »Es gibt drei Arten von Lügen: Lügen, verdammte Lügen und Statistik. Wir haben die Klander Group beauftragt, uns zu liefern, was wir hören wollten: Memorin ist ein Wundermittel ohne Nebenwirkungen. Punkt. Offen gesagt, halte ich es für unredlich von uns, zu behaupten, der Bericht würde eine faire und neutrale Bewertung der Daten liefern. Daran beteilige ich mich nicht.«

»Mir gefällt nicht, was Sie da andeuten.«

»Was, dass es hier ums Geld geht? Nun, so ist es aber. Ich könnte mir selbst nicht mehr ins Gesicht sehen, wenn ich mich für die Annahme dieses Berichts aussprechen würde. Mit mir wird es kein einstimmiges Ergebnis geben.«

»Dr. Mavros, wir haben spektakuläre Ergebnisse, und Sie reiten auf zweitrangigen Problemen herum. Was genau schlagen Sie vor?«

»Dass wir eine Verlängerung der Zulassungsfrist um zwei Jahre beantragen.«

»Aber wir haben einen Termin«, rief jemand in dem allgemeinen Protest, der sich erhob.

»Ja«, sagte Nick. »Einen Termin, den die Marketingabteilung von GEM Tech gesetzt hat. Das hat *nichts* mit der Gesundheit der Alzheimerkranken zu tun.

Sagen wir, wir nehmen den Bericht an, und Memorin kommt auf den Markt. Was geschieht, wenn ein weiterer Mord oder Selbstmord geschieht? Erinnern Sie sich an die vielen Millionen, die GlaxoSmithKline zahlen musste, weil ein Mann seine Frau,

Tochter und Enkelin erschossen hatte? Die Geschworenen hielten die wissenschaftlichen Beweise dafür, dass er diese Tat unter dem Einfluss von Paxil beging, für ausreichend. Wollen wir, dass GEM von den Gerichten unter Zwangsverwaltung gestellt wird?

Was geschieht, wenn die FDA durch Beschwerden der Betreuungspersonen gezwungen wird, den Vertrieb auszusetzen? Während wir noch verzweifelt überlegen, was wir tun sollen, erleiden Millionen Kranke einen Rückfall. Unterdessen werden wir mit Prozessen überzogen. Die Aktien von GEM Tech werden nicht einmal mehr das Papier wert sein, auf dem sie gedruckt sind.

Und was, wenn externe medizinische Studien zu dem Schluss kommen, dass die Kliniker von GEM Tech nicht gründlich gearbeitet und die FDA-Zulassung nur ihren guten Beziehungen zu verdanken haben? GEM Tech und wir alle in diesem Raum wären Freiwild für jeden Anwalt. Außer den Juristen und der Konkurrenz hätte niemand etwas davon.«

Carr meldete sich wieder zu Wort. »Nehmen wir doch einmal an, dass diese Flashbacks wirklich direkt durch das Medikament verursacht werden. Na und? Die Alternative sind Demenz und Tod. Aber wenn die Flashbacks keine negativen Auswirkungen haben und keine Bedrohung darstellen, kann man damit sehr wohl leben. Sehen Sie sich doch Louis Martinetti an. Bei den Mini-Mental-Tests erreicht er über siebzig Prozent. Für mich ist das ein Wunder.«

Zustimmung von allen Seiten brandete auf.

»Ich schlage vor, wir stimmen für die Annahme des Berichts und leiten gleichzeitig die Erstellung eines demografischen Profils von Patienten ein, bei denen diese Anfälle auftreten. Auf diese Weise können wir gefährdete Zielgruppen ermitteln.«

»Sie meinen ein demografisches Screening nach erfolgter Zulassung?«, fragte Nick.

»Ja«, erwiderte Carr. »Risikopersonen könnten vor der Einnahme des Medikamentes gewarnt werden. GEM könnte zugleich einen kostenlosen Test anbieten, um eine Gefährdung auszuschließen.«

»Damit spannen wir den Wagen vor das Pferd«, sagte Nick. »Ich halte es für sinnvoller, diese Untersuchungen vor Einreichung des Antrags durchzuführen. Selbst wenn es ein Jahr oder so dauert, ist es für alle nur von Vorteil, wenn festgestellt wird, bei welchen Patienten diese Flashbacks auftreten können. Die Alternative wäre, das Medikament überstürzt auf den Markt zu bringen. Ich halte das für gefährlich und nicht akzeptabel.«

»Die andere Alternative wäre eine Gesundheitswarnung«, meinte Paul Nadeau.

Nick lachte in sich hinein. Kein Pharmaunternehmen brachte gern eine derartige, von der FDA vorgeschriebene Warnung auf einer Medikamentenverpackung an. »Gute Idee. ›Wenn Sie nicht wollen, dass Ihre älteren Patienten den ganzen Tag mit Bauklötzen spielen oder den Postboten angreifen, weil er ihnen die Murmeln geklaut hat, sollten Sie auf den Einsatz dieses Medikaments bei Demenzkranken verzichten.‹«

Außer ihm fand das keiner lustig.

»Sie wollen also, dass wir Millionen von Menschen sagen, sie müssten sich mit dem endgültigen Verlust ihrer geistigen Fähigkeiten abfinden, weil wir noch ein paar Einzelheiten klären müssen«, stellte Rubell fest. »Für mich gibt es nichts Grausameres, als zuerst Hoffnungen zu wecken und sie den Menschen dann wieder zu nehmen. Wir können diesen Zug nicht aufhalten.«

»Ganz meine Meinung«, stimmte Carr zu.

»Also gut«, sagte Nick abschließend. »Ich kann nicht mit gutem Wissen dafür stimmen, dass dieser Bericht ohne eine Ausschlusserklärung der FDA vorgelegt wird. Das ist Schönfärberei, die bei Kranken und Betreuungspersonen falsche Hoffnungen weckt. Ich weigere mich, zu dem Eindruck beizutragen, dass wir

Forscher so unter dem Einfluss der GEM-Kapitalgeber stehen, dass wir uns einstimmig dafür aussprechen, die Risiken zu ignorieren.«

Böse Blicke trafen ihn, als die anderen die Köpfe wie zum Urteil neigten. Für einen Moment fühlte er sich an *Das letzte Abendmahl* von Leonardo da Vinci erinnert.

»Aus diesem Grund werde ich meine eigene Empfehlung verfassen und darauf drängen, dass die FDA die Prüfung verschiebt, bis weitere Tests abgeschlossen sind.«

Lastendes Schweigen erfüllte den Raum, als die leeren Stimmzettel verteilt wurden. Zwei Minuten später war die Zählung erfolgt: zweiundzwanzig Stimmen dafür, eine dagegen.

Niemand sagte etwas zu Nick, als er den Raum verließ und mit dem Aufzug nach oben zu seinem Zimmer fuhr.

74

Über dreitausend Kilometer von dem Hotel entfernt lag Jack Koryan in seinem Bett und dachte daran, dass sein Vater irgendwo auf dem Friedhof von Cranston, Rhode Island, begraben war.

75

Kurz nach neun Uhr am selben Abend rief Gavin Moy Nick an und lud ihn in die Bar ein.

»Ich habe dich beim Abendessen nicht gesehen.« Moy saß allein in einer abgetrennten Nische im spärlich erleuchteten hinteren Bereich des Raumes.

»Ich habe auf meinem Zimmer gegessen.« Nick war müde und wollte wieder ins Bett.

Sie teilten sich eine Schale gemischte Nüsse. »Du hast alle Mandeln gegessen«, beschwerte sich Moy. »Da sind nur noch diese bescheuerten Erdnüsse drin.«

Nick schwenkte die Schale und fischte eine Mandel heraus. »Hier hast du eine bescheuerte Mandel.«

Moy nahm sie und kaute geräuschvoll darauf herum. Ein paar Augenblicke lang nippten sie schweigend an ihren eisgekühlten Drinks.

»Ich habe gehört, was heute Nachmittag passiert ist«, sagte Moy dann.

»Ich habe nur das Gleiche gesagt wie immer. Keine Überraschung.«

»Nur dass dein Bericht für uns einen enormen Rückschlag bedeutet.«

»Eine einzige Stimme im Wind? Das kann ich mir kaum vorstellen.«

»Aber eine Stimme mit Gewicht.«

»Dann solltest du dir vielleicht überlegen, ob du das Mittel wirklich derart überstürzt auf den Markt bringen willst. Das Medikament hat gravierende Schwächen.«

»Blödsinn!«

»Gavin, es gibt nur eines, das schlimmer ist als Alzheimer, nämlich ein schreckliches Erlebnis wieder und wieder durchzumachen. Genau das hat dieses Medikament vielen Kranken angetan. Immer wieder landen sie in furchtbaren Erfahrungen aus ihrer Vergangenheit. Und das ist schlimmer als Alzheimer. Es ist schlimmer als der Tod.«

Moy gab einen zischenden Laut von sich und wedelte wegwerfend mit der Hand. »Ich kenne deine Argumente. Ich wünschte nur, ich könnte dich von unserer Sicht der Dinge überzeugen. Ein Brief von dir könnte den Zug zum Entgleisen bringen.«

»Es tut mir leid, Gavin, aber ich kann nicht anders.«

Lange saßen sie schweigend da und schlürften ihre Drinks. Moy winkte den Kellner heran, um eine zweite Runde und eine weitere Schale Nüsse zu bestellen. Dann holte er ein Papier aus der Tasche seines Jacketts und reichte es Nick. Es war eine Fotokopie des Artikels über den aus dem Koma erwachten Jack Koryan.

»Was ist damit?«

»Das ist unsere Qualle«, sagte Moy. »Weißt du, wer das ist?«

Nick fühlte, wie seine Anspannung wuchs. Jordan Carr hatte eine Blutuntersuchung des Mannes angefordert und sich eine tiefgefrorene Blutprobe schicken lassen, um festzustellen, wie viel Gift sich noch in seinem Körper befand. »Ja.«

»Angeblich klagt er über Albträume.«

Ein Köder! »Ja. Flashbacks.«

»Flashbacks«, wiederholte Moy. »Albträume von einer gewalttätigen Auseinandersetzung.«

»Das habe ich auch gehört.« Nick achtete darauf, sich seine Gefühle nicht anmerken zu lassen.

Moy nickte, ohne Nick aus den Augen zu lassen, nahm eine Handvoll Mandeln und zermalmte sie zwischen seinen Backenzähnen. »Ich frage mich nur, ob etwas dran ist.«

Er treibt Spielchen mit mir, dachte Nick. *Das ist irgendeine perverse Art der Erpressung.* »Es könnten Erinnerungen sein, aber auch einfach nur Albträume. Sicher bin ich mir nicht. Das lässt sich unmöglich feststellen.«

»Beunruhigt dich das nicht? Siehst du da kein Problem?«

»Wir reden über sein Unterbewusstsein. In diesem Bereich ist kein richtiger Nachweis möglich.«

»Wir scheinen aber beide darüber nachgedacht zu haben, an was sich dieser Mann wohl erinnert und ob das zum Problem werden könnte.«

»Ich kann mir das nicht vorstellen. Außerdem war unser Interesse an ihm rein wissenschaftlicher Art.«

»Natürlich.« Moy stieß mit seinem Glas gegen das von Nick, das dieser auf dem Tisch abgestellt hatte. »Ehrlich gesagt, habe ich allmählich genug von dieser Spiegelfechterei.«

Nick holte tief Luft. »Ich auch.« Er sah auf die Uhr. »Morgen muss ich früh raus.«

»Ach ja, deine Safari zum Sonnenaufgang.«

Nick hatte erwähnt, dass er den Bryce Canyon besuchen wollte.

»Du weißt, dass für die Berge Eisregen angekündigt ist.«

»Dann sind wenigstens nicht so viele Leute unterwegs.«

Moy lachte vor sich hin. »Du wirst ganz allein sein.«

Nick wollte gegen halb fünf Uhr aufstehen, damit er vor Sonnenaufgang am Canyon war. »Du kannst ja mitkommen.«

Moy schnaubte nur. »In Kälte und Dunkelheit aufstehen und fünfunddreißig Kilometer fahren, nur um mir den Sonnenaufgang anzusehen? Da bleibe ich doch lieber im warmen Bett.«

»Wie oft hat man schon Gelegenheit, sich den Sonnenaufgang am Bryce Canyon anzusehen?«

»Ungefähr so oft, wie auszuschlafen. Du kannst mir ja deine Fotos zeigen.«

Als Nick auf sein Zimmer ging, dachte er, dass er sich vielleicht geirrt hatte. Vielleicht war es wirklich Spiegelfechterei.

76

»Mein Gott«, flüsterte Nick, als er nach unten sah.

Er stand am Inspiration Point am südlichen Rand des Canyons, nur wenige Meter von dem hundertdreißig Meter senkrecht in die Tiefe stürzenden Steilhang entfernt. Das einzige Geräusch war das Rauschen der eisigen Winde in den Ponderosa-Kiefern und den zerklüfteten Sandsteinformationen. Laute, die seit hundert Millionen Jahren unverändert geblieben waren.

Zu seinen Füßen gähnte der Bryce Canyon wie ein riesiges Amphitheater mit Tausenden von Türmen, Zinnen und Erhebungen, die von Wind und Regen zu bizarren Gestalten geformt worden waren, bis ein Labyrinth aus uralten Hoodoos entstanden war, wie die vom Wind geformten Gesteinssäulen genannt wurden. Das Indigoblau des Himmels, der sich über ihm wölbte, wich loderndem Orange, als die Sonne am östlichen Horizont aufging. Die letzten Sterne verblassten, aber im Nordwesten hielt sich hartnäckig ein kristallklarer Viertelmond.

Nick schob sich näher an den Abgrund heran, um noch eine Aufnahme zu machen.

Er war aufgestanden wie geplant. In etwa einer halben Stunde hatte er es mit dem Mietwagen bis zum Canyon geschafft, obwohl er unterwegs an einer Tankstelle Kaffee getrunken und ein paar Donuts gegessen hatte. Natürlich hatte er die Straßen für sich allein gehabt. Um halb fünf hatte er ausgecheckt. Sein Mietwagen war bereits gepackt, sodass er nach diesem fantastischen Stopp direkt nach Salt Lake City fahren konnte, wo er die

Nachmittagsmaschine nach Hause nehmen würde. Die letzten Tage waren stürmisch gewesen, aber an diesem Morgen rissen die Wolken auf. Da er sich auf einer Höhe von fast dreitausend Metern befand, war die Luft noch eisig und auf den Wegen lag eine dünne Schneeschicht.

Am faszinierendsten fand er den völligen Mangel an Bewegung. Er konnte mehr als hundertfünfzig Kilometer weit sehen, und das Einzige, was sich rührte, waren Wacholderbüsche und Kiefern. Noch nicht einmal ein Stein, der in die Tiefe stürzte. Nicks Mietwagen war das einzige Fahrzeug auf dem Parkplatz. Von seinem Aussichtspunkt aus verdarben weder Straßen noch Autos noch Häuser oder auch nur das Licht einer Stadt das urzeitliche Panorama. Nichts deutete darauf hin, dass diese Sonne im 21. Jahrhundert und nicht im Mesozoikum aufging. Angesichts der roten Felsen hätte er sich ebenso gut auf einem anderen Planeten wie dem Mars befinden können. Die vollkommene Stille bot nach dem Lärm der überfüllten Tagungsräume und Speisesäle eine willkommene Abwechslung.

Nick befestigte die Nikon mit dem 300-Millimeter-Objektiv auf dem Stativ, brachte ein Auslöserkabel an und begann, die vom Boden des Canyon aufragenden Felstürme im Licht der Morgendämmerung zu fotografieren.

Im sich ständig verändernden Licht machte er von jeder Stelle vier bis fünf Aufnahmen und wanderte dann weiter am Rand entlang. Als die ersten Strahlen der tief stehenden Sonne in den Canyon fielen, griff er zu seiner Mamiya 7 mit Weitwinkelobjektiv und fing an, direkt am Abgrund zu fotografieren. Es blieb ihm nichts anderes übrig, als blindlings auf die Festigkeit des Kalksteins zu vertrauen, denn er befand sich am Rande eines senkrechten Absturzes, bei dessen Anblick es ihm eiskalt über den Rücken lief.

Er hielt auf eine Reihe messerscharfer Felsklingen drauf, die von der Sonne vergoldet wurden.

Klick, klick, klick.

Zurück zum 18-Millimeter-Weitwinkel.

Klick, klick, klick.

Das Licht veränderte sich von Sekunde zu Sekunde. Er verschoss den Rest des Films, legte einen neuen ein und wechselte zu einer anderen Stelle am Rande des Canyon. In der Hocke hielt er das Sonnenlicht fest, das von einer Gruppe sonnenverbrannter Kalksteinfächer reflektiert wurde. Erstaunlich, wie sie trotz ihrer gigantischen Ausmaße einer Feuerkorallenkolonie glichen. Natürlich waren diese trotz ihrer Kalziumkarbonatstruktur und der fragilen flammenartigen Gestalt keine echten Korallen, sondern Hydrozoen, deren Nesselzellen ein brennendes Gift enthielten, das eng mit den Neurotoxinen der Quallen verwandt war.

Quallen.

Erstaunlich, wie sich der Kreis schloss. Dass ausgerechnet Jack Koryan in einen Solakandji-Schwarm geraten musste! Scheinbar zufällige geophysikalische Ereignisse hatten sie zusammengeführt – der kühle Ozean, warme atlantische Hochs, verirrte Golfstrom-Gewässer, einen Mann, der am richtigen Ort zur richtigen Zeit schwimmen ging.

Der Qualleneffekt.

Statistisch war die Chance vielleicht eins zu einer Million – nur dass es sich hier nicht um ein zufälliges Zusammentreffen handelte. Weit gefehlt. Nick wusste nicht, wie eng die Verbindungen waren, aber wenn er nach Boston kam, würde er das überprüfen. Es war erstaunlich, wie wenig Zufälle es bei genauerem Hinsehen im Leben gab. Vielleicht gab es überhaupt keine echten Zufälle.

Oh, Jack Koryan, dachte er. *Armer Jack Koryan. Dämonen zermartern dir das Gehirn, und du weißt nicht, was du tun sollst. Das Traurige daran ist, dass nach all diesen Jahren nichts mehr zu beweisen ist. Selbst wenn, wie sollte man es erklären? Die Zeit hat alle Spuren verwischt. Und selbst wenn es eine Erklärung gäbe, was würde das ändern?*

Aber vielleicht sollte ich es versuchen. Das wäre das einzig Anständige – den Mann aus seiner Zwickmühle befreien. Bin ich hier nicht der Ethik-Experte?

Im Grunde sind wir keine schlechten Menschen, Jack, nur eben menschlich – wie der Rest unserer Rasse. Nur dass der Einsatz höher ist.

In einem Spalt, der ein Hoodoo in zwei Hälften teilte, ging die Sonne auf. Goldene Strahlen sprühten kreisförmig in alle Richtungen.

Tut mir leid, dass du dich so quälen musstest, Jack Koryan. Aber wenn ich zurückkomme, öffne ich dir die Tür, das schwöre ich.

Nick wechselte zu einer anderen Felsnase, wo er sich mit der Nikon über den Rand hängte und drei Bilder schoss. Das Licht veränderte sich nun rapide. Goldene Lichtbündel fielen am Horizont durch die Wolkenlücken. Als er eines davon verfolgte, meinte er, auf einem der oberen Felsbänder eine Bewegung entdeckt zu haben. Er schwenkte seine Kamera herum und zoomte auf einen geduckten Schatten zwischen den Kiefern direkt unterhalb der Stelle, wo die Sonne auf die Baumkronen fiel.

Unsicher, ob es sich um einen Menschen oder ein Tier handelte, drückte er halb den Auslöser, um damit den Autofokus zu aktivieren. In dem Sekundenbruchteil, den er dazu brauchte, spürte er hinter sich eine plötzliche Bewegung, die instinktiv einen Schauer durch seinen Körper sandte.

Bevor er wusste, wie ihm geschah, stürzte sich eine Gestalt auf ihn. Im Augenblick vor dem Zusammenprall wurde Nick plötzlich alles klar. In einem endlosen Moment des Schreckens fühlte er, wie die Luft aus seinen Lungen gedrückt und sein Körper über die Felskante in den Abgrund geschleudert wurde.

Etwa fünfzig Meter rechts oberhalb davon war nur ein einziger Laut des Erkennens vernehmbar – ein kurzes »Ah«, das sich aus Nick Mavros' Lungen löste, als hätte er einen verlegten Schlüssel gefunden. Vielleicht zehn Sekunden später schlug sein Körper mit einem weichen Klatschen auf dem Geröll unten auf. Ein paar gedämpfte Geräusche – dann hatten er und seine Kamera in den kreidezeitlichen Schichten uralter Meere ihre letzte Ruhestätte gefunden.

Es war vorbei. Dr. Jordan Carr bedeutete seinem Komplizen unten an der Schlucht zum Auto zurückzukehren, bevor die ersten Wanderer auftauchten.

Vermutlich würde Mavros irgendwann von Rucksacktouristen oder Rangern des Nationalparks gefunden werden. Ein zerschmettertes Etwas in einem roten North-Face-Anorak und Jeans. Wenn die Leiche schließlich geborgen war, würde in den Zeitungen zu Hause der Nachruf auf Dr. Nicholas Mavros aus Wellesley, Massachusetts, erscheinen. Offenbar hatte der Chefneurologe des Massachusetts General Hospital, der allein auf einer Fotosafari im Bryce Canyon Nationalpark unterwegs war, bedauerlicherweise bei starkem Wind auf einer glatten, brüchigen Felskante den Halt verloren. Er hatte in Utah an einer Tagung von Klinikärzten teilgenommen und so weiter und so fort, wie Gavin Moy stets so treffend sagte.

Carr warf einen letzten Blick in den Abgrund.

Das einzige Hindernis, das ihn vom gelobten Land getrennt hatte, lag nun unter ihm. *Gott ist im Himmel, in Frieden die Welt!*

77

Solakandji.

Jack hatte das Wort auf die Rückseite von René Ballards Visitenkarte geschrieben.

Es war ein warmer Nachmittag, ein schöner Tag für einen Spaziergang. Jacks Reha-Leute waren Anhänger der Kamikaze-Schule der Physiotherapie und fanden, er solle zweimal am Tag einen Fußmarsch unternehmen.

Die Robbins Memorial Library lag keine vier Kilometer von seinem Haus entfernt. Bei seinem Tempo und am Stock war das etwa eine Stunde. Die Bücherei war in einem prächtigen Gebäude im Stil der italienischen Renaissance an der Massachusetts Avenue im Stadtzentrum untergebracht. Die Innenräume zählten mit den hohen Bogengewölben, dorischen Säulen, gemeißelten Marmornischen, Gemälden und vielfarbigen Marmorböden zum Schönsten, was der Nordosten der Vereinigten Staaten architektonisch zu bieten hatte. Hinter der Rotunde befand sich der Rechercheraum, dessen eine Wand von Computern mit Internetanschluss eingenommen wurde. Da die meisten Studenten um diese Zeit Vorlesung hatten, musste er nicht warten.

Google lieferte ihm Hunderte von Treffern für »Solakandji-Qualle«. Ohne recht zu wissen, wonach er suchte, scrollte er sich durch die Liste. Auf jeden Fall war das unterhaltsamer als Wäsche und Hausputz. Außerdem interessierte er sich für die kleinen Mistviecher, die ihm ein halbes Jahr seines Lebens gestohlen hatten.

Einige Sites enthielten allgemeine Informationen über Quallen mit Zusatzinformationen über Solakandji, andere waren für Naturforscher, Studenten der Meeresbiologie und Unterwasser-Fotografen. Auf manchen wurde erklärt, wie Verbrennungen durch Quallengift zu behandeln waren. Tante Nancy hatte recht gehabt – Essig und nicht reiben.

Er klickte auf ein paar Sites, die Farbfotos des Tieres enthielten. Da war sie: *Solakandji medusa* – ein rauchgelber, durchscheinender Pilz mit Spaghettiarmen. Auf den Bildern war sie von zarter Schönheit und wirkte völlig harmlos.

> Diese hochgiftige Qualle ist im Wasser extrem schwer zu entdecken …

> … die Tentakel können bis zu zwei Meter lang werden und sind unter Wasser so gut wie unsichtbar …

> Der Kontakt mit dem Nesselgift der Solakandji verursacht einen rapiden Anstieg des Blutdrucks und führt zu Gehirnblutungen …

> Gegenwärtig gibt es kein Gegengift, da es den Wissenschaftlern nicht gelungen ist, genügend Quallen für die Entwicklung eines Gegenmittels zu fangen …

> Diese Hohltiere besitzen auch als Nematocyten bezeichnete Nesselzellen, die einen spiralförmig zusammengelegten Nesselschlauch mit Widerhaken enthalten. Bei Berührung wird der Schlauch herausgeschleudert, und die Stacheln setzen das Gift frei …

St. Thomas, Virgin Islands. Als der Rettungshubschrauber

eintraf, schrie er bereits vor Schmerzen. Wenige Stunden später fiel er ins Koma … vier Tage später starb er …

Er fand ähnliche Artikel über einige seltene Zwischenfälle mit Schwimmern und Schnorcheltauchern in der Karibik, aber nichts aus Nordamerika. Sein eigener Unfall war offenbar schon zu lange her.

Weiter unten auf der Liste stieß er auf wissenschaftlichere Sites mit Fachbegriffen wie *coelenterata,* die mit langwierigen, abstrusen Artikeln verknüpft waren. Offenbar waren diese für Meeresbiologen und nicht nur gewöhnliche Strandwanderer und Sporttaucher bestimmt.

Jack klickte auf ein paar Begriffe, fühlte sich jedoch von den vielen Einzelheiten erschlagen. Nach fast einer Stunde stieß er auf eine Gruppe medizinisch orientierter Sites, die sich mit dem Gift und möglichen neurologischen Folgen befassten. Einige davon zählten verschiedene giftige Arten auf, die für den Menschen gefährlich waren, aber auf einen möglichen medizinischen Nutzen untersucht wurden. Alles sehr wissenschaftlich. Aus Neugier sah er sich einige der Auszüge aus den Archiven obskurer Fachjournale an.

Er blätterte gerade durch eine endlose Liste, als er plötzlich erstarrte. Lange blickte er ungläubig auf den Bildschirm.

Sarkisian, N., Nakao, M., Sodaquist, T. Ein neues Eiweißgift der tödlichen Solakandji-Qualle. *Biotechnology Today* 66, 97–101, 1969.

Er war über einen der Namen in der Autorenliste gestolpert: *Sarkisian, N.*

»N« wie *Nevard* – armenisch für Rose. Der Name, den sie als Wissenschaftlerin verwendet hatte.

Seine Mutter.

Wie ein Schlag traf ihn die Erkenntnis: Sie war Koautorin eines Artikels über das Gift der Qualle gewesen, die Jahre später daran schuld war, dass er ins Koma fiel. Reflexartig las er den Anfang der Zusammenfassung, während er gleichzeitig versuchte, seine Gedanken zu ordnen.

> Die tödliche Solakandji-Qualle *Chiropsalmus quadrigatus Mason* ist selten und kommt in der tropischen Karibik und im äquatorialen Atlantik vor. Bisher sind vier Todesfälle aufgrund von Vergiftungen bekannt. Das Chiropsalmus quadrigatus Toxin A (CqTX-A, 43kDa), ein starkes proteinöses Gift, wurde zum ersten Mal aus den Nesselzellen der *Chiropsalmus quadrigatus* isoliert … Intraperitoneal injiziert zeigt CqTX-A bei Krebsen tödliche Toxizität (LD50 = 80 g/kg) und hämolytische Aktivität bei 0,8 % der Mäuse …

Dieser geheimnisvolle wissenschaftliche Jargon sagte ihm gar nichts, aber es waren die Worte seiner Mutter, der Ausdruck ihres brillanten Verstandes in der Sprache ihrer Adoptivheimat. War ein solcher Zufall möglich? Er spürte eine Logik, eine tiefere Bedeutung – wie bei einem Polaroidfoto, das sich langsam vor seinen Augen entwickelte.

Er ging mit dem Cursor zurück zum Suchfeld und gab »Solakandji N. Sarkisian« ein. Unter der »Hydra Library« waren mehrere Artikel von ihr gelistet:

> Sarkisian, N. A., 1969. Isolierung und Bestimmung der Struktur eines aus dem Meeresorganismus *Chiropsalmus quadrigatus Mason* gewonnenen neuartigen Polypeptids. *Pure Appl Chem* 14, 49.

Sarkisian, N. A., 1970. Die starke stimulierende Wirkung des aus einer seltenen Qualle *(Chiropsalmus quadrigatus Mason)* isolierten Protopleurins-B, eines neuartigen Polypeptids. *J Pharmacol Exp Ther* 14, 443–448.

Sarkisian, N. A., 1972. Ein pharmakologisch aktives Toxin einer seltenen tropischen Qualle. Nachweis verschiedener neurologischer Aktivitäten anhand des Labyrinthverhaltens von Labortieren. *J Pharmacol Exp Ther* 17, 226–233.

Es gab weitere Artikel, die von ihr gemeinsam mit anderen verfasst worden waren. Soweit er feststellen konnte, hatte seine Mutter an der Bestimmung der Eigenschaften des Quallengifts gearbeitet, dessen Wirkung auf Labortiere eine pharmakologische Nutzung denkbar scheinen ließ.

Dann wandte er sich weniger technischen Sites mit allgemeinen Informationen über die Qualle zu und suchte nach deren Verbreitungsgebiet. Nachdem er mehrere Artikel überflogen hatte, die von Begegnungen mit Schwimmern in der Karibik berichteten, stieß er auf das Gesuchte – einen Artikel von einem Reporter der *Cape Cod Times:* »Fische fern der Heimat«. »Schriftsteller findet tropische Meerestiere bei Homer's Island«, lautete der Untertitel.

Seit Jahren entdecken Taucher bei Buck's Cove auf Homer's Island im Spätsommer und Frühherbst immer wieder solch exotische Fremdlinge wie Korallen-, Drücker- und Kaiserfische. Allerdings halten sich diese Besucher keineswegs freiwillig dort auf, sondern werden vom Golfstrom mit nach Norden gerissen, wenn sie kaum daumennagelgroß sind.

Für die meisten handelt es sich um eine Reise ohne Wiederkehr. Ihre Zeit ist begrenzt. Wenn sich das Wasser im Winter abkühlt, bedeutet das für sie den sicheren Tod …

Cobias, Schwarze Umberfische und Stachelrochen wurden bereits von Aquarianern gesichtet. Vor zwei Jahren wurde sogar ein junger Feuerfisch gefangen …

Die ungewöhnlichste Entdeckung in jüngster Vergangenheit war jedoch die Solakandji-Qualle mit ihren meterlangen Tentakeln, die normalerweise in der Karibik und im Pazifik beheimatet ist …

Jack war sich nicht ganz sicher, worauf er da gestoßen war. Am meisten beschäftigte ihn, dass seine Mutter unter ihrem Mädchennamen und nicht unter ihrem Ehenamen Najarian veröffentlicht hatte. War sie eine Emanze gewesen? Wollte sie Berufliches und Privates nicht vermischen? Oder hatten sie und Jacks Vater sich getrennt?

Der letzte Gedanke ließ ihn auch auf dem Heimweg nicht los.

Er wusste so gut wie nichts über seinen biologischen Vater und die Ehe seiner Eltern. In seinem ganzen Leben war er noch nie am Grab seines Vaters gewesen.

Warum also rief er plötzlich bei der Friedhofsverwaltung an und erkundigte sich nach der genauen Lage? Und warum fuhr er fast zwei Stunden zum Cedar Law Cemetery in Cranston, Rhode Island?

Ein wenig spät, um dem Mann, der ihn gezeugt hatte, seinen Respekt zu erweisen.

Oder hatte er den Verdacht, dass irgendwo etwas faul war?

Der Friedhof schloss offiziell bei Sonnenuntergang.

Jack traf in seinem Mietwagen eine Stunde davor ein. Die Wegbeschreibung, die er von der Friedhofsverwaltung bekommen hatte, erwies sich als perfekt.

Es gab keinen Grabspruch, nur das armenische Kreuz und die Jahreszahlen waren in den Stein gemeißelt.

Jack wusste von seinem Vater lediglich, dass er aus Beirut in die USA gekommen und sich auf Rhode Island niedergelassen hatte. Damals hatte er dort Verwandte gehabt, die aber mittlerweile alle verstorben waren. Für armenische Immigranten keine ungewöhnliche Geschichte. Aber offenbar hatten sich beide Seiten der Familie nicht sehr nahe gestanden, denn nach dem Tod seiner Mutter hatte Jack so gut wie keinen Kontakt mehr mit den paar verbliebenen Verwandten väterlicherseits gehabt.

Vielleicht gab es rein berufliche Gründe dafür, dass seine Mutter ihren Mädchennamen verwendet hatte. Vielleicht war ihre Ehe zerrüttet, und sie wollte sich davon distanzieren. Jacks Tante und Onkel hatten ihm nichts über die Beziehung zwischen seinen Eltern erzählt. Selbst wenn es Eheprobleme gegeben hatte, wäre diese Information für ihn völlig nutzlos gewesen.

Als er den Grabstein mit dem Namen des Vaters, den er nicht gekannt hatte, betrachtete, füllten sich seine Augen mit Tränen. Für ihn war dieser Mann nur ein Name und ein paar verblichene Fotos.

Viele Jahre lang hatte er das Fehlen eines Vaters wie den Phantomschmerz gespürt, von dem Amputierte berichten. Sein Onkel Kirk war ein netter Mensch gewesen, aber zu krank und zu distanziert, um die Lücke zu füllen. Jack hatte sich immer gefragt, wie es gewesen wäre, einen richtigen Vater zu haben, mit dem man etwas unternehmen konnte. *»Spielst du mit mir Ball, Dad?«*

Wer warst du?

Wer bin ich?

»Es tut mir leid, Dad«, flüsterte er. Brennendes Schuldgefühl überkam ihn, weil er jemals den furchtbaren Verdacht gehegt hatte, der Mann, der hier begraben lag, könnte die Kreatur aus seinem Traum sein – das Ding mit der Kapuze und dem Fleischklopfer.

Als er den Blumentopf abstellte, den er mitgebracht hatte, fiel ihm durch den Tränenschleier auf, wie nackt der Grabstein wirkte. Nur die Jahreszahlen waren angegeben: 1931–1972. Weder Monat noch Tag. Das war höchst merkwürdig, denn auf den anderen Gräbern wurde immer das vollständige Datum von Geburts- und Todestag genannt.

Nun ja, er hatte seinem Vater seinen Respekt erwiesen. Jetzt war es an der Zeit, sich der Gegenwart zuzuwenden. Er hinkte zu seinem Auto zurück und fuhr nach Hause. Er würde René Ballard anrufen. Sie schuldete ihm eine Erklärung.

78

Nicks Beerdigung fand am Samstagmorgen in der griechisch-orthodoxen Sankt-Athanasius-Kirche von Arlington, Massachusetts, statt.

Hunderte von Trauergästen aus der Welt der Medizin waren erschienen. René erkannte mehrere Gesichter und setzte sich zu Alice Gordon und dem übrigen Pflegepersonal von Broadview, Morningside und anderen Pflegeheimen. In den ersten Reihen saßen Thalia, Nicks Frau, die beiden Söhne und die Enkelkinder. Immer wieder hatte er René Fotos von ihnen gezeigt. Nun schienen sie nicht glauben zu können, dass er wirklich von ihnen gegangen war.

Von ihrem Platz am Gang hinten in der Kirche sah sie zu, wie einer nach dem anderen hereinkam. Sie erkannte mehrere an der Studie beteiligte Wissenschaftler und verschiedene Leute vom Massachusetts General Hospital. Manager und Forscher von GEM Tech waren ebenfalls vertreten. Gavin Moy, dessen Augen hinter einer dunklen Sonnenbrille verborgen waren, und mehrere Anteilseigner nahmen in einer Reihe vor ihr Platz. Jordan Carr saß bei ihnen. Als er an ihr vorbeikam, blieb er stehen und drückte ihr mitfühlend die Schulter. »Es tut mir wirklich leid«, flüsterte er, bevor er sich neben Moy setzte. René nickte unter Tränen.

Binnen Kurzem hatte sich die riesige Kirche gefüllt. Hinten standen die Leute in mehreren Reihen, und selbst die Seitengänge unter den Buntglasfenstern waren voll.

Die offizielle Version war, dass Nick das Gleichgewicht verloren hatte – ein unglückliches Zusammentreffen mangelnder Trittsicherheit, starker Winde und möglicherweise plötzlichen Schwindels. Es hieß, Nick habe zu Schwindelanfällen geneigt. Es war also durchaus denkbar, dass er in der großen Höhe einen tödlichen Augenblick lang das Gleichgewicht verloren hatte. Die Parkverwaltung hatte von Schneeschauern während der Nacht berichtet, und am frühen Morgen hatte die Windgeschwindigkeit in Böen bis zu fünfundsiebzig Kilometer pro Stunde erreicht.

Während des gesamten Gottesdienstes wurde René das Gefühl nagenden Unbehagens nicht los. Immer wieder flackerte es auf, aber sie schloss die Augen und verdrängte es.

Als der Priester mit der markanten Kopfbedeckung und der Robe später am Grab den letzten Segen sprach, wanderte ihr Blick über die zahlreich versammelten Trauergäste und blieb an der GEM-Tech-Gruppe hängen, die in dicht geschlossenen Reihen um Gavin Moy stand: Manager, Marketingleute, Ärzte, Anwälte, FDA-Beamte und andere Macher.

Jordan Carr begegnete ihrem Blick mit einem Nicken und einem ausdruckslosen Lächeln. Die gedämpfte Stimmung war dem Anlass angemessen, aber René hörte immer noch, was eine der Schwestern im Flüsterton ausgesprochen hatte. *Sein Tod kommt manchen Leuten sehr gelegen.*

79

Jack hatte mehrere Nachrichten auf der Mailbox von René Ballards Funktelefon hinterlassen und schon fast aufgegeben, als sie am Dienstag zurückrief. Sie entschuldigte sich damit, dass sie nach dem Tod eines Freundes ein paar Tage freigenommen habe.

Da es ein sonniger, warmer Tag war, schlug Jack das »Fins«, ein Bistro direkt am Meer in Portsmouth, als Treffpunkt vor. René wartete unter einem Sonnenschirm auf der Terrasse auf ihn. Hinter ihr erstreckte sich der Atlantik, der in der Sonne glitzerte wie Diamantenstaub. Jack bestellte ein Mineralwasser. Die Aktentasche mit Ausdrucken des Materials, das er im Internet gefunden hatte, stellte er unter den Tisch. Als René die Sonnenbrille abnahm, wirkten ihre Augen rot und müde. Ihr Gesicht war angespannt.

»Tut mir wirklich leid, das mit Ihrem Freund.«

Sie nickte. »Es hätte einfach nicht passieren dürfen. Er war solch ein guter Mensch.« Ihre Lippen begannen zu beben. Sie schüttelte den Kopf. »Entschuldigen Sie.«

»Da gibt es nichts zu entschuldigen.«

Der Kellner brachte Jacks Wasser.

René nippte an ihrem Wein. »Also, was wollten Sie mir zeigen?«

Als sie aufsah, fühlte er sich von ihren Augen unwiderstehlich angezogen. Die Tränen ließen das harte Kristallblau weicher wirken. Ihm wurde warm ums Herz. Am liebsten hätte er sie in die

Arme genommen, aber er wies den Gedanken sofort von sich. »Das kommt mir alles spanisch vor«, sagte er, während er ihr die Auszüge aus wissenschaftlichen Journalen zeigte, die er ausgedruckt hatte.

René sah sie sich an. »Auf einige von denen bin ich selbst gestoßen, als ich von Ihrem Fall hörte.«

Jack legte den Finger auf die Zeile mit den Namen der Autoren. »Das ist meine leibliche Mutter. Ihr Mädchenname war Sarkisian. Koryan ist der Name meines Onkels, der mich adoptiert hat.«

Sie sah ihn ungläubig an. »Was?«

»So ein großer Zufall ist es auch wieder nicht, wenn man es recht bedenkt. Homer's Island gehört zu den wenigen Stellen im Nordosten, wo diese Tiere vorkommen. Genau deswegen hatte sie das Strandhaus gemietet. Sie war Biochemikerin, und so wie ich es verstehe … Sagen Sie mir, was Sie denken.«

Während Jack sein Wasser trank, überflog René schweigend die Artikel, wobei sie gelegentlich nickte und leise Laute des Wiedererkennens von sich gab. Nach ein paar Minuten sah sie auf. »Das ist unglaublich«, begann sie, »aber ich denke, Ihre Mutter hat an der Bestimmung der biochemischen Struktur des Giftes mitgearbeitet. Ihr Name erscheint zuerst, was bedeutet, dass sie die Forschung geleitet hat. Und ein Jahr später stellt sie die Verbindung zu der neurologischen Wirkung des Toxins auf kognitive Fähigkeiten und Gedächtnis her.«

»Und deswegen ist in der letzten Publikation auch von Labormäusen und ihrem Labyrinthverhalten die Rede.«

»Ja, das heißt … ich kann es nicht glauben … sie hat nicht nur die biochemische Struktur der Verbindung beschrieben, sondern auch den neurologischen Nutzen des Toxins entdeckt.«

»Sie meinen das Alzheimer-Medikament?«

»Ja.« Sie sah Jack bedrückt an. »Sind Sie sicher, dass das Ihre Mutter ist?«

»Was glauben Sie, wie viele Biologen mit dem Namen N. A. Sarkisian am Massachusetts Institute of Technology tätig waren?«

Sie nickte. »Dann muss sie Nick Mavros gekannt haben.«

»Nick Mavros?«

»Das ist der Freund, der ums Leben gekommen ist.« Sie griff in ihre Handtasche und holte den Nachruf hervor, der im *Boston Globe* erschienen war. »Chefneurologe stürzt in Utah in den Tod«, lautete die Schlagzeile. »Er war Gesamt-Forschungsleiter der Memorin-Studie«, sagte sie bedrückt. »Außerdem hat er im Massachusetts General Hospital die Kernspin-Aufnahmen von Ihnen gemacht. Das ist wirklich unglaublich.«

Jack starrte auf das Foto von Dr. Nicholas Mavros. »Der hat mich in Greendale besucht.«

»Was?«

Jack fühlte, wie sich ein Abgrund in ihm auftat.

»Nur noch eine Frage, wenn es Ihnen nichts ausmacht. Reine Routine.«

»Er hat nach meiner Mutter gefragt.« Jack starrte auf das Foto aus der Zeitung. Dann griff er nach seiner Aktentasche und wühlte in den Papieren, bis er das Foto fand, das er in den alten Alben im Keller seines Hauses gefunden hatte. »So ein Mistkerl.« Er drehte das Foto so, dass René es sehen konnte.

»Das ist Nick«, bestätigte sie.

Vor einem Geschäft mit Autoteilen stand ein jüngerer, schlankerer Nick Mavros mit schulterlangem schwarzem Haar. Er hatte den Arm um Jacks Mutter gelegt und lächelte in die Kamera. Sie strahlte ebenfalls. Ihr Kopf war leicht zu ihm geneigt. Beide trugen weiße Laborkittel und schienen sich sehr gut zu kennen.

»Als Assistenten an der Uni müssen sie in derselben Forschungsgruppe gewesen sein.«

Jack konnte den Blick nicht von Mavros' Bild wenden. »Er hat mich zweimal gefragt, ob ich mich noch an sie erinnere.«

»Reine Routine.«

»Ihre leibliche Mutter. Wie war ihr Mädchenname?«

Aber das wussten sie bereits von den Tests, die Dr. Heller ein paar Tage zuvor durchgeführt hatte. Dann fiel Jack etwas ein. Er wühlte in dem Packen Artikel, bis er den fand, den er gesucht hatte.

»Er hat sogar gemeinsam mit ihr einen Artikel über dieses Thema verfasst.« Er zeigte René die Zusammenfassung.

> Sarkisian, N. A., Mavros, N. T., et al. Neurotoxische Aktivität in sensorischen Neuronen durch das Toxin der tödlichen tropischen Solakandji-Qualle *Chiropsalmus quadrigatus Mason. Chem Pharm Bull* 17, 1086–1088, 1971.

»Mein Gott, die Kurzfassung dieses Artikels habe ich auch gefunden, aber ich wusste natürlich nicht, dass sie Ihre Mutter war.« Sie griff nach einem anderen Artikel und blätterte durch die Seiten.

»Hören Sie zu: ›Bei Mäusen nachgewiesen werden konnten die positive Wirkung des aus den Nesselzellen der *C. quadrigatus* gewonnenen proteinösen Toxins auf Konzentrationsfähigkeit, Erwerb, Speicherung und Abruf von Informationen sowie die Milderung der Beeinträchtigung kognitiver Funktionen bei altersbedingten Pathologien‹.«

»Und das heißt?«

»Dass sie an einem Memorin-Vorläufer arbeiteten.« Sie sah sich die anderen Artikel und Kurzfassungen an, die er ausgedruckt hatte. »Nicks Name erscheint nur auf diesem einen hier, aber ihrer überall. Der letzte stammt vom März 1975.«

»Weil sie im August desselben Jahres ums Leben kam.« Jack

schwieg für einen Augenblick. »Er wollte mich auf die Probe stellen«, sagte er dann.

»Auf die Probe?«

Jack konnte immer noch sehen, wie sich das Gesicht des Mannes verändert hatte.

»Ich glaube, er wollte wissen, an was ich mich erinnerte – ob ich Dinge aus meiner frühen Kindheit wusste. Zum Beispiel aus der Nacht, in der sie verschwand.«

Ein Schleier senkte sich über Renés Augen. »Was wollen Sie damit sagen?«

»Dass er vielleicht etwas über ihr Verschwinden wusste. Dass er vielleicht der Besucher im Strandhaus war. Dass er vielleicht die Gestalt aus meinen Flashbacks ist. Dass er sie vielleicht getötet hat.«

René fuhr zurück, als hätte er sie geschlagen. »Wie können Sie es wagen!« Ihre Stimme wurde schneidend. »Nick war ein wunderbarer, warmherziger Mensch.« Plötzlich verlor sie die Fassung. »Wie können Sie so etwas sagen? Er ist gerade erst gestorben!«

»Er kannte sie und hat kein Wort davon gesagt. Nie hat er gesagt ›Ich erinnere mich an Ihre Mutter‹.«

»Vielleicht wusste er nicht, dass sie Ihre Mutter war. Sie heißen schließlich anders.«

»Und warum hat er mich dann nach Ihrem Mädchennamen gefragt? Das hatte Dr. Heller schon getan. Er wollte nicht wissen, ob mein Gehirn geschädigt war. Er wollte es von mir hören. So ein Mistkerl! Ich hatte gleich ein komisches Gefühl, als er auftauchte. Wahrscheinlich wollte er wissen, ob ich mich an jene Nacht erinnern konnte – nämlich an ihn.«

»Warum hätte er sie töten sollen?«

»Das weiß ich nicht. Ich weiß nichts über ihn und praktisch nichts über sie, außer dass beide einander kannten. Und er wollte wissen, ob ich mich an sie erinnere. Was würden Sie denn daraus schließen?«

»Das ist einfach Wahnsinn!«

»Dann sagen Sie mir, warum er um den heißen Brei herumredete und mir nicht einfach erzählte, dass er mit ihr befreundet war.« Er hielt das Foto in die Höhe.

»Das weiß ich nicht. Aber er ist tot, und ich will nicht, dass Sie ihn verleumden, verstanden?« Unter Tränen funkelte sie ihn an. Dann sah sie auf die Fotos. »Außerdem ist das dreißig Jahre her. Es gibt keine Möglichkeit festzustellen, was in jener Nacht passiert ist.«

»Doch, die gibt es.«

Für einen Augenblick starrte sie ihn verständnislos an.

»Das Mittel würde mich zurückbringen.«

»Verdammt noch mal! Das hatten wir doch alles schon. Ich stehle kein Memorin. Basta.«

Das hatte er natürlich erwartet. Vermutlich hatte sie recht. Das Mittel ließ sich nicht fein genug dosieren. Die Wirkung war unvorhersehbar. Vielleicht funktionierte es gar nicht. Aber unter ihrem wütenden Blick kam ihm der Gedanke, dass René Ballard in einem dunklen Winkel ihrer Seele vielleicht gar nicht wollte, dass er herausfand, was er in jener Nacht gesehen hatte – und wer sich unter dem Regenmantel verbarg.

»Ich werde nichts mehr zu diesem Thema sagen, aber ich glaube, Sie haben sich in eine dumme, abartige Idee verrannt, nur um irgendeine krankhafte Besessenheit zu befriedigen.«

Jack sagte nichts, sondern nickte nur, während er jede ihrer Silben auf sich einwirken ließ. »Vielleicht.« Dann blickte er auf das Meer hinaus. Im reflektierenden Licht der Sonne tanzten ungeahnte Möglichkeiten vor seinen Augen.

»Übrigens«, sagte er, als sie aufstanden, um zu gehen. »Was für ein Auto hatte Nick Mavros?«

»Warum?«
»Reine Neugier.«
»So eine Art Geländewagen … Ich glaube, einen Ford.«
»Welche Farbe?«
»Schwarz.«

80

Jack war seit fast zwei Monaten nicht mehr in Greendale gewesen. Als er daher am Mittwochvormittag dort auftauchte, wurde er begrüßt wie ein berühmter Student, der an seine Alma Mater zurückkehrt. Pflege- und Verwaltungspersonal drängte sich um ihn. Marcy Falco schloss ihn unter Tränen in die Arme. Immerhin hatte sie an ihm wieder einmal ihre ganz besonderen Fähigkeiten unter Beweis gestellt.

»Ich wollte nur vorbeikommen und mich bei Ihnen allen bedanken.« Er hatte einen großen Blumenstrauß für die Station und eine Zwei-Kilo-Schachtel Pralinen für Marcy mitgebracht. Dann sagte er, er würde gern die anderen Patienten sehen, vor allem, da er gehört hatte, dass manche bei den Tests gute Fortschritte machten.

Marcy brachte ihn nach oben auf die Station, wo gerade die Morgenvisite stattfand und die Patienten ihre Medikamente bekamen.

»Wie geht es Joe McNamara?«

»Der treibt seine eigenen Spielchen«, sagte Marcy. »Er will seine Medikamente nicht nehmen.« Sie führte ihn in McNamaras Zimmer. Der Patient saß im Bett. Offenbar war er ausgerutscht und hatte sich eine Hüftverletzung zugezogen.

»Hallo! Wie geht's denn so?«

McNamara sah ihn verwirrt an. Offenbar konnte er Jack nicht einordnen.

»Mr McNamara, Sie erinnern sich doch an Jack Koryan«, sagte Marcy.

McNamara legte die Stirn in Falten. Offenbar zermarterte er sich vergeblich das Gehirn.

»Connie wird auf jeden Fall gleich hier sein«, sagte Marcy. »Ich lasse Sie beide allein, damit Sie von alten Zeiten reden können.«

»Pater O'Connor«, flüsterte Jack McNamara ins Ohr, kaum dass sie weg war.

Dessen Mund klappte auf, als er den vermeintlichen Priester erkannte. »Oh, Pater, Pater, bitte vergeben Sie mir.«

»Wie ist es dir ergangen, mein Sohn?«, fragte Jack.

McNamara strahlte. »Sehr gut, Pater, sehr gut, aber wissen Sie, ich habe mir an der Hüfte wehgetan.« Er hob die Decke und zeigte Jack einen riesigen blauen Fleck an seiner Seite. »Sieht aber schlimmer aus, als es ist.«

Jack hörte den Schleim in McNamaras Kehle rasseln. »Das ist ja ein Segen.«

In diesem Augenblick kam Connie mit einem kleinen Tablett mit Saft und einem Becher mit Tabletten herein. »Wen haben wir denn da«, flötete sie, als sie das Tablett auf den Tisch stellte. Joe McNamara sagte nichts, sondern beäugte nur den Inhalt des Bechers mit den Medikamenten.

Jack nahm Connie beiseite. »Ich habe gehört, Mr McNamara ist nicht sehr kooperativ.«

Der Genannte starrte verbissen auf seinen Orangensaft.

Sie senkte die Stimme. »Er mag die blauen Pillen, aber die weißen spuckt er wieder aus.«

»Wieso das?«

»Er behauptet, sie vernebeln ihm das Gehirn.« Sie zog eine resignierte Grimasse.

»Was ist das blaue Zeug?«

»Das ist sein Alzheimer-Medikament.«

»Und das weiße?«

»Zyprexa.«

Jack senkte die Stimme. »Vielleicht kann ich ihn überzeugen, wenn Sie mich mit ihm allein lassen.«

Connie überlegte. »Von mir aus.« Sie ging zum Bett. »Mr McNamara«, sagte sie mit der lauten, deutlichen Stimme, die sie für die älteren Patienten reserviert hatte. »Sie tun jetzt Mr Koryan einen Gefallen und nehmen brav Ihre Medizin, ja?«

McNamara sah sie an, antwortete aber nicht. Dann nahm er die Tasse mit der eckigen blauen Pille und schluckte sie mit etwas Orangensaft herunter. Connie sah ihm von der Tür aus dabei zu. Das Pflegepersonal war verpflichtet, sich zu vergewissern, dass die Patienten ihre Medikamente wirklich nahmen, und dies dann entsprechend zu vermerken.

»Joe, ich bin es, Pater O'Connor.«

McNamara sah auf. Seine Augen weiteten sich.

Jack hielt ihm den Becher mit dem Zyprexa hin. »Du willst doch, dass ich stolz auf dich bin, oder? Dann sei ein guter Junge und nimm deine Pillen.« Jack musste sich Mühe geben, es mit dem irischen Akzent nicht zu übertreiben. Er legte McNamara die Hand auf die Schulter und lächelte salbungsvoll. »Komm schon, Junge.« Er setzte ihm den Becher mit der einzelnen Tablette an die Lippen.

McNamara öffnete den Mund, Jack gab ihm die Pille und hielt ihm den Orangensaft an die Lippen. Und Joe McNamara schluckte.

Connie, die immer noch an der Tür stand, lächelte und hob anerkennend den Daumen. Als sie ging, setzte sich Jack auf die Ecke des Bettes. Sein Blick fiel auf die Saugflasche, die mit einem Schlauch an der Wand angeschlossen war.

»Ich mag sie nicht. Sie lässt mich diesen Dreck schlucken, von dem ich nur müde werde. Die blauen Pillen mag ich viel lieber. Die nehme ich richtig gern.«

»Wieso das?«

McNamaras dünne, welke Lippen verzogen sich zu einem verschmitzten Grinsen. »Weil ich mich da an Sachen erinnere, ich kann Ihnen sagen …« Er zwinkerte Jack verschmitzt zu.

Jack sah auf die Uhr. Marcy konnte jeden Augenblick zurückkommen. »Joe, habe ich dir schon den Witz von der Novizin bei ihrer ersten Beichte erzählt?«

»Nö.« McNamara sah ihn erwartungsvoll an.

»Also, da ist diese Novizin, und sie erzählt dem Priester, sie hat ein furchtbares Geheimnis. Der Priester erklärt ihr, dass alles, was im Beichtstuhl gesagt wird, vertraulich ist. ›Pater, vergeben Sie mir‹, sagt sie darauf, ›aber ich trage nie Unterwäsche.‹ Der Priester lacht. »Das ist nicht so schlimm, Schwester Katherine. Sag einfach fünf Ave Maria und fünf Vaterunser, und auf dem Weg zum Altar schlägst du fünfmal Rad.«

Jack wartete einen Augenblick. Da McNamara nicht reagierte, fing er an, ihm den Witz zu erklären, bis endlich der Groschen fiel und der alte Mann anfing zu lachen. Jack nahm seine Hand und lachte mit, was McNamaras Heiterkeit noch steigerte, bis er anfing zu husten. In kürzester Zeit hatte sich der Husten zu einem richtigen Anfall gesteigert. Jack stürzte auf den Gang, wo Connie gerade mit ihrem Medikamentenwagen vorbeikam.

»Ich glaube, bei Mr McNamara muss Schleim abgesaugt werden«, sagte er.

Selbst auf dem Gang war zu hören, wie McNamara nach Luft rang. Connie eilte zu ihm.

Der Augenblick gehörte Jack. Sein Gehirn arbeitete fieberhaft. Ihm blieben keine zwei Sekunden, in denen alle abgelenkt waren. Marcy war im Aufenthaltsraum mit einem anderen Patienten beschäftigt, die Pfleger wandten ihm den Rücken zu. Und der Wagen stand mit geöffneter Schublade direkt vor ihm. Die Hängemappen mit den Medikamenten der Patienten starrten ihm entgegen. In der von Joe McNamara steckte ein Blister mit blauen Tabletten.

Connie schloss den Wagen nie ab, wenn sie in ein Zimmer ging. Offiziell war das zwar Vorschrift, weil es zu den Grundregeln der Pflegeheime gehörte, Medikamentenwagen abzusperren, wenn die Krankenschwestern sie nicht im Auge behalten konnten. Aber in all den Wochen, die Jack auf der Station verbracht hatte, hatte er kaum je erlebt, dass ein Wagen wirklich abgeschlossen worden wäre, außer das Pflegepersonal musste für längere Zeit weg. Auf jeden Fall nicht, wenn eine Schwester nur schnell in einem Patientenzimmer verschwand. Und warum auch, wo sich doch auf der Station nur Menschen aufhielten, die ihren Verstand nicht mehr beisammen hatten?

Blitzschnell verschwand Jacks Hand in der Mappe. Einen Augenblick später steckte eine Blisterpackung mit dreißig Memorin-Tabletten in seinem Hemd. Er steckte den Kopf bei McNamara zur Tür herein, um sich zu verabschieden. Der alte Mann war inzwischen wieder zu Atem gekommen und winkte.

»Auf Wiedersehen, Pater. Und danke für den Besuch.«

»Gern, mein Junge. Gottes Segen sei mit dir.«

Eine halbe Stunde später war Jack wieder zu Hause.

Es würde bestimmt einen Tag dauern, bis sie merkten, dass eine Packung mit dreißig Tabletten fehlte. Und niemand würde das mit Jack in Verbindung bringen. Selbst wenn, konnte ihn niemand mehr aufhalten. Er sah die Tabletten an.

Und der Mistkerl hatte einen schwarzen Geländewagen. Wochenlang hatte er ihn verfolgt. Er wusste, dass Jack ihm auf der Spur war. Er wusste es, und jetzt war er tot und hatte sein Geheimnis mit ins Grab genommen.

81

MEMORIN WIRD VON DER FDA FÜR DIE BEHANDLUNG VON ALZHEIMER ZUGELASSEN

BOSTON. Die Firma GEM Neurobiological Technologies mit Sitz in Walden, Massachusetts, gab heute bekannt, dass Memorin, ein neues Medikament der Firma, von der Food and Drug Administration zur Vermarktung zugelassen wurde.

Memorin hat sich als sehr wirkungsvoll bei der Behandlung von leichten bis schweren Alzheimer-Erkrankungen erwiesen und führt zu einer Steigerung der kognitiven Fähigkeiten und der Funktionalität des Patienten.

»Die Entwicklung dieser bahnbrechenden Therapie ist dem Engagement unseres Unternehmens für die Patienten und ihre Familien zu verdanken, die für uns bei der Alzheimer-Forschung oberste Priorität genießen«, sagte Gavin E. Moy, Präsident und Geschäftsführer von GEM. »Seit Generationen bedeutet eine Alzheimer-Erkrankung für Millionen von Menschen und ihre Familien eine Tragödie. Memorin stellt die erste Behandlungsmöglichkeit für diese entsetzliche Krankheit dar. Endlich kann dem Leid der Familien und dem furchtbaren Verfall der Patienten Einhalt geboten werden.

In einer kontrollierten klinischen Studie an mehr als neunhundert Patienten konnte nachgewiesen werden, dass sich nach vierundzwanzigwöchiger Memorin-Einnahme bei mehr als siebzig Prozent der Versuchspersonen kognitive Fähigkeiten, Funktionalität, Verhalten und Alltagstauglichkeit im Vergleich zur Kontrollgruppe deutlich verbessert hatten.

Die Wirksamkeit von Memorin wurde in Phase III einer placebokontrollierten klinischen Studie eindeutig belegt. Patienten mit einer leichten bis schweren Alzheimer-Erkrankung erhielten vierundzwanzig Wochen lang einmal täglich entweder eine Einzeldosis eines Placebos oder 10 mg Memorin …

Kognitive Besserung und Gedächtnis wurden anhand der kognitiven Subskala der Alzheimer's Disease Assessment-Skala (ADAS-cog) geprüft. Bei Patienten, die Memorin bekamen, waren die Ergebnisse um fast achtzig Prozent besser als bei der Placebogruppe. Aufgrund der klinischen Beobachtungen und der Gespräche mit Patienten und Betreuern konnte eine ebenso deutliche Verbesserung der Funktionalität der Patienten festgestellt werden …

Memorin kann ab Anfang nächsten Jahres verordnet werden …

Das Telefon riss Jack aus seiner Lektüre der Morgenzeitung. Es war die Friedhofsverwaltung des Cedar Lawn Cemetery, wo er am Vortag eine Nachricht auf dem Anrufbeantworter hinterlassen hatte.

Es war ein ungewöhnliches Ansinnen, und er musste ein paar Fragen beantworten, um seine Identität nachzuweisen. Aber sie hatten die Informationen, nach denen er suchte.

Leo K. Najarian war am 19. Juli 1931 geboren und am 30. März 1972 verstorben.

Jack bat den Mann am anderen Ende, die Daten zu wiederholen, was dieser auch tat. Sie stammten vom amtlichen Totenschein.

Jack bedankte sich und legte auf.

Lange starrte er auf das, was er da niedergeschrieben hatte. Leo Najarian war elf Monate vor Jacks Geburt gestorben.

82

Es war bewölkt, und für den Abend war ein Gewitter vorhergesagt. Jack hatte bereits gepackt und wollte gerade das Haus verlassen, als es an der Tür klingelte.

Es war René. Ihr Gesicht war blass und steif. »Was zum Teufel haben Sie vor?«

»Ihnen auch einen guten Morgen.« Er schloss die Tür hinter ihr.

Sie funkelte ihn wütend an. »Das Pflegepersonal in Greendale vermisst eine Dreißigerpackung Memorin, die vom Medikamentenwagen verschwunden ist. An dem Tag, an dem Sie zu Besuch waren.«

»Und da hat man Sie geschickt, damit Sie herausfinden, ob ich etwas darüber weiß.«

»Nein, hat man nicht, weil sich keiner vorstellen kann, was Sie mit dem Zeug wollen könnten. Die suchen immer noch.«

»Da bin ich aber erleichtert.« Sein Besuch lag bereits eine Woche zurück.

»Mr Koryan, was um alles in der Welt treiben Sie da?«

Er griff nach seiner Reisetasche. »Ich will herausfinden, wer meine Mutter umgebracht hat.«

»Das ist völliger Irrsinn.«

»Genau wie das Zeug in meinem Kopf.«

»Erstens wissen Sie gar nicht, ob das bei Ihnen überhaupt funktioniert. Zweitens können Sie nicht einfach eine Pille einwerfen und auf Flashbacks warten. Der Medikamentenspiegel in Ihrem

Körper muss langsam aufgebaut werden. Drittens nehme ich es Ihnen übel, dass Sie Nick Mavros verdächtigen.«

Er griff in seine Reisetasche und holte die Blisterpackung heraus. Fast ein Drittel der Tabletten fehlte. »Es funktioniert, aber ich bekomme nur Bruchstücke – die Verbindung fehlt. Ich brauche die richtige Stimulierung. Die geeignete Umgebung. Die richtigen Bedingungen, wie zum Beispiel das Wetter.«

»Was, wenn etwas schief geht? Wenn Sie eine unkontrollierbare psychotische Reaktion auslösen?«

»Das Risiko gehe ich ein.«

»Und was wollen Sie damit erreichen?«

»Ich will die Wahrheit.«

»Welche Wahrheit? Dass Sie auf krankhafte Weise vom Tod Ihrer Mutter besessen sind und einem Unschuldigen einen Mord anhängen wollen?«

»Ich stecke in meinem ganz privaten Horrorfilm fest. Wenn ich nichts unternehme, komme ich da nie wieder raus.«

»Und was wollen Sie unternehmen?«

»Zum Beispiel eine Tür öffnen.«

»Sie sind verrückt. Sie haben doch keine Ahnung, was Sie tun. Ich sage Ihnen, Sie werden nur noch weitere Anfälle auslösen.«

»Genau das möchte ich.«

Sie stampfte mit dem Fuß auf. »Himmel! Sie könnten sich einen Hirnschaden holen.«

»Alles schon gehabt. Und für den Fall der Fälle …« Er griff in seine Tasche und holte vier Medikamentengläschen heraus. Dilantin, Depakote, Tegretol, Zyprexa – Antiepileptika, Antipsychotika, Antikonvulsiva, die ganze Palette.

Sie las die Etiketten. »Ich kann das einfach nicht glauben«, schimpfte sie frustriert.

»Wenn ich abdrehe, werfe ich ein paar von denen ein. Genau wie im Heim.«

Sie sah ihn verblüfft an. »Ist Ihnen schon mal der Gedanke gekommen, dass Sie vielleicht nicht mehr in der Lage sein könnten, diese Medikamente zu nehmen?«

Er nickte. »Warum kommen Sie nicht mit? Dann können Sie auf mich aufpassen.«

»Wohin?«

Jack sah auf die Uhr. »Das Boot läuft in drei Stunden aus.«

Sie erreichten New Bedford gerade noch rechtzeitig für die Ein-Uhr-Fähre. Jack hatte eine Reisetasche mit genügend Lebensmitteln für das Wochenende dabei. Am Himmel waren dunkle Wolken aufgezogen, und es fielen bereits die ersten Regentropfen.

Während der Fahrt hatte René weiter protestiert, bis sie merkte, dass sie auf verlorenem Posten stand. Jack war fest entschlossen, aber er fand es rührend, dass René Ballard auf ihn aufpassen wollte. Also lag ihr doch etwas an ihm. Oder es ging ihr nur um den Ruf ihres Freundes und früheren Professors. Auf jeden Fall war er froh, sie bei sich zu haben.

Bevor er aufbrach, hatte Jack Olivia Sherman angerufen und gefragt, ob er das Strandhaus für das Wochenende mieten könne. Sie hatte ihn darauf hingewiesen, dass das Wetter schlecht sein werde, aber er hatte gesagt, das mache ihm nichts aus. Im Gegenteil, ihm sei der Strand bei Unwetter lieber. Das schien sie nicht zu verstehen – aber von ihr aus könne er das Strandhaus gern benutzen.

Während der Schifffahrt zur Insel blieb René sehr still. Nur einmal brach sie ihr Schweigen. »Und wenn Sie nun tatsächlich auf Ihren Trip gehen und zu dem Schluss kommen, dass Nick in jener Nacht im Strandhaus war? Was haben Sie davon?«

»Das habe ich Ihnen doch schon gesagt. Die Wahrheit.«

»Blödsinn. Sie werden Halluzinationen haben, die genau Ihrer Einbildung entsprechen«, sagte sie. »Sie haben sich im Geiste alles bereits so zurechtgelegt, dass Sie genau zu dem Schluss kommen, den Sie sich von vornherein erwarten – nämlich, dass Nick etwas mit dem Verschwinden Ihrer Mutter zu tun hatte.«

»Ich setze darauf, dass ich Wahnvorstellungen von Erinnerungen unterscheiden kann.«

»Ja, so wie dreißig Prozent der mit Memorin behandelten Patienten mit Menschen aus ihrer Kindheit sprechen.«

»Aber in ihrer Vorstellung sind die wirklich da.«

Sie schüttelte frustriert den Kopf.

Gegen halb zwei trafen sie auf der Insel ein. Mit dem Taxi fuhren sie nach Vita Nova. Kaum waren sie die ersten Stufen zum Strandhaus hinuntergestiegen, da spürte Jack einen leichten Schauder. Am dunklen Himmel über ihnen brodelten die Wolken, und in der Ferne grollte der Donner, begleitet von Lichtblitzen in den Wolken wie von einer unsichtbaren Seeschlacht. Die Bedingungen waren nahezu identisch.

Wortlos stiegen sie die Treppe hinunter. Der Schlüssel lag wieder in dem Plastikbehälter unter dem Blumenkasten. Jack sperrte auf.

Trotz seiner Entschlossenheit hatte er im Grunde keine Ahnung, ob sein Experiment funktionieren und wie lange es dauern – oder wie lange René dabei zusehen – würde. In den letzten Tagen hatte das Medikament nur ein Kaleidoskop unzusammenhängender Bildfolgen aus vergangenen Tagen erzeugt, die in keinerlei Verbindung zu der Nacht vor drei Jahrzehnten standen. Aber er fühlte, dass der Sturm in seinem tiefsten Inneren ein Echo auslöste.

Er wusste, dass die Flashbacks durch bestimmte Reize ausgelöst wurden. So wurden manche Patienten in Greendale in die Grundschule zurückversetzt, wenn sie ein altes Lied hörten. Auch wenn René vielleicht recht hatte und sich sein Unterfangen tatsächlich als gefährlicher Irrsinn und Sackgasse erwies, war es sein letzter verzweifelter Versuch, das Unbekannte ans Tageslicht zu bringen, das ihn wie eine Eiterbeule quälte. Wenn es ihm jetzt nicht gelang, würde er sich bis zu seinem Tod damit herumschlagen müssen.

Gegen 15 Uhr nahm Jack seine erste Tablette. Bis dahin hatte sich René mit der Absurdität des Experiments abgefunden und beschlossen, einfach in der Nähe zu bleiben, falls er ausflippte. Während der nächsten Stunden versuchte sich Jack in unverbindlicher Konversation mit ihr. Halbherzig erzählte sie ihm, wo sie geboren war, wo sie studiert hatte, wer ihre Eltern waren.

Als Jack gegen 18 Uhr immer noch nichts fühlte, beschlossen sie, Nudeln mit Fertigsoße zu essen. Während sie in der engen Küche Seite an Seite arbeiteten, drehte sich Jack zu ihr. »René?«

Sie hatte die Soße auf dem Herd gerührt. Jetzt blickte sie sich um.

»Warum sind Sie mitgekommen?«

Die Frage traf sie unvorbereitet. »Damit Ihnen nichts passiert.«

Jack konnte nicht anders. Ihre klaren blauen Augen und die vollen, missbilligend verzogenen Lippen erfüllten ihn mit Verlangen. Vor ihm stand eine schöne, begehrenswerte, intelligente Frau – eine Frau, die mit berühmten Hirnchirurgen, Managern oder Filmstars hätte ausgehen können, eine Frau, die für ihn völlig unerreichbar war. Und trotzdem war sie mitten in einem Sturm mit ihm auf die Insel gekommen, weil er ihr wichtig war. Ja, vielleicht handelte es sich um wissenschaftliches Interesse oder um berufliches Pflichtgefühl, aber das wollte er nicht glauben. Und nun stand er mit ihr in diesem winzigen Raum und genoss es trotz der absurden Umstände. »Das ist sehr nett von Ihnen.« Eine Sekunde lang dachte er, er würde sie küssen.

Dann erfüllte ein plötzliches Zischen die Luft.

»Das Nudelwasser kocht über.«

Schäumendes Wasser strömte aus dem Topf. Dankbar für die Ablenkung schaltete Jack das Gas aus. Dann fischte er mit der Gabel ein paar Spaghetti aus dem Wasser und hielt sie ihr hin. Sie pustete, kostete und nickte. »Perfekt.«

»Mögen Sie eigentlich armenisches Essen?«, fragte er, als er die Nudeln in einen Durchschlag im Spülbecken kippte.

»Wie Shish Kebab meinen Sie?«

»Ja. Und Pilaf, gefüllte Weinblätter und Lamejun, also armenische Pizza.«

René deckte den Tisch. »Habe ich eigentlich noch nie gegessen. Warum?«

»Weil ich gern mit Ihnen essen gehen würde, wenn das hier vorbei ist. Einen Versuch wäre es doch wert. Ich kenne ein nettes Restaurant in Watertown, da gibt es alle Gerichte auch zum Mitnehmen.«

Er sah ihr an, dass sie nicht in der Stimmung war, über künftige Rendezvous zu sprechen. »Mal sehen.«

Jack nickte und nahm es zur Kenntnis. Nur gut, dass er seinem albernen Impuls nicht gefolgt war – er hätte es verdorben. Außerdem war sie natürlich auch da, um den Ruf ihres alten Freundes und Mentors Nick Mavros zu retten. Aber ihr »Mal sehen« gab ihm Hoffnung.

Zum Essen nahm Jack eine weitere halbe Tablette. Es geschah immer noch nichts, und der Sturm kam immer näher.

Nach dem Essen ließ sich René mit einem Buch auf der Couch nieder. Sie wollte nicht mehr reden und gab Jack damit deutlich zu verstehen, dass sie nichts mit seinem verrückten Experiment zu tun haben wollte.

Um 23 Uhr nahm Jack noch eine Tablette – eine ganze, obwohl René protestierte. Um ein Uhr fühlte er sich schläfrig, mehr nicht. Er legte Holzscheite ins Feuer.

Unterdessen las René ihr Buch und trank Wein. Gläschen und Spritzen mit Antiepileptika lagen auf dem Couchtisch bereit. Von Zeit zu Zeit schimpfte sie leise vor sich hin, weil sie sich auf die Sache eingelassen hatte. Auf der anderen Seite des Tisches saß Jack auf dem zweiten Sofa genau an der Stelle, wo sein Kinderbett gestanden hatte, und starrte auf die Tür.

Nach einer Weile spürte er, wie eine zähe Wärme sein Gehirn erfüllte. Das Trommeln des Regens auf dem Dach und das Prasseln des Feuers wirkten einschläfernd. Er schloss die Augen und überließ sich der köstlichen Müdigkeit.

Die Regentropfen prasselten auf dem Dach wie Tischtennisbälle. In der Ferne grollte der Donner.

Auf dem Couchtisch lag ein schimmernder Fleischklopfer aus Metall, den er mitgebracht hatte. Daneben hatte er ein Foto von sich selbst aufgestellt. Er saß neben einer Indianerstatue auf einem Pony, und seine Mutter hielt ihn im Sattel. Der verblichenen Tinte auf der Rückseite nach war das Bild am Mohawk Trail aufgenommen, als er vierzehn Monate alt war.

Es war das letzte Bild, das er vor Augen hatte, bevor er sich von der Wärme des Feuers überwältigen ließ.

Er wusste, dass er eingeschlafen sein musste, denn wenig später spürte er undeutlich, dass ihn jemand aufhob und in ein anderes Zimmer trug. Dort war es dunkel. Er wurde in ein Bett gelegt und zugedeckt.

»Und hier ist Mookie.«

Er spürte etwas Weiches an seiner Seite.

»Aman sirem.«

(Wieso sprach René Armenisch?)

»Seine Augen bewegen sich.«

»Das ist gut, er träumt.«

(Beth? Ich dachte, du wärst in Texas.)

Er konnte sie durch die Tür hören. Sie musste am anderen

Ende des Wohnzimmers stehen. Er versuchte, die Augen zu öffnen, aber sie versagten ihm den Dienst.

»Du wirst gar nichts davon merken.«

Der Donner grollte.

»Fast geschafft.«

(Ich komme. Ich komme. Ich komme ...)

Er schlief tief und fest, als es an der Tür klopfte. Als er die Augen einen Spalt weit öffnete, sah er, wie René den Besucher hereinließ. »Ich dachte schon, du würdest es nicht schaffen«, sagte sie leise.

(Woher wusste René, dass jemand kam?)

Jack sah die Gestalt an seiner offenen Tür vorbeigehen. Wegen des Sturms trug der Fremde einen dunklen Regenmantel, der sein Gesicht verbarg. René schloss die Tür und fragte ihn, wie er es in dem Wetter geschafft habe. Er sagte, das Meer sei noch relativ ruhig.

Jack konnte die Stimme nicht zuordnen. Und René klang merkwürdig, als spräche sie mit Akzent. Außerdem wirkte sie kleiner und dunkler, als er sie in Erinnerung hatte. Und sie trug das Haar aufgesteckt.

Jack wusste, dass er wach bleiben musste, wusste, wie wichtig es war, dass er aufpasste ...

Die große Wiederholung, Junge. Darauf hast du doch gewartet, dafür hast du die kleinen blauen Schätzchen geklaut ...

Aber er konnte die Augen einfach nicht offen halten.

Eine scharfe Stimme weckte ihn erneut. »Das werde ich nicht tun. Ich denke ja nicht daran.«

»Die Sache betrifft mich ja wohl auch.«

»Mir doch egal.«

»Dir ist alles egal.«

»Das stimmt nicht, aber ich habe nicht vor, für ihn alles aufzugeben. Das ist mein letztes Wort.«

»Hör auf zu brüllen, du weckst ihn noch. Hör auf!«

Jack kletterte aus seinem Gitterbett, tapste zur offenen Tür und sah ins Wohnzimmer.

Im nächsten Augenblick überschlugen sich die Ereignisse. Der Mann stand mit dem Rücken zu ihm, aber Jack sah, wie die Frau ausholte, um ihn zu schlagen. »Du Mistkerl!«, rief sie.

Der Mann hob die Hände, um ihren Angriff abzuwehren, aber sie fluchte und holte immer wieder aus. Er schlug zurück. Jack hörte den Aufprall. Sie schrie.

Sie schrie …

»Hol doch die Polizei! Los!«

Er schlug sie mit der Faust ins Gesicht, dass sie rückwärts taumelte und mit dem Kopf gegen die steinerne Einfassung des Kamins schlug. Jack spürte den Aufprall wie eine heiße Nadel in seinem eigenen Kopf.

Er schrie auf. Es war ein scharfer, heller Schrei, der die Luft zerriss.

»Verdammt noch mal, sei still!«

Aber Jack konnte nicht aufhören. Der Mann drehte sich zu ihm um, doch sein Gesicht war immer noch nicht zu erkennen. Verängstigt lief Jack ins Schlafzimmer zurück. Einen Augenblick später schlug der Mann die Tür zu.

Seine Stoffmaus fest an sich gedrückt, kroch Jack unter sein Bettchen. Der harte Holzboden war kalt an seinen Beinen. In dem Lichtstreifen unter der Tür konnte er Bewegung sehen. Und er konnte den Mann hören. »Oh, verdammt noch mal, Rose! Rose!«

Dann folgte Stille. Jack krabbelte unter seinem Bett hervor und tapste mit der Maus im Arm zur Tür. Die hatte kein Schloss, und er wusste, wie man sie öffnete – einfach nur die Metallklinke herunterdrücken.

Das tat er. Durch den Spalt sah er, wie der Mann mit der Kapuze die Frau zur Tür hinausschleifte. Eine dünne dunkle Spur verschmierte den Boden.

Jack spürte, wie die kalte Luft in den Raum drang. Einen Augenblick später schloss der Mann die Haustür. Am Himmel krachte der Donner, und blaues Licht flackerte vor dem Fenster.

Jack ging zur Haustür.

»Stirb, verdammt noch mal.«

Als Jack die große Tür öffnete, beugte sich der Mann über die Frau auf dem Boden. In der Hand hielt er den Fleischklopfer. In der nassen Dunkelheit draußen wimmerte die Frau. Ihre Füße zuckten entsetzlich, als wollte sie in der Luft laufen. Und immer wieder sauste der Fleischklopfer auf sie herab.

Jack stieß einen Schrei aus. Der Mann sah auf, wobei die Kapuze einen scharfen Schatten über sein Gesicht warf. Jack lief zurück in sein Zimmer, schloss die Tür und kletterte wieder in sein Bettchen.

Aber die Tür flog auf, und der Mann verdunkelte das Licht. Sein Kopf sah aus wie eine große dunkle Kugel. Den Klopfer hielt er immer noch in der Hand.

Jack hörte sich selbst so laut weinen, dass er dachte, sein Hals müsste zerspringen.

Und der Mann stand einfach nur da und hörte ihn schreien. Er sah zu, wie Jack sich in eine Ecke des Bettes kauerte und Mookie an sich drückte. Die Decke hatte er über den Kopf gezogen, aber er hatte einen Schlitz gelassen, sodass er den Mann mit dem furchtbaren Kopf und den abfallenden Schultern sehen konnte, der in der Tür stand und ihn anstarrte. Was sollte er mit dem Baby im Gitterbettchen anfangen, das ihn durch seine Decke beäugte?

Jack konnte sich selbst wimmern hören und wünschte sich, er könnte aufhören, einfach verschwinden, sich mit einem Wimpernschlag in Luft auflösen.

»Der wird sich an gar nichts erinnern.«

Und dann wurde der Raum von elektrisch blauem Licht erhellt, und Donner hallte durch die Luft.

Der Mann schloss die Tür.

Wahrscheinlich säuberte er das Wohnzimmer, denn Jack roch etwas – wohl Chlorbleiche –, während er in der Dunkelheit darauf wartete, dass die Tür erneut aufgestoßen wurde. Aber das geschah nicht.

Irgendwann später hörte er, wie die äußere Tür zugeschlagen wurde.

Jack hörte einen trillernden Schrei und riss die Augen auf.

Er war auf den Boden gerutscht. Seine Kehle war wie zugeschnürt, und seine Brust fühlte sich leer an, als hätte er lange geweint. Aber sein Geist war hellwach. Er sah sich im Zimmer um.

Alles war still. Draußen fiel sanfter Regen auf das Dach. Im Kamin glühten noch ein paar Kohlen und halb verbrannte Holzscheite. In der Lampe auf dem Tisch glimmte ein schwaches Nachtlicht. 3 Uhr 35 sagte die Uhr an der Wand.

René hatte sich auf ihrer Couch unter einer Decke zusammengerollt.

Jack musste Geräusche von sich gegeben haben, als er aufwachte, denn René drehte sich auf den Rücken und setzte sich auf. »Alles in Ordnung?«

Er nickte. »Ich habe sein Gesicht gesehen.«

FÜNFTER TEIL

83

»Dad, wir müssen um sechs da sein. Du ziehst dich besser an.«

Louis Martinetti kam gerade aus der Dusche. Durch die Tür hörte er ihre Stimme von unten. »In Ordnung«, sagte er. Die Aufregung war ihr deutlich anzuhören. So war sie schon, seit sie die Einladung erhalten hatten. Eigentlich schon, seit er auf Urlaub nach Hause durfte.

»Vergiss nicht, du bist heute Abend einer der Stargäste«, setzte sie hinzu. »Bist du aufgeregt?«

»Ja.«

Eine andere Stimme rief unten etwas. Seine Frau. »Und vergiss nicht, deine Tabletten zu nehmen. Die weißen. Sie liegen neben dem Wasserglas auf deiner Kommode.«

»Okay.« Er suchte die Tabletten. Die weißen, die ihm das Gehirn vernebelten, und spülte sie die Toilette herunter.

Dann trocknete er sich ab und sah in den Spiegel. Er hob die von der heißen Sonne Asiens gebräunten Arme und ließ die Muskeln spielen. Er inspizierte seine weißen, regelmäßigen Zähne und lächelte in das junge Gesicht, das ihm aus dem Spiegel entgegensah. Mit dem Kamm strich er das dichte schwarze Haar zurück, bis es wie ein Ebenholzhelm am Kopf anlag. Das Haar hatte er von seinem Vater geerbt. Leider war Dom mit fünfzig bereits kahl geworden. Na ja, bis dahin hatte Louis noch dreißig Jahre Zeit.

Auf dem Bett lag der schwarze Tuxedo, den ihm seine Frau und seine Tochter besorgt hatten. Den würde er als Tarnung benutzen.

Bevor er sich ankleidete, überprüfte er noch einmal die Karte und die Aufklärungsfotos, wobei er versuchte, sich die Anordnung des Dorfes und die Eingänge zum Hauptquartier genau einzuprägen. Als er sich alles gemerkt hatte, ließ er die Unterlagen wieder in dem unmarkierten weißen Umschlag verschwinden.

Er sah auf die Uhr: 18:22. Alles lief nach Plan.

Er schlüpfte in seinen Kampfanzug und zog den Pinguinanzug drüber. Vor dem Spiegel band er seine Fliege und fuhr sich ein letztes Mal mit dem Kamm durchs Haar. Schade, dass er keine passende Kopfbedeckung tragen konnte.

Seine Waffe versteckte er unter dem Jackett. Unter dem vielen Stoff würde die Wölbung bestimmt nicht auffallen. Er warf einen letzten Blick in den Spiegel und salutierte stramm vor dem Soldaten, der ihm entgegenblickte.

Dann war er unterwegs. Endlich. Diesmal war er auf der richtigen Mission: Operation Buster.

84

Nachdem die Zulassung von Memorin durch die FDA bekannt gegeben worden war, feierten Alzheimer-Organisationen, Selbsthilfegruppen, Betreuer und medizinisches Personal im ganzen Land die gute Nachricht. Selbst das Weiße Haus zeigte sich erfreut.

An diesem milden Samstagabend fand in Gavin E. Moys Villa am Meer eine riesige Siegesfeier statt. In der untergehenden Sonne funkelte das Haus wie ein überdimensionales Schmuckkästchen an der Steilküste von Manchester über Moon Harbor, wo der *Pillman Express,* Gavin Moys Boot, im spiegelnden schwarzen Wasser lag. Drinnen schlängelte sich ein kleines Regiment von Kellnern im Smoking mit Tabletts mit Canapés und Champagner durch die Menge.

An die zweihundert Gäste verteilten sich in den dreißig Zimmern und in den Innenhöfen. Die meisten hielten sich allerdings im Ballsaal im Erdgeschoss, der Bibliothek und verschiedenen Salons auf. Manager und Wissenschaftler von GEM waren ebenso vertreten wie Repräsentanten der medizinischen Welt aus ganz Neuengland, Delegierte verschiedener Alzheimer-Organisationen, Beamte der FDA, Kongressabgeordnete, Senatoren und natürlich Mitarbeiter des Weißen Hauses. Der Präsident selbst konnte nicht anwesend sein, aber er hatte ein Telegramm geschickt, das von Gavin Moy über die Lautsprecheranlage verlesen wurde.

In der Mitte des Abends bat Jordan Carr die Menge um Ruhe. Die Beleuchtung wurde gedämpft, während überall in den

Räumen verteilte Bildschirme zum Leben erwachten. Videos mit alten und neuen Alzheimer-Erfolgsstorys wurden gezeigt, unter anderem die von Louis Martinetti, der sich vor der Kamera klar und zusammenhängend äußerte. Dann wurde Martinetti persönlich vorgestellt. Er trug einen Smoking und wurde von Frau und Tochter flankiert. Er hielt keine Rede. Tatsächlich wirkte er überwältigt, geradezu besorgt, und murmelte vor sich hin. Aber seine Tochter dankte allen unter Freudentränen dafür, dass sie Louis zu einem lebenden Wunder gemacht hatten.

Donnernder Applaus stieg auf. Im Publikum wischten sich viele ebenfalls Tränen aus den Augen – unter anderem René.

Weitere Videopräsentationen und persönliche Berichte folgten. Dann wurde ein Werbespot für Memorin gezeigt, der ab dem folgenden Montag auf allen großen Fernsehkanälen laufen sollte. Der Spot setzte überwiegend auf visuelle Eindrücke. Zu mitreißenden Melodien wurden glückliche, geistesgegenwärtige alte Menschen gezeigt, die in grünen Gärten mit ihren Enkeln spielten, Schaukeln anschubsten oder beim Essen saßen. Der einzige Text wurde von einem unsichtbaren Erzähler gesprochen: »Alzheimer – endlich heilbar. Fragen Sie Ihren Arzt nach Memorin.« Unten im Bild erschien der Name GEM Tech mit dem funkelnden Diamantenlogo.

Nach dem Video hielt Gavin Moy eine kurze Ansprache, in der er sich bei Wissenschaftlern, Forschern, Ärzten, Schwestern, Pflegern und allen anderen bedankte, die dazu beigetragen hatten, die Geißel Alzheimer zu besiegen.

Danach stellte sich das applaudierende Publikum in einer Reihe an, um Gavin Moy zu gratulieren.

Mit einer Aktentasche in der Hand wartete Jack geduldig in der Schlange. Vor ihm standen Leute, die er nicht kannte, hinter ihm standen Leute, die er nicht kannte. Irgendwo in der Menge unterhielt sich René mit den Martinettis. Sie hatte ihm von Louis erzählt und davon, wie er ihr ans Herz gewachsen war. Für sie war er etwas ganz Besonderes, weil seine Genesung für sie wie eine Erlösung war – die endgültige Befreiung von ihren eigenen Schuldgefühlen und den quälenden Gedanken an ihren kranken Vater. Sie gesundete sozusagen mit Louis Martinetti.

Als er an der Reihe war, nahm er Gavin Moys Hand.

»Hallo!« Moy wandte Jack sein großes, sonnengebräuntes Gesicht zu und lächelte ihn an.

»Meds Gama.« Jacks Stimme war im Lärm der Menge kaum zu hören.

»Wie bitte?« Moy neigte den Kopf in Jacks Richtung.

Jack wiederholte die Worte. *»Meds Gama.«*

Moys Züge gerieten leicht in Unordnung. »Hat mich sehr gefreut«, murmelte er, während er versuchte, seine Hand zu befreien.

Aber Jack ließ nicht los, und er wandte auch den Blick nicht ab. *»Meds Gama* oder *Meds Garmir* – ›Big Red‹. So nennt man Sie doch, oder?«

Moy sah ihn verblüfft an. »Tut mir leid, aber ich glaube nicht, dass wir uns kennen.« Die anderen in seiner Umgebung wurden allmählich aufmerksam.

»Ich dachte, Sie könnten sich vielleicht denken, wer ich bin.«

»Nein, keine Ahnung.«

»Jack Koryan. Sohn von Rose Najarian alias Rose Sarkisian.«

Etwas ging in Moy vor, als er Jacks Blick erwiderte. »Bin gleich wieder da«, sagte er mit gezwungenem Lächeln zu den anderen.

Als sich einer der Umstehenden erbot, ihn zu begleiten, lehnte Moy dankend ab. Dann entdeckte er René, die sich Jack angeschlossen hatte. Er hob warnend den Finger. »Sie bleiben hier.«

Sie blieb zurück. Jack gefiel die drohende Geste nicht, aber er verbiss sich jeden Kommentar und bedeutete ihr mit einem Nicken zurückzubleiben.

Moy lächelte verbissen, während er sich durch die Menge schlängelte. Immer wieder wechselte er mit aufgesetzt optimistischer Miene knappe Bemerkungen. Jack folgte ihm bis auf den Gang hinaus.

Statt Jack zur Rede zu stellen, sobald sie allein waren, führte ihn Moy weiter durch einen Gang, eine Hintertreppe hinauf und durch zwei Räume in ein Eckzimmer mit Blick auf den Hafen. Moys Arbeitszimmer war mit Regalen, einem robusten Marmortisch und einem großen Schreibtisch in der Fensterecke ausgestattet. Moy ließ sich hinter dem Schreibtisch in einem großen schwarzen Ledersessel nieder, faltete die Hände und beugte sich über den Schreibtisch, wobei er Jack wütend anstarrte. »Okay, was soll das Ganze?«

An den Wänden hingen Fotos von ihm und anderen Leuten auf seinem Boot, wie sie mit gefangenen Fischen posierten. Andere zeigten ihn in Jagdkleidung mit erlegtem Wild. Auf einem Tisch waren Trophäen ausgestellt, die er bei Schießwettbewerben gewonnen hatte. »Es geht um den Tod von Rose Sarkisian.«

Moy starrte ihn ungerührt an und sagte nichts – wahrscheinlich zwang er mit dieser Taktik seine Angestellten in die Knie. »Ich habe keine Ahnung, wovon Sie reden.«

»Sie erkennen den Namen nicht?«

»Nein.«

»Dann denken Sie scharf nach. Rose Sarkisian.« Jack sprach die Silben betont deutlich.

»Hören Sie, ich reise viel. Da habe ich im Laufe der Jahre Tausende von Menschen kennengelernt.«

»Das war meine Mutter.«

»Schön für Sie.«

»Sie haben Sie umgebracht.«

Moys Gesicht erstarrte für einen Augenblick. Dann beugte er sich drohend vor. »Ich habe keine Ahnung, warum Sie sich einbilden, dass Sie einfach hier hereinspazieren und solche Behauptungen aufstellen können, aber jetzt reicht es.« Seine Hand wanderte zum Telefon.

Jack holte ein Foto von Rose und Nick heraus und schob es über den Tisch.

»Das sind Rose Sarkisian und Nick Mavros vor etwa dreißig Jahren. Ich habe meine Hausaufgaben gemacht. Die beiden stehen vor Junior Dees Autoteilehandel hinter dem Massachusetts Institute of Technology, da wo jetzt Kendall Square ist. Genau da, wo Sie Ihr Labor im Keller hatten.«

Jack beobachtete Moy angespannt, aber nichts in seinem Gesicht verriet ihn – kein Flackern der Augen, kein noch so winziges Zucken der Gesichtsmuskeln.

»Dann kannte ich sie eben.«

»Und Sie waren in der Nacht, in der sie starb, im Strandhaus.«

»Welchem Strandhaus? In welcher Nacht?«

»Homer's Island, 20. August 1975, Vita Nova.«

»Ich habe nicht die geringste Ahnung, wovon Sie reden.«

Jack holte aus seinem Smoking-Jackett eine Fotokopie des Artikels, in dem von Rose Sarkisians Verschwinden berichtet wurde.

Moy warf einen Blick darauf. »Sie wissen gar nichts.« Er griff zum Telefon. »Wenn Sie in zehn Sekunden nicht verschwunden sind, rufe ich die Polizei.«

»Sie haben sie ermordet. Ich war dabei. Sie kamen von draußen. Dann gab es einen Streit, und Sie haben sie geschubst. Sie fiel rücklings auf den Kopf und wurde bewusstlos, aber das war Ihnen nicht genug. Sie versetzten ihr einen Schlag auf den Schädel und schleppten sie nach draußen, um ihr mit einem Fleischklopfer, den sie für ihr Abendessen benutzt hatte, den Rest zu geben. Dann kamen Sie wieder ins Haus und säuberten den Raum mit Chlorbleiche. Schließlich gingen Sie weg, um ihre Leiche im Wasser zu versenken.«

Moy sah Jack an, als wäre er ein Außerirdischer. Seine Augen brannten, und sein Mund war verzerrt. Offenbar wollte er seinen Ohren nicht trauen. »Wie?« Mehr brachte er nicht heraus.

»Wie ich das wissen kann?« Jack holte eine einzelne blaue Tablette heraus und legte sie vor Moy auf den Tisch. »Memorin – die Lösung.«

Einen endlosen Augenblick lang starrte Moy die Pille an.

Im Geiste hörte Jack wieder die Stimme. *»Stirb, verdammt noch mal, stirb.«*

Moy hob erneut das Gesicht. Er lehnte sich auf seinem Stuhl zurück und sah Jack mehrere Sekunden lang an. »Dann kannte ich Ihre Mutter eben«, sagte er wie in Trance. Die Luft schien bei diesem Geständnis aus seinem Körper zu entweichen.

Jack überlief es kalt bei diesen Worten. Instinktiv wanderte seine Hand über seine Brust zu der Wölbung unter dem Stoff.

»Aber keine Pille kann die Wahrheit heraufbeschwören.«

»Und was wäre die?«

»Dass sie versuchte, mich zu erpressen.« Moy hielt inne und wedelte mit der Hand in der Luft. »Ich habe genug gesagt.« Er richtete sich auf seinem Stuhl auf. »Ich will, dass Sie verschwinden. Sie haben nichts gegen mich in der Hand.«

»Nur mein Gedächtnis.«

»Verschwinden Sie, bevor ich den Sicherheitsdienst rufe.« Moy griff nach dem Telefon auf seinem Schreibtisch.

»Sie hat das Toxin entdeckt, und Sie haben ihr Patent geklaut.«

»Blödsinn.«

Jack griff in seine Aktentasche und holte das Bündel Artikel und Zusammenfassungen hervor, das er aus dem Internet heruntergeladen hatte. »Überall steht ihr Name, bis Sie sie getötet und ihre Erfindung gestohlen haben.«

Moy sah auf die Sammlung, die Jack wie einen Fächer vor ihm ausbreitete.

»Sie steckt hinter den Anfängen Ihres Wundermittels.«

»Und was wollen Sie damit beweisen? Wollen Sie mich nach dreißig Jahren vor Gericht zerren?«

»Das ist ein Mordmotiv. Ich habe alles gesehen, aber Sie dachten nicht, dass ich mich daran erinnern würde. Ich war noch zu klein – konnte kaum laufen. Aber durch Ihre Zauberqualle habe ich meine Erinnerung zurückerlangt. Witzig, was? Wie doch alles zusammenhängt!«

Moy war knallrot angelaufen. »Sie ist auf den Kopf gefallen … Wir hatten einen Streit. Dabei ist sie gestürzt und auf den Kopf gefallen.«

»Und Sie haben ihr mit einem Hammer den Rest gegeben, weil Sie Angst vor einer Anzeige hatten. Sie wollten nicht, dass sie als Entdeckerin des Toxins, die dessen Nutzen als Erste erkannt hatte, von Ihnen ihren gerechten Anteil verlangte.« Jack holte einen der Artikel aus dem Stapel. »Sie hatte nämlich herausgefunden, wie das Zeug das Nebennierenmark dazu anregt, im Gehirn Beta-Rezeptoren auf Neuronen zu aktivieren, die durch Noradrenalin angesprochen werden. Steht alles hier – sie hat es anhand ihrer Versuche mit Mäusen herausgefunden. Sie hätte heute hier gefeiert werden müssen – nicht Sie. Sie haben sie getötet. *Sie haben sie getötet.«*

Moy sah aus, als würde er gleich explodieren. »Ja, ich habe sie getötet, und sie hatte es verdient. Zufrieden? Sie wollte mich erpressen, aber es ging nicht um ihre Forschung. Es ging um Sie! *Um dich!«*

Jack stockte der Atem.

»Ich war verheiratet, stand noch ganz am Anfang und war bis über beide Ohren verschuldet. Sie drohte damit, alles zu zerstören. Ich sollte meine Frau verlassen und sie heiraten. Als ich mich weigerte, drohte sie mir damit, mich auf Kindesunterhalt zu verklagen.«

»Kindesunterhalt?«

»Ja, Kindesunterhalt. Für dich.«

»Das glaube ich nicht.«

»Dann lass es sein.« Moy ging um den Schreibtisch herum auf Jack zu.

»Das ist alles Unsinn.«

Moy deutete auf sein Gesicht und hielt es Jack praktisch vor die Nase. »Sieh dir doch mal diese Augen an. Und dann schau in den Spiegel.«

Jack blickte Moy in die Augen und hatte plötzlich das Gefühl, dass sich das gesamte Universum verschob.

»Was ist denn hier los?«

Eine Stimme hinter ihnen.

Jack drehte sich um. Ein untersetzter, kräftiger Mann im Smoking hatte den Raum betreten, gefolgt von einem zweiten, größeren Mann.

Der brave Handwerker aus Greendale – der Mann, der die Jalousie repariert hatte. Theo.

Hinter ihm stand ein Arzt, der Jack draußen begegnet war. Ein gewisser Dr. Jordan Carr. Und der Handwerker hielt eine schimmernde silberne Pistole auf Jacks Brust gerichtet.

Jack war mittlerweile seit mehr als zwanzig Minuten verschwunden, und René fing an, sich Sorgen zu machen.

Als sie sich in der Menge umsah, entdeckte sie Louis Martinetti. Er war seiner Frau und Tochter entwischt. Die beiden unterhielten sich mit Beamten von der FDA und lachten über irgendetwas. Unterdessen folgte René Louis mit den Blicken durch die Menge zum hinteren Ende des Saals und in einen Gang. Dort befand sich die Treppe, die zu den Managementbüros führte.

Sie entschuldigte sich bei den Leuten, mit denen sie geredet hatte, und sagte, sie wolle sich die Hände waschen. Aber als sie sich in der Menge umsah, war Louis Martinetti verschwunden.

Corporal Louis Martinetti glitt hinter einen großen Busch, der in einem Topf wuchs. Der gesamte Generalstab hatte sich versammelt. Es war das reinste Who's Who des nordkoreanischen Oberkommandos. Operation Buster. Die große Abrechnung.

Er sah sich in der Menge um. Die meisten waren Offiziere der Dreiundzwanzigsten Brigade, bis auf ein paar gemeine Soldaten, die Wache standen und auf Befehle warteten. Er wusste nicht, wie lange er so auf der Lauer gelegen hatte – zehn Minuten, zwanzig, eine Stunde. Aber plötzlich spannte sich sein Körper an.

Corporal Martinetti hob sein Fernrohr an die Augen und stellte es scharf. Sein Herz tat einen Satz. Colonel Chop-Chop hatte sich aus der Menge gelöst. Er war unterwegs zu einer privaten Beratung mit Blackhawk.

»Die eigentliche Frage ist, was ich mit dir anfangen soll«, sagte Moy. »Immerhin bist du mein Sohn.«

»Rein technisch gesehen.«

»Ja, ein biologischer Unfall. Aber du wirst verstehen, dass ich dich nicht gehen lassen kann.«

»Was soll das heißen?« Carr wirkte verwirrt. »Ich dachte, Teddy wäre …«

»Ist er auch, und es ist eine lange Geschichte«, sagte Moy. »Ich erkläre es dir später.«

»Er hat nichts gegen dich in der Hand«, sagte Teddy zu seinem Vater.

Jack sah seinen Halbbruder, oder was auch immer der Kerl war, an. Er hatte seinen überentwickelten Körper in einen Smoking gezwängt, in dem er aussah wie ein kleiner Killerwal.

Als er in die stumpfe Mündung der Pistole gesehen hatte, war ihm alles klar geworden. Dieser Teddy hatte sich in Greendale unter dem Decknamen Theo Rogers als Handwerker eingeschlichen, um zu vermeiden, dass das Pflegepersonal eine Verbindung zu Gavin Moy herstellte. Vermutlich hatte er sogar einen gefälschten Ausweis verwendet. Auf jeden Fall wollte er herausfinden, ob sich Jack an die Ereignisse erinnerte. Moy musste ihm erzählt haben, dass Jack sein unehelicher leiblicher Sohn war. Theos oder vielmehr Teddys Interesse an Jacks Erinnerungsvermögen mochte zum einen auf dem Wunsch beruhen, seinen Vater zu schützen, zum anderen wollte er als rechtmäßiger Erbe vermutlich ausschließen, dass noch andere Ansprüche auf Moys Vermögen erhoben. Auf jeden Fall hatte er Jack ausspioniert.

»Nein, aber er wird nicht lockerlassen. Leider liegt ihm das im Blut.«

»Wenn ich plötzlich verschwinde, wird das Fragen aufwerfen«, gab Jack zu bedenken. »Immerhin haben mich etwa zweihundert Gäste unten gesehen.«

»Ich hole das Boot«, sagte Teddy.

»Sieh mal einer an«, meinte Jack. »Der Apfel fällt nicht weit vom Stamm.«

»Leck mich doch.«

»Und solch eine gepflegte Ausdrucksweise.«

»Ja«, stimmte Moy zu. »Das Boot.«

»Wie sich doch alles wiederholt. Erst die Geliebte, dann ihr Sohn.«

Moy sah Jack direkt ins Gesicht. »Ist mir egal, wer du bist. Ich mag dich nicht. Und ich lasse mir von dir nicht alles versauen. Ich arbeite mehr Jahre an dieser Sache, als du auf dem Buckel hast. Und du bedeutest mir gar nichts. Nichts.«

»Moment mal«, protestierte Carr. »Das halte ich für keine gute Idee.« Er sah von Moy zu Teddy. »Wenn der plötzlich verschwindet, erregt das Verdacht.«

»Kriegst du auf einmal Muffensausen?«, fuhr Teddy ihn heftig an.

Carr warf Jack einen Blick zu. »Aber er hat recht – heute Abend haben ihn wirklich viele Leute gesehen.«

Teddy deutete mit dem Kopf auf eine Hintertür. »Dann ist er eben an der Küste spazieren gegangen und ausgerutscht. Hat doch am Bryce Canyon auch funktioniert.«

»Bringt ihn raus«, befahl Moy.

Teddy deutete mit der Pistole auf Jack. »Los!«

»Keine Bewegung!«

Jack wandte sich um. In den Schatten hinter ihnen stand ein alter Mann, der eine Art Lauf auf sie gerichtet hielt. »Rühren Sie sich nicht von der Stelle. Hände hinter den Kopf, Beine breit und keine Bewegung!« Er trat ins Licht.

Louis Martinetti.

Er musste den Kampfanzug unter dem Smoking getragen haben, denn er war in voller Montur. Seine Brust war mit Orden wie dem »Purple Heart« behängt. Als sich die anderen umdrehten, ging Martinetti hinter einem Tisch mit einer riesigen chinesischen Porzellanvase in Deckung, aus der üppige Blumen quollen. Leider zielte er mit einem zusammengeklappten Regenschirm auf den Schützen. Plötzlich fing er an, »seinen Männern« über die Schulter Anweisungen zuzurufen. Sie sollten über die östliche Flanke der Anlage vorrücken. Der Colonel und Blackhawk säßen in der Falle.

»Was ist denn das?«, fragte Teddy. Er schwang seine Waffenhand in Martinettis Richtung, während dieser hinter den Tisch geduckt Schussgeräusche von sich gab.

Aus dem dunklen Vorzimmer drang ein Schrei. »Mr Martinetti, nein!«

René.

Ein Schuss löste sich. Martinetti stöhnte auf und stürzte rückwärts. Er hatte den Regenschirm fallen lassen und umklammerte seinen Arm.

Bevor Teddy auf René feuern konnte, hatte sich Jack auf ihn gestürzt. Er wusste sofort, dass er ihm in seinem Zustand nicht gewachsen war, und hieb ihm daher die Zähne ins Handgelenk. Teddy schrie auf und ließ die Waffe fallen, aber es gelang ihm, Jack abzuschütteln. Der packte jedoch die Waffe und rollte sich weg. Seine Muskeln schmerzten von der Anstrengung, doch obwohl er seit Jahren, seit er mit Vince am Polizeischießstand geübt hatte, keine Waffe mehr gehalten hatte, fühlte sich die Pistole in seiner Hand gut an.

Im nächsten Augenblick hörte er René schreien: Teddy versuchte, ihn niederzutrampeln. Ohne zu überlegen, zielte Jack und betätigte den Abzug. Teddy griff nach seinem Bein und stürzte mit einem gewaltigen Stöhnen zu Boden. Die Kugel hatte ihn in die Wade getroffen.

Aus dem Augenwinkel sah Jack, wie Moy eine Kristallskulptur seines Firmenlogos packte und nach ihm schleudern wollte. Er richtete die Waffe auf ihn.

»Fallen lassen oder ich schieße«, warnte er.

Moy ließ die Skulptur fallen. Jack rappelte sich auf, wobei er die Pistole in beiden Händen hielt.

»Dich hätte ich auch erledigen sollen«, sagte Moy.

»Hättest du.«

Aus den Schatten hinter ihnen tauchte Louis Martinetti auf und stürzte sich auf Jordan Carr. Sein verletzter Arm hinderte ihn nicht daran, den Arzt zu Boden zu werfen und mit dem Ellbogen und der gesunden Hand auf ihn einzudreschen. Dabei murmelte er wirre Silben, beschimpfte Carr und redete irgendwas von einem Fuzzy. Jack verstand kein Wort, aber zumindest hielt Martinetti Carr am Boden fest.

René eilte zu Martinetti, um ihm auf die Beine zu helfen und seine Wunde zu versorgen. Aber der drosch weiter auf Carr ein, der um Hilfe schrie.

René brüllte auf Martinetti ein, damit er aufhörte. Schließlich gelang es ihr, ihn wegzuzerren. Sie zog ihm das Hemd aus und fertigte aus seiner Fliege einen Verband, mit dem sie seinen Arm abband. Das Hemd war blutgetränkt, aber Martinetti bestand darauf, dass sie es ihm wieder anzog.

»Mir geht es gut. Mir geht es gut. Nur ein kleiner …« Martinetti unterbrach sich selbst, als er sah, wie Jack Moy die Hände auf den Rücken fesselte. Seine Miene hellte sich auf. »Wir haben sie erwischt, Fuzz. Hörst du? Wir haben sie.«

Jack hatte keine Ahnung, wovon Martinetti redete, aber der alte Mann wirkte zufrieden. Er stieß Moy, dem René gerade die Hände fesselte, vor die Brust. Jack hielt mit der Pistole Moy, Teddy und Jordan Carr in Schach, der sich ebenfalls wieder aufgerappelt hatte.

Jack nahm ihn ins Visier. »Beide Seiten gegeneinander ausgespielt, was?«

René sah Jack an. »Was soll das?«

»Er gehört zu ihnen.« Mit der freien Hand fegte Jack eine kleine Lampe von Moys Schreibtisch, hielt sie mit dem Fuß fest und riss das Kabel ab, das er Carr zuwarf. Dann riss er die Telefonkabel aus dem Apparat und der Wand. »Fesseln«, befahl er, wobei er mit dem Kopf auf Teddy Moy deutete, der sich auf dem Boden wand. »Und zwar fest.«

»Jack!« René verlangte aufgebracht nach einer Erklärung.

»Ich glaube, die hatten etwas mit dem Tod von Nick Mavros zu tun.«

»Was soll denn das?«, protestierte Teddy, als Carr anfing, ihn zu fesseln. »Schnapp dir die Waffe!«

Carr warf einen Blick auf die Pistole in Jacks Hand und fing an, Teddy Moy die Arme auf den Rücken zu fesseln. Dann band er seine Beine an den vierhundert Kilo schweren Marmortisch.

»Was?« René ging zu Jack. Sie warf wütende Blicke auf Jordan Carr, der vor Teddy kniete und dessen linkes Bein abband. Dann sah sie Jack an, um sich die Bestätigung zu holen. Als der nickte, stürzte sie sich auf Carr und packte ihn am Hemd. »Sie haben Nick umgebracht? *Sie haben Nick umgebracht?«*

»Das war ich nicht. Der da war's.«

Teddy, der auf dem Bauch lag, fluchte. »Du warst dabei und hast mir Anweisungen gegeben!«

»Aber warum?«, schrie René und schlug Carr ins Gesicht.

Der hielt sich die Wange, auf der rote Flecken erschienen. »Weil er im Weg war, darum. Weil er eine gute Sache aufhalten wollte. Und bevor Sie mir wieder eine Predigt halten, fragen Sie sich mal, was Sie getan hätten, wenn Sie Ihren Vater hätten retten können. Hätten Sie nicht auch alles getan?«

René antwortete nicht.

»Natürlich hätten Sie das, auch wenn Sie jemanden hätten beseitigen müssen, der die Heilung verhindern wollte. Sie hätten genauso gehandelt. Alles hätten Sie getan, wenn Sie ihm damit diesen quälenden Tod hätten ersparen können. Und die paar Flashbacks hätten Sie auch in Kauf genommen. Stimmt's? Stimmt's?«

Für einen Augenblick war René so verblüfft, dass sie nicht wusste, was sie darauf antworten sollte. Dann schlug sie Carr mit dem Handrücken ins Gesicht.

Das Klingeln von Moys Funktelefon schreckte alle auf. Jack

griff in Moys Jackentasche und holte das Gerät heraus. Es war ein Mann, der sich als geschäftsführender Vizepräsident von GEM Tech vorstellte.

»Ja, alles in bester Ordnung«, sagte Jack. »Wir sind gerade auf dem Weg nach unten.«

Jordan Carr sah Jack und René an. »Und jetzt?«, fragte er lächelnd. Offenbar wollte er sich bei Jack einschmeicheln, nachdem er Teddy gefesselt hatte.

Louis Martinetti hockte auf einem Stuhl und schimpfte vor sich hin, aber es schien ihm gut zu gehen. Nur eine Fleischwunde.

Moy saß mit auf den Rücken gefesselten Händen in seinem Sessel, während Teddy an den Marmortisch gebunden war. Um den brauchten sie sich vorerst keine Sorgen zu machen. Jack richtete die Waffe auf Jordan Carrs Brust. »Sie haben dreißig Sekunden, um uns vom Bryce Canyon zu erzählen, bevor ich Schweizer Käse aus Ihnen mache.«

Den ganzen Weg die Treppe hinunter und durch den Gang hörten sie, wie die Menge unter Anleitung des GEM-Tech-Managements *»Gavin Moy! Gavin Moy! Gavin Moy!«* rief.

Dann betrat ihr kleiner Zug den Saal. Gavin Moy ging mit auf den Rücken gefesselten Händen an der Spitze, gefolgt von Jordan Carr, der ebenfalls gefesselt war. Hinter ihnen kam Jack mit der Waffe. Er wurde von Louis Martinetti und René flankiert. Teddy lag noch in Moys Büro und genoss die Aussicht auf die Unterseite des rosa Marmortischs.

Für einen Augenblick wurde Beifall laut, als die Gäste Moy entdeckten, doch der verstummte sofort wieder, als er mit vorgehaltener Waffe zum Podium geführt wurde. In der Ferne waren die Sirenen der Streifenwagen zu hören, die Jack alarmiert hatte. Aber ihm blieb genug Zeit, bevor sie eintrafen.

Am Mikrofon stellte er sich vor und sagte dann, er würde

gern eine Erklärung abgeben. Er tastete nach der Wölbung in der Brusttasche seines Sportsakkos und holte den kleinen silbernen MP3-Rekorder hervor, den Vince ihm geschenkt hatte. Nachdem er das Gerät ans Mikrofon gehalten hatte, drückte er die Wiedergabetaste.

»Sie haben sie getötet. Geben Sie es zu.«

»Ja, ich habe sie getötet, und sie hatte es verdient. Zufrieden?«

Epilog

Homer's Island – sieben Wochen später

»ACHTUNG, QUALLEN!«, stand auf dem kleinen Schild am Strand.

Sie saßen auf Liegestühlen am Wasser und genossen ihr Picknick aus Shish Kebab, gefüllten Weinblättern, Pilaf und gedämpftem Gemüse.

»Ende der sechziger Jahre saß sie in Cambridge mit Jacques Cousteau in einem Gremium von Meeresbiologen – irgendwas mit Umweltverschmutzung und der Erwärmung der Meere. Thaddeus Sherman war von ihr beeindruckt. So kamen sie ins Gespräch. Eins führte zum anderen, und schließlich lud er sie auf die Insel ein, weil es der einzige Ort an der Nordostküste der USA ist, an dem Meerestiere aus der Karibik zu finden sind. Schon beim ersten Besuch verliebte sie sich in Homer's Island und fing an, einzelne Exemplare zu sammeln.«

Jack goss zwei Gläser Chardonnay ein.

»Klingt, als wäre sie eine außergewöhnliche Frau gewesen.«, bemerkte René.

»Ich glaube, das war sie.« Sie stießen an.

Es war der einunddreißigste Todestag von Rose Sarkisian.

»Offenbar hatte sie eine Affäre mit Gavin Moy, der – bildungsmäßig gesehen – mehr ihr Typ war als der Mann, den sie geheiratet hatte. Wer weiß das schon? Offenbar hatten sie bereits die Scheidung eingereicht, als er bei dem Flugzeugabsturz ums Leben kam. Auf dem Grabstein wurde natürlich nichts davon erwähnt, weil man das Gesicht wahren wollte.«

Jack hatte auch herausgefunden, dass sich Rose auf die therapeutischen Eigenschaften mariner Toxine spezialisiert hatte. Sie hatte einige Solakandji-Quallen gesammelt und deren Gift analysieren lassen. Dabei stellte sich heraus, dass sich die Verbindung positiv auf das neurologische System auswirkte. Als Moy mit der Erforschung dieser neurologischen Eigenschaften begann, wurde Rose seine Partnerin. Offenbar begann damals ihre Affäre. Und als Rose mit Jack schwanger wurde, bestand sie darauf, dass er sie entweder heiratete oder für Jacks Unterhalt aufkam. Moy weigerte sich. Es kam zum Streit, und er tötete sie. Danach arbeiteten Moy und seine Leute an der FDA-Zulassung der Verbindung zur Behandlung von Demenzerkrankungen. Aber den Grundstein hatte Rose Sarkisian gelegt. Sie hatte den Wirkstoff und seine therapeutischen Eigenschaften im Laborversuch mit Mäusen bestimmt.

Mookie. Wo ist Mookie?

Mookie war das Stofftier, das sie für ihren kleinen Jungen genäht hatte.

Jack blickte über das Wasser zum Skull Rock und die glitzernde, azurblaue Weite dahinter. Für einen Augenblick meinte er, Donner zu hören.

»Ich wusste nicht, dass Nick deine Mutter kannte. Er hat das nie erwähnt.«

»Aber er muss es vermutet haben, als er mich auf seiner Patientenliste für die Kernspin-Aufnahmen sah. Später hat er dann Namen und Daten überprüft.«

»Wahrscheinlich hatte er schon die ganze Zeit den Verdacht, dass etwas nicht stimmte. Immerhin hatte sie die Wirkung des Toxins entdeckt, bevor sie auf geheimnisvolle Weise verschwand.«

»Das glaube ich auch. Und Moy hat sich ihre Entdeckung unter den Nagel gerissen und die Patente auf seinen Namen angemeldet.«

»Deswegen wollte Nick auch unbedingt wissen, ob du dich an irgendwas erinnern konntest.«

»Er hat sogar dich auf mich angesetzt. Dafür bin ich ihm immer noch dankbar.«

Sie lächelte. »Ich auch.«

Er spürte, wie ihm warm wurde, als sie seine Hand nahm.

Da Mord in Massachusetts nicht verjährte, war Gavin Moy angeklagt worden. Als Beweis diente sein Geständnis, das Jack aufgezeichnet hatte. Jordan Carr und Teddy Moy waren des Mordes an Nick Mavros angeklagt worden. Nachdem Nicks Leiche gefunden worden war, hatte die Polizei den Film in der Kamera zwar entwickelt, ihn aber bei der Untersuchung des Unfalls nicht weiter beachtet. Als die Beamten jedoch den von Jack aufgenommenen Wortwechsel in Moys Büro hörten, sahen sie sich den Film genauer an. Auf dem letzten Foto wurde inmitten dunkler Büsche ein Gesicht entdeckt, das sich in der Vergrößerung als das von Jordan Carr entpuppte.

Aber das war nicht der einzige Beweis der Anklage, der Carrs Behauptung, er sei nicht am Bryce Canyon gewesen, widerlegte. Teddy Moy wollte nicht allein die Schuld auf sich nehmen. Er gestand, den Mord gemeinsam mit Jordan Carr und Gavin Moy geplant zu haben.

Allerdings hatte Teddy die Schmutzarbeit übernommen und Nick in den Abgrund gestürzt. Es bestand der Verdacht, dass Teddy auch für den Tod von Peter Habib verantwortlich war, in dem nun ebenfalls ermittelt wurde.

»Wie geht es Louis Martinetti?«

»Gut. Ich war erst kürzlich bei ihm. Er lässt dich grüßen.«

»Er war ein echter Held.«

»Ja, das war er. Nein, das *ist* er.«

Wie René erklärt hatte, war Louis Martinetti in der Nacht bei Gavin Moy einer von seiner Erinnerung inspirierten Halluzination aufgesessen. Er glaubte, an dem lang erwarteten Angriff auf das nordkoreanische Oberkommando beteiligt zu sein, zu dem auch Personen gehörten, die Angehörige von Martinettis Zug gefoltert und getötet hatten.

Obwohl er seitdem keine Halluzinationen dieser Art mehr gehabt hatte, konnte er das Medikament natürlich nicht absetzen. Allerdings wurde sein Befinden nun genauer überwacht. Er bekam Medikamente in exakt abgestimmter Dosierung, die seine Flashbacks verhinderten, ohne ihn völlig zu betäuben. Sein Kurzzeitgedächtnis verbesserte sich weiter, und er führte fast wieder ein normales Leben.

Allerdings war offenkundig weitere Forschungsarbeit erforderlich, um herauszufinden, warum manche Menschen wie Louis Martinetti für derartige Flashbacks anfällig waren. Das Problem war, dass zwar sechzig Prozent der Patienten nach vier- bis sechsmonatiger Behandlung mit Memorin eine kognitive und funktionale Besserung zeigten, von diesen aber die Hälfte unter unangenehmen Flashbacks litt. Aus diesem Grund wurde der Zulassungsantrag bei der FDA zurückgezogen. Versuchspersonen, die bereits mit dem Mittel behandelt wurden, erhielten es weiter, wurden aber sorgfältig überwacht und gegen Flashbacks behandelt.

Die FDA hatte die Wissenschaftler von GEM Tech angewiesen, in Zusammenarbeit mit externen Forschungsgruppen intensiv an der Bestimmung der genetischen, chemischen und demografischen Faktoren zu arbeiten, die das Phänomen möglicherweise auslösten, bevor ein erneuter Antrag auf Zulassung von Memorin oder Weiterentwicklungen davon gestellt wurde.

Verständlicherweise waren Tausende von Alzheimerpatienten, Betreuern und medizinischen Mitarbeitern enttäuscht. Aber Orman-Witt, der Leiter der FDA, wies darauf hin, dass es sich hierbei um einen medizinischen Fortschritt handelte. »Diese Entscheidung wird dafür sorgen, dass Pharmaunternehmen bei der Prüfung ihrer Produkte sorgfältiger vorgehen und sie nicht überstürzt auf den Markt bringen, um Hinweise auf Nebenwirkungen zu verschleiern.« Allgemein hoffte man, innerhalb von zwei Jahren eine sichere und wirksame Behandlungsmethode entwickeln zu können.

Leider würde die Welt also warten müssen. Aber wenn die sichere Variante von Memorin endlich auf den Markt kam, würde Rose Sarkisians Anteil an ihrer Entwicklung gebührende Beachtung finden.

Jacks eigene Flashbacks und Albträume waren verschwunden, als wäre ein Geist in seinem tiefsten Inneren endlich zur Ruhe gekommen. Er trainierte mit Vince im Fitnessclub und stemmte Gewichte. Ab dem nächsten Monat würde er wieder an der Carleton Prep School unterrichten und Vince am Wochenende im »Yesterdays« unterstützen.

Jack stand auf, nahm René an der Hand und ging mit ihr ans Wasser.

Fünfzig Meter vor ihnen schimmerte der Skull Rock in der goldenen Sonne. Und wie ein blasser Geist lächelte über dem Wasser eine Mondsichel auf sie herab.

»Weißt du, obwohl ich so viel Quallengift intus habe, kann ich mich nicht mehr erinnern, wie es ist, eine Frau zu küssen.«

»Es wird dir schon wieder einfallen.«

»Weiß man's?«

Sie zog ihn an sich und küsste ihn.

»Ich wollte es dir eigentlich nicht sagen, aber ich lerne sehr langsam.«

»Du Clown!« Sie lachte und küsste ihn erneut.

Er schloss die Augen ganz fest. »Allmählich gewöhne ich mich wieder daran.«

Sie küsste ihn erneut.

»Jetzt bin ich schon fast so weit.«

»Soll das den ganzen Tag so gehen?«

»Hoffentlich – und die ganze Nacht.«

Danksagung

Bei den nachstehend Genannten möchte ich mich für ihre Beiträge zu verschiedenen technischen und wissenschaftlichen Fragen bedanken: James Stellar, Roy Freeman, Alice Janjigian, Karen Chase, Alice Gervasini, Tweedy Watkins, Deborah Copeland, Jack Reynolds, Karen Hutchinson, Karen Zoeller, Michael Ku, Richard Deth, Marjorie D'alba, Amy Sbordone, Peter Mollo, Michael Carvalho, Kate Flora, Kenneth Cohen, Charles O'Neill und Malcolm Childers.

Ein besonderer Dank geht an Dr. Daniel Press für seine zeitaufwendige und extrem wertvolle Unterstützung in medizinischen Fragen und an Barbara Shapiro für ihren guten Rat und ihre wertvolle Unterstützung.

Ein ganz besonderer Dank zudem an Wanda Hunt, meine spezielle persönliche Muse, für ihre außerordentliche Unterstützung, ihre Geduld am Tonbandgerät und ihre Inspiration.

Zutiefst dankbar bin ich meiner Agentin Susan Crawford, meiner Lektorin Natalia Aponte und meinem Verleger Tom Doherty für ihre kontinuierliche Unterstützung.

Hilfreich waren mir auch die Bücher *Alzheimer Solutions: A Personal Guide for Caregivers* von Jim Knittweis und Judith Harch und *The Story of My Father* von Sue Miller.

Gary Braver: Memoria